GABRIELA ADAMEŞTEANU

# Das Provisorium der Liebe

aufbau

GABRIELA ADAMEŞTEANU

# Das Provisorium der Liebe

Roman

Aus dem Rumänischen
von Eva Ruth Wemme

aufbau

Die Originalausgabe unter dem Titel
*Provizorat*
erschien 2017 bei Polirom, Rumänien.

Die Herausgabe dieses Werks wurde gefördert durch TRADUKI, ein literarisches Netzwerk, dem das Bundesministerium für Europa, Integration und Äußeres der Republik Österreich, das Auswärtige Amt der Bundesrepublik Deutschland, die Schweizer Kulturstiftung Pro Helvetia, die Interessengemeinschaft Übersetzerinnen Übersetzer (Literaturhaus Wien) im Auftrag des Bundesministeriums für Kunst, Kultur, öffentlichen Dienst und Sport der Republik Österreich, das Goethe-Institut, die Slowenische Buchagentur JAK, das Ministerium für Kultur der Republik Kroatien, das Ressort Kultur der Regierung des Fürstentums Liechtenstein, die Kulturstiftung Liechtenstein, das Ministerium für Kultur der Republik Albanien, das Ministerium für Kultur und Information der Republik Serbien, das Ministerium für Kultur und nationale Identität Rumäniens, das Ministerium für Kultur von Montenegro, das Ministerium für Kultur der Republik Nordmazedonien, das Ministerium für Kultur der Republik Bulgarien, die Leipziger Buchmesse und die S. Fischer Stiftung angehören.

MIX
Papier aus verantwortungsvollen Quellen
FSC® C083411

ISBN 978-3-351-03824-3

Aufbau ist eine Marke der Aufbau Verlag GmbH & Co. KG

1. Auflage 2021

Einbandgestaltung zero-media.net, München
LVD GmbH, Berlin
Druck und Binden CPI books GmbH, Leck, Germany
Printed in Germany

www.aufbau-verlag.de

*Für Sanda Bădulescu (Dodia)*

# Inhalt

## ERSTER TEIL

# L'Air du Temps

*Ich fühlte manchmal, dass das Schicksal wieder etwas Neues für mich bereithielt, etwas, was die Kurve meines Lebens noch einmal verändern würde. Dann sah ich für ein paar Augenblicke die Zeichen, wie Scheinwerfer, die plötzlich in der Dunkelheit aufblitzen und schnell wieder verschwinden, zu schnell, als dass ich ihren Sinn verstehen könnte. Ich stieg aus dem Bett und wusste, man hatte mir Zeichen gegeben – aber wie sollte ich sie entschlüsseln?*

Mircea Eliade*

* Rumänischer Religionswissenschaftler und Schriftsteller (1907–1986)

Kapitel 1

# See mit Anglern

»Ich hoffe, du weißt Bescheid, die letzte Kampagne vom *Genossen*! Der *Ethik-Kodex*!«

Sie schüttelt missmutig den Kopf, hat keine Lust zu reden, wie immer, wenn sie sich bereit macht, aufzubrechen. Sie nimmt ihren ganzen Mut zusammen, um diese feuchte Hitze, den Geruch nach Sex, ihren Platz unter der Bettdecke zu verlassen. Sie zögert, zögert, bis sie sich, verärgert über ihre Feigheit, einen Ruck gibt und mit dem Bein die Decke zur Seite schlägt. Gleich zieht sie fröstelnd ihre Schultern hoch, Mist, wo hat sie ihren BH hingeworfen? Und die Socken? Wie wär's, wenn sie einfach zurück unter die Decke schlüpfte und dort leise vor sich hin kicherte?

Aber die Decke ist schon ausgekühlt und man hört das Klirren der Gürtelschnalle, Sorin zerrt hastig seine Hose von der Stuhllehne – das Zeichen, dass der Moment naht, in dem Freund Florinel nach Hause kommt.

»Sagt dir der *Ethik-Kodex* wirklich nichts? Gar nichts? Denk noch mal nach! *Der Kodex der Sozialistischen Ethik und Rechtlichkeit?*! Herrgott?! Seit zwei Monaten sind die Zeitungen voll davon …«

Er reiht ironisch Klischeesätze aneinander, während er in den Kleidern wühlt, die über den Tisch verstreut liegen, er sucht sein Unterhemd. Wo ist der junge Mann, der vor kaum vier Stunden in dem vor Stummeln überquellenden Aschenbecher seine Zigarette ausdrückte, an der er ungeschickt gezogen hatte und bei jedem Geräusch, das vom Fahrstuhl herüberkam, zusammenzuckte? Seine ungeduldigen Hände, die über ihren Körper glitten, wie schwer es ist, wenn ein Mann auf dich wartet. Sein Gesicht, das er in ihr Haar drückte, und der Geruch nach heißem Fleisch und der vage Duft nach Kantine in seinem blauen Pullover. Warum kann sie nicht bei dem Moment bleiben, in dem sie die Tür aufdrückt, die Arme puddingweich vor Angst, sie könnte verschlossen sein? Oder noch schlimmer, dass anstelle des Pullovers der Flanellschlafanzug und die schläfrigen Augen seines aus dem Schlummer gerissenen Freundes Florinel auftauchen: Wo kommt denn diese Tusse jetzt her?

Aber die Tür ist nie verschlossen, Sorin drückt die gerade erst angezündete Zigarette im Aschenbecher aus und stürzt auf sie zu, wie schwer es ist, wenn ein Mann auf dich wartet. Und sie beruhigt sich im blauen Licht des Pullovers, warum dauert das alles nur so kurz? Und wer ist der wahre Sorin? Der, der vor Lust und Unruhe zittert, solange er mit dem Blick auf die Uhr in der Wohnung am Stadtrand auf sie wartet, oder der, der sie freundschaftlich und reserviert grüßen wird, wenn sie sich zufällig auf den Fluren des *Gebäudes* begegnen?

*

»… Ach ja! Ich vergaß, dass du nicht Zeitung liest wie wir Normalsterblichen! Nicht mal die Zeitung, die du bezahlst!«

Sorin nimmt die Flasche vom Tisch, verkorkt sie und stopft sie in die Aktentasche. Gut, dass er dran gedacht hat, die gefaltete Zeitung unterzulegen: Der braune klebrige Fleck Wacholderschnaps ist über das retuschierte Gesicht des Genossen gelaufen – er wird Tag für Tag jünger –, statt auf die schreiend bunte Stickerei der Tischdecke.

»Der Geschmack eines Jungen vom Lande, was willst du?! Florinel ist ganz und gar nicht dumm und er strengt sich an, aufzusteigen, aber über einen gewissen Punkt wird er nicht hinauskommen! Ich finde, er ist ein bisschen wie deine Freundin Dorina.« Sorin lacht peinlich berührt.

Dorina Gabor ihre Freundin? Letitia zieht die Strumpfhose mit den schwarzen und weißen Rhomben hoch, ihre Mundwinkel sinken verdrossen nach unten. Als Dorina im *Gebäude* auftauchte, mitten im Courrège-Stil (geometrischer Schmuck, Minimode), da hatte sie einen labberigen Rock mit weichen Falten an, mit großen Blumen, sie sah nicht gerade aus wie eine Studentin aus der Hauptstadt. In die dünnen, weichen Haare hatte sie eine Dauerwelle machen lassen, sie standen wie eine Distelblüte um ihren Kopf. Das einzig Hübsche an ihr war, dass sie bei der wöchentlichen Maniküre die Farbpaste auf den schnabelartig gebogenen Fingernägeln wechseln ließ. Aber dafür merkte man schnell, sie hatte Sinn für Humor, war klug und hingebungsvoll.

*

»Übertriebene Hingabe ist anrüchig«, feixt Petru, rückhaltloser La-Rochefoucauld-Anhänger, allerdings umso weniger ein Fan von Dorina, der er jedes Mal in säuerlichem Tonfall antwortet, sobald er ihre energische Stimme am Telefon hört. Bitte lass diese aufdringliche Schreckschraube nicht dauernd bei uns zu Hause auflaufen!

Aber hat nicht Petrus Brutalität in letzter Zeit Letitia an Sorins Seite getrieben, zu einem Mann, der wie sie selbst eher ein jugendlicher Spätzünder zu sein scheint? Der Bruder, den sie sich gewünscht hat, seit ihre Mutter und Onkel Ion sie gewarnt haben, in unserer Welt kann man niemandem trauen, verstehst du, Letitia? Dein bester Freund verpfeift dich an die Securitate!

Niemandem also, niemandem … Auch Petru nicht, der ihr vorwirft, er habe damals bei ihrer Heirat die befleckte Akte ihrer Familie in Kauf genommen, die jahrelange Gefangenschaft ihres Vaters und seiner unbekannten Brüder, womit er riskiert hat, seine Ernennung zum Dozenten in den Wind zu schießen.

Letitia hat sich den ganzen Herbst über an die Vorwürfe ihres Mannes erinnert, wenn sie in diesen zwei Bussen und der Tram vom *Gebäude* zu Florinels Wohnung fuhr, wo sie sich mit Sorin trifft, und von dort nach Hause. Das Laub, das die Straßenkehrer mit den Weidenbesen in trägen Bewegungen unter den Sträuchern hervorzogen, kam ihr vor wie Berge von schmutzigem Papier oder mürben Lappen. Aber in der rauchigen Luft leuchteten die festlichen Farben des Herbstes. Das Rot reifer Früchte in den tausend Schattierungen des Efeus und das Gelb der Robinien, das beinah in der Luft zerstieben wollte. Letitia zwickte etwas, es war wie das Stechen einer Blasenentzündung. Fühlte sich so ein schlechtes Gewissen an? Und dann bediente sie sich hastig wie eines Schmerzmittels der Argumentation, die sie für den Moment vorbereitet hatte, in dem sie ihren Eltern den Entschluss zur Scheidung mitteilen würde. Bei dem Gedanken rauschte ihr das Blut noch schneller durch die Schläfen und ihr Körper war gleich erfüllt vom Klopfen des Herzmetronoms, das sich durch die alten Schrecken noch verstärkte.

*

Vielleicht kommt der Schrecken aus einer fernen Erinnerung wie ein überbelichtetes Foto. Letitia steht auf der Türschwelle zu einem großen Raum voller Menschen. Der Schulranzen hängt schwer am Rücken, aber keiner kommt, um ihn ihr abzunehmen, keiner sieht sie an bis auf den riesigen Wolfshund, der sie mit seinen gelblich-braunen Augen anstarrt. Sie lauscht von der Schwelle aus den lauten, erbosten Stimmen der Männer mit Hüten auf dem Kopf und schwarzen Lederjacken, sie werfen Gegenstände und Bücher um sich.

»He, hör auf zu flennen!«, schreit einer von ihnen ihre Mutter an, die außer sich, mit rotem Gesicht, schief geknöpfter Bluse und einem Bettjäckchen über den Schultern dasitzt und weint.

Die Schranktüren schlagen an die Wände und die Schubladen liegen verstreut zu Boden geworfen da, während Letitia so große Angst bekommen hat, dass sie mit dem Schulranzen auf dem Rücken auf allen vieren unter den Tisch kriecht. Sie fühlt ihr Herz gegen die Knie pochen, sie sieht die Bücher, die mitten im Zimmer aufgeschlagen, mit zerknitterten und zerrissenen Seiten daliegen, eins über das andere geworfen, daneben die Kleider aus Tüll und Kaschmir, Plisseekleider und Glockenröcke, alle haben Mamas Geruch, die Stiefel der schreienden Männer trampeln auf ihnen herum und Mama weint.

Schon lange hört sie die Stimmen der Männer nicht mehr, aber sie kauert noch immer da, rührt sich nicht einmal, als ihre Mutter die merkwürdig zitternde Hand unter den Tisch streckt, um sie hervorzuziehen:

»Macht nichts, macht nichts«, flüstert die Mutter heiser. »Beruhige dich, Letitia, es ist nichts passiert! Wir gehen hier weg, wir werden zu Onkel Ion ziehen, er wird dein Vater sein! Er wird für dich sorgen, beruhige dich!«

*

Sie soll sich beruhigen, ja! Von dem Provinzfriedhof aus, wo sie und Mama Onkel Ion vor zehn Jahren in ihrer Verzweiflung hingebracht haben, wird er nicht mehr dagegen sein können, wenn Letitia sich scheiden lassen möchte. Im Übrigen hat er nicht einmal die Möglichkeit gehabt, ihre Heirat zu befürworten, die allerdings wahrscheinlich auch nie stattgefunden hätte, wäre er nicht so plötzlich gestorben und wäre seine Nichte, die seine Adoptivtochter geworden war, nicht so voller Zukunftsangst gewesen. Die Meinung ihres Vaters zählt nicht und ihre Mutter kann Petru sowieso nicht leiden.

Aber wo soll Letitia hin, wenn sie ihren Mantel vom Garderobenhaken genommen und für immer die Wohnungstür in der Strada Uranus 10 hinter sich geschlossen hat? Ihr gesamtes Gehalt würde für die Miete eines Zimmers draufgehen, was würde sie essen, was anziehen? Und wie soll sie mit Petru im Gerichtssaal stehen, wo sie sich doch schuldig fühlt? Der Gedanke, er könnte sie des Ehebruchs bezichtigen und auch Sorin mit in diesen Skandal hineinziehen, lässt sie abends vor Unruhe zittern, wenn ihr nichts anderes mehr einfällt, als sich am Fenster eine Zigarette nach der anderen anzustecken. Wenn sie nicht zusammen sind, denkt sie mit einem merkwürdigen Mitleid an Petru, selbst wenn er sie am Abend davor schlecht behandelt hat. Aber wenn sie seine Schritte im Flur hört, dann hat sie Angst, er könnte mit sanftem Gesicht dastehen und sie um ihre Liebe bitten, die sie ihm nicht mehr geben kann.

Zum Glück bleibt Petru immer gleichermaßen mürrisch, seit er aus China zurück ist.

*

Doch es ist anders, wenn er sehr spät in der Nacht kommt und im Dunkeln an die Stühle stößt, weil er das Licht nicht anschaltet: ein Rest der früheren Fürsorge für Letitia, die vier, fünf Stunden früher als er zur Arbeit geht. Sie tut so, als schliefe sie, während das Bett unter seinem Gewicht ächzt und seine Hand zwischen den Laken umherkriecht, im wievielten Tag bist du?, er vergisst es nie, das flüsternd zu erfragen, während er ihren Hintern berührt. Und er wartet auf die Antwort, bevor er sich auf sie wälzt. Der säuerliche Geruch von Wein umhüllt sie und sie erträgt es verkrampft und mit zusammengebissenen Zähnen, wie seine Hand die Blätter ihres Fleisches öffnet und sie streichelt, sein Geschlecht ist samtig und genau so groß, wie sie es erwartet hat, und langsam entspannt sich ihr verräterischer Körper in der gewohnten Bewegung und erfreut sich seines großen, knochigen Körpers, der sie bedeckt. Letitia stößt kleine Geräusche aus, als würde ihr etwas wehtun, aaah, aaah, so wird Sorin sie niemals zu hören bekommen, nicht nur aus Scham vor den unbekannten Nachbarn, nicht nur, weil sie sich in dem fremden Bett von Freund Florinel geniert, warum dann?

Sie fragt sich nicht, weshalb, aber sobald Petru aufsteht, hat sie plötzlich das andere Zimmer vor Augen, das andere Bett, und in der Nase hat sie den Geruch von Sorins zarter Haut. Sie dreht sich auf die Seite, liegt zusammengerollt, die Beine zusammengepresst, die Lider auf die zusammengekniffenen Augen gedrückt, ein Fötus ohne den Schutz des Mutterbauchs. Sie kann Petrus Finger nicht sehen, die sich ausstrecken, um ihr wirres Haar auf dem Kissen zu berühren, auch nicht, wie er in dieser Bewegung innehält. Sie erinnert sich bloß an Sorins helle Augen und an sein Flüstern, wie schwer es ist, wenn dein Mann auf dich wartet! Woher kommen die Traurigkeit und der Ekel vor ihrem klebrigen Körper, einer schamhaften Hülle?

Ihr hastiger Atem verrät sie, sie ist noch nicht eingeschlafen, während Petru inzwischen aus dem Bad zurück ist und im Licht der Straßenlaterne mit einem feuchten Handtuch das Bettlaken abwischt, er hat außerhalb ejakuliert. Und erst als sie seine regelmäßigen Atemzüge hört, öffnet sie die Augen und bleibt lange Zeit so liegen und starrt in die Dunkelheit.

*

Sie ist von einem gebrochenen Mann großgezogen worden, so hat sie Onkel Ion, Mutters Bruder, kennengelernt, und sie müht sich seit Jahren ab, sein Scheitern nicht zu wiederholen. Darum hat sie stur darauf beharrt, auch noch etwas anderes zu veröffentlichen als Artikel in der Zeitschrift für Wissenschaft und Forschung, wo Petru Chefredakteur ist. Sie hatte sich mit immer größerem Unwohlsein die ironischen Blicke von Petrus Kollegen vorgestellt, wenn er schamhaft einen Artikel seiner Frau ins Inhaltsverzeichnis der nächsten Nummer mogelte.

Aber für ihr Leben weiß Letitia nicht, was sie will, und eines Tages wird sie das merkwürdig finden, aber sie versucht nicht einmal, es herauszufinden. Ihre Jugend erstreckt sich endlos vor ihr und alles geschieht noch im Zeichen der Improvisation. Sie lebt von einem Treffen zum nächsten und wartet nur darauf, dass Petru sein Visum für Zagreb bekommt, dann könnten sie ein Wochenende verbringen, wenn Florinel auch aufs Land fahren würde. Und sie und Sorin, was für ein unglaublicher Traum, würden zusammen übernachten. Und vielleicht würden sie auch ausführlich über die Scheidung sprechen.

Bis dahin hat sie alle Zeit der Welt, in das Heft zu schreiben, das sie unter der Matratze versteckt. *Er kommt immer lieb und zärtlich zu mir, manchmal hat er einen Strauß Schneeglöckchen dabei, ein andermal holt er ein kleines Geschenk aus seiner Aktentasche: eine Lux-Seife, für die er sich verlegen entschuldigt, ein Päckchen Kent, ein gerade erschienenes Buch. Und die Flasche, deren Etikett immer variiert, anfangs waren es Campari, Martini oder Cinzano, seit das nicht mehr zu kriegen ist, kommt er mit albanischem Wein oder rumänischem Wacholderschnaps. Aber vor allem bringt er das Versprechen unendlicher Zärtlichkeit und grenzenloser Geduld mit.*

*Nur, dass er es immer eilig hat. Nur, dass die Welt draußen auf ihn wartet. Wartet? Das ist zu viel gesagt, wer wäre bescheidener als er? Wenn du es willst, sagt er dir auch, wohin er muss, eine wirklich komplizierter Terminplan! Er berichtet dir genau-*

*estens von seinem ersten Arbeitstreffen, er zählt dir auch die folgenden auf, willst du immer noch mehr wissen? Hier sind auch die von morgen! Nackt im Bett nimmst du Teil an seinem gehetzten Leben, in das er völlig ohne Schuld geraten ist.*

*Er zieht sich schnell aus und die widerwärtigen Details des geliehenen Zimmers scheren ihn nicht. Oder sorgst du dafür, dass sie ihn nicht scheren? Die Liebe von 9:30 Uhr bis 13:30 Uhr ist dein Wetteinsatz, das Absolute kann sich auch in so etwas verwandeln, Gott kann auch in geliehene Zimmer hinabsteigen, mit Aschenbechern voller Zigarettenstummel und Gläsern mit rumänischem Wacholderschnaps.*

*Draußen schneit es endlos auf eine Stadt, die du, ohne Schnee gesehen,* sehr *schmutzig finden würdest. Er hat dir mit seinen klaren Augen seine Treue versichert, du spürst sie in der Aufregung, mit der er dich erwartet, und du zweifelst sie an, wenn du siehst, wie eilig er am Ende geht.*

*

Letitia hat Sorin noch nichts von dem versteckten Heft erzählt, sie haben nur wenig Zeit zum Reden, wenn sie zusammen sind, und am Telefon können sie nicht viel erzählen. Am Anfang rief er sie an, wenn Petru wegen einer Abiturprüfung auf dem Land war. Aber das tut er nur noch selten, seit er am anderen Ende die selbstsichere Stimme des Universitätslehrers Arcan gehabt hat, die ihn daran erinnerte, dass ihm der Zugang zu dieser Nummer strikt verboten war, genau wie Letitias Körper. Sorin hatte sofort aufgelegt, eine leicht perverse Lust, gemischt mit Demütigung, hatte ihn durchzuckt, als wäre er bei einer promiskuitiven Handlung ertappt worden.

»Du kannst mich anrufen, wann du willst! Wenn ich da bin, gut, wenn nicht, dann nicht«, hatte er zu Letitia gesagt.

Wenn er da ist, reden sie eilig und im Flüsterton, und Letitia, die noch nie bei ihm war, sieht den engen Flur der Mietskasernenwohnung vor sich, den kleinen Perserteppich, der die Quadrate des Linoleums bedeckt und auf dem Frau Olarus Pantoffeln auf und ab laufen. Sie macht sich vor dem Zimmer ihres Sohnes zu schaffen, versucht, mit ihrem schlechter werdenden Gehör herauszufinden, wer das geheimnisvolle Mädchen ist, das Sorin nicht gerade eiligst heiraten will – warum bloß?

Letitia ist überzeugt, dass Sorin alles, was ihr durch den Kopf geht, fühlt und versteht, darum streicht sie fest mit zwei Linien das Wort *Scheidung* vom Papier ihrer inneren Vorstellung. Genau gesagt, sie schiebt es auf, denn *es ist noch nicht aktuell*: einer seiner häufigen Ausdrücke, den sie immer öfter benutzt, so wie Paare sich gegenseitig Pullover, Morgenmäntel, Lieblingssätze ausborgen. Und sie schlummert weiter in den Straßenbahnen, die sie quer durch Bukarest bringen, auf kräftig durchgeschüttelten Sitzen. Obwohl sie umgeben ist von Aufruhr, Streitereien, Schweißgeruch oder billigem Deodorant, sieht und hört sie nichts von alledem. Sie bemüht sich nur, vor ihrem inneren Auge das blonde Geschlecht Sorins zu behalten, das heiß anschwillt unter dem Druck ihres Bauchs, und seinen aufmerksam verliebten Blick, Schnitt. Schnitt.

*

»Hätten wir uns eine Eigentumswohnung in einem dieser neuen Wohnblocks besorgt, wie deine Mutter es unbedingt wollte, dann könnten wir vor lauter Raten einpacken! Und ich müsste stundenlang Bus fahren! Siehst du, dass die *Filodorma* für unsere Wohnung mit Gasanschluss das Geld langsam wert ist? Du zündest einfach ein Streichholz an und machst es dir so warm, wie du willst!«, sagt Petru.

Halbwegs zentrales Viertel, Strada Uranus, der Gehweg abschüssig, gegenüber die weiße hohe Mauer der Mihai-

Voda-Kirche und der Glockenturm, der auf einer unsichtbaren Erhebung steht. An der Tür, die von einem uniformierten Mann bewacht wird, weist ein Metallschildchen neben dem Wächterhaus darauf hin, dass sich hier die Staatsarchive befinden. Und die Straßenbahn rumpelt, wenn sie zum Podul Izvor abbiegt. Ein stabiler Bau mit Erdgeschoss, mehreren Stockwerken, Kellern und Mansarden, aus dem vor zwanzig Jahren, während einer anderen Eiszeit, die ausbeuterischen Eigentümer vertrieben worden waren, die inzwischen in ein Gemeinschaftsgrab auf dem Bellu-Friedhof gezogen sind oder ins Ausland. Mietvertrag auf Petru Arcans Namen für eine Wohnung mit zwei Zimmern, Küche, Bad und Flur. Der Vermittler, ein ehemaliger Student aus Petrus Abendkursen, ein Majörchen bei der staatlichen ICRAL* Wohnen, hatte sich mit einer symbolischen *Filodorma* begnügt.

*Filodorma*! Das Wort kennt Letitia noch aus der Zeit als Kind, in der der junge Eigentümer sie jedes Mal, wenn er getrunken hatte, anschrie: Raus aus meinem Haus! Das Wort *Filodorma* hingegen war das Zauberwort, das Mama und Onkel Ion flüsterten, sobald sie das Licht ausgemacht hatten. Dann begann eine Geschichte darüber, wie man mithilfe einer *Filodorma*, einer guten Fee wahrscheinlich, eine andere Wohnung finden und dem Geschrei des Eigentümers entkommen würde. Und im Herbst, im Frühling, werden die Amerikaner kommen und alles wird gut. Aber das war nie passiert.

Letitia hatte das Wort *Filodorma* irgendwo in einem Winkel ihres Gedächtnisses aufbewahrt, bis Petru ihr die genaue Definition lieferte: *Filodorma = die Geldsumme, die man den korrupten Funktionären vom ICRAL zusteckt und dafür einen*

* Bis 1989 das staatliche Unternehmen für Bau, Reparaturen und Hausmeisterei

*Mietvertrag für eine nationalisierte Wohnung bekommt, die im Prinzip nur den Kadern des Parteiapparates, des Staatsapparates und der Securitate vorbehalten ist.*

Und Letitia hatte ihm enttäuscht gelauscht: Sie mag keine Lexika und auch nicht die Art, wie Petru sich bemüht, jede magische Aura zu zerstören.

*

»Vielleicht hältst du Dorina nicht für deine Freundin, aber sie versucht es zu sein! Sie ist schlau, fleißig, aber wie bei Florinel merkst du, da fehlt eben was! Das Umfeld, in dem sie aufgewachsen sind«, antwortet Sorin beschwichtigend, weil er Letitias angespanntes Schweigen bemerkt.

Sie lächelt, ist gleich versöhnt mit Florinels Schuhen, er ist Seminarleiter für Sozialismuslehre, die Schuhe stehen aufgereiht auf dem bäuerlichen Abtreter aus gewebten Flicken, und sie ist versöhnt mit Dorinas Anstrengung, ihre Freundschaft zu gewinnen. Aber warum schafft sie es nicht? Nicht, weil sie seit ihrer Studentenzeit in der Partei ist, Sorin hat es ja genauso gemacht, obwohl, das ist ein bisschen komisch bei ihm, wie hat er das bei seiner Akte wohl geschafft? Naja, und auch nicht, weil sie schnell Beziehungen im Institut geknüpft hat, Kollegen zu sich nach Hause einlädt oder weil sie die Geburtstagstelegramme für den Genossen redigiert.

Vielleicht, weil die *gesunde gesellschaftliche Herkunft* Dorina mehr Chancen im Leben einräumt als Letitia? Das hieße, dass der Klassenhass wirklich die Freundschaften und die Liebe bestimmt, wie die verachteten marxistischen Thesen behaupten!

Nun ja, Letitia ist zufrieden mit der komplizenhaften Art, in der Sorin gesprochen hat, damit hat er eine Art Berliner Mauer um ihr gemeinsames Territorium gezogen, um die geplagte bürgerliche Klasse, in die Dorina und Florinel, die privilegierten Besitzer *guter Akten,* niemals einen Fuß in die Tür kriegen werden.

Und nicht mal Petru, dessen Name auf allen Akten ausschließlich in der plebejischen Form steht, nämlich *Petre* Arcan. Die versnobte Manuela, Letitias Vorgängerin, hatte ihn überredet, seine Artikel mit *Petru* Arcan zu unterschreiben, aber das Papier, das ihre Scheidung bescheinigte, hatte er wohl mit seinem echten Namen unterschreiben müssen. Letitia hatte es damals nicht in die Hände bekommen, damals, als sie noch von Unsicherheit und rückwärtsgerichteter Eifersucht geplagt war. Jetzt, wo sie die ordentlichen Schubladen ihres Mannes durchwühlen konnte, rührte sie nicht mal mehr das gegenwärtige Liebesleben Petrus, geschweige denn seine erste, gescheiterte Ehe. Sie hatte ihn auch nie zu seinen Eltern befragt, die ihn in den Ferien ins Internat gesteckt hatten, einmal hatten sie ihn gesund in ein Kurheim geschickt, um ihn loszuwerden. Auch nach dem Kind mit Manuela, das nach der Geburt gestorben war, hatte sie ihn nicht gefragt, sie mochte es nicht, sich Bekenntnisse zu erzwingen.

*

»*Im Lichte des* Ethikcodex *fragt die Gesellschaft dich: Wie lebst du?*«, kichert Sorin, er wedelt mit der Zeitung, Letitia schiebt sie beiseite und bückt sich, um unter dem Bett ihre Plateauschuhe mit den Silberschnallen hervorzuholen, die Petru einmal aus München mitgebracht hat.

»Dein Petru ist ganz schön geizig, Letitia! Kommt aus dem Ausland nur mit einem Paar Strumpfhosen und scheußlichen Schuhen für seine Gattin nach Hause?«, hatte ihre Mutter gesagt, als sie sie damit sah.

»Scheußlich oder nicht, in Bukarest sind sie der letzte Schrei! Und außerdem halten sie lange!«

Kann schon sein! Ihre Mutter spitzt jedes Mal skeptisch die

Lippen, wenn sie sie sieht, und dieser geizige Petru hat ihrer Tochter seitdem auch keine scheußlichen Schuhe mehr mitgebracht, er ist in letzter Zeit nämlich gar nicht mehr rausgekommen! Vielleicht hat er da drüben irgendwas angestellt!

Margareta Branea würde sich bei ihrem Schwiegersohn über nichts mehr wundern. Sie hat ihn schon nicht gemocht, als Letitia ihn zum ersten Mal mitbrachte. Er ist zehn Jahre älter, redet die ganze Zeit nur über sich und isst unangenehm gierig: Nix Manieren, wie Victor sagt. Und von seiner Familie hat sich bis jetzt niemand mal blicken lassen. Außerdem hat er auch nicht ordentlich Hochzeit gehalten.

»Damit es da keine Missverständnisse gibt! Ich bin Atheist und dulde keine Messe mit Priester!«

Damit hatte er ihnen gleich beim ersten Treffen die Suppe versalzen, statt dass er um Fräulein Letitia Braneas Hand anhielt, wie jeder wohlerzogene junge Mann es getan hätte, gab er ihnen nur trocken das Datum der Standesamtlichen bekannt! Wenn er gesagt hätte, er wäre Parteimitglied, dann wären wir ja einverstanden gewesen, wir wissen schließlich auch, wie's aussieht in der Welt! Aber dass er uns wie bei der Parteisitzung kommt, er wäre Atheist und würde keine Hochzeit mit Priester wollen, soll er doch zuseh'n!

Margareta hatte damals noch etwas sagen wollen, aber Victor hatte ihr zu verstehen gegeben, sie sollte sich nicht mehr einmischen, lass sie machen, wie sie wollen, komm, wir verderben unserem Mädchen nicht die Freude!, flüsterte er ihr zu, er, der bekehrt aus dem Gefängnis gekommen war.

*

»Ich erlaube mir, dich darauf hinzuweisen, Verehrteste, dass du die *Scânteia** bezahlst, auch wenn du dich weigerst, sie

* Staatliches Presseorgan der Rumänischen Kommunistischen Partei bis zum Sturz Ceauşescus

aufzuschlagen! Ja, ja, roll du nur mit den Augen! Seit du in der Partei bist, bekommst du täglich diese Zeitung, damit du weißt, was unser Genosse so treibt! Jetzt erzähl mir nicht, du hättest nicht den veränderten Geldbetrag bemerkt, als du dir deinen Lohn geholt hast! Also, du bist wirklich eine Nummer!«

Letitia ist zufrieden mit dem Bild, das Sorin von ihr hat: Sein ironischer Ton ist nur der Versuch, sich vor ihrer anziehenden Unbekümmertheit zu verbarrikadieren. Er sagt doch dauernd: Dein Zauber besteht darin, dass du schwebst!

»Hast du wirklich nicht gemerkt, dass sie dir mit dem Parteibeitrag auch die Abogebühr für die *Scânteia* einbehalten? Nein? Skandalös! Verrückt ist das, sogar für eine Person, die aus einem anderen Teig geknetet ist als der gewöhnliche Sterbliche …«

Er hat sich plötzlich umgedreht und mit seinem gierigen Mund nach ihren Lippen geschnappt, er küsst sie, beißt sie, als würde er die Konsistenz des anspruchsvollen Teiges prüfen wollen, aus dem sie gemacht ist. Oder, um ihr ein Tattoo zu verpassen.

Als er ihr den Rücken zuwendet, massiert sie schnell den feuchten Biss. Es wurmt sie, dass er zu dem ironischen Ton von der Arbeit zurückkehrt, der gegen Ende des Tages auch in ihrem Büro herrscht. Hier beendet Sorin gewöhnlich seine tägliche Runde. Beziehungen müssen gepflegt werden, sagt er immer.

*

Weil du nur so viel wert bist, wie du es im Blick des anderen bist, denkt Letitia morgens immer wieder, wenn sie verloren in den endlosen Reihen marschiert, die eilig ins *Gebäude* drängen. Sie hatte sich geirrt, als sie hoffte, dort eine andere Welt vorzufinden. Hier bewegt sie sich unter einem Blick, der viel ungnädiger ist als damals während ihrer Zeit im Studentenwohnheim. Von jedem kennt man die Verwandten, den Verdienst, die Beziehungen, wer mit wem welchen Seitensprung hatte, das Deodorant, die Konflikte mit Ehefrau und Schwiegermutter, wie viele Backenzähne überkront sind, welche Zahnärzte, Krankenhäuser, wie viele Abtreibungen, welche Geschlechtskrankheiten man sich bei Prostituierten geholt hat, die Streiche der Kinder.

Sogar sie und Sorin reden manchmal über die anderen heimlichen Paare im Institut, angefangen beim *Prinzenpaar*, der Interims-Direktorin Eleonora Oprea und ihrem Mitarbeiter Titus Marga. Die Zeiten, in denen Eleonora und Titus sich bei den Sitzungen zärtliche Blicke zuwarfen, sind lange her. Jetzt haschen beide nach demselben Direktorenposten und der Krieg hat sich auf die Ebene ihrer Fürsprecher verlagert, in die Foren, die sich der Unterstützung der Kultur widmen.

*

»In dem Schreiben, das Titus gegen Eleonora zum Ministerium geschickt hat, nimmt er auch auf mich Bezug«, flüstert Sorin Letitia zu, während er die Päckchen mit Aufschnitt öffnet.

Er macht die Brote, er schenkt Wodka ein, er ist der Hausmann in ihrem provisorischen Haushalt.

Letitia hat auf der letzten Tanzparty im Institut die Gerüchte über Sorins Familienakte gehört, als Titus leicht beduselt verkündete, Eleonoras Tage wären gezählt:

»Wie kann das *Traktat*, an dem wir seit Jahren arbeiten, ideologisch fehlerfrei sein, wenn man an die entscheidenden Stellen Leute mit *befleckten* Biographien setzt? Abkömmlinge von Volksfeinden! Wollt ihr Beispiele? Na dann, aber das bleibt unter uns! Einer von denen ist kein anderer als der hochgelobte Sorin Olaru!«

Sorins Wesen muss in der Kindheit verformt worden sein,

so wie die Füße der Chinesinnen, die von klein auf bandagiert werden, darum ist er so geheimniskrämerisch, denkt Letitia gerührt. Denn auch sie hat, seit sie denken kann, diesen Wahn mit der *schlechten Akte*, sie fühlt sich ihm nahe und hat Anwandlungen, ihn beschützen zu wollen.

*

Vor ein paar Jahren hatte ihr Leben aus zwei unterschiedlichen Teilen bestanden: dem einen, in dem sie wie durch einen dunklen Tunnel im *Gebäude* dahinglitt, vergiftet von Zigarettenrauch, Kaffee, totgeschlagener Zeit, langweiligen Sitzungen, endlosem Gerede – und dem anderen zu Hause. Während sie daheim auf die Uhr starrte und sich erbost Petrus Treffen mit den Studentinnen vorstellte, die ihn dauernd anriefen, hatte sie irgendwann angefangen, eine Geschichte zu schreiben. Sie zeigte sie ihm erst, als sie es geschafft hatte, sie zu veröffentlichen. Petru hatte sie nur ungläubig angesehen, das ist ein ernstzunehmendes Handwerk, nicht, was du da machst, das war sein einziger Kommentar gewesen.

Wenn Petru nach Hause kam, steuerte er gleich in sein Arbeitszimmer und arbeitete in dumpfem Schweigen stundenlang an seiner Doktorarbeit. Wenn sie das Rauschen des Kurzwellensenders hörte, räumte Letitia den Tisch ab, klirrte extra laut mit den Tellern, um ihn zu beruhigen, Petru war immer so ängstlich, er würde denunziert, weil er Radio Freies Europa* hörte. Sie schälte die Kartoffeln, sie bügelte die Wäsche, sie kam vom Alimentara mit schweren Taschen, die ihr in die Hände schnitten, und wie auf einer Wasseroberfläche schwammen in ihren Gedanken die Überreste aufgeschobe-

* Vom Kongress der Vereinigten Staaten finanzierter Sender, der u. a. den Hörern in vormals kommunistischen Ländern demokratische Werte vermittelt und für freien Zugang zu Nachrichten steht. Er galt in Rumänien bis 1989 als feindliches Propagandainstrument.

ner Wünsche vorbei: Reisen in unbekannte Länder (also alle), halbwegs gelernte Fremdsprachen, Theaterbesuche, sie kam kaum dazu, denn Petru hatte dafür keine Geduld. Für einen Augenblick überschwemmte sie das Gefühl uferloser Jugend: Sicher warteten noch genug Überraschungen auf sie in all den Jahren, die noch kommen würden.

Nur dass die einzige Überraschung gerade ihre Beziehung zu Sorin war.

*

Seit sie auf der Strada Uranus wohnen, geht Petru über die Dâmbovița-Brücke und dann zu Fuß zur Universität, er hofft immer, wieder ein paar Kilo loszuwerden: Seit er vierzig ist, hat er angefangen, wie besessen auf seine Figur zu achten.

»Bringt nichts, dass du zwanzig Minuten zu Fuß gehst, wenn du keine Feier auf dem Land auslässt und keine Flasche Selbstgebrannten ablehnst!«, flüstert Letitia, wenn sie ihn am Tisch im Flur stehen sieht, die halb geleerte Flasche Landwein vor sich.

Die Demütigung der Verletzungen, mit denen die Streits in der letzten Zeit geendet haben, und die Vulgarität der Situationen, in die sie beide immer öfter geraten, deprimieren sie: Der grobe Mann, in den Petru sich verwandelt, wenn er trinkt, und die entsetzte Frau, die sich aber nicht gegen die Schläge wehrt, weil sie ihn nicht noch wütender machen will oder weil sie sich von außen voller Verachtung selbst betrachtet.

Wie auch immer, das eigene Auto wird noch mal aufgeschoben, weil Petru durch die Fahrprüfung gefallen ist.

»Ach, macht nix, Genosse Professor«, hatte der Verkehrspolizist gesagt, der gute Bekannte seines Kollegen Serghei Sârbu, »nächstes Mal passen wa auf, dass Se durchkommen! Se wissen ja eh noch nich, welches Auto Se eigentlich wollen.«

Petru hatte sich drangemacht, die Erlaubnis für einen Dacia 1100 zu beantragen, aber Serioja Sârbu hatte ihm geraten, besser einen Skoda zu nehmen. Eine Zwickmühle, an deren Lösung sich Letitia nicht beteiligte, sie wird ja sowieso nie am Lenkrad sitzen.

Manchmal meckert sie, der Umzug auf die Strada Uranus hätte ihnen den täglichen Weg zum *Gebäude* und zurück in keiner Weise erleichtert. Aber sie verliert kein Wort über die wöchentlichen Wege zu der Wohnung, die Sorin ihnen für die paar Stunden ihres Zusammenseins besorgt.

*

»Soll ich dir zeigen, wie von hier oben das Rapsfeld und unser See mit den Anglern und Booten aussieht?«

Sorin redete hastig, stotterte vor Aufregung. Er wickelte sie ins Laken und trug sie auf den Armen ans Fenster. Ja, unten an einem gelb-grünen Rapsfeld lag ein See mit Anglern, mit der Route in der Hand hockten sie am Ufer oder saßen schläfrig in den Booten mitten auf dem Wasser unterm diesigen Himmel.

Dort am Fenster hatten sie gestanden, nackt und fiebrig hatten sie die Sonne über das metallische Gewebe des Sees gleiten sehen, eine vergoldete Kugel. Sie betrachteten das rötliche Grün des Grases, die weißen Enten, die das brackige Wasser aufwirbelten, die vereinzelten Boote auf der bleiernen Fläche und darin die Angler, die ihre Fischernetze im grauöligen Wasser auslegten. Sie lauschten, wie die Hähne in den Höfen der noch nicht niedergerissenen Häuser krähten, die zwischen den Hochhäusern verstreut standen, und atmeten die feuchte Luft, die durch das unverkittete Fenster hereindrang.

Das war ihr erstes Treffen gewesen. Sorin war ganz und gar rot und seine Hände zitterten, während er ihr die Bluse aufknöpfte, sie hatte diesen gierigen Blick bei ihm noch nie gesehen, was ist? hatte er sie gefragt, schämst du dich vor mir? Sie hatte genickt, hatte ihr Gesicht mit dem Ellbogen bedeckt, in ihren Körper war ein scheues Mädchen getreten, das noch nie nackt vor einem Mann gestanden hatte. Sie hatte sich verängstigt die Bettdecke umgeschlungen, um sich zu bedecken. Was hast du?, fragte er noch einmal, seine Wangen brannten und sein Blick war misstrauisch und ängstlich. Als das Bett quietschte, hielt er wieder inne, zitterte, seine Schultern waren schmal und seine Arme hatten dünne Muskeln wie bei einem Jungen, der nicht genug Gymnastik gemacht hatte. Ein seltsames Mitleid überkam sie, als er sein Gesicht in ihrem langen, weichen Haar vergrub. Auch ihr Lachen veränderte sich, war plötzlich besänftigt. Sie ließ ihre Hand hinabgleiten, streichelte seinen Bauch, nahm sein heißes und hartes Geschlecht in die Hand, im grauen Nachmittagslicht. Sie sah sich, gab sich hin mit lustvoll geschlossenen Augen.

Sie würde seine Worte später in der Tram, im Bus vor sich hin sprechen und sich vorstellen, wie er sie gesehen hatte, als er sie ihr zuflüsterte. Wie wunderbar ist das, wie wunderbar, würde sie immer wieder sagen und dabei eigentlich nur an sich selbst denken.

*

»Fängst du?«

Sorin warf ihren Rock auf die kalte Heizung. Der erste wässrige Schnee Anfang November, er hat sich auf den Dächern der winzigen Häuser zwischen den Blocks abgesetzt, der Raureif liegt im schwarzen Geäst der Bäume mit weißfiedrigem Laub. Es zieht vom Fenster her und keine sorgsame Frauenhand hat dort ein Tuch um den Fensterrahmen gelegt.

»Es tut mir leid, aber außer ein paar Stunden in dieser Junggesellenwohnung am Arsch der Welt kann ich dir nichts bieten, Verehrteste«, hatte Sorin bei ihrem ersten Treffen hier verlegen gesagt.

Und sie hatte geschwiegen und in seine hellen Augen geblickt. Gleichgültig? Gerührt? Zufrieden mit seiner zärtlichen Ironie? Etwas von allem.

Am Anfang hatten sie in der Wohnung nur eine Luftmatratze gehabt, einen Tisch und den Körper des anderen, der im gnadenlosen Tageslicht Falten warf, mit zerzaustem Haar, kalten Füßen und dem sauren Atem des ersten Augenblicks, als sie sich küssten.

Und gemeinsame Nächte hatten sie nur wenige gehabt in all den Jahren.

Um einzuschlafen, musst du den anderen verneinen, musst ihn von dir ablösen und ihn in die nächtliche Maschine des Schlafes werfen, die ihn verdaut und ihn in einem wirren Traum zerkaut, ihn mit dem Gesicht anderer Figuren aus deinem Leben maskiert. Zieh langsam deine Arme, Beine, deinen tauben Rumpf zur Seite, befreie dich von ihm und dann vergiss ihn bis zum Erwachen. So schlafen meistens die, die ein langes Leben als Paar vor sich haben, bei dem sie oft alleine sein werden. Die Frischverliebten schlafen mit ineinanderverschränkten Körpern, wissen im Schlaf um die Nähe des anderen, und ihre Träume bringen ihnen im Schlaf den Partner zurück.

Weil beide erwarteten, dass alles von einer Woche auf die andere zu Ende sein könnte, nahmen ihre Treffen die Farbe eines kurzen Glücks an, das ebenso vergänglich war wie das Vergehen der Stunden, was mit ihren Gewohnheiten nicht übereinstimmte. Sie liebten sich mehrere Male, aßen zusammen Herrmannstädter Salami und Räucherschinken mit Brot, tranken, verwechselten ihre Gläser, sie zogen einer nach dem anderen an derselben Zigarette, umarmten sich, und während ein Bein einschlief oder ein Arm, der unter dem

Körper des anderen lag, sprachen sie über die Ereignisse im *Gebäude.*

Aber es gab auch Momente, und sie waren zu lang für das bisschen Zeit, das sie gemeinsam hatten, in denen sie schwiegen. Sie wagten es nicht, alles auszusprechen, was ihnen durch den Kopf ging, um den anderen nicht zu verletzen oder zu verlieren. Oder weil man, indem man schweigt, das Schweigen lernt. Und der See wechselte dauernd die Farben je nach Jahreszeit und Stunde. Zum Sonnenuntergang sah er aus wie eine große, rot entflammte Silberschale. Jetzt, wo der Winter da ist, glitzert er, ist überzogen mit einer silbrigen Kruste. Weiße Bäume mit Eislaub stehen um ihn herum, und vom Ufer sind die Angler verschwunden.

Aber sie werden wiederkehren, wenn der Frühling kommt, und Letitia und Sorin werden immer noch hier sein, ein oder zwei Mal die Woche werden sie hier sein.

Kapitel 2

# Tanzpartys

»Tanzt du mit mir?«, fragt Sorin jedes Mal, wenn aus dem Magnetophon der Nachbarn Frank Sinatras Stimme schallt, es ist immer dasselbe Band, es fängt an mit *All of me, why not take all of me …*

Damals, als sie nur Kollegen gewesen waren, hatte Sorin Letitia bei den Betriebsfeiern immer als Erste aufgefordert. Das letzte Mal hatten sie öffentlich bei Sorins Geburtstag getanzt. Sorin hatte sie damals alle bewirtet wie bei einer Party zu Hause, russischen Stalinskaya-Wodka und Moskovskaya, dazu noch einen polnischen Wodka mit einem Bisonkopf auf dem Etikett und einem aromatisierenden Grashalm, der darin konserviert lag. Dalida, Édith Piaf, The Platters, The Beatles, Charles Aznavour schallten durch die geöffneten Fenster bis hinaus zur Lenin-Statue vor dem *Gebäude.* Man blätterte durch die *Paris Match* von vor acht Monaten und sprach über Tarkowskis *Rubljow.* Alle anspruchsvollen Leute waren verwirrt von der Modernität des Drehbuchs und vom Exotismus dieser bizarren Orthodoxie aus dem Kino gekommen, die eigene Orthodoxie schien dagegen rudimentär, dafür aber entspannt.

Und Sorin tanzte mit großen Schritten, hielt wie immer seinen abgeschotteten, in Kleider und konventionelles Gehabe gehüllten Körper zu dem seiner Partnerin auf Abstand. Aber sie bewegten sich beide wie in einer heißen Kugel und der Blick und die Berührung des anderen brannten. Selbst als sie ihre Tanzpartner gewechselt hatten, spürten sie im Rücken die Bewegungen des anderen, die heiße Kugel isolierte sie im Gelärme, vom Rauch, von der Musik.

Jetzt forderte er sie nicht mehr auf, nur noch in der Wohnung von Freund Florinel. Er hält sie fest, sie ist nackt, er zur Hälfte entkleidet, durch die hängende Baumwolle seiner Einheitsunterhose fühlt sie seine Erektion, *your goodbye left me with eyes that cry.* Sorin hat nie im Wohnheim gewohnt, seine Eltern hatten ihm ein Souterrain-Zimmer in der Stadt gemietet, also hatte er nicht Tag für Tag die vielfache Nacktheit in der Gemeinschaftsdusche gesehen. Er kann auch seinen Körper nicht sich selbst überlassen, ihn von außen betrachten. Jedes Mal, wenn sie mit Sorin tanzt, ist Letitia wieder verwundert über seinen Körper, der immer heißer wird, sobald man ihn seiner Kleider entledigt, *take my lies, I want to lose them, take my arms, I never use them.* Er lacht und drückt ihr das lebende, wachsende Knäul gegen den Bauch, tut's weh? Er lacht und drückt noch fester, *I know that I can be beggar, I can be king,* das Eisengeschlecht wird ihr das Schambein sprengen, um einzudringen, sie stöhnt mit zusammengebissenen Zähnen, er lacht, weißt du denn auch, was Schmerz heißt?

*

Weil Letitia durch ihre Gleichgültigkeit geschützt ist, während der arme Sorin angreifbar und ausgeliefert ist. So beschreibt er das Kräfteverhältnis in ihrer Beziehung während der wenigen Momente der Entspannung. Eine Hand streicht über ihre Brüste, die andere streckt sich nach dem Cinzano-Glas neben dem Bett. »Unsere Beziehung negiert einfach meine komplette Lebensstrategie, der beste Beweis dafür, dass ich abhängig von dir bin«, flüstert er. »Ich bin abhängig von dir«, murmelt sie zärtlich. Sie glaubt, dass sie zärtlich ist, sie glaubt auch, dass sie übertreibt, wenn sie sagt, sie wäre abhängig von ihm. Und während sie ihre Fingerspitzen über seine zarte Haut wandern lässt, aus der ab und zu ein blondes, geringeltes Haar wächst, wundert sie sich nach so vielen Jahren noch immer, dass sie jetzt nicht auf Petrus pelzige Brust trifft. »Du bist abhängig von dir selbst«, antwortet Sorin bescheiden. Es wird die Zeit kommen, in der sie merkt, dass sie nur von ihrer eigenen Vorstellung abhängig ist, so wie es ihr mit Arcan passiert ist, das geht Sorin jedes Mal wieder durch den Kopf.

Er weiß, wenn er in ihre Augen sähe, die in den durchscheinenden Nebel über dem See starren, würde er darin die Angst sehen, dass sie auch an diesem Tag, der zu den sicheren zählt, Gott bewahre!, schwanger werden könnte. Als Letitia ihm erzählt hat, dass ihr Mann sie an den fruchtbaren Tagen nicht anrührt, um sie vor einer heimlichen Abtreibung zu schützen, hat er ihr geglaubt. Er hatte so einiges über die Abenteuer des Universitätslektors Arcan mit seinen Studentinnen gehört, aber er hatte Letitia gegenüber nie eine Anspielung auf die Treulosigkeit ihres Mannes gemacht, warum die Sache noch zusätzlich verkomplizieren? Er war eine vorsichtige und diskrete Person, alle kannten ihn so.

Eine seltsame Trübung, eine Mischung aus Schmerz, Ärger und Erregung überkam ihn, wenn er seiner Phantasie freien Lauf ließ und sie mit gespreizten Beinen vor sich sah, wie sie unter dem großen und immer korpulenteren Mann erdrückt wurde, dem er bei ein paar Parteiversammlungen auf Hauptstadtebene begegnet war. Manchmal, wenn er den Druck des Blutes im Hirn und in den Hoden nicht mehr ertrug, führte er seine Hand zum Hosenschlitz, während ein Porno mit einer Letitia lief, die auf alle Seiten gedreht wurde, vergewaltigt wurde, den Hintern erhoben, den Mund geöffnet, in Positionen, in die er sie gerne gebracht hätte, es aber nicht wagte. Er kämpfte mit diesen Bildern, sie erschöpften ihn, und er war angewidert von sich selbst wie dann, wenn ihm der warme Geruch seiner Eingeweide in die Nase stieg.

*

Jeden Monat gibt es einen Geburtstag, der mit einer Party zum Feierabend begangen wird, Havana Club, Kaffeelikör, Ananaslikör, Mandellikör, Brote mit Dobrogeakäse und Prager Schinken, Murfatlar-Wein, Azuga-Bier und Taaanz! Ab und zu aber schlägt der Ärger des großen Genossen ein wie ein olympischer Blitz und die Aufrechterhaltung der Disziplin geht zuallererst mit der Maßnahme einher, in allen Einrichtungen den Alkoholkonsum zu verbieten. Aber selbst dann kommen die Geburtstagskinder zwei Stunden später an und bringen zwei Schachteln Schokoladenpralinen mit krümeliger Fondant-Füllung mit. Die Frauen erfüllen die Büros mit dem Duft ihrer Parfüms namens Farmec oder Soir de Paris und mit dem kleinen Geticke ihrer Schuhe von Guban, und die Kollegen machen ihnen Komplimente für das neue Kleid. Auf dem Schreibtisch des Jubilars stehen Blumen in Milchflaschen bereit und das Geschenk, für das man gesammelt hat: Stoff für eine Hose oder Pullover für die Männer, Naturseide für ein Kleid oder Stoff für einen Rock für die Frauen, Pelikan-Füller für Kollegen beiderlei Geschlechts. Küsschen, Glückwünsche, die gestandeneren Männer versuchen, die Gefeierte ein Weilchen länger im Arm zu halten, und geben sich väterlich-jovial, und jeder mischt sich für die Zeit, in der er seine zwei oder drei Pralinen kaut und von einem Fuß auf den anderen tritt, in ein Gespräch über Fußballspiele und die neuesten Filme im Kino ein. Kommen Sie mal wieder vorbei, flüstern die Kollegen dem Geburtstagskind komplizenhaft zu.

Gegen Mittag bringt dann ein Familienmitglied eine Tasche mit Wein und Cico-Limonade, selbstgemachtem Kuchen, Broten und einem Päckchen Snagov-Zigaretten. Die Kaffeetassen werden mit Wein gefüllt, greifen Sie bitte zu, und auch ein Stückchen Kuchen, ein Sandwich. Introvertiertere verkrampfen sich auf einem Stuhl, rauchen eine aus dem angebotenen Päckchen, der Gastgeber hat je nach Alter entweder ein Tesla-Magnetophon mit Rock, Twist oder Cha-Cha mitgebracht oder einen Plattenspieler mit Tango, Walzer und Foxtrott.

Langsam wird die Stimmung ausgelassen, man wählt das beste Tanzpaar, die alten illegitimen Paare verfolgen sich mit eifersüchtigen oder verschwörerischen Blicken und merken gar nicht, wie man in der gegenüberliegenden Ecke des Raumes mit gedämpfter Stimme über sie spricht, während die Männer über fünfzig nach ein paar Tassen ihren familiären Gehorsam betrauern. Elvis Presley, Tom Jones, Aznavour, Adamo, Mireille Mathieu ertränken die vom Rauch gereizten Augen in klebriger Gefühligkeit. Es reicht aus, dass einer zufällig seine Augen auf die anderen richtet, um sich selbst auf groteske Art vervielfacht in ihren pathetisch leidenden Blicken wiederzufinden.

*

Nur die Chefs erlauben sich Abweichungen vom Protokoll. Zu Eleonora Opreas Geburtstag werden die Rosen, Nelken, Chrysanthemen mit kleinen verschlossenen Umschlägen versehen, die zwischen den Blättern stecken. Manche der unabhängigen jungen Mitarbeiter stecken Eleonora Dunhill- oder Kent-Päckchen zwischen die Blätter, die sie auf dem Schwarzmarkt erstanden haben. Die Sekretärin erzählte, in einem Jahr wären die weißen Fresien sogar von einem Armreifen aus massivem Silber zusammengehalten worden. Nach mehreren Verdächtigungen wurde die Abteilungschefin entlarvt, die mit ihren Untergebenen morgens nach Hause zu Eleonora gegangen war, um die Glückliche mit Sekt und einem Tonband mit Mircea Crişans Witzen zu wecken.

Der Bruch zwischen Eleonora Oprea und Titus Marga wurde für alle offensichtlich, als der Mitarbeiter der Direktorin Bier und Blätterteigteilchen von der Dobrogeana-Bäckerei mitbrachte, die vor Kurzem in der Nähe seiner Wohnung in der Hristo Botev aufgemacht hatte.

»Titus will seine Ära als volksnaher Direktor beginnen«, sagte Sorin und lachte wiehernd. »Aber warum vertue ich deine kostbare Zeit mit diesem ganzen Unsinn?!«

Er streichelte Letitias rötlich braune Strähnen, die sich auf dem mit Watteklumpen gefüllten Kissen ringelten, und sie schüttelte sich wie gewöhnlich. Sie fühlte sich gestört von jeder fremden Hand, die ihr durchs Haar strich, aber auch davon, dass Sorin wie besessen war von dem ganzen Gerangel am Institut. Um ihn zu entschuldigen, sah sie in ihm den kleinen Jungen, den leidenschaftlichen Fan bei diesem in die Verlängerung gegangenen Wettkampf zwischen den Foren, die Propaganda und Kultur regelten: Eleonoras Mannschaft vom Ministerium und Titus' Mannschaft vom Zentralkomitee.

*

Trotzdem zieht Letitia es vor, Sorin über den Krieg im Institut reden zu hören, als von ihm getestet zu werden, ob sie sich noch mit jemand anderem trifft. Am Anfang fand sie seine Eifersucht schmeichelhaft. Aber der Unmut, den der Mann, der am anderen Ende der Stadt auf sie wartete, mit verkniffenen Augen zurückhielt, erwies sich als ansteckend. Dann ging sie immer seltener mit den Kollegen ein Bier trinken, wenn Sorin nicht auch dabei war. Und da es mit seinen Befragungen weiterging, vermied sie es, Zeit in den Literaturredaktionen zu vertrödeln, als könnte er sie durch die Wände beobachten. Aber auch so konnte sie ihn nicht überzeugen, dass ihr Leben nur noch ein langweiliges Hin und Her zwischen zu Hause und der Arbeit war, so ist es ja auch. Sie tröstet sich nur damit, dass seine inquisitorischen Fragen ihr beweisen, dass sich in all den Jahren nichts zwischen ihnen geändert hat.

Sorin scheint auf ihren Mann nicht eifersüchtig zu sein. Aus Aufrichtigkeit und Zartheit, denkt Letitia. Oder weil er merkt, dass ihre Ehe mit Petru im Grunde beendet ist. Oder er fürchtet sich vor dem Skandal einer möglichen Scheidung und ihre provisorische Beziehung erscheint ihm bequemer als jede andere, das geht ihr durch den Kopf, wenn sie von ihm enttäuscht ist.

*

Wenn sie allein zu Hause ist, nimmt Letitia gleich ihr geheimes Heft heraus: *Ich mag es, dich so zu halten, nackt, ganz fest, als würde ich wollen, dass du unser einziges Fenster nicht mehr siehst, das sich zu dieser Stadt hin öffnet, von der wir beide in unserer Provinzjugend geträumt haben. Um uns herum die kleinen Häuser der Bukarester Vorstadt mit Weinranken und Robinien, an die sich alte Zäune aus schiefen Pfählen lehnen. Der Schnee ist in diesem hellen Februar geschmolzen und die grünen Keimlinge des Rapses sind bereits gesprossen. Wieder kommt ein Frühling, und wir zwei sind immer noch hier und es ist, als hätten wir noch nie Liebe gemacht, mit niemandem, und jetzt würden wir diese unvermeidliche, peinliche Sache erst entdecken. Und dann werde ich mich tagelang krank fühlen, mich an dein Geschlecht erinnern, und wie du dich aufrichtest, um es zu betrachten, während du es immer schneller, immer tiefer in mich hineinstößt. Und ich liege im Bett, erinnere mich an deine warme Schwere und deine Finger, die du in meine Schultern bohrst, wenn deine Augen plötzlich ihren Blick verändern, der schneidend wird, und dann lässt du dich weich auf meine Schulter sinken. Und auf einmal verstehe ich, dass du es so auch mit anderen Frauen schon getan hast, es widert mich an, mir das vorzustellen, und ich hasse dich und ich weiß, dass auch du dich fragst, wie und mit wem ich jetzt gerade schlafe.*

Letitia ist sich bewusst, dass aus solchen Notizen kein Roman werden kann. Und sowieso könnte sie ihn nicht veröffentlichen, ohne Sorin Schaden zuzufügen, der ihr, großzügig, wie er ist, den Rat gibt, zu schreiben.

*

»So viel Köpfchen wirst du doch haben, Lety, um vom Waffenstillstand zwischen dem Genossen und den Schriftstellern zu profitieren! Du merkst ja, was die grade für einen Auftrieb kriegen, wo er ihnen einen Arbeitsort in einer Villa gleich neben seiner Villa gegeben hat! Aber als er sie zum Sozialistischen Realismus zurückführen wollte, da sind ihm die Schriftsteller an die Kehle gegangen! Ich glaub, das ist das letzte Mal, dass er ihnen einen Besuch in dieser Villa abgestattet hat! Die verbotenen Bücher, das bleibt jetzt so, aber bei den anderen, neuen, du wirst schon sehen, die werden durchgewinkt, vielleicht mal eine kleine Drohung oder ein Skandälchen, ein Eingriff, die kommen schon zurecht! Also schreib deine Geschichten endlich zu Ende, wo dir der Verlag schon versprochen hat, sie mit ins Programm zu nehmen! Und dann bete zu Gott, dass dem lieben Genossen nicht noch 'ne neue verrückte Idee kommt, und dann feiern wir dein Debüt!«

Mit der einen Hand streichelt er sie väterlich, mit der anderen schenkt er den Cinzano ein, den er an der Kaderschule der Partei gekauft hat, wo er eine *Auffrischung* absolviert hat, das, was man dreißig Jahre später *Training* nennen wird. Und Letitia sieht verärgert aus dem Fenster. Sie weiß, wenn sie die Treppe runtersteigen wird und zur Bushaltestelle geht, dann wird das, was von hier oben wie ein See aussieht, sich in eine armselige Pfütze Brackwassers verwandeln, umstanden von Tollkirschen und Disteln. Und das ganze Debütfeiern wird nur ein weiteres Treffen in der Wohnung von Freund Florinel sein. Und sie werden nur tanzen, falls der Nachbar sein Magnetophon anschaltet. *I can be happy, I can be sad / I can be good or I can be bad / It all depends on you.*

Frank Sinatras Stimme ist manchmal so deutlich von den Nachbarn zu hören, als stünde das Magnetophon auf dem Tisch, neben dem Sorin und Letitia sich hastig ausziehen. Sie versteht nicht alle Wörter, sie bekommt es nicht mehr hin, ernsthaft Englisch zu lernen, seit sie angefangen hat, in Literaturzeitschriften zu publizieren, du, ich weiß einfach nicht wann!, sag du mir, wann ich dazu Zeit haben soll!, so hat sie vor Längerem Petru ihr Leid geklagt.

»Deine Sache, ob du dir Zeit dafür nimmst! Ich hab nur gesagt, ohne Englisch kommst du *drüben* nicht durch«, war seine ungehaltene Antwort.

*

Petru kommt immer später nach Hause. Wenn sie den Schlüssel in der Tür hört, stopft Letitia schnell das Heft unter die Matratze und das falsche Lächeln gefriert auf ihrem Gesicht, sobald sie seine verärgerte Miene sieht: Hat er etwa das mit Sorin herausgefunden? Sie beeilt sich, das Tischtuch auszubreiten, aber meistens murmelt er, er wäre müde, er hätte schon gegessen, er hätte zu tun. Egal, wie schnell er in sein Arbeitszimmer geht, sie riecht die Alkoholfahne doch. Manchmal stolpert er fluchend über die mit Schnur verknoteten Buchpakete, die auf dem Flur zum Badezimmer in Stapeln herumliegen, bevor er schnurstracks in sein Zimmer läuft, um mit der Weinflasche neben sich zu arbeiten. Die Bücherstapel geben der Wohnung den Anstrich eines Provisoriums, in das sie sich vor so langer Zeit begeben haben, dass schon lang ein neues Regal des Dana-Regalsystems hätte gekauft werden können.

In der letzten Zeit ist Petru schlecht gelaunt, weil von seinem möglichen Aufenthalt in Deutschland, in Bochum, nichts mehr zu hören war. Wer hat da seine böse Hand im Spiel? Serioja Sârbu, der Playboy hier im Primaverii-Viertel? Oder Dănuţ Iliescu, um die Gefängnisjahre seines Vaters einzulösen? Oder ist es Manuelas politisches Asyl oder die dreckige Akte der Familie Branea, Letitias Mitgift? Oder kommt alles von seinem idiotischen Aufenthalt in China?

Petru ist seit einiger Zeit ein Nervenbündel und er streitet sich die ganze Zeit mit Letitia. Aber wäre sie dazu imstande, drei Jahre nach *drüben* zu gehen? Zu gehen und Sorin hier zurückzulassen? Was will sie eigentlich?

*

Sorin ist unfähig, der Aggressivität der Leute anders zu begegnen als mit einem ironischen Lächeln, das er wiederum durch eine hastige Versöhnungsgeste auslöscht. Letitia kommt es so vor, als würde sie in ihm ihren Onkel Ion wiedererkennen, der ihr damals den Vater ersetzt hat, bis eines Nachts sein vom Misserfolg erschöpftes Herz explodierte. Sogar Sorins Büro voller aufgeschlagener Zeitungen und die Fieberhaftigkeit, mit der er dazu Kommentare von sich gibt, erinnern sie an die Abende, an denen Onkel Ion und sein Bruder Biţă beim stechenden Geruch des Gasherds in der Sommerküche im Hof flüsternd über Jalta und Genf diskutierten.

Darum kommt Letitia Sorins Loyalität, diese arme nackte Insel umgeben von drohenden Wogen, so vor wie das einzige Stück Boden, auf dem sie sicheren Schrittes gehen kann. Aber in der Teestube beneidet sie die Paare, die ihre Hände ineinander verschränken, die aus demselben Glas trinken und sich mit Blicken suchen, wenn sie mal eine halbe Stunde voneinander getrennt sind. Und sie beide! So viele Stunden zusammen im *Gebäude*, nur ein paar Türen voneinander entfernt, sein Leben ist dabei für sie genauso wenig sichtbar wie für die anderen, aber es wird übergroß in ihrer Besessenheit, es umgibt sie wie die Porträts des Genossen und verschlingt alles um sie herum. Und es kommt ihr immer unverständlicher vor, je mehr Einzelheiten sie erfährt.

Nichts scheint Letitia interessanter auf dieser Welt, als zu wissen, was Sorin tut, jede einzelne Minute. Ihre Gedanken kehren immer wieder zu ihm zurück, obwohl sie verzweifelt versucht, ihn zu vergessen.

Sie ist auch überzeugt, dass der tägliche Besuch Sorins in ihrem Büro nicht nur die letzte Station auf der täglichen Runde ist, sondern ein Beweis seiner leidenschaftlichen Zuneigung. Darum liegen die Tage, an denen er es nicht bis zu ihr schafft, wie tot vor ihr, wie ein Zahn, dem der Nerv gezogen wurde.

*

Und da ist das bescheidene Klopfen an der Bürotür, das Letitia als Erste hört, denn sie wartet schon lange darauf. Sie leert den Aschenbecher voller Stummel im Mülleimer aus, geht das Fenster öffnen und stützt ihre geballten Fäuste auf den kühlen Marmor des Fensterbretts. Durch den Nebel, der das Büro erfüllt hat, spürt sie seine Gegenwart, die überzeichnet ist durch das Verbot, sich ihm zu nähern. Sie ist selbst verwundert über die Spannungsblitze, die sie von der Brust bis unter den Bauch durchfahren, wie wenn sein großer weißer Körper erregt ist, zu brennen beginnt, sein Geschlecht unter ihrer unerfahrenen Hand zu wachsen beginnt. Sie sieht aus dem Fenster, ist gedemütigt, weil sie ihre Regungen unter Kontrolle halten muss und ihren Blick, der so geschmeichelt ist davon, dass der interessanteste Mann im Institut dieses Theater mit ihr spielt, nur um eine Viertelstunde gemeinsam mit ihr die vom Qualm der filterlosen Amiral- und Carpați-Zigaretten erfüllte Luft zu atmen. Die geheime körperliche Nähe hat sie auf der Ebene ihrer Eingeweide miteinander verbunden und sie spürt innerlich, wie Sorin verzweifelt versucht, sein Gesicht ruhig zu halten. Aber kein Muskel in Letitias Miene verrät den Widerwillen, mit dem sie die phrasenhafte Unterhaltung ihrer Kollegen erträgt.

*

»Trotzdem, wann wird der Direktor ernannt?«

»Glaubst du denn, Sorin, dass unsere zwei, Titus und Eleonora, irgendeine Chance haben?«

»Willst du ihn jetzt fragen, wer von denen eine Chance hat?«

»Ausgerechnet Sorin hast du dir dafür ausgeguckt? Der Mann mit dem Vorhängeschloss vorm Mund!«

Es ist ein Büro mit wohlerzogenen Leuten, mit vorhersehbaren Sprüchen: Einer wirft den Ball und der Gast fängt ihn ordentlich auf und wirft ihn zurück, schwupp, schwupp.

»Wenn nicht beide von ihnen eine Chance hätten, würden wir doch darüber nicht mehr reden!«

Olarus Antwort war wie immer rätselhaft: »Ja und Nein. Auch wenn ich Zugang zu den Parteigeheimnissen habe, erwartet nicht, dass ich hier den Krieg im Institut nähre.«

»Haben Sie noch was wegen der untersagten Bücher gehört, Genosse Olaru?« Harry Fischer, der Gelehrte des Instituts! Mit einer zerfressenen Aktentasche voller Abhandlungen, die er zwischen Arbeit und Zuhause hin und her schleppt. Für sie ist er hiergeblieben, als seine Eltern und Geschwister nach Israel gegangen sind, sagen manche. Gheorghe Gheorghe, der Parteisekretär *aus der Reihe der Arbeiter*, wie er selbst sich bei den Sitzungen vorstellt, oder Securitate-Offizier, wie Sorin Letitia zugeflüstert hat, sagt Fischer oft lachend ins Gesicht, er sei ein Mossad-Agent. Die Art Witze, die auch die schlaue Dorina fabriziert. Aber Harry Fischer lacht, wenn er das hört. Und was ist er dann eigentlich? Naiv? Gedankenlos? Provokant? Besser, man hat mit Fischer nichts zu tun, sagen *die Vernünftigen.*

Sorin bittet um eine Zigarette, verschluckt sich am ersten Zug, hustet, die anderen lachen, ein Glas Wasser verdammt, der Mann erstickt noch! So, die Frage ist vergessen!

Aus dem offenen Fenster gelehnt betrachtet Letitia die Beete mit den duftlosen roten Blumen, die um die Lenin-Statue angelegt sind.

*

*Lenin ist heute noch lebendiger als zu Lebzeiten.*

Auf der Postkarte mit dem Foto des jungen Lenin, die Harry Fischer seinen Kollegen aus Moskau geschickt hatte, hatte er Majakowskis Vers ins Rumänische übersetzt: *Lenin ist heute noch lebendiger als zu Lebzeiten.* Er wusste, dass nur noch wenige sich an das kyrillische Alphabet erinnern würden, das in den obligatorischen Russischstunden so schwer erlernt worden war, während man mit Knöpfen Fußball spielte, schweinische Bemerkungen über die Klassenkameradinnen flüsterte und Papierflugzeuge zum Lehrerpult schickte.

Der Ausflug in die Sowjetunion über die ONT, das nationale Tourismusbüro, sollte seine einzige Auslandsreise bleiben. Bald würden seine letzten Verwandten die Ausreisebewilligung nach Israel bekommen und all seine späteren Anträge auf Reisen ins Ausland würden abgewiesen. Majakowskis Verse würden in seiner Akte genauso wichtig sein wie die unvorsichtigen Fragen, die er im Büro in die Runde warf.

Die Postkarte wurde von den Kollegen mit derselben Gleichgültigkeit behandelt wie deren Absender, wurde von

Schreibtisch zu Schreibtisch geworfen, bis sie im Papierkorb landete. Dort fischte sie die aufmerksame Putzfrau heraus und übergab sie dem Kader Gallotschik. Und dieser übergab sie dem Securitate-Offizier in Zivil Ludovic Vistig, dessen letzter Arbeitsauftrag vor der Rente die geheime Überwachung des Instituts war.

Offizier Vistig blätterte durch die mit informatorischen Anmerkungen übervolle Akte, welche die Verachtung Daniel Harry Fischers für die Reden unseres Genossen Generalsekretärs anzeigten. Die neueste Eintragung verlangte nach eiligster Überprüfung der Verbindungen Daniel Harry Fischers mit dem Mossad und dem CIA und seine Platzierung auf die Listen des bei der nächsten Reorganisation zu reduzierenden Personals. Die älteste Eintragung meldete, Daniel Harry Fischers Eltern hätten ihn nach dem Imperialistenschwein, dem Präsidenten von Amerika, Harry Truman, genannt, und auf dieser Grundlage schlage man den Parteiausschluss des Obengenannten vor.

Offizier Vistig war sich nicht mehr sicher, warum er irgendwann an den Rand dieser Bemerkung ein Fragezeichen gemacht hatte. Vielleicht hatte er gemerkt, dass Daniel Harry Fischer 1939 geboren war, während Harry Truman erst 1945 zum Präsident des widerwärtigen Amerika gewählt wurde.

*

Seit einiger Zeit gab man denen, die eine ähnliche Biographie und ein ähnliches Alter hatten wie Offizier Vistig, täglich zu verstehen, sie wären Dinosaurier am Ende des Mesozoikums.

Seine Karriere hatte '46 unter dem Schatzmeister der Partei, Gheorghe Pintilie, als Dolmetscher begonnen. Bevor Pintilie zum Chef der Volkssicherheit und sein Name nur noch mit Furcht ausgesprochen wurde, nannten ihn alle

Pantiuşa. Obwohl er in seine Reichweite gelangt war, erfuhr Ludovic Vistig nichts weiter über ihn, als dass er in Tiraspol in der UdSSR zur Welt gekommen war, immer eine Wodkaflasche dabeihatte und das erweiterte Netz des KGB leitete.

Man kann schuldig befunden werden für alles Mögliche, was man getan hat, oder für alles Mögliche, was man nicht getan hat, wer wüsste das besser als der Securitate-Offizier Ludovic Vistig? Er war jeden Tag in Uniform oder Zivil zur Arbeit gegangen, um nach dem Diktat der Parteilinie, dem Willen seines Chefs und seiner selbst die Schuldigen zu inventarisieren und anzuklagen. Und er hatte sich dazu die hoch angesehenen Fähigkeiten eines Arrangeurs angeeignet, er organisierte Jagden und Feiern mit Varieté-Tänzerinnen in den Villen der Partei*, er schlug die Verhaftung von *Klassenfeinden* vor und schob dann den *Genossen mit besonderen Verdiensten* deren prunkvolle Wohnungen zu, zusammen mit den Stilmöbeln, den Bildern von Andreescu, Pallady, Şirato, Iser, dem Schmuck, den Pelzen und dem Tafelsilber.

Wie viele unsägliche Dinge seine Biographie auch immer verbarg, er hatte nichts aus Fanatismus getan und auch nichts aus Impulsivität. Er wurde befördert, belobigt, kritisiert, ausgezeichnet, verhört, von da nach da verschoben, bis zum IX. Kongress kannte er die Direktion der Securitate wie seine Westentasche. Eine Zeit lang hatte er mit nichts als der Angst anderer zu tun, später lernte er seine eigene Angst kennen, triefende Schweißattacken, Krämpfe und Durchfall.

Jetzt merkte er, dass er jeden Moment Gefahr lief, in Rente

* In den Häusern ehemaliger Wohlhabender feierten die kommunistischen Würdenträger, vor allem die mit hohen Rängen aus anderen kommunistischen Ländern. Weniger prunkvolle Häuser wurden von den niederen Rängen benutzt, um dort zu feiern. Es gab alles, was man brauchte, Jagdutensilien, Getränke etc.

geschickt zu werden: Eine umso unangenehmere Sache, als er eine junge Frau und ein Vorschulkind hatte.

*

Lachend wedelte er vor der Interims-Direktorin mit der Postkarte, auf der der junge Lenin sich in einem Sessel fläzte. Noch hält sie sich gut, die Genossin Eleonora Oprea, und so eine Fickrige ist sie gewesen! Darum hat Paşenka Lucaci, ihr großer Mentor, nie die Finger von ihr gelassen! Wenn es einen gibt, der weiß, wie unsere Eleonora miauen kann, dann ist das wohl Offizier Vistig. Und die Aufnahmen bewahrt er gut auf und sie werden da landen, *wo sie hingehören*, wie der Kader Witja Gallotschik sagt. Genossin Oprea hat ihr ganzes Leben ihren Arsch ins Feld geführt, und es ist ihr gut damit gegangen. Sogar jetzt noch knöpft sie ihre Bluse auf und zeigt den Abteilungsleiterinnen, mit denen sie auf gutem Fuß steht, was für prachtvolle Titten sie hat, die haben eben nicht den Mut, ihre wabbeligen Dinger rauszuholen.

»Sehen Sie, wo wir hinkommen, wenn wir den Tag der Großen Sozialistischen Oktoberrevolution nicht mehr feiern wie früher?«, warf Offizier Vistig ein und ließ seine Stimme dabei sanft klingen, »mit Ihrer Erlaubnis, Genossin Direktorin, werde ich …«

»Mit meiner Erlaubnis? Warum, Genosse Offizier?« Eleonora klimperte mit den noch immer langen, dichten Wimpern und ihr Blick wurde plötzlich streng, was für eine ekelhafte Provokation! Viele Häute hat diese Schlange schon abgeworfen, aber Paşenka Lucaci, ihr treuer Geliebter aus der Jugend, der im Kulturbereich noch immer allmächtig war, selbst wenn er nicht mehr als Berater des Premierministers fungierte, hatte ihr geflüstert, dass sie diesen Securisten Vistig bald loswerden würde, und den Kader Gallotschik auch! Die Garnituren wurden gewechselt, die alten Leute, die direkt nach Moskau Bericht erstatteten, konnten nach Hause gehen, und die neue Generation, die hier geschult ist und die wir in der Hand haben, ist im Kommen!

Eisig reichte sie ihm das Päckchen Lucky Strike und Vistig nahm grinsend eine Zigarette, saß steif da in seinem matten Seidenblouson, die Aktentasche zwischen den gespreizten Beinen. Eleonora bediente das Feuerzeug und nahm den ersten Zug, der andere wich wie gewöhnlich ihren Blicken aus. So saßen sie da, schwiegen, die Herrin, die sicher war, ihrem frechen Diener eins auswischen zu können, und ein riesiger Mann mit Spuren von Erbrochenem im fahlen Gesicht, der ihr gerade eine Falle gestellt hat. Jedes Mal wurde Eleonora vor dem Genossen Vistig wieder zu dem, was sie tief in ihrem Herzen geblieben war: zu einem Mädchen mit rotem Käppchen, das der böse Wolf jederzeit verschlingen konnte.

Aber auch heute würde ihm das nicht glücken, so wie es ihm auch früher nie geglückt ist, denn Eleonora kann sich klitzeklein machen und mit ihrer sorgfältig manikürten Hand abwinken:

»Nein, Genosse Offizier, nein! Das gehört zu Ihrem Aufgabenbereich! Zu Ihrem Institut!«

*

Letitia hat keine Ahnung von der Postkarte, die Harry Fischer irgendwann geschickt hat, auch nicht davon, dass es irgendwo einen Offizier Vistig gibt, der ihr Böses will. Damit die anderen ihr nichts ansehen, seit Sorin im Büro aufgetaucht ist, schaut sie aus dem Fenster. Gerade ist die erste Schicht aus der Druckerei gekommen und die mit Taschen beladenen Frauen beobachten lachend zwei Hunde, die einander umschleichen. Den weißen mit kurzen, starken Beinen kennt Letitia von heute Morgen, seit sie wegen des Arbeitsbuchs herumläuft. Den anderen hat sie noch nie gesehen, ein Mischling mit braunen und schwarzen Flecken, der so klein ist, er scheint ein Welpe zu sein. Als sie anfangen, sich zu jagen, merkt sie, dass der Kleine eine Hündin ist, sie drehen sich im Kreis, der Weiße neigt sich immer zu ihr hinunter und schnuppert unter ihrem Schwanz, sie flieht, rennt, und er hinter ihr her, dann recken sie einander die Köpfe hin und plötzlich stellt er sich auf die Hinterbeine, bellt kurz und hat sie bestiegen. Die Hündin bleibt reglos stehen, während der alte weiße Hund seinen Körper vor und zurück bewegt, kurz und schnell.

Ein Volga, ein Pobeda, der eine oder andere Renault gleiten sachte vor die Treppe des *Gebäudes*, es ist die Uhrzeit, zu der die großen Chefs aussteigen. Der Pförtner mit Litzen gibt dem Heizungsmechaniker verzweifelt zu verstehen, jag diese schamlosen Köter weg, siehst du nicht, was die da treiben? Die Schiebermütze des Mechanikers taucht auf, taucht ab, endlich hat er zwischen den Blumenbeeten einen Stein gefunden, um ihn auf die verhakten Hunde zu werfen. Ein entsetzliches Jaulen, sind sie wegen des Schocks so, Schwanz an Schwanz, ineinander verhakt geblieben? Oder sind sie zu unterschiedlich groß für eine Paarung? Der Weiße rennt auf seinen kurzen, kräftigen Beinen davon, bellt und zerrt die Mischlingshündin hinter sich her, sie jault, die Gruppe aus der Druckerei bleibt stehen, sie lachen, zeigen mit dem Finger, machen wahrscheinlich schweinische Bemerkungen, der Pförtner mit den Litzen schreit nach dem Mechaniker, der an der Lenin-Statue nach noch mehr Steinen sucht, und die beiden ineinander verhakten Hunde rennen weiter.

Erst als sie zwischen dem spitzen Gebell ein weinerliches Jaulen hört und die beiden Hunde sieht, wie sie jeder in eine andere Richtung fliehen, wendet sich Letitia wieder den anderen zu, ihre Miene ist getrübt von einer schmutzigen Erregung. Alle, die es in den Westen rüberschaffen, gehen da in Pornofilme, sie würde auch hingehen, wenn sie einen Pass bekäme, aber sie hat nicht einmal die Empfehlung des Instituts bekommen, als sie vor ein paar Jahren mit Petru zu einer Konferenz nach Belgrad hätte reisen können.

*

Sorin schlürft im Stehen die letzten Schlucke des ihm angebotenen Kaffees. Er scheint bereit zum Aufbruch, ein Soldat bei den Waffen, vor allem, weil vor ein paar Minuten Titus Marga, der Mitarbeiter der Direktorin, hereingekommen ist. Die Sätze überschneiden sich.

»Es hat mir ums Geld leidgetan, als ich aus *Love Story* rauskam! Schwach! Schwach!«

»Wieso?! Meine Frau und meine Tochter haben geheult wie die Schlosshunde!«

»Gestern bei Leonida gab's Orangen ohne Anstehen.«

»Ihr werdet noch von der Mannschaft hören! Ihr werdet noch von der Uni Craiova hören, glaubt mir!«

»Was meinst du, Titus, zur Absetzung des Premierministers? Ausgerechnet Maurer* soll jetzt aufs Abstellgleis, der hat doch unserem Genossen in einem entscheidenden Augenblick geholfen ...«

Ein furchteinflößendes Lexikon, dieser Harry, der liest alles, der weiß alles. Er hat auch Letitia ein Kompliment für ihre in der *Noua Literatură* erschienene Novelle gemacht und sie hat ihm gedankt, ein Zeichen des Respekts. Ebenso respektvoll lauscht sie ihm auch jetzt, doch sobald es ihr so vorkommt, dass niemand sie beobachtet, lässt sie einen trüben,

* Ion Gheorghe-Maurer (1902–2000), Anwalt, Mitglied des Politbüros und Ministerpräsident. Er half maßgeblich dabei, das Ceaușescu-Regime aufzubauen, indem er sich im Konflikt mit großen Teilen der Parteihierarchie dafür einsetzte, die Opposition innerhalb der Partei zum Schweigen zu bringen, bzw. ihnen seine Unterstützung entzog.

triefenden Blick zu Sorin hinüberfließen. Aber heimlich, alles nur heimlich. Sie hat gelernt, immer etwas hinter ihren Blicken zu verbergen. »Komm, jetzt mal ehrlich, Harry! Maurer hätte schon längst weggesollt! Was ist das für ein Premierminister, der fünf Tage die Woche zur Jagd geht?«, widerspricht ihm Titus Marga.

Er sitzt mit einer Hinterbacke auf der Schreibtischkante und fuchtelt mit einer Tasse abgekühlten Kaffees herum. Er duzt sich mit den Untergebenen, falls er den Krieg gegen Eleonora gewinnt, wird Titus Marga wirklich ein beliebter Chef sein, hat Sorin neulich zu Letitia gesagt. Er hatte ein starres Lächeln und unruhige Augen, er war einer der Günstlinge der Direktorin.

»Es gab doch schon länger Anzeichen, dass er in Ungnade gefallen ist. Er hat doch diesen komischen Unfall gehabt, ein Lastwagen, der über einen Premierminister fährt, der grade von der Jagd kommt …«, fuhr Fischer freudig darüber fort, dass ihn jemand beachtete.

»Na, siehst du, Harry, genau das hab ich doch auch gesagt. Der Premierminister war für den großen Genossen am Anfang noch nützlich, jetzt ist er ihm nicht mehr nützlich und basta! Das ist Politik, meine Lieben!« Titus lacht und schüttelt seinen Lockenkopf.

Und ihm ist Eleonora nützlich gewesen, als sie ihn wieder in die Partei aufgenommen und seine Akte frisiert hat, jetzt ist sie es nicht mehr und Titus steigt so rasant auf, als hätte er eine Rakete im Hosenboden, denkt Sorin und sieht ihn dabei scheel an.

Titus' Haare sind nur an den Schläfen ergraut, sein ehemals sportlicher Körper hat noch seine Reflexe, mit einem Sprung ist er bei der Tür, auf dem Flur, während Harry Fischer fortfährt:

»Trotzdem, Maurer ist ein Intellektueller! Einer der wenigen! Und im Westen gern gesehen! Er war '49 in der offiziellen Delegation in Paris*, die es nicht schaffte, für Rumänien, trotz aller Unterstützung durch die Emigranten, den Alliierten-Status zu bekommen! Man hatte von den Deportationen nach Transnistrien** erfahren ...«

*

Sie blinzeln sich zu, he, komm, Alter, wir weinen jetzt nicht vor Mitleid mit diesem Maurer, der immer schön gefeiert hat, immer bei der Jagd und zum Shopping im Ausland, richtig fürstlich! Und wir haben auch keine Geduld, uns dein Gequatsche anzuhören, so kurz vor Feierabend! Und wegen der Deportationen, entschuldige mal! Uns Rumänen kann man vieles vorwerfen, aber Deportationen, das ist wirklich zu viel! Rumänien ist das Land, das seine Juden nicht nach Auschwitz geschickt hat, wer kann das schon von sich behaupten? Siehst du, wie Fischer hier sein wahres Gesicht zeigt und uns politische Lehren erteilen will mit dem, was er da beim Eidechschen*** aufgeschnappt hat? Ein Glück mit diesem gewitzten Sorin Olaru, ja, der hat ihm eine Antwort reingewürgt, tja, Fischerchen, da hast du, was du verdienst!

»Unergründlich sind die Wege des Herrn!«, sagt Sorin und nähert sich dem Fenster, an dem Letitia lehnt.

* Vom 23. Mai bis 11. Juni 1949 versuchten die Außenminister der Vereinigten Staaten, der Sowjetunion, Frankreichs und des Vereinigten Königreichs eine Antwort auf die schwierige Frage nach der Zukunft Deutschlands zu finden.

** Transnistrien war das Ziel umfangreicher Deportationen aus dem rumänischen Herrschaftsbereich. Dorthin wurden 130.000 bis 145.000 Juden sowie etwa 25.000 Roma aus Rumänien deportiert.

*** Kritische politische Anspielungen nannte man im Volksmund ironisch Eidechsen. Das Eindechschen war der ironische Name für Radio Freies Europa, Free Europe, mit Sitz in München, einem mit den Zuständen der kommunistischen Länder während des Kalten Krieges sehr kritischen Sender.

Was wollte uns Sorin Olaru mit diesem Rätsel sagen? Er hat diesen biblischen Stil nachgemacht, den er von seinem Verwandten hat, dem Kirchenvorstand Sofronie, den der rumänische Staat zu einer Kirche in Deutschland geschickt hat, aber die Emigrierten da haben ihn bezichtigt, einer von der Legionärsbewegung zu sein, ein Faschist oder ein Securist oder beides, und sie haben ihn wieder nach Hause geschickt. Da wird wohl noch viel im Argen liegen in Olarus Akte, darum ist er auch so zugeknöpft, und wenn er seinen Mund mal aufmacht, dann faselt er irgendwas vor sich hin, so wie jetzt.

Letitia hat die Geschichte von Sorins Onkel beim morgendlichen Kaffee in Lilianas Büro gehört, wo Titus auch hinkommt. Eine hässliche Kampagne gegen den armen Popen, hat der allwissende Titus abschließend gesagt.

Und Letitia hat bei Sorin nicht nachgefragt. Sein Leben wird immer mysteriöser, seit sie ihn liebt.

Auf Wiedersehen, Genosse Olaru, kommen Sie doch morgen wieder! Die Kollegen stecken den Kopf aus der Tür, um zu sehen, ob man sich schon zum Feierabend austragen kann.

Die Hand, deren einziger Zweck es ist, Letitia zu streicheln, die an den Spitzen schmaler werdenden Finger, die gelernt haben, ihr Geschlecht zu spreizen, die die Zigarette im Aschenbecher ausdrücken, wie schwer ist es, wenn er auf dich wartet, sie winken beim Gehen einen Gruß.

Draußen ist ein frischer Juninachmittag. Auf dem Weg zum Bus, zwischen dem glänzenden Laub der Bäume, das saftig ist wie das von Zitruspflanzen, und nicht zerfressen von Rost oder matt von der Hitze, wie es in einem Monat sein wird, dort fallen die weißen Maulbeeren schmatzend auf den Asphalt. Das frisch gemähte Gras ist vom nahenden Abend ebenfalls feucht. Feine Wolken sammeln sich, aus denen der Regen ein paar Tropfen fallen lassen wird, und schnell wird es wieder aufhören.

Das *Gebäude* steht dort in der kühlen Heiterkeit der Juninacht, und so wird Sorin es wahrnehmen, wenn er erst spät von dort losgeht, weil ein zielstrebiger Abteilungsleiter eben Überstunden macht.

Kapitel 3

# Die glückliche Generation

»Unsere Eltern, Lety, haben uns ihre Furcht vor schwarzen Autos und Verhaftungen mitgegeben, weil sie dachten, man würde auch uns zu Klassenfeinden erklären! Aber uns hat dieses Regime erzogen! Es hat uns die Pionierkrawatte um den Hals geknotet, es hat uns das UTC*-Parteibuch in die Hand gedrückt!«

Sorin lacht ironisch, nimmt die Flasche Żubrówka, füllt das Glas, das auf dem Tisch steht, nimmt den ersten Schluck und zwingt sich, nicht das Gesicht zu verziehen. Er gestikuliert, während er mit großen Schritten auf und ab läuft: schief sitzende Tetra-Unterhosen, auf der Brust seine roten Härchen, die Schultern voller Sommersprossen.

Letitia streckt die Hand nach ihm aus, um ihn zu sich ins Bett zu holen. Sie sitzt wie meistens im Schneidersitz, hat sich in ein Laken gehüllt und nippt mit Vorsicht an dem polnischen Wodka. Aber er ereifert sich und läuft barfuß über den maschinengewebten Perserteppich, der voll ist mit dem weißen Staub, der über diesem Viertel mit seinem inzwischen gewohnten Baulärm schwebt: Hammerschläge, Rufe, endloses Gebrumm. Letitia hasst noch immer die schiefen Straßen und alten Häuser der Provinzstadt, in der sie aufgewachsen ist, und freut sich, wenn sie sieht, wie sich Bukarest wie ein Fleck Öl ausbreitet, mit diesen neuen Blocks in Pastellfarben, Cremeweiß, Mattgrün, Rosa, die neu riechen.

* Union der kommunistischen Jugend

So wie auch ihr provisorisches Leben mit Sorin noch neu riecht.

*

»Weißt du, dass wir die Generation der Befreiung sind?! Eine glückliche Generation«, sagt er.

Die Generation der Befreiung? Sie hat überhaupt keine Lust, über so etwas nachzudenken. Den ganzen Weg bis hierher hat sie nur gemerkt, dass Sommer ist: ein neuer Sommer mit schwerem, rauschendem Grün. Die sanfte, kühle Luft des späten Junis, flimmerndes, goldenes Licht auf dem Asphalt, die gelben, roten, weißen Tupfen der Blüten in den Büschen rings um die noch nicht abgerissenen kleinen Häuser und eine ganze Stadt, die sich mit ihr beeilt, am Handgelenk nach den Minuten schaut, den Bus besteigt, ihn sich zur Seite neigen lässt. Gesichter abseits von Körpern, sie tauchen an den Fenstern der Trams auf genau wie ihrs, mit Bedauern sieht sie ihnen zu, wie sie zusammen mit ihren unbekannten Leben weitergetragen werden.

»*Die Generation der Befreiung*! Wie findest du diesen Titel?«, schlägt Sorin ihr vor.

Sie wiegt zweifelnd den Kopf, sie hat sich schließlich ihre ganze Kindheit gelangweilt, wenn sie vor dem Film die Nachrichten sah und die Stimme aus dem Off hörte: *Es lebe der 23. August, der Tag der Befreiung unseres Landes vom faschistischen Joch durch die Sowjetarmee!* Dann im Vordergrund das Gesicht des sowjetischen Panzerfahrers, die Frauen mit Blumensträußen am Straßenrand und Panzer mit rotem Stern auf der Piața Palatului. Und im Garten unter dem blühenden Birnbaum saß Biță, der Onkel Ion etwas über die Saufgelage der russischen Soldaten zuraunte, über Vergewaltigungen, über die Geschäfte, deren entsetzte Besitzer die Rollläden herunterließen.

*

Aber die Pionierin Letitia Branea ärgerte sich über ganz andere Dinge, wenn sie, weil sie wuchs, auf dem mit einem Stuhl verlängerten Bett aufgelöst vor sich hin weinte und sich die Decke über den Kopf zog. Obwohl sie doch die Schulurkunde für den ersten Platz und den Blumenkranz bekommen hatte, bekam nicht sie den Rapport von den Leitern der Abteilungen, sondern Jeni, die nur eine lobende Erwähnung hatte, und bevor die Fahne gehisst wurde, schrie: Einheit! Stillgestanden! Letitia hatten sie nicht mal zur Gruppenleiterin berufen, geschweige denn zur Leiterin der Abteilung oder der Einheit, denn irgendwer aus Vaters Familie oder sogar Vater selber, an den sie sich übrigens nicht mal erinnerte, hatte irgendwas gemacht.

»Statt zufrieden zu sein, dass sie aus Sympathie für deinen Onkel Ion ein Auge zugedrückt haben und du Pionierin werden durftest, machst du jetzt auch noch ein langes Gesicht!«, schimpfte Mama. Und schließlich, wobei sie sie schräg ansah, was Letitia immer noch ängstigt, sobald sie daran denkt: »So wie du es angehst, wirst du nie glücklich im Leben werden, denn du bist nie zufrieden mit dem, was du hast!«

Müsste sie nicht auch jetzt zufrieden mit ihrem Leben sein, so eingeteilt zwischen zwei Männern? Aber wenn sie nach Hause kommt, wird sie ihr Gesicht vor den düsteren Blicken Petrus verbergen, ich bin so müde, so müde, wird sie murmeln. Und sie wird sich aufs Bett werfen, wird die Decke bis über die Ohren ziehen und sich anstrengen, nur an das zu denken, was sie mit Sorin getan und gesprochen hat. Ihre gemeinsamen Momente werden, wenn sie hinter ihren geschlossenen Augenlidern ablaufen, noch intensiver erscheinen, als sie sie erlebt hat.

*

Ein paar Jahre darauf redete die Stimme aus dem Off von einem Volksaufstand, der von der Kommunistischen Partei

Rumäniens angeführt wurde. Anstelle der sowjetischen Soldaten zeigten die neuen aktuellen Nachrichten kraftstrotzende Traktoristen, die irgendwelchen jungen Frauen mit niedlich im Nacken gebundenen Kopftüchern zulächelten. Und *die Äcker lachen der Sonne*, dazu die Traktoren, die Säer, die Spelzmaschinen, genau wie in dem Lied, das die Bilder untermalte.

Die Kollektivierung der Landwirtschaft war an die Stelle der Befreiung getreten, eigentlich war sie schon beendet, ohne dass sie wussten, wie ihnen geschehen war, denn Sorin hat recht, sie sind eine glückliche Generation! Darum hatte Letitia mit ihrem ersten Liebsten, Mihai aus der Klasse 10b, Kürbiskerne geknabbert und im Dunkeln des Kinosaals gehockt und darauf gewartet, dass der französische Film anfing, *Fanfan la Tulipe!* Mit Gérard Philipe!

Hier herrscht grade eine Zeit der Entspannung, merkt man das bei euch auch?, hatte Biță Onkel Ion im Flüsterton gefragt.

*

Sorin stellt das Wodkaglas auf den Boden und kriecht schnell neben Letitia unters Laken. Er schiebt ihr langes, wirres Haar beiseite, ihr Nackenhaar sträubt sich von seinem warmen Atem, er beißt ihr ins Ohrläppchen, er lässt seine feuchten Lippen und die Zunge hemmungslos über die Brüste, den Bauch wandern. Obwohl schon so viel Zeit vergangen ist, freut er sich immer noch, dass sie hier ist und sich ihm wie immer willig hingibt. Noch immer wundert er sich, dass er wirklich eine Verbindung mit einer verheirateten Frau eingegangen ist, und zwar nicht nur für ein paar Treffen wie mit Leni.

Die Aufregung des Doppellebens erfüllt ihn mit heimlicher Lust und er erinnert sich an die Monate des Anfangs, als er durch Letitias Viertel streunte. Je näher er der Strada Uranus kam, desto verrückter klopfte sein Herz, er ging mit gesenkten Augen und rauschenden Schläfen vor ihrem einst grünen, jetzt grau-blätternden kleinen Wohnblock vorbei, und fragte sich, wo der magische Raum wäre, in dem Letitia und Petru Arcan sich regten, im zweiten Stock?, im Erdgeschoss? In dem gepflasterten Innenhof, wo kein Grashalm wuchs, sondern nur ein knochiger Maulbeerbaum seine wirre Krone über das Eisengitter warf und den alten Asphalt mit seinen samenreichen, schwarzen Früchten befleckte, entdeckte er nie jemanden, so wie er es sich gewünscht hätte, wie er befürchtete.

Letitia gehört zu ihm, aber im Bett ist sie gehemmt, gar nicht, als wäre sie seit Jahren verheiratet, und er wagt es nicht zu fragen, wie sie es mag, wie er in sie eindringen soll, eher langsam oder heftig oder kräftig. Ob ihr wohl wirklich nur ihre Texte wichtig sind, wie er ihr manchmal neckisch unterstellt? Oder weiß er nicht, wie er sie nehmen soll? Sie hat mehrere Male zu verstehen gegeben, dass sie kaum noch mit ihrem Mann schläft, ist das wirklich so? Er traut sich nicht, mit Letitia über Positionen zu sprechen, auch wenn er Versuche macht, sie zu wechseln. Er ist ein neugieriger Mensch, er würde gern viel mehr ausprobieren, als alle glauben und ihn unter konventionell und vorsichtig verbuchen. Aber beim Thema Politik, seiner anderen Leidenschaft, kann er bei Letitia dafür den Mund aufmachen.

»Siehst du«, sagt Sorin und nimmt sie in den Arm, »wir müssen die Vergangenheit selbst entdecken. Bevor wir die Augen richtig aufmachen konnten, waren unsere armen Eltern schon vor Angst verstummt. Sogar was wir über den Krieg wissen, haben wir aus sowjetischen Filmen …«

*

Aber Letitia möchte die Vergangenheit ihrer Eltern gar nicht aufdecken, die bringt ihr nur Pech. Dafür haben ihr die sowjetischen Bücher und Filme über den Krieg gefallen! Sie spielte noch auf der Straße mit Fane und Ica Bombardement, als Onkel Ion sie zwangsweise in diesen Kriegsfilm mitnahm, der nicht enden wollte, die Soldaten rennen schreiend mit dem Gewehr vor der Brust durch den schweren Geruch des Kinosaals, die Explosionen lassen die zerschlissene Leinwand erbeben und erschüttern die mit Diesel vollgesogenen Holzdielen, überall liegen Kürbiskerne. Um welchen Krieg geht es? Natürlich um den Großen Krieg zur Verteidigung des Vaterlands, wie, gibt's noch einen anderen? Die sowjetischen Bücher erzählen ja auch von diesem Krieg, von Alexei Maressjew, dem Flugpiloten ohne Beine, in den sie sich genauso verliebte wie in diesen Winnetou aus einem alten Buch ohne Buchdeckel.

»Karl May heißt der Autor, aber besser du vergisst den Namen, Letitia«, sagte Onkel Ion.

Gerade deshalb würde sie ihn behalten und hatte sie nicht wegen Onkel Ion einen Hang zu Opfer-Männern? Darüber denkt sie jetzt nach, zwanzig Jahre später also.

Damals wäre sie gern wie Soja Kosmodemjanskaja gewesen und wie die Komsomolzen der Jungen Garde, aber sie wollte nicht von den Nazis gequält werden, weil sie ihr Vaterland verteidigte, *shiroka strana moja rodnaja,* über das Väterchen Stalin wachte, der Ge-ne-ra-li-ssi-muuuus, Achtung Kinder! Dieses Wort ist das einzige, das man mit zwei *s* schreibt! Und man benutzt es für niemand anderen als für Väterchen Stalin, den einzigen Generalissimus der Welt!

Väterchen Stalin arbeitet für unser Glück und hat in seinen Büros im Kreml bis weit nach Mitternacht das Licht an, während die Arbeiter müde vom sozialistischen Wetteifer und dem Russischunterricht, von den Aufmärschen und den Sitzungen zum Ausschluss der Klassenfeinde gemeinsam mit uns, ihren glücklichen Kindern, schon schlafen gegangen sind.

*

*Ich lehne es ab, die Gefangene meines Geschlechtslebens zu sein,* hat Letitia in das Heft unter der Matratze geschrieben, in das sie auch fremde Zitate notiert, in denen sie sich wiederzukennen glaubt. Aber wenn nicht für Sex, für was legt sie sonst den Weg bis ans andere Ende Bukarests zurück? Warum trägt sie diesen dauerhaften Schmerz eines heimlich gelebten Lebens mit sich herum?

Weil sie nur mit Sorin ihre Erinnerungen leben kann, so als hätten sie eine gemeinsame Kindheit gehabt. Letitia schmiegt sich an Sorins nackten Körper, der gewohnte Geruch ihrer gemeinsamen Leiber lässt sie sich zu Hause fühlen, sie kann sich nicht erinnern, ein solches Gefühl jemals gehabt zu haben. Die für sie glücklichsten Momente sind die, in denen sie so, müde, im Bett liegen, und er küsst sie dankbar auf die Schulter. *Wenn ich bei ihm bin, wenn ich spüre, er gehört mir, dann umhüllt plötzlich Ruhe alles, was geschieht, nichts Fieberhaftes, nichts Unerwartetes passiert mehr. Unsere Beziehung ist nicht mehr Krankheit, die Aufregungen haben sich gelöst, auch wenn sie genau so wieder beginnen werden. Und ich denke an ihn als an einen Menschen mit Angst, mit seinen Abneigungen, in denen ich mich wiederkenne,* das wird sie an diesem Abend in ihr Heft schreiben.

*

»Erinnerst du dich noch an das Plakat mit Tito, der klein und dick ein blutiges Beil in der Hand hält und in der anderen den Sack mit den Dollars von Onkel Sam?«*

Die abgeblätterte Wand, an der entlang die Schlange vorwärtskriecht, alle die Brotmarken fest in der Hand, dass man sie bloß nicht verliert, und die Blicke auf das Plakat gerichtet,

* Die USA sagten Tito Hilfe durch Geld und Waffen zu, um durch ihn den Einfluss des Stalin-Regimes auf die Satellitenstaaten und damit die Kommunistische Internationale zu schwächen.

wo der grausige Onkel Sam mit seinen Goldzähnen grinst, hey, du, Kleine, drängel nicht so! Onkel Sam grinst und hockt auf einer schwarzen Bombe, auf der steht *Marshallplan,* und die unbekannte Hand, die sich zwischen den Mänteln hindurch nach vorn streckt, fährt zwischen ihre Beine und drückt auf ihre Mumu, hey, du, Kleine, hörst du schlecht, was zappelst du hier rum? Du ruheloser Wurm, du!

»Die Armeen des Warschauer Paktes hatten sowjetische Berater, wusstest du das? Die höheren Offiziere wurden ins Gefängnis gesteckt, wenn sie nicht massenweise ermordet wurden, wie es bei den Polen in Katyn passiert ist. Und die gewöhnlichen Soldaten, die ein bisschen heller waren, wurden an die Militärakademie in Moskau geschickt. Unter denen ist auch Nelu Oprea gewesen, Eleonoras Mann, der ist jetzt Major beim Informationsdienst der Armee!«

Katyn? Sowjetische Berater? So viele neue Dinge erfährt sie von Sorin! Mamas und Onkel Ions Ratschlag, vertraue niemandem, der gilt für ihre Generation nicht mehr! Denn nun liegen sie beide nackt unter dem feuchten Laken, halten ihre Gläser mit Żubrówka-Wodka in den Händen und sprechen ganz freimütig über verbotene Themen. Und es ist so, als sähe Sorin alles, an was sie sich erinnert.

*

Letitia würde allerdings nicht wollen, dass Sorin auch den Mann mit den gelben Kateraugen sieht, mit dem roten Bart im unrasierten, ausdruckslosen Gesicht, der seine Hand in ihr zu eng gewordenes, stramm sitzendes Mäntelchen kneift und ihre Mumu sucht. Ein alter Mann über 30, der Vater eines Mädchens aus der 3 a, er steht phlegmatisch in der Schlange und betrachtet das Holzschild mit Onkel Sam, während seine Hand zwischen den gedrängten Körpern herumfährt, ihr unter den Mantel gleitet, zwischen ihre Beine und in ihre Mumu zwickt, was zappelst du hier rum, Mädchen? Verdammt, bleib endlich ruhig stehen oder mach dich weg aus der Schlange!

Über die Hand, die in ihr schlafendes Geschlecht kneift, das fleischige, gespaltene Hügelchen, das sich noch nicht schamhaft mit den heutigen dunkelbraunen Löckchen bedeckt hat und das sie nur ansah, wenn sie Pipi machen ging, darüber wird sie mit niemandem sprechen, niemals. Aber ansonsten redet Letitia, die der Generation der glücklichen Kinder des sozialistischen Lagers angehört und nun erwachsen ist, mit Sorin über alles, wozu sie lustig ist! Denn es gibt ja doch Leute, denen man vertrauen kann, auch wenn man Angst bekommt, sobald man auf der Straße eine Uniform sieht! Es gibt Freunde, mit denen man über die Jahre reden kann, die man im grenzenlosen sowjetischen Vaterland verbracht hat, *shiroka strana moja rodnaja.*

*

»Gleich nach dem 23. August beeilten sich die Zeitungen, Molotows Erklärung zu veröffentlichen, dass er das politische Regime in Rumänien nicht auswechseln würde. Du weißt, wer Molotow war, oder? Der sowjetische Außenminister!«

»Was hat dich denn gepackt?«, mault Letitia und zappelt in seinen Armen. »Willst du mir im Bett Geschichtsstunden geben?«

»Wenigstens das sollst du von den Treffen mit mir mitnehmen!«

Der ewig gleiche Witz von Sorin, den er mit einem hastigen Lächeln besiegelt. Er hat seine Augen auf das Fensterbrett gerichtet, wo sich zwei struppige Spatzen mit vor Hitze geöffneten Schnäbeln im Schatten verkrochen haben. Vielleicht warten sie auf Florinel, der den Vögeln des Himmels Brotkrümel hinstreut. Auch wenn die Wohnung nach Norden geht, ist die glühend heiße Luft, in der die Stadt matt wird und die Straßen voller Papiere, Tramfahrkarten, staubiger Schaufenster daliegen, durch die ungedämmten Fenster gedrungen. Wenn er vor die Tür tritt, wird die Mittagshitze über ihn herfallen wie ein riesenhafter heißer Atem, und er wird überhaupt keine Lust mehr haben, den jungen Frauen hinterherzuschauen, deren Beine sich unter den transparenten Röcken ohne Kittel oder Unterröcke im Gehen spreizen.

»... Stalin hat es nicht gefallen, dass Rumänien in letzter Minute auf die Seite der Alliierten gewechselt ist! Er hätte Rumänien gern wie ein besiegtes Land besetzt und bestraft! Ana Pauker* hat es Pătrăşcanu** ja auch vorgeworfen, dass er sich an König Mihais Staatsstreich gegen Antonescu*** beteiligt hat, wieso, woher ich das weiß, Lety? Sogar der Genosse hat gesagt, dass *gewisse Fehler begangen worden sind*! Das hast du doch in Politik gehabt! Als Drăghici**** die

* Ana Pauker (1893–1960), rumänische Kommunistenführerin, war als erste Frau der Welt von 1947 bis 1952 Außenministerin. Von Oktober 1943 bis Juni 1944 half sie als politische Ausbilderin bei der Aufstellung einer aus rumänischen Emigranten und Kriegsgefangenen gebildeten 1. Rumänischen Freiwilligen-Infanterie-Division »Tudor Vladimirescu«, die schon an sowjetischer Seite kämpfte, bevor nach dem Umsturz vom 23. August 1944 auch die königliche rumänische Armee ihre Waffen gegen Nazideutschland kehrte.

** Lucreţiu Pătrăşcanu (1900–1954), Politiker, Mitglied in der Führung der Kommunistischen Partei, Soziologe, Ökonom. Im politischen Bündnis trat er dafür ein, dass das Land sich mit dem Staatsstreich am 23. August 1944 aus der Allianz mit Nazideutschland löste. Er starb als politischer Gefangener, hingerichtet im Gefängnis von Jilava.

*** Ion Antonescu (1882–1946), General, Politiker, war Staatsführer des Königreichs Rumänien von 1940–1944. Als die Rote Armee am 20. August 1944 zum Großangriff auf Rumänien ansetzte und die deutsch-rumänische Front durchbrach, wurde Antonescu am 23. August 1944 von der Opposition mit Unterstützung des Königs gestürzt und von sowjetischen Agenten festgenommen. Michael I. erklärte am 25. August 1944 Deutschland den Krieg.

**** Alexandru Drăghici (1913–1993), kommunistischer Aktivist und Politiker, war an dem Schauprozess gegen Pătrăşcanu beteiligt. Er fand später in

Schuld für Pătrăşcanus Tod gegeben wurde! Jetzt sag nicht, dass du von Drăghici auch noch nie gehört hast! Dem Innenminister in den Fünfzigern!«, rügt er sie mit falschem Zorn.

Drăghici? Letitia hat diesen Namen wohl schon gehört, wie er furchtsam zwischen Onkel Ions Zahnlücken hervorgezischt kam, »du hast kalte Füße, obwohl eine Mordshitze ist«, flüstert sie, sie ist heiß, warm, weich, feucht.

*

Der Slogan *Es sinth gefhisse Fhehler bekhangen fhorden, Khenossen!* wurde zusammen mit den importierten Orangen aus Israel ausgegeben, zusammen mit dem Rumänien, das im Westen als Dissident des Warschauer Pakts betrachtet wurde, ebenso gute Beziehungen mit den arabischen Ländern pflegte wie mit der Bundesrepublik Deutschland.

Ihm sind reihenweise Gerüchte vorausgeeilt, hast du davon gehört? Ceauşescu spöttelt über Drăghici! Weißt du schon das Neueste? Er rehabilitiert Pătrăşcanu! Der Leitartikelfleischwolf verkauft neben dem Spruch *Es sinth gefhisse Fhehler bekhangen fhorden, Khenossen!* jetzt auch eine neue Art von Literatur, die über Nacht *trendy* geworden ist. Es lohnt sich, den flachen Stil dieser Romane zu schlucken, um die Befriedigung darüber auszukosten, dass sogar Parteiaktivisten und aufrichtige Securitate-Offiziere, die man im Leben ja nicht so häufig trifft, mal auf die Schnauze fallen können. Schon wahr, nur für einen Augenblick: Sie werden nicht unter Foltern sterben wie Traian Branea, Letitias unbekann-

dem aufstrebenden kommunistischen Führer Nicolae Ceauşescu einen erbitterten Gegner. Durch seinen Einfluss in der Partei gelang es ihm, Drăghici für alle öffentlich bekannten Verbrechen der Securitate verantwortlich zu machen.

ter Onkel, oder mit einer Kugel im Nacken wie der grade erst so halb rehabilitierte Pătrăşcanu.

In den neuesten Romanen passt, genau wie in Letitias Wünschen, immer jemand auf, dass alles gut ausgeht.

*

In ihrem böswilligen gesellschaftlichen Rachegefühl passen Letitia und Sorin perfekt zusammen, metamorph verschmolzen zu einem einzigen Wesen, einem blinden Oktopus mit vielen Armen und Beinen, der unter dem fremden Laken vibriert, wo Dunkelheit ist und der feuchtschwüle Geruch nach Sex. Sorin steht auf und hält vorsichtig den kleinen Gegenstand in der Hand, der, wie Letitia es nennt, die groteske Seite der Liebe betrifft.

»Ich habe mir einen ganzen Vorrat an Präservativen gekauft, als ich in Deutschland war, und ich benutze sie sparsam, du hast allen Grund, an meine Treue zu glauben«, hatte Sorin mit seinem gewohnt ironischen Lachen gesagt.

Letitia war schweigend einverstanden gewesen. Petru hatte es am Anfang auch so gemacht, aber in der letzten Zeit hatte er keinen Pass mehr bekommen und sein Vorrat war erschöpft. Er hat die Präservative in anderen Betten verbraucht, denkt sie widerwillig, während sie ihm zuraunt: Diese Woche geht es nicht! Petru kennt ihren Kalender nicht mehr auswendig, also stopft sie sich oft schon bevor ihr Zyklus beginnt, den Wattebausch frech zwischen die Beine.

»Du müsstest mal zum Arzt gehen«, hatte ihr Mann eines Tages zu ihr gesagt, als er guter Laune war.

»Warum? Ich hab das von Mama geerbt! Sie hatte auch zehn Tage lang ihre Periode!«

Sie log natürlich: Niemals hatte sie über die Regel der schamhaften Margareta Branea Bescheid gewusst. Sie weiß auch jetzt nicht, ob sie schon in den Wechseljahren ist, denn über solche Dinge spricht sie mit ihrer Mutter nicht.

»Zehn Tage? So was hab ich noch nie gehört! Man verliert doch Eisen, Kalzium, wenn das so bleibt, ruinierst du dich ja!«, sagte Petru in seiner brutalen Art, besorgt zu sein.

*

Sorin kommt mit der grauen Rolle Toilettenpapier aus dem Bad, das Wasser ist wegen der Bauarbeiten in der Gegend abgestellt, und er säubert mit dem faserigen Papier seine Partnerin, er hat sich selbst schon abgewischt.

»Weißt du, dass Pătrăşcanus Rehabilitierung wegen einem Streit unter den Ehefrauen stattgefunden hat? Naja, nicht irgendwelche Ehefrauen, Letitia! Die Frauen der wichtigsten politischen Männer, vom Genossen und von Drăghici, dem Innenminister!«

Sie ist mit dem Kopf an seiner Schulter eingenickt und er erzählt ihr die neuesten Gerüchte.

»Ceauşescu und Drăghici waren Freunde ...«

»Willst du damit sagen, dass es zwischen denen da Freundschaft gibt?«, knurrt Letitia mit geschlossenen Augen.

»Naja, sie spielten Schach, Trick Track, aber sie waren eher Rivalen«, stimmte Sorin ungeduldig zu, »und die Ehefrauen, Elena und Martha, sie tratschten, sie hatten ja keinen Haushalt zu machen! Aber als Elena anfing, sich in der Presse eine Biographie als Heldin zusammenzubauen, die in der Illegalität gekämpft hätte, da ging Martha ihr an die Kehle. Sie stritten sich wie die Waschweiber und bei der nächsten Sitzung des Politbüros geht Drăghici, aufgestachelt von Martha, Ceauşescu an: Hey, Nicu, was für eine Art Illegale war denn dein Lenchen?« Nicht nur, dass sie das nicht gewesen war, aber man behauptete auch, sie hätte mit einem deutschen Soldaten geschlafen, als Ceauşescu grade im Gefängnis saß! Und der war zu Hause auch genauso zum Streit angestachelt worden, und sowieso platzt ihm ja leicht der Kragen, und er sagt: Du musst grad reden, dir klebt doch Pătrăşcanus Blut an den Händen!, so schrie er Drăghici an. Und so kam es zu Pătrăşcanus Rehabilitation! Und Drăghici war auf dem Abstellgleis, klar, er hatte damals den Prozess organisiert, er war bei der Folterung Pătrăşcanus dabei gewesen, aber er hatte nur einen Befehl ausgeführt! Den Befehl von Dej! Oder den Befehl aus Moskau!«

*

Letitia wirft das Laken von sich und die Luft im Zimmer mit dem Geruch nach Tabak und Staub erscheint ihr vollgesogen mit Ozon, warum interessiert sich Sorin bloß so für diese Gestalten? Heute Abend, wenn sie wieder alleine sein wird, wird sie das Heft unter der Matratze hervorholen. Auf die erste Seite hat sie ein Motto von Witold Gombrowicz geschrieben, von dem Serioja Sârbu sagt, er wäre in Westeuropa gerade sehr in Mode: *Ich schreibe dieses Tagebuch mit Ekel. Seine unehrliche Ehrlichkeit quält mich. Für wen schreibe ich? Wenn für mich, warum geht der Text dann in die Druckerei? Und wenn ich für einen Leser schreibe, warum tue ich dann so, als würde ich mit mir selbst reden, und rede doch so, dass mich die anderen hören? Die bestehende Falschheit, die im Grundprinzip des Tagebuchs liegt, schüchtert mich ein.*

Letitia gefällt es zu glauben, sie erkenne sich in diesem Zitat wieder, obwohl sie nicht mit Ekel schreibt, sondern im Gegenteil, sie rennt zu diesem Heft unter der Matratze wie zu ihrem Beichtvater. Und sie schreibt nicht für einen Leser, sie ist vielmehr entsetzt bei dem Gedanken, ein fremdes Auge, vor allem Petrus, könnte auf ihr Gekritzel fallen.

Letitia fragt Sorin nicht, warum er ihr kleinliche politische Anekdoten erzählt, so wie sie ihn auch nicht fragt, mit wem er vor ihr geschlafen hat. Im Übrigen kann sie ihn sich auch nur schwer mit jemand anderem im Arm vorstellen.

Wenn ich eine Frau nicht mag, kann ich nicht mit ihr Liebe machen, sagt er immer, und sie versucht die Bilder zu vertreiben, die entstehen: Sorin in Florinels Bett, dieselben zerknitterten Laken, und wie er einem Schatten zuflüstert: Entschuldige, ich bin schuld, weißt du? Wenn ich dich eben nicht mag, krieg ich keinen hoch! Nein, Sorin kriegt so etwas nicht über die Lippen! Darum lässt sie sich von einer Seite zur anderen drehen, er spreizt ihr sacht die Beine und betrachtet andächtig die kleinen fleischigen Vorhänge in aufeinander abgestimmten Farben, wie sie einer aus dem anderen heraustreten und anscheinend keine andere Funktion haben, als den Eingang so gut wie möglich zu verstecken. Darum sieht er auch ihre Enttäuschung nicht, ihr Körper ist aus einem Kultobjekt zu einem Studienobjekt geworden! Er vervollkommnet fortlaufend seine praktischen Kenntnisse und öffnet Letitia mit Fingerspitzengefühl, bis sie peinlich berührt ihre Beine zusammenpresst, ihn zur Seite stößt und die Badezimmertür hinter sich zuknallt.

Vielleicht haben sie das Wasser doch wieder angestellt, die Haut auf dem Bauch spannt an der Stelle, wo das Sperma getrocknet ist, Sorin hat es eher verschmiert als mit dem Klopapier abgewischt. Sie bemüht sich wie immer, nicht die ganze Zeit darüber nachzudenken, ob er wohl rechtzeitig aus ihr rausgerutscht ist, heute ist kein fruchtbarer Tag, aber sie ist an der Grenze, lieber Gott, mach, dass sie auch heute noch mal davonkommt!

*

Sorin geht eilig zwischen Küche und Zimmer hin und her, er hat sich das Hemd wie den Schurz eines antiken Ägypters um den Bauch geknotet, noch immer fürchtet er seine Nacktheit und verbirgt sein Geschlechtsteil mit den Händen oder wie jetzt mit etwas Improvisiertem. Ab und zu wirft er einen Blick durch das schartige Nylon des Vorhangs nach draußen, wo die untergehende Sonne einen blendenden, vergoldeten Lichtstreif über das Wasser gezogen hat. Am See stehen nur noch ein einziges Häuschen und ein von Blüten weißer Robinienbaum, der heldenhaft die schiefen, grauen Zaunlatten hält und nicht ahnt, dass man ihn zuerst roden wird, bevor die Bulldozer das Häuschen einebnen, dessen Holzverkleidung und Fensterrahmen bereits herausgerissen sind. Die weißen, fleischigen, schon welken Dolden und die noch weichen elastischen Dornen, die zwischen den Blättchen versteckt stehen, werden seine letzten sein. Sorin gähnt, ihn plagen die Schlaflosigkeit, die Sommerhitze und die Mückenschwärme in dieser Flachland-Stadt, dieses Bukarest, das umgeben ist von Seen und mit dem er, der zwischen Hügeln groß geworden ist, sich nie anfreunden wird. Er verabscheut feuchte Körper, Schweißspuren, die urinartig auf den Plastiksitzen der Tram zurückbleiben, stickige Luft, weichen Asphalt.

Er drapiert die Gläser und das Besteck auf dem Tisch und rührt zwei Nescafés, bis sich Schaum bildet, ein erhabener Genuss!

»Hast du eigentlich auch früher mal Krieg gespielt?«, fragt er Letitia, nur um die Unterhaltung nicht abbrechen zu lassen.

Natürlich, wie alle Kindergenerationen nach einem Krieg hat auch sie Krieg gespielt! Zu zweit krochen sie auf allen vieren, während der Staatsstreich die rumänischen Truppen von Moskau Richtung Berlin lenkte, vorwärts bis zum 9. Mai, dem Tag des Sieges!

Wenn der 9. Mai Europatag geworden sein wird, werden Gehör und Sehkraft bei Letitia und Sorin nachgelassen haben, das Bindegewebe wird ausgetrocknet sein und die

Schließmuskeln werden nachlassen. Aber bis dahin werden auch die Figuren von Sorins Erzählungen verschwunden sein: Ceaușescu auf dem Militärfriedhof Ghencea, und Drăghici wird in ein Krematorium in Ungarn kommen, die Unternehmerin Martha wird ihn nach '90 dorthin bringen, sobald die Zeitungen sich gegenseitig darin übertrumpfen werden, Artikel über seine Verbrechen abzudrucken.

*

Sorin öffnet die Päckchen Prager Schinken und Hermannstädter Salami, probieren Sie, werte Dame, mal diese Delikatessen aus der Kantine der Parteischule! Seine Finger gelangen auf ihre Lippen, folgen ihrer Form, er wünschte, er könnte zusehen, wie sie sich runden und ihn lecken, so wie er es im Kinosaal des Düsseldorfer Sexshops gesehen hat, wo er im Dunkeln masturbierte. Er wagt es nicht, Letitia darum zu bitten, und sie hat im Bett keinerlei Initiative. Doch schon bei dem Gedanken wird Sorins Gesichtsausdruck unvermittelt kindlich und ein gewollt brutales Lächeln zieht seine Lippen wie in bösartiger Hinterhältigkeit in die Breite. Er stellt das Wodkaglas auf den Boden, trägt sie auf den Armen ins Bett und sein Gesicht, auf dem die Farben unruhig wechseln, vergräbt er in ihrem Haar.

Nachdem er auf seine Weise, ruhig und mit einem intensiven Zucken, zu Ende kommt, entdeckt Sorin eine Letitia, die schweigend weint. Die Tränen haben ihren billigen *Eyeliner* zu schwarzen Streifen verschmiert, sie hat die Augen zu und ist so verschlossen in ihre eigenen Unzufriedenheiten, dass sie seinen Verdruss nicht bemerkt.

»Komm, beruhige dich«, sagt er, als er keine Geduld mehr hat.

Sie wickelt sich ins Bettlaken, um die Peinlichkeit des Weinens zu bedecken.

»Was hast du? Was war denn nicht gut?«, fragt er sie unsicher.

Er weiß, sie wird ihm nicht antworten, und auch er hat keine Antworten auf ihre ungestellten Fragen, also streichelt er ihre Schulter und schielt nach seinem Unterhemd, der Unterhose und seinen Socken, die überall im Zimmer verstreut liegen. Ob sie mit ihm zum Orgasmus kommt oder nicht, er ist sich überhaupt nicht sicher, so wie er auch unsicher ist, ob sie wegen ihm weint oder wegen Herrn Arcan. Sicher ist er sich nur, dass der Moment heranrückt, in dem sein Freund zurückkommt, und in Gedanken ist er schon wieder bei der vollen Agenda von heute. Und Letitia ist so unvorhersehbar, dass er sich nicht wundern würde, wenn sie in ein paar Minuten plötzlich anfangen würde zu lachen.

*

»Entschuldige, dass ich dich heute mit meinen Geschichten gelangweilt habe! Ich wollte nur, dass du den Unterschied zwischen uns und unseren Eltern begreifst, die völlig umsonst Russisch gelernt haben, die *Das Kapital* und *Das Manifest der Kommunistischen Partei* exzerpiert haben und dazu noch die Reden des Genossen! Und währenddessen waren sie unqualifizierte Arbeiter auf einer Baustelle, Pförtner, Inventurhelfer, Getränkeverkäufer, anonyme Funktionäre, aber immer gleich *schlecht angesehen*!

Denn ihre Welt mit Ländereien statt Landwirtschaftlichen Produktionsgenossenschaften und Privatgeschäften anstelle von *Aprozar** und *Alimentara*, mit Sommerhandschuhen und flatternden Hüten, mit weiten Hosen mit Manschette und Kleidern zum Wechseln, Damen mit nachgezogenen Augenbrauen und Herren mit vor Brillantine glänzenden Haaren,

* Geschäfte der Staatlichen Gesellschaft zum Vertrieb von Früchten und Gemüse, gegründet 1948

die ist verschwunden und hat bloß in den Akten ihrer Kinder eine dunkle Spur hinterlassen. Deshalb erzählen die Eltern auch nichts und benutzen Verben nur in der Gegenwartsform.«

Auf einmal hellt sich Letitias Miene auf, sie hat das Geräusch der Klosettspülung in einer Nachbarwohnung gehört.

Sie sieht sich von außen, so wie er sie sehen soll, wenn sie mit langsamen Schritten aus dem Bad kommt, die Haare auf den Schultern und die Augenbrauen vom Pony bedeckt wie bei der ägyptischen Königin in dem Breitwandschinken *Antonius und Kleopatra*, der in den Ruinen von Rom gefilmt worden ist. Sie wird nicht in Florinels grobes Laken gehüllt sein, sondern in ein seidiges Gewand, und sie wird nicht über den staubigen Juteteppich schreiten, sondern über die Stufen eines riesigen römischen Amphitheaters.

Letitia ist noch nie außer Landes gewesen bis zu diesem Zeitpunkt und sie kann auch gar nicht glauben, dass es Rom wirklich gibt. Sie hat sich damit abgefunden, das Pfand für Petrus Reisen zu sein, hier in diesem Land, das sie, solange sie keine Lösung für ihr Leben gefunden hat, mit keinerlei Sprössling beehren wird.

*

Letitia stellt das Wodkaglas auf den Rand des Schrankbetts und spannt die Muskeln an, um aufzustehen, aber Sorin ist immer noch nicht fertig.

»Weißt du, wann das Regime seine Politik geändert hat? Als auf dem neuen Kaderformular die Schlüsselfrage auftauchte: *Welcher Partei gehörten Sie vor dem 23. August an?* Wir, unsere Generation, wir sind die Einzigen, die gemütlich hinschreiben können: *Nicht zutreffend.* Oder wir machen einfach einen Strich.

Es trifft nicht zu, dass Sie mich, Sorin Olaru, fragen dürfen, ob ich das Parteibuch der Liberalen oder der Legionäre besessen habe. Die bürgerlichen Politiker waren längst im Kittchen, als ich in den Kindergarten kam und, sehr lecker, amerikanische Dosenmilch mit Mămăligă aß, es herrschte ja Hunger nach dem Krieg, nach der Dürre! Es trifft nicht zu, dass Sie mich irgendetwas fragen dürfen, auch dann nicht, wenn ich noch immer Corneliu Vasile Iovănescu heißen würde, derselbe Geburtsort, derselbe Geburtstag.

Aber im Moment kennt Sorin die Geschichte seiner Geburt nicht. Bald würde er anfangen zu ahnen, dass er ein Adoptivkind war, aber er schwankte, ob er seiner Mutter Nelly Fragen stellen sollte, und sie murmelte dann irgendwas und dann weinte sie so sehr, und er bemühte sich so, sie zu beruhigen, dass er sich schwor, ihr nie mehr mit Fragen zu kommen. Und auch Eleonora Oprea sagte ihm nicht, was die dunklen Flecken in seiner Kaderakte waren, ist es schlecht, das nicht zu wissen? Oder besser?

*

Wie auch immer, selbst wenn er das Geheimnis seiner Geburt kennen würde, er würde es Letitia doch nicht anvertrauen, so wie er ihr auch andere geheime Dinge aus seinem Leben nicht sagte. Wer weiß, was sie irgendwann in einem zärtlichen Augenblick ihrem Mann zuflüstert, auch wenn sie behauptet, dass es so was zwischen ihnen nicht mehr gibt. Oder, noch schlimmer, er liest eines Tages in einer ihrer Kurzgeschichten, was er mit ihr unter der Bettdecke getuschelt hat. Wehe der Familie, der ein Schriftsteller geboren wurde! Das hat auch ein Schriftsteller gesagt, aber er weiß nicht mehr, welcher.

Doch heute denkt Letitia nicht an ihren künftigen Roman. Sie geht durch eine Stadt, die durchflutet ist von einem sanften Licht, und durch dieses Licht nimmt sie die Stadt wahr wie ein fortwährendes Summen. Sie ist vom polnischen

Wodka benommen und von der Erinnerung an ihre ineinandergekrallten Gestalten, die Stadt bewegt sich anders, die Straßen entrollen sich unter ihren umherirrenden Augen, nichts fängt sich mehr in ihren Gedanken, außer den vorangegangenen Stunden, in einem zerbrochenen Körper verborgene Bruchstücke, die ihr wieder in den Sinn kommen und viel wahrhaftiger, viel intensiver sind, als sie sie wirklich erlebt hat. Sogar sie selbst, die sich mit einer Anmut bewegt hat, derer sie sich nicht bewusst gewesen ist, sie ist zur bloßen Erinnerung in ihrem Film mit Sorin geworden.

Darum wird sie sich immer auf die gleiche Weise an die Stunden der Liebe erinnern, die in ihrem Fluss erstickt worden sind durch die lebendige, heiße, vom Lärm der altmodischen Straßenbahnen erfüllte Stadt, vom Kreischen der Bremsen, von Stimmen. Es wird eine Zeit kommen, in der sie vergessen wird, was sie getan haben, was sie zueinander gesagt haben, und sie wird sich nur an die ein oder andere Straße erinnern, wie sie sich entrollte, rollte, hinter ihr zurückblieb. Und wie auf den Mauern der Schatten des Nachmittags emporgekrochen ist.

Und an sich selbst, so voller Gewissensbisse, glücklich darüber, dass die Stadt immer weiter fließt, so wie ihre gemeinsamen Stunden auch verflossen sind.

Kapitel 4

# Die Ermahnung

Plötzlich war er fertig zum Aufbruch, im Mantel, mit schief gebundenem Schal, und begann eilig seine Sachen vom Schreibtisch zu räumen: Manche Sachen stopfte er in seinen Diplomatenkoffer, andere steckte er in die Schreibtischschubladen und schob verärgert die Papierstapel darin zusammen. Der Wunsch, den anderen zu entkommen oder auch ein unbekanntes Gefühl ließen auf seinem Hals rote Flecken entstehen. Ab und zu wirft er ein Wort ein ins Gespräch, um sie von seinen Vorbereitungen zum Aufbruch abzulenken. Aber beobachtet ihn außer mir noch jemand? Ich glaube nicht. Ich traue mich nicht, vom Stuhl aufzustehen und nippe vom kalt gewordenen Kaffee, ich versuche, seinen Blick eine Sekunde lang zu erhaschen, um ihn per Blick zu fragen, wohin es geht. Es kann sein, dass er mich nicht bemerkt hat, aber wahrscheinlicher ist, dass er es vermeidet, zu mir herüberzuschauen, er hat es satt, belauert zu werden. Aber er sagt mir das nicht, wenn wir zusammen sind, ich werfe ihm auch nur einen Bruchteil dessen vor, was sich in mir gegen ihn angestaut hat. Eine Beziehung zwischen Stummen.

Ich sehe ohnmächtig zu, wie er auf die Tür zusteuert und warte auf unser konspiratives Zeichen, einen Wink: Ich rufe dich heute Abend an oder wir sehen uns morgen. Jeder kann merken, wie ich anfange, angespannt auf dem Stuhl herumzuzucken wie auf einem Grill, der bereit steht, um mich mit so einem Zucken in seine Richtung zu schleudern.

Wir sind alle schon so lange hier, eine Korallenkolonie, sogar im Dunkeln würden wir uns erkennen: am Gang, daran, wie wir die Treppe hochkommen, wie wir die Klinke runterdrücken, wie wir im grünlichen Licht des Gangs zerfließen, am Duft von Farmec-Deo oder der Rasiercreme von Tarr. Der Seifenduft von Fa oder Palmolive oder der Mundgeruch eines Gebisses mit angelaufenem Zahnersatz definieren den Platz von jedem im Organigramm des Instituts. Wir verbringen mehr Stunden zusammen im *Gebäude* als in den Schlafzimmern Marke Dana oder den winzigen Küchen, wo wir erst ankommen, wenn es dunkel wird, um dann hierher zurückzukommen, sobald der Tag anbricht.

Und die einzige Chance, dass wir uns jemals entkommen, ist die Katastrophe, die man Reorganisation nennt. Die Emigration kann ich hier nicht mitzählen, das ist nur was für Leute mit Kampfgeist, mit starken Nerven. Und ich vergesse das nicht, im Unterschied zu Onkel Biță.

*

Mit nach allen Seiten schweifenden Blicken wirft Sorin die letzten Akten in die Schränke, knallt die Türen, öffnet sie, schließt sie. Dann legt er sorgfältig den Beurlaubungszettel mit Eleonoras Unterschrift hin, den Pass zum Verlassen des *Gebäudes*, und donnert die Holzvase mit den getrockneten Immortellen darauf, die er bei einem seiner Geburtstage bekommen hat. Vielleicht macht Titus Marga gleich nach seinem Aufbruch die Tür auf und ruft ärgerlich von der Türschwelle aus:

»Sorin Olaru? Wohin verschwindet der denn immer?! Holt ihn mir sofort her!«

Dann können wir als gut eingespielte Mannschaft antworten: Er ist wegen der Visa los! Wegen Verträgen! Sehen Sie, auf seinem Schreibtisch die unterschriebene Erlaubnis!

Alle Abwesenheiten von Sorin sind durch offizielle Schreiben abgedeckt. Und alle hinterlassen eine Spur des Zweifelhaften.

Keiner ahnt, so hoffe ich, dass er manchmal nur deshalb so übereilt losgeht, um mit mir Sex in der ein paar Stunden freien Wohnung zu haben. Der Nachbar rechts hat ein Tonband mit Dalida, wir tanzen nackt und sehen aus dem Fenster im siebten Stock auf die am Rand des Sees hockenden Angler und auf das gelb-grüne Rapsfeld, *serre-moi, serre-moi doucement dans tes bras, je ne veux pas savoir où tu me conduiras …*

*Bhis hin die Zweithausenderjahre wherden whir das Phrogramm zur Stähl-hung der so-zi-ia-listischen multila-teral entfick-elthen Ghes-ell-schaft dhurchghe-führt ha-ben …*

Donnernder Applaus und die Rufe *Ceauşescu-Heroismus, Rumänien-Kommunismus, Ceauşescu-Heroismus, Rumänien-Kommunismus* aus dem Transistor sind so unerwartet gekommen, dass das Geflüster verstummt ist. Darum ist Sorin also dauernd durchs Büro gehampelt! Damit man ihm nicht vorwerfen kann, er würde seine Untergebenen unbeaufsichtigt lassen, hat Sorin das Radio auf maximale Lautstärke gestellt, der Parteitag wird übertragen. Bis zur Mittagspause, wenn die Übertragung unterbrochen wird und die Teilnehmerkohorten zu den Bussen geschickt und mit denen dann zu den Restaurants mit geschlossener Partei-Gesellschaft befördert werden, hat niemand den Mut, es auszuschalten! Die Reden und der Beifall werden auf den Flur hinausdröhnen und jedem, der zu einem Schwätzchen oder einer Routinekontrolle in ihr Büro kommen will, die Lust dazu nehmen.

Ich tue so, als läse ich, aber ich spüre Sorins Bewegungen, ohne dass ich den Kopf hebe. Ich habe es nicht geschafft, seinen Blick auf mich zu ziehen, und kämpfe gegen die altbekannte Panik an, ohne es mir anmerken zu lassen. Und wie so oft in der letzten Zeit regt mich alles auf, was er tut, alles macht mich unzufrieden. Die Tür ist erst seit einer Sekunde hinter ihm zu, als ich auch schon aufstehe. Ich drücke mich hinter den Schränken, hinter den Schreibtischen entlang, ich gehe auf Zehenspitzen, gehe zum Fenster, bemühe mich, so leise wie möglich aufzutreten, das Fenster steht offen, ich hoffe, dass ich ihn aus dem *Gebäude* gehen sehe, sicher hat er keine Geduld gehabt, auf den Fahrstuhl zu warten. Ich suche konzentriert den Gehweg unter mir ab, suche ihn auf der Allee, die unter dem farblosen Herbsthimmel zur Lenin-Statue führt. Ringsum der rasante Flug der Mehlschwalben um das *Gebäude*, das lange Pfeifen und ihre schwarzen Linien, die sich immerfort zwischen den samtenen Wänden des Himmels verweben, der sich zum Abendrot hin erwärmt. Die Alleen mit roten Blumen erstrecken sich weithin, menschenleer, keine Spur von Sorin, nur der flache Asphalt und die Leere, die bereit ist, mich zu verschlingen, sobald ich ausrutsche. Ich spüre die Blicke, aber ich mache mich an seinem Schreibtisch zu schaffen, ich nehme seinen Beurlaubungszettel unter der Immortellenvase heraus und drehe ihn zwischen den Fingern, ich versuche die Stunden zu entziffern, in denen er weg sein wird. Aber es ist kein Beurlaubungszettel, es ist nur ein altes Kalenderblatt. Jetzt bin ich sicher, dass er heute nicht mehr zurückkommt, ich habe es geahnt, als ich gesehen habe, dass er sein Büro tipptopp hinterlässt.

Der Tag ist plötzlich ausgeleert. Ich zerknülle das Papier in der schweißnassen Hand, schwimme in der Angst, in der ich erwacht bin, ich bringe Sorins Zettel zur Registratur, werfe einen Blick in den rauch- und applausgetränkten Lärm im Büro und ergreife die Flucht über die Treppe, ohne mich um ihr höhnisches Gelächter zu kümmern, warum solltest du wie irre den Zettel zur Registratur bringen, wenn er ihn extra auf dem Schreibtisch gelassen hat, unter dieser Immortellenvase?

Ich will ihm den Weg abschneiden, ich will versuchen, mit ihm ein paar Worte zu wechseln, auch wenn er es hasst, mit mir in der Öffentlichkeit zu flüstern. Alles, was mir passiert, ist in den letzten Jahren zum Vorwand geworden, miteinander zu flüstern, in der geborgten Wohnung, am öffentlichen Telefon vor dem *Gebäude*, während ich mich umgucke, dass kein Bekannter mich sieht, oder am Telefon zu Hause, wenn Petru weg ist. Ich weiß schon selbst nicht mehr, wann ich so tue als ob, wann ich die Wahrheit sage. Aber Sorins warme Stimme trägt den Geruch seiner Haut zu mir heran, die süße Schwere seines Körpers, die meine Arterien weitet, mir mein plötzlich heißes Blut hindurchjagt. Meine Stimmung in den nächsten Stunden, den nächsten Tagen ist nabelschnurartig abhängig von seiner Eile oder seiner Lust zu reden.

Vorbei, der von Rauch, Stimmen und Applaus erfüllte Raum fällt zurück, und keiner ruft mehr nach mir, so eine Erleichterung! Ich gleite über die Korridore, sie ersticken in grünlichem Dunst, meine Kleider verströmen einen Geruch nach Staub und Kantinengulasch. Mein Gesicht ist gelb geworden, braun, nach zehn, nach zwanzig Jahren im selben Büro. Silhouetten von Männern, deren Ellbogen aus karierten, fusseligen Sakkos staken, deren Bauch sich unterm Nylonpullover wölbt, sie gleiten wie ich durch die grünliche Luft. Und Frauensilhouetten, deren Haar ab der Kopfhaut zwei Fingerbreit weiß ist und deren Hintern weich sind, auf den Holzstühlen breitgesessen.

Ich laufe schnell, immer schneller und das grünliche Licht wird dunkel, die Silhouetten lichten sich, jetzt ist außer mir keiner mehr auf dem Gang, ich bin ein Knäuel weicher elektrischer Unruhe, das über die Treppen rollt, ist Sorin etwa schon aus dem *Gebäude*, bevor ich unten ankomme, ist er schon in den Bus gestiegen?

Ich mache mich auf ins Kellergeschoss, irre in den verworrenen, niedrigen Gängen umher, steige weitere Treppen nach oben, steige abwärts, bin in ein anderes, mir unbekanntes *Gebäude* gelangt, ich habe Angst, die schwere Eingangstür nicht mehr zu finden und dass ich immer weiter zwischen den heißen Rohren umherirren werde, durch die über meinem Kopf das Wasser gluckert, immer weiter zwischen den Spinnennetzen, die an der niedrigen Decke hängen. Ich taumele durch das Gewebe von Rohren mit heißem Wasser, der Boden ist feucht, das Wasser rauscht und reicht mir bis zu den Knien, bis zur Hüfte, ein Rohr ist gebrochen und der Gang wird überflutet, verlass mich nicht, rufe ich, siehst du nicht, ich bin es doch, die du seit Jahren nackt, in ausgeliehenen Zimmern im Arm hältst, und wenn du in meinen Armen aufhörst zu zucken, sagst du: Du bist die Einzige, der ich mich jemals geöffnet habe! Du bist die einzige Frau, die ich geliebt habe, ziemlich wenig für ein Männerleben, was meinst du?

Ich japse, drücke mit beiden Händen gegen die schwere Tür des *Gebäudes*. Ich wundere mich nicht, dass ich den Ausgang aus den dunklen Untergeschossen gerade in dem Moment gefunden habe, als ich schon fast ertrunken war. Ich blinzele, geblendet vom Licht draußen, und ich renne los über die feuchte Erde, sie ist wahrscheinlich nass von den gebrochenen Rohren im Keller, durch den ich geirrt bin. Ich sollte nicht weiter durch diesen weichen Schlamm laufen, aber ich beeile mich, um ihn noch zu erwischen. Ich sehe ihn nirgends, obwohl er doch nicht weit gekommen sein kann.

Ich renne über das offene Feld, über dem weißlich der Nebel hängt. Er muss irgendwo vor mir sein, und ich werde ihn erst sehen können, wenn ich nah genug bin. Klebrige Erdklumpen hängen an den hohen Korkabsätzen der Sandalen, ich höre das obszöne Schmatzen der Stiefel, die aus dem Sumpf gezogen werden, der Schmodder schnalzt, das Wasser spritzt auf meine Stirn und fließt abwärts auf die Wangen, die Achseln, meine Hände sind nass. In mir verfestigt sich der Gedanke, es wäre besser, zurückzugehen, zu resignieren, zurück zum *Gebäude*, das ich seitab liegen sehe, das sich riesenhaft vor einem glühenden Himmel erhebt. Ich werde ihn nicht einholen, ich weiß, trotzdem gebe ich nicht auf, ich schleppe mich weiter, ich stecke bis zu den Knöcheln im Schlamm, der Schlamm hängt schwer an mir und an den Mantelschößen, wird er mich denn verschlingen?

Je weiter ich gehe, umso stärker gibt der Sumpf unter meinen Schritten nach, wie müde ich bin, wie satt ich ihn habe, meine Ruhelosigkeit, alles! Je mehr ich mich abmühe, umso tiefer sinke ich, es wäre gut gewesen, rechtzeitig umzukehren! Wie gut wäre es gewesen, ihm nicht aus dem *Gebäude* nachzulaufen, was für ein Wahnsinn, das Zimmer voller Rauch und Applaus zu verlassen, die anderen zu verlassen! Ich werde in diesem Schlamm ersticken, der sich über mir mit einem zarten Schmatzen schließen wird, mit Schaum, mit Luftblasen, in welchem Film habe ich das eigentlich gesehen?

Geschafft, ich habe, keine Ahnung wie, meine Füße aus dem Schlick gezogen, der an mir saugt, und nach all der Angst, die ich durchgemacht habe, bin ich plötzlich von ihm geheilt, gleichgültig und vollständig. Ich betrachte verwundert die schlammverkrusteten Spuren auf den Mantelschößen, was soll ich jetzt zu denen sagen, die mich so an der Bürotür stehen sehen? Und wie ist es passiert, dass Sorin Olaru zu meiner einzigen Stütze in dieser befremdlichen Welt geworden ist?

*

Sie ist wach, als der Wecker klingelt, und versucht, den Traum aus ihrem Kopf zu bekommen. Das Nachthemd nass. Die nasse und weiche Hand tastet auf dem Nachttisch fiebrig nach dem Knopf des Weckers, während Petru neben ihr etwas murmelt und sich das Kissen über den Kopf zieht. Wann ist er gestern Abend nach Hause gekommen? Das triumphale Gefühl, mit geschlossenen Augen den Metallknopf des Weckers getroffen zu haben, er hört sofort auf. Das beruhigende Gefühl, dass es nur ein Traum war. Es war nur ein Traum, nicht mehr dran denken, Schluss jetzt! Sie wird aufstehen müssen und auf Zehenspitzen rausgehen, um nicht noch einmal Petrus Gemurmel auszulösen, dieser bebende Haufen unter der gewölbten Bettdecke, dem sie heimliche, ängstliche Blicke zuwirft.

Nach der abgestandenen Luft der Wohnung erfrischt die lebendige Luft draußen und lässt sie schneller gehen. Sie wird in einer Stunde im *Gebäude* ankommen, wird unter den Lidern diese rosa-goldene Kühle bewahren, die die schwarzen Häuser umhüllt, selbst wenn sie sich mit vor Wut und Demütigung zitternder Hand auf der Liste der Zuspätkommer eintragen wird. Sie freut sich immer noch, dass es nur ein Traum war, als der Bus rumpelnd am Straßenrand hält und die Menge, die sich am Bordstein versammelt hat, sich ihm verzweifelt entgegenwirft.

Sie versucht, sich Raum zu verschaffen in der Flut feindlicher Körper, die in nach Schimmel, Naphtalin, Lăcrămioara-Parfum riechenden Kleidern stecken. Sie hat die verhaltene Freundlichkeit der ersten Jahre verloren, mit der sie immer auf dem wackeligen Trittbrett auf der letzten Stufe hat stehen müssen und riskierte, in einer Kurve herunterzufallen oder platzend vor animalischer Wut gleich unten zu bleiben. Auch sie schubst jetzt erbost mit zusammengekniffenem Hintern und wirft ihre Handtasche mit geübter Lässigkeit auf den ersten freien Platz, geschafft! Jetzt wird sie den Genuss des Privilegs auskosten und gleichgültig auf die Hände sehen, die sich verzweifelt an die Stange klammern, die schlafverquollenen Augen, die über ihrem Stuhl herumschwanken.

Sie sieht stur aus dem Fenster, meidet es, krumme Rücken zu erspähen, graues Haar, das unter einer Kappe oder einem feuchten Kopftuch hervorquillt, einen vorwurfsvollen, giftigen Blick: Am frühen Morgen sind wir alle gleich und treten uns auf die Füße.

Durch das fleckige Fenster wird die Luft draußen rosagolden, auch die Wolken am immer blaueren Himmel sind zuerst noch weiß, dann werden sie langsam rosa angehaucht. Auch der Qualm des Zuges, der nach Constanţa fährt, ist rosa, rosa sind auch die Dämpfe aus den Kühltürmen von Grozăveşti hinter dem von Kränen verwüsteten Kai. Sie vermeidet es noch einmal, an den unschönen Traum zu denken, und sucht sich Erinnerungen aus, die ihr behagen.

*

»Wie schön du bist, Lety!« Sorin zieht sich das Laken bis zum Hals und setzt das Martiniglas an die Lippen, während sie sich nackt ins Bad begibt, wie in der Tanzstunde zählt sie, eins-zwei-drei, und findet sich so anmutig wie die bronzene Lenin-Statue, die von den Zugvögeln bekleckert ist.

In der Nähe seiner unsicheren, jungenhaften Gesten durchlebt sie noch einmal ihre Ängste und ihre Freude. Und sie redet. Sie redet endlich mit jemandem, nackt, im Bett, die Wange auf einem fremden Kissen, in das sich schon andere Stirnen gewühlt haben, andere Haarsträhnen haben darauf gelegen, daran will sie gar nicht denken, denn hier endet die Einsamkeit. Hier beginnt und hierher kommt ihre Liebe für Sorin, die die Ereignisse ihrer kurzen Leben miteinander verbindet. Sie kann ihm mit unnachgiebigem Schweigen weismachen, dass sie zu Hause unterdrückt wird, obwohl in ihrem Gefühl für Petru noch immer dieses Gemisch von Loyalität, Hass, Angst ist, und noch etwas? Aber was Sorin über ihre Familiengeschichten denkt, wird sie niemals erfahren.

Wenn es ihr derartig wehtut, dass er auf die vor das Bett oder auf den Stuhl geworfene Uhr schaut, wo in größtem Durcheinander Socken, Unterhemden, Tetra-Unterhosen und ihr neuer BH von Triumph liegen, dann ist das mit Sicherheit ihre Schuld. Vielleicht hat sie ihren Körper nicht richtig an seine Bewegungen angepasst, dann würde sie nämlich eine angenehme Entspannung fühlen, was sonst, *mens sana in corpore sano.* Es ist genauso ihre Schuld, dass sie verärgert ist, während er sich beeilt und noch weiter zärtlich ist. *Mal-aimée*, ein Begriff, den sie gerade gefunden hat und ihm an den Kopf wirft, aber es gibt auch ein genaueres muttersprachliches Äquivalent: Sie ist einfach sauer. Wenn sie sich um 13:20 Uhr gottverlassen fühlt, weil er in letzter Minute, verzweifelt vor Eile und wegen ihres mürrischen Gesichts, gesagt hat, sie würden sich erst in einer Woche wiedersehen, dann ist das auch ihre Schuld. Wenn sie ihm richtig ins Gesicht sehen würde, das genauso zerstreut ist wie ihre Kleider, würde sie begreifen, wie genervt er ist, der arme Sorin!

Wenn sie nicht wissen wird, was er über ihre gemeinsame Zukunft denkt, ist auch das ihre Schuld, denn sie begnügt sich mit seinem nackten Körper und den anerkennenden Blicken. Sie hofft noch immer, ihn zu zähmen wie ein scheues Tier, und hütet sich, ihm direkte Fragen zu stellen, sie vermeidet es auch, Petru zu sagen, wie schwer es ihr fällt, mit ihm zu schlafen.

*

Nur schade, dass Sorins Geschichten immer politischer werden, er verfolgt sie aufmerksam in den auf seinem Schreibtisch aufgeschlagenen Zeitungen, im Transistorradio. Und für Ceauşescu hat er geradezu eine Leidenschaft entwickelt.

»Was glaubst du, Lety, warum der Genosse damals, als die Sowjets mit den Panzern in Prag einfuhren, herumposaunt hat, *jede Kommunistische Partei hätte das Recht, ihre politische Linie festzulegen*? Warum?«

Sorin ereifert sich, steht aus dem Bett auf, gestikuliert mit dem Campari in der Hand, warum?

»Er schrie herum, weil er Angst kriegte! An seine eigene Haut dachte er, nicht an uns!«

Wieso erinnert sich Letitia nicht an die Demo auf der Piața Palatului? Wo war sie im August '68, als niemand mehr über das Gestotter des Genossen lachte? Aha, in den Bergen, auf der Sâmbăta-Hütte, im Făgăraşgebirge mit Petru, aber das ist kein Argument!

»Die Theorie des kleinsten Übels! Siehst du einen Besseren an seiner Stelle, wen?, sagen die, die den Genossen hochhalten, und glaub mir, das sind genug. Wenigstens hätte der Genosse den Mut gehabt, den Russen entgegenzutreten, als sie nach Prag rein sind, das ist ihr Argument! Weißt du, wie revolutionär er damals schien, als er Moskau kritisierte, weil sie in die rumänische Parteiführung *Leute von draußen holten, die das Leben der Rumänen nicht kannten*! Das hat er gesagt! Und das sollte heißen, dass nur sein Vorgänger Dej und dessen alte Garde schuldig waren an den Verbrechen und den Gefängnissen in den fünfziger Jahren und er kam sauber aus der Sache raus!«

»Ich bezweifle, dass die Leute das juckt«, sie rümpft die Nase.

»Du bezweifelst das, weil du keine Ahnung hast, wie beliebt er war, nachdem er die Parteiposten neu besetzt hatte! Er schickte die, die von Moskau gesteuert waren, in fette Rente und ersetzte sie durch eine junge Generation von Aktivisten, die vom Land kamen wie er! Aber du siehst nichts und hörst nichts, was um dich herum passiert, und ausgerechnet du willst Prosa schreiben!«

Sorin kneift sie in die Brustwarzen, er zieht sie über sich in seine Arme, sie spürt seine Erektion zwischen ihren Hinterbacken und dreht sich peinlich berührt zur Seite. Sorin gießt sich noch einen Campari ein und blättert in der Zeitung, die auf dem Tisch liegt: *Rumänien und Frankreich haben eine Tatsache von heutzutage höchster Brisanz für wahrgenommen: Länder gesellschaftspolitisch verschiedener Systeme können zugunsten ihrer eigenen Entwicklung zusammenarbeiten.*

»Warum vertun wir unsere letzten Minuten mit diesem leeren Gerede?«, sie ärgert sich.

»Lety, versuch doch bitte auch mal zu verstehen, wie der Westen tickt, von dem wir unsere Rettung erwarten! Ihr seid ein interessanter Markt, aber was bei euch passiert, geht nur euch was an! Das steht hier in Wirklichkeit zwischen den Zeilen!«

Er pflückt ihr die Zigarette aus dem Mund und nimmt ein paar Züge, während er im professoralen Ton weiterdoziert, die Idee der Zusammenarbeit der beiden Systeme ist nicht neu, Harold Stassen hat Stalin gegenüber ungefähr dasselbe gesagt. Und sie sieht ihn finster an und müht sich ab, ein paar Krumen aus seinem geheimnisvollen Leben aufzuklauben.

*

Sorin ist großzügig und sensibel und die Liebe von 9 Uhr bis 14:15 Uhr oder von 12:30 Uhr bis 16 Uhr ist ihr Handel mit dem Absoluten, wie sie in ihr Heft unter der Matratze notiert hat. Darum hetzt sie ans Ende der Stadt, sobald sie dem lärm- und raucherfüllten Büro entkommt, den Schlangen nach Van-Houten-Kakao oder grünen Oliven aus Griechenland und den Sitzungen zur politischen Bildung!

Nur, dass ihr Leben zwischen zerknitterten Laken stattfindet: Manchmal steht Sorin auf, um die Gläser neben dem

Bett aufzufüllen. Trink, sagt er, und die Welt verflüssigt sich, verdünnt sich, ihre Ränder verschwinden in rasendem Tempo, ein Durcheinander, aus dem man hinausrutschen könnte, heraus aus dem Liebeszimmer und aus den Stunden, die der Liebe gewidmet sind. Letitia bricht von dort mit einem immer bittereren Geschmack im Mund auf. Dann kommt das Erwachen nachts mit Stichen in der Leber, der Platz neben ihr im Bett ist leer, Gott sei Dank ist Petru noch nicht zurück und kann nicht fragen: Was hast du? Der Kopf platzt ihr, die Kehle ist trocken, Durst, Erbrechen ins Klosett.

Aber Petru würde auch dann nichts bemerken, wenn er zu Hause wäre! Er hat ja auch nicht gesehen, dass Letitia jedes Jahr zu ihrem Geburtstag mit L'Air du Temps von Nina Ricci nach Hause kommt, Sorins Geschenk. Er weiß auch nicht, dass sie sich bei der CAR-Bank etwas geliehen hat, um Sorin zu seinem Geburtstag wie jedes Jahr Eau Sauvage von Dior zu kaufen. Er hat nur vage bemerkt, dass sie etwas zu wenig Geld mit nach Hause bringt, und wenn er daran denkt, wirft er ihr vor, sie wäre zu verschwenderisch.

Aber auch Letitia hat beschlossen zu ignorieren, was Petru macht, er hatte ihr ja gleich gesagt, er wäre es gewohnt, frei zu sein. Sie schwört allerdings, dass sie nie mehr rumänischen Bitter anrühren wird, dass sie nie mehr Getränke mischen wird, dass sie nie mehr …

Und die Tage sind leer, bis sie sich wiedersehen. Selbst wenn sie im selben Raum sind, spürt sie die unsichtbare Trennlinie, die sein Lachen, seine Worte von ihr fernhalten. Sie sieht seine wachsamen Bewegungen, es beleidigt sie, auch wenn sie versteht. Sie verabscheut seine Feigheit, aber sie ist abhängig von seinen Gesten, die auch ihre mitbestimmen. Das Adrenalin explodiert im plötzlich verrücktspielenden Blut und der Bildschirm ihres Verstandes flackert, gestört von einer einzigen Angst, wissen sie etwas, sehen sie etwas, sieht man es? Manchmal tut es ihr so weh, dass sie ihren Körper, der ihn empfangen hat, gern erniedrigen möchte. Aber sie ist zu willenlos, um sich auf die Avancen anderer Männer einzulassen, und zu fixiert auf die Treue, die Sorin bei jedem Treffen von ihr fordert. Ich verstehe nicht, warum er tut, was er tut, denkt Letitia immer wieder.

Aber was gibt es schon zu verstehen in unserem Leben oder im Leben des anderen? Nichts. Wir bestehen aus Gesten, Taten, Impulsen, die einander widersprechen. Und es fiele ihr schwer zu sagen, wann bei ihr das Bedürfnis nach Wahrheit entstanden war. Sie hätte wenigstens gern jemanden, dem sie von dem Angstmoment erzählen könnte, als sie Petru alles sagen wollte und merkte, dass sie nur alles schlimmer gemacht hätte.

Wieder hat der grauenhafte Traum sie erwischt, aber sie schüttelt ihn ab, der Bus ist inzwischen noch leerer geworden, und da ist schon das *Gebäude.* Die graue und dann blaue Luft der Nacht ist violett geworden, ein bläuliches, dichtes Violett. Auf einmal werden die langen Strecken zwischen den Fenstern des *Gebäudes* bis zum dunklen Flecken des Parks eine endlose Linie. Die schnurgeraden Alleen, die monotonen Mauern, die komische, nüchterne und lächerliche Form des *Gebäudes* verlaufen noch weichgezeichnet ins Dunkle. Von hier aus, in der kühlen Luft des Morgens, durch den sie vorwärtsschreitet, fängt alles ruhig und gleichmäßig an, alles sieht für wenige Minuten aus, wie sie es sich wünscht – wie geleckt, neu, unberührt von Regen, Sonne, und von der Zeit.

Letitia ist froh, sie ist ohne Verspätung zur Arbeit gekommen. Und nach der Arbeit geht sie mit Onkel Biță ins Café, er ist einer ihrer fröhlichsten Verwandten.

*

»Jeder Tölpel da *drüben* fährt hin, wo er will, in die weite Welt hinaus! Wenn einer kein Geld hat, fährt er per Anhalter, das ist modern! Und er muss sich nicht wegen dieses verdammten Passes abzappeln, wie ich es mein ganzes Leben schon mache! Aber ich gebe nicht auf, egal wie oft ich eine Ablehnung bekomme! Ich habe es mir in den Kopf gesetzt, nicht so zu sterben, wie mein armer Bruder Ion, ohne dieses furchtbare Land wenigstens einmal verlassen zu haben! Oder die Geographie Europas nur aus Büchern zu kennen, oder dass ich die Geschichte von jeder Straße in Paris umsonst auswendig gelernt habe! Seit ich meinem Freund Radu Cioculescu geholfen habe, Proust zu übersetzen, träume ich davon, über den Place de la Madeleine zu spazieren! Sie haben ihn ungefähr gleichzeitig mit Traian Branea geschnappt, dem Bruder deines Vaters, sie kamen ins Loch und nie wieder raus, Gott gebe ihnen Frieden, wo sie jetzt sind! Schade um ihre Jugend, sie waren beide so gebildet! Aber das sind keine Geschichten für dich, Letitia! Wir haben über die Proust-Übersetzung gesprochen, bei der Radu Cioculescu sich verfranst hatte, bis ich kam!«

Hatte Biță wirklich an der Proust-Übersetzung gearbeitet? Früher hätte Letitia so eine Geschichte einfach geschluckt, doch jetzt machte sie hinter Onkel Bițăs Geschichten ein Fragezeichen. Auf seinem Schreibtisch hatte sie nur die gehefteten und abgehefteten Akten eines institutionellen Rechtsberaters gesehen, daneben die akkurat angespitzten Buntstifte und Kugelschreiber aus dem Ausland. Das in einem Wohnblock der Zwischenkriegszeit angemietete Zimmer imponierte ihr nicht mehr so wie in dem Sommer vor ihrem Studium, als sie bei ihm gewohnt hatte. Auch nicht die Gemälde, das kubistische Mobiliar, die Hinterglasikonen, eingefallene Christus-Statuen unter riesenhaften schwarzen Weintrauben. Biță war immer auf dem Laufenden, was Ausstellungen und die neuesten Bucherscheinungen anging, und er gratulierte ihr zuvorkommend, ich habe gesehen, dass du versuchst, zu veröffentlichen, ja, streng dich an, obwohl man hier ja keine wirkliche Literatur machen kann …

»Radu Cioculescu hatte einen Stadtplan von Paris, alle Sträßchen, und mit Rot markierten wir den Place de la Madeleine und den Boulevard Malesherbes, was heißt hier warum? Ich dachte, du wärst kultivierter, Letitia, mein Bruder Ion, der Arme, er dachte, du würdest mal eine große Gelehrte! Weißt du nicht, am Boulevard Malesherbes steht das Haus, in dem Proust gewohnt hat? Also, ich hoffe jedenfalls, dass es sich da noch befindet …«

»Hast du Place de la Madeleine gesagt oder Place Pigalle?! Wo willst du denn nun hin, wenn die dir den Pass geben?«

»Gibst du mir jetzt eine Kostprobe deiner Bildung, Letitia? Mich bringst du nicht aus dem Ruder, und dein armer Onkel Ion kann nicht mehr hören, was für einen Blödsinn du verzapfst! Ich rate dir aber, solche dummen Witze nicht vor Victor zu reißen, sonst beschwert er sich noch bei der armen Margareta, dass sie dich nicht wie ein Mädchen aus gutem Hause erzogen hat! Dein peinlicher Witz mit der Place Pigalle ist vielleicht passend für deinen muffeligen Mann, ich brauche solche Surrogate nicht! Man kann behaupten, dass in Rumänien viel fehlt, alles Mögliche, aber fröhliche Mädchen nicht! Und ich will Paris wegen dem Andenken an meinen armen Freund sehen! In Gedenken an meinen armen Freund! Sagt dir sein Name wirklich nichts, Letitia? Du hast grade mal von Proust gehört! Ihr jungen Leute von heute, ihr habt euch aufs Schreiben gestürzt, aber Lesen, da hapert's …«

»Die erste Reise in den Westen! Die erste und die letzte! Oder?«, hatte die Nichte versucht, ihn zu foppen.

Aber das Lächeln war vom Gesicht ihres Onkels sofort verschwunden.

»Aaah! Was denkst du denn? Überhaupt nicht! Natürlich komme ich zurück!«, hatte Biță gerufen, »was soll ich denn in meinem Alter da *drüben* anfangen? Das ist eine gnadenlose Welt da, mit fünfzig, da lassen sie einen auf der Straße liegen!«

»Aber warum hat dir deine Direktorin vom Export/Import nicht geholfen, dass du früher einen Pass kriegst? Hast du es mit deinem Charme nicht hinbekommen, sie zu überzeugen? Hattet ihr keine gute Beziehung?«, Letitia blieb beharrlich und merkte, dass sie von einem Fettnäpfchen ins nächste tappte.

Sie konnte sich nur noch durch Neckereien aus der Schlinge ziehen.

»Vielleicht eine zu gute!«, lachte er gezwungen.

Sein Charme war noch vorhanden, auch wenn der graubläuliche feine Wollpullover seine fülligen Schultern und einen leicht vorgewölbten Bauch erkennen ließ. Aber Bițăs Nähe war noch immer angenehm, als sie sich bei der Begrüßung umarmt hatten, hatte Letitia dasselbe Eau Sauvage erkannt, das sicher im Kaufhaus Miraj an der Piața Universității gekauft worden war. Welche seiner unzähligen Geliebten hatte ihm das wohl geschenkt?

»Jetzt, wo ich auf die Rente zugehe, hoffe ich, dass sie mir erlauben, meine erste Reise in den Westen zu machen! Ich habe bewiesen, dass ich ein vertrauenswürdiger Bürger unseres volksdemokratischen Regimes bin!«

Letitia hatte verwundert den Blick gehoben. Schwer zu sagen, ob ihr Onkel ironisch deklamierte oder für ein fremdes, misstrauisches Ohr so redete. Obwohl hier in der Wohnung nur sie beide waren. War Biță so weit, dass er auch schon vor ihr Angst hatte?

»Warum guckst du so?«, fragte er, sein Blick hatte sich verfinstert und seine Stimme klang beunruhigt.

Wahrscheinlich tat es ihm leid, dass er ihr von dem Antrag für den Pass erzählt hatte. Und warum sollte er sich letzten Endes nicht fürchten? Woher sollte er wissen, ob seine Nichte nicht bei der Arbeit tratschte oder Petru im Bett etwas davon flüsterte? Und Petru, der fürchtete, dass Biţă die Akte seiner Frau noch mehr verschlechterte, wenn er im Westen bleiben würde, könnte eine vorbeugende Information wer weiß wohin durchsickern lassen! Und dann Adieu, Pass für den Genossen Barbu Silişteanu alias Onkel Biţă.

Sorin hatte sie nicht mit einberechnet, nicht nur, weil Onkel Biţă noch nie von ihm gehört hatte, sondern auch, weil sie sich seiner Diskretion viel sicherer war als der von Petru.

Letitia entspannte sich im Sessel, holte das Päckchen Kent von Sorin aus der Handtasche, hielt es Biţă hin und wechselte das Thema.

Kapitel 5

# Zufälle

Sollte man es als schlechtes Zeichen deuten, dass er sich zum ersten Mal bei der Beerdigung eines Kollegen aus dem Büro an ihrer Seite in die Öffentlichkeit wagte? Natürlich nicht. Man weiß ja, Verliebte gehen mit Begeisterung zu Hochzeiten und voller Anteilnahme zu Beerdigungen: Weil sie sich nicht öffentlich zeigen dürfen, sind sie froh, in den lärmenden und – so hoffen sie – blinden Kohorten unterzutauchen. Die trauernde Familie kann sich darauf verlassen, dass sie nicht einfach vor dem Ende der Zeremonie unterwegs verschwinden: Mittels diskreter Manöver gelingt es ihnen, nebeneinander zu gehen und sie laufen so langsam, dass sie ganz hinten in der Schlange bleiben. Die scheinbar zufälligen Berührungen versetzen dem unteren Teil ihres Rumpfes Stromstöße und ihr Atem vereint sich schnell. Falls die Feier zu Hause weitergeht, dann sieht man sie auch dort, sie antworten benommen auf Fragen oder reißen im Gegenteil aufgeregt das Gespräch an sich. Sie haben inzwischen gelernt, sich Botschaften per Blick, per heimlichem Zwinkern zukommen zu lassen, und glauben, keiner würde das bemerken. Aber sie werden immer bemerkt.

Sorin und Letitia standen so weit entfernt wie möglich von dem mit Blumen überhäuften Sarg des Herrn Hariton, vermieden es, seine blauen Lippen von Nahem zu betrachten, die über den glasigen Zähnen halb offen standen, die verächtliche Pose war nun der Höhepunkt seiner unverdorbenen Selbstsicherheit. Im Trauerzug erinnerte jemand mit demütiger Stimme an den Toten, allerdings auf dieselbe Art, wie sie in den Büros über ihn hergezogen waren.

»Sein schlimmster Tag war nach dem Nationalfeiertag, dem 23. August, wenn er die Zeitung aufschlug und sah, wen der Genosse mal wieder zu Ehren des Nationalfeiertags ausgezeichnet hatte. Die meisten kannte er und er machte uns den ganzen Vormittag damit irre! Er las die Orden und Medaillen vor und erzählte über jeden was, einer war sein Mitschüler gewesen, ein Sitzenbleiber. Ein anderer kriegte keinen graden Satz aufs Papier, sie hatten ihn an die Uni geholt, als er selbst wegen seiner Akte hatte gehen müssen, und so weiter. Wenn er fertig war, ging er raus auf den Flur und erzählte dasselbe in den anderen Büros, sogar der Putzfrau. Gegen drei versiegte dann sein Redefluss, vielleicht fiel ihm da erst auf, was diese anderen erreicht hatten, während er noch immer heimlich an seiner Doktorarbeit saß. Dann wurde er mürrisch und sagte kein Wort mehr …«

Vergiftet durch Gerede und Weinen glich die Freude der beiden darüber, dass sie zusammen waren, etwas Würdevollem und Fremdem, aber nie war der Tod weiter von ihnen entfernt gewesen als damals. Die beseelten Blicke verrieten sie, wenn sie versuchten, sich selbst in einem ähnlichen Szenario vorzustellen. Die lichterfüllten Alleen des Friedhofs ließen ihr gelbes Laub in einem rauschenden Regen herabrieseln, während sie sich gleichgültig und voller Gefühl zwischen den Gräbern verloren und, die Gesichter einander zugewandt, leichthin über den Tod und das Leben sprachen, und an ihren langsamen, melancholischen Schritten klebte die Schamlosigkeit ihres Verhältnisses.

*

So hatte es auf dem Bellu-Friedhof begonnen. Und es hatte sich auf einem fremden Flur fortgesetzt, in der obersten Etage eines alten Gebäudes, wo das Knarzen des morschen

Holzfußbodens sie warnte, wenn jemand sich näherte. Dann hörten sie auf zu flüstern und mit größter Willensanstrengung gingen sie auf Abstand, sobald die Gefahr aber vorüber war, steckten sie ihre Köpfe wieder zusammen. Sie beeilten sich, so wie sie sich von nun an jahrelang beeilen sollten, immer auf der Suche nach einem Ort, einem Augenblick, um allein zu sein.

Für den Anfang hatten sie nur zwanzig Minuten, die Pause der Sitzung, in der der Zufall sie beide hatte zusammenkommen lassen: eine der Millionen Sitzungen, bei der man sich der neuesten Rede des Genossen vor der Vollversammlung widmete und die dann zur Dauerpflicht wurde.

Aber gibt es denn Zufälle im Leben oder setzt einen jemand da oben wie eine Figur zu Spielbeginn auf ein Schachbrett, und das Ende der Partie ist offen?

Manchmal könnte einen sogar jemand aus der näheren Umgebung ins Spiel holen – zum Beispiel Sorin Olaru. Als *Propagandasekretär* hätte er die ewig schwänzende Letitia Arcan auf die Liste setzen können, dauernd entzieht sie sich den *Pflichten des Volkes,* sie müsste halt auch mal einen Sonntag bei der *Politischen Information auf Hauptstadtebene* vergeuden, sind Sie einverstanden, Genossin Direktorin? Ist doch wirklich eine gute Idee! Das hätten wir erledigt, wir können also mit Ihrer Erlaubnis zum Trimester-Bericht übergehen!

Wenig wahrscheinlich, dass es so abgelaufen ist, wenn man seine Zurückhaltung bedenkt, dazu die fehlende Kaltblütigkeit, mit der Sorin in diese Beziehung gegangen ist.

*

Letitia war noch nie Teilnehmerin einer solchen Versammlung gewesen, ergeben und in Betrachtung der angelaufenen goldenen Barockstuckaturen an der Decke, und bei jedem

Zitat aus den Worten des Genossen wurden die Reden von Beifall unterbrochen. Ansehnliche Männer mit feisten Nacken und breiten Backen, die über die steifen, von Kragenstäbchen gehaltenen Hemdkrägen hingen, Frauen mit aufgetürmten, von Farmec-Haarspray verklebten Frisuren, mit Rundungen, die durch die Tergal-Faltenröcke in den Blick rückten und deren Füße in Schuhe mit Louis-Quinze-Spitze gequetscht waren. Alle hielten ihre Blicke starr auf den rot verhüllten Tisch des Präsidiums gerichtet. Nur sie rutschte auf dem Stuhl herum wie ein armes wildes Tier, das in einen Käfig gesperrt war, die Ungeduld zuckte ihr in den Fersen und den Händen, die aber plötzlich träge wurden, sobald ein Moment allgemeinen Beifalls gekommen war. Als dann die Pause verkündet wurde, sprang sie verzweifelt auf, als würde eine eilige Notdurft sie antreiben, und probierte alle Türen durch. Dann begriff sie endlich, dass die einzige Tür, die auf die Straße hinausführte, die gusseiserne Glastür mit den Art-Déco-Blumenmustern war, die von einem feindseligen Pförtner bewacht wurde. Er holte den Schlüssel zum Öffnen nur bei Leuten heraus, die er respektvoll grüßte.

*

Sie hätte dankbar sein sollen, dass sie sich in einem geheizten und normal belüfteten Saal befand und nicht in einem Gefängniskeller ohne Heizung und Fenster, mit dem Eimer voller Urin und Fäkalien in der Mitte des Raumes, unter abgemagerten Menschen, die nach den Verhören nach schmutziger Haut und verkrustetem Blut rochen. So ist es meinem Vater ergangen, dem verachteten Victor Branea, würde sie zwei Jahrzehnte später denken.

Und sie hatte nicht einmal stundenlang in Kälte und Schneeregen von einem Bein aufs andere hüpfen müssen, mit möglichst fest zusammengepresstem Schließmuskel, während man darauf wartete, dass die endlose Menschenschlange an der offiziellen Tribüne vorbeikam, wo auch sie brüllen würde *Staliiin! Staliiin! Hoch der siebte November, der Tag der Großen Sozialistischen Oktoberrevolution!*, um dann, nach einer weiteren halben Stunde Fußmarsch, endlich den rettenden Schemen der öffentlichen Toilette zu sehen. Eine Geduldsprobe, von der ihre Mutter und Onkel Ion ihr mit abgeschwächten Ausdrücken erzählt hatten.

Und sie musste auch nicht in einer Gluthitze von dreiundvierzig Grad, rot angelaufen von der Sonne, die ihr auf den Kopf knallte, und mit geschwollenen Füßen in billigen, harten Sandalen, Schüler beaufsichtigen, die nach den Akten ihrer Eltern ausgewählt worden waren und deren liegende Körper von oben, von der offiziellen Tribüne aus gesehen, die Losung schreiben sollten, die durch die Megaphone ins Stadion gebrüllt wurden, *Ceaușescu – Heroismus, Rumänien – Kommunismus, Ceaușescu – Heroismus, Rumänien – Kommunismus, Ceaușescu – Heroismus, Rumänien – Kommunismus*, wie ihr später ihre Freundin Nana erzählen würde. Aber Letitia Arcan hatte damals noch nicht das Bewusstsein dafür, dass sie zu einer glücklicheren Generation gehörte als die davor. Und natürlich hatte sie keine Ahnung, was kommen würde.

*

Während sie so verzweifelt war, stand sie plötzlich vor Sorin Olaru, der aus der Schlange am Büffet getreten war, um ihr zuzuflüstern:

»Denken Sie dran, Verehrteste, wir werden hier bis heute Abend nicht rauskommen! Und, bitte, bedenken Sie, dass die Brote mit echtem Prager Schinken sind! Es gibt außerdem Würstchen, Pepsi, chinesische Schokolade und sogar Mandarinen!«

Die Schlange, in der sie sich beide anstellten, kam langsam voran, Letitia staunte über die Verzierungen aus nachgedunkeltem Holz in der Eingangshalle, und Sorin verhaspelte sich in einer Geschichte über das Gemälde eines Malers von vor hundert Jahren, auf dem tatsächlich dieser Saal dargestellt ist, in dem unsere Sitzung stattfindet, du wirst es nicht glauben, Letitia, damals war hier ein Salon mit venezianischen Spiegeln und sogar eine kleine Theaterbühne! Vor hundert Jahren hat Fürst Cuza* diesen kleinen Palast seiner Geliebten geschenkt, der Maria Obrenovici, es wäre nicht schlecht, ihn zu besichtigen! Haben Sie schon mal daran gedacht, Verehrteste, einen historischen Roman zu schreiben? Das ließe sich gut verkaufen und die Zensur passt bei solchen Themen weniger auf! Zeit hätten wir, die Pause wird lang sein, für die zweite Hälfte der Sitzung wird sogar Dumitru Popescu erwartet, ich nehme an, Verehrteste, Sie wissen, von wem ich spreche! Der Berater des Genossen, er schreibt die Reden, die du, Lety, bei den Sitzungen der Politischen Lehre nachplapperst! Du plapperst sie nicht nach? Du machst dich nur winzig klein und versteckst dich wie jetzt in der hintersten Reihe? Schade, eine Schriftstellerin müsste sich doch für so eine Figur interessieren! Dumitru Popescu ist gebildeter als alle hier und er hat noch keinen ins Gefängnis gebracht, wie sein Vorgänger es getan hat! Sie fragen, welcher Vorgänger, habe ich mich verhört? Ich habe gehofft, dass Sie wenigstens von Leonte Răutu gehört haben, Verehrteste! Der Chefideologe der Fünfziger! Jetzt leitet er nur noch die Kaderschule der Partei, also, sein Rivale hat freie Bahn! Was für ein Rivale, aber von wem reden wir denn? Doch wohl von Dumitru Popescu, einem jungen, arroganten und gefährlichen Hund, Sie fragen, wieso? Er überhöht den Kult um den Ge-

* Alexandru Ioan Cuza, erster Fürst des vereinigten Fürstentums Rumänien. Im Februar 1866 wurde durch einen Staatsstreich seine Abdankung erzwungen.

nossen immer mehr! Haben Sie nicht bemerkt, dass das Foto des Genossen in den Zeitungen täglich größer wird? Aber von welchem Planeten kommen Sie denn, Verehrteste?

*

Nicht sehr wahrscheinlich, dass Sorin Olaru so eine riskante Rede im Gedränge einer Schlange vor dem Büffet der Parteiküche gehalten hätte, wo die Produkte von demselben Landwirtschaftsbetrieb angeliefert wurden, die man auch für die Mahlzeiten des Genossen verarbeitete. Viel eher wurde dieser Monolog in der Wohnung von Freund Florin gehalten, wo Letitia und Sorin anfangen würden sich zu treffen.

Vor allem, weil in der Halle mit den Holzverzierungen und den Art-Nouveau-Blumenfenstern ein paar junge Männer mit brutalen Gesichtern herumstreiften, die kurz geschoren waren und Anzüge in Einheitsgröße trugen. Das waren die sogenannten *Jungs von der Calea Victoriei*, die von Ceauşescus Wohnung im Primaverii-Viertel alle zehn Meter bis zum Sitz des Zentralkomitees an der Piaţa Palatului aufgepflanzt standen, wo Er täglich hinkam. Man sagte, sie wären Kinder aus den Waisenhäusern, die von der Securitate zum Wachdienst für den Genossen dressiert worden wären. Das fehlende Mitgefühl, in dem man sie hätte aufwachsen lassen, hätte sie, was ihre Treue anginge, verbissener gemacht als die zwei schwarzen Labradore Corbu und Sarona, die die Königin von England dem Präsidenten Ceauşescu bei ihrem Besuch in Rumänien geschenkt hätte. Außer seiner Frau Elena waren die Hunde die einzigen Lebewesen, denen der Genosse vertraute.

So dass Sorins Monolog wohl eher in Florinels Wohnung stattgefunden haben wird.

*

Die geheime Abhörstation, die in Cuzas ehemaligem Palast Anfang September 1944 eingebaut wurde, als er zum Hauptquartier der Sowjetarmee wurde, muss in der obersten Etage gewesen sein. Dorthin hatten sich Letitia und Sorin in der Sitzungspause zurückgezogen. Sorin öffnete das Marlboro-Päckchen, das er in der Kantine gekauft hatte, und nachdem er ungeschickt ein paar Mal gezogen hatte, steckte er Letitia das feuchte Ende mit einer plötzlich befehlenden Geste in den Mund, die seiner üblichen Art, genau wie die plötzlich kalt leuchtenden Augen, widersprach. Während Letitia sich nach einem Aschenbecher umsah, röteten sich seine Wangen und Ohren und seine Stimme wurde unsicher: Wäre sie wohl einverstanden, wenn sie beide sich an einem der nächsten Tage an einem ruhigen Ort sehen würden, ohne fremde Blicke, die *etwas hineindeuten* könnten?

Dann treffen wir uns einfach, warum nicht? Vielleicht hatte die gleichgültige Zustimmung in ihrem Kopf so geklungen. Sie erzählte niemandem etwas von zu Hause, aber morgens kam sie oft mit Augenringen und roten Augen zur Arbeit. Was sahen ihre Augen damals, die blind waren von der Langeweile im Büro und von den Streitereien mit Petru? In den Notizen, die sie in das Heft unter der Matratze ihres Ehebetts schrieb, würde nur das nervtötende Knarzen des Holzfußbodens auftauchen.

Letitia hatte Sorin also wohl ein regloses Gesicht gezeigt. Zwei neutrale Augen, die von jetzt an mehr sehen würden, als was der immer erregtere Verstand ihnen erlaubte. Neutral, aber mit der Wärme ehemaliger Freundschaft – dem einzigen Gefühl, das weder Leid noch Herabsetzung noch die Zeit anrühren können, wenn man es vor der gierigen Verklammerung der Körper bewahren kann. Die Freundschaft erwärmte die Gleichgültigkeit des Anfangs und würde in ihrer Erinnerung bestehen bleiben. Sie würde umgeben sein vom tiefen, blendenden Gelb des Oktobers, vom Gefühl, das in der Farbe des provisorischen, verführerischen Sommers aufbrach. Nur ein Windstoß, und es würde nichts bleiben als die schwarzen und feuchten Gerippe der Bäume, die täglich vom morgendlichen Raureif gesäubert wurden.

Indem Sorin ihr Schweigen als Einwilligung aufnahm, schaute er bedeutsam auf die Uhr, wäre es nicht vernünftiger, jetzt wieder in den Saal zurückzugehen? Im Halbdunkel des Flurs verdunkelten sich ihre enttäuschten Augen. Sie stieg verärgert die enge Holztreppe und die breitere aus Marmor abwärts, so würde sie auch die Treppe im Wohnblock am Stadtrand hinuntergehen, wenn sich die Stunde von Florinels Heimkehr näherte.

Um sie zu beschwichtigen, kam Sorin auf die Vergangenheit des Hauses zurück.

*

Das Gebäude war im Innenhof des ehemaligen Fürstenpalastes hinter der Calea Victoriei am Dâmbovița-Ufer erbaut und besaß zwei hohe Stockwerke und eine Mansarde. Außer dem Schlafzimmer war nur der große Salon im Parterre bereits fertiggestellt und in mattem Rot austapeziert, dazu viel Gold auf den barocken Stuckaturen und riesige venezianische Spiegel. Der Architekt hatte ihn den kommenden Bällen und Kammerkonzerten, sogar kleinen Theateraufführungen in französischer Sprache gewidmet. Die Räume waren weitläufig und hatten sehr hohe Decken. Die blauen Glaskunstfenster mit den violetten Iris in der Vorhalle wurden aber erst von einem anderen Besitzer einige Jahrzehnte später eingesetzt.

In jener unnatürlich warmen Nacht des 11. Februar 1866, als ein stechender Regen feuchten Nebel über Bukarest gebreitet hatte, erwachte Cuza in dem weiß- und rosafarbenen Boudoir im ersten Stock, umgeben vom Geruch des Baldachinbettes nach französischem Parfüm und Sex, von dem ängstlichen Geflüster Maria Obrenovicis. Nach der langen Feier am Vorabend hatten sie noch keine zwei Stunden geschlafen, sein Kopf fühlte sich an wie ein Klumpen Blei und sein Atem ging schwer, benommen sah er auf die Revolver und goldenen Becher in den Händen der Verschwörer, die einer nach dem anderen durch die sperrangelweit offene Tür hereingetreten waren. Maria Obrenovici zerrte mit zitternden Händen ihren Hausmantel über den schweren Brüsten zusammen, sprang aus dem Bett und versteckte sich im Badezimmer.

Und der ehemalige Offizier Alexandru Ioan Cuza, der nur noch für sechs Monate das Herrschaftsmandat über die Vereinigten Fürstentümer besaß, ließ hastig seinen Blick von einem zum anderen schweifen. Die Konservativen, seine unversöhnlichen Gegner, waren hier, aber auch seine ehemaligen liberalen Freunde, die damals ihre Beziehungen ins Spiel gebracht hatten, damit er am selben Tag zum Herrscher über Moldova und über die Țara Românească gewählt wurde, und damit hatten sie mit diplomatischer Schläue die zeitweilig noch provisorische Vereinigung der beiden Fürstentümer möglich gemacht.

Cuza bedauerte jetzt, dass er die Ermahnungen des Polizeichefs Bibescu nicht ernst genommen hatte. Der hatte schon versucht, ihm etwas zu flüstern, als Brătianu und Carada noch in Paris gewesen waren und seit zwei Jahren zweitrangige Adelige hofiert hatten, die noch kein Königreich abgekriegt hatten, und mittels derer die Vereinigten Fürstentümer in das Netz der europäischen Königshäuser eingeknüpft werden sollten. Und schließlich hatten sie einen Hohenzoller ausgewählt, der, so hofften sie, der Opposition Russlands, Österreichs und der Türkei etwas entgegenzusetzen hatte.

Er hätte den Verschwörern nicht freie Hand lassen sollen, er hätte sie alle ins Exil schicken und selbst lebenslanger Monarch werden sollen! Er zog an der Klingelleine, bis sie zerriss, aber niemand erschien. Er kannte den Preis der Leute, er musste also damit rechnen, dass auch die Garde, die Dienerschaft und der Leibdiener seit Langem gekauft waren. Er zahlte in diesem Augenblick den Preis für den Palast Maria Obrenovicis und auch den des ebenso beeindruckenden Palastes von Carol Liebrecht, seinem Vertrauensmann, dazu die Händel seiner Interessengruppe, die er um sich geschart hatte und deren Machenschaften sich in den beiden Stunden schweren Schlafs in Rauch aufgelöst hatten.

Resigniert darüber, dass er nur eine provisorische Spielfigur auf dem Schachbrett eines kleinen europäischen Staates war, der durch eine List und entgegen den Verboten der Großmächte auf der wechselhaften Europakarte zur Welt hatte kommen können, streckte Alexandru Ioan Cuza die Hand nach seinem rotseidenen Hausmantel aus, schob den eleganten Porzellannachttopf unters Bett und unterzeichnete die Abdankung auf einer Kante des *secrétaire,* wobei er Platz ließ für Carol von Hohenzollern.

*

Die Geschichte wird mich rächen!, hätte der junge Fürst Cuza ausgerufen, hätte er in seiner Jugend wie Letitia Branea und Sorin Olaru *Wie der Stahl gehärtet wurde, Junge Garde* und andere sowjetische Romane gelesen, die von der Editura Cartea Rusă herausgegeben worden waren, in den fünfziger Jahren war der Verlag von Pavel Lucaci, einem Anhänger Schdanows*, geführt worden, dem späteren Geliebten und Beschützer Eleonora Opreas. Denn die blinde Geschichte sollte Alexandru Ioan Cuza später tatsächlich rächen.

* Andrej Alexandrowitsch Schdanow (1896–1948), sowjetischer Politiker und enger Mitarbeiter Stalins

Nur 83 Jahre später würde der letzte Nachfahre der deutschen Dynastie der Hohenzollern, der mit seinem Wappen die balkanische Vergangenheit des Landes verdeckt hatte, ebenfalls auf einer Kante des *secrétaire* das Papier seiner Abdankung unterzeichnen. Das östliche Imperium Stalins hatte seine Grenzen bis nach Wien gezogen und erhoffte sich, den ganzen Westen zu verschlingen, der eingeschrumpft war wie das *Chagrinleder*.

In dem Heidelberger Haus, wo ein Schild die gleichgültigen Passanten darauf hinweist, dass hier bis zu seinem Lebensende ein Prinz mit dem merkwürdigen Namen Alexandru Ioan Cuza gelebt habe, der es zu nichts gebracht habe ohne Königreich und ohne blaues Blut, dort hatte ebendieser noch ausreichend viele Jahre verbracht, in denen er bedauern konnte, den Verschwörern nicht zuvorgekommen zu sein angesichts all der Staatsstreiche, die in einem gewissen Rhythmus das Schicksal des neuen, im Zeichen des Wassermanns geborenen Staates bestimmten.

*

»Ich habe die Plakette von Cuza gesehen, als ich damals in Heidelberg war«, flüsterte Sorin. »Aber wissen Sie, Verehrteste, nach Meinung vieler Astrologen verleiht die Tatsache, dass das Sternzeichen des Genossen, der Wassermann, mit dem von Rumänien übereinstimmt, ihm eine große Macht über uns! Du hast Vorurteile, Lety, die Vorhersagen der Astrologen basieren auf komplizierten mathematischen Berechnungen, das ist trotzdem so eine Art Astronomie! Und in einem atheistischen Staat wie unserem bekommt der Genosse täglich die Berichte der Securitate über die Unzufriedenheiten der Bevölkerung, die Graphik seines Biorhythmus und dazu noch eine astrologische Prognose! In seinem Umfeld gibt es einen bioenergetischen Astrologen. Der Genosse, der es nicht erträgt, Kirchen zu sehen, der sie abreißt, sie hinter Wohnblocks versteckt, der feiert zu Hause im Kreise seiner lieben Kinder Ostern und Weihnachten mit traditionellem Menü, Romanzen und Volksliedern.

Natürlich hat Sorin auch das erst in Florinels Wohnung in Letitias Ohren geflüstert, nicht auf den Marmorstufen des Parteisitzes, über die vor mehr als hundert Jahren Cuza abwärts stieg, um ins Exil zu gehen.

Sorin wird die Hälfte der Zeit seiner Treffen mit Letitia durch Anekdoten über Ceauşescu vergeuden. Aber er wird nicht in der Lage sein, vorherzusehen, dass Nicolae, der Held seiner Erzählungen, zu Weihnachten 1989, nach einem stalinistischen Schauprozess, deren Rezept er sehr gut kennt, weil er es mit seinen Gegnern genauso macht, ausrufen wird *Die Geschichte wird mich rächen!* Ceauşescu wird die *Internationale* singen, während die abgezählten fünfzig Kugeln, die schon vorbereitet sind, bevor das Gericht geurteilt hat, seinen von Alter, Diabetes und Prostatakrebs zerfressenen Körper durchschlagen und den Westen in Aufregung versetzen werden.

Und die Geschichte des Sitzes der Partei im 7. Sektor wird sich als noch verworrener herausstellen, als Sorin es Letitia erzählt hat. Zwanzig Jahre später wird sie versuchen sie zu entwirren, wenn sie darüber nachdenken wird, ob sie in ihren Roman die Zufälle von Orten und persönlicher Geschichte aufnehmen soll, ohne dass sie dem Leser wie an den Haaren herbeigezogen oder als symbolische Motive erscheinen. Zum Beispiel, dass du widerwillig in irgendein Gebäude zu einer langweiligen Sitzung gehst und dein ganzes zukünftiges Leben ändert sich von da an, allerdings so langsam, dass du es nicht bemerkst.

Und erst später, sehr viel später, wenn dasselbe Gebäude ebenso unerwartet noch einmal in dein Leben treten wird, wirst du – übrigens vergeblich – versuchen, zu verstehen:

Wieso ist es ausgerechnet dort passiert? Ausgerechnet damals? Ausgerechnet mit ihm?

Natürlich wirst du gar nichts begreifen: ein Gefühl, das umso nervenaufreibender ist, als du dich etwas schwer zu Benennendem immer näher fühlen wirst. Und eigentlich: nirgendwo.

*

Hundert Jahre lang hat das für Maria Obrenovici errichtete Gebäude dauernd seinen Besitzer gewechselt, es ist von Hand zu Hand gewandert.

Der letzte Bewohner, Caius Branea, Letitias unbekannter Onkel, wurde hier im Herbst 1944 festgenommen und ins Gefängnis nach Jilava gebracht, das Volkstribunal verurteilte ihn dann während des großen Kriegsverbrecherprozesses.

Hatte mein Onkel Caius wohl eine Besitzurkunde für das Haus?, wird sich Letitia in zwanzig Jahren fragen.

Und sie wird herausfinden, dass vor Caius Branea der Horia Sima* nahestehende *Kommissar für Rumänisierung* Vasi Stamatiu eine Weile dort gewohnt hat. Es war unklar, was mit Vasi Stamatiu passiert war, nachdem Antonescu den Aufstand der faschistischen Legionäre** zerschlagen hatte.

* Horia Sima (1906–1993), seit 1938 Führer der rumänischen faschistischen »Eisernen Garde.« Nach der erzwungenen Abdankung König Carols II. errichtete Sima gemeinsam mit General Ion Antonescu die Diktatur des sogenannten »Nationallegionären Staates«. Während ihrer kurzen Regierungsbeteiligung war die Eiserne Garde unter Führung Simas für zahlreiche politische Morde und Judenpogrome verantwortlich. Nach der Niederschlagung des Januaraufstandes 1941 floh Sima ins Exil nach Deutschland, wo er von Dezember 1944 bis Mai 1945 Ministerpräsident einer pronazistischen rumänischen Schattenregierung wurde.

** Es ging dabei um die vollständige Machtergreifung zwischen der Eisernen Garde, der faschistischen Partei und General Ion Antonescu, der von Hitler unterstützt wurde. Der Aufstand bestand aus Übergriffen gegen die wichtigsten Staatsbehörden, das Militär und die Gendarmerie sowie gegen einen Teil der jüdischen Gemeinde. In Bukarest und anderen Städten des Landes herrschten einige Tage Chaos und Gewalt.

Gerüchte kursierten, er wäre mit anderen Legionärsführern ins Gefängnis gekommen, ins Malmaison, das Gefängnis des Geheimdienstes auf der Strada Plevnei, und dass er nach dem Prozess an die Front nach Odessa geschickt worden wäre, wo seine Spur sich verlor. Anderen Gerüchten zufolge wurde er zusammen mit seinem Chef Horia Sima laufen gelassen, sie flohen über die Donau nach Bulgarien und von dort nach Deutschland.

Caius Branea war nach dem Aufstand der Legionäre von der Provinz als Staatssekretär im Außenministerium in die Antonescu-Regierung geholt worden und hatte einige Jahre im ehemaligen Haus von Maria Obrenovici gewohnt. Letitia würde seinen Namen allerdings in keinerlei offiziellen Papieren finden.

Dafür würde sie später im Staatsarchiv einen Samuel Fischer entdecken, der als Eigentümer des Gebäudes eingetragen war. Samuel Fischer hatte wohl zu der Kategorie Mensch gehört, die die Nazis *wirtschaftlich wertvolle Juden* nannten (WWJ). Aufgrund des Gesetzes zur Vermögenskontrolle, das am 9. September 1940 durch die Regierung Antonescu-Sima erlassen und speziell gegen wohlhabende Juden formuliert worden war, schickten die Kommissare der Legion ihre Polizei, um sie unter dem Verdacht der nationalen Wirtschaftssabotage zu verhaften und zu zwingen, ihre Firmen und ihr Eigentum weit unter Preis zu verkaufen. Die Legionäre traten nun in Wettbewerb mit den deutschen Wirtschaftsleuten, die extra nach Rumänien kamen, um das jüdische Vermögen im Prozess der »Arisierung« an sich zu nehmen.

Aber in Rumänien wurden Eigentumsnachweise sehr langsam ausgestellt, während die Geschichte schnell voranschritt.

In die Reihe der Zufälle, die sie kaum in ihrem Roman unterzubringen wagte, gehörte für Letitia auch die Tatsache, dass Samuel Fischer der Bruder des Großvaters ihres Arbeitskollegen Harry Fischer war.

*

Nach dem 23. August 1944 hatte das Hauptquartier der Sowjetischen Armee in der ehemaligen Wohnung Maria Obrenovicis seinen Sitz. Bald wurde es durch eine Zentrale der Sowroms abgelöst – rumänisch-sowjetische Unternehmen, die extra dafür gegründet worden waren, um die Züge mit Getreide, Holz und Erdöl zu verwalten, die man in die UdSSR schickte, um die hohen Kriegsschulden zu begleichen. Dafür verwendete man auch das Gold der Nationalbank, das während des Krieges, in der Amtszeit eines der fünf Präsidenten der Nationalbank, die in den Fünfzigern im Gefängnis von Sighet sterben sollten, in einer Grotte am Kloster Tismana versteckt gelegen hatte.

Einige Zeit später bauten die Sowroms sich eigene Firmensitze. Im ehemaligen Salon Maria Obrenovicis wurden nun unter der Aufsicht des Rumänisch-Sowjetischen Kulturvereins Konzerte mit sowjetischer Musik und Theaterstücke in russischer Sprache gegeben. Dann zog die Sowjetarmee sich aus Rumänien zurück und der Rumänisch-Sowjetische Verein wurde wie der Verlag Cartea Rusă aufgelöst. Ihr Direktor Pavel Lukaci wurde als Botschafter nach Paris entsandt. Als er in der Funktion des Direktors im neu gegründeten Institut des *Gebäudes* zurückkam und später Berater des Premierministers Maurer wurde, änderte er die Schreibweise seines Namens ein wenig: Seine viel gelesenen Artikel, die die neue ideologische Richtung des Genossen auswiesen, unterzeichnete er mit Paul Lucaci.

In dem für Maria Obrenovici erbauten Haus richtete man eine Poststelle für Auslandssendungen ein. In der mit Glaskunstfenstern geschmückten Eingangshalle und im ehemaligen Salon wurden Pappschaltertische eingebaut: Von hier gingen die Briefe los und hier kamen sie an. Im ersten Stock schuftete das Elitecorps der Staatssicherheitsdirektion zur Kontrolle der Korrespondenz.

Wieder ein paar Jahre später, als Letitias unbekannter Onkel, Caius Branea, ehemaliger Staatssekretär der Regierung Antonescu, der auf wundersame Weise immer noch am Leben war, auch wenn man ihn kaum wiedererkannte, aus Aiud, dem letzten Gefängnis, kam, hatte das *Tauwetter* den Strom der Briefwechsel mit dem Westen deutlich verstärkt. Der Direktor der Auslandspost bekam mit dem Generalsgrad auch einen neuen Sitz und eine leistungsfähigere technische Ausrüstung, um die Briefe zu kontrollieren.

Inzwischen war Dej gestorben und Überraschung!, an seiner Stelle tauchte Ceauşescu auf! Im ehemaligen Haus Maria Obrenovicis wurde der Parteisitz des 7. Sektors eingerichtet. In einer Sitzungspause unterhielt sich Letitia etwas länger mit Sorin und willigte ein, sich mit ihm in einer Wohnung am Stadtrand zu treffen.

*

In der Zwischenzeit war es Winter geworden, sie kam mit eiskalten Füßen zu den Treffen, die Stiefel waren nass vom braunen Schnee, der wie Zucker zu großen Brocken zerstampft war, sie hatte auf den schmalen Spiegeln der Eispfützen balanciert und an den Haltestellen gebibbert, während sie auf die Trams und Busse wartete. Entlang der Gehsteige reihten sich die verharschten grauen Schneehaufen, die mit einer weiß gefrorenen Schicht bedeckt waren wie mit Puderzucker. Nur die Bäume draußen am Stadtrand hatten sich ihr durch Raureif und Schnee verdoppeltes Gezweig bewahrt und die eisige Sonne projizierte ihre silbrigen Umrisse an den milchig-grauen Himmel.

Für Letitia blieb Caius Branea ein Name ohne Gesicht und

Identität, den sie in den Gesprächen mit Gallotschik, dem Kaderchef, meiden musste.

»Als Papa zu Mama zurückkam, war dieser Bruder schon tot, ich habe ihn nie gesehen, ich kann Ihnen also nichts über ihn sagen.«

Letitias Stimme zitterte, obwohl sie die Wahrheit gesagt hatte. Die Nachfahrin der Familie Branea starrte auf den kleinen Schmollmund mit dem grauen Schnurrbart, um nicht in die kalten Augen des Kaders sehen zu müssen, während sie unter dem Tisch wie immer ihre schwitzigen Hände rang. Letitia verwechselte die beiden unbekannten Brüder ihres Vaters, Caius und Traian, die Fotos der Familie Branea waren entweder bei dem Bombenangriff verloren gegangen, der Tante Ştefi lebendig begraben hatte, oder bei der Durchsuchung, nach der ihre Mutter mit ihr zu Onkel Ion gezogen war.

Noch hatte Sorin den Namen Vasi Stamatiu nicht gehört, und von Sorana Iovănescu wusste er, ohne dass es ihn interessiert hätte, dass sie eine schon lange verstorbene Cousine von Mama Nelly war. Diskret, wie sie auch ihn erzogen hatte, hatte Nelly Olaru die Brüder Branea nie vor ihm erwähnt, Jugendbekanntschaften, die später große Probleme hatten, ich hoffe, es geht ihnen gut, wie man sich bettet, so schläft man.

Und Nelly Olaru hat ohne Zweifel recht. Wer hatte nach dem 23. August 1944 aufgrund seiner schwierigen Akte keine Probleme mit seiner biographischen Identität? Noch war die Mode der Schönheitschirurgie nicht gekommen, die Fett und Falten verschwinden ließ, lasche Haut und hängende Hinterbacken anhob, Nasen und Kinne korrigierte, Penisse und Brüste vergrößerte, aber an der eigenen Biographie nahm man laufend Schönheitsoperationen vor.

ZWEITER TEIL

# Familienakten

*Und merkt euch, in der Stunde der Legionärsherrschaft wird das erste Urteil im Prozess des Verrats fallen. Ein hartes Urteil und gnadenlos. Denn, wer Verrat begeht, ist nicht Mensch und kann nicht unter uns leben. Er und auch seine Nachkommen nicht. Denn Dornen bringt die Dorne hervor und aus der Tollkirsche sprießt wieder die Tollkirsche.*

Corneliu Zelea Codreanu*

*Die Legion kann nur zwei Dinge tun: Entweder beflügelt sie unsere Herzen und formt sie zum Guten, formt die Herzen der vielen, vor denen das Gute nur in kleinen Schritten getan werden kann; oder, wenn wir nicht dazu imstande sind, wird die Legion das Gute erzwingen müssen: mit der Polizei.*

Constantin Noica**, November 1940

* Corneliu Zelea Codreanu (1899–1938), ab 1927 als »Căpitanul« Führer der faschistischen Bewegung »Legion Erzengel Michael«, deren politische Entsprechung 1930 die »Eiserne Garde« wurde. Er war glühender Antisemit und wird zu den »großen« faschistischen Charismatikern gerechnet.

** Constantin Noica (1909–1987), rumänischer Philosoph, einer der ersten politischen Gefangenen, für die sich Amnesty International einsetzte. Er war 1949 aufgrund seiner Nähe zur »Eisernen Garde« zu Verbannung und Zwangsarbeit verurteilt worden.

Kapitel 6

# Ein reges und ungefestigtes Land

»Wie kannst du noch hoffen, dass die alten Zeiten zurückkehren, wo die russischen Panzer sogar die Ungarn überrollt haben, und die lassen sich sonst nicht wie wir mit Füßen treten?«

Virgil Olaru, einst der Finanzmann der englischen Erdölfirma Standard Oil, ist jetzt in einem Vorort von Piteşti der zweite Kassenwart bei ICRAL Găvana und schließt enttäuscht die Eisschranktür.

»Redest du wieder Unsinn vor dem Kind?!« Nelly sieht ihn düster an.

Sorin spielt seine Schachpartie alleine weiter, als sein Vater wie immer um diese Uhrzeit unruhig geworden und aufgestanden ist, um BBC zu hören. Das Knistern hört sich an wie Gewehrschüsse, sie stören den Sender noch mehr, seit das mit Ungarn ist, sagt der Vater. Virgil Olaru klebt mit dem Ohr am Telefunkenradio, und Sorin sitzt mal auf der einen, mal auf der anderen Seite des Schachbretts. Er spielt mit den weißen und mit den schwarzen Steinen, er sieht auf seine Spielsteine, aber er versteht auch, worüber die Eltern reden. Er weiß, dass die sowjetischen Panzer nach Budapest gefahren sind, und die Jungen, die etwas größer sind als er, haben mit Steinen auf sie geworfen. In Ungarn war Revolution, sagt der Vater, was erzählst du dem Jungen diesen Unsinn?, die Mutter ärgert sich. Und im Nachrichtenjournal wird über die Faschisten geredet, die in Ungarn eine Konterrevolution angezettelt haben, und über die amerikanischen Imperialisten, die hinter ihnen stehen, und über den Verräter Imre Nagy*, den man so bestrafen wird, wie er es verdient hat …

Sorin rückt die Königin vor, hat er sich selber mattgesetzt? Noch nicht. Er wäre gern in Budapest und würde brennende Flaschen auf die Panzer werfen, aber verhaften sollen sie ihn nicht und auch nicht aufhängen, das wird mit diesen Jungen wohl passieren! Sie halten sie im Gefängnis fest, bis sie volljährig werden, und dann hängen sie sie! Siehst du, was Kádár** für ein Verbrecher ist, der sich da an die Russen rangeschmissen hat?! Und der Westen? Was tut der Westen?, fragt der Vater. Jetzt lass doch diesen verdammten Sender, du wirst noch verrückt!, flüstert die Mutter. Die von Radio Freies Europa bellen, dass sie jetzt auch noch Geld für ihre Arbeit wollen, nur Idioten nehmen die doch für voll und kein Blatt vor den Mund!

*

Nelly Olaru nimmt ihr regennasses Käppi ab, sie geht schon lange nicht mehr mit dem glasäugigen Fuchspelz um den Hals auf die Straße oder mit Muff und Hut. Aber sie hasst das proletarische Kopftuch, also bedeckt sie den Kopf im Herbst mit einer braunen Baskenmütze, ab und zu auch mit einer beigen, und im Winter steckt sie ihr dauergewelltes Haar unter die Angoramütze, die ihre Mutter ihr in ihren beiden Lieblingsfarben gestrickt hat. In den runden Hutschachteln

* Imre Nagy (1896–1958) wurde vom ungarischen Zentralkomitee als Ministerpräsident eingesetzt, proklamierte 1956 die Neutralität Ungarns und kündigte die Mitgliedschaft im Warschauer Pakt auf. Er organisierte den Widerstand gegen den russischen Einmarsch und floh zunächst nach Jugoslawien.

** János Kádár, Gegenspieler und Nachfolger Nagys, der diesem nach der Flucht zuerst Straffreiheit zusicherte, ihn dann aber an den KGB auslieferte, der schließlich seine Hinrichtung veranlasste und durchführte. Die von Radio Freies Europa zugesagte Hilfe blieb aus.

auf dem Schrank bewahrt sie nur noch die mit Lavendel gespickten Baumwoll- und Kattunkleider für den Sommer auf.

»Was schleichst du immer um den Eisschrank rum?«, schimpft sie mit ihrem Mann. »Er steht leer und nimmt sinnlos Platz weg, ich habe dir das schon gesagt, als du ihn angeschleppt hast! Ganz zu schweigen von den zusätzlichen Ausgaben für das Eis! Du hättest Madame Fischer freundlich absagen sollen, danke, Sie sind sehr freundlich, aber wir brauchen so etwas nicht, das Kind ist im Internat, es kommt nur in den Ferien nach Hause, meine Frau macht Überstunden, ich mache Diät, ich esse wenig und frisch, aber für eine große Familie wäre dieser Eisschrank auf jeden Fall eine Wohltat! Sie hatte es freundlich, aber bestimmt auf den Punkt gebracht, nicht wie du, du hast ihr den kleinen Finger gereicht und dann wusstest du nicht, wie du da wieder rauskommst! Was brauchtest du auch ihren echten Kaffee, wo du sowieso Probleme mit dem Einschlafen hast und haufenweise Carbaxin nimmst? Und was hat es euch gebracht, dass ihr euch einer beim anderen ausgeweint habt? Der arme Traian hat ihnen während des Aufstands geholfen, aber er hat nichts für ihren Onkel Samuel tun können, so ist es halt! Warum beharren wir immer darauf, was alles hätte sein können, aber nicht gewesen ist? Ich sage dir, wenn Fischer in Rente geht, dann lassen sie sie frei! Und hoffentlich hast du sie gewarnt, dass sie dir nicht alle aus Israel schreiben, wenn sie *drüben* sind, dann vergessen sie nämlich, dass jeder Brief von *draußen* hier drin mit der Lupe gelesen wird! Oder fandest du es gut, als sie dich durchsucht haben, noch bevor die Postkarte aus Haifa überhaupt ankam?! Waaas? Du hast im Eisschrank deinen Holzspäne-Wein von MAT gesucht? Wenn das so ist, dann erinnere ich dich daran, dass du die letzte Flasche gestern Abend ausgetrunken hast.«

Virgil sieht zum Kleiderhaken, sieht zur Tür, die Kneipe ist zwei Straßen weiter. Aber Nelly hat recht, was ist in so einem gottverlassenen Nest schlimmer, als wenn die Leute einen am Tresen, im Lärm zerbrechender Schnapsgläser und lauter Flüche, im Gestank nach Ţuica und ungewaschenen Körpern trinken sehen?

*

»Ich hatte doch mehrere Flaschen gekauft, Herrgott noch mal!«

Mehr nicht. Das ist alles, was man von ihm zu hören kriegt, wenn er in Rage ist. Aus Virgil Olarus Mund ist noch nie ein Schimpfwort gedrungen. Und so erzieht er auch seinen Adoptivsohn Sorin. Die Magenschmerzen werden zur Gastritis, die Gastritis zum offenen Magengeschwür, das Magengeschwür zum Krebs. Aber auch zwischen den Schreien gegen Ende hörten die Krankenschwestern und die ergebene Nelly nie auch nur ein böses Wort.

»Ich habe es satt«, würde er Nelly am Ende zuflüstern.

Auf dem eingefallenen, kleinen Gesicht, einem zum Trocknen ausgelegten Skalp, schimmerten düster seine wunderbaren Zähne, auf die er das ganze Leben lang stolz gewesen war.

Immer wenn sich Nelly daran erinnerte, war sie noch genauso verwundert darüber, dass ihr Virgil sich anscheinend nicht vor dem Tod gefürchtet hatte, er, der sein Leben größtenteils in Angst verbracht hatte. Er fürchtete sich auch nicht vor dem letzten Abendmahl, wie so viele andere, die im Sterben liegen, und er wollte sogar beichten. Aber nur beim ehrwürdigen Sofronie, den er schon seit der Zeit kannte, als er noch nicht zum Klerus gehörte und Corneluş Iovănescu hieß und Nellys kleinerer Cousin war. Als er aus dem Sterbezimmer kam, schien der Pater aufgewühlt und bat Nelly, Sorin öfter zu ihm zu schicken.

Aber womit hatte Virgils lebenslange Angst begonnen?

Nelly hatte es immer aufgeschoben, die späten Fragen ihres Sohnes zu beantworten, die er seinem Vater nicht mehr persönlich hatte stellen können, und an den er sich als jemanden erinnerte, der sich zuerst Wein und dann Sodawasser in das immer volle Glas goss, und der auf ein Schachbrett starrte, und an seine vom Alter dünn gewordenen Lippen, die er über den wunderbaren, aber von drei täglichen Päckchen Mărăşeşti braun gewordenen Zähnen fest geschlossen hielt.

Virgil Olaru wird in Sorins Erinnerung immer im Vorbau des Hauses sitzen, auf dem grauen Haar die verblichene Baskenmütze, vor sich das Schachbrett, das Glas roten Landwein neben sich, den Blick verloren auf die verkümmerten Pflaumenbäume im Hof gerichtet. Manchmal murmelte er etwas über das Schicksal dieses *regen und ungefestigten Landes*, Nelly ärgerte sich darüber und flüsterte: Leise! Leise! Die Nachbarn! Im Tonfall eines Kindes, das sich einen Spaß erlauben will, entschuldigte sich Virgil dann: Aber das ist ein Zitat aus einem Klassiker, Nelly! Miron Costin! Neculce! Das hast du doch auch in der Schule gehabt!

Eigentlich war das Zitat von einem der weitaus weniger bekannten Chronisten und Virgil hatte es in einem Artikel von Constantin Noica* gelesen, im Stapel der von den Legionären herausgegebenen Publikationen, die Nellys Onkel Costică Iovănescu vor dem Aufstand abonniert hatte. Virgil mochte den Ausdruck *reges und ungefestigtes Land* und wiederholte ihn sein ganzes Leben lang, auch wenn er nicht mehr wusste, wo er ihn herhatte.

*

* Constantin Noica (1909–1987) war ein rumänischer Philosoph und Publizist.

Virgil Olaru hatte einen Zwillingsbruder, Anton. Die beiden Jungen erinnerten sich nur vage an ihren Vater, der in jenem anderen Krieg bei Oituz gefallen war. Die Mutter, verwitwete Lehrerin, hatte beide an die Militärschule des Klosters Dealu geschickt. Kriegswaisen waren von den Gebühren befreit und mit einem Diplom vom Kloster Dealu, dem rumänischen Eton, konnten die jungen Olarus mit einer hervorragenden Bildung und Beziehungen zur höheren Gesellschaftsschicht ins Leben treten.

Doch während der letzten Schuljahre hatte Virgil gemerkt, dass er nicht für die Militärkarriere geschaffen war, und parallel das Studium der Wirtschaftswissenschaften begonnen. Als er das Diplom in der Tasche hatte, verließ er die Armee und ließ sich bei Standard Oil anstellen. Dort freundete er sich mit Traian Branea an, dessen Eltern Aktionäre der Firma waren.

Mit guten Aussichten auf Beförderung und verheiratet mit einem Mädchen mit spektakulärer Mitgift, würde Anton Olaru, der widerstandsfähigere der Zwillinge, mit dem gesamten 1. Armeecorps von Iaşi, das am 31. August 1944 gefangen genommen wurde, für immer in den sibirischen Lagern verschwinden. Auch wenn König Mihai eine Woche zuvor, am 23. August 1944, Marschall Antonescu hatte verhaften und die Armee ihre Waffen gegen Deutschland hatte richten lassen, hatten die Sowjets – die Feinde von gestern und Alliierten von heute – noch rumänische Gefangene genommen, bis der Vertrag unterzeichnet worden war.

Die Nachrichten von seinem Bruder Anton sollten Virgil erst acht Jahre später erreichen und sich allesamt widersprechen: Anton Olaru ist im sowjetischen Lager verhungert; er ist desertiert und über Japan in die Vereinigten Staaten gelangt, wo er Sporttrainer ist; er ist mit zwei anderen Gefangenen desertiert, hat sich aber in der Taiga verirrt und ist verhungert oder die wilden Tiere haben ihn gefressen; er hat eine Estin geheiratet, die ebenfalls deportiert worden ist und ist auf die Insel Kardla bei Finnland gelangt, es ginge ihm gut, aber er zöge es vor, der Familie nicht zu schreiben; er ist bei einer Explosion in einer Mine gestorben; er ist allein desertiert, seine Füße sind erfroren und verfault und er ist unter Qualen gestorben; er hat eine Wächterin vom Frauenlager geheiratet und ist jetzt Sowjetbürger etc.

Woher weiß man, ob die, die immer mit neuen Geschichten kommen und behaupten, sie wären zusammen mit Anton im Lager gewesen, nicht Provokateure sind, die geschickt worden sind, um einen auszuhorchen? Nelly Olaru gab den bis auf die Knochen abgemagerten, zahnlosen Männern mit gehetztem Blick, die unangekündigt an die Tür kamen, eilig ein Brot, eine Flasche Pflaumenschnaps und Schuhe.

Virgil war überzeugt, dass sein Bruder irgendwo da draußen lebte, aber er sprach das vor Nelly nicht mehr aus, um nicht ihren abschätzigen Blick ertragen zu müssen.

In ihrer Autobiographie bei den Kadern hatten Nelly und Virgil Anton für tot erklärt, gestorben 1945 an der Westfront in der Tatra. Und sie hatten auch Sorin beigebracht, es so hinzuschreiben.

Virgil mochte es, frei von der Leber weg aus seinen Erinnerungen von der Militärschule zu erzählen. Dort am Kloster Dealu war er Kommilitone von Corneliu Zelea Codreanu gewesen – ein schwacher Schüler, sagte er.

»Mein Bruder Anton und ich, wir machten unsere bescheidene familiäre Situation mit guten Noten wieder wett. Andere waren aus gutem Hause, hatten ihren eigenen Club, auch wenn sie sich beim Lernen nicht grade umbrachten. Aber keiner beachtete Zelinski! So hieß Corneliu bei der Einschreibung, sein Vater hatte seinen Namen noch nicht in Zelea Codreanu umgeändert!«

»Leiser, leiser«, gab Nelly ihm zu verstehen, »die Nachbarn!« Die Nachbarn, vor denen sie sich fürchtete, konnten seine Geschichten nicht hören, aber Sorin hörte sie, der in den Ferien heimgekommen war. Der Junge freute sich immer, wenn er zu Hause war. Er spielte im Vorbau mit Virgil Schach und Trick Track oder faulenzte mit einem Buch in der Hand.

*

Zwei Jahrzehnte später wird Sorin Letitia erzählen, was er früher von seinem Vater gehört hat.

»Weißt du, Lety, mein Vater war zusammen mit Zelea Codreanu auf einer dieser anspruchsvollen Militärschulen. Corneliu Zelea Codreanu, den kennst du doch wenigstens, oder? Den Chef der Legionäre! Den Capitanu! Mein Vater schloss mit Auszeichnung ab, sein Zwillingsbruder Anton war im Sport noch besser, wenn's um Geschicklichkeit ging. Habe ich dir noch nicht erzählt, Lety, dass mein Vater einen Zwillingsbruder hatte? Naja, ich habe diesen Onkel nie kennengelernt, er starb jung im Krieg … in der Tatra!«

Sorins heller Blick wurde trüb und seine Stimme schwankte. Mechanisch hatte er den Text aus der Kaderakte wiedergegeben und erst beim Sprechen gemerkt, dass er vor Letitia Onkel Antons Gefangenschaft in der UdSSR geheim hielt. Eine Sekunde, nur eine Sekunde lang fühlte er sich schuldig, aber worin sollte die Schuld bestehen? Virgil und Nelly hatten ihm beigebracht, niemandem weiterzuerzählen, was er zu Hause hörte, und vor allem keine Familiengeschichten.

Er warf Letitia einen schiefen Blick zu, aber sie schien die *Auslassungslüge* nicht bemerkt zu haben, wie sie Sorins Geheimnisse in dem Heft unter ihrer Matratze nannte. Sie versuchte sogar, die Geschichte weiterzuspinnen.

»Und waren sie befreundet? Hat dein Vater sich mit Zelea

Codreanu angefreundet?«, fragte sie und stützte sich auf den Ellenbogen.

»Ach was! Freundschaft!? Ich hab doch schon gesagt, keiner achtete auf Codreanu. Er kam aus keiner guten Familie und war auch noch schlecht in der Schule. Später, als er schon berühmt war, war es ihm nicht peinlich, zu sagen, er würde nicht gern lesen und sein Leben in Bibliotheken verbringen wollen! Er dachte nur … was lachst du? Das hat er gesagt! Er dachte nur darüber nach, wie er seinen politischen Gegnern die *Todestrupps* auf den Hals schicken konnte! Nein, das hat er so nicht gesagt, das sage ich, aber er hat es ja auch so gemacht! Und weißt du, was für einen Erfolg er mit seinen Reden hatte? Er schwang Reden gegen die Korruption, gegen die Politiker, über die Notwendigkeit, zur moralischen Erneuerung des Volkes sein eigenes Leben aufzuopfern, solches Zeug! Und sie haben einen echten Kult um ihn gemacht, vor allem, nachdem er umgebracht worden war, wie um einen Heiligen! Man hat ihn auf Befehl von Carol exekutiert, nicht dem Ersten, dem Zweiten! Das weißt du doch wenigstens?«

»So was mit einem Lastwagen, in dem sie mehrere liquidiert haben?«, fragt Letitia schüchtern.

»Bravo Lety, ich sehe, mit Geschichte kennst du dich besser aus als mit der Gegenwart!«

*

Sie kichert, steckt den Kopf ins Kissen, während sie sich an den Hinterhof des jungen Hausbesitzers erinnert. Sie hat mit Onkel Biță am Tisch gesessen, und beide taten sie so, als würden sie für die Marmelade ihrer Mutter die Kerne aus den Sauerkirschen pulen, aber eigentlich erzählte er ihr von einem, der auf dem Bahnsteig von Sinaia erschossen worden war, über andere, die man heimlich erwürgt hatte, nur furchtbare Sachen waren passiert, als Biță jung gewesen war, und sie langweilte sich zu Tode! Guck dir Mama an, da kommt sie verschwitzt mit roten Wangen aus der Küche.

»Was redest du für Unsinn, Biță? Willst du, dass sie anfängt in der Schule Sachen zu erzählen, die nicht dorthin gehören? Und was macht ihr mit meinen Sauerkirschen?«

»Lass doch, das schadet ihr nicht, zu hören, was gewesen ist!«

Biță fühlte sich ertappt und erhob sich vom Tisch.

»Ich muss meinen Koffer packen, in nicht mal zwei Stunden geht mein Zug, aber Letitia bleibt ja hier! Sie wird die Norm im Kirschenputzen brechen, dann kannst du sie als beste Arbeiterin in einem Schaukasten am Tor anschreiben, damit es die ganze Straße sieht!«

Und Biță stieg eilig die Treppe hinauf, zu Letitias Bedauern und unter dem leisen Schimpfen der Mutter.

*

»Mein Vater war überzeugt, dass die militärische Disziplin, die körperlichen Strafen, die bei den Legionären üblich waren, von den Demütigungen in der Schule von Kloster Dealu kamen, die Codreanu dort erlitten hatte! Und darum hätte er sich später so anhimmeln lassen! Siehst du nicht auch beim Genossen denselben psychologischen Mechanismus, komm schon, Lety, wieso sagst du, da gäbe es keine Ähnlichkeiten? Der Genosse mag es, auf Händen getragen zu werden, er ist nur vier Jahre zur Schule gegangen und hat auch noch einen Sprachfehler! Er hat viel Gift angestaut, im Politbüro hat Dej ihn schwierigere Worte aussprechen lassen, extra um sich über ihn lustig zu machen …«

Letitia kuschelt sich in seine Arme, froh darüber, dass Sorin vor ihr endlich die verborgene Kiste mit seinen Familiengeheimnissen aufgemacht hat, und sie wandert schnell mit den Lippen über seine nackte Brust und die dünnen rotblonden Haare um die kleinen, harten Brustwarzen.

»Da stimme ich dir zu, Lety, sie sehen sich nicht sehr ähnlich, der Genosse ist klein und hässlich, Codreanu war groß und schön, trat in Nationaltracht auf, ritt auf einem weißen Pferd, das hatten seine mazedonischen Unterstützer ihm zusammen mit zweihundert Schafen gekauft, Theaterrequisiten! Du lachst, aber es hat gewirkt! Bei den jungen Leuten war er beliebt, und er war begabt als Schauspieler und Regisseur für Massenspektakel! Er hat eine pompöse Hochzeit im ländlichen Stil gehalten, die Braut auf dem Karren von sechs Ochsen gezogen, blumengeschmückt, hunderttausend Gäste! Er hat Hunderte Babys in Putna getauft, auch wieder politisches Marketing! Da flossen ernstzunehmende Gelder in die Legion, von den Deutschen, dann von dem Industriellen Malaxa, sogar die Jungs von der Kreuzbruderschaft zahlten Beiträge! Dann gab es noch den Handelszweig der Legion, ihre subventionierten Kantinen und Restaurants und, ich wiederhole, viel Theater! Die Einzigen, die das beunruhigte, waren die Juden, denn die Legionäre zerschlugen ihnen jedes Mal die Geschäfte und droschen auf sie ein! Und wo ist Codreanu mit seiner Legion gelandet? Jaja, er ist ermordet worden, aber er hat eine Menge junger Leute zerstört, die erschossen wurden, geschlagen, die ins Gefängnis kamen, die in Angst gelebt haben und warum das alles? Um an die Deutschen Erdöl zu verkaufen, erklärte Codreanu sich bereit, wenn die Legionäre an die Macht kämen, würde Rumänien innerhalb von 48 Stunden auf die Seite der Deutschen wechseln …«

»Aber da sind wir dann sowieso gelandet, oder? Ich meine, bei den Deutschen, danach mit den Russen, wie kann man mit denen zusammenarbeiten?«, wagt Letitia zu sagen.

»Na genauso, aber vielleicht anders!«

Letitia hat einen Schluck Bitter genommen, er schmeckt so bittersüß wie ihr Zusammensein. Aber der starke Alkohol wird ihre Unruhe vertreiben und sie wird aufhören, in Gedanken dauernd die Tage ihrer Periode zu zählen, um herauszubekommen, ob heute doch ein fruchtbarer Tag sei, auch wenn sie Sorin gesagt hat, sie bräuchten das schabende Präservativ nicht.

*

»Du meinst, er hatte das Temperament eines Schauspielers? Schauspieler wissen nicht, wann sie echt und wann sie auf der Bühne sind, sie spielen auch mit denen, die ihnen nahestehen, ihre Rollen!«

Sie nimmt noch einen zweiten Schluck und hält auch ihm das Glas an den Mund, aber Sorin schiebt es zur Seite, die Unterbrechung stört ihn, was bist du so brutal, maunzt sie. Wenn sie so winselt mit ihren breiten Backenknochen und der nach außen gewölbten Oberlippe, als wäre sie immer beleidigt, dann steht ihr das gar nicht, denkt Sorin und schluckt lustlos.

»Aber wissen Schriftsteller, wann sie ehrlich sind? Schriftsteller und vor allem Schriftstellerinnen? Wieso kennst du dich mit Schauspielern so gut aus? Hast du einen auf deiner Liste? Nein, ehrlich, sag mal, hast du mal mit einem Schauspieler geschlafen? Du weißt, du kannst mir alles sagen, mir armem Schwein!«

Letitia lacht, sie hat sich an solche Neckereien gewöhnt, die sie weich werden lassen, das sind seine Komplexe, er hat ihr gleich am Anfang gesagt, dass er nur mit wenigen Frauen geschlafen hat. Aber sie möchte etwas ganz anderes wissen.

»Mein Onkel Biță hat gesagt, unter den Legionären wären viele Popen gewesen, aber was für ein Christ ist man denn, wenn man Rache an die Stelle von Nächstenliebe setzt?«

Sie würde ihn gern über diesen Onkel ausfragen, Kirchenvater irgendwo, Titus Marga hatte nach einer Feier, auf der er sich betrunken hatte, mal erzählt, er wäre in seiner Jugend ein ziemlicher Legionär gewesen.

Aber Sorin tut so, als hätte er sie nicht gehört.

»Lety, wir können heute seine Anziehungskraft nicht mehr nachvollziehen! Seine Reden über soziale Gerechtigkeit haben damals die Jugendlichen fasziniert, die vom Land kamen, die lernten, was das Zeug hielt, hungerten, die ohne Sohlen an den Schuhen herumliefen, und dann wurden sie arbeitslos! Oder sie kriegten einen Posten, aber keinen Lohn, es war gerade während der Krise, dafür sahen sie jeden Tag in der Presse die Korruptionsskandale, einen nach dem anderen! Sie waren voller Wut und Codreanu hat sie gegen die Juden gehetzt und gegen Carol II mit seiner Lupeasca*!«

Was er jetzt sagt, ist, Gott sei Dank, sogar die offizielle Version aus den Geschichtsbüchern. Nicht, dass er glaubt, Letitia würde ihn verraten, aber wer weiß, was sie in ihren Geschichten schreibt! Und was hat ihn überhaupt geritten, so was zu erzählen, eines Tages hat er dann auch noch den Capitanu in seiner Akte!

*

Später wird Sorin darüber nachdenken, ob die Ängstlichkeit seines Vaters vielleicht damit angefangen hatte, dass er in Bukarest am 4. April 1944 das amerikanische Bombardement miterlebte, von dem er sein ganzes Leben lang immer wieder sprach.

Groß ist der Egoismus des Menschen, sagte Virgil, wenn er sich daran erinnerte, dass er genau wie Traian Branea und ihre anglophilen Freunde froh war, wenn die Alliierten Ölquellen und Bahnhöfe bombardierten, bis sie dann selbst zu

* Magda Lupescu (1896–1977), zunächst Mätresse, später offizielle, wenn auch nicht eheliche Partnerin von Carol II.

spüren bekamen, was das hieß. Sie hatten gehofft, dass die Ankunft der Alliierten auf dem Balkan kurz bevorstünde und Rumänien, das noch mit Deutschland alliiert war, von den angloamerikanischen Truppen besetzt würde, nicht von den Russen.

Die bessergestellten Bukarester hatten ihre Familien in entlegenen Dörfern untergebracht und wenn sie am Himmel das silberne Blitzen der amerikanischen Flugzeuge sahen, schickten sie die immer gleiche flehende Bitte zum Himmel, später wurde sie zu einem kaum mehr verständlichen Witz: Nach Ploieşti! Führe sie, Herr, nach Ploieşti! Wegen der Ölraffinerien war das Prahovatal tatsächlich das Hauptziel der amerikanischen Flieger, so dass Virgil Nelly mit ihrem Cousin Corneluş und ihrer Cousine Sorana ins Kloster Suzana brachte. Er nahm dann den Zug zurück nach Bukarest, um zum Hauptsitz der ehemaligen Firma Standard Oil auf dem Königin-Maria-Boulevard zu gehen, seit ihr Hauptaktionär deutsch war, hieß sie Stern.

Virgil hatte sich eine Fahrkarte gleich für den ersten Waggon hinter der Lokomotive gekauft, eilig kam er unter der Kuppel des Hauptbahnhofs zum Ausgang, um eine Kutsche zu nehmen. Während er sich nach allen Seiten umschaute und sich wunderte, dass statt des sonstigen Gewimmels bloß menschenleere Straßen und Läden mit heruntergelassenen Rollläden zu sehen waren, überrollte ihn der Lärm der Apokalypse, und die Schatten der Bomber, die plötzlich die kalte Frühlingssonne verdeckten, zogen über ihm vorbei. Da merkte er, er hatte ganz schwach den Alarm gehört, der die Menschen in ihre Schutzräume getrieben hatte. Er wusste nicht mehr, wann er seine Tasche weggeworfen hatte, um schnell davonzurennen, aber sein ganzes Leben würde er sich daran erinnern, wie die Steinquader, mit denen die Strada Virgiliu gepflastert war, bei jedem Bombeneinschlag gebebt hatten, was für ein Wink des Himmels, er und die rettende Straße hatten denselben Namen! Als er einmal den Kopf drehte und zurücksah, schossen die Flammen aus einer riesigen grauen Staubwolke über den schwarzen Ruinen und aus den blinden Fenstern der schwarzen Gebäudereste am Bahnhof. Der Himmel war vollkommen schwarz. Sodom und Gomorrha, Nelly, Sodom und Gomorrha, murmelte Virgil noch Jahre später. Auf den Knien hielt er die Bibel, in der er täglich ein paar Seiten las. Sosehr auch die Erinnerung verblasste, seit er es zum ersten Mal erzählt hatte, in seiner Vorstellung blieb für immer eingebrannt, wie die Straße mit den Pflastersteinen gebebt hatte, die eingestürzten Mauern, kein Schlupfloch, in dem man sich verkriechen konnte, Sodom und Gomorrha, Nelly …

Er war damals unglücklich darüber gewesen, dass er mit der Tasche auch seine Papiere verloren hatte. Aber mit der Zeit wurde ihm klar, dass er für die bei Standard Oil/Stern verbrachten Jahre sowieso nie Rente beziehen würde. Er war überzeugt, dass Gott ihm geholfen hatte, diese Papiere zu verlieren, und ihn davor bewahrt hatte, als imperialistischer Spion verhaftet zu werden und in der Folterkammer zu sterben wie sein Freund Traian Branea.

Aber das Rentenalter, von dem er in den letzten Jahren geträumt hatte, während er sich kaum noch zur Arbeit schleppen konnte, erreichte er dann sowieso nicht mehr.

Je weiter wir voranschreiten im Leben, desto größer ist das abschätzige Mitleid, mit dem wir unsere Eltern betrachten, blind wie Maulwürfe haben sie ihr Leben geführt und ihre Zukunft nicht ahnen können.

Sorin hatte seine Mutter Nelly Iovanescu Olaru nie in ihrem Biberpelz gesehen, das Käppi kokett auf dem blonden Haar, über den transparenten Augen, genau wie die ihrer überspannten Cousine Sorana, oder wie sie am Steuer des Fords saß, ein Hochzeitsgeschenk von ihrem Onkel Costică Iovănescu, der für ein paar Monate Legionärsbürgermeister gewesen war.

Er hatte auch Virgil Olaru nie gesehen, wie er mit der Aufregung eines Provinzlers seinen Freund Traian Branea nachahmte, der ihm eine Empfehlung gab, damit er in den erlesenen Club der Jugend aufgenommen werden konnte. Solange er es sich hatte erlauben können, hatte er sich die gut geschneiderten Anzüge und Pariser Krawatten nicht nehmen lassen. Auf einem alten Foto, dessen eine Hälfte abgeschnitten war, hatte Sorin seinen Vater verwundert im eleganten Mantel mit Pelzkragen gesehen, wie er lächelnd, mit einer Zigarettenspitze in der Hand gestikulierte: Aus Bernstein war die, erinnerte sich Nelly, und damals hat Virgil nichts außer Lucky Strike geraucht. Manchmal hatte Virgil, unter dem Vorwand, sie wolle sich Bücher aus der Bibliothek ausleihen, auch Nelly mit in den Club genommen, denn Frauen und Fräulein durften dort ihre eleganten Füßchen sonst nicht hineinsetzen.

Auf Nellys Druck hin versuchte Virgil nach dem Krieg eine größere Immobilieninvestition in Bukarest zu tätigen, aber die Zeiten waren unwägbar und am Ende gab er den Plan auf. Er war froh, dass sie nichts zum Nationalisieren hatten, aber die Währungsreform erwischte sie dann doch mit nicht ausgegebenem Geld und am Ende blieb ihnen nichts mehr.

Kapitel 7

# Wir kehren eines Tags zurück ...

»Es war sehr warm, drückend heiß«, erzählte Nelly ihrem Mann, sie war gerade erst von der Kundgebung zum 23. August zurückgekommen, vom Bett aus hörte er ihr stirnrunzelnd zu.

Im Zimmer hing der schwere Geruch nach Urin und Medikamenten. Sie bemühte sich, normal zu sprechen, aber jedes Mal, wenn sie seinen geschrumpften Körper sah, konnte sie ihre Tränen kaum zurückhalten.

Der Kopf dröhnte ihr noch vom schnaufenden Schreien des Informations-Funktionärs aus den Lautsprechern, die man auf maximale Lautstärke gestellt hatte, von den Hurrarufen, den Märschen, und ihre Lider brannten vom grellen Licht draußen. Und was konnte sie ihm sonst noch sagen? Die unter dem Staub erstickenden Blätter der Bäume, die Papierkörbe, die überquollen von mit Senf beschmierten Papptellern, das Gedränge vor den Würstchen- und Bierständen, das verzweifelte Herumstehen, die Rückenschmerzen, die groben Witze, die flüsternd und unter gehetzten Blicken erzählt wurden, die Schilder mit *23. August 1944, Tag der Revolution, der sozialen und nationalen, antifaschistischen und antiimperialistischen Befreiung* – all das kannte auch er nur zu gut.

»Ein Unglücksdatum, der 23. August ... '39 war der 23. August der Tag des Hitler-Stalin-Paktes ... Und '44 am 23. August haben wir uns auf die Seite der Russen geschlagen, ein Riesenerfolg!«, knurrte Virgil seinen ewigen Satz.

Er hatte sich aufgesetzt, um ihr zuzuhören, aber krümmte sich vor Schmerz.

»Weißt du, wenn wir uns nicht mit ihnen zusammengetan hätten, hätten sie ganz Rumänien dem Erdboden gleichgemacht!«

Nelly hatte eine Antwort auf der Zunge, aber jetzt mied sie es, ihm zu widersprechen und wechselte das Thema.

»Und was denkst du, wen ich getroffen habe, als ich es endlich geschafft hatte, mich aus der Kolonne zu mogeln? Caius Branea!«

*

»Caius?! Lebt Caius noch? Ich hätte schwören können, dass er schon lange tot ist!«

Virgils Laune sank, als hätte Nelly ihm eine schlechte Nachricht überbracht. Aber sie wusste, wenn man über einen der drei Branea-Brüder sprach, dann dachte ihr Virgil immer an den mittleren, an seinen Freund Traian.

»So ein Schwachsinn, dass Traian sich mit diesen Bestien angelegt hat! Hätte er mal unterschrieben, was sie ihm zu unterschreiben gegeben haben, guck, Caius, der zum Tode verurteilt war, der ist davongekommen, während der arme Traian nicht mal mehr einen Prozess gekriegt hat!«, plapperte Nelly.

Hin und wieder blieben ihre Blicke hängen, verirrten sich. Dann sah sie vor sich den weiß gekleideten Umriss Caius Braneas, damals, als er sehr jung war, wie er lachte, die Augen zusammengekniffen in der Sonne und mit dichtem, rebellischem Lockenkopf und Brillantine, während er in einer Ecke des Feldes beim gemischten Doppel den Aufschlag hatte.

Sie sah auch sich mit den hell behaarten Beinen, die zerkratzt waren vom Sturz auf der Asche des Felds, und der fehlerhafte Schlag Traians, sein peinlich berührtes Lachen, wenn er ächzend den Ball schleudert und den wütenden Schrei Lizica Focşas, seiner ehrgeizigen Mitspielerin. Und ihre dürren nackten Beine unter dem kurzen weißen Röckchen.

Woher waren diese Erinnerungen aus ihrer weit entfernten Jugend so plötzlich aufgetaucht? Und dieser Caius Branea, der so viel Humor hatte, der bei keinem Tanztee fehlte, bei keinem Wohltätigkeitsball?

»Diese eingebildete Lizica hat ihn kaputt gemacht«, in Nellys schriller Stimme war die Spur einer alten Rivalität herauszuhören. »Ich weiß nicht, wie sie dauernd Ballkönigin wurde mit ihren krummen Beinen, du erinnerst dich bestimmt, wie krumm sie waren! Und sie hat die Ernennung von Caius zum Staatssekretär durch ihren Onkel Ică Antonescu manipuliert.«

*

Nelly sagte Virgil nicht, dass sie Caius erst gar nicht erkannt hatte, als er auf sie zugekommen war. Abgemagert, mit großen Augen im bleichen Gesicht, mit undeutlicher Aussprache, die Spucke stob durch die Zahnlücken. Seine Haare waren weiß, aber seine Glatze war nicht auf dem Scheitel, sondern um die Ohren herum, wo nichts mehr nachwuchs, seit ihm dort bei den Verhören Haar für Haar ausgerissen worden war.

»Was redest du da? Wie kommst du jetzt auf Lizicas Onkel Ică?«, murmelte Virgil und überging die krummen Beine.

»Ică war ihr Onkel, und Herr Focşa war Icăs Cousin! Er hat Caius zum Staatssekretär für Außenpolitik gemacht, er hat ihn von seinen Freunden ferngehalten, und wir haben uns in alle Winde verstreut.«

»Wir haben uns verstreut, weil die Zeiten waren, wie sie waren! Der Krieg kam …«, stöhnte Virgil.

Es waren fast noch zwei Stunden bis zur Schmerzmittelspritze. Nelly hatte seinen verzweifelten Blick gesehen, aber sie sprach weiter, vielleicht würde ihm die Zeit so schneller vergehen.

»Aber erinnere dich, was du gelitten hast, als wir die Branea-Brüder nicht mehr besucht haben! Die hätten uns überall mit reinziehen können, in wer weiß was! Und ich hab dir schon damals gesagt: Quäl dich nicht, lieber Virgil! Irgendwann wird es uns vielleicht besser gehen, wenn wir sie nicht mehr treffen!«

Die Küche mit der Gaslampe, das Klosett aus Brettern hinten im Hof, das Geld, das sie von einem Zahltag zum nächsten versuchten zu strecken, war das besser? Virgil erinnerte sich nicht mehr daran, ob Nelly wirklich das Unglück der Branea-Brüder vorausgesagt hatte. Aber der dauernde Optimismus seiner Frau erschien ihm ebenso schrill wie die *Lieder der Massen* Mihail Andricus, die aus dem Lautsprecher in der Sommerküche plärrten.

*

Wenn Nelly tatsächlich eine Prophezeiung gemacht hatte, dann war sie jedenfalls in Erfüllung gegangen. Die Mitglieder des Antonescu-Regimes (darunter auch der Staatssekretär Caius Branea) waren zwei Monate nach dem 23. August 1944 festgenommen worden, als Rumänien seine Verbündeten wechselte. Während sie in verschlossenen Autos vom Gefängnis Jilava zum Volkstribunal auf der Știrbei Vodă gebracht wurden, hörten sie von der Straße die Rufe der Demonstranten, die von den kommunistischen Aktivisten angeschleppt worden waren: *Den Tod! Den Tod! Den Tod für die Verbrecher!*

Obwohl sie zur lebenslangen Zwangsarbeit verurteilt worden waren, obwohl sie gefoltert wurden, in der Mine am Kanal arbeiteten und gezwungen waren, im Bărăgan* zu hausen, hatte es Caius geschafft, die Gefangenschaft zu überleben. Aber er war Witwer. Die ehemalige Eliza Focşa, jetzige Eliza Branea, hatte im Krankenhaus der Strafanstalt Târgu Ocna TBC bekommen und war gestorben, ohne dass sie je erfahren hatte, ob ihr Mann noch am Leben war oder nicht.

Einige Jahre später wurde Traian, der mittlere Bruder, verhaftet, gelangte aber nicht als amerikanischer Spion vor das Große Tribunal, weil er schon vorher während der Untersuchungen starb. Man hörte, er wäre auf schreckliche Weise gefoltert worden. Die Eltern, die man informierte, ihr mittlerer Sohn wäre bei einem Herzanfall kurz vor dem Prozess verstorben, bekamen nur einen verschlossenen Sarg zu sehen.

Weder die Mutter noch Onkel Ion hatten Letitia von ihren Onkeln Caius und Traian Branea erzählt, und es sollten Jahrzehnte vergehen, bis sie von deren Schicksal erfahren würde.

Sorin dagegen würde niemals erfahren, dass seine diskrete Mutter in ihrer Jugend in einen von Letitias Onkeln verliebt gewesen war. Im Übrigen hätte all das sowieso nichts an ihrer langen, heimlichen Beziehung geändert.

*

Im Gefängnis bedauerte Caius Branea, dass er Antonescus Regierung beigetreten war. Hätte er das nicht getan, hätte er vielleicht die weise Voraussicht gehabt, direkt nach dem Krieg damals, solange es noch ging, das Land zu verlassen. 1944 hätten das auch die Liberalen und die Țărănisten der

* 1951 organisierte die kommunistische Regierung Rumäniens die Deportation von ca. 40.000 Menschen vor allem aus dem Westen Rumäniens in die walachische Tiefebene des Bărăgan. Damit sollten Klassenfeinde, darunter mehrheitlich Banater Schwaben, die sich der Kollektivierung entgegenstellten, unschädlich gemacht werden.

Bauernpartei wissen müssen, und auch dieser verblödete König Mihai, die Würfel waren damals schon gefallen und die Alliierten hatten uns in die Hände der Russen fallen lassen! Ein paar senile Alte, Maniu* und Brătianu, dazu ein Grünschnabel, der König Mihai, alle waren sie vom englischen Geheimdienst überwacht. Die lächerliche Opposition mit ihren Mahnschriften und Briefen an die Alliierte Kontrollkommission und an die amerikanische Botschaft, wo die britischen und amerikanischen Funktionäre Tag und Nacht Berichte verfassten, damit ihre Chefs erfuhren, was für Methoden die Russen in einem besetzten Land anwendeten! Und irgendwann bekamen sie den Befehl, sich nicht mehr von diesen spitzzüngigen Alten mit ihrem albernen König Mihai belagern zu lassen! Eine himmelschreiende Naivität, dass diese Schnarchnase Maniu von der Regierung Groza** den Rücktritt verlangt hatte, obwohl man ihm schon das Messer an die Kehle gesetzt hatte und seine Engländer ihn schon längst den Hunden zum Fraß vorgeworfen hatten!

»Bessarabien war und ist rumänisches Land!«, meinte Maniu beim Prozess gegen Antonescu sagen zu müssen. Er hatte sich der Anklagebank des Marschalls genähert und ihm die Hand gedrückt. Immer schön ihm nach und die Russen an die Amerikaner und Engländer verpfeifen!

*

* Iuliu Maniu (1873–1953) beteiligte sich 1944 am Aufbau einer Schattenregierung, die nach Ion Antonescus Sturz regierte. Doch die Sowjetunion gewann immer größeren Einfluss und er legte sein Ministeramt nieder. Bald wurde auch seine Bauernpartei aus der Regierung ausgeschlossen. 1947 wurde seine Immunität aufgehoben, und er wurde er zu lebenslanger Zwangsarbeit verurteilt. Er starb 1953 als Gefangener.

** Der Rechtsanwalt und Politiker Petru Groza (1884–1958) wurde 1945 Präsident des Ministerrates und bildete die erste kommunistische Regierung in Rumänien. Unter der Führung seiner Regierung geschah die Abdankung des Königs Michael I. und der Umbau des Königreichs Rumänien in die Rumänische Volksrepublik.

Zu Nellys Beunruhigung wurde Caius' Stimme immer schärfer, je länger er redete. Der Pappteller mit Senf und Würstchen zitterte in seiner Hand und seine Augen waren feucht geworden, vielleicht vom Bier oder vor Freude, dass er sie getroffen hatte: eine Frau aus der irrealen Welt seiner Jugend, eine vertrauenswürdige Freundin, so nahm er an, da ihr Mann im Gerichtssaal nicht als Zeuge der Anklage aufgetaucht war. Mit anderen war es ihm so ergangen und, Gottes Strafe, bald darauf hatte derjenige mit ihm das Leid seiner Zelle geteilt, in die, wie in dem Gedicht von Radu Gyr, Jesus herabgestiegen war. *Heute Nacht trat Jesus in die Zelle ein / Oh, wie traurig schien Christus zu sein! / In die Zelle kam der Mond ihm nach / Und ließ ihn trauriger und größer sein. // Verwundert sprang ich aus den grauen Decken / Woher kommst du, Herr, aus welcher Zeit? / Jesus führte sanft den Finger an die Lippen / Und gab mir einen Wink, so schweig.*

Aber Caius Branea schwieg überhaupt nicht und schien nicht zu sehen, dass Nelly unruhig wurde und ihm zu verstehen gab, dass sie loswollte. Er rezitierte das Gedicht mit Tränen in den Augen und gestand ihr, er wäre in der Jugend Agnostiker gewesen, aber aus dem Gefängnis wäre er als gläubiger Mann zurückgekommen. Mit seinem jüngeren Bruder Victor, der zu seiner ersten Frau Margareta heimgekehrt war, korrespondierte Caius zwar, aber sie sahen sich nicht. Die Fahrkartenpreise für die Zugfahrt zwischen ihren Städten waren zu gepfeffert für sein Gehalt. Caius war als Prüfer in einer Bauholzfabrik angestellt, aber man hatte ihm versprochen, er würde bald etwas Besseres bekommen. Das war die Antwort auf eine von Nellys Fragen gewesen, die es endlich geschafft hatte, ihn aus dem politischen Gespräch zu reißen. Als er mit seinem zahnlosen Mund optimistisch lachte, da senkte sie den Blick. Ihm fehlten die Vorderzähne und ein Eckzahn, wie seine Haare hatte man sie bei den Verhören herausgerissen.

Nelly Olaru mochte es nicht, mit einem ehemaligen Häftling gesehen zu werden, der mitten auf der Straße über gefährliche Themen delirierte, wo hatte er das alles gehört in dieser Höhle, in der er gesessen hatte? Am Bierstand gab es ein großes Gedränge, nachdem ein freiwilliger Aufseher gekommen war und anfing zu schreien: Nicht mehr anstellen! Die Würstchen sind fast alle! Und Caius erzürnte sich immer weiter, blickte dabei gehetzt um sich, obwohl offensichtlich niemand zu ihnen herübersah.

Nelly lud ihn nicht ein, sie zu besuchen, und sie würde ihn auch kein zweites Mal treffen.

*

Die Jahrzehnte, während derer sie sich nicht gesehen hatten, hatten aus der zarten Nelly Ionvănescu von einst eine korpulente Frau mit selbstsicherer Stimme gemacht. Aber Caius Branea hatte sie an dem schier unglaublichen Blau ihrer Augen erkannt.

In Iaşi erzählte man sich, ein russischer Offizier hätte der Familie Iovănescu über die fröhliche Gattin eines ewig auf Reisen befindlichen Händlers diese transparenten Augen für mehrere Generationen als Erbschaft hinterlassen, und dazu noch etwas von seiner geheimnisvollen slawischen Seele. Vor hundert Jahren war die Armee des Zaren südwärts zu den bulgarischen Festungen Griviţa und Plevna gezogen, dann wieder nordwärts nach Moskau und Sankt Petersburg, wobei sie die Rumänischen Fürstentümer von der Vorherrschaft der Türken befreiten und dafür drei Landkreise aus dem Süden Bessarabiens an sich nahmen, dazu noch ein paar romantische Herzen, worunter sich auch das von Nellys Großmutter befand.

Unter dem dauerhaften Druck der Gefühle sendet unser Auge in die Karteien des Gedächtnisses unscharfe, verzerrte Fotografien mit schlecht gewählten Ausschnitten, mit vergrößerten Details, die das Ganze verstellen. Als Caius sie nach kurzem Zweifeln erkannt hatte, hatte er sich an die Tanzabende und das Körnchen Verbundenheit zwischen ihm und Nelly erinnert, das nach einem Flirt mit zivilisierter Trennung meistens zwischen zwei Leuten übrigbleibt. Er hatte ihr damals in dem geträumten Leben vor dem Krieg ein bisschen den Hof gemacht. In den Jahren der Gefangenschaft, in denen er so oft an die Frauen seines Lebens gedacht hatte, war ihm auch das Mädchen durch den Kopf gegangen, das er ein paar Mal in der Kutsche geküsst hatte, wenn er sie nach einem Tanztee nach Hause gebracht hatte, und die ihm konventionelle Postkarten aus dem Badeort Băile Herculane schickte, dort fuhr sie im Sommer mit ihrem Onkel und den Cousins hin, denn sie war eine Kriegswaise. Es war ihm nie in den Kopf gekommen, dass die Geschichte ihrer Beziehung für Nelly Iovănescu so wenig bedeutete, als hätten sie sich gar nicht getroffen.

*

Nelly erinnerte sich nicht mehr daran, wie sehr sie in Caius verliebt gewesen war, sondern nur daran, wie sehr der Gedanke sie gequält hatte, was die Leute wohl über sie reden würden, als er um die Hand Lizică Focşas angehalten hatte: Sie hatte sich von ihrem kleinen Flirt *kompromittiert* gefühlt. Aber ihre praktische Ader und Vorliebe für Konventionen hatten sie dazu gebracht, sich eiligst einem vorherigen Bewerber zuzuwenden, der von ihr wegen seiner Unentschlossenheit ignoriert worden war. Sie würde Virgil Olaru, der ihre gewagten Annäherungsmanöver bemerkt hatte und nach langem Zögern seinen Heiratsantrag machte, ein Leben lang dankbar sein.

Virgil hatte Nelly bei einem Tanztee kennengelernt, er hatte sie anziehend gefunden, aber im ersten Moment hatte er es vorgezogen, sich *nicht zu engagieren.* Er liebte sein zölibatäres Leben und die stabile Beziehung zu seiner Haushälterin Elvira, einer ehrenwerten Frau, die gut im Bett war, die ausreichend viele Jahre älter war als er und die wusste, wo es langging.

Der Flirt zwischen Nelly und Caius hatte ihn dann dazu veranlasst, eine Entscheidung zu treffen: Er nahm an, die Schuld hätte bei ihm gelegen, er hätte dem Fräulein seine ernsten Absichten nicht ausreichend zu verstehen gegeben.

Nelly war Virgil auch deshalb dankbar, weil er die Unfruchtbarkeit ihrer Verbindung als gottgegeben ansah und einverstanden war, den Sohn ihrer überdrehten Cousine Sorana, den zukünftigen Sorin, zu adoptieren und ihr die Mutterschaft zu ermöglichen.

Die Haushälterin Elvira sollte noch eine Weile als Sorins Kindermädchen in ihrem Haushalt bleiben, aber Virgil seufzte doch erleichtert auf als Nelly sie, die vielleicht etwas ahnte oder vielleicht auch nur aus Gründen der Sparsamkeit, an ihren Cousin Iulian Iovănescu weiterempfahl, der nach dem Regierungswechsel auf großem Fuß lebte.

*

Virgil Olarus Name hatte in den Akten, die von den Mitarbeitern der königlichen Geheimpolizei, der Siguranța, mit höchster Sorgfalt angelegt worden waren, nichts zu suchen gehabt. Später, bevor man auch die Agenten der Siguranța in die Verliese von Jilava warf, hatten sie die Akten an den neuen Geheimdienst, die Securitate, weitergereicht. Virgil hatte sich von den Legionären ferngehalten, und er konnte sich an nichts *Strafbares* erinnern, vielleicht höchstens, dass er vor den Wahlen '37 eine Spende an deren Partei *Alles für das Land* getätigt hatte, um dem Gebettel von Nellys Onkel, Costică Iovănescu, zu entgehen. Costică träumte davon, Bürgermeister oder Senator zu werden, aber auf der Liste welcher Partei?

Auf unseren Listen, bei den Legionären, hatte Vasi Stamatiu ihm geraten, der aus demselben Dorf stammte wie seine verstorbene Frau. Stamatiu klapperte gerade für den Wahlkampf in Bauerntracht, Stiefeln und dem typischen Taschengurt die Landkreise ab. Virgil war er vom ersten Augenblick an unsympathisch gewesen, vielleicht aber auch, weil er einen Kopf größer war als er und eine männliche, klangvolle Stimme besaß.

*

»Weißt du noch, wie du mich beim Erdbeben gerettet hast?«, plapperte Nelly weiter und wechselte ständig das Thema. »Zuerst fand ich es schön, wie es mich wiegte, wie beim Jahrmarkt auf der Schiffschaukel! Ich sah auch, dass die Vitrine wackelt und dachte an unsere Porzellanservice von der Hochzeit, die übrigens auch kaputtgegangen sind, mit dem ganzen Nippes dazu! Du warst viel geistesgegenwärtiger, Nelly! Erdbeben!, schriest du und zogst mich weg!«

Nellys Blick wurde jugendlich, wurde plötzlich warm.

»... die Vitrine ist direkt vor mir umgefallen, und ich weiß nicht mehr, wie ich in die Laube im Garten gelangt bin, mir war eiskalt, aber ich hatte Angst, noch mal ins Haus zu gehen. Sorana bestand darauf, wir sollten zu ihnen kommen, na kommt schon! Du bist noch schnell los, um nachzusehen, was mit den Erdölsonden passiert war, die Feuer gefangen hatten. Der Himmel war ganz rot und bis es hell wurde, stand ich am Fenster oder lief im Zimmer herum.«

Virgils gerötete Augen tränten, seine Hand zitterte, er hatte sie auf die ihre gelegt, die schwielig war und deren Finger geschwollen waren vom Pflaumenmusrühren und vom herbstlichen Paprika- und Krauteinlegen für den Winter.

»Was war das für eine bewegte Nacht! Die umbenannte Firma Stern hatte damals schon deutsche Aktionäre. Morgens sah ich den jungen Hermann, den Erben, wie wir ihn nannten, er kam Hals über Kopf aus Bukarest, war unrasiert, noch im Smoking mit Fliege, von welcher Feier oder aus welchem Casino sie den wohl weggeholt hatten! Er hatte einen ganzen Offiziersstab dabei, rumänische und deutsche Offiziere, die alle überzeugt waren, dass ein Krimineller die Situation ausgenutzt und das Erdöl angezündet hatte. Dann tauchte auch die Gestapo auf, im Herbst '40 hatte die Wehrmacht bei uns schon große Macht ...«

*

Vasi Stamatiu hatte Sorana und Corneluş von Corneliu Zelea Codreanus Martyrien erzählt, dessen Porträt die beiden an die Ostwand des Salons gehängt hatten und darunter ein ewiges Licht wie beim Porträt ihrer verstorbenen Mutter. Er erzählte ihnen auch davon, wie man im Gefängnis die Schläge der Geheimpolizei aushält, und erinnerte sie immer wieder an die Rolle ihrer nationalistischen, germanophilen Generation, die Europa von der jüdisch-bolschewistischen Knechtschaft befreien würde.

Und er nahm sie in den Autos der Kreuzbruderschaft zur großen Versammlung in Bukarest auf der Piaţa Mare mit, die neuen Führer Rumäniens waren anwesend, General Antonescu und Horia Sima, der Nachfolger Codreanus in der Führung der Legionäre. Er hatte sie ganz nach vorn gesetzt, damit sie die grün verhängte Tribüne sehen konnten, die Fahnen der Achsenmächte, die von Abordnungen der deutschen SS, von den italienischen Faschisten und den spanischen Falangisten bewacht wurden. Corneliu Zelea Codreanus Porträt, unter dessen riesigem Rahmen *Anwesend* geschrieben stand, hing darüber. Ion Antonescu und Horia Sima, die pathetisch ihren rechten Arm zu den im Legionärsgruß erstarrten Abteilungen erhoben, waren verkleinert in der Ferne zu sehen.

Der ziemlich kräftige Wind übertönte das Gewühle auf dem Markt und die Rufe der Verkäufer, dafür trug er den Geruch von gegrillten Mititei und Sauerkraut bis hier herüber.

Angesteckt von dem Beben der Menge sangen auch die jungen Iovănescus mit: *Die Garde, mein Capitanu / macht uns zu Falken aus Stahl / das Land, mein Capitanu / und der Erzengel in der Höh*, sie waren überzeugt, dass sie mit dabei waren beim Aufbau *eines Landes, das der Sonne am Himmel glich*. Sorana kamen die Tränen, als sie *der Tod, nur des Legionärmanns Tod / ist uns der Hochzeiten teuerste* hörte. Sie lebte ihre Liebe all die Monate über, in denen Vasi Stamatiu sich in Deutschland versteckte, nur in Gedanken. Aber die *nationale Revolution*, der Traum ihrer Generation, wurde vor ihren Augen tatsächlich wahr.

*

Nach dem Hitler-Stalin-Pakt hatte Rumänien ein Drittel seines Territoriums verloren. Aber Costică Iovănescu, der Legionärsbürgermeister geworden war, behauptete weiterhin überall, Gott hätte dem Land endlich wieder sein Antlitz zugewandt, *Rumänien den Rumänen, allen Rumänen und nur den Rumänen!* rief er.

Der Mann von Nichte Nelly ging ihm auf die Nerven, dieser eingebildete Virgil, der ihm frech ins Gesicht lachte:

»*Rumänien den Rumänen* ist der Spruch von Professor Iorga*, Onkelchen Costică!«

* Nicolae Iorga (1871–1940), rumänischer Historiker, Schriftsteller, Politiker. 1910 gründete er mit dem Antisemiten Alexandru Constantin Cuza die Nationaldemokratische Partei. 1920 wurde er Präsident der Nationalistischen Volkspartei. Anfang der Dreißiger war er rumänischer Ministerpräsident. 1932 gründete der die Nationalistische Demokratische Partei. Er genoss als Persönlichkeit des Kulturlebens die Gunst des Königshauses. Als Publizist griff er die rechtsextreme Legion des Erzengels Michael an und wurde 1940 von Legionären ermordet.

»Gott spricht auch durch die Sündigen! Er war zwar der Berater von diesem Verbrecher Carol, aber er hat dafür bezahlt! Auch für ihn ist der Tag der Abrechnung gekommen! Der Tag der Rache! Für die anderen wird er auch kommen. Mit dem Schwert werden wir *Rumänien den Rumänen* zurückgeben! Sei nicht so hochmütig, Virgilchen, wir wissen auch das ein oder andere! Heb dir deine Belehrungen für deinen Freund Traian auf, der sich an die Juden und Freimaurer verkauft hat!«, ging Costică ihn an. »Hab ich irgendwie gelogen?«, rechtfertigte er sich später vor seiner Nichte Nelly, die immer versuchte, die Streits mit ihrem Mann zu beschwichtigen. »Was kriegt Traian Branea dafür, dass er sich mit diesen Fischers zusammentut? Samuel Fischer, der Alte, der ist stinkreich, es soll mir keiner erklären, Traian würde da kein Geschäft draus schlagen! Wo Erdöl und Raffinerien sind, da haben Saujuden nichts zu suchen! Juden gehören zum Steineschleppen, sollen sie mal sehen, was das heißt, im Schweiße des Angesichts! Dein Virgil, Nelly, der kriegt keinen Ton raus, wenn ich ihm das ins Gesicht sage, aber seit einiger Zeit merke ich, dass er nicht mehr zu uns kommt, na und, ist mir schnuppe! Nur weil ich sein Hochzeitspate bin, sollst du jetzt vor ihm geheim halten müssen, dass du deine Familie besuchst, du bist doch wie meine Tochter! Darum hab ich irgendwann auch gesagt: Ach, mir soll's egal sein! Aber dein Virgil, der nimmt den Mund zu voll: ›Was habt ihr mit Professor Iorga gemacht, Costică?‹ Da hab ich ihm eins aufs Maul gegeben, denn jetzt ist unsere Zeit endlich gekommen! Endlich ist die Legion an die Macht gekommen, und ich kenne doch den guten Virgil, wenn man ihn anschnauzt, dann hält er sofort seine Klappe!«

Costică Iovănescu hatte bei seinem Schneider eine Reihe grüner Hemden aus Naturseide bestellt und aus *Crêpe de Chine* für besondere Anlässe, sein Bauch und sein Nacken waren feist geworden, seit er Bürgermeister war. Und er erzählte lauthals überall von der Taufe von Corneluş vor fünfzehn Jahren, der genau wie die anderen neunzig Säuglinge von Lilica in den Armen gehalten wurde, von der Frau des Capitanu.

Die Entscheidung zur Taufe war zufällig gefallen. Gerade erst dem Wochenbett entstiegen, hörte die verstorbene Frau Iovănescu, Gott hab sie selig, von dem Theologiestudenten Vasi Stamatiu, der aus demselben Dorf kam wie sie, dass die Legionäre noch ungetaufte Babys für eine Taufe *di granda* suchten, so groß wie auch die Hochzeit des Capitanu gewesen war.

»Warum nicht?«, hab ich gesagt, »ich hab nicht lang darüber nachgedacht, viele hatten damals keine große Lust, was mit den Legionären zu tun zu haben!«

Costică Iovănescu zwinkerte den Anwesenden fröhlich und bedeutungsvoll zu. Er hatte vergessen, dass auch er damals, als die Legionäre erschossen und auf der Straße liegen gelassen worden waren, nachdem sie Armand Călinescu* ermordet hatten, kein Wort mehr über die Taufpaten seines Sohnes Corneluş, Corneliu Codreanu und Lilica, hatte verlauten lassen.

*

Als wäre es gestern gewesen! Er war hinter dem Laden gewesen, der Lieferant hatte die Ware abgeladen, und er zählte die Kisten, er wollte die Quittung nicht unterzeichnen, bevor er nicht sicher war, dass sie ihn nicht betrogen, der war großspurig, der Jude damals, was denn, Costică, hast du kein Vertrauen, wo wir seit Jahr und Tag zusammen Geschäfte machen? Um sich Zeit zu verschaffen und noch einmal nachzuzählen,

* Armand Călinescu (1893–1939) war Politiker und bis 1939 Ministerpräsident. Die »Eiserne Garde« betrachtete ihn als einen der Hauptverantwortlichen für ihre Unterdrückung und für die Festnahme und Hinrichtung von Codreanu im November 1938. Er wurde auf Anweisung von Codreanus Nachfolger Horia Sima ermordet.

schaltete er das Radio an und erstarrte, als er die wohlbekannte Stimme Miti Dumitrescus hörte, er war Vasis Freund, fast wie ein Bruder: *Wir sind Söhne Rumäniens aus Prahova, und wir haben eine schmerzliche Pflicht erfüllt. Wir haben den gestraft, auf dessen Ansinnen hin der größte Rumäne, Corneliu Zelea Codreanu, ermordet wurde! Armand Călinescu, der Präsident des Ministerrates, ist von einer Legionärstruppe exekutiert worden!*

Costică hatte ein musikalisches Ohr und eine schöne Stimme, bei Festen unterhielt er alle mit Romanzen, aber vor allem hatte er ein gutes Ohr und nein, nein, er täuschte sich nicht, die Stimme im Radio war Miti Dumitrescu, Vasis Freund. Aber er dachte doch, die beiden wären nach Deutschland geflohen! Waren sie zurück? Wenn es so wäre, dann würde es schwierig! Costică Iovănescu hofierte Vasi, aber hatte es keineswegs eilig, ihn zum Schwager zu haben. Sorana hätte etwas anderes gebraucht, man wusste ja nie, wie die Dinge sich entwickelten. Jetzt kam eine schwere Phase für die Legionäre, so sah er es. Er unterzeichnete eilig die Quittung und wusste, eine Zeit lang würde er wieder stillhalten müssen.

Aber keine zwei Jahre später, als er Bürgermeister wurde, setzte er den Lieferanten ganz oben auf die schwarze Liste und gab sie den Jungs von unserer Legionärspolizei, damit sie hingingen und den Saujuden windelweich schlugen! Mit Vasis Hilfe eröffnete Onkelchen Costică am Bahnhof ein Legionärsgeschäft mit niedrigen Preisen, das sehr gut ging; er wurde von der Malaxa Bank über den Finanzhaushalt der Casa Verde* subventioniert.

*

* Das Grundstück seiner Bukarester Residenz schenkte Prinz Zizi Cantacuzino zu einem Teil den Legionären, die dort ein weiteres Gebäude errichteten, das ihrer Bewegung als Sitz diente. Cantacuzino, Held des ersten Weltkriegs, war von 1935 bis 1937 Präsident der Partei Alles für das Land, die aus ehemaligen Mitgliedern der »Eisernen Garde« bestand.

Nachdem die Rumänische Jugend ihn ausgezeichnet hatte, war Corneluş Iovănescu von einem Mitschüler aus einer höheren Klasse in eine Ecke des Sport-Umkleideraums geholt und eingeladen worden, seine Lehrzeit für die *Kreuzbruderschaft* anzutreten.

Er hatte den Gruß *Heil der Legion und dem Capitanu!* gelernt, die Gebete, mit denen sie ihre geheimen Sitzungen eröffneten, das *Büchlein des Nestvorstehers* und *Das Testament* von Moţa – auch er ein Märtyrer der Legionäre, der in Spanien umgekommen war. Er hatte Exerzitien gemacht, tagelang kein Wort gesprochen, so wie es das *Gesetz des Schweigens* verlangte, und er hatte die Orientierungsprüfung im Wald bestanden, wo ihm die *Boten und Wächter* Spuren hinterlassen hatten. Er hatte das Säckchen Wermuth bekommen, das er unter seinem Gürtel verborgen hatte. Und gerührt hatte er den Schwur abgelegt, niemals die Legion zu verraten, die *Armee und Schule* war, und auch den Capitanu nicht!

Von da an verschwand er immer öfter zu ihren konspirativen Treffen im Pantelimon-Wald vor Bukarest. Wenn der *Appell der Toten* stattfand, hatte er den Eindruck, alle wären sie dort im schräg einfallenden, kühlen Nachmittagslicht hinter den Bäumen, die orangerot schimmerten. Er spürte sie in seinem keuchenden Atem, im lebendigen Beben seiner Brust. Corneliu Zelea Codreanu! Anwesend! Ion Moţa! Anwesend! Vasile Marin! Anwesend! Mihail Polihroniade! Anwesend! Vasile Christescu! Anwesend! Gheorghe Clime! Anwesend! Singend kamen sie von dort zurück, *Der Legionäre heil'ge Jugend / gestählte Brust und liliengleicher Geist / und frühlingshaftes, ungehalt'nes Stürmen ...*

*

Manchmal sang er auch zu Hause, er war im Stimmbruch, und wenn er keine Lust mehr hatte, für seine Prüfungen in Philosophie zu lernen, die er auf den Herbst verschoben hatte, begleitete ihn Sorana. Bei ihrem Lieblingslied war sie jedes Mal zu Tränen gerührt, es war das Lied über die Märtyrer: *Wir kehren eines Tags zurück / Wir kehren unbedingt zurück. / Golden wird das Abendrot / So war es, als wir gingen fort. // Die Alten kommen leis uns nach / in alle neuen Lieben / Und in das Lied, das singen wird / wer nach uns noch geblieben.*

»Ich werde ihn mein ganzes Leben lang lieben, obwohl er mir gesagt hat, er wäre eher *bereit zum Tode* als bereit zu heiraten!«, flüsterte sie mit feuchten Augen ihrer Vertrauten, Cousine Nelly, zu. »Das lässt mich ihn nur noch mehr lieben, vor allem, weil er doch auch so schön ist! Leider habe ich Storchenbeine, meine Nase ist zu groß für so ein kleines Mädchen, Brüste habe ich fast gar nicht«, flüsterte sie.

Ja, hochgewachsen, mit schwarzen langen Haaren, einem fleischigen Mund und langen Wimpern wie bei einem Mädchen war Vasi Stamatiu ein gut aussehender Mann, auch wenn er zehn Jahre älter war als Sorana. Aber Nelly, die mit Virgil Olaru frisch verheiratet war und jeden Monat darauf wartete, schwanger zu werden, war nicht so begeistert von Vasi Stamatiu.

»So verrückt war ich in deinem Alter auch und schau mal, jetzt! Die Dinge ändern sich im Leben, du wirst dich auch noch ändern, keine Sorge! Aber du solltest mit ihm nicht deine Zeit verschwenden, wenn er keine ernsten Absichten hat«, lächelte sie weise und erinnerte sich, wie sie sich an Caius Branea verbrannt hatte.

*

Bei Festen mit den älteren Männern der Familie machte Stamatiu grobe Witze über Rex Carol, den die Saujüdin Lupeasca am Pimmel herumführte, und er schwatzte über die Vorteile einer Allianz mit Deutschland.

Er hatte ihnen schon lange Posten in der Verwaltung, Unterstützung bei den Geschäften und die Ausmerzung der *jüdischen* Konkurrenz versprochen. Da er jetzt endlich *Kommissar der Rumänisierung* geworden war, konnte er seine Versprechen halten, denn er verfügte über die jüdischen Unternehmen und Geschäfte.

Virgil ärgerte es, wenn er den Buick Vasi Stamatius vor dem Tor der Iovănescus parken sah. Nelly hatte angefangen, ihn ebenfalls unter Druck zu setzen, geh und frage Vasi, was wir in Bukarest kaufen sollen! Du weißt doch, er will, dass du zu ihnen kommst! Sei nicht so, es gibt jetzt so gute Gelegenheiten, seit sie die Juden aus der Wirtschaft rauswerfen!

Aber Virgil tat sich schwer. Sein Freund Traian Branea hatte ihm geflüstert, es gäbe ernsthafte Reibereien zwischen Antonescu und den Legionären und sie würden es nicht mehr lange gemeinsam machen. Und der Krieg stünde vor der Tür. Er war entschlossen, egal wie viel zu zahlen, um nicht an die Front zu müssen: Mit dieser Idee war er aus der Militärschule im Kloster Dealu gekommen.

Kapitel 8

# Dilemma

»Hast du das gewusst, Vasi hat seinen Studenten gesagt, sie sollten ausspucken, als sie durch den Bahnhof von Sinaia kamen?«

Nelly zupft gerade aufmerksam ihre Brauen im Spiegel, die Mode verlangt, dass sie dünn wie eine Bleistiftlinie sind, und ihre sind goldbraun, weich und buschig. Sie rümpft angeekelt ihre Stupsnase, »warum denn ausspucken?«

»Ein symbolisches Spucken, um es mal so zu sagen. Um den Ort zu entweihen, an dem sie Duca ermordet haben! Er ist auch Premierminister gewesen, genau wie Armand. Aber vielleicht erinnerst du dich nicht, das ist jetzt acht Jahre her.«

»Acht Jahre! Glaubst du, mich hat das damals interessiert? Ich war ja nicht mal aus dem Lyzeum!«

Nelly lacht in den Spiegel, ihre Jugend entzückt sie.

»Du warst im Lyzeum und Vasi war ewiger Student! Er hat alle Fakultäten durch und kein einziges Diplom!«, murmelt Virgil mürrisch und mit gesenktem Kopf.

Der Verschluss der Manschettenknöpfe ist kompliziert, und er hat weder die Fingerfertigkeit noch die Geduld. Aber Nelly besteht darauf, dass zu diesem Hemd Manschettenknöpfe mit Diamanten passen.

»Wozu brauchte er ein Diplom? Er ist ganz gut ohne zurechtgekommen! Aber du willst ihm immer was anhängen!«

Nelly wühlt in der Schmuckschatulle, was könnte am besten zu ihrem schwarzen Kleid passen? Sie holt die rosafarbenen Perlen hervor, probiert sie vor dem Spiegel, legt sie zurück, holt die weißen heraus, besieht sich von vorn, von der Seite, kneift die Augen zusammen.

»Und was war so großartig daran, auf dem Bahnhof von Sinaia auszuspucken?!«

»Naja, der Innenminister, noch so ein Trottel, hatte den Befehl gegeben, auf sie zu schießen, falls sie das täten«, antwortet Virgil.

Er gibt sich geschlagen, streckt ihr die Hände entgegen und Nelly schließt ihm rasch die Manschettenknöpfe.

»Aber woher wusste der Minister das?«

»Aus dem Bericht von Moruzov*, woher sonst?! Der Geheimdienst hat seine Informanten überall!«

Nelly hat endlich eine große Goldbrosche mit Diamanten gewählt, dazu einen passenden Armreif, das passt sehr gut zu dem enganliegenden schwarzen Kleid mit dem tiefen Ausschnitt, das ist der Vorteil bei kleinen, festen Brüsten, »und was ist dann eigentlich passiert?«, fragt sie unaufmerksam.

»Eigentlich ist nichts passiert. Der Polizeichef hatte den Befehl gegeben, der Zug dürfte in Sinaia nicht halten, aber dass diese Rindviecher ausspuckten, dagegen hat er nichts getan. Er war einer von Moruzovs Männern, und Moruzov hat ein doppeltes Spiel gespielt.«

Nelly steckt die Zungenspitze zwischen die Vorderzähne, so konzentriert sie sich, und sie rollt ihre grauen Seidenstrümpfe auf, nicht dass eine Masche läuft, kleine Knie, zarte Knöchel, ihre Beine sind makellos, aber Virgil achtet nur auf seine Geschichten, und sie hat sowieso nicht verstanden, was für Studenten das überhaupt waren.

* Mihail Moruzov (1887–1940) war Leiter und Begründer des rumänischen Nachrichtendienstes. Eines seiner größten Vergehen in den Augen der Legionäre war die Beteiligung an den Plänen Carols, die Anführer der »Eisernen Garde« zu beseitigen. In der Nacht zum 27. November 1940 wurde Mihail Moruzov gemeinsam mit weiteren 63 früheren Amtsträgern in seiner Zelle in der Gefängnisanstalt von Jilava von einer Legionärsgruppe getötet.

»Legionäre natürlich. Sie fuhren zur Versammlung der Christlichen Studenten nach Cluj.«

Nelly, die gerade die Schnalle ihres Schuhs geschlossen hat, dreht sich um und sieht ihn zweifelnd an.

»Aber woher weißt du das alles?«

»Von Herrn Focşa! Er hat uns gestern mit Geschichten von Politikern überschüttet, und alle wollten ihn als Anwalt. Sogar Antonescu hat ihn wegen seines Bigamie-Prozesses engagiert! Er hatte Maria geheiratet, bevor die Scheidung eingetragen war … Aber du hörst mir ja gar nicht zu, Nelly!«

»Nicht ärgern, Virgil, aber du brauchst einen anderen Schlips. Und beeil dich, sonst bist du bei Focşa unten durch. Wir sind schon beim Mittagessen die Letzten gewesen.«

*

Nach dem Dinner zogen sich die Männer wieder auf die Divane und Sessel im kleinen Salon der Villa Eliza zurück: Kaffee, Cognac der Marke Courvoisier, Politik und anzügliche Anekdoten.

Der Anwalt Focşa hatte dem Schweizer *Chalet,* das auf dem abschüssigen Gelände von Furnica erbaut worden war, den Namen seiner Tochter gegeben und seine Spendenurkunde eine Woche vor ihrer Hochzeit mit Caius Branea ausstellen lassen. Das ist vernünftiger so, man weiß am Ende nie, wie eine Ehe endet! Er hatte als Anwalt ausreichend viele Scheidungs-, Teilungs- und Erbprozesse geführt, um zu wissen, dass Menschen in solchen Situationen zu Tieren wurden. Doktor der Rechtslehre in Paris, ja, Caius ist ein Junge mit Stil und Zukunft, darum hat er ihn auch dazu gedrängt, den Posten als Staatssekretär für Außenpolitik zu übernehmen, aber er guckt den Frauen hinterher. Mit der Gütertrennung – nicht nur die Villa in Sinaia, sondern auch die Aktien der Erdölfirma Stern sind nur auf Lizicas Namen eingetragen – fühlt der Schwiegervater sich sicherer. Er hatte sein Leben nicht in den Gerichtssälen verbracht, damit all seine Mühen, Gott bewahre, am Ende einem undankbaren Schwiegersohn zugutekommen!

*

»Wo ist das *harte und ernste Leben in Armut*, das Codreanu uns versprochen hat? Die Polizei der Legionäre verteilt die jüdischen Firmen und Geschäfte ohne Versteigerungen, an wen sie will.«

Die Polizei der Legionäre, will heißen Vasi Stamatiu. Virgil merkte, er musste das Gift loswerden, es brachte ihm das Blut in Wallung, wenn er ihn immer öfter bei den Festen des Iovanescu-Clans, den Verwandten seiner Frau, sah.

In seinen Augen war Stamatiu schuld daran, dass Sorana und Corneluş ihre Zeit bei der Kreuzbruderschaft vergeudeten.

Corneluş ging immer noch freiwillig jedes Wochenende zu Arbeitseinsätzen, zum Ziegelbrennen, zum Brückenreparieren, verlorene Zeit und schlechtes Umfeld!, fand Virgil.

»Deine Cousins, Nelly, die sind verrückt geworden, Corneluş hat gestern mit einer Riesenpistole herumgespielt! Kinder ohne Mutter, du müsstest sie mal zügeln!«, ereiferte er sich eines Tages ihr gegenüber.

Der Junge war mit der Pistole zu einem Arbeitseinsatz der Kreuzbruderschaft von Bucegi gefahren, wer anderes als Vasi Stamatiu hätte ihm die besorgen sollen?

»Er hat einen Vater, er hat eine größere Schwester, da gibt es andere vor mir, die sich um Corneluş' Erziehung kümmern sollten!«

Ihr kühler Kopf hatte Nelly gegen die Legionärsleidenschaft in ihrer Familie immun gemacht. Aber sie vergaß auch nicht, dass Onkel Costică, der gerissen und verschwenderisch war, ihnen ein Hochzeitsgeschenk zusätzlich zu dem bereits erhaltenen Ford versprochen hatte, ein riesiges Grundstück für eine Villa mit Garten.

Allerdings zögerte er die Fertigstellung der Papiere immer weiter hinaus, seit er sich mit Virgil in die Haare gekriegt hatte.

»Bald hast du Corneluş in einer Todestruppe wie diese Wichte, die Armand umgebracht haben! Einfach auf der Straße liegen gelassen, bei der Elefterie-Brücke, die Fliegen summten um ihn rum und auf der Stirn die Verräterplakette!«, fuhr Virgil gehässig fort.

»Um Gottes willen! Was hast du denn?! Besser, wir denken darüber nach, wo wir dieses Jahr Ostern verbringen!« Sie wechselte das Thema: »Balcic ist nichts mehr, sollen wir mit deinem Bruder Anton ein Haus in Eforie mieten? Was meinst du?« »Das wäre eine Idee«, Virgils Miene hellte sich auf. »Aber wir haben schon zwei Einladungen, eine nach Sinaia zu Caius' Schwiegervater, die andere nach Leordeni ins Landhaus von Familie Branea, wahrscheinlich im September zur Weinlese.«

Die drei Brüder Branea – der jüngste von ihnen Victor, frisch verheiratet mit Margareta Silişteanu – das war eine ganz andere Welt: zart, mit völlig anderem Anspruch, auch Nelly musste das zugeben.

*

Jetzt sind sie in Sinaia in der Villa Eliza und Virgil hat sich soeben über die Korruption der Legionäre beschwert, wobei er seine angeheiratete Verwandtschaft im Kopf hat, den Iovănescu-Clan.

»Aha, und du, mein lieber Virgil, bist du wirklich so von gestern? Das eine sind die Prinzipien, das Leben ist was anderes!«, antwortete Caius und gestikulierte mit der brennenden Zigarre.

Aber Professor Silişteanu, Margaretas Bruder, der ein

schwerfälliger Mann war und an dem sogar Kleider von bester Qualität schlecht saßen, wandte ihm plötzlich sein düsteres breites Gesicht zu:

»Lasst uns nicht die Legion des Capitanu mit der Legion Horia Simas verwechseln! Ein himmelweiter Unterschied!«

Mit einer Schnelligkeit, die seinem Geist durchaus innewohnte, aber den Reaktionen seines fülligen Körpers gänzlich abging, wechselte Traian das Thema: »Wir sollten bald entscheiden, ob wir heute Abend ins Casino gehen, wenn ja, dann müssen wir einen Tisch reservieren. Das Land platzt aus allen Nähten durch die Flüchtlinge aus Bessarabien und die Lokale sind proppevoll!«

Als er später mit Virgil unter vier Augen sprach, flüsterte Traian ihm zu, er sollte vorsichtig sein und den Mund vor Silişteanu nicht zu weit aufmachen. Dieser Mann wäre hochgebildet, ein Idealist, aber über das Thema Zelea Codreanu könnte man mit ihm keine sinnvolle Unterhaltung führen, »er hört dich dann plötzlich nicht mehr! Mit seinen drei Arbeitsstellen, eine davon ist ja, Privatstunden zu geben, für die er in der ganzen Stadt herumrennt, bei dem Hunger, den er gelitten hat. Solange wie er seine kleineren Geschwister Biţă und Margareta mitgeschleppt hat, da kann man ihm wohl verzeihen. Seine Augen haben geleuchtet, als er erzählt hat, wie er sich in einen Marsch von diesen Nichtsnutzen eingereiht hat, weil sie riefen *Wir wollen soziale Gerechtigkeit!* Und was wurde er gestern böse, als Herr Focşa erzählte, wie die Lupeasca Poker mit Carol und mit Urdăreanu spielt und man würde mit einem Einsatz von 7000 Dollar anfangen!«

»Victor hat uns mit diesem Schwager ein Ei gelegt! Hast du seine Frau Margareta gesehen? Sie ist nett, aber hat Komplexe und sie ist eifersüchtig, sie streiten sich dauernd! Und Caius und Lizica rümpfen die Nase, dass Victor so eine Messalliance eingegangen ist und jetzt den Spott hat! Was ich darüber denke? Ich befürchte, dass Victors Ehe so enden wird wie meine. Vielleicht würde ein Kind noch mal alles richten, obwohl man ja gesehen hat, was aus Rafael geworden ist …«

*

»Jetzt, wo die Deutschen London einmal wöchentlich bombardieren, da zitterst du um Rafael! Das geschieht dir recht, wenn du vor Gericht nicht schlau genug gewesen bist, darauf zu bestehen, das Kind zu dir zu nehmen, das hatte ich dir ja geraten! Du warst kein Kavalier, Traian, du warst dumm«, so hatte Focşa mit mitleidigem Lächeln zu ihm gesagt, als sie am Vorabend hinausgegangen waren, um zu rauchen.

Der Anwalt hatte Traian in dem Scheidungsprozess vertreten, den Ortansa angestrebt hatte. Später erzählte er, dass er sich mit seinem Klienten mehr gestritten hätte als mit seiner Exfrau, die sich einfach nahm, was sie wollte! Ortansa war mit der Hälfte von Traian Braneas eingetragenem Vermögen und mit dem minderjährigen Kind Rafael nach England gegangen, um die Frau von James Barnaby zu werden, eines Beamten im Foreign Office.

Sie sprachen eine Weile, hielten die Zigaretten in der Hand, betrachteten den Câinelui-Berg, der von unten bis oben mit silbrigen Tannen bewachsen war, bis die Kälte sie wieder ins Haus trieb.

*

Der September war so warm wie ein Sommermonat, als sie sich im Landhaus der Familie Branea in Leordeni wiedertrafen.

Die zwanzig Zimmer waren belegt mit Verwandten und Freunden. Auf der wieder begehbaren Terrasse, wo der Architekt mit dem Verlegen des italienischen Mosaiks fertig geworden war, suchte Margareta Branea mit ihrem Bruder Biţă

Silişteanu die Pathephonplatten für den Tanz am Abend heraus – España, Charleston und argentinischer Tango. Neben ihnen hatte sich Professor Ion Silişteanu auf dem Chaiselongue in ein dickes Buch vertieft. Memicas unverheiratete oder verwitwete Cousinen saßen beim Canasta im kleinen Salönchen, Nelly Olaru, Caius, Lizica und Victor Branea waren auf dem Tennisplatz und Ştefi Silişteanu quälte den Bechstein-Flügel im Salon.

Der Himmel goss flammendes Rot über den See, mit grauen Rändern. Oben im Turm war es so ruhig, dass nur das schwerfällige Flügelschlagen der Spechte zu hören war und das dumpfe Platschen der verschrumpelten Pflaumen, die aus den entlaubten Bäumen ins Gras fielen, das vom Reif gefroren war.

Traian Branea hatte die Bedienstete mit dem Tee und den Keksen hierherbestellt, um mit seinem Freund Virgil Olaru ungestört über Politik sprechen zu können.

*

Die Ellbogen auf die Brüstung der Terrasse gestützt, stand Traian da und betrachtete das dichte Laub der alten Nussbäume im Obstgarten.

Wäre Rafael hier gewesen, hätte er im Park am Goldfischteich gekniet. Oder er hätte die Gouvernante angebettelt, ihn mit den Kindern aus dem Dorf spielen zu lassen. Um diese Uhrzeit fangen sie an, mit Eimern und Gießkannen beladen, Memicas seltene Rosen zu wässern. Die Eltern schleppen sie hierher mit, um in den Listen des Verwalters mehr Arbeitsstunden angeben zu können.

Ist es gut gewesen, Rafael mit Ortansa gehen zu lassen, um ihn vor dem Krieg zu bewahren, der bald beginnen wird? Gibt es auf der Welt überhaupt einen Ort, an dem sein Junge geschützt ist?

Er bemüht sich, an etwas anderes zu denken, so wie er es immer tut, wenn die alten Braneas, Memica und Teticu, ihn böse anfahren, weil er den einzigen Erben des Familiengutes hat gehen lassen. In wessen Hand sollte ohne Rafael Branea das Haus und das Land am Argeş fallen, die vom letzten Abkömmling der Goleştis, dem alten Teticu, gekauft worden waren, nachdem er im letzten Krieg durch illegalen Weizenhandel zu Reichtum gekommen war?

Traians Antwort ist immer dieselbe: Habt Geduld, ihr kriegt noch mehr Enkel, Caius und Victor haben doch gerade erst geheiratet! Und mein Rafael wird auch zurückkommen, wenn er in England die Schule beendet hat, so haben wir es mit Ortansa abgemacht! Aber seine Stimme klingt immer weniger überzeugend.

Er ließ seinen Blick von hier oben über die runden Argeşer Hügel schweifen, über die schwarzen Gerüste der Weinreben und die Pflaumenbäume, darüber die blauen Borsten der Wälder und der Kirchturm, der zwischen den Bäumen jenseits der Hofmauern hervorlugte, und er fühlte wie jedes Mal, wenn er hierherkam, wie er wieder zu dem dicken, träumerischen Jungen wurde, der er vor zwei Jahrzehnten gewesen war.

Wie damals schien es ihm, er würde das unbekannte Dasein all derer durchleben, die einmal derselben, nur vom melodischen Schlagen der Glocke durchbrochenen Stille gelauscht hatten.

*

Der von der würzigen Luft des Spätsommers verdünnte Rauch der Chesterfield brachte ihn dazu, sich rasch umzudrehen. Virgil war in seinen leichten Tennisschuhen unhörbar und mit eiligen Schritten dort heraufgekommen, so wie er es in der Militärschule gelernt hatte. Er paffte ungeschickt aus der neuen Bernstein-Zigarettenspitze und lehnte sich ebenfalls an die Terrassenbrüstung. Dann nahmen sie in den Korbsesseln Platz und Traian goss Tee ein und mimte den Gastgeber.

»Hast du das neueste Gerücht über Armand gehört, er wäre von Carol geopfert worden?«

»Ich bin geneigt, dem keinen Glauben zu schenken«, Traian zog eine skeptische Grimasse. Es hatte schon mal ein ähnliches Gerücht gegeben, nachdem Duca ermordet worden war.

»Aber kommt es dir nicht auch komisch vor, dass sie ihm ausgerechnet am Tag des Attentats den gepanzerten Cadillac nicht zur Verfügung gestellt haben, der ihn sonst vor den Legionären schützte? Dass sie ihn stattdessen ausgerechnet an dem Tag mit seinem normalen Wagen haben fahren lassen! Und woher wussten Miti Dumitrescu und seine Leute, wo Armand entlangfahren würde, um ihn dann an der Elefterie-Brücke abzupassen? Fünf Schüsse und er war erledigt! Obwohl ich auf der anderen Seite auch nicht verstehe, warum sie das getan haben sollten. Armand war der Mann der Engländer und das Britische Königshaus Carols einziger Alliierter!«

Da stand also Virgil in seinem weißen Tennisanzug, mit blond gescheitelten Haaren, die mit Brillantine nach hinten gekämmt waren, und seine Augen waren voll unheilbarer politischer Naivität.

*

»Die Engländer waren nie und werden nie an Rumänien interessiert sein! Sie treiben nur ihre Spielchen! Und was hat Carol von seinen Cousins aus dem Königshaus zu erhoffen, nachdem die Bolschwiken den Zaren samt seinem ganzen Anhang niedermetzeln ließen? Carol hat den Bogen überspannt, als er mit der Lupeasca bei der königlichen Hochzeit in London auftauchte! Vor Wut, dass seine Cousins ihm die Tür vor der Nase zugeschlagen haben, ist er nach Berlin, und da hat er wieder eins auf den Deckel gekriegt! Hitler hat ihn so angeschrien, dass man es durch die dicke Holztür hören konnte, und Carol kam ganz benommen heraus. Hitler hatte von ihm gefordert, mit den Legionären zusammen zu regieren, weil er nur ihnen vertrauen würde. »Codreanu muss liquidiert und die Legion übernommen werden! Das ist die Lösung!«, hat er zu Armand gesagt, der so tat, als hätte er nicht an der Tür gelauscht. »Eure Hoheit unterzeichnen gerade mein Todesurteil!«, hatte der geantwortet.

»Und so ist es auch gekommen!« Virgil machte einen Rückzieher.

Er war stolz, dass sein Freund ihm politische Geheimnisse anvertraute, darum akzeptierte er all seine Meinungen, ohne zu mucken. Er vermutete, dass er noch Verbindungen zu den britischen Kreisen in Bukarest hatte, auch wenn die sich mehrheitlich schon nach Griechenland aufgemacht hatten, bevor die Deutschen einfallen würden.

*

Traian knabberte *langues de chat*, eine nach der anderen, »du hast doch eigentlich versprochen, keine Süßigkeiten mehr anzurühren!«, beeilte Virgil sich, ihn zu ermahnen, und versuchte, sich durch die freundschaftliche Strenge ein klein wenig überlegen zu fühlen.

Dann sah er auf die Uhr, um zu erfahren, ob noch Zeit für eine weitere Frage blieb. Es war eine Schaffhauser Uhr mit Goldarmband. Er hatte sie gekauft, als er bei Standard Oil angefangen hatte, und er würde sich nur schwer von ihr trennen können, wenn Nelly darauf bestehen würde, sie zusammen mit den Manschettenknöpfen zu verkaufen. »Das ist eine gute Gelegenheit, auf dem Flohmarkt kriegst du nichts dafür, wenn du noch die Fahrt bis Bukarest dazurechnest. Und wo willst du mit Diamant-Manschettenknöpfen und mit einer goldenen Uhr hingehen, ohne dass das jemandem ins Auge sticht? Wen laden wir dann noch ein, wer lädt uns dann noch ein? Wenn die Zeiten sich wieder ändern, dann kaufst du dir eine neue!«

Aber das würde erst zehn Jahre später sein. Noch tanzen Virgil und Nelly Foxtrott, Tango und Charleston im Salon im Parterre, die Damen im Seiden- oder Lamé-Kleid, die Herren in schwarzen Anzügen, die sie eigens im Gepäck mit dorthingebracht hatten.

Zu Silvester im Jahre 1941 würde dagegen weniger getanzt und mehr über Politik gesprochen werden: über Frankreich, das im Sommer zusammengebrochen ist, über Rumäniens verlorene Gebiete, über Deutschland, das in Europa und in der Welt alle Spiele für sich gewinnt, über die Legionäre, die etwas vorzubereiten scheinen. Virgil wird versuchen, Traian über das Gerücht auszuhorchen, die deutschen Delegierten hätten den Legionären 400.000 Revolver und Granaten geliefert, und er wird es nicht bestätigen können.

Er wird bis dahin immer einsamer geworden sein.

*

Schon vor ein paar Monaten hatte Sorana die Gewohnheit angenommen, abends bei Familie Olaru aufzukreuzen. »Bist du zur Beichte gekommen?«, lachte Virgil, »Nelly studiert ein neues Hutmodell, du findest sie mit der Modistin im Salon!«

»Dann komme ich wohl besser morgen.«

Sorana wurde leicht und bei jeder Gefühlsregung rot, und die feurigen Flecken krochen ihr über den Hals und den Ausschnitt, über dem ihre kleinen Knochen zu sehen waren.

»Verstehst du keinen Spaß?«

Virgil lief ihr nach, sie war bereits beim Tor, und um sie davon zu überzeugen, dass sie zurückkommen sollte, nahm er sie bei den schmalen Schultern, die unter den von der Mode vorgeschriebenen Polstern verborgen lagen, sie verliehen den Damen und Fräulein ein militärisches Aussehen. Unter der gepaspelten Tüllkorsage des Kleides waren ihre kleinen Brüste zu sehen, dieses leichtsinnige Mädchen trug keinen Büstenhalter und später würde er herausfinden, dass sie auch kein Höschen trug.

Sie ließ sich bitten, fast musste er sie in die Arme nehmen, um sie zum Umkehren zu bewegen, er stieß sie in die Laube mit dem spitzen Dach, an deren Holzwänden die grünen und weißen Blätter der Rose von Jericho emporkletterten, und der Duft des Klees mischte sich mit dem frischen Lavendelduft der Jugend und drang ihm in die Nase.

*

Sorana wartete anschließend geduldig wie ein Hündchen darauf, den Moment abzupassen, in dem Nelly frei wurde. Ihre Cousine erzählte ihr alles, was sie neuerdings über Vasi gehört hatte, »es wäre besser, Sorana, du würdest mit ihm Schluss machen, sonst wirst du nie zur Ruhe kommen! Es würde mich nicht wundern zu erfahren, dass er bei dem Attentat mitgemischt hat, Miti Dumintrescu war doch sein bester Freund.«

»Ich will von diesen schrecklichen Dingen nichts mehr hören«, jammerte Sorana und stützte den Kopf in die Hände.

Virgil interessierte es nicht, was die beiden da tuschelten, hätte er sie gewähren lassen, hätten sie die ganze Nacht miteinander geflüstert, »komm, Sorana, ich bringe dich nach Hause, morgen ist auch noch ein Tag«, sagte er, wenn er keine Lust mehr hatte, auf sie zu warten. Sie gingen den Boulevard vom einen Ende zum anderen hinunter, liefen unter den schweren Kronen der Kastanien, die von den Schatten der Nacht noch vergrößert wurden, rostig-grün waren sie im Licht der einen oder anderen Glühbirne, sie gingen steif in gebührendem Abstand zueinander, sprachen über Bücher, nein, er liest nicht d'Annunzio, sie mag ihn auch nicht besonders, obwohl er derart in Mode ist, sie zieht Pirandello vor, sie denkt darüber nach, eine Doktorarbeit in Kunstgeschichte zu schreiben, sie würde gern nach Rom gehen, aber Vasi …

*

»Hör auf, mir von Sorana und Vasi zu erzählen! Ein belesenes Mädchen, das mit einem Volltrottel geht, das ist keine Liebe, das ist pure Hysterie!« Virgil winkte verärgert ab, als Nelly ihm im Bett unbedingt erzählen wollte, was sie beide in der Laube gesprochen hatten, »was gehen die beiden uns an?«

Er hob ihr das bestickte parfümierte Hemd in *banane* aus *Crêpe de Chine* bis unter die Brüste, sie wurde weich, während er sie umdrehte, er mochte es, ihre weißen und großen Hinterbacken zu sehen und darunter die von goldenem Flaum bedeckte Vertiefung, »bleib so und bück dich«, sagte er, »ja so, bück dich, tiefer, tiefer …«

Nelly war immer enttäuschter darüber, dass ihre Hoffnung, Mutter zu werden, jeden Monat wieder verflog, wenn das Blut ihre Spitzenunterhosen befleckte. Und wieder musste sie bei den nächsten Festen, Hochzeiten, Five-o'clocks und Taufen das verschwörerische Lächeln der Verwandten und Freundinnen ertragen, was seid ihr für ein schönes Paar, du und Virgil, aber das Kind, wann kommt's? Es wurmte sie umso mehr, als sie überzeugt war, dass ihr Virgil ein *papa poule* wäre, guck doch, wie er sich um seinen Cousin Corneluş kümmert!

Trotz ihres geselligen Wesens begann es ihr unter Leuten schwer zu werden.

*

Vor einem Jahr hatte Ortansa die Scheidung von Traian erwirkt und ihre Schwangerschaft unter weiten Röcken verborgen, man wusste bereits, dass die britische Delegation sich zurückziehen würde, und wahrscheinlich war sie sich nicht sicher, dass James sie zur Frau nehmen würde, doch er nahm sie! So ging Ortansa mit Rafael Branea an der Hand nach London und im Bauch hatte sie seinen Bruder, der Barnaby heißen würde, aber nicht deshalb beneidete Nelly sie, sondern, weil sie so fruchtbar war! Die brüstet sich auch noch damit, dass sie den Männern nur nachguckt und dann wird sie auch schon schwanger! Nelly beneidet sie allerdings nicht, dass sie ihr ganzes Leben mit James Barnaby verbringen wird, der hat ihr nie gefallen, vielleicht hat deshalb sein Samen bei ihr nicht gefruchtet, sie hatte überhaupt keine Lust gehabt, mit ihm Liebe zu machen, wenn sie ihn so groß und mager vor sich sah, mit schmalen Schultern, kleinem vogelhaften Kopf und großen Zähnen, sogar sein Schwanz war zu lang für ihre kleine Möse, es tat ihr die ganze Zeit weh. James wird bald fünfzig, aber er ist immer noch gut als Zuchtbulle. Ortansa sagt, sie hätte mit ihm schon zwei Abtreibungen gemacht, bevor sie den kleinen Barnaby dringehabt hätte: Erst da hätte sie diesen Trampel von Traian überzeugen können, sich scheiden zu lassen.

Aber sie, Nelly, hatte sich so schuldig vor Virgil gefühlt, wenn sie aus James Barnabys Wohnung gekommen war! Sie war nur hingegangen, um herauszufinden, ob sie unfruchtbar war oder Virgil, aber auch mit James war es nichts geworden, warum werden alle so leicht schwanger, nur sie nicht? Sie war auf Ortansa auch nicht deshalb eifersüchtig, weil sie mit Traians Vermögen und allem nach London ging, den Papieren nach gehörten ihr die Hälfte der Häuser, des Waldes, des Grundes.

Als Ortansa sah, dass James sie mitnahm, ließ sie Traian im schönsten Haus am Bulevardul Teilor bei der rothaarigen Anny Trost finden, die holte ihn aus der Depression, in die er nach der Scheidung gefallen war. Ob sie wohl eine

Schottin war, diese Anna, oder Jüdin, wie Onkel Costică behauptete?

»Die Freunde deines Mannes, Nelly, diese Engländer, das sind Saujuden! Und die Amerikaner auch«, sagte Onkel Costică.

*

Nach einem goldenen Oktober kam der November mit Eiseskälte und im Dezember war es richtiger Winter.

Traian wühlte mit der Kohlenzange in der Glut im Kamin und sprach leise, obwohl die Bediensteten gegangen waren. Wer hätte sie noch hören sollen?, fragte sich Virgil. In den grünblauen Augen seines Freundes entdeckte er in der letzten Zeit einen gehetzten Blick.

»Du hattest recht damals in Sinaia wegen des jüdischen Vermögens, Antonescu und die Legionäre schlagen sich drum«, bestätigte er ihm jetzt.

Er schob den Stapel Zeitungen beiseite und erhob sich, um noch ein Holzscheit nachzulegen, aber das Holz war feucht, das Feuer flackerte und rauchte. Noch einen Schluck?

Virgil sah ihn unentschlossen an, dann streckte er ihm das Glas hin, er war kein Freund von Whiskey, er war nur schnell bei Traian vorbeigekommen, um ihn darüber zu informieren, was er von Onkel Costică gehört hatte: Die Legionäre würden heute oder morgen auf der Straße sein und General Antonescu stürzen, gut gemacht, ihr Alliierten!

Traian trank auf nüchternen Magen und fing immer früher am Tag damit an: wohl wegen der Scheidung von Ortansa, der Abreise von Rafael, der Drohungen in der letzten Zeit, dachte Virgil bei sich.

*

»Ich weiß nicht, ob ich gut daran getan habe, Rafael mit Ortansa gehen zu lassen. Ich weiß nicht, wo es schlimmer sein wird, hier oder dort«, flüsterte Traian finster. »Ich wusste schon, was auf uns zukommt, seit Moruzov den deutschen Geheimdienst bei den Raffinerien hat Wache schieben lassen.«

Virgil ließ seine Teetasse in der Luft schweben.

»Willst du damit sagen, dass Armand sowohl für die Engländer als auch für die Deutschen gearbeitet hat?«

»Ach, nein! Der arme Armand! Er hatte bis zum Schluss keine Ahnung, was der König eigentlich wollte. Oder was Moruzov da drehte, der spielte ein doppeltes, dreifaches Spiel! Jetzt ist das Wirtschaftsabkommen unterzeichnet, wir geben den Deutschen Öl gegen Waffen, jetzt ist es klar, basta! Aber wer wusste das damals schon? Armand jedenfalls nicht. Moruzovs Leute wussten wohl Bescheid, sie haben den Deutschen freien Zugang zum Erdöl verschafft!«

»Ein Analphabet wie Moruzov hat Armand an der Nase herumgeführt?« Virgil schnaubte abschätzig.

»Mit seinen zwei Jahren Lyzeum hat Moruzov sich im Gewimmel der deutschen, russischen, englischen, französischen und was weiß ich was für Spione perfekt zurechtgefunden! Im Krieg brauchen ja alle die Informationsdienste der Armee! Moruzov hat auf Risiko gespielt, er war Carols ausführendes Organ bei der Drecksarbeit und am Ende musste die Sache schiefgehen! Er war überzeugt, er hätte den Rücken durch die deutsche *Abwehr* frei, aber im entscheidenden Moment hat sie ihn den Legionären und der Gestapo überlassen! Die haben ihm eine Pistole ins Gefängnis geschickt und einen Blumenkranz fürs Grab!«

Virgil hatte sich den Teller mit Mandelküchlein gefüllt. »Die Gestapo?«, murmelte er mit vollem Mund.

»Die Legionäre haben von Anfang an mit der Gestapo Hand in Hand gearbeitet, das ist doch nichts Neues! Hast du nicht geglaubt, was die Zeitungen geschrieben haben? Tja, manchmal ist es so, dass sie tatsächlich was Wahres schreiben! Wer hat denn das Arbeitercorps der Legionäre vor den Ermordungen in Jilava bewaffnet? Geissler, hast du noch nie von ihm gehört? Der Chef der Gestapo in Rumänien! Geissler behagte es, dass Horia Sima die Anglophilen aus der Regierung, der Polizei und den Geheimdiensten entfernte! Manche sind noch grade so durchgerutscht ...«

*

Wie er. Traian stand auf und ging zum Fenster, es war eine helle und kalte Nacht, der Himmel war weiß von Sternen, ein runder Mond in warmem Gelb. Der Garten sah kahl aus, öde, der Schnee war auf den entlaubten Zweigen gefroren, keine Menschenseele, aber er hatte den Tick entwickelt, immer um diese Uhrzeit nachzusehen, ob sein Haus auf dem Bulevardul Teilor tatsächlich überwacht wurde.

»Du sagtest, die Abwehr hätte Moruzov eine Pistole ins Gefängnis geschickt?«, nahm er den Faden wieder auf.

»Sie reichten ihm eine Pistole rein, ja, aber was sollte er damit machen? Als um Mitternacht der Signalschuss gegeben wurde, gingen die Legionäre in die Zellen von Jilava und riefen: Stillgestanden!, und schossen. Moruzov haben sie gequält und ihm mit einer schweren Stange auf den Kopf geschlagen, sein Gesicht zerplatzte, sein Hirn spritzte auf die Wände.«

»Aber was meinst du zu dem Gerücht, Horia Sima hätte Leute geschickt, um ihn zu identifizieren, um sicherzugehen, dass sie ihn los waren, weil er ihr Informant war? Dass sie zusammen das Attentat gegen Armand geplant hätten.«

»Du weißt, wie es bei uns ist, ein Verbrechen, zehn Phantasien dazu!« Traian zuckte mit den Schultern. »Ach, hören wir auf mit Politik, wir werden sehen, was die nächsten Tage bringen! Was meinst du zu diesem Gemälde?«

Er wiegte sich lächelnd mit dem Whiskeyglas in der Hand.

»Ein Arthur Segal, neoimpressionistische Phase! Der hat jetzt keinen besonderen Wert, ich hab ihn gekauft, weil er mir gefallen hat. Es hat auch ein bisschen vom Fauvismus mit diesem Blutrot vom Mohn, die Farbe von Gemüseghiveci. Die Bilder, die zum *Blauen Reiter* gehören, sind ganz anders, aber ich gehe mit Segal.«

Ausgerechnet das Gemälde eines Juden hast du kaufen müssen?, lag Virgil auf der Zunge, aber stattdessen fragte er ihn, wo Segal gerade wäre.

»In London, was sollte er noch in Deutschland? Oder warum sollte er herkommen?«

Wieder ging er zum Fenster, um auf die Straße zu schauen.

»Sei vorsichtig, Virgil, geh durch die Hintertür, da haben sie im Moment noch niemanden stehen.«

Kapitel 9

# Gutes mit Widerwillen

Ende Januar 1941 herrschte unglaublich warmes Wetter. Eine Brise wehte, die Gehwege waren feucht vom Morgennebel, im Garten sprossen die Schneeglöckchen und das Gras, die der provisorische Frühling trügerisch hervorgelockt hatte, gegen Mittag wurde das Licht intensiv und der Himmel blau.

Seit die Unruhen auf den Straßen begonnen hatten, hatte Virgil Nelly untersagt, den Hof zu verlassen und auch er verließ sein Arbeitszimmer nicht mehr. Er wusste nicht, ob er durch Onkel Costicăs *Sieg der Legionäre* geschützt war oder durch seine Freundschaft zu Traian Branea gefährdet.

Nelly klebte mit dem Ohr am Radio und hörte zum tausendsten Mal die Legionärshymnen, um in den Pausen dazwischen die Berichte über das zu erwischen, was in Bukarest passierte:

*Die Studenten singen vor der Polizeipräfektur und fordern eine Legionärsregierung. Fur die Politiker auf den schwarzen Listen sind Duzende von Todestrupps entstanden. Die Arbeitsgruppe der Legionäre ist gegen die jüdischen Spekulanten in Aktion getreten. Gruppen von Legionären aus dem ganzen Land sind bereit, nach Bukarest zu kommen, doch Orizeanu, der Direktor der Rumänischen Eisenbahn, ein Anhänger Antonescus, hat illegalerweise den gesamten Zugverkehr unterbrochen. Unser nächster Bericht in einer Stunde.*

*

Von draußen hörte man immer öfter Schüsse und der Wind brachte Brandgeruch von der Synagoge und den jüdischen Geschäften herüber, die angezündet worden waren, nachdem man sie geplündert hatte.

Irgendwann stürmten Corneluş und Sorana ins Haus; sie kamen gerade von einer Kundgebung. Nelly bestand darauf, sie zu Tisch zu bitten, aber sie wollten zuerst ihre Neuigkeiten loswerden: Man hatte Juden und *konvertierte Freimaurer* zur Präfektur gebracht, ihre Kleider waren zerrissen und voller Blut. Die Polizei der Legionäre hatte Traian Braneas Haus verwüstet, aber niemanden angetroffen. In der Menge waren Stimmen zu hören gewesen, die fragten, wer sie gewarnt hätte, darum hatte Sorana darauf bestanden, bei Nelly und Virgil vorbeizukommen und nachzusehen, ob ihnen etwas passiert war. Sie wollte nicht mehr zurückgehen, es reichte ihr, was sie gesehen hatte. Corneluş schrie sie an, er würde nach Bukarest fahren, es wäre Feigheit, nach Hause zu gehen, wenn Antonescu die Armee gegen die Demonstranten ausrücken ließe! Und noch immer im Streit brachen sie auf.

Virgil hatte ihnen durch die geschlossene Bürotür zugehört. Die Übertreibungen der jungen Iovănescus machten ihm mehr Sorge als das dumme Gerede von Onkel Costică. Der alte Ionvănescu plusterte sich auf, seit er es geschafft hatte, bei den Legionären Bürgermeister zu werden, und redete immer schlimmeren Unsinn. Für die Art, wie er das *Gesetz des Schweigens* brach, hätte Codreanus Legion mit ihrer militärisch-konspirativen Disziplin ihm zwanzig Peitschenhiebe auf den nackten Hintern gegeben. Aber hätte Onkel Costică Iovănescu nicht so viel geplappert, hätte Virgil Traian nicht raten können, eiligst ein sicheres Versteck zu finden, denn der *Tag der Rache* war eindeutig in Vorbereitung. Vielleicht hatte er ihm nichts Neues gesagt, Traian hatte seine eigenen Antennen: »Ich hab nur drauf gewartet, dass es so weit ist, aber dass es so schnell gehen würde!«, flüsterte er.

Virgil wusste, dass Onkel Costică sein Fähnchen nach dem Wind hängte, aber Coneluş und Sorana konnten gefährlich werden – und nicht nur für sie.

Er wusste aber auch, dass er sie nicht aufhalten konnte, so wie er nichts, was um ihn herum geschah, würde aufhalten können.

*

»Mal sehen, wer gewinnt, Antonescu oder Sima, und dem schließen wir uns dann an«, Onkel Costică zwinkerte.

Er war gegen Abend gekommen, wollte aber nicht zum Abendbrot bleiben. Nelly glaubte, er hätte ein Zeichen geben wollen, sie wären unter seinem Schutz. Virgil hatte eher den Verdacht, er wollte ihm Informationen über Traian Branea entlocken, darum hatte er sich weiter in seinem Arbeitszimmer eingeschlossen.

»Virgil hat mich gebeten, ihn schlafen zu lassen, er fühlt sich nicht gut«, beeilte Nelly sich, ihren Mann zu entschuldigen.

»Das glaube ich! Dazu hat er auch allen Grund! Das glaube ich!« Onkel Costică lachte zweideutig.

Aber seine Andeutung klang falsch, die Nichte hatte in seinen Augen Verwirrung gesehen. Onkel Costică war schon an der Tür, als er Nelly die Frage stellte, für die er eigentlich gekommen war: Sie sollte ihm ehrlich sagen, wohin Corneluş gefahren war. Vor ihr hatten seine Kinder keine Geheimnisse, wie sie sie vor ihm hatten!

Nelly wusste bloß, dass er in einer Autokolonne mit den Jungen von der Kreuzbruderschaft losgefahren war, mehr nicht.

»In Bukarest fängt die Sache an zu stinken, alle möglichen Galgenvögel profitieren von unserer Legion, ein paar von denen haben Soldaten mit Benzin übergossen und sie angezündet! Es ist nur noch eine Frage von Stunden, bis der General die Armee gegen die Demonstranten ausrücken lässt!«

Verärgert setzte Onkel Costică seine Astrachan-Kappe auf und nahm sie wieder von seinem verschwitzten Kopf, Nichte Nelly hätte Corneluş als die kluge Frau, die sie war, davon abhalten müssen, einfach so auf eigene Faust loszufahren!

»Na, ich danke schön!«, empörte sich Nelly. »Wie lang hält Virgil dir schon vor, du würdest dabei zusehen, wie deine Kinder verrückt werden?«

*

Virgil kam auch zum Abendessen nicht aus seinem Büro, Elvira, die Bedienstete, hatte ihm das Tablett mit gesäuerter Suppe mit Klößchen, einem Schnitzel und Kartoffelpüree, eingelegtem Gemüse, einem Glas Wein, Pfannkuchen mit Sauerkirschmarmelade und dem Tee hineingebracht. Ebenfalls im Arbeitszimmer, auf dem Sofa, hielt er seine Siesta. Er schlief nur in eine leichte Decke gewickelt und vielleicht hatte er wegen der Kälte einen beklemmenden Traum: Er suchte Traian im Gebäude des Dealu-Klosters, die Säle waren menschenleer, irgendwann kam er ins Kellergeschoss und irrte zwischen den Heizungsrohren umher.

Er hatte sich noch nicht wieder erholt, als Nelly aufgeregt hereinkam: Ihre Hände, mit denen sie das Silbertablett mit der Kaffeekanne und dem Teller Fruchtgelee hereinbrachte, zitterten. Im Radio hatte eine unbekannte Stimme zwischen den Legionärshymnen geschrien: *Zu den Waffen! Antonescu will uns entmachten. Zu den Waffen!*

Sie saßen ohne ein Wort auf dem Sofa, umarmten sich, bis sie die gewohnte Stimme des Sprechers hörten, der inständig darum bat, die Waffen niederzulegen. Die Bedienstete kam, um ihnen zu sagen, auf dem Bulevardul Teilor würde bereits eine motorisierte deutsche Kolonne defilieren. Die deutschen Soldaten hätten den Gruppen herumziehender Jugendlicher streng befohlen, sich zu zerstreuen, und als ein Offizier mit einem Trupp rumänischer Soldaten ankam, waren die Straßen im Zentrum bereits leer. Es war ebenfalls der deutsche Offizier, der bei der Polizeipräfektur dafür sorgte, dass der degradierte Legionärspräfekt wieder gehen konnte.

Die Telefone fingen wieder an zu klingeln und auf der Straße riefen die Zeitungsverkäufer die Titel der Nachmittagsausgabe aus: »Horia Sima befiehlt Einstellen der Kämpfe! Horia Sima befiehlt Einstellen der Kämpfe!«

Nelly ließ das Mädchen die Öfen in den Zimmern und den Badeofen anheizen bis sie glühten, und sie sollte das Legionärszeug dafür anzünden, das Vasi Stamatiu bei jedem Besuch angeschleppt hatte, wenn er Virgil hatte überzeugen wollen, der Legion beizutreten.

»Spezialisten wie dich brauchen wir, nicht diesen Mob, der uns die Türen einrennt, seit wir an der Macht sind!«, hatte er immer wieder gesagt.

»Sehen wir mal, wir reden noch«, antwortete Virgil diplomatisch, und es war wirklich gut gewesen, dass er ihn vertröstet hatte!

In dem Stapel Legionärszeitungen, die ins Feuer geworfen wurden, befand sich auch die Ausgabe mit Noicas Artikel über *das rege und ungefestigte Land* des alten Chronisten und seiner Nachfolger.

*

Der Winter kehrte mit schneidender Kälte ohne Schnee zurück, es waren minus fünfzehn oder zwanzig Grad, die Nasenlöcher gefroren einem. Der Boden war von einer schwärzlich-braunen Eiskruste bedeckt, die von den Stiefeln der Kinder zerkratzt war, darüber lag der weiße Himmel, unter ihm die schwarzen Kronen der Bäume, glasig vom hartgefrorenen Wasser darauf.

Auf Antonescus Befehl hin wurden im ganzen Land mehr

als achttausend Legionäre, die am Aufstand teilgenommen hatten, verhaftet. Die Gendarmen stellten gemeinsam mit zwei Zivilpolizisten Costică Iovănescus Haus auf den Kopf.

»Halt du deine Klappe, Fräuleinchen, wenn du nicht mit uns mitkommen willst, es gibt genug, warum wir dich mitnehmen könnten!«, schrie einer, der anscheinend der Chef war, Sorana an.

Sie hatte sich an ihren Vater geklammert, weinte und schrie, sie würde ihn nicht gehen lassen, und er, dessen Gesicht rot angelaufen war, sah von einem zum anderen und bat dauernd, auf die Toilette gehen zu dürfen. Vor Angst oder wegen der Prostata, die ihm in der letzten Zeit Probleme machte, ging er mit einem Fleck auf der Hose hinaus.

Nach zwei Tagen verhafteten die Agenten der Sicherheit in Bukarest in einer Mansarde auch Corneluş und weitere Lyzeumsschüler von der Kreuzbruderschaft, er hatte aus dem Pflaster gegrabene Steine auf die Soldaten geworfen, die gegen die demonstrierenden Legionäre eingesetzt worden waren.

*

Gedrängt von Nelly, fuhr Virgil nach einer Woche los, um Caius Branea aufzusuchen, Staatssekretär der neuen Regierung Antonescu: Er war der Einzige, der erwirken konnte, Corneluş aus dem Malmaison-Gefängnis zu entlassen.

Traian, über den er versuchte, an Caius heranzukommen, war bei Anny, der Funktionärin der amerikanischen Delegation, sie lebte in der Villa auf dem Ţăcăliei-Hügel an der Kriegsschule, wo er noch ein paar Wochen bleiben wollte, um sicherzugehen, dass er nichts riskierte, wenn er in die Stadt zurückfuhr.

Traian erzählte ihm, was mit den Juden in Dudeşti und Văcăreşti passiert war: Sie waren ausgeraubt worden, die Häuser niedergebrannt, einige von ihnen hatten sie zum Zentralsitz der Legionäre auf der Strada Roma getrieben, mit dem

Ochsenziemer geschlagen, in den Wald von Jilava gebracht, entkleidet und erschossen. Darunter auch Samuel Fischer. Er hatte auch den gekannt, der beim Abdecker am Haken gehangen hatte, die Därme um den Hals geschlungen, das Geschlecht abgeschnitten und in den Mund gestopft: Er war Anwalt gewesen. Virgil hatte seinen Namen nicht richtig gehört, aber er wagte es nicht, Traian zu bitten, ihn zu wiederholen, denn er war offensichtlich schockiert und hörte gar nicht mehr auf zu reden. »Die Legionäre haben gedacht, die Deutschen wären auf ihrer Seite, aber sie haben sich geirrt! Antonescu hat demnach nur zwei Unterredungen mit Hitler geschickt entgegengewirkt. Nach der ersten hat er sich mit Horia Sima zusammentun müssen, der dachte allerdings, es wäre nicht sehr ehrenvoll, mit dem General Hand in Hand zusammenzuarbeiten. Aber eine zweite Chance hat er nicht bekommen! Hitler hat die Legionäre links liegen lassen, als er Antonescu kennenlernte, militärisch und antisemitisch, das ist der Mann, den ich brauche! Beim zweiten Treffen auf dem Obersalzberg empfing er ihn in allen Ehren als Staatschef und gab ihm freie Hand, Ordnung im Land zu schaffen. Nur wird der Krieg, der vor den Toren steht, vielleicht doch kein Blitzkrieg werden, wie er es sich vorstellt! Sogar Napoleon hatte ja so seine Schwierigkeiten mit dem Winter in den russischen Steppen …«

Traian hätte noch weitergeredet, aber Virgil unterbrach ihn. Bitte, ruf Caius noch mal an, vielleicht ist er inzwischen nach Hause gekommen!

»Caius kommt jeden Abend erst sehr spät nach Hause«, lachte Lizica Branea in den Telefonhörer.

*

*Ich werde die Judenfrage bei der Neuordnung des Staates lösen, indem ich die Juden Schritt für Schritt durch Rumänen und vor allem durch Legionäre ersetze. Das Vermögen der Juden wird größtenteils gegen Entschädigung enteignet werden,* hatte Antonescu zu Beginn seiner gemeinsamen Regierungszeit mit Horia Sima angekündigt.

Samuel Fischer holte man ebenfalls aus seinem Haus mit den Stuckaturen und den Blumenglasfenstern im *Art Nouveau*-Stil, das auf der Strada Domnița Radu am Dâmbovița-Ufer lag. Im Erdgeschoss war dann die Kommission zur Verwaltung jüdischer Güter eingezogen, in der ersten Etage der *Kommissar für Rumänisierung,* Vasile Stamatiu, der von Fischer auch die Fabrik für elektrische Apparate übernommen hatte, zu deren Verkauf er ihn immer wieder gedrängt hatte. Er hatte sowohl Costică Iovănescu Aktien versprochen, als auch einem seiner Bekannten, einem deutschen Industriellen aus Berlin, Herrmann. Aber Samuel Fischer hatte in den Verkauf nicht eingewilligt, der Preis war ihm zu niedrig gewesen.

In der Zwischenzeit hatte Antonescu es sich überlegt, er wollte den Legionären die jüdischen Güter nicht mehr überlassen. Er hatte die *Kommissariate für Rumänisierung* aufgelöst und Vasi Stamatiu wurde von der Sicherheitsbehörde gesucht, weil er am Aufstand beteiligt gewesen war. An seine Stelle rückte nun Caius Branea, der wieder zum Staatssekretär für Außenpolitik berufen worden war. Die Kommission zur Verwaltung jüdischer Güter musste einen neuen Standort finden. Lizica Branea, geborene Focşa, arbeitete bereits mit einem Architekten, der in Deutschland gelernt hatte, an der Modernisierung der Räumlichkeiten: »Merkst du was? Dieses Haus war *un nid d'amour*! Cuza hat es für seine Geliebte gebaut, ich weiß nicht mehr, wie sie hieß, aber das ist keine Legende, wirklich! Ich hab es überprüft!«, kicherte sie Virgil am Telefon ins Ohr, der immer wieder wegen Caius anrief.

*

Traian nahm Virgil mit, um der Familie Fischer gemeinsam zu kondolieren. Die Männer beteten, trugen die Kippa, saßen auf dem Boden und beweinten Onkel Samuel, den Patriarchen der Familie. Die Legionärstruppe hatte ihn aus dem Korallentempel geholt, wo er dem Gottesdienst beigewohnt hatte. Er war tot aufgefunden worden, vollkommen entkleidet, voller blauer Flecken von ihren Schlägen, er lag dort im Wald von Jilava wie all die anderen dreiundneunzig Juden, die sie dort erschossen hatten. Sein Mund stand offen, er war voller geronnenem Blut, sie hatten ihm wahrscheinlich noch lebend die Goldzähne herausgerissen.

»... er ist im Krieg verletzt worden, er hat die militärische Auszeichnung Erster Klasse bekommen! Seitdem zog er einen Fuß nach, aber als sie ihn holten, riefen diese Bestien: Raus mit dem hinkenden Teufel!«

Virgil zitterte, obwohl er einen Pelzmantel trug, seine Füße waren in den eleganten Schuhen eiskalt geworden, die Zeremonie war merkwürdig und bedrückend gewesen und Bukarest mit seinem Lärm, den Gerüchten und schrecklichen Geschichten ermüdete ihn. Der ehemalige Waisenjunge, der im Internat einer Militärschule gelebt hatte, wollte so schnell wie möglich in sein stilles Haus zurückkehren, zu Nelly.

»Zur Kriegsschule auf den Țăcăliei-Hügel«, befahl Traian und sein Freund atmete erleichtert auf, als er Annys Adresse heraushörte.

*

Am Nachmittag des nächsten Tages, als er zu Fuß auf der Calea Victoriei von der Piața Palatului kam, traf Virgil vor dem Nationaltheater Mircea Vulcănescu. Manchmal unterhielten sie sich im Verein der Ökonomen. Vulcănescu hatte eine freundliche Art und mit Virgil umso mehr, seit der ihm bei der Bibliographie seiner Rede über die *Kriegsökonomie* geholfen hatte. Virgil war geschmeichelt, als er bemerkte, dass der inoffizielle Anführer ihrer Generation nach ihm fragte, endlich eine Möglichkeit, den im Kloster Dealu vergeudeten Jahren einen Nutzen abzugewinnen! Je mehr Zeit übrigens verging, desto häufiger erinnerte er sich ausschließlich an die schlimmen Momente in der Militärschule, die guten Momente waren ihm entfallen, ein Weg, der nirgendwohin geführt hat, sagte er lakonisch, wenn sich das Thema nicht vermeiden ließ.

»Bist du in Bukarest? Und du rufst nicht an? Wie lange bleibst du noch?«

»Ich fahren morgen, ich bin nur hergekommen, um schnell etwas zu erledigen und dann ab, wieder nach Hause!«, antwortete Virgil ausweichend.

»Dann komm, wir nehmen einen Kaffee, einen Tee und ein Stück Kuchen im Capşa ein! Gerade habe ich den Posten als Staatssekretär für Finanzen angenommen, das muss begossen werden, aber ich trinke um diese Zeit nicht!«

Virgil blieb stehen, er war überrascht von dem, was er gehört hatte, würde er hier ein Wort für Corneluş einlegen können? Die Großzügigkeit Vulcănescus war bekannt, aber auch seine Gesetzestreue, das Risiko, abgewiesen zu werden und damit auch die Beziehung zu einem Menschen zu zerstören, den er schätzte, war recht hoch. Also versuchte er es gar nicht erst.

*

Hochgewachsen und massiv legte Vulcănescu ihm die Hand auf die Schulter und schob ihn über die Straße. Er machte ausladende Schritte, trat behutsam auf im Bewusstsein seiner Körpermasse und Virgil, der neben ihm noch kleiner schien, mühte sich ab, schneller zu gehen.

»Mein Großvater war Finanzbeamter auf dem Land, mein Vater war Sekretär bei den Finanzen, ich hab es jetzt bis zum Staatssekretär geschafft«, sagte Vulcănescu zufrieden und ließ den Blick schweifen. »Ein langsamer, aber angemessener Aufstieg.«

Seit dem Aufstand war das Lokal, in dem man sonst um diese Zeit keinen freien Tisch fand, wie leergefegt.

»Ich habe also zwei Freunde in dieser Regierung! Gestern Abend habe ich mit Caius Branea vom Außenministerium gesprochen«, versuchte Virgil, die unausgesprochene Distanz zwischen ihnen zu verringern.

»Möchtest du nicht in unsere Mannschaft einsteigen?«, entgegnete ihm Vulcănescu und seufzte wohlig, nachdem er den schweren Körper auf der roten Plüschbank im Separée platziert hatte. »Na, was bist du so still? Oder hast du die Zweifel von Dinu?«, kam er nach einer Weile darauf zurück und gab dem Kellner ein Zeichen.

»Eine *Meringue glacée*«, beeilte sich Virgil.

»Dann sechs! Sechs kleine Kuchen und zweimal Tee ohne Zitrone, ohne Zucker!«

*

Nachdem Vulcănescu die Bestellung aufgegeben hatte, wobei er alle Kuchensorten aufzählte, zögerte, sich widersprach, sich umentschied, noch einmal die letzte Seite der Speisekarte konsultierte, erzählte er, was Dinu Noica ihm für Vorwürfe gemacht hatte, weil er einverstanden gewesen war, mit Antonescu zusammenzuarbeiten, obwohl der zum Scharfrichter der Legionäre geworden war, nachdem er zuvor ein dreimonatiges Bündnis mit ihnen eingegangen war.

»Dinu versteht nichts von Politik! Aber du merkst hoffentlich, dass wir gerade die entscheidendste Stunde unserer Geschichte erleben! Wir sind nur deshalb in der Regierung, weil die Rumänen inzwischen so weit sind, sich untereinander auf der Straße zu bekämpfen, und die ausländischen Armeen schlichten unseren Konflikt! Natürlich in ihrem Interesse! Der Ministerposten rentiert sich heutzutage nicht mehr, man hat weder Ehre noch materielle Vorteile davon, sondern kriegt eher noch eine Kugel in den Kopf! Ich bin nur mit dem Gedanken angetreten zu dienen, ich bin der Ausführende von General Stoenescu und nichts weiter, ich will dem Land helfen, aus seiner misslichen Lage zu kommen, in die nicht ich es gestürzt habe. Es gibt ein Rumänien, das wir um jeden Preis wiederfinden müssen, *das Rumänien der rumänischen Vision!* Eins steht fest, entweder liebt man sein Volk, und das bedeutet, dass du es liebst, wie es ist, du liebst es auch mit seinen angeblichen Schwächen, so wie man eine Frau liebt …«

Vulcănescu redete, während er aß, und gestikulierte mit dem Teelöffel. Er stieß das Tellerchen mit den *Joffre* beiseite, nippte am Tee und ging zu seinem zuckerschäumenden Cataif über.

»Wenn du dein Volk nach den spirituellen Kriterien anderer beurteilst, dann bedeutet das, dass du es nicht liebst! All deine vorgebliche Liebe ist in Wirklichkeit nichts wert! Dann liebst du die Ausländer und du weißt ja, was der Dichter für einen Fluch über sie ausgesprochen hat!«

Während unter den überladenen Stuckaturen der Konditorei jene Verse erklangen, die man gerade immer häufiger hörte, die bei Schulfesten und offiziellen Festgelegenheiten rezitiert wurden, bei Wahlveranstaltungen, und jetzt von der samtigen Stimme Vulcănescus: *Wer die Fremden liebgewonnen, dessen Herz soll'n Hunde fressen*, fragte sich Virgil betreten: Wer hat wohl recht, der großzügige Mircea Vulcănescu mit seinem Nationalismus oder der ebenso großzügige Traian Branea mit seinen englischen und jüdischen Freunden?

*

»… in diesem dauerhaft rastlosen Land, in dem es keine Autorität mehr gibt, brauchen wir eine starke Hand, einen würdigen Diktator, der deutsche Ordnung in die Sache bringt und die Wirtschaft ins Laufen! Zu dieser Stunde ist die Demokratie im Niedergang, überall in Europa! Und die Rumänen sind anarchische, unordentliche, schwache Verwalter, die Legionäre haben jedes Maß überschritten und das Land steht am Abgrund!«

Vulcănescu schob auch das Cataiftellerchen zur Seite, fuchtelte mit dem Löffelchen voller Sahne und machte sich an die *Meringue glacée*, die Virgil schon längst aufgegessen hatte. Auch er hatte den kaltgewordenen Tee zur Seite gestellt und einen türkischen Kaffee mit Sahne bestellt.

»Wir haben ein Drittel unseres Territoriums verloren, wenn wir uns nicht von alleine beruhigen, dann werden uns andere zur Ruhe zwingen, die warten nur darauf. Von der einen Seite kommen die Russen rein, um sich noch den Rest zu holen, die Deutschen sind schon hier, Polens Schicksal, *finis Romaniae*! Der Krieg klopft an die Tür, alle wissen, dass es einen *Blitzkrieg* geben wird, entweder bekommen wir unsere verlorenen Gebiete wieder oder wir verschwinden von der Landkarte! Ich kenne Antonescu nicht, ich habe ihn zum ersten Mal beim Begräbnis der Soldaten gehört, die bei der Rebellion ermordet wurden. Er scheint nicht gerade vor Intelligenz zu strotzen, aber man sagt, er wäre nicht korrupt und er würde dieses unglückliche Land lieben!«

Virgil nickte mechanisch, ja, so ist es, in diesem Land herrschen Korruption und Anarchie, seit zehn Jahren stürzen die Regierungen, man erschießt einander und die einen unterdrücken die anderen, was morgens beschlossen wird, gilt abends nicht mehr, möge Antonescu doch kommen und Ordnung schaffen mit seiner starken Hand! Nur, dass die Deutschen uns das Erdöl wegnehmen werden, die Brunnen und die Ölfirmen um Ploieşti stehen schon unter Aufsicht der Messerschmitts mit Hakenkreuz und der Bombardier-Henkel, aber er will jetzt Einzelheiten über den vakanten Posten im Finanzministerium hören, er will sehen, worum es hier geht.

*

Wenn Virgil Olaru wie angedacht höherer Beamter der Antonescu-Regierung geworden wäre, hätte man ihn nur sechs Jahre später vor Gericht zitiert, er wäre Zeuge der Anklage gegen Mircea Vulcănescu geworden, den man zur zweiten Riege der Kriegsverbrecher zählte. Oder er hätte auf der Anklagebank landen können oder sogar in einer der Zellen, in denen Vulcănescu dann seine philosophischen und religiösen Vorträge hielt, für die er in die Sonderstrafzelle gesteckt wurde, dort bekam er Tuberkulose, weil er auf dem nackten Zement schlief, um seinen lungenkranken Zellengenossen zu retten.

Bei einer solchen Sachlage und mit so einem Vater in den Akten wäre Sorin Olaru wohl kaum drei Jahrzehnte später zu einer Versammlung des Aktivs der Partei auf Hauptstadtebene im Sitz des 7. Sektors geschickt worden: einem alten Gebäude am Dâmbovița-Ufer. Und hätte er nicht im *Gebäude* gearbeitet, hätte er kaum Chancen gehabt, Letitia Arcan zu begegnen.

Für Nelly allerdings fing alles Übel in Bukarest an, in der *Stadt des Niedergangs*, wie ihr Lieblingsschriftsteller Cezar Petrescu* es so richtig benannt hatte. Und dieser Mircea Vulcănescu, den Virgil so sehr verehrte, hatte drei Töchter aus zwei Ehen, hatte sich von Anina, der Tochter von Professor Pogoneanu, scheiden lassen, um Marta Niculescu zu heiraten. Nelly kannte die beiden, seit sie Fräuleins und junge Studentinnen der Philologie gewesen waren, Nelly selbst hatte Mathematik studiert. Böse Zungen behaupten, dieser attraktive Feinschmecker wäre nun drauf und dran, zur Drit-

* Cezar Petrescu (1891–1962) war rumänischer Romancier und Journalist, Sympathisant der Bauernpartei.

ten weiterzuziehen. Nelly Olaru hatte keine Lust zu riskieren, dass diese verkommenen Bukaresterinnen ihr ihren naiven Virgil wegschnappten, wenn er erst in den üblichen Wirbel des Ministerlebens gezogen würde, »geht es dir nicht gut, wo du jetzt bist?«, hatte sie zu ihm gesagt. »Bis wir das Haus verkauft haben und umziehen, wird die Regierung gestürzt! Willst du da Miete zahlen und hier steht das Haus leer? Es gibt keinen Grund, hier wegzugehen, das Erdöl zieht sie alle an wie der Honig die Fliegen, die Engländer sind weg, die Deutschen sind gekommen, und dich haben sie alle gebraucht!«

*

Virgil brachte Corneluş nach Hause, er war voller blauer Flecken und in seinem Glauben an die Legionäre erschüttert: Hätte es die Schlägerei nicht gegeben, hätte er sich im Gefängnis wie in einem Ferienlager gefühlt, sie hatten das ganze Repertoire an Hymnen durchgesungen, sie hatten sich Nachrichten über diejenigen zugespielt, die schon vor Gericht gestanden hatten, er fühlte sich beachtet, gerade weil er der jüngste seiner Kameraden war, die er nur vom Namen her kannte. Er hatte Sorana gestanden, dass er daran gedacht hatte, sich anzubieten, Horia Simas Essen vorzukosten, damit er nicht vergiftet wurde, aber er hatte es nicht gewagt, die anderen zu fragen, ob der Kommandant dort auch gefangen säße, sie sollten nicht denken, er wäre ein Verräter.

»Und Sima wird wohl schon in Deutschland sein!«, sagte Virgil grinsend, »die deutsche Delegation hat ein paar Hundert Legionäre rausgeholt, manche über Curtici, manche über die Donau! Fast jeden, der den Aufstand mit vorbereitet hat, allen voran Sima! Wie immer müssen die in den hinteren Reihen bezahlen, die Unwichtigen, die jungen Spunde, diese Hitzköpfe! Das ist das größte Vergehen der Legionäre, dass sie die Abenteuerlust der Grünschnäbel schüren!«

»Ich habe Corneluş gesagt, er soll sich um sein Studium kümmern! Er soll herkommen, ich höre ihn in Geometrie ab.«

Nelly schminkte sich ab und faltete ihr rosafarbenes Nachthemd auseinander, es war aus Naturseide, die Korsage hatte die Lehrerin der Hauswirtschaftsschule in der Stadt selbst von Hand bestickt. Vielleicht würde es ihr Glück bringen, und in einem Monat hätte sie nicht mehr die Unannehmlichkeiten der Monatsblutung, sondern das lang erwartete Kind …

»Geometrie ist nicht Corneluş' Schwachpunkt«, Virgil schüttelte zweifelnd den Kopf und knüpfte sich den Gürtel des Hausmantels aus zerschlissener, kirschroter Seite auf.

Er hatte den Jungen mit Müh und Not aus der Malmaison geholt. Es gab Zeugen, die ihn unter den Theologiestudenten gesehen hatten, die Feuer um die Synagoge in der Strada Antim legten.

»Die Legionäre haben bei den Synagogen ganz schön gewütet, aber unter uns, es waren auch einfach zu viele! Es ist ganz gut, diesen verdammten Saujuden mal den Kopf zurechtzurücken, aber wenn, dann nach dem Gesetz!«

Der Direktor des Gefängnisses Malmaison sah Herrn Olaru verschwörerisch an, vom Außenministerium hatte es einen Anruf gegeben, der Minderjährige C. Corneliuş Iovănescu sollte freigelassen werden.

*

Auch wenn er durch Caius Braneas Einschreiten noch mal davongekommen war, wurde Corneluş jetzt in der Kartei der Geheimpolizei geführt, und seine Akte sollte nur wenige Jahre später in die Register der Securitate Eingang finden.

Nach dem Aufstand näherte sich die Anzahl der Mitglieder der Wehrmacht in Rumänien einer halben Million. Abends wurden im Radio ausschließlich deutsche Lieder und *Lili Marlen* gesendet, und die ehemaligen Sympathisantinnen der Legionäre fielen den eleganten deutschen Offizieren zum Opfer.

Mit einer Ausnahme: Sorana Iovănescu. Nachdem ihr Vater verhaftet und ihr Geliebter Vasi Stamatiu verschwunden war, hatte sie nur noch ihren Bruder Corneluş. Sorana zog weinend durch die Zimmer, rang die Hände, sah zu Boden. Der Arzt, den Nelly gerufen hatte, diagnostizierte eine Angststörung und verschrieb ihr leichte Beruhigungsmittel, Spaziergänge und familiäre Wärme. Die mütterliche Nelly überzeugte ihren Mann, sie für eine Weile aufzunehmen, Virgil war erst gar nicht einverstanden, aber dann entdeckte er, dass er Sorana in ihrem neuen melancholischen Zustand lieber mochte, als in ihrer alten Verfassung der Legionärswalküre.

*

Nelly hatte lange darauf bestehen müssen, um Virgil zu überzeugen, dass er sich auch für Costică in Bukarest einsetzen sollte. »Der Krug geht so lange zum Brunnen, bis er bricht!«, rief Virgil aus dem Waggonfenster der ersten Klasse. Der Zug hatte sich langsam in Bewegung gesetzt, die Lokomotive hatte ihr grelles Pfeifen über den Bahnsteig schrillen lassen, und Nelly hatte nicht gehört, was er ihr zugerufen hatte. Sie warf ihm lächelnd Kusshände zu, er stand noch am Fenster und sah ihr nach, wie sie immer kleiner wurde, ihren Hut, den über das blonde dichte Haar fallenden Schleier, ihren *garçonne*-Schnitt mit dem Pony bis zu den gezupften Augenbrauen, den wohlgeformten Mund mit Lippenstift in *grenat*, die Beine mit den zarten Fesseln in weichen *chevreau*-Schuhen, eine junge Dame wie aus dem Ei gepellt, mit der er sich immer brüstete, wenn er ausging.

Er holte das Päckchen Lucky Strike heraus und ließ sein goldenes, diamantbesetztes Feuerzeug schnappen, das er von ihr zum Geburtstag bekommen hatte, sie war wohlhabender als er und sie mochte es, ihm Geschenke zu machen. Doch in der Zukunft, die sie nicht kannten, würde sie ihm immer weniger schenken. Er mochte die Position des Bittstellers nicht, aber er würde ihr zuliebe auch das noch schlucken. Sein Bruder Anton hatte ihm gestern Abend gesagt, der Krieg würde wohl bald ausbrechen, es wäre jeden Tag damit zu rechnen. Antonescu hatte die Generäle nach Sympathie eingeteilt und vor allem nach Antipathie, er hatte die in Reserve geschickt, mit denen er Differenzen gehabt hatte oder von denen man wusste, dass sie frankophil oder anglophil waren. Und er hatte die Prozesse der Legionäre vorangetrieben, die beim Aufstand beteiligt gewesen waren, wer zu höherer Strafe verurteilt war, wurde an die Front geschickt, in die vorderste Linie.

*

Sobald er Virgil im Vorzimmer entdeckt hatte, gab Caius der Sekretärin einen Wink, dass keiner mehr hereinkommen sollte, und sie ließ zustimmend die Löckchen auf ihrem Kopf wippen und beim Hinausgehen wiegte sie, hoch, runter, die kleinen runden Pobacken unter dem engen Rock.

»Komm schon, Caius, hilf deinem Paten Costică! Was ich will? Natürlich will ich, dass er freigesprochen wird! Ihr werdet diesem herzkranken Dickerchen doch nicht zehn Jahre tiefsten Kerker aufbrummen!«, begann Virgil tollkühn.

Dann ließ er es langsamer angehen.

»Wenn er rauskommt, wird er eigenhändig das lokale Legionärsnetzwerk auflösen, soweit es noch existiert! Das garantiere ich dir! Er ist ein echter Angsthase, nur aus Liebe zu seiner Tochter Sorana, die ihren Kopf wegen Vasi Stamatiu verloren hat, ist er überhaupt in diesen Wahnsinn reingerutscht! Er hat keine Ahnung, wo dieser Typ sich versteckt!«

»Stamatiu interessiert uns nicht!«, antwortete Caius Branea und streckte ihm lächelnd die Zigarrenkiste hin. »Und wir wissen auch, wer Horia Sima in einem Kofferraum rausgeholt hat! Der Propagandist der Zeitschrift *Die Toten der Legionäre* ist wie der letzte Hühnerdieb abgehauen! Zu Codreanus Zeiten stellten die sich immerhin noch, wenn sie ihr Ding gedreht hatten!«

Caius schien gewachsen zu sein, seit er im Ministerialbüro Berichte bekam und gegenzeichnete, und der Anzug aus englischem Stoff, den man zweireihig knöpfte, stand ihm großartig. Er richtete dauernd seine Scheitelfrisur, sie war sogar unter der Brillantine rebellisch, und seine Gesten waren vorsichtig wie vor den Augen eines Fremden. In nur wenigen Monaten war seine Stimme lauter geworden und seine grünen Augen hatten begonnen, ironisch zu blitzen. So hätte ich mich auch verändert, wenn ich Vulcănescus Angebot angenommen hätte, dachte Virgil mit Bedauern.

»Nelly und dir zuliebe werde ich tun, was ich kann, aber ich verspreche dir nichts! Von sehr weit oben kommen Befehle wegen dieser Taugenichtse, um sie rauszuholen, aber der General ist unerbittlich.«

Caius stand auf und sah auf die Uhr, er war mit sich zufrieden und das sah man ihm an: Er hatte bewiesen, dass er die alten Freunde nicht vergaß, aber dass er auch große Verantwortung trug.

»Ich würde dich zum Abendessen einladen, aber ich muss zur Ministerratssitzung.«

*

Virgil Olaru ging aus Caius Braneas Büro und lächelte verkniffen. Caius würde Onkel Costicăs Akte durchblättern und die Lüge entdecken, Costică Iovănescu war nicht aus Liebe zu seiner Tochter Sorana den Legionären beigetreten, sondern, um schneller einen Senatorenposten zu bekommen. Die Geheimpolizei hatte ihn im Visier, seit Codreanu Cornelus' Taufpate gewesen war.

Draußen war die gewohnte Bukarester Hitze gemildert von der Feuchtigkeit des regnerischen Sommers und nicht einmal der Duft der Linden an der Chaussee war so süß, so erschlagend wie sonst. Im Hauch eines kühlen Windchens, das plötzlich aufgekommen war, leuchteten die saftigen Blätter. Die dünnen Wolken warfen ein paar Tropfen ab, aber bevor Virgil seinen Regenschirm geöffnet hatte, hörte der Regen schon wieder auf und ließ den Duft des frisch gemähten Grases aus den Gärten der Villen aufsteigen, der ihm die unangenehmen Gedanken vertrieb. Wie wunderbar wäre es, wenn die Welt so anhalten könnte, so im Frieden einer klaren und kühlen Juninacht, dachte Virgil, und winkte eine Kutsche heran. Sein Zug ging in einer halben Stunde.

*

Caius übermittelte ihm nach einiger Zeit, seine Fürsprache wäre zu spät gekommen, und der General würde dicke Leute hassen. Onkel Costicăs Prozess endete mit der erwarteten Strafe, im Herbst befand er sich bereits auf dem Weg zu den Lagern von Sărata. Schon in der ersten Woche sollte er an der Front sterben, zuerst als Held, der für das Vaterland gefallen war, später als Toter, über den in den Kaderakten nichts stehen durfte. »Caius hat keinen Finger für ihn gerührt!«, sagte Nelly aufgebracht.

Und Virgil erinnerte sie nie an das Gewimmel von Legionären in Onkel Costicăs Haus. Auch nicht an die Gemälde, die Teppiche und den Schmuck, die sie in den Wohnungen der von Vasi Stamatiu kontrollierten jüdischen Geschäftsleute konfiszierten und dann auf den Markt warfen. Vielleicht, weil er schmerzhaft an seine Schuld vor Nelly und Sorana dachte, sobald er in die transparenten Augen seines Sohnes Sorin blickte. Oder vielleicht hatte er sogar selbst einige dieser unangenehmen Ereignisse vergessen. Was bleibt uns auch anderes übrig, wenn wir uns nicht von den Fehlern der Vergangenheit vergiften lassen wollen?

*

Das Stenogramm der Ministerratssitzung, zu der Caius Branea ging, sollte später, unter den Kommunisten schwer ins Gewicht fallen bei seinem Todesurteil, das dann zu lebenslänglicher Haft umgewandelt wurde: Damals hatte man den Eintritt Rumäniens in den Krieg gegen die Sowjetunion an der Seite der Deutschen beschlossen. Marschall Antonescu wurde zum Leiter jeder wirtschaftlichen Unternehmung, er diktierte alle Abteilungen und entschied auch in der Erdölangelegenheit, bis wohin die Deutschen gehen durften. Natürlich sollte während des Krieges das Höchstmaß gefördert werden, so lautete die Vereinbarung des Marschalls mit dem Führer!

Beim Kriegsverbrecherprozess verlas man auch die Erklärung General Antonescus, die er zum Schluss der Sitzung gemacht hatte, bei der Caius dabei gewesen war: *Ich tendiere zu einer Politik der Säuberung des rumänischen Volkes, und ich werde vor keinem Hindernis zurückschrecken. Wenn wir diesen Moment verpassen, dann verpassen wir ihn ein für alle Mal.*

Letitia würde nie erfahren, wie ihr Onkel Caius Branea über all das gedacht hatte. Vielleicht war er es gewesen, der darauf aufmerksam gemacht hatte, sie würden damit riskieren, allesamt als Barbaren in die Geschichte einzugehen? Im Stenogramm wurde dieser mahnende Hinweis zwar vermerkt, aber nicht der Name dessen, der sie gestellt hatte. *Mir ist es egal, wie wir in die Geschichte eingehen! Ich weiß nicht, in wie vielen Jahrhunderten das rumänische Volk noch einmal eine solche totale Handlungsfreiheit haben wird!*, antwortete der Außenminister, Caius' Chef.

Kapitel 10

# Die Wurzeln einer chronischen Krankheit

Gleich nach dem 23. August schien es, dass Nelly recht gehabt hatte: Sie beide fanden sich besser zurecht als die anderen in ihrer Gruppe. Die Deutschen waren fort und die Russen waren gekommen, aber mit Iulian Iovănescus Hilfe, einem anderen Cousin von Nelly, der bisher als *bête noire* der Familie gegolten hatte, wurde Virgil Olaru bei dem rumänisch-sowjetischen Unternehmen Sovrompetrol angestellt.

Später, zu Anfang der dreißiger Jahre, hatte Iulian Iovănescu sein Jurastudium abgeschlossen und war als Anwaltsanwärter bei den Kommunistenprozessen beteiligt gewesen. Das hatte es für den Clan der Iovănescus damals unmöglich gemacht, weiter mit ihm zu verkehren, und sie verstanden überhaupt nichts mehr, als es hieß, dass ihr Iulian prompt auf den Ruf Marschall Antonescus reagiert hätte, *Rumänen, überquert den Prut!* Die Familie war überrascht, dass jemand, den man verdächtigte, Kommunist zu sein, freiwillig in den Krieg gegen die Sowjetunion zog, und wurde von Gewissensbissen geplagt, als sie seinen Namen auf der Liste der *Verschollenen* fand, seine Mutter ließ ihm die Totenmesse lesen.

Aber im Herbst '45 tauchte Iulian Iovănescu unversehrt und gut gelaunt wieder in der Stadt auf, er war politischer Offizier der Division umerzogener Häftlinge »Tudor Vladimirescu«. Und kurz darauf benutzte er die Signatur *Iulian Gh. Iovănescu* unter dem Titel *Präsident des Exekutivkomitees des Volksrates.*

Er kam tagsüber mit der Pistole zu den Sitzungen, nachts

hielt er sich ans Feiern und Späßemachen, leerte Wodkaflaschen und tanzte Kasatschok und *Katinka maja* mit den russischen Offizieren im Arm. Wenn er noch mehr getrunken hatte, brüstete er sich mit seinem Freund Emil Bodnăraş, einem ehemaligen Artillerie-Offizier, der nach einem Streit mit dem Capitanu bei einer Partie Karten ins sowjetische Russland desertiert war, von wo er wenige Jahre später als Armeeminister zurückkehrte.

Die Meute von Nichtsnutzen, die sich ihm an die Fersen gehängt hatte, überzeugte sich schließlich davon, dass er nicht log, als aus dem Olymp des Zentralkomitees der Partei ein Anruf kam: Der Genosse Iulian Iovănescu wird eiligst in Bukarest erwartet, hier ist der Vorsitzende des Kabinetts des Armeeministers!

*

Nach zehn Jahren war Iulian Iovănescu nicht mehr so wichtig, aber er hatte noch seine Beziehungen zu den Mächtigen der Stunde.

Nelly und Virgil Olaru hatten ihn plötzlich bei einer seiner geheimnisvollen Reisen vor ihrer Tür stehen, mit Bauch, hochgewachsen, eingebildet und großmäulig:

»Ich bin nur für ein paar Stunden gekommen, um euch zu sehen, ich konnte euch nicht vorwarnen, wenn ihr endlich mal Telefon habt wie jeder normale Mensch, dann sage ich euch rechtzeitig Bescheid«, rief er ihnen von der Straße aus zu.

Und er öffnete galant die Tür des Wolgas, damit seine Reisepartnerin aussteigen konnte, wie immer war es nicht seine Frau, die Russin, die Lehrerin am Bălcescu-Lyzeum in Bukarest, sondern die ewige Dickmadame im engen Kleid über den riesigen Schinken, mit wasserstoffblonden Haaren und der vom Zigaretterauchen tief gewordenen Stimme.

»Marieta, meine Sekretärin und mein Schutzengel! Der da ist Virgil, ein boshafter Reaktionär, mit dem ich mich schon mein ganzes Leben lang rumstreite! Nelly ist dafür meine Lieblingsverwandte, mütterlicherseits! Aber ich bin unmöglich, wir müssen uns doch nicht vorstellen, ihr habt euch doch letztes Mal schon kennengelernt!«

»Er gibt damit an, dass er sich mit armen Schluckern abgibt, aber bei Frauen hat er immer schon einen schlechten Geschmack gehabt«, war Virgils scharfer Kommentar, sobald er wieder gegangen war.

Aber die Flaschen russischer Wodka, die Sardinendosen und der schwarze Kaviar, die Würste und Süßigkeiten ließen seine Augen aufleuchten, Iulian war eingebildet und verschwenderisch und schleppte das alles aus dem Spezialgeschäft für das sowjetische Personal auf der Bukarester Kiseleff-Chaussee an.

*

Iulian Iovănescu machte keinen Hehl daraus, dass Cousine Nelly, abgesehen von seiner Mutter, seine Lieblingsverwandte war. Sie war die Einzige aus dem Iovănescu-Clan, die nett zu ihm gewesen war, als er auf den sowjetischen Panzern angerollt kam. Sie waren zusammen aufgewachsen und mit ihrem Sinn für Praktisches hatte Nelly Olaru immer schneller als die anderen verstanden, wohin sich die Dinge entwickelten, die anderen hatten sowohl Iulian als auch der winzigen Kommunistischen Partei den Rücken zugewandt, die nach dem 23. August 1944 verzweifelt auf Mitgliedersuche gewesen war.

Virgil hingegen gab auch in der Nachkriegswelt, die Kopf stand, keinen Heller auf den *Bolschewikenspion*, wie er Iulian nannte. Er glaubte ihm auch nicht, als er behauptete, er hätte ihre Akte durch *einen seiner Männer* von kompromittierenden Informationen säubern lassen!

Er hätte ihm durchaus glauben können, schimpfte Nelly, er hätte schließlich jede Nacht zu Hause neben ihr geschlafen und nicht in den nassen Kellern von Jilava mit einem Haufen abgemagerter Leute, die schlecht rochen, voller Wunden, und die nach den Stockschlägen auf die Fußsohlen nicht mehr gehen konnten! Seine ehemaligen Kollegen bei Standard Oil/Stern waren stundenlang auf dem nassen Zement herumgejagt, waren mit den Köpfen an die Wände geschlagen worden, nackt in Isolation gesteckt und in Ketten gelegt, in Zellen ohne Licht, ohne Heizung, damit sie die Erklärung unterschrieben, sie wären angloamerikanische Spione! Und sein lieber Freund Traian Branea war sogar beim Verhör gestorben!

»Erinnere mich nicht daran«, ärgerte sich Virgil.

Damals, als Traian verhaftet worden war, hatte er sie vergeblich gebeten, sich bei dem Cousin, dem *Bolschewikenspion*, für ihn einzusetzen.

»Weißt du was, Virgil?! Das Hemd ist einem näher als der Rock! Überleg doch, ich brauche mein Vertrauen bei ihm sinnlos auf! Und glaub bloß nicht, dass Iulian machen kann, was er will! Du möchtest, dass er für einen Fremden tut, was er für Sorana nicht tun konnte, die seine Cousine ist, auch wenn sich beide wegen politischem Quatsch gegenseitig die Augen ausgekratzt haben?! Und wer hat Sorana dazu gebracht, herumzuposaunen, Vasi Stamatiu würde aus den Bergen kommen, um seinen Sohn anzuerkennen?! Wenn du mich fragst, Vasi hat sich aus Deutschland nicht wegbewegt!«

»Oder er ist an vorderster Front gestorben, wo Antonescu ihn hingeschickt hat.«

Das hätte Virgil am besten gefallen. Und warum sollte es nicht so sein?, fragte er sich und erinnerte sich an das Gespräch in Caius' Büro, als er sich erfolglos für Onkel Costică hatte einsetzen wollen.

*

Soranas Schwangerschaft war mit viel Diskretion verschleiert worden. Virgil hatte versucht, sie zu überzeugen, dem Kind einen Namen zu geben, der nicht an die Vergangenheit anknüpfte – zum Beispiel Sorin –, aber er hatte nur einen Nervenzusammenbruch mit Weinen und Schreien bei ihr ausgelöst: Es war ihr Kind, allein ihr Kind, und er war die letzte Person auf der Welt, die das Recht hatte, ihr einen Rat zu geben. Der Kleine hatte bei der Taufe die Vornamen der *Märtyrer der Legion* bekommen, Corneliu Codreanus und Vasile Marins, und er hatte das besondere Blau der Augen geerbt – das Kennzeichen der Iovănescus.

Sorana hatte sich nicht entschließen können zu fliehen, als die von Iulian geschickte Nelly sie warnte, sie würde verhaftet werden. In einem Zustand von Wahnsinn legte sie ihr den kleinen Corneliu Vasile in die Arme und zwang sie, auf die Bibel zu schwören, dass sie sich um ihn kümmern würde, ihr Schicksal wäre es nicht, Mutter zu sein, sondern Märtyrerin. Nelly kam zu Fuß zurück, zitterte vor Erschöpfung, das Kind hatte unterwegs geschrien und war rot angelaufen. Der Ford, den sie als Hochzeitsgeschenk von Onkel Costică bekommen hatte, war von dem sowjetischen Kolonel einkassiert worden, der eine Zeit lang bei ihnen einquartiert gewesen war.

Wenn Virgil ein paar Gläser zu viel getrunken hatte, begann er sich zu fragen, ob Sorana vielleicht gar nicht geahnt hatte, was sie erwartete, und das Kind vielleicht nur einen halben Tag in Nellys Obhut hätte geben wollen, wie sie es öfters tat, wenn sie sein Geschrei nicht mehr aushielt. Aber dann fing er gleich an, zu zweifeln, über ihn stürzte die Schuld herein, mit der er seine Frau belastete, indem er argwöhnte, sie hätte ihre Cousine ins Gefängnis geschickt, nur um ihr das Kind wegzunehmen, für das sie seit der Geburt eine wahre Leidenschaft entwickelt hatte.

Letztendlich hatte auch Virgil von der unausweichlichen Verhaftung Soranas gewusst, aber er hatte wie immer seine Frau die schwierigen Dinge erledigen lassen. Nelly war zum Muttersein geboren, auch wenn ihr Bauch unfruchtbar war,

Virgil fühlte das, wenn er sich an ihre Brüste schmiegte, die so lange Zeit ihre Form bewahrt hatten, weil sie nicht hatte stillen müssen.

Er war so voller Grauen und Gewissensbisse, wenn er daran dachte, was Sorana durchmachte, dass er keine Kraft mehr hatte, sich zu freuen, dass durch dieses ganze Unglück das Kind eine normale Familie bekommen hatte und einen Namen, der nicht *interpretiert* werden konnte: Sorin Olaru. Iulian trieb die Formalitäten der Adoption voran und hatte Virgil dabei geholfen, dass sein Adoptivsohn nicht nur seinen Familiennamen wechselte, sondern auch seine beiden Vornamen, Corneliu Vasile.

Die frischgebackenen Eltern Virgil und Nelly wussten schon, dass die Vergangenheit, die wie ein Damoklesschwert über der Gegenwart hing, immer gefälscht werden musste.

*

Sorana hatte allen und jedem von Vasi Stamatiu erzählt, er würde aus Deutschland kommen und seinen Sohn anerkennen. Aber wie hätte er zum Amt gehen sollen und das Kind auf seinen Namen eintragen lassen, ohne dass die Securitate ihn sofort festgenommen hätte? Allein daran merkte man schon, dass Sorana nicht alle Tassen im Schrank hatte, postnatale Depression oder Schizophrenie? Tat sie das extra, um sich an Virgil zu rächen, oder belog sie sich selbst?

Es waren bereits so viele Jahre vergangen, aber Virgil kämpfte immer noch mit diesen Fragen. Er erinnerte sich wieder an das Dröhnen von Vasis Stiefeln auf dem mit Steinen ausgelegten Weg zu Onkel Costicăs Haus und an sein klangvolles Lachen, mit dem er seine weißen, mächtigen Zähne entblößte. Er sah seine langen schwarzen Haare vor sich, die sich am Scheitel etwas lichteten und bis zur weißen, geblümten Weste reichten, an die Tasche in seiner weißen

Hose, die vom Revolver ausgebeult war, und an das große Goldkreuz, das man durch die Öffnung seines naturseidenen Hemdes im bäuerlichen Stil sah, und das die Löckchen auf seiner Brust bedeckte.

Von Sorana hatte man lange Zeit nichts mehr gehört. Nellys Tante nahm an, nicht einmal ihr Sohn Iulian würde es wagen, sich nach Soranas Schicksal zu erkundigen, gerade, weil sie verwandt waren, und sie war ein wirklich schwerwiegender Fall. Virgil ahnte jedoch, dass die Alte etwas wusste, dass sie der Familie aber nichts von dem Grauen erzählen wollte, von dem sie gehört hatte, um nicht die Abneigung gegen ihren Sohn zu schüren, den Mann der Kommunisten.

Nach Soranas Verhaftung kamen die Agenten, um auch Corneluş mitzunehmen, aber sie trafen ihn nicht an, man sah nun, dass Sorana, egal, wie viel sie hatte leiden müssen, nichts über ihren Bruder verraten hatte, der sich anscheinend in einem Kloster in den Bergen versteckt hatte.

*

Die Gene des entfernten russischen Urgroßvaters hatten den Iovănescus zusammen mit den transparenten Augen eine Überspanntheit beschert, als wären sie aus einem Dostojewski-Roman, Sorana war jedenfalls so, murmelt Virgil und verlangt nach einem Gläschen Schnaps.

»Wie konnte ein Mädchen wie sie nur ihren Kopf wegen einem Halunken wie Vasi verlieren?«, fragt Virgil den unrasierten Mann mit der Wollwebjacke und der schwarzen Lammfellkappe, der neben ihm an der schmierigen Theke der Kneipe trinkt.

Wie konnte sie nur ihren Kopf und ihr Leben verlieren? Sie wurde schnell rot, aber als er mit ihr im Bett landete, heiß und bebend, und sich am Anfang nicht einmal traute, sie anzufassen, da war sie schon lange keine Jungfrau mehr!

»Jede Sekunde von Vasis Leben ist Erlebnis und Risiko, darum wollte ich, dass er mein erster Mann wird!«, rechtfertigte sie sich, als sie Virgil bedrängt hatte, Nelly zu verlassen und mit ihr wegzulaufen, aber wohin?

War Sorana noch ganz richtig im Kopf? Ihre Fröhlichkeitsexplosionen … und sie konnte so süß sein, aber dann später war sie mit zerzaustem Haar und verlorenem Blick tagelang in Gebet und Fasten versunken, ohne das arme Kind auch nur anzusehen!

Der Arzt, der zu den Partys von Iulians ungezügelter Bande ging, wie hieß der noch, verdammt? Er hat einen Lapsus, dieser hinterhältige Arzt hatte gesagt, die Schizophrenen hätten einen scharfen Verstand und ziemlich viele Momente, in denen sie normal zu sein schienen, aber sie würden in mystische Krisen geraten. War Sorana denn schizophren, wie diese Kanaille von Arzt bei ihren Saufgelagen herumposaunte und erzählte, sie wäre eine Nymphomanin und im Gefängnis hätte es ihr gefallen, dass sie vergewaltigt worden wäre, oder hatte sie nur eine unbehandelte Depression? Wie soll man so einen Mist glauben, von einem Arzt, der mit der Uhr in der Hand den Schlägertypen Bescheid sagte, wenn sie ein armes Schwein in die Mangel genommen hatten, jetzt müssten sie aufhören, wenn sie nicht wollten, dass er in ihren Armen starb, wie es ihnen mit seinem armen Freund Traian passiert war?

Virgil hätte viele Fragen gehabt, aber er murmelt nur: Sie hatte keine Ahnung, wie er war, aber sie hat ihn geliebt!

»Bei mir wird nicht gekotzt, du Schwein! Raus und kotz draußen«, brüllt der Zuständige im Lokal und schiebt die Schnapsgläser auf der Theke nach vorn.

*

»Erwähne in der Kneipe keine Namen, Virgil!«, schärfte Nelly ihm ein, wenn sie zum Unterricht ging. »Keine Geschichten und keine Namen!«

Und Virgil hörte auf seine Nelly, denn sie hatte die verrückten Gene der Iovănescus nicht geerbt. Auch mein Sorinchen soll ihnen nicht ähnlich werden! Virgil wischt sich das Erbrochene ab und geht nach Hause, er wankt. Und wieder berechnete er die Tage jenes lang vergangenen Jahres, soviel er auch trank, in Bezug auf Zahlen blieb sein Kopf immer klar und sie zeigten ihm immer dasselbe an, Vasi war schon ein Jahr verschwunden gewesen, als er angefangen hatte, heimlich zu Sorana zu gehen. Und das freute ihn und machte ihm Angst, so wie auch Soranas Worte ihn gefreut und verängstigt hatten: Wenn Vasi zurückkommt, dann sage ich ihm, es ist sein Sohn, denn ich habe an ihn gedacht, als ich mit dir gevögelt habe …

Gott schütze mein Kind und vergib mir, Herr, mir, dem Sünder, der ich Sorana Geld gegeben habe, um es wegzumachen, und sie hat es ins Feuer geworfen! Weil mein Junge diesem Dämon von Vasi einfach nicht ähnlich sehen kann!, brabbelt Virgil.

Und so besoffen er auch ist, er weiß, dass er das nie, nirgendwo, niemals verraten darf und dass ihn auch niemand sehen darf, wie er niederkniet, darum schlägt er, wenn er an einer Kirche vorbeigeht, das Kreuz, indem er die Zunge an den Gaumen drückt.

»Für Vasi haben andere bezahlt! Und Sorana, Gott helfe ihr, sie hat sich selbst zerstört! Und damit basta!«

Wenn Nelly jetzt über ihre Cousine sprach, hatte ihre Stimme einen metallischen Klang, sie hatte die alten Geschichten satt und wollte alles vergessen, was in diesen neuen Zeiten nicht von Vorteil war. Sie stritt es empört ab, wenn jemand behauptete, sie hätte damals, als Onkel Costică unter den Legionären Bürgermeister geworden war, große Pläne für Virgils Karriere gehabt, nur dass er sie mit seinem unentschlossenen Wesen immer hingehalten hätte: Man musste zugeben, an diesem Punkt hatte er alles richtig gemacht.

*

Die Familie Olaru saß jeden Abend im Dunkeln, die Türen waren abgeschlossen, sie spitzten die Ohren, lauschten auf die Geräusche draußen auf der Straße, während Zivilpolizisten mit Revolvern im Jeep der Securitate auf die benommenen Männer einschlugen, deren Kleider zerrissen an ihnen herabhingen.

Hätte Virgil nicht schon längst die Ausgabe der Legionärszeitung verbrannt, hätte er es spätestens jetzt getan, mit stapelweise alten Zeitungen und verbotenen Büchern heizte er das Feuer unter dem Kessel im Hof an, in dem Nelly, deren Ansprüche an das Leben immer weiter sanken, die Tomatensoße einkochte.

Als Virgil morgens mit sorgfältig gebürsteten Kleidern und dem von Nelly hübsch geputzten Hut aus dem Haus ging, fiel sein Blick auf das Plakat, das über Nacht angebracht worden war: *Ana, Luca, Teo, Dej / Bourgeoiser, fürchte dich!* So hörte er sie auch bei den Demonstrationen rufen, während derer er stundenlang starr dastand und die Porträts von Stalin, Ana Pauker, Gheorghiu-Dej, Vasile Luca* und Teohari Georgescu** im Arm hielt, die ihn das Fürchten gelehrt hatten. Er fehlte bei keiner Sitzung, bei keiner Rus-

* Vasile Luca (1898–1963), kommunistischer Aktivist und Politiker, von 1947 bis 1952 war er Finanzminister Rumäniens, starb als politischer Gefangener infolge der rumänischen Säuberungen im stalinistischen Stil. Er wurde zusammen mit der Gruppe um Ana Pauker, Teohari Georgescu und Gheorghe Rădulescu 1952 aus der Partei ausgeschlossen. 1968 wurde er von Ceauşescu rehabilitiert.

** Teohari Georgescu (1908–1976), Politiker, wurde mit der Gruppe um Ana Pauker verhaftet, jedoch nicht verurteilt. Er bekleidete allerdings danach keinerlei politische Funktion mehr.

sischstunde, bei keinem Unterricht in der Geschichte der Kommunistischen (bolschewistischen) Partei der Sowjetunion, und seine Arbeitskollegen borgten sich von ihm die vorbildlichsten Mitschriften aus. Er lehnte es nie ab, Propagandamaterial zu schleppen, und er ging auch nie nach Hause, bevor die Demonstration zu Ende war – ob am 7. November, am 23. August oder am 1. Mai –, seine Stimme war kaum hörbar vor Scham, aber er rief mit den anderen mit: *Es lebe die Union der Sozialistischen Sowjetrepubliken! Es lebe der Generalissimus Stalin! Sta-liin! Sta-liiin! Sta-liiin! Sta-liiin!*

Und wenn sich nach stundenlangem Skandieren und Applaudieren die Demonstration auflöste und alle nach Hause rannten wie die Rebhühner und dabei die roten Fahnen stehen und liegen ließen, wo sie gerade hinfielen, oder die Fahnen und Porträts von Ana, Luca, Teo, Dej, die offensichtlich noch nicht genug Furcht verbreitet hatten, in unbelebteren Straßen einfach an die Wände lehnten, dann trug Virgil Olaru mit seiner Disziplin, die er in der Elite-Militärschule des Klosters Dealu erlernt hatte, die Last ächzend ins Institut zurück. Dort ersetzten die Porträts der Männer aus dem Politbüro die von Marschall Antonescu, der wiederum das Porträt von König Carol ersetzt hatte.

Als von allen Porträts, die er je geschleppt hatte, nur noch das von Gheorgiu-Dej übrigblieb, war die Familie Olaru schon in einem anderen Teil des Landes angekommen.

*

Iulian Iovănescu ließ ihnen eines Nachts durch ihre Mutter den Rat überbringen, so schnell wie möglich die Stadt zu verlassen. Bei Sovrompetrol wären Überprüfungen gelaufen, Virgil würde auf der Liste der Kündigungen stehen, und er würde verhaftet werden. Er hatte ihnen schnell neue Posten besorgt, Nelly als Mathematiklehrerin und Virgil als einfacher Buchhalter bei einer kleinen, gerade erst nationalisierten Fabrik in Toploveni.

Und sie verließen die Stadt und hofften, ihre Spuren verlören sich, wie so viele andere, die sich vor den Gefängnissen der neuen Macht fürchteten und vor der Erinnerung an die eine oder andere Episode aus ihrer Vergangenheit, die unaussprechlich geworden war. Wie sie die Kommunisten beschimpft hatten, die ihnen die Häuser, Geschäfte, das Land, die Ersparnisse ihres Lebens genommen hatten. Wie sie versucht hatten, den Engländern oder Amerikanern Berichte über das von der sowjetischen Besatzung ausgeraubte Land zuzuspielen. Wie sie die Weizenabgaben nicht an den Staat abgeben wollten, weil sie nicht wussten, woher sie es nehmen sollten. Wie sie die Quittung dafür bekommen hatten, dass sie als Mitglieder der Legionärspolizei oder auch nicht die Häuser und Geschäfte der vom Staatsanwalt verurteilten Juden verwüstet hatten oder beladen mit Teppichen und Schmuck aus Transnistrien, Bessarabien, also der Sowjetunion, als Teilnehmer am kriminellen Krieg zurückgekehrt waren. Oder weil sie nichts getan hatten, aber ein Bekannter sie denunziert hatte, sei es aus Neid oder unter Folter.

Für wirkliche oder eingebildete Vergehen war die Zeit der Sühne gekommen, der Prüfungen, die sich Umerziehung nannten, der Verhöre, bei denen ihnen die Zähne, die Haare und die Fingernägel ausgerissen wurden, sie wurden geschlagen, bis sie sich einnässten, ihre Gesäßmuskeln wurden zerstört und wenn sie in die stinkende Zelle zurückkamen, schleppten sie einen Eimer voller Urin und Fäkalien mit und zogen ihre von den Schlägen geschwollenen Füße nach.

*

Die Städte litten unter der Wohnungsnot, aber Nelly fand sich leichter als Virgil damit ab, dass sie in immer unbequemere Wohnungen mit zwielichtigen Nachbarn umzogen. Nelly Olaru war eine angesehene Frau und irgendwann wurde sie sogar Schuldirektorin.

Sie bemühte sich, die Kinder im Roma-Viertel zu alphabetisieren. Sie vergab Abschlusszeugnisse an den Polizisten und den Bürgermeister, die nie ein Buch aufgeschlagen hatten, aber stattdessen zu Ostern Lämmchen schickten und Wurst und Sülze zu Weihnachten und dazu Flaschen mit Țuica, rauchigem, schwachem Pflaumenschnaps. Sie honorierte die Einladungen zu Hochzeiten und Taufen mit Geschenken, gab allerdings kein Geld, um nicht in die lokalen Verstrickungen zu geraten, dafür hatte sie die Möglichkeit zu tanzen und manchmal fand sich sogar ein guter Tanzpartner für einen Walzer oder Tango in diesem Winkel der Welt.

Sie rannte außerdem durch die Sträßchen und klärte die Leute auf, sie sollten ins Kollektiv eintreten. Eigentlich rief sie es nur an den verschlossenen Toren. Hinter denen bellten wütende Hunde, die von der Kette gelassen worden waren, um all die waghalsigen Menschen zu zerreißen, die in den Hof kommen wollten. Manchmal sah sie, wie eine Gardine schaukelte, rotzfreche Kinder streckten ihr die Zunge heraus und übertraten das Gebot des absoluten Stillschweigens, das von wütenden Vätern mit dem Gürtel in der Hand erlassen worden war, weil ihnen das Land weggenommen werden sollte, das sie nach dem Krieg gerade erst bekommen hatten. Wer sich nicht freiwillig überzeugen ließ, den erwarteten Prügel auf der Polizeiwache, Erpressung der zur Universität gehenden Kinder, Gefängnis wegen Sabotage und Bereicherung.

*

Das ehemalige Fräulein Nelly Iovănescu, die jetzige Genossin Direktorin Nelly Olaru, die staubig, mit geschwollenen Beinen zurück nach Hause kam, wusste, was diese Menschen erwartete, aber die Zeiten waren zu hart, um länger über deren Schicksal nachzudenken. Sie war mit einem Sprichwort aufgewachsen, das immer mit einem spöttischen Lächeln auf den Lippen ausgesprochen worden war: Der Hund stirbt vom vielen Streunen und der Dumme stirbt vor Sorge um die anderen!

Die ganze Kraft ihres fülligen Körpers, des kräftigen Fleischs unter ihrer Haut, die für diese Gegend mit all den kleinwüchsigen, dunklen Leuten ungewöhnlich weiß war, widmete sich dem Schutz der beiden zarten Männer – eines Pubertierenden und eines verängstigten Alten.

Unzählige Male am Tag wurde Sorin Olaru bei seinem neuen Namen gerufen, er hatte beschlossen, erst mit drei Jahren zu sprechen, sprach dann allerdings außergewöhnlich korrekt, als hätte er bis dahin alleine im Stillen geübt.

Hätte ein Psychologe gesehen, wie er seine Fingernägel kaute und wie er sich beharrlich weigerte, hinter dem Schrank hervorzukommen, wenn jemand ans Tor klopfte, hätte er ihm eine Verhaltensstörung diagnostiziert. Der Kleine hatte aber rechtzeitig gelernt, seine Grundangst zu kontrollieren und sich natürlich zu verhalten, auch wenn ihm der Bauch wehtat und der Schweiß bei jeder Gefühlsregung über die Stirn rann.

Nelly Olaru las ihm die Märchen von Ispirescu* und den Gebrüdern Grimm vor, die Geschichte der Nibelungen und die Streiche von Max und Moritz, sie überprüfte seine Ohren, die Fingernägel und die Verdauung, verarztete ihn bei Mumps und Windpocken, Nelly Olaru war ein effizienter Ersatz für Sorana, über die der Schüler Sorin Olaru ebenso neutrale Informationen bekam wie über die Spezies der

* Petre Ispirescu (1830–1887), Schriftsteller, Publizist, besonders bekannt für seine umfangreiche Sammlung an rumänischen Volksmärchen

Schmetterlinge. Sorana Iovănescu, das dürre und unscheinbare Mädchen mit der etwas zu langen Nase und den dicken Zöpfen, das mit ihren transparenten Augen aus einem alten, retuschierten sepiafarbenen Gruppenfoto heraussah, war eine Cousine von Mama Nelly. Sie starb, kurze Zeit nachdem ihr Mann in dem Krieg verschollen war, über den man besser nicht sprach.

Es würden ziemlich viele Jahre vergehen, bis Sorin anfangen würde, an Nellys Geschichte Zweifel zu hegen.

*

Virgil würde bis zu seinem Tod vermuten, Cousin Iulian hätte nur seine Position festigen wollen, als er Corneluş und Sorana verschwinden ließ. Corneluş in den Bergen in einem Kloster, sie im Gefängnis, und ihn und Nelly hatte er im Hinterland versteckt gehalten. Er unterstellte dem *Bolschewikenspion*, mit der Geheimpolizei der Bourgeoisie zusammengearbeitet zu haben, wie hätte man ihn sonst an die Front gehen lassen, freiwillig, ihn, der ja schon als kommunistischer Agent angezeigt gewesen war? Aber er wagte diese Dinge nicht mehr auszusprechen, seit Nelly ihn unter Tränen gebeten hatte, den ganzen Unsinn zu vergessen, denn so würden sie auch noch ihren letzten Unterstützer in dieser bösen Welt loswerden.

An den langen Abenden, an denen Nelly zu Sitzungen gegangen war, fand Virgil Gefallen am Trinken, und Sorin war im Internat der deutschen Schule eines kleinen transsilvanischen Städtchens. Bei uns zu Hause herrscht das Matriarchat, sagte er zu dem bereits betrunkenen Agronomen, mit dem er im Sommer immer auf der Veranda trank und im Winter im kleinen Wohnzimmer, wo auf dem Zement Flickenteppiche ausgebreitet lagen.

Wenn er seinen Gedanken und der Stille entkommen

wollte, die nur vom Bellen der Hunde und vom Lallen irgendeines Besoffenen unterbrochen wurde, suchte er hinter dem Schrank nach der Weinflasche. In dieser Gegend hier kochten die Ţuica-Kessel. Mehrere Arten Pflaumen standen im Hof und am Hang, an dem Virgil manchmal nachts, wenn er schlaflos war, spazieren ging.

»Wie soll ich bei diesem Eisenbahnlärm schlafen, Nelly?«, antwortete er morgens, wenn sie ihn fragte, ob er in der Nacht wieder nicht geschlafen hätte, und dabei eilig Lippenstift auflegte.

Sie war nachts aufgewacht, um zum Klosett hinten im Hof zu gehen, und hatte sein leeres Kanapee gesehen, und wie er an der Tür stand und auf die menschenleere Straße hinaussah. Sie hatten begonnen, getrennt zu schlafen, sosehr sie auch zu ihm hielt, sie ertrug den Geruch des Alkohols nicht mehr.

»Freu dich, dass du sie nicht hörst! Züge, Züge die ganze Nacht! Sie transportieren Raffinerie-Bauteile zu den Russen, sie transportieren ganze demontierte Fabriken weg, sie transportieren Erdöl! Die Kriegsschulden werden nie mehr aufhören! Acht Millionen Tonnen, sechs Millionen Tonnen, wir haben so viel Erdöl gefördert! Das fünfte Land auf der Erde, und jetzt bleibt uns nichts mehr! Besser, wir hätten es angezündet, wie Armand gesagt hat, damit die Deutschen und die Russen nichts mehr zum Wegnehmen haben! Die Erdölländer, die sind am schlimmsten dran auf der Welt!«, Virgil nahm seinen Refrain wieder auf.

Er war nicht schuld an seiner Degradierung: Die verdankte sich dem *Schraubstock der Geschichte*, dessen Zwang der junge Cioran, der jetzt in Paris untergekrochen war, diesem *regen und ungefestigten Land* an den Hals wünschte.

Auch sein Sohn Sorin vertrat die Meinung, der Grund für das Versagen seines Vaters läge in der Geschichte, er würde

Letitia zwanzig Jahre später davon ins Ohr flüstern. Nur die Formulierung von dem *regen und ungefestigten Land* hatte sich auf dem Weg von einer Generation zu anderen verloren.

*

In den Gesprächen zu Hause wurde der Name Vasi Stamatiu nie erwähnt und sein Gesicht und seine Gestalt waren aus den Fotografien herausgeschnitten worden. Das Ehepaar Olaru war schon lange darin übereingekommen, dass das Kind nicht mit Geschichten über den *Verrückten* belastet werden sollte.

Sie vermittelten ihm allerdings, wie wichtig es sei, die Meinung der anderen über sich selbst aufmerksam wahrzunehmen – viel zukünftiges Leid sollte ihm daraus entstehen.

Aber es wurde immer deutlicher, dass der schmale schüchterne Junge, der sich nie mit jemandem prügelte, nichts mit Vasi Stamatiu gemein hatte. Eine Schutzmaske aus automatischem Lächeln und feierlicher Gestik hielt die gelatineartige Masse wie in einem Panzer zusammen, elektrische Stöße durchfuhren sie und in Momenten der Erregung wurde diese Masse zu Sorins Körper. Die Angst, diese chronische und viel weiter verbreitete Krankheit, als er selbst es annahm, sollte ihn sein ganzes Leben lang begleiten: Er hatte sie schon früh diagnostiziert und nannte sie *anders-als-die-anderen-sein*.

Jahre später würde er Letitia von seinen Komplexen erzählen, die sich in seinen ältesten Erinnerungen abgelagert hatten. Und wenn sie versuchen würde, nicht nur zu verstehen, was sie am Anfang zueinandergebracht, sondern auch, was sie so lange Zeit zusammengehalten hatte, würde sie sehen, dass die Angst zum Teil der Klebstoff ihrer Beziehung gewesen war.

*

Die Olarus hatten ihren Sohn an einen weit entfernt liegenden Ort zur Schule geschickt, in ein transsilvanisches Städtchen, in eine gute Schule. Die in der Kindheit erlernten Fremdsprachen sollten ein wertvolles Kapital für die zukünftige Karriere des Jungen sein, der damit auch der deprimierenden Atmosphäre zu Hause entkam.

Um ihn besuchen zu können, mussten sie im Zug, zusammengedrängt im schweren Dunst der Waggons zweiter Klasse schlafen: Sie konnten nirgends sonst übernachten und hatten auch kein Geld für ein Hotel. Aber diese Ausflüge erfrischten sie, es ging Richtung Wälder, Richtung Gebirge, während morgens die Luft immer kühler und dichter wurde, je höher sie kamen.

Sie spazierten zu dritt die langen Alleen entlang, an denen in Reihen die bunten Villen standen, darin wohnten nun anstelle der alten Besitzer die Genossen und beschäftigten manchmal sogar dieselben Pförtner und Gärtner. Sie erfreuten sich am Gesang der Amseln, die einander von einem Baum zum anderen antworteten, an den blauen Blumen an den Zäunen der Villen, an den Touristen mit ihren Rucksäcken auf dem Rücken, die in die Berge wanderten und grüßten, an dem Licht, das ebenfalls anders war, siehst du, diese Welt gibt es auch, sagte Nelly zu Virgil, in der nichts von all dem, was dich bedrückt, etwas bedeutet.

*

Nelly fiel es schwer zu verstehen, warum ihr Mann weiterhin trank, obwohl sich doch alles einigermaßen zurechtgerückt hatte: Der Junge hatte die besten Noten, sie hatte die Aussicht, einen Transfer nach Piteşti zu bekommen, für ihn hatte sie eine Angestelltenstelle bei der ICRAL gefunden, bei der er, wäre er von anderem Schlag gewesen, voll hätte profitieren können.

»Dass ich dich nicht noch mal in der Kneipe erwische,

Virgil! Der Herr ist vollgekotzt und bepisst nach Hause gekommen!, hat die Nachbarin gesagt. Wenn du wirklich ein Gläschen willst, hier, die Korbflasche, der Vater eines Schülers hat sie mir gestern Abend mitgebracht!«

Er wurde nicht boshaft vom Trinken wie andere, ihr Virgil wurde nach ein paar Gläsern chemischem Sägespäne-Wein sentimental und sah mit feuchten Augen zu dem mageren Jungen mit den spitzen Ellenbogen hinüber, der in den Ferien vom Internat der deutschen Schule hergekommen war, der die Schachfiguren auf dem Spielbrett verschob, während er geduldig darauf wartete, schachmatt gesetzt zu werden. Sein Sohn und Soranas, sein Sohn mit Nelly, das Einzige, was er in diesem Leben hinbekommen hatte! Sorin Olaru, der beste Schüler, wohlerzogen, ruhig, nie frech! Wo wäre das arme Kind jetzt, wenn sie es damals nicht adoptiert hätten?

*

Virgil hatte nicht die Nerven, Nelly darum zu bitten, von den Eltern keine *Aufmerksamkeiten* mehr anzunehmen, denn wenn sie ihn bei der Arbeit rauswarfen, dann müsste schließlich sie die Familie ernähren!

»Aber Geld darfst du auf keinen Fall annehmen, Nelly! Egal, was passiert, kein Geld! Hast du verstanden? Versprich es mir!«

Sie versprach es ihm, um ihn zu beruhigen, der arme Virgil war wie ein Kind, und was hatte er nun von seiner Korrektheit, um die er immer so viel Wirbel gemacht hatte? Er musste wegen der Arrangements der anderen zittern, alle nahmen Bakschisch an, Schmiergelder, machten Geschäfte und er riskierte, unschuldig abzusaufen, alle wussten vom Geruch nach abgestandenem Alkohol und Kölnisch Wasser, das den Alkoholdunst überlagern sollte.

»Fehlte nur, dass dieser Vater noch auf die Knie gefallen

wäre, so hat er mich angebettelt, das Kind zu versetzen!«, entschuldigte sich Nelly, »es muss nur noch bei mir wiederholen. Er hat mir dieses Lämmchen mitgebracht und die Flasche Pflaumenmost, aber wenigstens ist es natürlicher Wein und lass doch, der hat genug! ›Wenn Se se durchwinken, Frau Lehrerin, dann kommtse inne Uni aufe Stipendjatenliste!‹ Was sollte ich machen? Soll ich drauf warten, dass sie in einem Monat lernt, was sie in zehn Jahren nicht gelernt hat?! Dass sie mich verflucht, weil ich ihre Zukunft zerstöre?«

Virgil senkte den Kopf, die Augen verengten sich unter den geschwollenen Lidern.

»Heute lässt du diese dumme Gans laufen und morgen ist sie dann Ingenieurin! Sie hat größere Chancen als unser Sohn, auf die Uni zu kommen!«, delirierte Virgil.

»Sorinchen soll mal schön lernen, und ich garantiere dir, alles wird gut!«, schnitt ihm Nelly das Wort ab und nahm ihm sein Glas weg, »es reicht!«

Und dann, ihre Stimme war vor Beunruhigung leiser geworden:

»Wenn mir überhaupt etwas Sorgen macht, dann, wie er wohl mit den Mädchen zurechtkommt.«

*

Als Sorin nach Hause kam, nachdem er seine Zuweisung für die Stelle im *Gebäude* in Bukarest bekommen hatte, fand er Virgil Olarus Namen nur noch auf einem Holzkreuz auf dem Friedhof zwischen all den Pflaumen- und Mirabellenbäumen, die zwischen den Gräbern wuchsen und die von den Kindern des Städtchens geplündert wurden, bevor sie reif werden konnten.

»Es ist besser so, Gott hat ihm vergeben«, flüsterte Nelly und tat auf je eine Heftseite ein Häufchen Totenkuchen und hielt es angeekelt den Bettlerhänden hin, in deren Lebenslinien sich der Schmutz eingebrannt hatte.

Beim Totenamt in der sechsten Woche wurde der sehr schöne Gottesdienst von Vater Sofronie selbst gehalten, er hatte Virgil das letzte Abendmahl gegeben. Er umarmte Sorin, segnete die Anwesenden und verschwand dann eilig.

Wie schnell alles gegangen ist, Nelly zuckte fatalistisch mit den Schultern. Die Männer ihres Lebens, Caius Branea und Virgil Olaru, waren ins Jenseits aufgebrochen, und sie, die einstige Tänzerin, hatte jetzt Probleme mit den Beinen, mit dem Rheuma. Sie erinnerte sich daran, dass Caius bei ihrem kurzen Treffen am Würstchenstand sich über Kopfschmerzen und Schwindelgefühle beklagt hatte.

»Hirntumor! Kein Wunder, so viele Schläge, wie der bei den Verhören auf den Kopf bekommen hat!«, schlussfolgerte Iulian mit dem Gestus eines Mannes, der alles wusste.

Um seine Stupsnase war ein dickes Netz von roten Äderchen entstanden, vom Alter und vom russischen Wodka, den er trank, während er Marieta Briefe schrieb, die er nie abschickte. Marieta hatte die Hoffnung aufgegeben, dass er sich jemals von seiner russischen Ehefrau scheiden lassen würde, und heiratete schließlich mit sechzig Jahren eine ehemalige Jugendliebe.

Jetzt waren Nelly und Iulian beide allein, saßen mit einem Glas Jidvei-Wein am Tisch und sprachen über all die, die gegangen waren.

»Nein, natürlich hat Sorin keine Ahnung von den Geschichten der Familie Iovănescu, was würde ihm das bringen?«, antwortete sie Iulian. »Es geht ihm gut, er hat einen guten Posten, der arme Virgil hätte sich gefreut zu sehen, dass sein geliebter Sohn ein Technokrat wird, er ist selbst in seiner Jugend einer gewesen.«

DRITTER TEIL

# Die Jahre der Technokraten

*Ich habe heute Nacht von Stalin geträumt. Er hatte die Ausstrahlung eines anständigen russischen Bauern, und ich wunderte mich über so viel Einfachheit.*

Mihail Sebastian, *Tagebuch, 25. September 1939*

Kapitel 11

# Krieg um Anfänger

»Wir brauchen junge Leute, Genosse Gallotschik! Junge Leute ohne die Makel der Vergangenheit, ohne … Sie haben ja gesehen, was der Genosse gesagt hat!«

Mit spitzen Fingernägeln, die sie mit transparentem Nagellack von Revlon bepinselt hat, trommelt Eleonora Oprea auf das bunte Organigramm des Instituts.

Ihr frischgebackener Mitarbeiter Titus Marga hat sich seine Erfahrung aus der Zeit, in der er zu *niederer Arbeit* in der Druckerei verdonnert war, zunutze gemacht und hat es in den Nationalfarben Rot, Gelb und Blau unterlegt.

»Seit wieder von *nationaler Souveränität* gesprochen wird, können wir endlich auch wieder die Farben unserer Fahne benutzen, liebe Nora! Ich darf dich doch beim Vornamen nennen, oder?!«, flüsterte er ihr zu. »Profitieren wir davon, dass die Kaderpolitik sich etwas beruhigt hat, und greifen wir ein bisschen in das Organigramm ein! Wir beschleunigen die Pensionierungen und nehmen ein paar Anfänger, du verstehst warum, oder? Du hältst sie drei Jahre auf demselben Lohnniveau, kaufst sie mit einer Prämie und wenn sie frech werden, machst du sie mit einer Rüge gefügig! Sonst bewilligen uns die Foren in ein paar Tagen das *Traktat* und wir haben keinen, mit dem wir es machen können! Wir werden uns doch nicht auf ein paar alte Technokraten verlassen, die genau wissen, dass sie bei der nächsten *Reorganisation* die Ersten sind, die rausfliegen! Mit den Anfängern, da machen wir uns unsere Technokraten von morgen!«

Es täte ihr gut, Titus bei sich zu haben, wenn sie die letzte Schlacht mit dem Kader Gallotschik schlägt. Aber sie muss sich ihm allein stellen, damit diese Spinne, die ein Leben lang Netze um sie spinnt, endlich begreift, dass die Direktorin das Institut leitet, nicht der Personalchef!

*

Eleonora schluckt die Antwort herunter, den Satz eines missbrauchten Mädchens, »was hast du gegen mich?«, den benutzt sie immer, wenn sie Widerwillen empfindet, und dann flattert sie mit ihren langen Wimpern über der warmen Farbe ihrer haselnussbraunen Augen.

Doch die absichtlich empört klingende Stimme hört sich trotzdem nach einer Bitte an.

»Du hast doch gelesen, Genosse Gallotschik, was in der gestrigen *Scânteia*-Ausgabe stand! *Unsere Aufmerksamkeit zielt auf die junge Generation!* Du weißt nur zu gut, dass da jetzt der Akzent draufgelegt wird! Warum sollten wir nicht auch Anfänger nehmen?«

Als Paşenka Lucaci, der gerade erst zum Berater des Premierministers Maurer ernannt worden war, ihr das Institut übergeben hatte, hatte er sie gewarnt: Gallotschik darfst du nicht auf den Schlips treten, er ist giftig und verflucht bissig!

Zum Glück hatte die Parteiinspektion bei ihm im Büro Chaos vorgefunden, das ist sehr schwerwiegend, Genosse Gallotschik! Wo sind die aus dem Archiv verschwundenen Akten? Egal, welches Institut sie von Ihnen angefordert hat, ob Staatsanwaltschaft oder Securitate, die Informationen über die Angestellten hätten hier sein müssen!

»Wenn Gallotschik ins Rentenalter kommt, Schluss! Aus!« Titus schlug sich auf die Brust.

»Gib zu, dass du ihm die Inspektion auf den Hals gehetzt

hast!«, lachte Eleonora, »zwanzig Jahre lang hat ihn nie einer kontrolliert!«

*

In Wirklichkeit testete sie Titus, um herauszufinden, ob er ihr etwas über seinen Schwager verriet, den Kader im Zentralkomitee. Ist der schöne Titus Marga rückhaltlos ehrlich zu ihr?

Als Paşenka sie damals über ihren neuen Mitarbeiter belehrt hatte, erschien in seinen einst schwarzen und intensiven, jetzt unter herabgesunkenen Lidern vergrabenen Augen eine leichte Besorgnis.

»Pass mit deinem Titus Marga ein bisschen auf, Nory! Gib ihm nicht zu viel Freiheit, du kriegst ihn sonst nicht mehr unter Kontrolle! Und glaub nicht, dass die Eifersucht aus mir spricht, weil du dir einen jungen Mitarbeiter genommen hast! Das ist dein gutes Recht, aber sei auf der Hut, pass auf, was er vorhat!«

Seit einiger Zeit kann Paşenka nicht aufhören, den großen Genossen für verrückt zu erklären. Immer häufiger ist er wütend auf ihn und vergisst die Wanzen, obwohl er es ist, der sie immer daran erinnert, sogar im Badezimmer an sie zu denken! Und ein bisschen recht hat er ja! Seine violetten Lippen mit den weichen Linien sanken wie immer verächtlich herab, wenn er von der *neuen Mannschaft des Verrückten* sprach.

Sie hatte Titus' Schwager gesehen, die Fresse eines lupenreinen Hampelmanns! Sie hatte Titus' Frau gesehen, eine dumme Gans, aus Not hatte ein belesener Junge wie er in so eine Familie eingeheiratet! Der arme Titus hatte zwei Jahre in der Druckerei gearbeitet, dort hatten sie ihn vom Forschungsinstitut hinverfrachtet! Der Schwager hatte die Kreuzbruderschaft aus seiner Akte gestrichen, in die er mit jugendlicher Naivität eingetreten war, und dann hatte Eleonora ihm ihre Hand hingestreckt und sie hatte gut daran getan! Als Stellvertreter ist er absolut ein Gewinn, sein Verstand ist scharf und er hat ein schnelles Reaktionsvermögen.

Aber dieser Schlingel hat seinen Schwager nicht erwähnt, er hatte nur mit stolzgeschwellter Brust den Bescheidenen gespielt, du überschätzt mich, No-ra!

Wenn er sie so nennt, No-ra, durchfährt sie ein Stromschlag wie ein Blitz, von der Brust bis zwischen ihre heißen Schenkel. Aber sie darf nicht den Kopf verlieren! Titus muss auf Abstand gehalten werden, damit er nicht höher kommt, als sie es ihm erlaubt, und damit er ihre Beziehung nicht ausnutzt, wie es ihm gerade einfällt. Sie braucht seine Ratschläge nicht. Sie weiß selbst, dass ein weiser Führer sich eine Zeit der Ruhe sichert, Anfänger einstellt, um dann aus ihren Reihen seine zukünftigen Vasallen zu rekrutieren.

*

»Auch in der Ausgabe der *România liberă*, Genosse Gallotschik! Sie haben es gesehen, oder?! *Die Jugend, der Stolz unseres Landes!*«

Gallotschik presst sein Nagetiermäulchen unter dem weißen, struppigen Schnurrbart zusammen: ein regloser Igel, in jedem erstarrten Gesichtsmuskel zuckt Feindseligkeit.

Durch das weit offen stehende Fenster sieht man unten, verkleinert durch die Entfernung, die bronzene Lenin-Statue mit energisch ausgetreckter Hand auf die von bunten Autos befahrene Straße zeigen. Die Dacias, Skodas, Trabants haben sich vermehrt, seit sie zügiger vergeben werden, eine Empfehlung reicht, eine Beziehung und fertig. Der reine Kapitalismus!

»Immer Anfänger genommen, immer genommen! Immer junge Mann angestellt! Aber nicht jeder muss, Genossin Direktor!«

Seine Stimme ist wie gewohnt schneidend: Weil diese Fotze ihn nicht vorher durch die Sekretärin hat rufen lassen, ist sie zu ihm ins Büro gekommen, zum Wohl, Genosse Gallotschik! Ich bin gekommen, um mit Ihnen mal einen Kaffee zu trinken!

Sie schlug die Beine übereinander, enger Rock, Muschi im Anflug! Sie miaute und schnurrte, den Blick auf das Zahlenschloss der Schublade mit den Akten gerichtet, aber sie hatte nicht mehr das Alter, um für sich noch einen anderen Beschützer als Paşenka Lucaci aufzutun. Wenn bald die Reihe an Genosse Paşenka kommt, in Rente zu gehen, dann wird Norachen-Umsturz auch vom Tapet gefegt mit ihrer Akte voller faschistischer Notare und Popen! Gallotschik wird auch in Rente gehen, aber er hat die Notizen von denen, die sie Norachen-Umsturz genannt haben, an einem sicheren Ort abgelegt!

Und beim Abschied wird er nur sagen *Doswidanja,* Muschi ist dummgekommen und Muschi verliert!

*

»Was hast du für einen niedlichen Akzent, Genosse Gallotschik! Ehrlich, glaub mir, ich bin richtig verrückt danach!«

Wenn sie ihm so schmeichelte, wusste er, dass sie ihn aufzog, weil er nicht gut genug Rumänisch sprach. Was von Faschisten abstammt, bleibt Faschist! Er weiß, was jeder im Kropf mit sich rumträgt, welche Milch Norachen-Umsturz bei ihrer Mami getrunken hat, und ihr Papa war Notar bei den Nazis und der Opa ist griechisch-katholischer Pope, der am Vatikan herumwühlt. Sie hat viel Unterstützung gehabt, sowohl von Lucaci als auch von ihrem Mann, dem Major, sonst wäre es mit Genossin Norachen-Umsturz Oprea schon längst den Bach runtergegangen.

Und Gallotschik kann genug Rumänisch für das, was er

tun muss: bäurisches Țărănistenpack, Legionär, Liberaler, Zionist, Ausbeuter, Kapitalist, Spion, Großbauer, Faschist, so was kriegt den Fuß im *Gebäude* nicht in die Tür. Gallotschik sammelt die Daten und schickt aus seinem Referat jede Kopie über *unpassende Elemente* an die Securitate, zur Staatsanwaltschaft, an die Kader der Zentrale. Und noch eine Kopie dahin, *wo es passt.*

Jetzt weht hier der Wind des Wahnsinns, aber wahnsinnig ist, wer nicht sieht, dass dieser Wind sich wieder legen wird, Gallotschick geht bald, aber die komplette Akte von Eleonora Oprea, und zwar nicht die von Lukaci aussortierte, nein, ihre komplette Akte, wird da bleiben, *wo es passt!* Und die Akten von allen werden bleiben und die Urenkel werden bis in alle Ewigkeit dafür bezahlen, denn die Zeiten ändern sich. Gallotschik wird nicht mehr im Institut sein, um zuzusehen wie man Eleonora bei lebendigem Leib zerreißen wird, weil sie sich mit diesem Fascho-Legionär Marga eingelassen hat. Gallotschik wird seine *Illegalen*-Rente in seinem Haus im schönen Floreasca-Viertel aufknuspern und im Winter wird er nach New York zum Sohn seiner Frau gehen, und ansonsten wird er seine Rache auskosten, weil diese Muschi ihn bei ihren Leuten in der Zentrale angeschwärzt hat, dass er Untersuchungen über die Entscheidungen der Führung hinweg organisiert hat, also über sie und ihren Lakaien. Die Zeiten ändern sich, du dumme Nutte! Eine, die Direktorin geworden ist, obwohl ihr Platz in der Garnisonsküche ist, beim Kartoffelschälen und beim Ficken, die verdient es, so genannt zu werden.

*

Sie hält ihm kommentarlos den *Bericht* hin.

*Aus der Überprüfung des sozialpolitischen Umfelds der für die Beförderung in höhere Posten vorgeschlagenen Angestellten hat sich ergeben, dass einige von ihnen nicht der Kaderlinie entsprechen.*

*Darum befindet der Kader-Personaldienst die Beförderung folgender Beteiligter für negativ:*

1. *Cosmovici, Dinu, Redakteur, vorgeschlagen als Chefredakteur.*
   *Vater, ehemaliger Anwalt. Wurde verurteilt im Prozess der jungen Liberalen.*
2. *Fischer, Harry Daniel, Redakteur, vorgeschlagen als Chefredakteur.*
   *Jude. Die Familie hat eine bevorzugte Ausreiseerlaubnis für Israel erhalten. Der Großvater Ausbeuter, Fabrikbesitzer, Eigentümer von Geschäften und nationalisierten Immobilien.*

*Chef des Kader-Personaldienstes,*
*Viktor Gallotschik*

»Ich habe die Akten der Anfänger angefordert, Genosse Gallotschik! Schick die Liste hier an die Kader der Zentrale!«

Um sie zu ärgern, hält die Spinne ihr zuerst die Akten der Weiber hin, obwohl sie klar und deutlich gesagt hat:

»Wir fördern die weiblichen Genossinnen, aber nicht massenweise! Ich weiß, was ich sage, Genosse Gallotschik, ich bin ja selbst eine Frau!«

Weil die Arbeitsproduktivität umso höher ist, je weniger Weiber da sind, die mit ihren Röcken bis zum Po auf den Fluren herumstöckeln! Eleonora könnte das nicht, selbst wenn sie das passende Alter hätte und die Beine dieser jungen Frauen, wie soll dich ein Mann noch respektieren, wenn er alles sieht? Der Kopf einer Frau ist nie bei der Arbeit, entweder haben sie ihre Tage, oder man kann nicht mit ihnen reden, weil sie sie bald kriegen müssten, oder sie werden schwanger, oder sie telefonieren dauernd mit den Kindern, oder der liebe Gott vergisst sie in der Mutterschaftszeit! Eleonoras vorgefallener Uterus hat nie den Samen von irgendwem bei sich behalten, sie hat also nie Nachteile davon gehabt, dass sie eine Frau ist, ihre zarte Menstruation besprenkelt kaum die Watte, dann hört sie auch schon auf, im Moment ist es gerade mehr geworden, manchmal sind es richtige Klumpen wie Leberfetzen, das ist die Prämenopause, hat ihr Gynäkologe gesagt, aber sie glaubt ihm nicht, denn sie hat sich noch nie besser gefühlt als jetzt und hatte noch nie mehr Lust am Vögeln.

Gallotschiks kleine Hand mit den arthritischen Knoten an jedem Finger schnippt eine Akte an ihren Platz zurück, was glaubt dieser Giftzwerg, wo er ist, am Ping-Pong-Tisch?

»Bujor! Narcisa Bujor! Die muss sein!«

Eleonoras Gesicht scheint ruhig wie immer, wenn es in ihr kocht, Narcisa Bujor, wessen Tochter ist die denn jetzt wieder? Und wer leitet das Institut, Eleonora Oprea oder Vitea Gallotschik?

Eleonoras goldbraune Augen mit den feinen sternförmigen Fältchen und Gallotschiks verwaschene Augen hinter dem Doppelglas seiner Brille sehen sich für einige Augenblicke feindlich an. Und als Gallotschik gesagt hat, was er zu sagen hat, werden Eleonoras Augen kalt. Sie nimmt die Akte der unbekannten Bujor und stößt sie angewidert zum Stapel mit den *Angenommenen.* Sie wird die Externen nicht wegen so einer Schnalle am Hals haben, die den ganzen Tag mit den Jungs auf dem Flur Kaffee trinkt.

*

Sie ist verärgert, dass Gallotschiks Schnäuzchen sich triumphierend spitzt, weil er und nicht sie den Bittsteller-Anruf wegen Narcisa Bujor bekommen hat, der Tochter eines verdeckten Diplomaten. Eleonora schreibt ein angestrengtes *Ja!* auf die Akten der Jungs, die ihr nach dem Militärdienst von der Regierung zugeteilt worden sind.

»Alle, ja, alle, Genosse Gallotschik! Was, sagst du, was hat dieser Sorin Olaru für Probleme? Er hat eine Zuweisung von der Regierung für diesen Posten, was willst du noch? Was schadet's, wenn er irgendwie hieß, bevor er legal adoptiert wurde? Die Genetik ist keine Wissenschaft, wie die Kapitalisten behaupten, Genosse Gallotschik! Hier steht eindeutig, dass die Adoptivmutter eine Schuldirektorin war, was passt dir nicht? Der Vater ist gestorben, sei's drum, das Leben geht weiter!«

Eleonora hat die Schlacht um Narcisa Bujor verloren, aber nicht den Krieg, sie hat schon ein passendes Mittelchen für ihn, in zwei Tagen will ich die Einstellungspapiere für Sorin Olaru auf dem Tisch haben, ausgefüllt, unterschrieben, gestempelt, Genosse Gallotschik!

Ja, eine neue Epoche bricht an, der alte Kader hat seine Lederkappe genommen und ist vergrätzt davongehumpelt, tja, da kommen also die Legionäre zurück, die die Alten so gehasst haben. Die Sowjetarmee hätte aus diesem faschistischen Land nicht abziehen sollen, nicht nur er hatte das '58 so gedacht.

So hatte jeder gedacht, der *war, wie er sein sollte.*

*

Die Toilette mit den weißen Fliesen, das parfümierte Toilettenpapier, der Raumduft, die Sanitäranlagen, die im intensiven Neonlicht blitzen, helfen ihr immer, gleich, nachdem sie die Spülung betätigt hat, die Abhängigkeiten des Körpers zu vergessen. Sie kommt hierher, seit Paşenka Lucaci über das Büro herrschte und sie bloß eine junge Juristin war, mit der er sich oft beriet. Sie machten Überstunden und nachdem er sie zur Abteilungsleiterin ernannt hatte, kam sie genau wie jetzt hierher, um sich nachzuschminken und sich am Waschbecken, soweit es ging, zu waschen. Sie öffnet die

Lacktasche mit der versilberten Schnalle, die zu ihren Lackschuhen mit den zehn Zentimeter hohen Pfennigabsätzen passt, heute ist ihr Abo-Tag für das Konzert im Ateneum. Sie nimmt aus der silbernen Schminktasche Puder und Rouge von Lancôme, betupft ihre vollen Wangen, zieht ein Schnütchen, tritt vom Spiegel zurück, richtet ihren Pony, eine füllige, fünfzig Jahre alte Mireille Mathieu mit kupfern schimmerndem Haar unter dem Haarspray von Elnet.

Sie öffnet das Marlboro-Päckchen, lässt das vergoldete Feuerzeug schnappen, ein Geschenk von Nelu? Von Paşenka? Von wem? Sie raucht am Fenster, sie mag die Bewegungen dabei, aber sie hasst den Zigarettengeruch, wie viel hat sie wohl nach all den Sitzungen in ihrem Leben davon geschluckt? Sie wird die Pensionierung von Gallotschik mit Titus und einem Veuve Clicquot feiern, dem Lieblingschampagner von Paşenka damals, als er Botschafter in Paris war. Und sie wird freie Hand haben, ihr Institut so zu verwalten, wie sie auch das Müller-Haus in ihrem siebenbürgischen Heimatstädtchen führen würde.

*

»Mutzelchen«, Nora wandte sich mädchenhaft an Major Oprea, »die ganze Kindheit habe ich gierig auf das Müller-Haus gestarrt und jetzt werden die Zigeuner es plattmachen! Grete Müller hat die Bewilligung bekommen und geht für immer mit dem Mädchen und dem Schwiegersohn nach Düsseldorf, sie haben da ganz gut verdienende Cousins. Mama hat es mir gesagt, ich hatte sie gebeten, besser aufzupassen, was sie am Telefon bespricht, aber man kann mit ihr einfach nicht reden!«

»Deine Mutter habe ich noch nie verstanden«, der Major zuckte gleichgültig mit den Schultern, »aber von welchem Haus redest du?«

»Das grüne gegenüber der evangelischen Kirche! Davor waren immer Limousinen geparkt, einmal, da war ich noch ein Kind, da habe ich sogar einen silbernen Mercedes gesehen.«

Und die Frau, die damals aus dem Mercedes stieg, hatte ungefähr ihr jetziges Alter gehabt. Blonde Zöpfe, die auf dem Kopf zu einer Krone gesteckt waren, die Lippen in Herzchenform mit granatrotem Lippenstift nachgezogen, große Goldohrringe mit grünen Opalen, aus dem grauen Blazer blitzte der weiß gerüschte Kragen ihrer transparenten Organza-Bluse. In der Luft lag noch immer ein Hauch von Coco Chanel, als Edith von Coler, Journalistin der *Deutschen Allgemeinen Zeitung*, aber vor allem Polizistin mit Nazi-Einfluss schon längst in der von Geißblatt überwucherten Laube im Hof angekommen war. Sie machte kleine Schrittchen, die der graue enge Rock und die Schuhe mit rundem Schnabel und enormen Absätzen ihr aufzwangen. Dort sah das Mädchen ihren Vater, den Notar, der respektvoll auf den alten Müller wartete, einen korpulenten Mann mit feinem blonden Haar und Seitenscheitel, der den Kauf von Aktien der Ölfirma Stern, ehemals Standard Oil, unterzeichnen sollte.

Norachen ließ damals, wie peinlich!, die Hälfte des Rhabarberkuchens fallen, den ihr das ungarische Zimmermädchen mit schwarzem Kleid und weißem Schürzchen gerade gebracht hatte, jetzt wischte es den Boden auf und presste die Lippen über dem unausgesprochenen Satz zusammen, was kannst du von dem Kind eines schmutzigen Walachen schon erwarten!

*

Das, was im Herbst '40 profitabel schien, als Rumänien mit seinen verlorenen Gebieten Hitler zu Füßen kroch wie ein geschlagener Hund, würde nur vier Jahre später ein unverzeihlicher Fehler sein, denn dann würde der Verrat an Deutschland und das Kriechen zu Stalins Füßen nur noch den Norden Transsilvaniens retten können, der schließlich zu Rumänien zurückkehren würde.

Aber dann würde der Notar, Norachens Vater, schon ins Gras gebissen haben, so dass er den ehemaligen Hauptaktionär der Ölfirma Stern, Müller, nicht über Nacht hat altern sehen können und wie er Handschellen trug und seine vergötterte Tochter Grete, das schönste Mädchen der kleinen Stadt, in Güterwaggons voller Siebenbürger Sachsen gestoßen wurde, die für die Verwüstungen der deutschen Armee in der Sowjetunion bezahlen mussten, indem sie in den Minen im Donbas arbeiteten.

Aber Greta hatte sieben Leben! Sie kam zurück, versehrt, zog einen Fuß nach, aber am Ende fand sie trotzdem einen Mann, mit dem sie eine Tochter bekam, und die Tochter brachte ihr einen Schwiegersohn ins Haus und jetzt gehen sie alle drei nach Düsseldorf.

Eleonora sieht nicht die Beete mit den roten Blumen rings um die Lenin-Statue, obwohl sie geradewegs dorthin starrt, sondern das grünliche Haus, in das früher einmal Frauen in schwarzen Kleidern oder aus bedruckter Seide kamen und aus Limousinen gestiegene Herren in schwarzen Anzügen mit Fliege.

*

Nelu Oprea würde alles für sein Norachen tun, aber hast du schon mal einen Parteikader mit Privateigentum gesehen? Die Finanzabteilung zahlt fünftausend Lei Miete und Betriebskosten, sogar für das Haus unseres Genossen im Primaverii-Viertel, aber das wäre die Idee! Ich habe Leute bei der Finanzabteilung, mit denen ich reden kann, dann nehmen sie das Müller-Haus und wir fahren dorthin, wenn du willst! Wir besprechen dann, sie sollen die Biedermeiermöbel zum Verkauf freigeben, und dann kaufst du dir zum guten Preis, was du davon möchtest. Aber dieses Müller-Haus ist jetzt keine Ruine, ja?«

»Es ist über dreihundert Jahre alt, aber Müller hat ernsthaft Geld reingesteckt, er hat Geschäfte mit Neubauer gemacht, hast du von dem gehört? Der Schutzherr der Legion! Er hatte das deutsche Projekt der wirtschaftlichen Neuorganisation des Balkans entworfen, Rumänien sollte ein Agrarland bleiben, nur mit Nahrungsmittelindustrie. Eine Art Walew-Plan.*«

»Die Deutschen wollten das so und die Russen wollten es, aber es ist ihnen nicht gelungen. Der Genosse hat die DDR anerkannt und die Siebenbürger Sachsen gehen jetzt scharenweise nach Westdeutschland. Der Genosse hat als einziger kommunistischer Führer Israel anerkannt, also gehen auch die Juden, und alle werden zurückkommen, wenn ich sie rufe! Wir kriegen noch ein bisschen Geld für sie und dann können wir wieder stolz sein, dass wir Rumänen sind!« Titus Margas Augen leuchteten, während er Eleonora diese Sätze zuraunte!

*

Unter der Schicht marxistisch-leninistischer Bildung merkte man bei Eleonora den griechisch-katholischen Ehrgeiz: das Trojanische Pferd, mit dem die Siebenbürger-Rumänen in die Landstände von Budapest gekommen waren**, der Kompromiss zwischen dem Katholizismus der *arroganten Ungarn*

* E. B. Walew veröffentlichte 1964 eine Studie über den Wiederaufbau bzw. die Entwicklung Rumäniens nach dem Krieg. Rumänien stellte sich ihm im Zuge der antisowjetischen Politik entgegen und interpretierte den Walew-Plan als Entwurf Rumäniens als Kornkammer der kommunistischen Welt.
** Die gesetzgebende Versammlung des Ungarischen Königreichs bis 1865. Die Rumänen aus Siebenbürgen, die dem Katholizismus angehörten und damals unter ungarischer Herrschaft standen, traten ebenfalls in diesen Landtag ein.

und der Orthodoxie der *dreckigen Walachen.* In den pathetischen Genen Eleonoras steckten noch die Jahrhunderte der Demütigung und Armut ihrer bäuerlichen Vorfahren, denen es verboten gewesen war, nach fünf Uhr in die von der Unio Trium Nationum* errichteten Städte zu kommen, aus denen orthodoxe Rumänen ausgeschlossen waren. Nicht einmal die Alzheimer-Demenz würde den Diskurs über die Rechte der Rumänen auf dieser heiligen Erde aus ihrer linken Hirnhälfte löschen, Iulia Eleonora tat so, als hätte sie es vorübergehend vergessen, solange die Ausländer Rumänien befehligt hatten, weil *wir nicht über der Zeit stehen, sondern die Zeiten über uns*, welcher mittelalterliche Chronist hat das noch geschrieben?

Wenn Eleonora daran denkt, hat sie einen Frosch im Hals, nur Titus, der wie sie Siebenbürger ist, kann sie verstehen!

»Die Dinge ändern sich, liebe Nora, die Juden, nun ja, sie haben nicht mehr die Aufstiegschancen wie in der Vergangenheit! Im neuen Formular der Kaderkartei muss die ethnische Abstammung vermerkt sein«, hat er ihr eines Nachmittags zugeflüstert, als nur sie beide noch geblieben waren, um am Jahresbericht zu arbeiten.

Eleonoras lange Wimpern klimperten bedeutungsvoll. Titus füllte Wasser in die kobaltblaue Vase, er war mit elf gelben Rosen aufgetaucht, als am späten Nachmittag niemand mehr auf den Gängen des *Gebäudes* unterwegs war, außer dem hinkenden Schatten Gallotschiks.

»Woher weißt du, dass gelbe Rosen meine Lieblingsblumen sind?«

* Lateinisch für »Union der drei Nationen«, ein Pakt der gegenseitigen Hilfe von 1438, den die drei Stände von Transsilvanien miteinander schlossen: der meistens ungarische Adel, die sächsischen Patrizier und die freien militärischen Szekler. Dieser Zusammenschluss richtete sich als Reaktion auf den siebenbürgischen Bauernaufstand gegen die Bauernschaft. Sie und die einfachen Bürger galten nicht als Mitglieder dieses feudalen Zusammenschlusses.

»Hast du nicht die *Wahlverwandtschaften* gelesen?«

Eleonora ist eine große Romanleserin, Pearl S. Buck, Cronin, Alexej Tolstoi, sie hat auch in Goethes Roman geblättert, aber ihn altmodisch gefunden, sie hatte einfach keine Zeit für solche Abstecher, es war eine neue Interpretation des Festaktes erschienen, mit dem der 23. August begangen wurde, wir sprechen jetzt von *Unserer völkischen Auferstehung, angeführt durch die Rumänische Kommunistische Partei!* Titus diktierte, sie schrieb ergeben, wie angenehm ist es, vor der Macht eines Mannes klitzeklein zu werden wie eine Dienerin, die von ihrem Herrn im Vorbeigehen einen Klaps auf den Hintern bekommt, wenn sie sich jetzt an diesen langen Nachmittag erinnert, fließt frische Energie durch ihre Adern, du kannst dich mit 47 also noch verlieben?

*

»Komm, Florica, stell das Tablett ab und geh zu deinen Kindern nach Hause!«, sagte Eleonora und dann wandte sie sich im Flüsterton an Titus, sie kann sich das Lachen kaum verbeißen:

»Jetzt kann sie Gallotschik nicht mehr ausrichten, um wie viel Uhr wir zwei hier rausgehen!«

»Was, Florica petzt auch bei ihm?«, wunderte er sich.

Der liebe Titus, er hat auch seine naiven Momente.

»Aber wer hat sie denn ins *Gebäude* geholt? Doch wohl Vitea Gallotschik! Eine Hexe, Bedienstete im Betonviertel der russischen Offiziere! Wenn ich dir zeige, was sie für Informationen an ihn schreibt, mit Kuli, und die Wörter ineinandergeschrieben, du lachst dich tot!«, fuhr sie fort.

»Darf ich meine Jacke ausziehen, Nora? Ein gefährlicher Lakai, dieser Gallotschik! Er hasst alles, was rumänisch ist!«

Titus nahm ihr die Kaffeetasse aus der Hand, küsste ihr jeden Finger und drückte ihre Hand auf sein Karohemd, dort zuckte schwach, verborgen etwas Lebendiges.

Und dann führte er ihre Hand abwärts, und sanft weiter bis unter den Gürtel, da, wo der Hosenschlitz sich wölbte, ihre zarten Finger zappelten, um zu entwischen, sie streichelten, ob sie wollten oder nicht, die Wölbung, die sich verfestigte, schschsch! schschsch! sie werden alles draußen auf der Treppe oder auf dem Weg zum Auto besprechen! Ihre Hand ließ locker, wurde weich und begann den Reißverschluss des Hosenschlitzes aufzuziehen, kann man das wohl über die Wanzen hören? Wenn sie sich erinnert, wie sein Schwanz in ihren Fingern pulsierte, heiß und hart, bis sie ihn in den Mund nahm, dann fährt der Blitz wieder zwischen ihre feuchten, in den durchsichtigen Nylonunterhosen versteckten Schamlippen bis oben zwischen ihre Brüste.

*

Sie hat keine Geduld, den Entwurf des *Traktats* zu überfliegen, sie wird ihn Paşenka geben, damit er ihn bis ins Letzte zerlegt, aber warum ruft er eigentlich nicht an? Um diese Uhrzeit müsste die Sitzung doch vorbei sein. Wenn wichtige Angelegenheiten ihn ins *Gebäude* führen, kommt Paul Lucaci immer in die fünfte Etage, um seine alte Mitarbeiterin, Genossin Eleonora Oprea, zu begrüßen.

Der rote Knopf blinkt, noch bevor die Klingel zu hören ist und sie läuft los, Telepathie, Paşenka! Ich habe gerade an dich gedacht! Hast du schon mal angerufen und man wollte mich nicht aus der Sitzung holen? Ich bin mit Gallotschik die Papiere der Anwärter durchgegangen, diese neue Sekretärin ist zu gar nichts imstande, Eleonoras Stimme ist spitz geworden, ich wollte sie rauswerfen, aber Titus hat sich für sie eingesetzt, natürlich entscheidet nicht Titus, was denkst du denn von mir?!

Die verspielte Eleonora gibt allen Spitznamen, aber Nelu Oprea ist noch immer der schwerfällige Offizier aus der neuen Armee, er behält die Namen nicht und er versteht auch nicht, wenn sie sie zu Hause benutzt. Sorin Olaru wird bald der *Page* sein, Titus wird vom *Labrador* zum *Schakal* werden, und Paul Lucaci war und ist der *Salvator* und wird es immer sein. Er hatte seiner ehemaligen Studentin die Akte frisiert und sie eingestellt, er hatte ihr schnell die ersten Beförderungen zugestanden, den Posten als Abteilungsleiterin, Mitarbeiterin, und als er höher stieg, hatte er sie sein Büro übernehmen lassen, Direktorin der Delegation, mehr ging nicht, Nory, aber das Leben ist noch lang! Der *Salvator* riet ihr, den Leutnant Nelu Oprea zu heiraten, und er war ihr großzügiger Trauzeuge bei der Hochzeit, er steckte seinem Patensohn Nelu die Majorstressen mit Sternchen an die Schultern, er diktierte ihr ein paar Berichte und dann ging alles wie geschmiert. Und wenn schwarze Wolken am Horizont auftauchen, kommt der *Salvator* angerannt und hilft.

Angerannt ist nicht das richtige Wort, Paul Lucaci, in einem anderen Leben Pavel Lukaci, kann kaum noch gehen, er wiegt seinen riesigen Körper auf den zu klein gewordenen Beinen. Er behauptet, die Staatssicherheit hätte ihn gequält, seine Feinde sagen, er hätte wegen seines Fetts und seiner Stubenhockerei Arthrose bekommen, Eleonora glaubt, dass beide Versionen richtig sind. Aber er ist noch genauso voller Energie wie damals, als er morgens schrieb, der realsozialistische Schriftsteller müsste das wache Auge der Partei sein, und abends schwadronierte er mit seinen Freunden über Emmanuel Mounier, Henri Micheaux, Jean Paulhan. *Das eine rauchen, das andere sagen*, Paul Lucacis Spruch war berühmt geworden, er rechtfertigte das Doppelleben, das alle führten. Und er, der treue Untreue, teilte sein Leben zwischen seiner Frau und ein paar Geliebten auf, die sich untereinander nicht leiden konnten. Doch nur Nory und

Nelu Oprea kamen zu Besuch in die Villa in Snagov und brachten der Tochter Geschenke mit.

*

»Meinen Kaffee hab ich getrunken, den *Traktat*-Entwurf nehme ich mit nach Hause, ich kann mich nur schwer loseisen, aber ich muss! Dein armer Mitarbeiter scharrt vor der Tür schon mit den Hufen, hat die Akten unterm Arm und wartet, dass ich ihm den vorgewärmten Sessel überlasse!«, Paşenka lachte.

Schwerfällig kam er um den Schreibtisch herum und steckte seine langen Finger in Eleonoras Ausschnitt. Wie immer packte er zu fest zu, vielleicht glaubt er, so wäre es männlicher, armer Paul! Ob er sich wohl wirklich noch von Frauen angezogen fühlt oder versucht er nur, seine Männlichkeit zu demonstrieren? Es erregt ihn, sie sich mit anderen vorzustellen, und er hat ihr kichernd von der Apparatur erzählt, die die *Jungs* auf Wunsch der *Genossin* in den Schlafzimmern und Mitarbeitertoiletten des Politbüros installiert haben, das ist ihr letztes Vergnügen.

Aber im *Gebäude* gibt es solche Kameras noch nicht, sonst würde Paul sie auch nicht mit einem Zwinkern zu sich aufs Sofa einladen, lass mich trotzdem noch mal hier den *Traktat*-Entwurf anschauen, auch wenn ich ihn mitnehme, sagt er extra deutlich für die Wanzen.

Mit Blicken fragte er sie, ob es gut war, streichelte ihr noch einmal zart die Schamlippen mit seinen geschickten Fingern, zog ihr die transparente Unterhose wieder hoch und nahm seine Hand zwischen ihren Schenkeln heraus. Das rote Plüschsofa ist dasselbe, auch der Spiegel, in den die Frau täglich sieht und die ein bisschen zu rund geworden ist. Die Haarfärbung hat, obwohl sie hochwertig ist, den einstigen Glanz ihres Haars gedämpft, das sie damals lang trug, zum

Pferdeschwanz gebunden, wenn sie es öffnete, fiel es über ihren birnenförmigen Hintern, wie schön du warst, Nory, er verkneift sich den Satz, hält sich die feuchten Finger an die Nase, leckt sie demonstrativ ab und geht wiegend zur geräumigen Toilette.

*

Von allen Frauen seines Lebens, die nur deshalb viele scheinen, weil er sich nie von einer trennt, hat Nory die größte Leidenschaft für Dessous, ihre Garderobe hat er bei seinen Reisen in den Westen aufgefrischt. Sie kennt sich mit Musik nicht aus, aber sie nutzt voller Respekt ihr Abo im Ateneum, so wie ihr Vater, der Notar, sonntags zur Kirche ging. Sie arbeitet unermüdlich an Beiträgen, Berichten, Zusammenfassungen, sie arbeitet wie eine Siebenbürger-Bäuerin bei Bullenhitze mit unterm Kinn verknotetem Strohhut. Er hat gut daran getan, auf sie zu setzen, sie hat die Zügel des Instituts fest in ihren gepflegten Händen gehalten, hat unter all den Volltrotteln und Grobianen durchgehalten, eine lebendige, aber unkreative Intelligenz, sie kann nur tun, was sie schon andere hat tun sehen. Eine pathetische Rednerin in den Sitzungen, eine geborene Manipulantin. Im Ausland kommt sie nicht so gut zurecht, sie spricht nicht gut Russisch, sie hat es bei den Versammlungen der CAER, der Hilfsorganisation gegenseitiger ökonomischer Hilfe, übers Hören gelernt, und ihr Deutsch, mit dem sie aus dem transsilvanischen Lyzeum hergekommen ist, wir erinnern uns besser nicht, wann das war, das ist schon fast vergessen.

Auf dem Sofa versucht Eleonora, ihm von Gallotschik zu erzählen, aber Lucaci unterbricht sie.

»Keiner verlangt von uns, in den Akten zu wühlen! Momentan, hörst du, was ich sage, momentan! Bald werden wir gezwungen sein, wieder auf sie zurückzukommen, mit den Technokraten verlieren wir die politische Kontrolle! Aber such du dir einen Lehrling aus, mach ihn zum UTC-Sekretär, bring ihn ins *Büro,* bring ihm bei, mit den *Jungs* von der Securitate zu kooperieren, aber dir soll er auch Bericht erstatten, nicht nur denen! Auf den Müll mit den Spezialisten des vergangenen Regimes, die uns die Hand küssen, wenn wir sie aus den Klauen der *Jungs* befreien, aber kaum kommen sie dann nach Hause, machen sie Sender Freies Europa an und warten auf die Amerikaner. Auf den Müll mit den analphabetischen Aktivisten, wir sind die einzigen Sozialisten, die mit dem Internationalen Währungsfond übereingekommen sind und die vom Westen alles bekommen, was wir wollen. Der Westen gibt uns mit vollen Händen, wir sind Idioten, dass wir nicht benutzen, was wir bekommen, darum brauchen wir die Technokraten. Die Welt verändert sich, wir müssen uns auch verändern, wenn wir nicht im Mülleimer der Geschichte landen wollen!«

*

Wenn es Nacht wird, scheint das *Gebäude*, genau wie in der Morgendämmerung, mehr Vertrauen in seine Macht zu erwecken. Die merkwürdige Form, die Eleonora genauso in Moskau und Warschau gesehen hat, verwischt im bläulichen und dichten Violett, in dem die beleuchteten Fenster schwimmen. Der kühle Nachtwind bereinigt die Aufregung im Inneren, die unendlichen Sitzungen, die in den Büros zusammengepferchten Menschen, der Rauch der billigen Zigaretten, der Kaffee, das heimliche Schachspiel, die endlosen Unterredungen, das Gluckern des Wassers in den Klosetts. Das violette Licht wirft über die Alleen und den dunklen Park die Vorahnung eines anderen, unerwarteten, unvorhersehbaren Lebens.

Eleonora hat es sich auf dem bequemen Hintersitz des Wagens gemütlich gemacht und holt für die zehn Minuten Weg, bis sie beim Ateneum ankommt, die schwarzen Lackschuhe mit spitzem Schnabel und Pfennigabsätzen heraus. Sie betastet ihre geschwollenen Knöchel, sie hat jetzt öfter Wassereinlagerungen, und prüft die beiden aufgeriebenen Stellen an den beiden kleinen Zehen, morgen kommen die Masseuse und die Pediküre, gut, dass sie noch mal in den Kalender geschaut hat.

Es ist ein einfacher Tag gewesen, ohne Anrufe von der *Abteilung* oder vom Ministerium, ohne informative Sitzung, ohne Papiere, die von der Visumsstelle kamen oder dorthin mussten, und Paşenka ist interessant und ekelhaft gewesen, wie immer.

Als der Wagen am Triumphbogen vorbeikommt, der die Straße in zwei Bahnen teilt, sieht die Şoseaua Kiseleff festlich aus, als wären Regen, Sonne und Zeit spurlos in ihr vorüber gegangen. Eleonora öffnet das Fenster und atmet die kühle Luft ein, alles erscheint ihr ruhig und gleichgültig. Mit ihren siebenundvierzigeinhalb Jahren fühlt sie sich jung genug, um von der neuen Ära zu profitieren, die auf sie zukommt.

Kapitel 12

# Lehrjahre eines Technokraten

Das Institut ist voller Anfänger, die mit Ausnahme von Sorin Olaru, der weiß, wie man anklopft, mit einem lockeren Hallo! in der Tür stehen.

Sie langweilen sich im Büro schnell und gehen oft zum Rauchen hinaus. Zur Freude der Kollegen, die dann ungestört über sie herziehen können. Aber sie sind bald immer geübter im Nicht-von-Interesse-Sein, denn beim Kaffee der stereotypen Morgenstunden werden sie langsam ausgequetscht wie Zahnpastatuben und das Geheimnis wird aus ihnen Tropfen für Tropfen herausquellen. Wenn das Institut sie dann nicht bei der erstbesten Reorganisation ausspuckt, werden sie Schritt für Schritt in den Institutsteig eingeknetet und von ihnen wird nichts mehr sichtbar sein außer ihren Fehlern, die wie Rosinen im Hefekuchen versteinern. Noch gehen sie überall in Gruppen hin, sie kichern, sie verstecken sich um in einem *Playboy* zu blättern, der wer weiß wie in ihre Hände gelangt ist. Sie quetschen sich in den Toiletten, um die Mädels vom Fotolabor zu beobachten, wie sie sich ausziehen, sie messen aus dem Augenwinkel ihre Penisse am Pissoir und im Büro machen sie dann Bemerkungen, jeder über jeden. Wenn *Frischfleisch* kommt, gehen sie alle auf einmal auf den Flur, Mädchen sind seltene Ware im Institut, Eleonora kann sie nicht ausstehen.

»Guck dir die an, wie selbstbewusst die geht, die schreit geradezu: Ich hab 'ne Muschi! Ich hab 'ne Muschi!«, flüstert Florin, der Lustmolch vom Dienst. Die neue Kollegin kontrolliert die Bewegungen ihres kleinen Hinterns und läuft mit dem Blick zur Decke auf ihren spitzen Absätzen vorbei, ärgert sich oder ist geschmeichelt von der gedanklichen Vergewaltigung. »Hallo«, ruft ein Waghalsiger hinter ihr her, »Hallo, dieser Junge hat Ihnen was zu sagen!« »Hör auf, Mann! Du bist peinlich, merkst du's nicht? Du Vollidiot! Wie kindisch!« Alle sind kindisch, wenn die Eltern oder Gasteltern nicht zu Hause sind, bei den *Teestunden* mit Sandwichs, Salzgebäck von der Konditorei an der Ecke, einer Flasche Wodka Stalitschnaja und Tomatensaft versuchen sie, ihre Freundinnen zu bezirzen. Sie beneiden sich um die Abenteuer, die sie sich erzählen, sie bemitleiden die, die verheiratet sind, sie verdächtigen sich gegenseitig des Betrugs und haben eine absolute Verachtung für *Fossile.* Trotz all der groben Neckereien, des Spotts und der dauernden Angriffe, die in den Kabbeleien der jungen Hähne münden, bewahren sie sich eine geschmeidige Solidarität. Wohin sie auch gehen, umgibt sie ein greller Schein, auf den sie stolz sind, wenn sie zusammen irgendwo anhalten, um etwas zu trinken. Ihre von der Jugend verwirrten Sinne lassen sie glauben, dass sie nie solche dreißigjährigen Greise sein werden. Und weiter als bis zu diesem Alter weigern sie sich sowieso zu denken.

Mit einer Ausnahme: Sorin Olaru, der weiterdenkt.

Die Anfänger haben noch keinen Instinkt für Karriere: Im Moment jagen sie nur nach männlichem Ruhm, dem Ruhm der Schürzenjäger, Saufbolde und Pokerkönige. Olaru hingegen gibt keine Einzelheiten darüber preis, wie und mit wem er Sex hat, und er bietet keine mit Adressen und Tarifen versehenen Rezepte, wie man Mädels rumkriegt.

*

Er ist nur einer von ihnen, aber anders: ein wohlerzogener junger Mann, verschwundene Spezies in *unserer sozialistischen Ordnung.* Nur er weiß noch, wie man anständig eine

Unterhaltung anfängt, *was denken Sie über …?* Nur er hat sich den Geburtstag von jedem notiert und beglückwünscht seine im Augenblick noch wenigen Bekannten, und bei festlichen Anlässen unterhält er sich mit Personen, die verlassen in der Ecke stehen. Wenn er in einem Nachbarbüro zu einem Kaffee eingeladen wird, während die Kolleginnen das Blumenwasser wechseln und sich gegenseitig verschwörerische oder eifersüchtige Blicke zuwerfen, betreibt er Pflichtkonversation und schlürft mit verzweifelter Eile den viel zu heißen Kaffee. Wer ihn sieht, wie er sich verbeugt und nicht nur den älteren Damen die Hand küsst, die die Höflichkeit eines jungen Mannes verdienen, weil sie ihre Attraktivität verloren haben, sondern auch die der Genossinnen im besten Alter, mit hohen Positionen, der weiß dann, dass er es hier nicht mit einer Nebenfigur zu tun hat, die grade aus dem Knast gekommen ist, mit einer veralteten Motte, sondern mit einem jungen Mann der heutigen Zeit, der sich (wie merkwürdig!) die Patina der guten Erziehung bewahrt hat.

Er verliert kein Wort darüber, was man im Büro der Vorgesetzten gesprochen hat, und hört sich geduldig alle Bekenntnisse an, was ihm den Ruf des Gutinformierten einbringt. Seine Geheimniskrämerei und Vorsicht sind die Zielscheibe der Witze, die er mit säuerlichem Lächeln erträgt. Aber es macht keinen Spaß, jemanden zu sticheln, der sich nicht wehrt und auch keinen Groll gegen einen zu hegen scheint, während er einem morgens mit geheimnisvoller Geste wer weiß woher eine *Paris Match* überreicht, die er für zwei Tage ausgeliehen hat.

Gruppen quälen Menschen, die anders sind, aber er stellt sich freizügig zur Verfügung, bietet sich an, kleine Gefälligkeiten zu erweisen, oder gibt jedenfalls den Anschein, dass er das tut, behaupten die Böswilligen. Weil er schnell rot wird, hat die Meute der Anfänger ihm den Spitznamen *Jungfrau* gegeben.

Aber seine Anwesenheit kann so angenehm sein, sagen die etwas älteren weiblichen Angestellten und zupfen sich die Strümpfe über den von violetten Krampfadern gezeichneten Beinen gerade und ziehen am Spiegel auf der Toilette ihre blassen Lippen nach. Schüchtern, mit einer süßen Zurückhaltung in den Augen und trotzdem findig. Korrekt, denn er ist wirklich pünktlich. Kultiviert, denn er kennt alle Neuerscheinungen in den Buchhandlungen, er hat eine Dauerkarte in der Cinematecă, aber guckt sich auch neue Filme an, *Blow up* oder *8 1/2*.

*

Es ist stockfinster um viertel vor sechs, wenn er von zu Hause losgeht, manchmal ist sein Hemd aus Eile schief geknöpft. Über Bukarest funkeln eisig noch ein paar kleine Sterne und auf der einen Seite schimmert gelb und freundlich der Morgenstern. Manchmal entdeckt er auch den Mond, der immer schmaler wird wie eine zum Tee ausgedrückte Zitronenscheibe, und schließlich im elfenbeinfarbenen warmen Himmel zerschmilzt.

Um fünf vor sechs lauert er an der Haltestelle. Und wenn er es nicht schon beim ersten Bus schafft, dann gelingt es ihm spätestens beim zweiten Bus, einen Fuß auf die unterste Stufe zu kriegen. Die Neonlampen an den Hauptschlagadern der Stadt verwischen die Sterne über ihnen, der alte Bus neigt sich stark zur Seite und holpert durch die von den Lichtaugen der Ampeln, den Autoscheinwerfern, den Fenstern der Wohnblocks zersetzte Dunkelheit – die Stadt, ein riesiges, erstarrtes Würfelspiel. Manchmal fängt es an, verbrannt zu riechen und qualmt, ein Glück, dass die hintere Tür nie schließt, weil auf der Treppenstufe Passagiere stehen, einer davon ist er. Er hat es geschafft, einen Fuß auf die unterste Stufe zu setzen, und steckt sein Gesicht zwischen die Mäntel voller fremder Gerüche. Er hat Angst, seine Aktentasche zu verlieren oder aus dem Bus zu fallen, darum macht er die Augen zu und klammert sich verzweifelt an die Haltestange. Wenn er sie aufmacht, sieht er wie die Straße, die vom verkrusteten Schnee glänzt und auf die er durch das Gedränge der nervösen Passagiere jeden Moment fallen kann, ebenfalls in atemberaubender Geschwindigkeit neben dem Bus herrast. Bei jeder neuen Haltestelle beeilt er sich, rückwärts abzuspringen, um die Leute von weiter oben aussteigen zu lassen, auch wenn er befürchtet, es könnte keine Zeit mehr sein, wieder einzusteigen.

Aber er hat gute Reflexe und lange Beine, also bekommt er es hin, seinen Platz auf der Stufe wieder einzunehmen. Selbst wenn er auf einem Bein steht, selbst wenn die Stange sich ihm in den Magen presst oder unter seinem tauben Griff wackelt, er ist eine Stufe höher gekommen. Und nach einer Weile erklimmt er noch eine, indem er sich zwischen den zusammengedrängten Körpern hindurchwindet. Er atmet erleichtert durch, als er oben im Bus ist. Die Dunkelheit draußen ist gewichen und durch die vereisten Fenster filtert sich trübes Licht. Er drückt sich an die anderen, zieht seinen Bauch ein und ganz egal, wie viele Schubser er von denen, die lauthals zur Tür drängen, noch kassiert, er lässt sich nicht mehr zurückschieben.

Wenn er einen freien Sitz bekommt, schaut er sich vorsichtig um, ob nicht etwa ein professioneller *Guter Mensch* nur darauf wartet, ihn sich als Beispiel für die Unverschämtheit der Jugend von heute vorzuknöpfen. Dann bleibt er stehen, hängt an der wackeligen Stange wie an einem Schandpfahl, schwankt bei jedem Hüpfer des Busses auf den schlecht asphaltierten Straßen und betrachtet in den Blicken der anderen Fahrgäste seine peinlich-anonyme Existenz. An glücklichen Tagen kauert er sich auf den ergatterten Sitz und bewegt die gefrorenen Zehen in den Schuhen mit den dünnen Sohlen.

Mit dem Geld steht es bei ihm so schlecht wie in der Studentenzeit. Die Vermieterin hat ihm für sechs Monate im Voraus Geld abgeknöpft und ein Teil der Ersparnisse von Mama Nelly sind hier eingeflossen. Den anderen Teil hat sie als Vorschuss für die Wohnung genommen, in die er zusammen mit Mama Nelly ziehen wird.

*

Nelly Olaru hatte zuerst gedacht, sich dieses Geld von ihrem Cousin Iulian Iovănescu zu leihen, dem *Bolschewikenspion*, aber seine Aktivistenkollegen hatten ihn schon längst zum Freiwild erklärt. Es hatte ihm nicht gutgetan, dass er eine feierwütige Horde hinter sich hergeschleppt und sein Haus mit Gemälden von Luchian und Andreescu vollgehängt hatte, dazu Silber und teure Möbel, alles von den Hausdurchsuchungen. Aber vor allem hatte ihm die russische Ehefrau geschadet. Als er damals nach dem Jahr an der Lomonossow-Universität mit ihr zurückgekommen war, hatte sie ihm zu Vorteilen verholfen, aber jetzt, seit sie die Rote Armee nicht mehr am Hals hatten und der große Genosse von *nationaler Souveränität* redet, war sie zum Klotz am Bein geworden. Überraschenderweise lehnte er es ab, sich scheiden zu lassen, wie man ihm *geraten* hatte, selbst als Marieta ihn bedrängte, das zu tun. Aus diesem Grund übrigens, würde sie ihn dann auch verlassen.

Obwohl er gewarnt worden war, dass *seine Akte dicker würde*, hatte Genosse Iulian Iovănescu nichts unternommen, um sie wieder dünner werden zu lassen: Vielleicht hätte er das auch gar nicht gekonnt.

Zeichen seiner bösen Vorahnung waren zwei Gäste vom Zentrum, die gekommen waren, um die Sitzung auf der Linie des letzten Parteitags vorzubereiten, die sich aber weigerten, zum Bankett mit der lokalen Leitung zu erscheinen. Als er sah, wie sie zum Partei-Hotel kamen, ohne die anstrengende Fahrt hierher auch nur zu erwähnen, begriff Genosse Iovănescu, dass auf ihn die *Entthronung* wartete. Die traditionelle Feier, der er vorsitzen musste, um den Schein zu wahren, endete in Grabesstimmung, was die Kellner überhaupt nicht überraschte, die wie immer informierter waren als das Oberhaupt der Stadt.

Zwei Wochen später bei einer Sitzung, auf der verlangt wurde, *wachsam zu sein angesichts der moralisch verfaulten Elemente, die das Bild der Partei schädigen*, wurde Iulian Iovănescu von der Partei ausgeschlossen und war kurz davor, verhaftet zu werden. Im letzten Moment begnadigte man ihn auf Einwirken von Minister Bodnăraş, er übte Selbstkritik und dankte der Partei für die große Chance *niedriger Arbeit*, zu der er geschickt wurde. Er ging auf die Baustelle von Oneşti, besetzte eine bescheidene Stelle und war überzeugt, es handele sich nur um einen vorübergehenden Abstieg.

Nach einer Weile erhielt er das Parteibuch zurück, kam wieder in die Stadt, wurde Rechtsberater, aber stieg nicht mehr so auf, wie er es sich erhofft hatte. Jetzt wurden junge Kader gefördert, die geschult waren und *eine gute Akte* hatten.

»Hätte ich was gespart, diese beiden Frauen hätten es mir sowieso längst aufgefressen! Weißt du, Nelly, ich kann dir nichts abschlagen, aber, ich hab einfach nichts!« Iulian wedelte ohnmächtig mit den Händen, als seine Cousine ihn bat, ihr Geld zu leihen.

*

Die hartnäckige Nelly dachte darüber nach, ihren anderen Cousin zu fragen, den ehemaligen Corneluş Iovănescu, der jetzt zum ehrwürdigen Sofronie geworden war, aber sie merkte, dass auch er in keiner besonders guten Lage war. Gerade war er im Radio Freies Europa *beschimpft* worden, man hätte ihn gezwungen, aus Deutschland zurückzukehren, und die Kirche, die der atheistische rumänische Staat enteignen wollte, würde nun doch in den Händen des Emigrantenpriesters bleiben.

Die Kampagne der Exilpresse nahm Einfluss auf die deutsche Berichterstattung, Schmutz, was für ein Schmutz, der heilige Onkel wedelte mit seiner schwarzen Sutane zwischen den Iris- und Pfingstrosenbeeten im gepflegten Hof des Klosters. Solange er im Kloster gewesen war, hatte er Sorin nichts über das Ausland erzählt, nur, dass es schwer gewesen war, sehr schwer, aber der Herr im Himmel hat mir Kraft gegeben, damit ich ausharre, hab Geduld, gab er ihm nervös mit einer Kopfbewegung zu verstehen, darüber reden wir draußen!

»Die legen da drüben auch Akten an, genau wie hier, aber die sind noch giftiger und noch ärmer im Geiste!«, flüsterte er, als sie zwischen Kirche und Glockenturm spazieren gingen. Sorin würde das Schweigen des ehrwürdigen Sofronie erst ein paar Jahre später während der Instruktion kurz vor seiner ersten Ausreise nach Deutschland verstehen, der Securitate-Hauptmann Vistig würde ihm eine Zeitschrift zeigen, die natürlich für die *feindliche Emigration* gemacht war: Unter dem ausladenden Titel, *Die Securitate hat der faschistischen Legion die Hand gereicht, um das Exil zu infiltrieren,* war eine vergrößerte Fotografie abgedruckt, auf der ein blonder junger Mann zu sehen war, der eher ihm selbst ähnelte als dem guten Sofronie von heute, er marschierte mit anderen, die genauso aussahen wie er, mit Gurten, die über ein verblasstes Hemd geschnallt waren, vermutlich war es Grün.

»Dein Onkel hatte das Pech, dass er von der bürgerlichen Geheimpolizei erfasst wurde, sie haben für alle Legionäre Akten angelegt. Die sind dann zu unserer Securitate gekommen. Es hat auch noch andere kirchliche Köpfe gegeben, die von diesem hysterischen Exil abgeschmettert wurden, nur wenige schaffen es, gute Beziehungen zur Emigration zu knüpfen, diesem Wespennest«, sagte Hauptmann Vistig rätselhaft.

Sorin stellte keine Frage, Nelly hatte ihm beigebracht, *es war nicht gut, die alte Scheiße aus den Akten hochzuwühlen.*

*

Manchmal, wenn er einen freien Sitzplatz erwischt, lehnt Sorin seinen Nacken an die Lehne und betrachtet die sich vor dem Himmel abzeichnenden Mauern, die Häuser, an denen er im überfüllten Bus vorbeifährt. Dann überschwemmt ihn das Gefühl, ein Liebling des Schicksals zu sein, aber sobald er ins *Gebäude* kommt, wird ihn dieses Gefühl wieder verlassen. Bei jedem Halt wird der Lärm größer, weil auch das Gedränge dichter wird. Jemand hebt eine dicke Aktentasche über die Köpfe der anderen und schlägt ihm damit ans Ohr, andere Leute sitzen zusammengesunken auf ihren Plätzen, hellsichtige Frauen verteidigen ihre vollen Einkaufsbeutel, die sie sich zwischen die Knie geklemmt haben. Sie sind eine Stunde vor der Familie aufgestanden und haben schon eingekauft. Er duckt sich, um den Ellenbogen auszuweichen, die sich ihm in die Schultern bohren, dauernd bricht irgendwo ein Streit aus, die Schaffnerin schreit, blinde Wut glimmt in den spitzen Stimmen der Frauen, in den Flüchen der Männer.

Aber mit seinen 22 Jahren betrachtet Sorin alles von außen, mit Abstand. Manchmal lächelt er sogar und hat den Eindruck, er würde mit jemandem ein Gespräch führen, der wie er einer anderen Welt angehört und nur zufällig hier gelandet ist. Zufällig und provisorisch.

Guck mal, sagt er, wie sie mit schlafverquollenen Augen vor sich hin dämmern, wie sie apathisch auf das von Fliegen bekleckste Plakat mit dem Opernprogramm von vor sechs Monaten starren. Ihr ganzes Leben stehen sie schon um diese Zeit auf und sehen durch die gleichen schmutzigen Fenster die gleichen Häuser, an denen der Bus noch jahrzehntelang vorbeifahren wird.

Er betrachtet sie mit umso mehr Geduld, weil er immer sicherer ist, dass er nicht lange einer von ihnen sein wird, er wird bald eine Lösung finden, sich anderswo einen Platz suchen, etwas Endgültiges, so wie er es auch geschafft hat, auf diesen Sitz zu kommen.

Der Rand des Himmels ist rot gesäumt, die Schwärze der Luft löst sich auf, mit jeder Haltestelle geht es weiter in den Tag hinein. Plötzlich erscheint es ihm vielversprechend, zur Arbeit zu gehen, und er denkt genüsslich an den warmen Kaffee, an die Papiere, die in der Schublade auf ihn warten, an das von Menschen wimmelnde Büro.

*

Und da ist er endlich, noch ist er anonym und verliert sich in der Schlange derer, die dem Dienstplan nacheilen. Ein Lulatsch mit enger Brust, stolz auf sein Nylonhemd, das er für zweihundert Lei auf dem Schwarzmarkt gekauft hat, stolz auf das unsichtbare Zeichen, er spürt es, während er die lebendige Luft mit dem Geruch nach Tau und gemähtem Gras einatmet, es behütet seine Schritte und es lenkt sie »immer vorwärts«! Die Losung, die er als Leiter der Einheit rief, wenn er morgens den Rapport der Pionierabteilungen bekommen hatte.

Die goldene Morgenluft lässt die schattigen Mauern aufleuchten und die Autos, die an ihm vorbeirauschen, und er geht weiter, zieht die knochigen Schultern hoch, die Gruppe quasselnder Mädchen schüchtert ihn ein, als er an ihnen vorbeikommt, beschleunigt er seinen Gang.

Der Sommer gibt den leichtbekleideten Menschenansammlungen an den Haltestellen immer einen ferienhaften Anstrich. In den von Zementwänden umringten Vierecken befreit sich das Gras mit langen silbrigen Spitzen von aller Schwere und verströmt seinen feuchten, hitzegärenden Duft. Im Verborgenen zirpen die ersten Grillen und die Luft, die vor dem warmen Himmel steht, ist erhitzt von der Sonne und erfüllt vom Summen der Insekten. Kleine dreieckige Wimpel hängen von den Besuchen des großen Genossen noch an den Telefonleitungen.

*

Schon in der ersten Arbeitswoche war Sorin zusammen mit den anderen Anfängern am Flughafen Băneasa, um auf Ihn zu warten. Sie waren hergefahren worden, um Ihm Beifall zu klatschen, standen dort draußen, und im Flughafengebäude warteten unbekannte Passagiere auf ihre Maschine und pressten die Gesichter an die Fensterscheiben.

»Ausländer! Obwohl sie hinter der Scheibe sind, sind sie frei, und wir, obwohl wir hier draußen sind …«, flüsterte Relu Morar.

Aber als Sorin dem Abteilungsleiter Aurelian Morar den Kopf zuwandte, fügte er schnell hinzu:

»Schlimm geht's mit dem Schlimmen, aber noch schlimmer geht's ohne! Ob der jetzt Grammatik kann oder nicht, wenigstens beschützt er uns vor den Russen! Als die in die Tschechoslowakei rein sind, da hast du gesehen, wie er's denen gezeigt hat!«

Es lag keinerlei Falschheit in den Augen dieses ausgemergelten, alterslosen Mannes, ein angesehener Funktionär, ein Liebling Eleonoras, was ja auch er für sich erhoffte, und plötzlich hellte sein Gesicht sich auf. Die dumpfe Unruhe der Menge, die Hurras, der Genosse ist da, und dann sind auch wir hier bald fertig! Ein Männlein mit einem in Zeitung gewickelten Fisch unter dem Arm wedelt mit einem welken Zweig und ruft mit irren Augen: Ceaușescu! Ceaușescu! Die Autos der Securisten sind als Erste losgefahren, sie sind leer, sichern die Strecke. Auch die Tänzerinnen, Frauen in Nationaltracht und stark blau geschminkten Augen sind aufgebrochen, ihre Beine sind schief von der alten Rachitis ihrer unterernährten Kindheit, sie haben sie gleich ohne Socken in die harten Schuhe gequetscht, die man für hundertfünfzehn Lei bekommt, sie plaudern zufrieden.

Sorin, Virgil Olarus Sohn, war der Einzige, der später zurück ins *Gebäude* fuhr, um sich im Dienstplan auszutragen.

*

Und dann das Schauspiel, das ihn morgens fasziniert. Wenn der schwarze Wolga über die Allee gleitet, verlangsamt sich die Menschenschlange. Ein paar Abenteuerlustige schlängeln sich Richtung Club, versuchen, nicht hinzuschauen, und hoffen, wenn sie nichts sehen, würden sie auch nicht gesehen. Der Wolga hält vor den Treppen, die Türen öffnen sich, es steigen Maßanzüge heraus, makellose Manschetten und Manschettenknöpfe, die bei den Dienstreisen nach Moskau, Warschau, Prag erstanden worden sind. Ein sanftes Raunen, respektvolle Stimmen. Eleonora Oprea und Titus Marga, die abgeordnete Direktorin und ihr Mitarbeiter, die der nochviel-höherstehende Direktor der Zentrale gnädigerweise im Auto vor ihrer Wohnung abgeholt hat, lächeln sich zu und warten, bis Er aussteigt.

Auf Eleonoras und Titus' Gesicht liest Sorin keinerlei Anzeichen der leidenschaftlichen Beziehung, über die das *Gebäude* tuschelt.

Aber Sorins Blick, der jung und gierig ist, schärft sich immer mehr. Er spürt das jeden Morgen, wenn er durch die kühle, goldene Luft der Allee geht und die Sonne die roten

Winkel des *Gebäudes* am transparenten Himmel nachzieht. Er kann alles werden, er kann alles tun. Er muss nur wählen.

*

Er hat keinen Spiegel in seinem angemieteten Mansardenzimmer, auch nicht im WC nebenan. Er wartet zuvorkommend, bis die kurz vor der Rente stehenden Frauen den Fahrstuhl verlassen haben und sich im Halbdunkel des Gangs verlieren. Sie humpeln wegen der Kalkablagerungen an den Fersen und wiegen ihre schlaffen Hintern, sprechen über Kinder, Ehemänner, über die Haustiere.

Er tritt als Letzter heraus wie der Kapitän eines havarierten Schiffs, im Gehen richtet er seine Haare, seine Kleidung. Dabei gesehen zu werden, wie er sich im Spiegel am Ende des Ganges betrachtet, käme ihm peinlicher vor, als sich beim Blättern in dem alten *Playboy* erwischen zu lassen, der angeblich auf seinem Schreibtisch vergessen worden ist, eigentlich war das ein Streich der anderen, die sehen wollten, wie die *Jungfrau* reagiert. Eine heimliche Zufriedenheit pulsiert angenehm in seinen ungeduldigen Händen, wenn er als Erster die Tür und die Fenster des Büros öffnet. Er hat noch viel zu wenig Arbeit für seine große Energie, er hat zu wenige Beziehungen, umso sorgsamer muss er sie pflegen. Er holt die Akten heraus und stellt den Kaffeetopf auf die tragbare Herdplatte. Wenn sie riechen, wie der häusliche Kaffeegeruch das Büro durchströmt, werden seine Kollegen es ihm mit ihren gnadenlosen Witzen schon danken.

*

Er wirft ein paar Fragen ein, um wiedergutzumachen, dass er schon arbeitet, während die anderen einander ins Wort fallen.

Herr Hariton kommt mit einem Witz von *Radio Eriwan*:

»Frage: Bei uns auf der Arbeit wurde ein Kollege rausgeworfen, weil er immer zu spät kommt. Der Grund: Produktionssabotage. Ein anderer wurde rausgeschmissen, weil er immer zu früh kam. Der Grund: Wirtschaftsspionage.«

»Das ist doch Sorin Olaru!«

Rufen, Lachen, auch Herr Hariton lacht, entblößt sein violettes Zahnfleisch unter einer alten Krone. Sorin ist rot geworden und atmet erleichtert auf, als sie zum Tratsch übergehen, informiert zu sein ist genauso wichtig wie die Arbeitszeit einzuhalten.

Er verwechselt die Geschichten nie, auch wenn sie sich ähneln: wieder eine heimliche Liebe, wieder ein rachsüchtiger Chef, wieder zwei Rivalen, die sich gegenseitig ihre Hoffnung auf Beförderung untergraben. Und jede Geschichte verkompliziert sich wie in *Tausendundeine Nacht* unterwegs mit immer noch einer neuen Figur. Merkwürdig ist allerdings, dass diese geheimen Vorkommnisse bis ins kleinste Detail bekannt sind, als wären die Wände der Büros, des *Gebäudes*, der eigenen Wohnungen durchsichtig. Als wäre ganz Bukarest ein durchsichtiges Aquarium mit täglich zu wechselndem Wasser, damit die Geschichten überleben.

Und er hört ihnen konzentriert zu, lernt, was er nicht tun darf. Keine geheime Liebe im Institut, das wird seine erste Regel sein.

*

Die zweite Regel verlangt, dass man von allen gern gesehen ist. Sorin will nie mehr so einsam aufwachen wie in der deutschen Schule. Irgendwann später wird er Letitia sein Leid klagen, dass er damals nicht an die anderen herangekommen ist, deren Eltern nach Jahren krank und schwach aus den sowjetischen Minen heimgekehrt waren. Und als einziger Rumäne hat er sich zusätzlich die Schuld gegeben, die ihn an seinen freien Tagen beschäftigte und der er sich samstags und sonntags aussetzte, wenn er allein im Schlafsaal des Internats blieb und überzeugt war, dass er in den Augen seiner Mitschüler an ihrem Unglück schuld war.

Später, als er mit der offiziellen Version der deutschen Deportation zu tun bekam, würde er dankbar sein, dass die Schuld ganz und gar auf die Sowjets fiel, die diese Verantwortung gern für sich beanspruchten. König Mihai, der von Stalin für den Wechsel des Bündnisses am 23. August 1944 dekoriert worden war, der Staat, die Parteien, die rumänischen Institutionen und er selbst waren von jeder Schuld freigesprochen, obwohl der Befehl zur Deportation von rumänischen Polizisten an die Türen der Siebenbürger Sachsen und Banater Schwaben gebracht worden war.

*

»Verehrte Dame, zu Ihren Diensten«, wispert er Eleonora leicht errötend von der Türschwelle aus zu.

Und Eleonora sieht von den Papieren auf, nimmt die Lesebrille ab, die sie, sosehr sie es auch hinausgezögert hat, inzwischen braucht, und antwortet mit einem geschmeichelten Lächeln und aufreizendem Wimpernschlag. Ist sie noch immer in ihrem Büro und hat den Entwurf des *Traktats* vor sich, oder ist sie in einem Film mit Danielle Darrieux und Alain Delon?

Sie betrachtet gern die junge Haut der Anfänger, ihre gesunden Zähne, sie lauscht ihrem Lachen auf dem Flur. In den Büros geben sie untereinander *Paris Match*-Ausgaben und abgegriffene Taschenbücher weiter, *Der Mythos des Sisyphos* von Camus und *Doktor Schiwago* von Pasternak, manchmal sogar einen San Antonio. Bei den Intstitusfeiern sprechen sie über *Die Nacht* und *Mit der Liebe spielen, Die Nächte der Cabiria* und *La Dolce Vita* und über rumänische

Theaterregisseure, Genossin Direktorin, über Ciulei, Pintilie, Esrig. Auch sie wird jünger, wenn sie bei ihnen ist.

*

Wegen seiner guten Beziehungen zu den Vorgesetzten haben die anderen Anfänger zwei Spitznamen für ihn erfunden: *Schmittchen Schleimi* und *Jungfrau.* Er lacht, kein Fünkchen Feindseligkeit in seinen transparenten Augen, wenn er ärgerlich wird, ruft er irgendetwas, entschuldigt sich sofort dafür und stürmt aus dem Büro.

Er hat über die Personen, die an den Schlüsselpositionen sitzen, alles im Kopf, ein anscheinend sinnloses Interesse, wie bei einem Sammler. Aber er ist zu dem alten Parteisekretär, der seit dem Slogan *es wurden gewisse Fehler gemacht, Genossen!* mit einem Fuß am Abgrund steht, genauso verbindlich wie zu Eleonora Oprea, die auf dem Gang Hände schüttelt, *Tag, Genosse!*, und dazu Krokodillederschuhe und -täschchen mit Hut trägt.

Sein anonymer Posten berechtigt ihn noch nicht zu dem Arbeitskalender mit Plastikumschlag und dem Foto des Genossen, den er sich sehnlichst wünscht. Später wird er einen haben, sogar den in Leder gebundenen mit einem farbigen Stadtplan, mit Platz für die Passnummer und die Fahrerlaubnis und mit rot unterlegten Nationalfeiertagen der Länder des Warschauer Paktes plus China, Nordkorea, Vietnam und Kuba: ein Geschenkartikel für die linken Westler, die darauf aus sind, die Welt der sozialistischen Länder zu bereisen, wo-keine-Ausbeutung-mehr-stattfindet oder für die *Geschäftsleute,* die sich für die Retechnologisierung unserer im Aufschwung begriffenen Industrie interessieren.

*

Vom Vorzimmer des Direktionsbüros aus ist der Blick auf den Park vor der riesigen, von roten Blumen umgebenen Lenin-Statue verdeckt. Der Nachfolgekult um Stalin, der um

Dej oder um Ceaușescu hat sie nicht ins Wanken gebracht, auch wenn seine Werke nicht mehr auf der Liste der studentischen Pflichtlektüre stehen. Lenin hat nichts mehr zu tun, als seine Metallaugen auf die Straße zum Flughafen zu richten, über die schrill hupende Zivilautos, Motorräder und Polizeiautos jagen: Der Genosse geht wieder mal auf Dienstreise ins westliche Ausland.

Sorin hält die Papiere für die Unterschrift in der Hand und wartet darauf, dass der Dauerkader Gallotschik aus Eleonoras Büro kommt, Sorin sieht durchs Fenster auf eine ewige Gegenwart, in die er sich einzunisten versuchen wird, auch wenn er das Pech hat, per Geburt einer niedrigeren Kaste anzugehören.

*

Die schmeichelnden Sätze Sorin Olarus, die vom Nicken seines Kopfes mit seiner John-Lennon-Frisur, Koteletten und Pony begleitet werden, klingen auf den Fluren des *Gebäudes* genauso angestaubt wie Chansons von Léo Ferré oder Filme mit Cary Grant. Viele seiner Höflichkeitsfloskeln wären im Laufe der Zeit sicher unbemerkt durch anderes ersetzt worden, so wie sich auch äußere Hautzellen nach und nach abschälen. Aber die linguistische Unterdrückung hatte sie in der stehenden Luft der geknebelten bürgerlichen Familien konserviert, und Jahre später würde Sorin Letitia die puritanische Atmosphäre seines vornehmen Elternhauses beschreiben. Erst an der Uni war ihm aufgefallen, dass er anders redete als seine Kommilitonen. Er ertrug die ironischen Bemerkungen und benutzte weiterhin *Rendez-vous* statt *Treffen*. Er vermied *ficken*, vor allem, weil er sich nicht sicher war, wie man das konjugierte, und griff bei Bedarf auf das banale *bumsen* zurück, aber wenn es möglich war, ersetzte er auch das durch eine flüchtige Handbewegung. Die peinlichen Körperteile mit ihren lächerlichen Bezeichnungen aus der Kindheit –

*Kränchen, Müschelchen, Pops* – lagen in einer staubigen Ecke seines Gedächtnisses und *Schwanz, Fotze* oder *Arsch* hatten den neutralen Klang von fremdsprachigen Wörtern, die einem die mitgemeinten Gerüche, Gefühle und Farben nicht übermitteln können.

*

Kurz nach seiner Anstellung wurde Sorin zu Gallotschik ins Personalbüro geholt, es war ungefähr das, was man 30 Jahre später Human Ressources nannte, und er gab angespannt seine Version seiner Biographie zu Protokoll, die er unter Mama Nellys sorgfältiger Kontrolle auswendig gelernt hatte.

Der dürre Alte, dessen ergrauter Schnauzer seinen Überbiss verbarg und ihn nagetierhaft aussehen ließ, hörte ihm gelangweilt zu. Irgendwann stand er auf und schaute aus dem Fenster. Von hier aus sah man die Straßen, die bis weit hinaus in die Ebene führten und bei der Lenin-Statue anfingen. Gallotschik, der provisorische Herr über die Akten, die er *dort hinschickte, wo sie passten*, wusste viel mehr über die ersten Lebensjahre des frischgebackenen Anfängers Sorin Olaru als er selbst.

Das Leben der Eltern steht uns so wenig zur Verfügung wie das Leben von Roman- oder Filmfiguren.

Nachdem er seine Geschichte beendet hatte, wollte Sorin aufstehen, aber der andere signalisierte ihm mit einer autoritären Geste seiner kleinen, faltigen Hand, er solle sich wieder hinsetzen. Seine Arbeit hatte ein Leben lang darin bestanden, die Abstammung genau solcher Angsthasen zu erfassen. Er erriet schon, was sie zu verbergen hatten, da waren sie grade erst zur Tür hereingekommen.

»Reden weiter, das mit Papa, mit Mama!«, befahl er ihm.

Gallotschik hatte in dieser unregelmäßigen Sprache mit mehr Ausnahmen als Regeln offensichtlich Probleme bei der Beugung der unregelmäßigen Verben, dieser Sprache, die in diesem ganz und gar chaotischen und faschistischen Land gesprochen wurde. Einem Land, das nicht ausreichend bestraft und in dem die *passende Ordnung* nie errichtet worden war.

»Wo arbeite Papa?! Papa tot! Wo arbeite vorher? Was gemacht?«, beharrte er, und Sorin sah ihn verwundert an.

Mama Nelly hatte ihm beigebracht, dass die Toten nicht mehr zählten. Aber nun sah man, dass auch sie nicht immer alles wusste.

*

Er schien die Kollegen aus bürgerlichen Familien nicht besonders anziehend zu finden, eher die mit *gesunder Herkunft*, aber er würde ihnen gegenüber immer eine übereilt-väterliche Haltung einnehmen. Wenn er mit ihnen sprach, benutzte er feierliche Redewendungen, als wären sie Herrschaften von vor einem Jahrhundert, die in Kutschen, mit Panamahüten auf dem Kopf und gewundenen Spazierstöcken am Arm zu den Häusern mit der roten Laterne vom Steinernen Kreuz fuhren.

Er hatte den Fehler gemacht, seine Visitenkarten im Institut zu verteilen und war gleich als Snob und Größenwahnsinniger eingestuft worden. Zur Überraschung seiner Kollegen vertrug er allerdings einiges an Getränken. An den Tagen, an denen sie Geld für irgendeine Gefälligkeit bekamen, gingen sie alle in teure Restaurants, ins Berlin, ins Ambassador, ins Lido, sie lachten laut und ostentativ, erstarrten beim hinterhältigen Schweigen der Kellner, waren eingeschüchtert von den Spiegeln, die ihnen das zerzauste Haar und die knittrigen Kleider zurückwarfen. Sie verbrachten ein paar Stunden zusammen, akzeptierten sich mit gemütlicher Sanftmut, die der Alkohol noch bekräftigte.

Ihm würde das gestärkte weiße Tischtuch im Gedächtnis bleiben und die langen Vorhänge, die durch die weit zum

Bulevardul Magheru hin geöffnete Tür flatterten, wo die unbekannten Leben der großen Stadt wimmelten. Vom Alkohol waren seine Wünsche wiedererwacht und er war redselig geworden, er wäre zu gern einfach und elegant am Steuer eines Renault unter dem samtigen Licht der Sonne dahingefahren, zu einer Parteivilla in Snagov, eine Feier mit den Jungs vom Stab, und warum nicht?, mit Fernsehstars und rumänischen Filmschauspielerinnen, Anna Széles oder Riri Mosora. Im rötlichen Licht der Sonne kamen die grauen Wohnhäuser aus der Zeit seiner altmodischen Höflichkeitsfloskeln auf ihn zu.

*

Immer wieder willst du Bukarest für den Neuanfang deines Lebens, den es dir verspricht, sein Dröhnen soll dich benommen machen, das Scheppern der Trams, der Lärm der überfüllten Straßen.

Wie schade, dass er im *Gebäude* genauso eingesperrt ist wie früher in den Mauern des deutschen Internats. Oh, er muss vorsichtiger sein, jeden Schritt besser bedenken! Irgendwo muss sich dieser Kreislauf doch durchbrechen lassen!

Er wird sich auch später noch an die blaugrünen Augen erinnern, die im kreolischen Teint unter dem Gewirr des kastanienroten Haars so überraschend wirken, leider ist seine Kollegin, die manchmal etwas in der *Literatura nouă* veröffentlicht, schon verheiratet. Letitia Arcan sonnte sich wie immer in ihrem Erfolg, mit dem sie die einhellige Kameradschaft der Anfänger und den Bovarysmus der Familienväter für sich gewonnen hatte.

Sie gingen alle zusammen hinaus, aber an der ersten Ecke vereinzelte sich die Gruppe. Sorin schüttelte seinen Tagtraum ab, sah auf die Uhr, nahm den Weg Richtung Strada Bibliotecii und betastete in seinen Jackentaschen die Kinokarten. Ob das Mädchen, mit dem er eine Verabredung hat, ihm einen Korb gibt? Die Stadt wurde wieder gleichgültig, die Straßen füllten sich mit heimwärts oder in die Geschäfte eilenden Menschen, nein, er würde keiner von ihnen werden! Er würde jemand anderes sein, er hatte noch nicht entschieden, wer, aber er hatte noch Zeit.

Damals war er sehr jung.

Kapitel 13

# Wochenenden mit Mama

»Bis ich zurück bin, wird auch der Posten in Bochum frei und der in Montpellier, China ist nur ein Test«, hatte Petru Letitia am Morgen der Abreise zugeflüstert.

Sie warteten mit den prallvollen Koffern vor dem Haus auf den Renault von Professor Stan. Drei gute Anzüge, die kostbaren Jeans von Levi's und Wrangler, sechs Hemden, vier T-Shirts inklusive derer mit *Bayern München* und *AC Milan*, Bücher und Lexika, hast du irgendwie vor, in China um politisches Asyl zu bitten, du nimmst ja deine ganze Aussteuer mit? Letitia hatte gelacht. Den ganzen gestrigen Tag war Petru in einem labberigen Jogginganzug mit seinen grauen wirren Haaren und der Brille auf der Nase zwischen den offenen Koffern herumgerannt. Er wickelte alles ein und notierte es in einer der Listen, die auf dem Tisch lagen. Er eiferte Manuela nach, seine erste Frau ist eine Künstlerin im Kofferpacken: Diese anerkennende Bemerkung machte er in bester Laune, seine Fröhlichkeit hatte ihn nicht mehr verlassen, seit er durch die Tür gekommen war und dabei triumphierend mit dem Pass gewedelt hatte.

»Es gibt da nichts zu kaufen, absolut nichts! Man kriegt nur das kleine rote Buch von Mao! Willst du etwa, dass ich in blauer Uniform rumlaufe oder meine Dollars in den Geschäften da auf den Kopf haue? Bestimmt sind die leerer als bei uns! Und die bestickten Tischdecken und die Maramureş-Bildbände sind offizielle Pflichtmitbringsel, jetzt fang nicht ausgerechnet du an, mir Ratschläge zu geben, Letitia! Das ist nicht grade deine Stärke! Und außerdem kümmern sich schon andere darum!«

Die Lockerheit, mit der Petru Manuela erwähnt hatte, ließ Letitia verblüfft schlucken: Es war nicht das erste Mal, dass sie die Gegenwart der Anderen spürte. Noch war sie nicht zu dem Schluss gekommen, dass die Menschen sich im Leben nie wirklich trennten: Die Gesten und die Stimmgebung, die Hobbys und Ferien, die Filme, Bücher und Lieblingsspeisen derer, mit denen wir zusammengelebt haben, als wir sie irgendwann liebten, sind in unser Wesen übergegangen. »Du verwechselst mich immer mit Manuela! Du siehst mich an und siehst sie!«, hatte sie ihn in den ersten Jahren angeschrien. »Blödsinn!«, hatte Petru verärgert abgewinkt. Nach einer Feier mit Petrus Kollegen hatte Letitia es aufgegeben, dieses Thema noch einmal anzusprechen.

*

Sie trafen sich jeden Samstag, mal bei dem einen, mal bei dem anderen, brachten reihum zwei Flaschen Wein zu zwölf Lei mit oder einen polnischen Żubrówka oder Wyborowa oder Żytnia. Wenn das Fenster offen stand, passten sie auf, was sie sagten. Silvesterfeiern und Ferien verbrachten sie zusammen, am Meer in dem Örtchen 2 Mai, oder in den Bergen, im Parâng, im Retezat oder im Făgăraş. Und sie sahen auch Fußballspiele und Wimbledon-Finale zusammen. Sie lasen ungefähr die gleichen Bücher, gingen in die gleichen Filme, besprachen alles miteinander, waren zu einer Zelle zusammengeschmolzen, die abwechselnd Vergnügen und Unzufriedenheiten teilte. Die Stadt war voller solcher Gruppen, ehemalige Mitschüler, Arbeitskollegen, die selten andere Männer mitbrachten aber dafür andere Frauen. Nur die Veteraninnen hielten durch, hatten Rechte, sahen auf die weiblichen Neuankömmlinge hinab, kommentierten jede ihrer Gesten, machten ironische Bemerkungen über die Beziehungen mit den Männern, die sie hergebracht hatten.

Jede neue Errungenschaft, die einer von ihnen tätigte, ein Magnetophon von Tesla oder Grundig, ein Kassettenrekorder, Tennisschläger, Fotoapparat, wurde den anderen feierlich vorgeführt wie Eheringe und Sprösslinge.

Das erste Regal, das man mit Eroberungen aus dem Antiquariat und Neuerscheinungen aus der Reihe »Die Klassiker der Weltliteratur« gefüllt hatte, war ein echter *Hit*. Die neuen Gegenstände weckten den Ehrgeiz der anderen, die ihre Revanche planten. Wir gehören jetzt auch dazu, wir haben uns ein Schlafzimmer gekauft, ihr werdet es bei unserer nächsten Party sehen, wir wollten mal etwas anderes, als man sonst überall sieht, aber … Ein gedemütigtes Schulterzucken.

Weil sie nirgendwo individualisierte Möbel finden würden und der Lauf der Zeit sie unbemerkt in das peinliche Alter des Erwachsenendaseins verfrachtet hatte, taten auch sie jetzt, was alle taten. Das hätten sie ums Verrecken nicht gedacht!

*

Letitia rauchte entspannt, sie versuchte schon seit Längerem nicht mehr, den Moment abzupassen, in dem sie eine Frage einwerfen konnte. Sie machte die gleichen Sandwichs, Fleischsalate, Torten mit Kakao von Suchard und Eis mit Nescafé wie die anderen Ehefrauen aus der Gruppe, sie tauschte mit ihnen Rezepte, Kleiderschnittmuster, Schneider, Friseure, Reinemachfrauen.

Sie hatte sich zwischen ihren Leben Platz verschafft, so wie sie sich Platz zwischen ihren noch schmalen Körpern auf dem Sofa verschafft hatte. Sie schwitzte nicht mehr vor Panik, wenn sie nicht gleich ein Gesprächsthema fand, sie verstand die Witze und Anspielungen der anderen, hatte das kleine Argot der Gruppe gelernt und wenn sie den Mund aufmachte, bekam sie manchmal sogar einen Witz hin, wie sehr hatte sie sich von der stummen Letitia am Anfang entfernt!

Jahre später, wenn sie es sich auf dem Kunstledersofa in Iliescus Livingroom bequem machte, erinnerte sich Letitia daran, wie lange es gedauert hatte, bis sie die Rolle der Ehefrau in der Gruppe von Petrus Freunden beherrschte. Und jedes Mal würde sie daran denken, wie eintönig ihr Leben nur mit Sorin wäre, und sie würde den Gedanken an die Scheidung weiter vor sich herschieben.

Alle besprachen es im Flüsterton, wenn jemand aus ihrem kleiner gewordenen Kreis verschwand. Manche waren schon im Westen, sie waren nach einem Ausflug dort geblieben, nach einer Dienstreise, und erbaten sich über das Rote Kreuz den Nachzug von Kindern, Frau, Mann. Von ihnen bewahrte man sich hier nur den einen oder anderen Spruch, ein lustiges Ereignis in den Bergen, bei einer Feier, das sie sich mit der Nostalgie derer, die das Ende ihrer Jugend kommen sehen, immer wieder in Erinnerung riefen.

*

Klein, mit gefühlvollen, fast mädchenhaften Augen und fleischigen Lippen, versuchte Serghei Sârbu sich zwischen den Leserinnen der *Burda* und *Vogue* Platz auf dem Sofa zu verschaffen. Er wollte sich unbedingt neben Letitia setzen. Spitze Ellenbogen, ironisches Lachen, bis oben hin nackte Beine in Strumpfhosen von Adesgo.

»Hör mal Lety, hat Petru etwa ein Rezidiv?«

»Was hat er? Entschuldige, ich hab es nicht verstanden.«

Sie warf einen panischen Blick zu dem Sessel, in dem Petru nach ein paar Gläsern Wodka eingenickt war.

»Einen Rückfall in die Depression …«

»Petru und Depression, woher kommt das denn jetzt?«

Wenn er zu Hause von Serghei Sârbu spricht, dann hört

er nicht auf mit *Serjoscha, der Halunke vom Primaverii-Viertel.* Letitia ist aber überzeugt, dass er Serghei um die Selbstsicherheit, die Musik und die neuen Filme, die entfesselten Partys der Stabsjugend beneidet. *La jeunesse dorée, la jeunesse de merde,* knurrt Petru.

»Wenn du einmal eine Depression hattest, dann kriegst du im Frühling und im Herbst Rezidive, ich sag dir das nur, damit du gut auf Petru aufpasst, Lety! Aber komm, besser wir tanzen!«

Die affektierte Stimme Sergheis hatte jetzt einen beschützenden Klang. Letitia kam es gelegen, dass Serghei sie so weit wie möglich von der Lampe wegzog und ihr Gesicht nicht sah, *Strangers in the night, two lonely people,* der Radiorekorder von Dănuţ war neu, aber es war immer noch die alte Musik.

»Die Depression ist das letzte Geschenk, das Manuela Petru gemacht hat! Er ist zum Kader bestellt worden und da hat man ihm gesagt, dass Manuela politisches Asyl in Frankreich beantragt hat, ob er von dieser Entscheidung gewusst hätte? Was er davon hielt? Er kam so zerstört da raus, dass er nicht mehr ins Seminar zurückkonnte, ich habe den Unterricht für ihn gehalten. Er hat immer gefragt: Warum hat sie mich nicht gewarnt? Klar, das war Blödsinn, das hätte noch gefehlt, da hätten sie ihn gleich festgenommen! Ihre Wohnung hatten sie schon enteignet und einem Securitate-General gegeben, der Vertrag war auf Manuelas Namen gelaufen, Petru ist mit leeren Händen da rein und so ist er auch wieder raus! Manuelas Eltern sind nachts gekommen und haben ihre Möbel rausgeholt, damit sie nicht konfisziert werden, die hatten sie irgendwann in Wien gekauft. Er zog dann gleich um, zur Miete, in die Zweizimmerwohnung im Drumul Taberei, du kennst sie, ich habe ihm die Säcke mit den Büchern hingeschleppt. Ich habe einen Psychiater für Petru gefunden, ausländische Medikamente, hat er dir diese Geschichte nie erzählt?«

»Petru erzählt nichts«, flüsterte sie.

Früher hatte sie Serghei gehasst, wenn er Anspielungen auf Manuela gemacht hatte, aber jetzt war sie ganz Ohr. Sie verstand endlich die Vorteile dieser Frau im langen schwarzen Mantel, den sie um die Taille festzog, mit dem violetten Schal und der Lacktasche mit den versilberten Schnallen, die sie irgendwann mal gesehen hatte. Manuela war die Welt gewesen, zu der Petru Zutritt haben wollte, und Petru war die Welt, in die sie Zutritt bekommen hatte.

*

»Petru will hart erscheinen, aber in Wirklichkeit ist er ein Naivling! Vielleicht stellte er sich vor, dass Manuela ihn auch rausholen würde, selbst wenn sie seit Jahren getrennt waren, sie in Paris und er hier! Viele behaupten, Manuela hätte ihre gemeinsame Tochter benutzt, um rauszukommen, sie war krank, sie ist mit einem Herzfehler zur Welt gekommen, das weißt du, oder? Sie bekam einen Pass für Paris, die Genehmigung für die Operation, aber das Mädchen konnte nicht gerettet werden. Petru fand immer neue Erklärungen dafür, warum Manuela noch nicht zurückkam. Sie meldete sich zum Doktorat an der Sorbonne an, kam noch einmal nach Rumänien, ging wieder, Petru, ihr Bürge, damit sie die Verlängerungen für ihr Visum bekam. Und als es ihr einfiel, da beantragte Manuela politisches Asyl, obwohl sie alles außer politisch verfolgt war, wer weiß, was sie da für Lügen erzählt hat, und sie ist eine Meisterin darin, Beziehungen zu knüpfen! Und Professor Stan, Hut ab!, er benahm sich wirklich nett, ich lass dich nicht fallen, hat er zu Petru gesagt, aber wenn du an der Uni bleiben willst, dann lässt du dich sofort scheiden und heiratest wieder!«

Letitia fühlte, wie ihre Beine plötzlich bleiern wurden. Am liebsten hätte sie die Tür aufgerissen und wäre weggelaufen, so wie sie war, im kurzen Kleid aus Naturseide, mit einem kleinen Schleier um das Décolleté. *You'll never walk alone*, Mahalia Jacksons unglaubliche Stimme, die aus den Tiefen eines endlosen Schmerzes kam, senkte sich flüsternd herab wie unter der riesigen Kuppel einer Kirche.

»Was ist mit dir, bist du müde geworden? Soll ich dir was zu Trinken bringen?«, fragte Serghei.

»Einen Wodka mit Pepsi«, flüsterte sie.

*

Sie sah Petru vor sich, wie er damals zum ersten Mal unten vor dem Fenster des Studentenwohnheims auf sie gewartet hatte, sie waren dann ins Drumul-Taberei-Viertel gegangen, in die Zweizimmerwohnung an der Haltestelle Horizont, warum bist du hierhergezogen?, hatte sie sich gewundert, ich musste, hatte er trocken geantwortet. Thema beendet. Auf dem Boden lagen zu Bündeln geschnürte Bücherstapel und Säcke mit Papier und Kleidern, der Kühlschrank war der alte, aber das ausziehbare Sofa war neu und bequem. Nach Monaten würde er ihr erklären, dass die elegante Wohnung, in der sie bis dahin Liebe gemacht hatten, auf den Namen seiner Frau gelaufen war und dass er sie nach dem Vollzug der Scheidung hatte verlassen müssen. Petru hatte sie damals über Nacht bleiben lassen, er war aufmerksamer gewesen als sonst und morgens hatte er sie gefragt:

»Wie wäre es, wenn du hierherziehen würdest? Du kannst mich ja jetzt eine Weile nicht erreichen, weil ich erst mal kein Telefon mehr haben werde!«, fuhr er fort und lachte, »warum sagst du nicht ja? Warum hüpfst du mir nicht an den Hals? Hast du Angst, was du deinen Eltern sagen sollst? Keine Sorge, wir gehen auch beim standesamtlichen Offizier vorbei!«

Nach dem Gespräch mit Serghei an diesem Abend verstand Letitia, dass nicht die Zukunft die meisten Überraschungen bringt, sondern die Vergangenheit, die wir ein Leben lang nicht aufhören, immer wieder von Neuem zu lesen.

*

Petru sah gut aus und, was nicht allzu oft passierte, er lachte. Er hatte seine kariösen Vorderzähne machen lassen, und die Bräune von den Ferien in Mamaia ließ ihn sportlich wirken.

»In Montpellier ist es ein Aufenthalt von zwei Jahren und in Bochum drei! Frankreich *versus* Deutschland! Da gehen wir zusammen hin. China ist nur der Anfang!«

Er hatte noch etwas sagen wollen, aber der Renault hielt schon und durch das Fenster sah Petru das unzufriedene Gesicht des Chauffeurs. Er, ein Mann aus dem Hause des Vizepräsidenten der Akademie, er war abgestellt worden, um die Koffer eines Dahergelaufenen aus der Universität zu schleppen? Petru war sicher, er hätte erraten, was im Kopf des Chauffeurs vor sich ging, und hievte die Reisetaschen gut gelaunt selbst in den Kofferraum. Den ganzen Weg bis zum Flughafen hatte er seinen Arm fest um Letitias Schultern geschlungen, die Muskeln seines Gesichts waren entspannt vor Freude über die Abreise und über den Komfort des geräumigen Autos, das die Schlaglöcher im Asphalt und den Straßenlärm dämpfte. Letitia schob ihre schmale Hand in seine große heiße Handfläche, sie schob ein Bein zwischen seins, atmete das gewohnte Aftershave und sah zwischen den Wimpern hindurch auf die Stadt, die ihre Stadt geworden war. Genau wie Petru. Oder genauer, dank Petru.

Das Kanalufer mit den Weiden, die sich über das ölige Wasser beugten, die gelblichen Mauern des kleinen Palastes vom Brâncuveanu-Spital, die goldenen Kugeln der Russischen Kirche neben dem ernsten Weißgrau der Staatsbibliothek, das müde Laub der Linden auf der Strada Kiseleff, die Sowjetische Botschaft und die Villen der Zwischenkriegszeit, die von gefährlich aussehenden Polizisten bewacht wurden und die immer mehr wurden, je näher sie dem Primaverii-Viertel kamen, die rot-orangenen Bäume des Herăstrău-Parks und das silbrig spiegelnde Wasser der Seen zogen vor ihren halbgeöffneten Augen vorbei. Sie drehte rechtzeitig den Kopf zur Seite, um das *Gebäude* mit dem roten Stern an der Spitze nicht zu sehen, vor dem sich wie ein metallenes Blättchen die Umrisse der Lenin-Statue abhoben.

Der Chauffeur wartete finster, dass sie das Gepäck ausluden und fuhr sofort davon.

»Er muss ja einen hohen Dienstgrad haben bei der Frechheit«, bemerkte Petru immer noch gut gelaunt, »pass bitte auf, was du mir schreibst!«

Erst als sie allein war, dort am Flughafen, der sie einschüchterte, verloren zwischen den misstrauischen und angespannten Gesichtern, kamen Letitia die Tränen, sie hatte noch nie so viele Monate ohne Petru verbracht.

*

Sie war erst spät nach Hause gekommen, hatte zwei Busse und eine Tram nehmen müssen, und stürzte sich dann auf Onkel Ions Atlas: Den hatte sie aus einem Stapel Altpapier gerettet, das Papa feinsäuberlich zusammengesammelt und bereitgelegt hatte, um es vor dem letzten Streichen der Wände in den Müllschlucker zu werfen.

»Du tust alles dafür, um jede Spur von Onkel Ion in dieser Wohnung zu verwischen, für die er so viele Demütigungen kassiert hat und in der er nicht mal zwei Monate wohnen konnte! Und du bist mit deinem abgerissenen Pappkoffer hier rein und dabei nicht mal direkt aus dem Gefängnis, sondern von dieser anderen, die nach ein paar Monaten zu dir gesagt hat, dass du sie störst! Dann bist du bei uns aufgetaucht, Margareta, darf ich wieder zu dir? Und die arme Mama, die am Gefängnis Schlange gestanden hat mit den Päckchen für dich, und die jahrelang auf dich gewartet hat und die das Alleinsein nach Onkel Ions Tod nicht gut ausgehalten hat, war im siebten Himmel! Aber Biță hat mir gesagt, wie du darauf gekommen bist, zu uns zu wollen!«

So hätte sie ihn gern angeschrien, aber sogar das gezwungene Lächeln, das Vater und Tochter sich bei den Mahlzeiten zuwarfen, gib mir mal bitte das Salz, soll ich dir noch Brot abschneiden?, gruben Mama zusätzliche Falten in die trockene Haut ihrer Wangen. Immer wenn sie allein waren, warf sie Letitia ihre abweisenden Grimassen vor, die es darauf anlegten, ihre arme Familie in die Luft zu sprengen, die erst so spät wieder zusammengekommen war, Vater, Mutter und Kind, danach hatte sie sich ein Leben lang gesehnt.

»Glaubst du, er merkt nicht, dass du es vermeidest, ihn Papa zu nennen? Glaubst du, dass er deshalb nicht leidet?«, flüsterte ihre Mutter, sobald die zwei Zimmer ihrer Wohnung von der Stimme David Ohanesians widerhallte.

Dann war Vater ins Schlafzimmer gegangen und hatte die Schallplatte mit *Othello* aufgelegt. Das Gesicht ihrer Mutter, die sich über das Holzbrettchen beugte, auf dem ihre Finger geschickt gekochtes Gemüse schnitten, verzog sich unter dem Druck des Vorwurfs.

Sie hat immer Angst, dass wir ihn mit irgendetwas unzufrieden machen und er wieder geht! Und sie will nicht verstehen, dass mein Vater für mich zu spät zurückgekommen ist! Warum muss ich für ihre ungereimten Leben bezahlen, Scheidungen und Gefängnis und Verrat und Schuldgefühle? Und was habe ich von ihm gehabt? Eine miese Akte, wegen der ich Herzklopfen kriege, wenn ich eine blaue Polizeiuniform sehe, und die Vorwürfe von Petru, dass die Sünden der Familie

Branea seine Karriere zerstören! Und Mama kann nichts tun, als immer zwischen ihm und mir hin- und herzurennen! Und eigentlich hat sie noch nie eine glückliche Familie gesehen, falls es so was wirklich geben sollte. Mama hat keine Ahnung, wie man zärtlich ist, und diese Tollpatschigkeit hat sie mir weitervererbt!, denkt Letitia mit Widerwillen.

Das Messer hackt in die verhornte Haut des Fingers und die Möhren auf dem Holzbrett werden fleckig vom spritzenden Blut.

»Guck mal! Guck mal, was du mir antust, weil du mich die ganze Zeit ärgerst!«, sagt Mama vorwurfsvoll.

Voller Gewissensbisse macht sich die Tochter daran, ihr das zerknüllte Taschentuch aus der Jackentasche um den Finger zu binden und beeilt sich, den ungeheuerlichen Satz auszulöschen, der ihr in den Kopf kommt: *Es ist leichter, lieb und respektvoll zu einem toten Elternteil zu sein als zu einem lebenden.* Sie erinnerte sich an keinen einzigen Moment, in dem sie schlecht von Onkel Ion gedacht hätte, vielleicht damals, als ihre hastigen Finger sich in ihrem mit Mehl gestärkten Unterrock verhakten, den sie unter den weiten geblümten Rock zog, während sie durch den Vorhang beobachtete, wie er am Tisch im Hof die Papiere für die ewig unbeendete Arbeit durchging, und sie nur einen Gedanken hatte, was wäre der beste Moment, um auf die Große Straße hinauszulaufen?

»... mit diesem schmutzigen Taschentuch kannst du dich infizieren, Margareta!«

Im Schlafanzug und mit einer Flasche Spiritus und einer Mullbinde in der Hand stand voller Zugewandtheit ihr Vater auf der Türschwelle.

*

Die größte Ungerechtigkeit für die Toten ist, dass sie das Glück der Menschen nicht mehr mitbekommen, die sie geliebt haben. Oder die sie noch immer lieben, falls es da, wo sie dann sind, noch Liebe gibt. Vielleicht helfen uns unsere geliebten Toten, wenn wir es hier schwer haben und sie sind es, die uns das Glück schicken? Hilf mir, flüsterte Letitia Onkel Ion manchmal zu, geleitet von einer vagen Idee, die umgeben von Schlaf tief in ihr lag und viel weiter herkam, als aus dem orthodoxen Christentum oder dem dialektischen Materialismus, mit denen sie aufgewachsen war. Vielleicht hatte sie deshalb den zerfledderten Atlas herausgeholt, aus dem ihr noch der Geruch des Zimmers entgegenströmte, in dem sie jahrelang mit ihrer Mutter und Onkel Ion geschlafen hatte, und warf ihn in ihre Reisetasche.

Sie starrte mit zusammengekniffenen Augen auf die Seiten des Atlas, wo ihre jungen Fingerabdrücke über den alten Abdrücken ihres Onkels lagen, Hände, die schon seit Langem zu Erde geworden waren. Onkel Ion, ihr einziger Vater, dessen mangelnde Aggressivität sie manchmal bei Sorin Olaru wiederzuerkennen glaubte.

Mithilfe einer Lupe schaffte sie es endlich, in diesem Atlas des merkwürdigen Europas von vor dem Krieg Bochum zu finden, und Montpellier. Nachts wälzte sie sich in dem plötzlich riesengroß gewordenen Bett, sie irrte ängstlich durch die verworrenen Straßen des Lipscani-Viertels, das eigentlich Montpellier war, und hatte Petru aus den Augen verloren. Das obsessive Thema Reise verfolgte sie auch in den nächsten Tagen in einem anderen Traum, Petru hielt der Uniform mit blauen Epauletten beide Pässe hin, nein, Genosse, nein! Dieser hier ist meiner! Der andere ist der von meiner Frau! Der Mann ohne Gesicht bewegte herrisch den Ärmel der Uniform und die Koffer, mit denen Petru nach Peking aufgebrochen war, fielen auf das Laufband in die unbekannten Innereien des Flughafengebäudes, das sie erst *drüben* wieder ausspucken würde.

Nun sollte noch sie in die bunte westliche Welt schlittern, aber hier wurde der Traum unterbrochen. Letitia konnte es sich nicht vorstellen, genauso wie sie sich auch die unsichtbare Welt nicht vorstellen konnte, zu der Onkel Ion aufgebrochen war.

*

Ob Eleonora wohl ihre Abwesenheit dazu benutzen würde, um die Funktionärin mit Schriftstellerallüren loszuwerden? Ihr Posten würde nicht sicherer werden, nicht einmal, wenn nach ihrer Rückkehr Titus Marga auf der Stelle von Eleonora Oprea sitzen würde. Im Krieg der schriftlichen Stellungnahmen hatten sich ihre Kollegen entweder hinter den einen oder den anderen Chef gestellt, aber sie nicht.

Onkel Ion hatte Letitia beigebracht, sich in der anonymen Masse versteckt zu halten, sie war Pionierin gewesen, bei der kommunistischen Jugendorganisation UTC, und auf Sorin Olarus Rat hin hatte sie ihren Eintritt in die Partei beantragt. Eine halbe Stunde nachdem sie gesagt hatte, sie wünschte, *dabei zu sein, mitzumachen bei*, da wurde sie schon beglückwünscht. Die unaufgeregte Stimmung der Truppe, zum Glück hast du uns keinen ewig langen Vortrag gehalten, komm ein Bier kippen, betäubte ihr Gefühl von Demütigung, das ihr wie das Aufstoßen nach einer schwer verdaulichen Mahlzeit wieder hochkommen sollte, sobald sie sich an das falsche Pathos in ihrer Stimme erinnerte, mit dem sie etwas anderes gesagt als gefühlt hatte.

Aber dann fiel ihr jedes Mal ein, wie sie bei Onkel Ions Tod gedacht hatte, dass Pflicht, Desinteresse, Korrektheit nur Wörter waren, denen sie mit Misstrauen und Feindseligkeit begegnen musste. Und sie zwang sich, den Moment ihres Parteieintritts zu verdrängen, so wie sie sich auch zwang, den unbequemen Gynäkologenstuhl zu vergessen, auf den sie sich bei jeder Untersuchung setzte, ihre

Beine spreizte und die Zähne zusammenbiss, während sie fühlte, wie das kalte Metall ihr das Fleisch auseinanderschob.

*

Sie hatte nach und nach entdeckt, dass sogar der Impuls, jemanden in einer Sitzung oder einer Bürounterhaltung zu verteidigen als partisanenhaft gedeutet wurde, es wurde als gegen jemanden gerichtet oder als Unterstützung für jemanden interpretiert. Mit jedem Wort war sie Teil der Truppe, alles, was sie tat, wurde verächtlich als Schachzug betrachtet und bewertet. Und als sie dann zum ersten Mal im Leben wählen durfte, nämlich zwischen Titus und Eleonora, merkte sie verwundert, wie in ihr der Wunsch aufstieg, nicht dazuzugehören: Das war der Geschmack der Freiheit, den sie noch nie geschmeckt hatte.

Wegen ihres mitarbeiterlichen Schuldgefühls hatte sie vor Kurzem Überstunden gemacht. So hatte sie es jedenfalls Petru gegenüber gerechtfertigt.

»Vielleicht kann es nicht schaden, wenn ich Überstunden mache, das machen viele und ich bin nicht so gut angesehen«, murmelte sie.

»Es ist zu spät, um deren Meinung über dich noch zu ändern! Aus meiner Sicht wirst du da nur deine Zeit vertun!«, knurrte Petru sarkastisch.

Sie hatte es bereut, nicht ihren Mund gehalten zu haben: Hatte sie ihm nicht irgendwann selbst erzählt, wie die Anfänger sie bedrängten?

»Komm, Lety, bleib nach Feierabend noch mit uns hier, das ist richtig toll! Die Chefs sind nicht mehr so fies, der Dienstplan gilt dann auch nicht mehr, der eine oder andere bringt was zum Süffeln mit, am Ende vom Trimester gibt's sogar ein paar Prämien! Titus hat mit seiner Demagogie das ganze *Gebäude* aufgemischt, wir arbeiten hier 24 Stunden am Tag am *Traktat*, was ist das denn hier eigentlich bei euch? Die Baustelle von Bumbeşti-Livezeni?«*, so fragen sie uns alle.

Tatsächlich hatte dieser Miesepeter Petru recht gehabt. Ihre Arbeitswut hatte Letitia am Ende nur die widersprüchliche Freundschaft mit Sorin Olaru eingebracht.

*

Nachdem Petru nach China geflogen war, hatte sie an den kurzen Samstagen öfter den Zug zu ihren Eltern genommen. Auf dem überfüllten Gang, das Buch an die Fensterstrebe gelehnt, las sie im schweren Geruch des Klosetts, dessen Tür nicht mehr richtig schloss, und im Schnapsdunst der Ţuica-Flaschen, die mit Maiskolben oder Gummipfropfen verkorkt waren und von den Bauern in Taschen oder Säcken aus Leinen mitgenommen worden waren. Erst als die geraden Schienen der Ebene sich in Kurven aufwärts zu winden begannen, hob sie die Blicke von den Seiten. Die Hügel waren noch immer so wie früher, bedeckt von blauen Wäldern, hier und da besät mit weißen Häuschen und Spielzeugkirchen, warum war sie dann anders geworden?

Ihre Mutter erwartete sie am Bahnsteig, jedes Mal. Ihr Vater kam erst später nach Hause, und wenn sie seine regelmäßigen Schritte auf der Treppe hörte, hellte sich Margareta Braneas ewig unzufriedenes, verkniffenes Gesicht plötzlich auf.

»In dir drin veränderst du dich eigentlich nicht, egal wie viel Zeit vergeht«, hatte er seiner Tochter eines Tages gestanden, dieser Bekenntnisdrang war dann genauso unerklärlich

* Eine der komplexesten Eisenbahnlinien Rumäniens mit 35 Brücken und Viadukten und 39 Tunneln. Tatsächlich wurde die Baustelle bereits Ende des 19. Jahrhunderts begonnen, der Bau wurde aber als Meisterstück des kommunistischen Eisenbahnbaus kolportiert.

wieder verschwunden wie er erschienen war. »In deinem Inneren fühlst du dich so wie immer.«

Ihre Mutter hatte ihr damals versucht zu erklären, warum sie Victor Branea noch mal heiraten wollte, ihren Mann, von dem sie sich vor langer Zeit hatte scheiden lassen, und der nach der Gefangenschaft zu ihr zurückgekehrt war. Letitia betrachtete entsetzt Margareta Braneas braune Augenringe, die Haut an ihrem Hals, die weich wie die eines Truthahns in drei Falten fiel, die weißen Haare, die ihr aus dem Kinn sprossen, wenn sie nicht mit der Pinzette Jagd auf sie machte. In deinem Innersten veränderst du dich nicht, aber äußerlich veränderst du dich sehr! Du sehnst dich noch immer genauso nach einem anderen Körper, du träumst davon, geliebt zu werden, aber du hast Angst, in den Spiegel zu sehen, gibt es ein größeres Unglück?

*

Letitia betrachtete ihre Eltern von oben herab, empfand immer mehr Widerwillen gegen deren kleine Projekte: den Dacia 1100, für den ihr Vater sich alles vom Mund absparte, und die Hochzeit im Rathaus mit kleinem Gottesdienst zu Hause, von der ihre Mutter träumte. Später würde sie alles anders sehen: Aus Angst darüber, dass ihr Weg immer kürzer wurde, wünschte sie sich mit dem aggressiven Egoismus einer Pubertierenden das Unvorhersehbare einer letzten Chance.

Ein paar Jahre später würde Letitia Sorin davon erzählen.

»Glaubst du, unsere Namen bestimmen unser Schicksal? Margareta hat auf ihn gewartet, aber Victor ist aus der Gefangenschaft gar nicht direkt zu ihr gekommen! Er ist erst zu der anderen gegangen, für die er sie verlassen hatte. Und meine Mutter hat erst von Onkel Biţă, dem Anwalt, erfahren, dass mein Vater befreit worden war. Nein, das ist nicht der Roman, an dem ich arbeite, Sorin, glaub mir, das ist das Leben meiner Mutter! Ich habe mich nicht mal an ihn erinnert, mein

Vater ist von zu Hause weg zu der anderen gegangen, danach war er zwangsumgesiedelt in Câmpulung, dann im Gefängnis. Als Biţă uns sagte, Vater wäre frei, habe ich mich gefreut, dass ich jetzt leichter an die Uni käme, aber meine Mutter schwieg, sie hat nur unter dem Tisch ihre Hände gerungen ...«

»Aber siehst du, am Ende ist er doch zu euch zurück!«, wird Sorin beschwichtigend sagen.

*

Als sie nach Hause kamen, erzählte Mama ihr die Neuigkeiten aus der Stadt, sie hätten die Hälfte der Strada Mare abgerissen, sie wollten siebenstöckige Wohnblocks bauen und im Erdgeschoss Geschäfte, Biţă hätte versprochen, er würde an einem Samstag kommen, aber er wäre nicht aufgetaucht, deinem Vater haben sie die Prämie gegeben, komm Letitia, jetzt iss mal, ich hab dir deine Lieblingsspeise gemacht, Zunge mit Oliven und *boules de neige* ... Auf dem Küchentisch noch immer dieselben Teller aus tschechoslowakischem Porzellan mit blassen Blümchen, derselbe Serviettenhalter mit der tanzenden Ballerina. Letitia gähnte, wieder hatte sie den Eindruck, sie würde nie mehr etwas Besonderes erleben.

»Siehst du, wie du dich entspannst? So könnte er sich auch fühlen, wenn er mal Zeit fände zu kommen«, stichelte ihre Mutter mit einer Stimme, die schrill von Demut zu Streitlust wechselte.

*Er* war natürlich Petru, der von Anfang an seine Schwiegereltern ignoriert hatte und jeder Gelegenheit aus dem Weg ging, sie wiederzutreffen. Beleidigt vermied ihre Mutter es, seinen Namen zu nennen, als würde allein das ihm unverdiente Ehre erweisen.

»... ich kann das freie Wochenende kaum erwarten, um an meiner Doktorarbeit weiterzumachen, und du gehst mir auf die Nerven mit deinem Quatsch!«, fuhr Petru Letitia verärgert an, als sie darauf bestand, gemeinsam zu den Eltern zu fahren. »Ist dir nicht klar, dass ich einen halben Tag nur mit der Zugfahrt verlieren würde? Und was soll ich da machen außer essen und schlafen? Deine Eltern wollen dich empfangen, ich bin ein Fremder für sie und so wird es auch immer bleiben. Warum sollen wir also miteinander unsere Zeit verschwenden?«, fügte er mit weicherer Stimme hinzu, als er sah, dass Letitia die Tränen kamen.

»Was willst du von Petru? Soll er extra aus China hierherkommen, um sonntags mit seinen Schwiegereltern Mittag zu essen?!«

Nahm sie Petru aus ehelicher Solidarität in Schutz oder aus dem Wunsch heraus, ihrer Mutter zu widersprechen, einem Wunsch, der aus einer alten Unzufriedenheit kam, an die sie sich aber nicht mehr erinnern konnte?

»Er ist seit einem Monat in China, aber zu uns zu kommen, dazu hat er sich nie herabgelassen!«

Die gewohnt feindselige Stimme, die aus der Küche kam, wo sie mit verbundener Hand das Gemüse schnitt, überlappte sich mit der besänftigenden Stimme ihres Vaters, die vom Schlappen der Pantoffeln auf dem Linoleum des Flurs begleitet wurde.

»Lass doch, Margareta, jeder setzt seine Prioritäten! Kann ich zuerst ins Bad?«

*

Sobald sie in den Monaten, während derer Petru fort war, dem *Gebäude* entkam, überließ sich Letitia dem Zufall, irrte durch die Straßen und hatte wieder, wie einen in Vergessenheit geratenen Geschmack, das Gefühl, in einen Augenblick von Dauer zu geraten, wie zu Anfang ihrer Studentenzeit, seit Onkel Ions Tod hatte sie es verloren geglaubt. Eine Zeit lang war sie nichts als ein Feld voller Trauer gewesen, auf dem eine dornige Pflanze wuchs: die egoistische Besessenheit, für sich allein sorgen zu wollen. Sie hatte nicht bemerkt, wann diese fixe Idee verschwunden war: Vielleicht damals, als sie mit Petru losgegangen war, um die Eheringe zu bestellen? Vielleicht an den Tagen, an denen sie morgens die Augen öffnete und freudig neben sich seinen großen männlichen Körper sah, an welchem Tag bist du?, fragte Petru noch halb schlafend, und drückte sein erigiertes Geschlecht an ihren Hintern. Ohne irgendeinen guten Rat ihrer prüden Mutter heilte ihr Vaginismus, der eine Zeit lang die Beziehung zu Petru verkompliziert hatte. Und ihr Körper wachte morgens nicht mehr verkrampft auf vor Angst, sie würde ihn verlieren. Das Essen blieb ihr nicht mehr im Hals stecken, sie hatte keine Anfälle von Anorexie mehr, sie zitterte nicht mehr vor Unruhe. Sie war in einem Hafen angekommen und ein Anker hielt sie an der Erde fest, sie war geschützt vor den Wellen, die sie verschlingen konnten.

Während sie auf Zehenspitzen ins kalte Bad ging, um sich von den Resten des gestrigen Tages zu entleeren, der sich neutral über den morgigen Tag stülpen würde, streckte Petru sich murmelnd über das ganze Bett aus und zog sich die Decke über den Kopf: Eine Geste, die er sich aus den großen Schlafsälen der Internate bewahrt hatte, in denen er gelebt hatte und über die er nie sprach, so wie sie auch nie über das Mädchen sprachen, das mit einer Verwachsung zur Welt gekommen war.

Wahrscheinlich wollte Petru deshalb keine Kinder mehr, und er hatte es ihr von Anfang an gesagt, eine Bedingung für die Hochzeit: trunken von ihrem Sieg war Letitia leichtherzig darüber hinweggegangen.

*

Von allen unangenehmen Geschichten, die sie im Studentenwohnheim gehört hatte, kam ihr die Abhängigkeit von einem Mann wegen Sex am erniedrigendsten vor. Petru hatte ihr die Kalenderregel beigebracht und mit dem Buch für sexuelle Aufklärung in der Hand wunderte sich Letitia, wie langweilig kompliziert ihre Anatomie war. Die poetischen Schilderungen in den Romanen, in denen Menstruationskrämpfe und Durchfall beschönigt wurden, der Geruch des Blutes, das den Saum der Unterhose tränkte und ihn krustig werden ließ wie eine Klinge, die Schlachtwerkzeuge in den gynäkologischen Praxen, regten sie auf. Konnte man über diese Dinge wohl schreiben? Die Zensur nahm der jungen Hoffnungsträgerin Lelia Arcaşu jeden Zweifel darüber, was sie über den Körper schreiben durfte, den sie benutzte, ohne dass etwas anderes sie interessierte, als ob heute ein sicherer, ein unsicherer oder ein verbotener Tag für Sex war. Sie hatte ihre Frigidität gemocht, die sie eine Weile vor der Schwäche dieses Feindes beschützt hatte – ihres fremden, missachteten Körpers. Sie merkte es nicht einmal, als unter Petrus gleichmütigem Schutz ihre Frigidität verschwand. Sie kehrte erst zurück, als sie plötzlich mit einem anderen Mann ins Bett ging und der widerständische Körper sich nicht öffnen wollte. Ihre Zärtlichkeit für Sorin würde genau deshalb sogar noch größer werden.

*

Petru führte in China ein schwer vorstellbares Leben, es waren Monate ruhiger Gleichgültigkeit, an die Letitia irgendwann mit Nostalgie zurückdenken würde. Sie spitzte nicht mehr die Ohren, wenn das Telefon klingelte, um anhand seiner einsilbigen Antworten herauszufinden, welche Studentin ihn anrief. Seine Briefe kamen ungefähr einmal im Monat und ihre Antworten gingen im selben Rhythmus zurück, sie schrieb die Seite einige Male neu, weil sie nicht wusste, was gefährlich werden konnte und was nicht. Um nicht in eine leere Wohnung zurückzukommen, begann sie, wieder Überstunden zu machen und morgens schlug sie mit dem angenehmen Gefühl die Augen auf, dass neue Ereignisse auf sie warteten.

Zum Beispiel Sorin Olarus diskretes Klopfen an der Bürotür, die rote Rose, die Schokotörtchen und Merengues von der Konditorei Nestor, *Die Dinge* von Georges Perec oder *Shakespeare, unser Zeitgenosse* von Jan Kott, mit denen er hereinkam und rot wurde. Sind Sie sicher, Verehrteste? Darf ich Ihnen beim Kaffee Gesellschaft leisten?

Letitia hielt Sorin für einen etwas zu karrieristischen Jungen und zu schüchtern für ihren Geschmack. Ihre Treffen mit ihm am Ende der Stadt würden erst anfangen, nachdem Petru zurückgekehrt wäre und nach den sechs Monaten, die er im Land des sieghaften Maoismus verbracht hätte, wäre er kaum noch wiederzuerkennen.

Irgendwann würde Letitia den Nächten nachtrauern, die sie zusammen mit Sorin hätte verbringen können und die sie wegen seiner Schüchternheit und ihrer Unentschlossenheit verschenkt hatten. Vorerst freute sie sich aber am schräg einfallenden, kalten Licht der Sonne, die nachmittags schwach auf den Asphalt fiel, an den welken Blättern, die ein Windstoß um die Lenin-Statue fegte, an den roten Bäumen wie auf einem Gemälde von Vlaminck, die in der Ferne schimmerten und von wo das dumpfe Summen der Stadt zu hören war.

Kapitel 14

# Der Test

»Glück für uns, Lety, dass wir die Ära der Technokraten erwischt haben! Nur übernehmen die Aktivisten leider die Kontrolle«, prophezeit Sorin, »der Genosse will es bei uns so machen, wie er es in Nordkorea gesehen hat!«

Und mit seiner Akte scheint er auch ein paar schwere Probleme zu haben, Hauptmann Vistig hat Anspielungen gemacht, aber was ist damit gemeint? Vielleicht wird er es von Eleonora Oprea herausbekommen, die ihm immer deutlicher wohlgesinnt ist.

Das Gespräch über Akten hat allerdings Letitia eröffnet, wie gut ist es, wenn man jemanden hat, mit dem man sich beratschlagen kann, sogar wenn einen etwas bedrückt, über das man besser mit niemandem sprechen sollte. Als sie ihrer Mutter einmal beim Putzen geholfen hatte, war ihr in einem Papierstapel, der noch von Onkel Ion stammte, ein Blatt aufgefallen, das noch vergilbter und älter aussah als die anderen.

Ihr waren die Knie weich geworden, als sie den letzten Satz gelesen hatte, der auf dem offiziellen Antrag stand: *Es lebe die Garde und der Capitanu!* Und darunter die Unterschrift des Schuldirektors Ion Silişteanu.

Was sollte sie jetzt damit machen? Sollte sie das Papier mit der geliebten Unterschrift in den Müllschlucker werfen? Sollte sie es in der Akte lassen und riskieren, dass ihr Vater es fand und ihrer Mutter dann an die Gurgel ging? Sollte sie es mit in die Wohnung in der Strada Uranus nehmen, wo

Petru, wenn er es finden würde, endlich den Beweis hätte, dass sie ihm vorsätzlich eine Bombe mit Zeitzünder um den Hals gehängt hatte?

»Renn nicht mit diesem Papier herum!«, sagt der kluge Sorin, »du kannst es verlieren oder dir wird im Gedränge die Tasche geklaut, um Gottes willen! Und wo auch immer du es versteckst, kann es gefunden werden. Besser, du zerreißt es in kleine Stücke und spülst es runter und vergisst es! Vielleicht war er in den paar Monaten der Legionärsregierung einfach nur beruflich dazu gezwungen.«

So machte sie es und für einen Moment war sie beruhigt. Mit der Zeit würde aber der Gedanke immer öfter zurückkommen, dass der, bei dem sie aufgewachsen war, ein unbekanntes, ihr für immer unzugängliches Eigenleben gehabt hatte.

*

»Komm, hak das ab! Besser ich mache einen Test mit dir, dann sehen wir, wie du dich schlägst«, sagt Sorin.

Er hat vorgehabt, sie zu überraschen und alles wie einen Witz aussehen zu lassen. Sein Selbstbild, das seinem Wunsch entspricht, während er den Barcadi einschenkt, ist das eines erfahrenen Mannes, der sich bei einem *Rendez-vous* mit einer jungen Dame wohlfühlt. Seit seiner Jugend hat er sich nichts sehnlicher gewünscht, als *erwachsen zu werden*: Er will immer realistischere Lösungen für seine Karriere finden und eine handfeste Weiberliste haben. Mit seiner Karriere ist er allerdings erst am Anfang und seine Liste beinhaltet nur wenige Namen.

Letitia, die sich in der Schlangengrube der Literaturwelt ihren Weg bahnt, muss wohl eine längere Männerliste haben als seine Liste mit Frauen. Und die Rückenstärkung durch Herrn Arcan wird ihr wohl geholfen haben, einen Fuß ins *Gebäude* zu kriegen.

Sie verneint, denn unter dem Anschein der Gleichgültigkeit ist sie ehrgeizig und sie mag es nicht, *die Frau ihres Mannes* zu sein. Sie jammert, dass Herr Arcan ihre literarischen Bemühungen nicht zu schätzen weiß, aber welcher Ehemann mit Grips im Kopf würde das tun, man weiß ja, welchen Preis veröffentlichte Fräuleins zu zahlen haben! Wie wäre Lety alias Lelia Arcaşu sonst mit Tam-tam in der *Literatura nouă* erschienen?

Herr Arcan, der auch kein Kind von Traurigkeit ist, weil er bei den Studentinnen gut ankommt, hat seiner Frau nicht viele Fragen gestellt. Aber Sorin wird das heute tun, um herauszufinden, was er von ihr zu erwarten hat.

*

»Es ist einfach nur ein Test!«

Er dachte, seine Stimme würde klingen, wie er es sich vorgenommen hatte: männlich, entspannt. Aber Gott weiß, warum seine Zunge sich verknotete und sein Herz anfing wie verrückt zu schlagen, als er sich sagen hörte:

»Mal sehen, ob du genug *Krilimalromane* gelesen hast.«

Vielleicht hatte Lety dieses verunglückte Wort nicht gehört? Wir sehen, was wir vor Augen zu haben glauben und hören, was wir erwarten gesagt zu bekommen. Immer hoffen wir, dass dem Gegenüber, das plötzlich zum unbequemen Zeugen wird, die indiskreten, außer Kontrolle geratenen Geräusche unseres Körpers nicht zu Gehör kommen: Magenknurren, Schluckauf, Rülpsen oder gar ein Wind, der einem nach schwerer Verdauung herausrutscht.

Obwohl er auf die Dreißig zugeht, fürchtet Sorin Olaru noch immer, sich lächerlich zu machen. Aber inzwischen hat er gelernt, dass es in den peinlichen Momenten wichtig ist, einfach weiterzumachen.

»Sehen wir mal, wie du zurechtkommst, mit deinem Verstand, obwohl ich armer Tropf schon jetzt meine Chancen kenne! Wer sich dir einmal nähert …«

Eine schmeichelnde Zärtlichkeit, die allerdings anders ist als die aus dem Repertoire der Verliebten. Wichtige Leute, hohe Tiere, die sich bei der Arbeit auf Intrigen verstehen, Gefangene ihres Familienlebens, die aber bei einer neuen Beziehung im Bett herumtoben, Schabernack treiben, sich kitzeln, Buh rufen, sich zum Spaß erschrecken und sich wundern, dass das noch geht! Sie hätten nicht gedacht, dass sie in diesem Leben noch mal spielen, noch einmal. Und noch mal. Und noch mal. Sie sind immer bewegter und aufgewühlter von diesem Wunder.

*

Aber das ist bei ihm nicht der Fall. Bei Sorin ist es eine falsche Schmeichelei, die Letitia ärgert, genau wie seine Gesten, die sie nicht versteht.

Zum Beispiel waren nach dem Gespräch bei der Versammlung in diesem seltsamen Haus am Dâmboviţa-Ufer ein paar Tage vergangen und er hatte kein Lebenszeichen mehr gegeben, er war nur in ihr Büro gekommen und das war's. Sie machten erst bei der Sitzung, in der Eleonora Oprea den Jahresbericht vorlas, das Datum und den Ort ihres Treffens aus.

Wie eine Opernsängerin vor der Schlussarie hatte Eleonora darauf gewartet, bis alle Augen auf sie gerichtet waren. Der Mireille-Mathieu-Schnitt mit kompaktem Pony schimmerte unter dem Haarspray und das marineblaue Tailleur ließ ihre aufgedunsenen Rundungen schmaler aussehen. Als sie mit warmer Altstimme zu sprechen begann, füllte sich der Saal mit den Schwingungen der Sinnlichkeit, die sie das ganze Leben über belastet hatten.

»Es ist ein historischer Tag, meine Lieben! Unter der Leitung des Genossen Generalsekretär, Seite an Seite mit den Industriechefs, werden wir eine neue, große Epopöe platzieren: *Das vollständige Traktat der Sozialistischen Republik Rumänien*! Unser Entwurf ist bewilligt worden!«

»Ja, ein echtes Wunder«, flüsterte ein frecher Anwärter.

Eleonora wartete lächelnd, bis Ruhe einkehrte, bevor sie die andere gute Nachricht verkündete: Auch ihr Direktoratsmandat war verlängert worden. Jetzt drehte sie sich zu ihrem Mitarbeiter um: Ihr fleischiger Mund, den sie mit einem Lippenstift von Revlon nachgezogen hatte, verzog sich zu einem mütterlichen Lächeln, das ihre leicht gelblichen Zähne entblößte, ein Zeichen, dass sie wieder versöhnt waren. Die Augen des Instituts waren auf ihre launische Liebe gerichtet. Titus Marga stimmte sofort in das Duett mit ein, unterstrich jeden seiner Sätze mit einer energischen Bewegung seines gelockten Kopfes, der auf einen stämmigen, kurzen Hals geschraubt war:

»Drei Kalenderjahre, mehr nicht! Kein Tag mehr!«, rief er, »bis dahin muss das Manuskript des *Traktats* bei den Foren sein!«

Und dann lud er Eleonora mit einer galanten Geste ein, ihre Arie fortzusetzen. Der Zeitplan der abschnittsweise erfolgenden Abgabetermine, damit der Genosse die drei mit Banderole eingefassten Bände beim nächsten Kongress in den Händen halten würde.

Eleonoras Augen füllten sich automatisch mit Tränen, als sie dem Saal die Abstimmung des *Maßnahmenplans* vorschlug und sie als Erste die Hand hob. Das war ihr schon öfter passiert, weibliche Schwäche. Titus erhob sich, applaudierte und zwang auf diese Weise auch die anderen, dasselbe zu tun. Aber der Saal reagierte trotzdem nicht angemessen auf dieses Ereignis. Manche standen gerade dann auf, wenn andere sich wieder setzten. Manche standen nur zögernd auf, ihre Rücken krümmten sich und möglichst lautlos setzten sie sich gleich wieder hin. Die Anfänger nutzten die Unruhe und begannen wie im Fußballstadion zu rufen. Eleonora hatte Angst, die Kontrolle über den Saal zu verlieren, und dirigierte den Lärm mit ihren gepflegten Händen, Ruhe bitte, Ruhe, und sie griff auf die Töne des Kommunistischen Jugendverbands zurück: »Wir werden Überstunden machen! Nachmittage! Freie Samstage! So oft wie nötig!«

Als sie aus dem Saal ging, stand Letitia plötzlich neben Sorin. »*Pourvu que ça dure!*«, flüsterte er und steckte ihr einen Zettel mit Tag, Uhrzeit und Tramhaltestelle zu, wo sie aussteigen sollte. Sie dachte, sie würden in seine Wohnung gehen. Erst als er den Schlüssel ins Schloss steckte, flüsterte er, dass er mit seiner Mutter zusammenlebte und hier die Wohnung eines Freundes wäre, Florinel!

Warum hatte er nicht an der verabredeten Haltestelle auf sie gewartet, sondern auf der gegenüberliegenden Straßenseite? Er überquerte die Straße erst, als sie anfing, sich verwirrt nach allen Seiten umzuschauen, dann gingen sie zusammen. Bei den nächsten Verabredungen kam sie allein, er wartete in der Wohnung. So begann alles zwischen ihnen mit Fragen, auf die sie keine Antworten hatte.

*

Sorin sieht ihre sich entfernenden Blicke und beeilt sich, sie zurückzuholen:

»Schauen wir mal, zum Beispiel vorgestern. Wo warst du vorgestern um sechs, zum Beispiel?«

Gott weiß, warum er es nicht schafft, seine zitternde Stimme und seine rot gewordenen Wangen in den Griff zu bekommen. Und warum musste er sich ausgerechnet in sie so sehr verlieben, dass er nicht mehr darüber nachdachte, in was für Schwierigkeiten ihn das bringen konnte, sondern sich nur immer fragte, ob er sie diesmal zum letzten Mal in den Armen hielt? Sie sieht gut aus, aber ist keine furchteinflößende Schönheit, ihr Gesicht ist etwas breit und die fleischige Oberlippe verleiht ihr ein trotziges Aussehen. Mit großen Brüsten, langen Beinen, schmaler Taille und rundem Hintern sieht sie nackt besser aus, darum ziert sie sich auch so, wie hat sie sich geziert, bis er es fertiggebracht hatte, sie auszuziehen! Kein Wunder, dass sie einen Mann wie Petru Arcan hat, der über die erste Jugend hinaus ist, und der gerade aus einem Scheidungsprozess gekommen war! Letitia hatte Arcan in einem Moment getroffen, in dem er verletzlich gewesen war und ihre intellektuellen Komplexe vor ihm hatten ihr sogar geholfen. Nur dass im Zusammenleben die Komplexe verschwinden. Er hatte sie nur ein einziges Mal zusammen gesehen, es war bei einer dienstlichen Feier gewesen, sie neckte ihn dauernd, lächelte, widersprach ihm, so als wollte sie sagen: He, pass bloß auf! Ich bin auch noch hier, und ich bin in keinerlei Hinsicht unwichtiger als du! Die Komplexe müssen sie später dazu gebracht haben, ohne Arcans Hilfe zu veröffentlichen, aber mit wessen Hilfe? Sie sagt, keiner hat geholfen, aber der Test wird sie bloßstellen, wenigstens hofft er das.

*

»Vorgestern um sechs?!«

Ein enttäuschtes Schulterzucken, was ist das jetzt wieder für ein Spiel? Aber na gut, sie wird ihm den Gefallen tun und diese sinnlose Rolle spielen! Sie unterdrückt ihren Drang, seinen Kindskopf an ihre Brust zu ziehen, er ist ein zehnjähriger Junge mit aufgeschlagenen Knien, ihr Bruder, mit dem sie spielen könnte.

»Vorgestern um sechs war ich schon zu Hause.«

»Warte«, lacht er gutmütig, »warte, nicht so eilig! Das ist doch gar nicht deine Art, so schnell zu sein! Ich weise dich darauf hin, dass vorgestern Dienstag war, der 17.«

Und er steckt sich eine Kent aus dem Päckchen an, das er

ihr als Geschenk mitgebracht hat, und wartet. Nur dass er den Rauch schief ausbläst und er ihm ins linke Auge kommt. Er wischt es heimlich aus und stellt ihr eine helfende Frage:

»Dienstag der 17.! Denk mal richtig nach! Hattest du vielleicht eine Sitzung?«

Sie starrt ihn eine Weile an, ihre Reaktionen sind verlangsamt, weil sie immer an etwas anderes denken muss, dann platzt sie heraus: »Ja, wirklich! Dienstag hatte ich Sitzung!« Warum dann dieser idiotische Test?, will sie fragen, aber der Arme ist auch so schon eingeschüchtert, lass ihn! Sie sieht aus dem Fenster, da ist kaum etwas zu sehen. Ein Tag Ende Februar, schwarze Bäume am See, bleierner Himmel, Wind. Was hat sie bisher erlebt, was erwartet sie noch? Alle Arten von Sitzungen, Spalten und Korrekturen, Essen in der Kantine, Tratsch und Witze, Schlangestehen vor den Geschäften, wenn sie von der Arbeit kommt, Feiern in Petrus Gruppe, überfüllte Trams und Busse. Nicht einmal ein Kind könnte die Leere in ihr ausfüllen, und wie sollte sie sich dann noch mit Sorin treffen? Die Treffen mit ihm unterbrechen die Monotonie der endlosen Stunden, die sie im *Gebäude* verbringt. Und Petru hat ihr von Anfang an gesagt, dass er kein Kind will.

*

Sie nimmt ihre grün-blauen Schmetterlingsohrringe ab, die Flügel sind mit bunten Arabesken verziert, sie besitzt noch genau so einen Armreifen, den sie zu Hause gelassen hat, er gehört zu dem Set, das Petru ihr aus China mitgebracht hat. »Die Farbe passt zu deinen Augen!«

Petru hat sie ihr sogar selbst in die Ohren gesteckt, er hat seine Brille gesucht, um die Verschlüsse besser zu sehen, er hat ihr Haar zur Seite geschoben und ist ein paar Schritte zurückgetreten, um sie zu betrachten. Aber sofort knurrte er unzufrieden: »Was stehst du denn so steif da?!« Petru war wirklich verändert zurückgekommen oder hatte Letitias Blick sich während seiner Abwesenheit verändert? Ihre Nase schnupperte verwirrt an seinem großen, fleischigen Körper, hat er sein Aftershave gewechselt? Das Deodorant? Er benutzte ein merkwürdiges orientalisches Parfum, aber ihren Körper kostete es keine Anstrengung, ihn wiederzuerkennen: ein gut dressierter Hund, der sich an der Leine seines Herrn um sich selbst drehte.

*

»Bei dir merke ich, dass jeder Test sinnlos ist. Du lässt dich nicht so einfach verwirren«, knurrt Sorin.

In all diesen Monaten, seit sie angefangen haben *Liebe zu machen*, kann er es kaum erwarten, in ihrem Büro vorbeizukommen. An der Art und Weise, wie ihr Gesicht sich verändert, wenn er die Tür öffnet, versucht er abzulesen, was sie denkt.

Jetzt sieht sie allerdings so aus, als würde sie gar nichts denken. Sie raucht, spielt mit ihren Ohrringen und bewundert ihre Schuhe. Sie zieht den Rauch in die Lunge, spitzt den Mund, legt den Kopf in den Nacken und beobachtet, wie er auseinandertreibt, runde Schwaden bildet, sich auflöst, in der Luft des Raumes verschwindet. Man erwartet fast, dass sie die Zunge durch die Rauchringe steckt, sie sitzt ganz ruhig da, die Beine übereinandergeschlagen, eins um das andere geschlungen. Hat Herr Arcan ihr diese Schuhe mit runder Spitze und großen Schnallen aus dem Ausland mitgebracht oder jemand anderes? Er wird sie das nächste Mal fragen, aber er ist nicht sicher, ob es ein nächstes Mal geben wird.

Sorin hat die Hände in die Hosentaschen gesteckt. Er wiegt sich gewollt flegelhaft, aber die verfluchte Röte ist immer noch in seinen heißen Wangen, das bringt ihn auf, und die Wut hat sich in seine wispernde Stimme verlagert.

»… du würdest mit allen Tests der Welt zurechtkommen! Du würdest sie alle an der Nase herumführen … Die vom *Ka-Ge-Be* und die vom *Si-Ai-Ey* …«

»Wen würde ich an der Nase rumführen?«, fragt sie ratlos.

»Jetzt erzähl mir nicht, du weißt nicht, was das *Ka-Ge-Be* oder die *Si-Ai-Ey* ist? Komm jetzt. Tu nicht so unwissend. Wo lebst du denn?«, murmelt er.

Aber er setzt sich gleich auf einen Stuhl und fängt an, es ihr zu erklären. Und Letitia hört zu, sie bewegt ihre Füße, sie sind ihr eingeschlafen, und sie betrachtet zufrieden ihre Schuhe. Wenn sie genug Geld hätte, würde sie ihrem snobistischen Geschmack nachgeben. Sie würde sich Hosen mit Nieten und Schlag kaufen, am Hintern enge Pluderhosen, die man bauchnabelfrei auf der Hüfte trägt, sie würde sich die Haare bis zu den Knien wachsen lassen, würde sich den Kopf rasieren, würde sich die Haare bunt färben, würde sich Metall um den Hals hängen und Ringe in die Nase ziehen. Sie war mit dem kürzesten Mini ins Institut gegangen, saß da ganz selbstverständlich mit übergeschlagenen Beinen, hatte keine Ahnung von den Malermeistern, die ihr im nicht fertigen Gebäudeteil vom Gerüst aus hinterherpfiffen und ihr zuriefen, sie sollte ihnen ihre Möse zeigen. Er ist ein Mann, aber solche Extravaganzen würde er sich nicht erlauben. Einmal alle zwei Jahre kauft er sich im Victoria, zu dem er La Fayette sagt, um sich einen echten altbukarester Anstrich zu geben, einen neuen Anzug. Er hasst Sakkos und Hosen, er würde am liebsten Smoking und Fliege tragen, ja, sogar einen Mantel mit Pelzkragen, wie Vater Virgil auf einer Fotografie einen trug! Aber er würde nie seine Haut zu Markte tragen, um sich zu Spekulantenpreisen eine Markenjeans zu kaufen. Er ist zufrieden mit seiner Technokratenuniform, Anzug-Krawatte.

*

Aber woher sollte Letitia so viel Geld zum Rauswerfen haben? Mit dem Bücherveröffentlichen hat sie sich nicht grade beeilt, Eleonora gibt ihr das niedrigste Gehalt. Und sogar wenn Herr Arcan ihr sein ganzes Geld geben würde, er kann sie sich trotzdem nicht so aus dem Ei gepellt vorstellen, wie ihre Vorgängerin Manuela Arcan angeblich zu jeder Tages- und Nachtzeit ausgesehen hat.

Böse Zungen behaupten, sie wäre an den Lehrstuhl gekommen, indem sie durch Professor Stans Bett gekrochen sei. Als sie dann von den Foren für ihr unmoralisches Verhalten gerügt wurde, hatte der Professor sie seinem Lieblingsassistenten überlassen müssen, Arcan, der war ganz verrückt nach ihr. Der Professor war sogar Pate bei ihrer Hochzeit gewesen. Inzwischen hat sich Arcan ein etwas feineres Auftreten zugelegt, aber am Anfang war es schockierend gewesen, diesen Jungen aus dem Volk neben einem Mädchen aus gutem Hause zu sehen, tipptopp, ihre Eltern von der Sorte Leute, die unter allen Regimes zu den Bessergestellten gehörten. Und einem Vergleich zwischen *ihr* und Letitia hält Letitia nicht stand, am linken Bein, tja, da ist eine Laufmasche und sie hat sie mit weißem Faden geflickt. Wenn er *drüben* leben würde und ein vom Himmel gefallenes Vermögen erben würde, dann würde er ihr eine ausgefallene Garderobe erlauben, aber hier ist sie eben so, wie sie ist: etwas abgerissen! Und wenn er ihr in diesem Moment befehlen würde: »Was habe ich gerade gesagt? Wiederhole!«, dann würde sie ihn verwirrt ansehen und nicht fähig sein, irgendetwas zu stottern, auch wenn sie jetzt zustimmend mit dem Kopf nickt.

Aber leider, je klarer er ihre Fehler sieht, desto mehr wünscht er sich, mit ihr *Liebe zu machen* …

*

»Mit dem *En-Ka-We-De**, das wusste ich«, flüstert Letitia und drückt ihre Zigarette im Deckel des Gurkenglases aus.

»Und das sagst du mir erst jetzt, nachdem ich mir den Mund fusselig geredet habe?«, ruft er und mimt männliche Wut, »oder wolltest du mich auf die Probe stellen?«

»Aber niemand hat mir das bis jetzt so gut erklärt«, sie lächelt schelmisch und streicht mit den Händen ihren knittrigen Rock glatt.

»Nein, bitte, das reicht jetzt! Mach mich nicht dümmer, als ich in Wirklichkeit bin!«

Er bewegt sich finster durch das Zimmer und die Zigarette qualmt zwischen seinen Fingern mit den abgebissenen Nägeln, sie lächelt zufrieden. Ihre Worte haben schon lange nicht mehr eine solche Wirkung auf jemanden gehabt. Sie erinnert sich an sein blaues Nylonhemd vom Schwarzmarkt, eine verrückte Anschaffung für sein Budget. Also, so rational er auch sein will, manchmal kann auch er seine unpassenden Gelüste nicht zügeln. Sie aber nimmt die Rolle dieses luxuriösen Hemdes ein, darum schmeichelt ihr sein Geschimpfe.

»Dieses Nylonhemd von dir … Wo hast du das her?«

»Was hast du jetzt mit meinem Hemd?«

»Ach naja«, schnurrt sie, »jedem seine Tests. Apropos, was ist jetzt mit deinem Test?«

»Alles zu seiner Zeit«, sagt er zweideutig.

Er sieht aus dem Fenster in den weißen, steinartigen Himmel, in die Luft, die abendlich blau wird.

»Verstehe ich dich richtig, dass du aufgegeben hast?«, neckt sie ihn.

Ob er aufgegeben hat oder nicht, er weiß es noch nicht sicher.

* Volkskommisariat für innere Angelegenheiten

»Es wäre wichtig gewesen, mir gleich zu antworten, ohne lange zu überlegen. Wenn man interpretieren kann, ist jede Geste ein Test. Zum Beispiel die Art und Weise, wie du dich heute angezogen hast.«

Er setzt ein Knie auf den Boden, hockt sich neben ihren Stuhl, fährt ihr langsam mit der Hand durchs Haar und sieht durchs Fenster auf die weit offen stehenden Tore des Straßenbahndepots. Gerade kommt eine Tram, warum wirken Depots und Garagen immer so traurig? Und immer streichen herrenlose Hunde mit struppigem Fell und eingefallenem Bauch da herum.

»So kommst du zu einem *Rendez-vous*?«, fragt er sie listig.

Die Hand, die er ausgestreckt hat, um ihre Knöchel zu streicheln, verharrt vorwurfsvoll über dem Strumpf mit der Laufmasche.

»Ich bin zu keinem *Rendez-vous* gegangen, ich bin zu dir gekommen«, sagt sie aufmüpfig und stößt seine Hand zur Seite.

Er kichert eingeschüchtert und hält seinen Kopf ihrer drohenden Hand entgegen, aber da sie zu weit weg sitzt und sich nicht rührt, stößt er selbst seinen Kopf in ihren Schoß.

*

Ein Junge, der Tabak ausprobiert, den Alkohol und die Frauen, der bereit ist, alles beim ersten warnenden Anzeichen aus dem Fenster zu werfen und sich dann mit unschuldigen Augen und auf dem Rücken verschränkten Händen hinstellt, denkt sie. Oh ja, sie hat ihn gleich durchschaut! Die Vorsicht, mit der er alle gefährlichen Themen umgeht. Die Anspannung, die sie in seinem nervösen Lachen wahrnimmt – bloß in kein Fettnäpfchen treten! Alles erinnert sie an Onkel Ions Lektionen: Sie soll nie jemanden verärgern, sie soll unbemerkt weitergehen, eine andere Möglichkeit, im Leben zurechtzukommen, gibt es nicht mehr.

»Bei dir habe ich gemerkt, dass der Test sinnlos ist«, schmeichelt er. »Du tust, was du zu tun hast, und danach fällst du doch wieder auf die Füße! Hast du schon mal gesehen, wie eine Katze aus einem höheren Stockwerk auf die Straße fällt?«

Schade, dass er das Zimmer immer mit seinem dummen Gerede ausfüllt! Aber sie hat sich lange nicht mehr so bei jemandem entspannt.

»Und du gähnst, natürlich, du gähnst … naja, noch ein bisschen Geduld, dann hast du's hinter dir, du Arme!«, knirscht er.

»Ach, ärgere dich doch nicht«, will sie zu ihm sagen, sie ist an Petrus impulsive Ausbrüche gewöhnt.

Aber das hier ist nicht Petru, er ist eher sein Gegenteil. Sorin tut nur so, als würde er schreien, er tut nur so, als hätte er sich geärgert. Wie beruhigend es sein kann, mit so einem Menschen zusammenzuleben, geht es ihr durch den Kopf. Er ist mit den Gläsern in der Küche verschwunden, der Wasserhahn ist zu hören, wie beruhigend kann so ein Mensch sein, der tut, was sie jetzt eigentlich tun müsste! Sie streckt sich, gähnt, zieht ihre schlammverschmierten Schuhe aus, in Strümpfen geht sie zu dem ausgeklappten Divan, setzt sich und zieht die Beine unter sich.

»Jetzt guck dir an, wie lässig die dasitzt!«, ruft er.

»Mir war unbequem auf dem Stuhl«, entschuldigt sich Letitia, »und ein Schuh reibt.«

»Und du wolltest mal lä-ssig-er sitzen …«, nuschelt er, »klar, jetzt lachst du. Und warum gähnst du dauernd? Was hast du gestern Abend gemacht? Ach, was frag ich dich dauernd, ich Dummkopf …«

Sie gähnt wieder. Sie spürt seine um sie herum stiebende Aufmerksamkeit: Sie könnte frech antworten, etwas fordern und dabei mit dem Fuß wippen. Noch nie hat sie sich so frei gefühlt, einfach zu tun, was sie will, denn alles, was sie tut, ist gut.

»Ich würde dir sowieso raten, auf den Test zu verzichten«, sie lacht. »Wenn du willst, dass ich dir etwas erzähle, dann fragst du einfach. Ich werde dir auf jeden Fall nicht die Wahrheit verschweigen.«

»Ach komm, komm! Was glaubst du, wer ich bin? Glaubst du, ich hab es nötig, dass du mir schlechte Romane rezitierst?«

Jetzt ist er wirklich aufgebracht und winkt gereizt ab.

»He, warum ärgerst du dich?«

Sorin sieht sie zweifelnd an. Lass dich nicht reinlegen, auch wenn sie jetzt brav mit gekreuzten Beinen unterm Karorock auf dem Bett sitzt und das Kinn auf ein Knie stützt, das höher steht als das andere. Wirklich, sie ordnet sich nicht unter und tut nur, was sie will. In seiner gewohnt fieberhaften Art schenkt er ein.

Sie streckt die Hand aus und will ihr Glas abdecken, aber sie ist zu langsam.

»Komm schon, komm, tu nicht so jungfräulich! Was ist schon ein Glas für eine wie dich?! Du kannst doch die ganze Flasche trinken und bleibst klar im Kopf und verwirrst sogar noch Scotland Yard!«

Er ahmt eine Befehlsstimme nach und sie zieht die Hand über dem Glas weg. »Na los! Runter damit! Ja, genau, runter damit!« Er hat ihr wie zum Spiel das Glas an den Mund gesetzt, er hört, wie sie schnaubt, sie tut so, als hätte sie sich verschluckt, »komm schon, tu nicht so jungfräulich!« Sie zappelt, wedelt mit den Händen, hustet, natürlich tut sie nur so, rot, den Kopf zur Seite gedreht, ihr kommen die Tränen, die schwarze Tusche läuft in die Augenwinkel, trotzdem stößt sie ihn nicht weg, sie zieht sich nur in eine Ecke zurück, damit er ihr verschandeltes Gesicht nicht sieht, das fleckig ist von trüben Tränen.

Er sieht sie zweifelnd an, hat das Glas zur Seite gestellt, sitzt ungläubig vor ihr, während sie hustet, niest, spuckt, sich windet, rot anläuft, zerzaust ist, schließlich beugt er sich über sie und schlägt ihr mit der Handkante auf den Nacken, »he, komm, es reicht jetzt! Beruhige dich!«

Letitia wischt sich die Augen und verschmiert die billige Tusche auf den Wangen.

»Komm, nimm einen Schluck, das tut dir gut! Nur einen Schluck, mehr nicht.«

Sie atmet tief ein, wie gut es ist, zu atmen, sie sieht ängstlich auf das Glas, zögert, sie könnte ihn bitten, sie in Ruhe zu lassen, sie könnte ihn wütend anschreien. Aber ihre Wesensart ist eben so, die Zähne zusammenbeißen, sich umsehen, als wäre sie schläfrig.

»Komm, nimm noch einen Schluck, du wirst schon nicht sterben. Hör auf mit deinen Tricksereien!«

Sie nippt noch einmal. Die Luft im Zimmer ist klarer geworden, und er ist nicht mehr ganz so kindlich. Aber wie ist er?

»Und der Test?«, sie kichert.

Er packt sie an den Schultern, ihr Gesicht zeigt keinerlei Anzeichen von Schmerz, obwohl er sie hart anfasst, es wäre leicht, ihn zu stoppen, aber stattdessen streicht sie ihm liebevoll mit der Hand durchs Haar, alles brennt an ihm und so ohnmächtig und sanft ist sein finsterer Blick! Sein Gesicht nähert sich ihr, er küsst sie, drückt, öffnet ihr die Lippen, stößt brutal seine Zunge hinein, er drückt sie an die Wand, er will sie stöhnen hören, schwer atmen, aber er hört nur, wie ihre Zähne aneinanderstoßen. Er legt sein ganzes Gewicht auf ihren Körper, während er ihr die Kleider vom Leib reißt, seine Wut wächst in ihm gleichzeitig mit der Lust, aber plötzlich, so unerwartet, wie er sich ihr genähert hat, zieht er sich zurück. Er schlägt sie leicht, halb im Scherz, halb im Ernst, er sieht sie vorwurfsvoll an, als hätte sie versucht, ihn zu verführen, obwohl alles in ihm brennt, er ist rot, verschwitzt, er atmet schwer.

»Hast du mit dem Abteilungsleiter der *Literatura nouă* geschlafen?«

Er steht mit dem Rücken zu ihr, schenkt wieder ein.

»Ich weise dich darauf hin, dass du nicht zu schnell antworten solltest. Aber dir kann ja wohl auch eine Bombe auf die Füße fallen und du gehst einfach ruhig weiter!«

*

Veranstaltete er dieses ganze Theater, weil er sie nicht kannte oder weil er selbst aus Falschheit und Heimlichkeiten bestand? Oder weil er in der Technik, jemandem die Würmer aus der Nase zu ziehen, sowieso schon geübt war?

Es würde noch etwas Zeit vergehen, bis Letitia all diese Fragen beschäftigen würden. Damals stammelte sie nur:

»Ja, aber nicht so, wie du denkst. Nicht gleich. Es ist komplizierter und nur ein Mal, danach wollte ich nicht mehr. Ich fühlte mich … ich wollte mich erkenntlich … und ich war auch wegen Petru bekümmert. Wenn wir mal mehr Zeit haben, erzähl ich es dir … dir werde ich alles erzählen …«

Sorins Gesicht wurde wieder kindlich, schüchtern, während er fieberhaft seinen Pullover auszog, Hose, Hemd, Unterhemd, war er zufrieden mit dem, was beim Test herausgekommen war? War er verärgert darüber, was er gehört hatte?

Auch Letitia fing an, sich auf ihre träge Art auszuziehen, ohne ihre Blicke von seinem weißlichen Körper mit Sommersprossen auf Schultern und Schulterblättern abzuwenden. Ihr Blick sank tiefer, war gerührt, wanderte Richtung Erektion, die er zwischen den Händen verborgen hielt, bis er ins Bett kroch.

Sie waren noch am Anfang und sprachen nur wenig über

Politik. Aber seine kindischen Tests gingen weiter, bis sie gelernt hatte, ihm alles bis in jede Einzelheit zu erzählen, bevor er fragte.

Es waren die Jahre, als Sorin zum Friseur ging, bevor sie sich trafen, und Letitia wartete darauf, zu spüren, wie er sich an sie drückte, und hoffte jedes Mal, sie könnte ihn samt seiner uneingestandenen Gedanken vereinnahmen, samt seiner Lust, die seine Blicke hell machte, samt seinem geheimnisvollen Leben, durch das er tappte genau wie sie.

KAPTEL 15

# Pässe für den Westen

»Ich will dich nie mehr sehen! Das werde ich sagen, wenn du kommst und mich in den Arm nehmen willst, weil du nichts anderes willst, als mit mir Sex zu haben, falls dein Zimmer frei ist, und mehr nicht! Ich dachte, du wärst besser als ich, aber jetzt, wenn ich an dieses zufriedene Gesicht denke, das du hattest, als du mit allen getanzt hast nur mit mir nicht, dann hasse ich dich so sehr! Ich hasse unser verborgenes Leben, für das man stärkere Nerven braucht als ich sie habe, oder man muss das Doppelleben mögen! Als wärst du doppelt, der eine davon ist der einzige Mensch auf der Welt, dem ich vertraue, und der andere ist der Mann, der mich falsch und heimlich angelacht hat, als er bei Titus' Geburtstag getanzt hat! Du fürchtest dich dauernd, dass alles zwischen uns zu Ende gehen wird, und so wird es auch kommen, ich werde gehen, bevor du mich noch darum bitten kannst, dir zu verzeihen, denn ich weiß nicht, warum, es fällt mir schwer, dir wehzutun!«

Die Hausfrau mit dem karierten Einkaufsbeutel betrachtet abschätzig die ungeduldige junge Frau, die dauernd um den Pfahl der Haltestelle im Kreis geht. Die Hüften der Alten tun weh, nachdem sie stundenlang für ein paar unreife Zitronen Schlange gestanden hat, sie hat eben keine kniehohen Stiefel, auch keinen pelzgefütterten Mantel, keine Mohairmütze wie diese durchgedrehte Schnepfe, die hier dauernd rumzappelt, als hätte ihr jemand eine Peperoni in den Arsch gesteckt!

Die Hausfrau ist seufzend zurückgeblieben, um auf die

nächste Tram zu warten, Letitia ist in die Straßenbahn gesprungen, die sie zu Florinels Wohnung bringt.

Roboterhaft kauft sie die Fahrkarte, vergisst, den Rest entgegenzunehmen, die Kontrolleurin ruft sie zurück, die Stimme ist höhnisch, und alle Köpfe drehen sich zu ihr, aber in Gedanken schreit sie weiter Sorin all das entgegen, was sie ihm ins Gesicht sagen will.

*

»Ich weiß, du hoffst nicht mal, dass ich dich liebe, das sagst du mir ja oft genug, und wenn jemals etwas zwischen uns war, dann ist es vorbei! Ich ekle mich vor deinen Berechnungen für die paar Stunden, in denen du dann fühlst, dass ich dir gehöre!«

Wenn sie ihm das sagt, wird Sorin ungläubig den Blick heben: »Du meinst, unser Leben gefällt dir nicht«, wird er flüstern, »aber glaubst du, mir gefällt das? Glaubst du nicht, ich hätte es auch lieber, wir würden morgens im selben Bett aufwachen, nacheinander ins Bad gehen, wo unsere Zahnbürsten im selben Becher stehen, dass wir lachen, wenn wir unsere Handtücher verwechseln, weil wir beide genauso schludrig sind? Dass wir zusammen Bootsausflüge auf dem Herăstrăusee machen wie als Studenten, dass wir abends ins Restaurant Pescăruş gehen, dass wir da auf der Terrasse tanzen, dass wir unser Silvester in Sibiu im Hotel Rumänischer Kaiser planen, am Meer, in Bulgarien, an der Goldküste, oh, was wir alles zusammen machen könnten und nicht machen!«

»Ich hätte dich lieben können, so wie du nachher vor mir stehen wirst, unbedingt und zärtlich«, wird sie ihn anschreien, »aber unsere Geschichte hält immer nur ein paar Stunden, und danach gehst du aus diesem Haus mit dem stickigen Müllschluckergeruch und kehrst wieder in dein unbekanntes Leben zurück!«

*

Sorin steht da, wie sie sich ihn vorgestellt hat, er raucht eine Zigarette nach der anderen, der Aschenbecher ist voll, aber die Flasche Cotnari-Wein ist ungeöffnet, das Päckchen mit den kalt gewordenen Pasteten auch.

Er könnte Letitia auch vorwerfen, dass er einmal in ihr Büro gekommen war, um ihr den Zettel mit dem Tag und der Uhrzeit ihres Treffens zu geben, aber sie war mit den anderen weggegangen, warum? Er hatte dann zufällig mitbekommen, dass der Abteilungschef der *Literatură nouă* Geburtstag hatte und im Biergarten einen ausgab, und Lety Arcan ist auch da, eine gutaussehende Frau!, hatte der hinzugefügt, der es ihm erzählte. Sorin hatte eine zweifelnde Handbewegung gemacht, sein Puls war in die Höhe geschnellt und die Angst, der andere könnte seine Aufregung bemerken, mischte sich auf merkwürdige Weise mit dem Stolz, dass er mit dieser Frau im Bett machte, was er wollte, und auch mit dem Schmerz, der ihn erwischte, wenn er sie sich mit einem anderen im Bett vorstellte.

Er schweigt, als Letitia ihre Handtasche in die Zimmerecke wirft, also schweigt sie auch.

»Ich war fast sicher, du würdest nicht mehr kommen, ich hatte keine Geduld mehr, auf dich zu warten, ich bin hier in dieser verdammten Wohnung rumgelaufen«, flüstert er.

Das Papier auf dem Tisch ist mit Rechtecken und Dreiecken übersät, in kraftvollem Bleistiftstrich. Sie könnte antworten, dass sie heute rechtzeitig losgegangen ist, aber dass dem Trolleybus, in den sie eingestiegen war, die Stromabnehmer ausgefallen waren und sie zu Fuß gehen musste, während sie in Gedanken mit ihm gesprochen hat, voller Wut. Jetzt ist sie aber nur noch müde, so müde, dass sie nicht einmal mehr den Mund aufmachen möchte.

»Ich weiß, du bist böse auf mich«, er legt seinen Kopf auf ihre Knie, das Donnern der Tram kommt in Wellen von der

Straße unten herauf und verliert sich wie ein Knirschen von Sand, *siempre que te pregundo*, die samtige Stimme Nat King Coles dringt von den Nachbarn herüber. »Vor vier Tagen war ich so wütend, dass ich dir alles gesagt habe, was mir auf der Zunge lag, und ich habe ein paar Sätze eingeübt, damit ich sie nicht vergesse, bis ich dich sehe, aber jetzt fallen sie mir nicht mehr ein, ich bin müde«, flüstert er, das Gesicht noch immer in ihrem Rock vergraben.

»Sag es«, flüstert sie, »was wolltest du mir sagen?«

»Wozu«, er legt seinen Kopf traurig auf die Bettkante, *por lo que más tú quieras, hasta cuando? hasta cuando?*

Sein munteres Lächeln, als er seine Arme ausstreckt, kommt ihr falsch vor, aber sie stößt ihn nicht zur Seite, wie sie es eigentlich will, sie überlässt ihren gefrorenen Körper seinen Armen.

Draußen fallen kleine, dichte Schneeflocken, schräg und getrieben, wie eine Theaterkulisse aus durchscheinendem Tuch, das von tausend Nadeln durchstochen wird. Auch sind die Flocken nicht gleich, manche sind rund, weich, andere so klein, dass man nur ihre Bewegung wahrnimmt. Das Licht des Schnees lässt sie vergessen, dass er bis zum Boden taut und sie auf den Stiefelspitzen durch den immer flüssigeren Matsch der Baustellen gehen wird, auf denen die Kräne ihre Klauen in den sanften Elfenbeinhimmel schlagen.

*

Jetzt geht sie, hat die wässrigen Schneezungen im Blick, auch das letzte Treffen mit Sorin in diesem Jahr ist vorbei und wieder erwartet sie ein Silvester ohne ihn. Im trüben Himmel treiben die farblosen Wolken immer tiefer, die roten Rücklichter der Autos weben die überfüllten Straßen ein, über denen es wieder Abend wird, dick eingehüllte Männer stapfen schwerfällig durch die eisige Luft, schleppen Plastikkanister, den Wein, den jemand vom Land mitgebracht hat.

In der Tram, in die sie steigt, lallen Zigeunerkinder ihre abstrusen Weihnachtslieder, aus denen Jesus und Maria verschwunden sind, dafür kommen die Wojwoden darin vor: *Bist du Stefan oder Mihai, der du vom Himmel kamst herrlich herbei?* Der Genosse Präsident und Generalsekretär, der überzeugt davon ist, dass er apotheotisch die Reihe der Herrscher beschließen wird, ist sogar in die Köpfe der kleinen Sternsinger gedrungen. Bei jedem Halt hört man, sobald die Türen sich öffnen, das spitze Quieken eines auf der Straße zwischen den Wohnblocks abgestochenen Schweins und das monotone Klopfen der Teppiche an den Teppichstangen, Hunderttausende von hand- und maschinengeknüpften Perserteppichen bestäuben den feinen Schneegries zwischen den Blocks mit ihrem Staub.

Bald werden in den Fenstern die Tannenbäume voller bunter Kugeln schimmern.

*

Nachdem die Schokoladentorte mit frischer Sahne, der Kaffee und der Rémy Martin serviert worden waren, schwang Petru in der schweren Stunde, in der die Nacht endlos erscheint und die völlige Dunkelheit draußen das Herannahen des Morgens nicht ahnen lässt, noch immer seine Reden über eine der neuesten amerikanischen Theorien: *Die Konvergenz der politischen Systeme.* In Wirklichkeit reihte er seine Sätze zur *Verbesserung des Systems* aneinander.

»... der Kommunismus bringt langsam aber sicher das Privateigentum zurück, das er ausgemerzt hat! Er hat vom Kapitalismus einen Kredit in Raten aufgenommen und die Sprösslinge der ehemals besseren Familien kaufen sich Wohnungen in den Schlafstädten und richten sie sich mit Fliesen und schönen Kacheln her! Sie sind natürlich nicht glücklich, dass sie Tür an Tür mit den ehemaligen Bauern leben, die auf den geschlossenen Balkons ihr Fass mit Sauerkraut und Gläser mit Essiggurken haben und in ihren kleinen Wohnungen Hochzeiten und Taufen mit Geschrei und Gejuchze feiern! Man träumt davon, aufs Land zu ziehen, aber bis man dazu die Gelegenheit bekommt, denkt man darüber nach, wie man es sich noch schöner einrichten könnte. Und keinen juckt die Ideologie …«

Die Zuhörerschaft bestand aus ein paar Ehefrauen, die keine Tanzpartner hatten, und auf dem Sofa alte Ausgaben der *Paris Match* und der *Burda* studierten, man hatte sie von den Reisen in den Westen mit dem Dacia oder Trabant mitgebracht, Reisen mit dem unvermeidlichen Zelt, weil man kein Geld für Hotels hatte, und mit den unvermeidlichen Corned-Beef-Dosen, die man von zu Hause mitnahm.

Der Rest der Gäste bewegte sich zu alten Songs, immer dieselbe Musik, *all of me, why not take all of me*, immer dieselben Gesichter, *take my lips, I never use them, take my arms.*

»Wie naiv kannst du sein, Petru! Ich wette, deine amerikanische Theorie ist in den Labors des KGB entstanden!«, Dănuț Iliescu lachte.

Die abgestandene Luft der gemeinsamen Abende wurde durch die Rivalitäten belebt, die unter den alten Freundschaften glommen.

Dănuț Iliescu ließ seine dürre, heiße Hand über Letitias nackte Schulterblätter wandern, er tanzte mit ihr, das bunte Seidenkleid wurde nur von zwei schmalen Trägern über den spitzen Brüsten gehalten, anscheinend hat sie gar keinen BH an, sie erregt ihn noch, wenngleich nicht mehr wie damals, als dieser Fettsack von Petru mit ihr zu einem Wochenendausflug in Mamaia aufgetaucht war.

»Die Scherbe lacht über den zerbrochenen Topf!«, kicherte Serghei Sârbu. »Ich wünsch dir, lieber Dan, dass du mal dahin kommst, wovon du träumst, nach Amerika, nach Frankreich, überall in den Westen, damit du siehst, wie leidenschaftlich deine Universitätskollegen da Marx und Lenin anhängen! Und Trotzki und Mao! Manche freiwillig, manche, damit die Studenten sie nicht lynchen! Du wirst einen Schock kriegen, du denkst alles in Schwarz-Weiß, CIA gut, KGB böse! Du wirst sehen, mein Lieber, wie *trendy* es ist, mit einem von Yves Saint Laurent entworfenen Mao-Hemd über den Champs-Elysées zu schlendern, mit dem roten Büchlein in der Brusttasche! Aber davon sollte uns lieber Petru erzählen!«

*

Petru beugte sich zur Wodkaflasche hinüber und schenkte sich ein halbes Glas ein.

»Nimm Tomatensaft dazu«, flüsterte Letitia ihm aus Dan Iliescus Armen zu, jedes Mal, wenn er China hörte, wurde ihr Mann noch angespannter als sonst.

»*Ihr hundert Blumen, blühet auf! Rot ist der Osten und Mao in China!* Ich würde dich bitten, das für uns zu singen, Petru, und dass du uns sagst, wie du dich mit den Roten Garden verstehst!«, fuhr Serghei fort. »Hast du gesehen, wie man Operationen ohne Betäubung macht, der Arzt schneidet, der Patient brüllt, aber liest die Maobibel? Dieser kleine Dokumentarfilm ist in Paris reihum gegangen wie Samisdat! Nixon und Kissinger kamen, um ein bisschen mit Mao zu spielen, als der grade eine Million widerlicher Intellektueller in Lager gesperrt hatte, solche wie uns, warst du da auch dabei? Haben nicht vielleicht sogar Mao und Nixon diese Theorie über die *Konvergenz der Systeme* auf den Weg gebracht und du hast mit ihnen abgemacht, du würdest ihre Botschaft weitertragen? Bezahlen die dich in Dollar oder in Yuan?«

Dănuț profitierte davon, dass Petru ihm den Rücken zuwandte, und drückte wie früher seine dünnen Lippen an Letitias Hals, und sie, auch wie immer, erstarrte und rückte von seinem Körper ab.

»Was du alles weißt, Serghei!« Dănuţ lachte wie ein Pferd. »Als guter Gastgeber erkläre ich die Lektion für politische Bildung für beendet, entschuldige, Lety! Ich muss die Diaprojektion vorbereiten, bevor wir alle einschlafen!«

*

Letitia verbarg ihr Gähnen mit der Hand und legte ihren Kopf an die weiche Lehne des Sofas. Sie wusste, wann es gekauft worden war, wie viel es gekostet hatte, sie kannte die Geschichte jedes Möbelstücks in den Wohnungen von Petrus Freunden.

Im Zimmer des Kindes, das zur Großmutter geschickt worden war, rückten die Gastgeber das Bettchen zur Seite, nahmen die Bilder ab und hängten das Leintuch an die leere Wand. Probeweise wurden die ersten Dias projiziert: Die ziselierte Fassade eines alten Palastes in Samarkand zitterte im Licht.

»Zentralasien ist auch interessant«, antwortet Dana Iliescu denen, die hastig einwarfen: Und der Vatikan? Und das Musée d'Orsay?

»Wir sind noch nie außerhalb des sozialistischen Lagers gewesen«, ruft eine steife Frauenstimme aus der Dunkelheit, aber Petru übertönt sie.

»Lacht nur«, schreit Petru, »aber guck, sogar eure neue Wohnung mit erhöhtem Komfort, Dan, ist der Beweis für die *Konvergenz der Systeme*! Wenn das so weitergeht, wird das kommunistische Rumänien im Jahr 2000 ein Land von Kleineigentümern sein! Vielleicht auch von Großbesitzern!«

Alle brüllten vor Lachen, auch die Verräterin Letitia. Petru wiegte sich mit dem leeren Glas in der Hand, er weiß, dass das Gute von heute, solange es noch da ist, nur provisorisch ist! Aber er wird vorsichtig sein, wer weiß, wie viele *Spitzel* mit im Raum sind? Die platten Witze Sergheis über seinen Aufenthalt in China haben ihn verärgert, die ganze Zeit versucht er seine Erinnerungen an die Reise in die hintersten Ecken seines Gedächtnisses zu schieben. Er beugt sich wieder zur Wodkaflasche.

»Habt ihr gesehen«, deklamiert Petru wie wiederbelebt, »dass sie im Adam, dem neu eröffneten Geschäft für Männer, Pullover aus englischer Wolle haben?«

Eine neue Woge Lachen erlöst ihn für einen Moment, weiter nach Argumenten für die optimistische Theorie zu suchen, wie der Kommunismus sich unbemerkt in den Kapitalismus verwandelt.

*

Eigentlich hasst er es, einkaufen zu gehen und er hat von der Existenz des Adam nur durch die freigiebige Letitia gehört, die ihm zu seinem Geburtstag einen grünblauen Pullover geschenkt hat, die Farbe ihrer wechselhaften Augen. Petru schwätzt jetzt über die französischen Parfüms, die man noch immer im Miraj und im Geschäft an der Universität finden kann, im sogenannten *Am Pferdeschwanz,* an der Reiterstatue Mihais des Tapferen.

Bei den Konzerten von Claudio Villa, Modugno, Amália Rodrigues in der Sala Palatului tragen die Damen Jersey-Kleider mit Laméefäden, die sie auf dem Schwarzmarkt gekauft haben, und ziehen hinter sich die Duftspur von L'Air du Temps, Madame Rochas und Eau de Lancôme her! Petru hat vor langer Zeit etwas über französische Parfüms gelernt, damals, von Manuela, eine große Parfüm-Liebhaberin. Und seine Zunge beginnt sich zu verknoten, aber er lässt nicht locker.

»Was auch immer du sagst, Serghei, ich würde nicht ausschließen, dass die Eisschollen des *Tauwetters* uns auf diesem trüben Wasser bis in die frivole Konsumgesellschaft mit sich reißen, die wir bei unseren kurzen Dienstreisen schon gesehen haben! Provisorien! Absolute Provisorien!«, lallt er im Sessel, in den er sich hat fallen lassen.

Provisorien, weil er nicht genug Verstand gehabt hat, dort zu bleiben, als er da war! Aber es werden weiter Pässe ausgegeben, mit Beziehungen, mit Schiebereien, sie werden ausgegeben! Was denn, wissen *die Securisten* etwa nicht, dass mehr als die Hälfte von denen, die ausgereist sind, nicht mehr zurückkommen? Sogar einige von *denen* hauen teilweise schon ab, nachdem sie sich hier alles, was sie kriegen konnten, unter den Nagel gerissen haben! Und Petru wird dasselbe tun, wenn er erst mal den Pass in der Hand hält, denn seit er aus China zurück ist, hat er keinen anderen Gedanken mehr, als so schnell wie möglich dieses Land zu verlassen, wo die Lage von Tag zu Tag schlimmer wird, die Musik hat sich entfernt und die Gedanken breiten sich aus, wellenförmig.

Wie bei allen Feiern in der letzten Zeit ist Petru im Sessel eingeschlafen. Letitia raucht, ist wütend, wieder muss sie ihn die Treppen runterschleifen und in der ganzen Wohnung die Spuren wegwischen, bis er es ins Bad schafft, um dort zu kotzen.

*

Jeder Pass hat seine geheime Geschichte. Sorin Olaru wird nie erfahren, dass er seinen den verspäteten Vatergefühlen Hauptmann Vistigs verdankte.

Rotblond, mit sehr hellen Augen in einem ziegelroten, gefälligen, wenn auch etwas von Windpocken vernarbten Gesicht, war Ludovic Vistig, mit Spitznamen der Deutsche, eine bukowinische Mischung aus Tscheche, Ukrainer und Rumäne. Er hatte die militärische Kavallerie-Schule absolviert, war aber aus ungeklärten Gründen von der Armee ausgeschlossen worden, er nahm an, es war etwas Politisches. Als großer Freund von englischen Anzügen, Chesterfield-Zigaretten und jungen Frauen war er ein gutaussehender Mann gewesen, bis das Feiern ihm zuerst den Magen umgedreht hatte und ihm dann weiche Ringe um die Taille klebte. Nach '44, als er für die Securitate zu arbeiten begann, gefiel er sich als Frauenversteher. Weder die große Anzahl Damen, denen er sich widmete, noch die Techniken und Positionen, die er beherrschte, konnten in seiner Vorstellung jemals den vorzeitigen Samenerguss kompensieren, mit dem er bei einer hastigen Hure in einem Bordell in Tschernowitz seine Jungfräulichkeit verloren hatte.

*

Der Rückzug der Sowjetischen Armee aus Rumänien 1958 war in einem Gästehaus der Partei beschlossen worden, am Vorabend einer Jagd, an der Chruschtschow und Dej teilnahmen und bei der Ludovic Vistig Dolmetscher war. Als er begriff, dass seine russische Frau, die bisher für seine Karriere von Vorteil gewesen war, in Kürze eine Last sein würde, strebte er, sobald er wieder in Bukarest war, die Scheidung an.

Auch nach der Scheidung zog Mascha Vistig es vor, als Universitätslektorin und Übersetzerin in Bukarest zu bleiben, sie behielt den Namen ihres Mannes und die sowjetische Staatsbürgerschaft bei. Die füllige, gepflegte Dame hatte Vistig sein ganzes Leben schwer auf der Akte gelegen, genau wie der Sohn aus erster Ehe, der das Etikett des *rumänischen Faschisten* nicht mehr loswurde. Sooft Vistig versucht hatte, seine Exfrau davon zu überzeugen, und zwar im Bösen, wie sonst?, sich verfickt noch mal wieder dahin zu verziehen, wo sie herkam, nämlich nach Moskau, du gottverfluchte miese Hure!, wurde er gleich zum Kader bestellt und zurechtgewiesen, er würde einen diplomatischen Skandal riskieren.

Wegen der Michail-Frunze-Militärakademie, die er in Moskau besucht hatte und dann mit Mascha zurückgekehrt war, wegen seiner Beziehungen zu sowjetischen Diplomaten und vor allem weil die, mit denen er jahrelang zusammengearbeitet hatte, demaskiert, versetzt, berentet worden waren, nachdem der Genosse Generalsekretär verkündet hatte, *es sind gewisse Fehler begangen worden, Genossen,* konnte Ludovic Vistig alias Stoian Gheorghe alias Ionel Dobre sich schon denken, dass er auch nur als Hauptmann in Rente gehen würde.

Aber wenigstens hatte er das Schlimmste hinter sich – die Komplizenschaft mit Gheorghe Pintilie, genannt Pantiuşa, dem ehemaligen Chef der Securitate, der monatelang samt seiner ganzen Truppe verhört worden war.

*

»Ich war nur ein Ausführender! Meine Pflicht war es, die Berichte an den Genossen General Pintilie zu redigieren! An Entscheidungen war ich nicht beteiligt!«, wiederholte Ludovic Vistig vor der Parteikommission, die beauftragt war, nach fünfzehn Jahren die Verantwortlichen für die Ermordung von Pătrăşcanu festzustellen.

Getuţa Bujor, die Stenographin mit dem Grad eines Unterleutnants, war überzeugt, dass Ludovic Vistig das Wohlwollen der Kommission erlangt hatte, als er mit Tränen in den Augen gestand, wie schwer es ihm gefallen wäre, seine Dienstpflicht zu erfüllen, nachdem er den General in seinem eigenen Schlafzimmer überrascht hatte. »Immer hatte er es eilig, also hatte er die Hose über die Stiefel fallen lassen, und meine Frau, verzeihen Sie, hatte den Rock über den Kopf gezogen, so habe ich sie erwischt! Versetzen Sie sich an meine Stelle, die ganze Abteilung war im Bilde! Ich hätte auch einen Bericht verfasst, aber wohin hätte ich den weiterleiten sollen?«

»Die Kommission hat verstanden, Genosse Vistig, es sind keine Einzelheiten nötig!«

Die Aussage von Ludovic Vistig wurde an manchen Stellen mit Auslassungspunkten versehen. Unterleutnant Bujor trug am Ende die Schlussfolgerungen mit, die der Vorsitzende der Kommission gezogen hatte, er wies darauf hin, dass die Genossin Maria Vistig, Diplomatin, Sowjetbürgerin, Ehefrau des Genossen Ludovic Vistig, für den Genossen General Gheorghe Pintilie gearbeitet und den Auftrag gehabt hätte, Ludovic Vistig zu führen und zu kontrollieren. Und, Genossen, es ist der Sache nicht angemessen, dass wir hier unsere Meinung über deren Beziehung als Genossen zum Besten geben, das ist die Zuständigkeit anderer Foren!

*

Vistig hatte es am eigenen Leib erfahren. Wenn man *den Bullen in die Hände fällt und ins Loch kommt,* hat man keine Chance seine Verteidigung vorzubereiten, auch wenn man schon errät, was einem vorgeworfen wird. Die Entscheidung ist schon gefallen und keiner zeigt sich mehr willens, einem eine helfende Hand zu reichen.

Trotzdem hatte er es geschafft. Er konnte sogar sein Parteibuch behalten, nachdem ihm ordentlich der Kopf gewaschen worden war und er sich Asche aufs Haupt gestreut hatte.

Nach Dejs Tod, den die Sowjets möglicherweise verstrahlt hatten, hatte Ceauşescu die *alte Garde der Partei* entfernt und bei seinem Gegenspieler Drăghici angefangen, den er abkommandierte, einen landwirtschaftlichen Betrieb bei Bukarest zu verwalten. Der Letzte, den er ausschaltete, war Maurer, der Ceauşescu anfangs unterstützt hatte. Von *der alten Garde* überlebte in seinem Politbüro nur Emil Bodnăraş.

Ludovic Vistig hätte es nicht bis dorthin geschafft, hätte

er sich nicht an einen Jugendfreund erinnert, Iulică Iovănescu, genannt Pulică, der aus Militärschulzeiten zu Bodnăraş eine besondere Beziehung hatte und Vistig die ausufernden Feiern unter Genossen nachsah, obwohl er sie persönlich nicht schätzte.

Vistig hatte Iulică Iovănescu einmal einen großen Gefallen getan und jetzt teilte er ihm mit, es wäre der Moment gekommen, seine Schuld zu begleichen.

Und Iulică-Pulică beglich sie. Er rief Bodnăraş an und der telefonierte mit der Kommission zur Untersuchung von Pătrăşcanus Tod: »Verschwendet eure Zeit nicht weiter mit Hauptmann Vistig, der ist ein armes Würmchen! In der Abteilung für Staatssicherheit nimmt den niemand ernst!«

Die Kommission akzeptierte, dass Ludovic Vistig nur Übersetzer aus den Sprachen Russisch, Deutsch, Englisch war und man ihn mit den offiziellen Dokumenten beauftragt hatte, auch denen in rumänischer Sprache, weil Genosse General Gheorghe Pintilie nur fehlerhaft Rumänisch sprach und überhaupt nicht schrieb. Ludovic Vistig wäre nicht verpflichtet gewesen, bei den nächtlichen Untersuchungen dabei zu sein, von denen Berge von leeren Wodkaflaschen und Zigarettenstummeln zurückblieben und die verwundeten, verbrannten, verstümmelten, von Blut, Urin und Fäkalien verschmierten Körper der Klassenfeinde oder die der ehemaligen Genossen, die gezwungen worden waren, sich als Agenten der Imperialisten zu erkennen zu geben, siehe den Fall Lucreţiu Pătrăşcanu.

Unantastbar, weil er NKVD-General war, wurde General Pintilie, genannt Pantiuşa, auf Wunsch pensioniert. Als Getuţa Bujor, angetan von den herrschaftlichen Manieren des noch schlanken Ludovic, ihm die Schlussfolgerung der Kommission zuraunte, schlug dieser, obwohl er Atheist war, ein großes Kreuz, »ich danke dir, großer Gott, dass mich kein Denunziant verpfiffen hat, und Gott sei Dank, dass denen, die mich da gesehen haben, für immer die Angst in den Knochen sitzt!«

*

Iulian Iovănescu und Ludovic Vistig hatten sich kurz nach dem 23. August 1944 kennengelernt, sie waren in den Patriotischen Garden gewesen, die die königstreuen Versammlungen mit Lastwagen zersprengten und mit Zielfernrohr-Gewehren machten sie von den hohen Gebäuden an der Piața Palatului, dem Platz des Königlichen Palastes, Jagd auf demonstrierende Studenten. Sie kamen einander auch durch die Tatsache näher, dass sie beide russische Frauen hatten, eine Zeit lang waren sie zu viert ausgegangen.

Iulică Iovănescu hatte seinen Freund Ludovic Vistig gebeten, die informativen Berichte und Notizen über die faschistischen Verwandten aus seinen Akten zu entfernen und vor allem eine hässliche Geschichte mit einer seiner Cousinen, die auch noch denselben Familiennamen trug wie er, Sorana Iovănescu. Vistig hatte sie bei der Untersuchung gesehen, sie war noch nicht ganz verrückt gewesen, aber richtig im Kopf war sie auch nicht mehr mit diesen milchgefüllten Brüsten, er erinnerte sich sehr gut an sie, »die Arme, wirklich, aber jetzt kannst du wieder ruhig schlafen, Pulică, deine Familienakte ist blitzblank sauber!«

Nachdem er aus den Klauen der Untersuchungskommission gerettet worden war, wurde Vistig in die Abteilung zur Kontrolle von Korrespondenzen versetzt, zweiter und dritter Stock im Postamt für Auslandspost, die Abteilung war in einem mit Stuckatur überfrachteten Haus untergebracht, die Innentreppe hatte barocke Ornamente, es lag auf der Strada Domnița Ralu am Dâmbovița-Ufer. Er hatte seine Selbstsicherheit verloren und fühlte sich überwacht. Die Kollegen aus der Securitate-Abteilung, Söhne von Emporkömmlingen, die aufsteigen wollten, verbreiteten das Gerücht, er wäre Jude, NKVD-Diplomat, der wegen seiner Beziehungen zu den Zionisten eingestellt worden wäre – ein schlechtes Zeichen, dazu noch die geringen Prämien zum Jahresende. Er bekam keinen weiteren Grad mehr, keine Auszeichnung. Nach einiger Zeit wurde er plötzlich zur scherzhaft als »Parteiorganisation für nachrangige Beziehungen zu Informantinnen« betitelten Abteilung bestellt, »du hast das Haus der Konspiration zu einem Bordell gemacht, jetzt verfaul im Kerker, du Abschaum!«

Er ahnte, dass Getuța Bujor ihn denunziert hatte, sie war schwanger geworden, Vistig erklärte schuldbewusst, er wäre im Begriff, ein gesundes Familienleben mit ihr aufzubauen. Und er nahm sie zur Frau.

Als die Abteilung für Auslandspost den Sitz in ein neues Gebäude verlegte, bekam Genosse Ludovic Vistig, frischgebackener Familienvater im Alter von 56 Jahren, den Auftrag, die Institute im *Gebäude* zu kontrollieren.

*

Die Schwangerschaft und das kränkliche Kind hatten sie gezwungen, eine Weile zu pausieren, jetzt kehrte Getuța Vistig lustlos an ihre Arbeitsstelle als Stenodaktylographin zurück. Sie hatte schlecht daran getan, sich an diesen alten Schürzenjäger zu klammern, der sie manchmal sogar nachts weckte, als würde ihm das eine Kind noch nicht genügen! Manchmal kam er spät nach Hause und stank, dann wieder ging er dauernd ins Bad, weil er Probleme mit der Prostata hatte, »schick ihn zum Teufel, Getuța, der kriegt bestimmt keine Tresse mehr dazu, nie und nimmer«, sagte ihr Cousin Sile Bujor, der verdeckter Diplomat in den Arabischen Staaten war und wusste, wovon er sprach.

Vistig verärgerten ihre andauernden Vorwürfe darüber, dass er ihr keinen Posten als Chefsekretärin im *Gebäude* verschaffte. Er hätte es versucht, um ihrem Gemecker zu entkommen, aber vor allem, weil er sehr erstaunt darüber war, wie sehr er sein Söhnchen liebte, er brachte ihn zum Kindergarten und holte ihn ab, er las ihm Geschichten vor, er ging mit ihm spazieren. Um ihn *drüben* zur Schule gehen zu lassen, träumte er von einem verdeckten Offiziersposten in irgendeiner Botschaft. Aber wie sollte er das anstellen? Er drängte Geta immer wieder, sich an ihren Cousin, einen verdeckten Diplomaten, zu wenden, er wusste nicht, dass sie bereits Beweise sammelten, um ihn für die Scheidung vor Gericht zu kriegen und ihm das Kind wegzunehmen.

Vistig hatte dann die Idee gehabt, sich an General Pintilie zu wenden, Pantiuşa, seinen ehemaligen Chef, von dem er sich losgesagt hatte, soweit es möglich gewesen war. Auch Petrus hat sich von Jesus losgesagt und Jesus hat ihm verziehen, sagte er für gewöhnlich, wenn er sich betrank.

Pantiuşa musste wohl noch ein bisschen Macht besitzen, denn Ceauşescu warf ihm manchmal noch eine Blechdekoration hin, wenn irgendein Jahrestag war, und er wäre sicher erst mal froh gewesen, einen Trinkgenossen in seinem schon seit Langem nicht mehr gestrichenen Wohnzimmer in der von *Volksfeinden* übernommenen Villa zu haben.

Aber Vistig wusste, nach einer Flasche Moskowskaja hätte Pantiuşa ihn unter Fausthieben und russischen Flüchen die Treppe runtergeworfen. Und noch schlimmer, seine Villa war mit Abhörtechnik ausstaffiert und er hätte das Misstrauen seiner neuen Kollegen geweckt, alles dicke Bauern, die wie die Pilze nach dem Regen mit ihren ganzen Familien in genau der Abteilung der Securitate aufgetaucht waren, in der Vistig seit dreißig Jahren alle Neuorganisationen und Veränderungen der politischen Linie überstanden hatte.

*

Fischers Postkarte mit Majakowskis Vers, *Lenin ist heute noch lebendiger als zu Lebzeiten*, erschien Vistig als eine Chance, die der Himmel ihm geschickt hatte. Natürlich war das eine kodierte Nachricht, wer weiß, wem der Mossad-Spion Harry Fischer sie geschickt hatte, jetzt musste er jedenfalls seine Haut retten, indem er in das Informantennetz von Vistig einstieg. Wenn Harry Fischer die Rekrutierung nicht annahm, würde man ihn zwingen können, man könnte ihm den Handel mit ausländischem Geld anhängen, ein paar Mark, ein paar Franken, die vor einer Durchsuchung eingeschleust würden, dieser Wirrkopf hat sein Leben im *Gebäude* und in der Bibliothek der Akademie zu Grabe getragen, seine armselige Wohnung steht immer leer. Für die Rekrutierung von Fischer, die schon auf dem *Maßnahmenplan* stand, waren bereits Ermutigungen und Versprechungen ausgesprochen worden, Vistig hatte Genossin Oprea benachrichtigt, sie sollte sich bereithalten, sie hätte einen schweren Fall in ihrem Institut – als alles plötzlich gestoppt wurde.

Warum? Kein Kommentar!, sagte man ihm trocken. Hatte Fischer ein gut platziertes Familienmitglied im Amerikanischen Kongress? Im Weißen Haus? In einer einflussreichen jüdischen Vereinigung? Oder hatte Paşenka Lucaci den Skandal aufgehalten, weil er wie eine Glucke sein ehemaliges Küken beschützte, das jetzt ein Riesenhuhn war, nämlich die Interimsdirektorin Eleonora Oprea?

*

Diese Glucke Eleonora, diese Hexe, die Vistig von oben herab ansieht, die zu Hause vor dem Spiegel dieses unverschämte Gesicht übt, den Kopf im Nacken, und wie sie ihm dann den Rauch der Lucky Strike in die Augen bläst!

»Und dieser Blödsinn mit Fischers Postkarte, Genosse Hauptmann? Wir haben so viele wichtige Aufgaben bezüglich des *Traktats* und Sie werfen uns Knüppel zwischen die Beine, statt uns zur Hilfe zu kommen?«, geiferte sie.

Eleonora genügte es, das eingesunkene Gesicht Vistigs zu sehen, um zu wissen, dass sie ihn hart rannehmen konnte. Aha, wie er sich beeilt zu antworten, sie wäre falsch informiert, im Gegenteil, er hätte alles getan, was in seiner Macht gestanden hätte, um den Skandal um Harry Fischer abzuwenden, er verdiente eher Glückwünsche, dass ihm das gelungen wäre! Und nächste Woche warte dieser Sorin Olaru auf ihn, um Anweisungen für seine Dienstreise nach Düsseldorf zu erhalten, ja, er, Hauptmann Vistig, stünde dafür ein, dass Olaru die Zusage für den Pass bekäme!

Vistig wusste, dass das Gespräch mit Sorin Olaru, Pulică Iovănescus charakterlosem Neffen, ein Klacks sein würde gegen die Drahtziehereien, die er – leider umsonst – veranstaltet hatte, um diesen komischen Harry Fischer zu kriegen.

Sorin Olaru ähnelt dieser Pechmarie, die sie in einer Nacht bei der Untersuchung als Fickmatratze hatten rumgehen lassen! Auch wenn Pulică ihm rechtzeitig gesagt hätte, dass sie seine Cousine war, er war nicht überzeugt, dass es ihm gelungen wäre, sie aus Pantiuşas Klauen zu befreien! Aber als er es erfuhr, war sie schon total durchgedreht, sie sagte immer, nicht der aus den Bergen wäre der Vater des Kindes, aber egal, was man ihr antun würde, sie würde nicht sagen, wer es wäre, sie schrie herum, sie wäre eine Märtyrerin, sie war es am Ende wirklich, und sie war bekannt wie eine bunte Kuh, klar, dass man sie nicht mehr gehen lassen konnte!

*

Damals hatte Vistig tatsächlich die Berichte über die Legionäre in Iulicăs Familie aus der Akte genommen. Manche hatte er in die Schreddermaschine getan. Aber die interessantesten hatte er mit nach Hause genommen, man weiß nie, wann man die mal gebrauchen kann, hatte er sich gesagt. Jetzt zum Beispiel konnte man es.

Zum Dank für seine Reise in den Westen sollte Sorin Olaru sich zur Verfügung stellen und herausfinden, ob Professor Hermann, der Typ mit den Balkanstudien, am Ende Sorana Iovănescus Verlobter war, dieser Vasi Stamatiu, ein Legionär, der ziemlich viel Dreck am Stecken hatte. Der mögliche leibliche Vater, Sorin war ein Adoptivkind, sein Onkel Iulică hatte es Vistig bestätigt.

Olaru würde ihn enttarnen müssen, durfte aber nicht wissen, worum es ging, sonst könnten sich die Dinge verkomplizieren. Ein Glück, dass die Adoptiveltern ihren Mund gehalten haben. Iulică hatte ihm garantiert, dass Sorin nichts wusste, die Mutter war eine kluge Frau und der Adoptivvater schon im Jenseits. Im Übrigen war Virgil Olaru ein großer Angsthase gewesen, der hatte sich vor seinem eigenen Schatten gefürchtet! Die Geschichte war hässlich, aber Vistig würde den Fettsäcken vom Außengeheimdienst eine Jagdtrophäe bringen, die nur er aufspüren konnte.

Das war Vistigs letztes As im Ärmel, wenn er das nicht schaffte, warteten seine Feinde schon darauf, ihn in Rente zu schicken. Oder, Gott bewahre, vors Militärgericht wegen Fahrlässigkeit im Dienst, also wegen des Diebstahls geheimer Dokumente.

»Hier hast du den Namen und die Telefonnummer der Person, die uns interessiert. Günther Hermann. Er muss so um die sechzig sein, er war mal brünett, jetzt hat er graue Haare, Locken, er ist groß, sportliche Erscheinung, Professor für Jura, Spezialgebiet Balkan, Doktortitel in Berlin erworben. Streng dich an, damit er dich mag, das Ziel ist, dass er dir am Ende eröffnet, er wäre Rumäne, vielleicht verrät er dir auch seinen Namen«, sagte Hauptmann Vistig zu Sorin und händigte ihm den Pass aus.

Kapitel 16

# Die Strategien eines Technokraten

»Es ist das erste Mal, dass ich einer Dame sage, dass ich sie liebe«, flüsterte er.

Sein Blick war hell, fast erstaunt, und Letitia ließ, ohne etwas zu sagen, ihren Kopf auf seine Schulter sinken.

Als er hinzufügte, dass sie dagegen nicht zu ihren Treffen käme, um mit ihm Liebe zu machen, sondern um Material für ihren nächsten Roman zu sammeln, und er würde erst dann wissen, ob sie ihn geliebt hätte, wenn er ihn lesen würde, da lachte sie geschmeichelt und drückte seinen Kopf an ihre nackten Brüste. Warum sollte sie einen Roman schreiben, wenn sie ihn sowieso nicht veröffentlichen konnte, ohne ihr Leben wegzuwerfen und das der beiden Männer dazu?

Und wie wäre ihr Leben ohne Sorin?

Wie diese ersten Tage im März: schwarze Bäume, bleierner Himmel, graue Luft, Wind, der Wogen pulverisierten Staubs von den Straßen aufwirbelt. Ihre Tage vergehen träge und rein in ihrer Monotonie und Wiederholbarkeit, wie die Fenster des *Gebäudes*.

Oft wünschen sich Menschen gegensätzliche Dinge, deren Erfüllung sich gegenseitig ausschließt; aber der Zufall kommt immer und schafft Ordnung im Durcheinander ihrer Gedanken.

*

Für Sorin allerdings, der im Institut *ein Projekt hat* (wie man zwanzig Jahre später sagen würde), haben die Tage eine andere Farbe.

Und in jedem Ding, das man bekommt, gibt es etwas mehr als das, was es beinhaltet. Weil es Sorin Olaru gelungen ist, auf sich aufmerksam zu machen, hat er nicht nur die erste Prämie bekommen, die er heimlich kassiert hat, um keinen Neid hervorzurufen. Er fühlt, wie sich die gleichgültige Masse um ihn herum erwärmt, er sieht das mütterlich-aufreizende Lächeln Eleonora Opreas und im Lachen der Kolleginnen nimmt er eine schillernde Koketterie wahr. Sie haben bei seinen eiligen Schritten schon geahnt, dass das ein Sieger ist und dass das offizielle Ansehen sein kindliches Gesicht umgeben wird wie ein goldener Nimbus. Die schmeichelnden Worte lassen ihn wie einen ausgezeichneten Schüler noch eifriger werden.

Jahrelang wird sein Name jetzt nicht mehr bei den Erwähnungen und Anerkennungen fehlen, die seinen Fleiß hervorheben, *unser Institut fördert junge Menschen, wir grüßen also Sorin Olaru, das neue Mitglied im Parteibüro, das neue Mitglied des Komitees der Arbeiterschaft!*

Auf Mama Nellys Ratschläge hin hat er seinen Widerwillen gegen politische Ämter abgelegt, die einzigen, die den Aufstieg sichern. Inzwischen lacht man nicht mehr über die Art und Weise, wie er neue Bekanntschaften pflegt oder über seinen offensichtlichen Wunsch, Informationen über andere zusammenzutragen und über sich selbst möglichst wenig preiszugeben.

*

Wir bewahren uns unsere innere Ruhe, weil wir unfähig sind, uns vorzustellen, wie andere uns sehen. Selbst die Momente, in denen man gut über uns spricht, würden uns schreckliche Schlaflosigkeit bereiten.

Sorin wäre entsetzt, wenn er hören würde, was die *Damen* miteinander besprechen, wenn sie sich die Augen im Spiegel auf der Toilette mit dem *Eyeliner* nachziehen, sie kommen und gehen zu den Kabinen, richten ihre Röcke, die Strümpfe, wispern und heben die Stimme, wenn die Spülung gezogen wird. Das ist der Ort, wo sie sich ihren Tratsch weitersagen, wer mit wem, Rezepte für Abtreibungen und gegen Infektionen mit Kolibakterien, über Eleonora, die in die Wechseljahre gekommen ist, über Sorin, der *Küss-die-Hand* sagt, *Verehrteste* und *Rendez-vous*, wo hat er das her? Redet ihr über Olaru? Ich glaube, der hat noch nie gefickt! Und hast du dran gedacht, ihm diese Gnade zu erweisen? Ich will nichts sagen, er ist nett, aber ich ziehe die aus der großen Gruppe vor!

Sie kichern, haben gelernt, zu verheimlichen, was ihnen durch den Kopf geht, sich ihre Männer wegzunehmen, sich zu freuen, dass die andere heute schlechter als gestern aussieht, sich mit dem Abdruck der matt schimmernden Lippenstifte, die gerade mit stark geschminkten Augen in Mode sind, falsche Komplimente zu machen.

Letitia wäre verwundert, wenn Sorin ihr gestehen würde, dass Narcisa, die schönste Frau im *Gebäude*, bei ihm Abscheu auslöst mit ihren langen roten Fingernägeln und der Art, wie sie mit den stark getuschten Wimpern klimpert, mit ihrer Garderobe, die bei jeder Auslandsreise ihres Mannes aufgefrischt wird, ein Securitate-General, sagt man. Er mochte Narcisa nicht, und nicht einmal Laura, ein studiertes und ruhiges Mädchen, der er aber in einer zwiespältigen Freundschaft verbunden war. Laura suchte immer nach einem Vorwand, um in sein Büro zu kommen, wurde rot, wenn sie ihn auf dem Flur sah, wartete am Ausgang auf ihn, damit sie beide gleichzeitig losgingen. Seine natürliche Art zu sprechen hatte sie in die Irre geleitet, seine Art, wie er nach ein paar Sätzen plötzlich aufstand und ging und einen geheimnisvollen Schatten zurückließ.

Sorin Olaru, der so viel auf Gefälligkeit gab, wurde später vorgeworfen, er hätte durch seine zweideutigen Besuche Lauras Leidenschaft geweckt und sie in die Depression getrieben.

Letitia war sich allerdings sicher, dass Sorins Art, mit geschäftiger Miene von einem Büro ins andere zu hasten, dazu da war, die Besuche bei ihr zu vertuschen.

*

Eleonora hatte ihm geraten, mit Hauptmann Vistig zu kooperieren, indem sie ihn auf der Liste als *unterstützende Person* angegeben hatte, aber er sollte ihr alles berichten, was Vistig mit ihm besprach. Weil er einer der seltenen polyglotten Menschen im Institut war, wunderte sich keiner, als man ihn mit *Protokollaufgaben* bei Besuchen von Ausländern betraute.

Wenn man ihn später auch zum Abteilungsleiter ernennen würde, würde er mit der Kontrolle der Büros und den Aufnahmebändern der Telefone auf dem Laufenden sein, ein Thema, das er vor Letitia nie anschneiden würde, das aber die Grundlage für seine beginnende Freundschaft mit Dorina wäre. Wenn er beim Weggehen die Schubladen abschloss, dann tat er das vor allem, um Kollegenstreiche zu unterbinden. Die Illusion, er könnte sich schützen, hatte er nicht mehr.

Er ist inzwischen einer der Basisleute des Instituts geworden und so wird es auch bleiben. Er verfasst die schablonenhaften Berichte, spricht bei den Sitzungen nur dann und so lang, wie es nötig ist, selbst die Böswilligen können ihm keine demagogische Äußerung vorwerfen. Er bereitet seine Wortmeldungen vor, indem er die letzte Rede des Genossen auf der Jagd nach Schlüsselzitaten durchblättert.

Wenn er einen Zusatzauftrag bei einer Zeitschrift bekommt, überarbeitet er rasch altes Material. Er fährt sich hastig durchs Haar und macht nur dann eine Pause, wenn er ans Telefon gehen muss, er streicht oder fügt Passagen in dem alten Daktylogramm hinzu, ohne den Wunsch, etwas zu verändern. Er hat ein Gefühl für Aktualität und die Geschwindigkeit eines Mannes, der sich nie in den Fallen des Perfektionismus verfangen würde.

»Originalität gibt es in unserer Zeit nicht mehr, bei jedem Atemzug erscheinen Milliarden von neuen Informationen, die das Bisherige verdrängen! Die letzten Originellen auf diesem Planeten seid ihr, die Schriftsteller«, sagt er zu Letitia und lacht sarkastisch.

Die Neugier und sein Posten erlauben es ihm, durch ein verstaubtes kleines Fensterchen in die Welt hinauszusehen und all das zu erfahren, was ein Tourist mit einem dreißig Tage gültigen Pass, der zu seinen Verwandten nach *Draußen* fährt, nicht sieht. Einer, der nur Konserven isst und auf allen vieren ins Zelt kriecht, das er neben seinem Trabant aufgestellt hat, um dann mit prallgefüllten Plastiktüten voller Fa-Seife und gebrauchten Kleidern wiederzukommen, der höchstens sonntags gratis den Louvre sieht. Und wie viele haben denn solche Verwandten *draußen* und vor allem, wie viele stellen solche Anträge, um ihre Akte damit zu verschandeln?

Wenn er ein *Rendez-vous* hat, vergisst er nie, eine Schachtel Präservative in die Tasche zu stecken. Von denen, die man nach 1990 in den Apotheken, Supermärkten, Tankstellen, Hotels etc. kriegen wird, ist das Gummipräservativ der Siebziger genauso weit entfernt wie der Doppeldecker der Dreißiger vom Düsenjet.

*

Was bei Sorin Olaru in all den Jahren unverändert geblieben war, seit er im Institut arbeitete, war der Ablauf seines Arbeitstages. Die von ihm betreute Abteilung war seine Familie geworden und zu einem Anlaufpunkt, sogar für die Chefs, wenn sie sich ein Bad in der Menge wünschten. Er kam als Erster, hatte eine Schachtel Kekse zum Kaffee dabei, bei dem die europäischen Fußballfinale, Filme und die neuesten Witze besprochen wurden. Er umschiffte mit diplomatischem Geschick alle Launen, ertrug dümmliche Vorwürfe, sogar wenn er innerlich kochte, der Unmut brach dann erst später aus ihm heraus.

»Niemand ist frei in dieser Welt! Jeder muss sein Benehmen unter Kontrolle haben, um dem anderen nichts Böses anzutun!«, würde er bei nächstbester Gelegenheit zu ihnen sagen.

Auf Streit folgte Versöhnung, mal mit einem Blumenstrauß, mal mit einer Flasche Wein. Er war wirklich ein guter Vorgesetzter und ein sanfter Mensch, nicht nur Letitia glaubte das.

Er war ein As beim Enträtseln von Zeitungsnachrichten, die er mit den Gerüchten im *Gebäude* abglich. Durch die vielfältigen Informationen, mit denen er jonglierte, versuchte er das verwirrende Puzzle der politischen Welt zu entziffern, indem er dem einen das verkaufte, was er gerade vom anderen gekauft hatte, von der Direktorin an den Parteisekretär, von Freund Florinel an den Geheimoffizier im diplomatischen Dienst, von den Freunden von der Presse an die Funktionäre in der Zentrale.

Was gibts Neues, war seine Frage, die Dorina später von ihm übernahm.

Der große Genosse, der ein ungebildeter und launischer Zeus war, und dem seine Untergebenen zu Diensten standen, während sie ihn verachteten und ihren Verrat planten, schickte aus dem Olymp des Zentralkomitees widersprüchliche Zeichen, die bis zum Schachbrett des jungen Technokraten gelangten. Dass er den Aufstieg oder Abstieg der schützenden Gottheiten vorhersagte, war nicht nur ein sinnloses Spiel, wie Letitia dachte, sondern verbunden mit der leider immer weiter sinkenden Hoffnung, der Name Sorin Olaru würde in der Nomenklatur weiter aufsteigen und wäre für eine höhere Funktion vorgesehen.

*

Er schien unersetzlich und jeder, der sich in die Angelegenheiten seines Büros mischte, konnte eine Katastrophe auslösen. Er wurde immer schneller, als hätte sich sein Körper der Notwendigkeit angepasst, an mehreren Orten gleichzeitig zu sein, und die Neugier auf die Welt, in der er sich einen Platz verschaffen musste, war unersättlich.

Er war Eleonoras Liebling geworden, aber er war bemüht, sich auch mit Titus gutzustellen, vor allem, weil es mit der *Romance* der beiden Vorgesetzten immer schneller bergab ging. Über die Eingaben mit den gegenseitigen Denunziationen der beiden ehemaligen Geliebten erzählte er Letitia öfter. Aber sie schien weniger interessiert an diesen Geschichten zu sein als Dorina.

Er hätte es vorgezogen, sich nicht entscheiden zu müssen und damit geschützt vor Titus zu sein, aber er sah sich gezwungen, zu wählen. Aber hatte er jetzt auf das falsche Pferd gesetzt und lief Gefahr wie die arme Eleonora auf dem Schafott zu landen, wie Marie-Antoinette, oder Maria Stuart oder wie irgendeine andere Königin, die, statt auf ihren Verstand zu hören, der Stimme ihrer Eierstöcke gefolgt war? Eleonoras leidenschaftlicher Wunsch, sich immer wieder als Frau bestätigt zu sehen, hatte auch seine Chancen verringert. In ihrem Büro bewahrte er sich weiterhin seinen ruhigen Ton. Ein Zeichen guter Erziehung, der christlichen Haltung des ehrwürdigen Sofronie oder doch der entfernte Traum, als Funktionär ins Außenministerium zu kommen?

Dafür hätte er seine Akte verbessern müssen, und sei es durch eine gute Heirat, so schoss es ihm manchmal durch den Kopf. Aber er borgte sich weiter den Schlüssel von Freund Florinel für die Treffen mit Letitia, obwohl er schon wusste, dass ihre Beziehung nie über diese vier Wände hinauskommen würde.

*

In der Geschichte jedes Instituts gibt es einen Augenblick, in dem irgendjemand zu höchster, triumphaler Strahlkraft gelangt. Nur, dass im selben Moment auch der Abstieg beginnt. Seit einiger Zeit hatte Sorin den Eindruck, dass er abrutschte, immer weiter abrutschte und es nicht schaffte, dem etwas entgegenzusetzen. Meine unvermeidlichen Fehler, denn *nobody is perfect*, sind sichtbarer als die der anderen, weil ich am Anfang immer so einen guten Eindruck mache! Das war das erste Eingeständnis seiner versagenden Strategie, das er Letitia machte. Er mochte es nicht mehr, vergraben in Arbeit in seinem Büro zu sitzen. Das Verhältnis zwischen seinen eigenen Interessen und denen seiner Arbeit veränderte sich immer mehr zugunsten der ersteren. »Keiner errichtet einem eine Statue, weil man einer Institution gedient hat!«, grinste er seit einiger Zeit bei den Treffen mit Letitia.

Wie vorausgesehen, ließ der Wechsel der politischen Linie die ältesten Parteiaktivisten wieder in den Vordergrund treten. »Statt vorwärtszugehen wie alle anderen sozialistischen Länder, gehen wir rückwärts wie ein Krebs! Wir schaffen es noch, dass es wieder wie zu Stalins Zeiten wird! Aber was geht's die Schriftsteller an, wohin die Welt sich dreht, wenn sie es bloß hinkriegen, dass ihr Buch erscheint?«, er ließ seine Stimme weich klingen und strich ihr väterlich übers Haar.

*

Manchmal, wenn er morgens die Allee vor dem *Gebäude* entlanglief, um die Stechuhr zu erreichen, wehte ihn rund um die Lenin-Statue mit dem Duft des frisch gemähten Grases das Aroma der Villengärten an der Bergstraße an, wo er eines Abends nach dem Essen ein *tête à tête* mit Günther Hermann gehabt hatte, der von Hauptmann Vistig vor seiner Abreise nach Deutschland angegebenen Zielperson.

Das geräumige Wohnzimmer hatte ihn eingeschüchtert, das Gespräch am Kamin, das Abendbrot mit Kristallgläsern und Silber, mit Lachs, Broccoli und Bordeaux, und er hatte nur ein paar förmliche Sätze herausgebracht.

Nach dem Essen waren sie zu einem kurzen Spaziergang hinausgegangen, bei dem Sorin gehofft hatte, seine Aufgabe zu erfüllen. Der Hund wurde von der Leine gelassen und schnüffelte schwanzwedelnd im Gebüsch. Hermann zog den kranken Fuß nach und Sorin zermarterte sich den Kopf, was für Fragen den Leiter des Lehrstuhls für Balkanforschung dazu bringen könnten, zuzugeben, dass er Rumäne war und vor dem Krieg in Rumänien gelebt hatte. Sie stiegen zum Wald hinauf und immer, wenn sie an einer der Villen vorbeigingen, vor denen man am nächsten Morgen nur die Amseln und das Brummen der Mähmaschinen hören würde, ging dort rätselhafterweise das Licht an. Und Sorin stellte immer weiter hilflose Fragen, bis Hermann ihm gelangweilt das Wort abschnitt: »Nein, junger Mann! Ich war nur ein paar Monate in deinem Land, bevor der Krieg anfing! Es war ein angenehmes Leben, mit Fräuleins und netten und eleganten Damen, mit vielen Festen und Bällen! Das war das letzte Mal, dass ich getanzt habe! Ich bin in einem Zug mit Verwundeten nach Hause gefahren, dieses Hinken ist das Andenken an die Bombe, die neben mir explodiert ist. Aber die Verwundung hat mich vor Stalingrad bewahrt! Nein, eure Sprache habe ich nicht gelernt und ich habe auch nicht vor, euch einen Besuch abzustatten! Aber schade, dass wir unsere Zeit mit solchen Gesprächen vergeuden! Hast du das Schloss in Heidelberg gesehen? Die Franzosen haben es irgendwann vor Langem mal niedergebrannt, aber die Stadt hatte Glück, der amerikanische Pilot, der sie hätte bombardieren sollen, hat sie verschont, weil er an unserer Universität studiert hat. Mein Rat an dich ist, besichtige so viel wie möglich, wer weiß, wann du wieder herkommst!«

*

Wenn er abends noch im Institut war, ging Sorin Olaru mit unhörbaren Schritten zur Tür seines Büros und öffnete sie unvermittelt, um sicherzugehen, dass ihn auf dem Gang keiner belauerte. Wenn er nur den grünlichen Schatten des Teppichs sah, der bis ans Flurende reichte, holte er eine Flasche Wein, Cotnari oder Murfatlar, aus dem Safe und füllte sich die Kaffeetasse. Er hatte angefangen, alleine zu trinken, seitdem er nicht mehr glaubte, so hatte er es Letitia damals gesagt, dass sie beide einer glücklichen Generation angehörten. Er war sich stattdessen immer sicherer, dass er seinen Nachkommen leider den ewig sieghaften Kommunismus weitervererben würde.

Seinen Nachkommen? Das war natürlich nur eine Stilfigur. Sorin denkt nur mit Unbehagen an sie, dasselbe Unbehagen, mit dem er Letitia fragt: Bist du sicher, dass heute ein Tag *ohne Risiko* ist? Wenn sie nickt, zieht er ihren samtigen Körper aus dem Bett und setzt ihn in Positionen, die man mit den steifen Präservativen nur schwer einnehmen kann: Er schlingt sich um sie, er beugt sie vor und nimmt sie von hinten, er setzt sie auf den Tisch, der ziemlich wackelig ist, leicht ist es nicht. Sie machen wie immer Liebe im Hellen, aber er tappt durch eine heiße Finsternis, wird durch keinerlei Stöhnen geleitet, und auch er stößt nicht einmal einen finalen Seufzer aus. Er hat seine wenigen Partnerinnen nie gefragt, was sie für Phantasien haben, er hat ihnen auch nie Pikanterien ins Ohr geflüstert, um ihnen einen schnelleren Orgasmus zu verschaffen. Er wird es auch nicht wagen, Letitia so etwas zuzuflüstern, aber er würde viel dafür geben zu wissen, was in ihrem Kopf vorgeht, außer der Angst, schwanger zu werden, die er in ihren etwas zu angespannten Muskeln wahrnimmt. Ihre Mischung aus Sensibilität und Verschämtheit verwirrt ihn genauso wie die Angst, dass er sie nicht zum Orgasmus bringen kann. Darum verlängert er die Runde Liebe und berechnet die wenige Zeit, die sie miteinander verbringen so, dass er sie immer noch einmal wiederholen kann. In Hinblick auf Sex hat er inzwischen herausgefunden, dass er keine Probleme damit hat, egal wie komplexbeladen er (auch) bei diesem Kapitel ist. Und jetzt ist er interessiert an neuen Erfahrungen, ein Appetit, der von den Auslandsreisen angeregt worden ist, von den Kinos mit Pornofilmen, von den Videokassetten.

Wenn Sorin sie zurück zum Bett bringt, streckt sie sich zufrieden auf dem Rücken aus; sie ist erleichtert, dass sie zu dem zurückkehren, was sie vermutlich mit Petru gelernt hat. Oder mit anderen. Sorin macht sich keine Illusionen, was das betrifft, und das Bild von Letitia umringt von mehreren Männern, wie sie die Beine breit macht, ihnen die Hand, den Mund, den Hintern entgegenstreckt, lässt ihn explodieren. Er kommt in ihr, schluckt seinen Schrei herunter, obwohl er nicht will, dass es aufhört, noch nicht, streck die Beine aus, so, flüstert er, streck deine Beine aus und press die Beine zusammen, und er bewegt noch eine Weile das zwischen ihren Schenkeln gefangene Geschlecht. Am Ende krümmt sie sich in seinen Armen, er sieht sie fragend an, aber sie öffnet ihre Augen nicht; sie haben eine wechselhaftere Farbe als seine, Blau im Dunkeln, bläulich Grün im Licht.

Eine Farbe, von der selbst sie nicht wusste, woher sie sie hatte, bis Biţă ihr kürzlich sagte, sie hätte ähnliche Augen wie ein Bruder von Victor, Traian Branea, frag nicht weiter nach ihm, Letitia, das ist eine traurige Geschichte und es ist nichts gewonnen, wenn du sie erfährst.

*

»Verstehst du unser Pech, Lety? Wir sind einfach Teil des *baby boom*, die Generation nach dem Krieg. Aber während wir '68 die Augen auf den Prager Frühling gerichtet haben, da hat es im Westen eine andere Art Revolution gegeben! Ja, sie waren Marxisten, Trotzkisten, Maoisten, gegen die Professoren, die Eltern, die Institutionen, egal, aber was meinst du, was haben die Mädchen mit diesen Zigeunerröcken gemacht? Und ihre langhaarigen, langbärtigen Männer, die wir dann auch versucht haben nachzuahmen? Die sexuelle Revolution, Homosexuelle, Lesben, mehrere Partner, Gruppensex, Drogen, die Pille, das wäre was für dich! Du protestierst, du strampelst? Ganz ruhig, du riskierst ja nichts! Bei uns ist es umgekehrt, uns hat der Genosse das *Dekret* hingeknallt und die Verhütungsmittel vom Markt genommen! Zweiundzwanzig Millionen, das ist die Mindestzahl, die er sich vorgenommen hat! Wenn die demographische Kurve zu weit sinkt, dreht der Genosse durch! Dann sind am nächsten Tag die Zeitungen, die du nicht liest, voller Artikel gegen kriminelle Ärzte, die Staatsanwälte kommen in die Krankenhäuser und befragen Frauen mit Blutungen, und wenn sie nicht sagen, wer ihnen geholfen hat, die Abtreibung auszulösen, kommen sie nicht in den OP, sondern ins Leichenhaus. Wie viele Frauen sind gestorben? Tja, das werden wir wohl nie erfahren …«

Gut, dass ich wenigstens hier frei reden kann, Freund Florinel hat es noch nicht geschafft, sich ein Telefon zuzulegen, also wird bei ihm keiner in die Wohnung kommen und hier Wanzen einbauen, unter dem Vorwand, es wäre kaputt.

Das für den Fall, dass Petrus fixe Idee, er würde verfolgt, wir würden alle verfolgt, einen wahren Kern hat, eine Sache, derer sich Letitia ganz und gar nicht sicher ist.

Als sie Sorin fragt, was er dazu denkt, lacht er.

»Dass sie dich verfolgen? Warum sollte sich die Securitate für so ein Fräulein Guck-in-die-Luft interessieren wie Sie, Verehrteste?«

VIERTER TEIL

# Die Ära der Parteiaktivisten kehrt zurück

*Jetzt hasste sie ihn und sie suchte nach Gründen, um ihn loszuwerden; er war schwach, banal, unfähig zum Heldentum, weicher als eine Frau und dazu noch geizig und ängstlich. Als sie sich beruhigte, merkte sie, dass sie übertrieben hatte. Aber wir werden gleichgültiger gegenüber denen, die wir lieben, wenn wir anfangen, sie anzuschwärzen. Man sollte seine Idole nicht anrühren; ihr Glanz bleibt einem an den Fingern kleben.*

Gustave Flaubert, *Madame Bovary*

Kapitel 17

# Goldener Herbst

Morgens, wenn sie sich unter der Bettdecke räkelte, die ganz allein ihr gehörte, nachdem Petru aufgestanden war, lauschte sie den gewohnten morgendlichen Geräuschen: dem Rumpeln der Straßenbahn, die zur Mihai-Vodă-Brücke hinunterfuhr, dem Gluckern des Wassers in der Toilette, dem fernen Rauschen der Dusche. Mit gespitzten Ohren und starrem Blick war sie darauf bedacht, Petrus finsteres Gesicht nicht zu sehen, der unzufrieden war, dass man ihm dieses Jahr das Seminar auf die ersten Stunden gelegt hatte, was für Beweise willst du noch, dass der Dekan ihm spinnefeind ist, seit er aus China zurückgekehrt ist?

Die Eingangstür knallt zu, endlich, sie öffnet erleichtert die Augen. Früher ist sie aufgestanden, um ihm Tee und Brote zu machen, aber jetzt reden sie kaum noch miteinander. Sie achtet nur darauf, dass sie die Zeit gut nutzt, wenn sie alleine ist, denn seit sie denken kann, hat sie gemeinsam mit anderen ein Zimmer bewohnt.

Aber seit wann gehört Petru zu den *Anderen*? Vielleicht, seit sie vom ersten Treffen mit Sorin zurückgekommen ist und alles dafür gegeben hätte, alleine schlafen zu können, auf dem Sofa in seinem Arbeitszimmer.

Sie geht heute nicht ins Büro! Die Infektion ist fast vorbei, sie hat noch drei Tage Krankschreibung, was für ein Glück!

*

Sie geht ins Bad, um mit Öl zu gurgeln, die neueste Mode in Bukarest, um sich von Giftstoffen zu befreien. Sie spuckt den weißen Schaum ins Klosett, ist besorgt, ob sie nicht doch einen giftigen Tropfen verschluckt hat. Sie zupft sich aufmerksam mit der Pinzette im Spiegel und verteilt auf dem Gesicht ein schaumig geschlagenes Ei, um die ersten Falten zu glätten. Ein paar Tropfen fallen auf die Zeitung, die sie zum Schutz um das Waschbecken ausgebreitet hat. Genau auf das Foto der ersten Seite, auf dem der Genosse und Valéry Giscard d'Estaing sich die Hand geben. Obwohl der Präsident von Frankreich einen Kopf größer ist als er, hat die Retusche es geschafft, Ceaușescu genauso groß aussehen zu lassen. Darunter eine festlich gekleidete Gruppe, *Das ganze Land vereint um unseren Präsidenten!*

Letitia verachtet alle, die *Lobeshymnen* über den Genossen und die Genossin schreiben, »der also auch, das hätte ich nicht gedacht!«, knurrt sie manchmal mit lauter Stimme.

»Bist du jetzt auch dabei, hier Lektionen zu erteilen!«, schimpft Petru, »du und deine Marktschreier von Freies Europa! Die haben doch keine Ahnung, außer, dass sie Geld von den Amerikanern kriegen, ihr habt doch überhaupt keine Ahnung, in welcher Welt ihr lebt! Bis gestern konnte man doch keine Zeile veröffentlichen, ohne dass man dem König gegeben hat, was des Königs ist, aber damals wurde das Scheißefressen wenigstens noch gut bezahlt! Jetzt fängt es einfach an, »Dienstpflicht« zu sein! Da wollen wir euch doch mal in zehn Jahren sehen, wir ihr euch zum Fressen vor den Scheißhäusern drängelt!«

Zu Beginn ihrer Ehe, in den Ferien am Bâlea-See, hatte Petru ihr, erhitzt von der Palinca, erzählt, dass er damals kurz nach dem Examen in einem Keller gewohnt und gehungert und in der Rubrik Innenpolitik der *România liberă* alles geschrieben hatte, was von ihm verlangt worden war.

»Wie, alles?« Letitias Gesicht verfinsterte sich. »Alles, also alles, was sie wollten! Zum Glück haben sie mich nicht mit meinem Namen unterzeichnen lassen, weißt du, was mein Pseudonym war? Marin Plugaru!«, Petru lachte, »da, in der Zeitungsredaktion ist Professor Stan über mich gestolpert, er musste damals sehr schnell ein Kommuniqué für ein Kolloquium im Ausland schreiben, ungefähr zwei Jahre lang war ich sein Neger, bis er mich als Dokumentarist ans Institut geholt hat, mit halber Norm.«

Letitia denkt manchmal, dass Petru ausreichend Gründe hätte, sich vernachlässigt zu fühlen, sowohl bei der Arbeit als auch zu Hause, aber sie ist nicht mehr dazu imstande, ihn zu bemitleiden.

*

Wenn Petru wütend wird, tauchen in seinem sonst so gewählten Vokabular plötzlich derbe Wörter auf; einmal hat ihn auch ihre Mutter gehört.

»Dein Mann da, Letitia, bei all seiner Hochnäsigkeit, der kommt von irgendwo sehr weit unten«, hatte sie ihr zugeflüstert.

»Jetzt mal was anderes! Wo kommen wir denn her?«, hatte Letitia sich beeilt ihr zu widersprechen, so wie sie es tat, seit sie denken konnte.

»Wie bitte? Das ist doch gar kein Vergleich! Aus der Familie deines Mannes habe ich bei der Hochzeit niemanden gesehen. Während es in unserer Familie Institutsleiter, Apotheker, Minister und Großbauern gegeben hat!«, rückte ihre Mutter ihr den Kopf zurecht.

Letitia ärgern die abschätzigen Bemerkungen über die, die *von unten* kommen, obwohl auch sie sich gedanklich eine gewisse Distanz zu Florinel oder Dorina bewahrt: Ihnen stehen alle Türen offen, während sie sich wegen ihrer bürgerlichen Familie immer bedroht fühlt, die dazu noch Politik gemacht hat! Die gesellschaftlichen Klassen sind heute andere als sie es in der Schule gelernt hat, die von unten sind jetzt oben und umgekehrt, und in den Köpfen der Leute steht die Grenze zwischen ihnen unverrückbar fest.

»Die Brüder Branea sind jemand gewesen in diesem Land«, fuhr ihre Mutter zögerlich fort. Sie wartete darauf, gebeten zu werden, mit ihrer Erzählung fortzufahren, aber da ihre Tochter nicht nachfragte, verzog sie den Mund, sie war unzufrieden: mit dem Schwiegersohn, mit der Tochter, mit der Übelkeit und den Schmerzen in der letzten Zeit. Aber es war das erste Mal, dass ihre Mutter sich mit der Familie Branea brüstete, in die sie eingeheiratet hatte. Wahrscheinlich, weil mein Vater aus der Gefangenschaft zu ihr zurückgekommen ist, dachte Letitia.

*

Und plötzlich erinnerte sie sich, wie ihre Mutter, Tante Ştefi und Onkel Ion einen Haufen Fotos unter sich aufgeteilt hatten. Manche tat ihre Mutter in die Ebenholzkiste, andere warf sie in den Ofen, den sie mit Kohle gefüttert hatte.

Dann nahm ihre Mutter die Schere aus dem Kästchen der Singer-Nähmaschine und schnitt eins entzwei; die eine Hälfte verkohlte im Ofen, die andere betrachtete Letitia viele Male, wenn sie in dem Ebenholzkästchen kramte. Hatte ihre Mutter so ausgesehen? Eine junge und anziehende Margareta Branea, die heute kaum wiederzuerkennen war, bei ihr stand ein kleines Mädchen, in den silbrigen Fuchspelz des Mantels vergraben, auf den aufgekämmten Scheitellocken saß ein schwarzes Käppchen und zarte Beine ragten aus ihren Stiefeln mit hohem Absatz und Schleife, es stand auf den Eingangsstufen eines großen Hauses.

Ob wohl die Brüder Branea, Mutters Schwäger, auf dem

Foto neben ihr gestanden hatten, und ob sie sie wohl ins Feuer geworfen hatte, damit sie ihr keinen Ärger einbrachten?

*

Es kommt kein Gas mehr, so ein Pech! Letitia scheppert in der Küche mit den Töpfen, sie sucht einen, in dem sie Wasser auf dem Elektrokocher wärmen kann, sie wird sich abschnittweise waschen, das wäre das Letzte, wenn sie beim Treffen mit Sorin zu spät wär', obwohl sie von zu Hause kommt! *Quand il me prend dans ses bras, il me parle tout bas, et je vois la vie en rose, il me dit des mots d'amour, des mots de tous les jours,* trällert sie, das Bad ist so kalt, dass ihre Sohlen brennen, sie schüttet sich lauwarmes Wasser über die Schultern, über den Rücken, zwischen die Beine, noch immer klebt ihre Haut vom Epilieren mit Wachs gestern, sie dreht sich, um sich etwas unter die Achseln zu gießen, rutscht, holt sich eine Beule, sucht in dem Berg Unterhosen nach dem Slip, den sie auf dem Schwarzmarkt gekauft hat, und sieht panisch auf die Uhr, wenn sie nicht in fünf Minuten loskommt, wird sie sich verspäten.

*

Draußen herrscht ein goldener Herbst, das Licht ist buttrig, Äste rot gewordenen Efeus baumeln vor dem tiefblauen Himmel mit schwarzen Beeren, die wilden Weintrauben ähneln. Das grün und rötlich schimmernde Laub bedeckt die Hausfassade über beide Stockwerke bis hinauf zur Mansarde und brennt in der Sonne wie die Gläser mit Paprikaschoten, die man an den Fenstern der Wohnungen zur Fermentierung aufgestellt hat. Die Krone des wilden Johannisbrotbaums ist kräftig, von reifem Grün, aber ebenso staubig wie die braunen, wie durchs Feuer gezogenen Dolden des Flieders.

Sie ist rechtzeitig losgegangen, aber die Trolleybusse und Autobusse, die durchs Zentrum fahren, nehmen eine Umleitung. Sie hat den Parteikongress vergessen, obwohl Sorin sie schon vor einem Monat darauf hingewiesen hat, dass die Serie *Reicher Mann, armer Mann* heute aus dem Progamm genommen würde und das Radio nur entsprechende Sendungen und Triumphmärsche brächte. Er hatte ihr lachend erzählt, dass es in bestimmten Fabriken Ermahnungen vor versammelter Mannschaft gegeben hatte, man sollte nicht Schlange stehen, denn es kämen ausländische Journalisten, *Hyänen, die nur auf der Jagd nach Skandal sind, um uns schlecht zu machen*! Und an die Züge wurden extra Waggons für die Abgeordneten des Kongresses angehängt, der Genosse hatte entsetzliche Angst vor Krankheiten und die Kongressler, hohe Aktivisten aus dem ganzen Land, wären geimpft, pedikürt, manikürt, hatten medizinische Atteste in der Hand wie alle Pioniere, die ihm Blumen entgegenstreckten.

Sie umrundet das frei gebliebene Areal um die Sala Palatului, ihr Herz klopft stärker, als sie an den Gruppen von Polizisten vorbeigeht und an den Zivilen in Standardkleidung, die am Rand des Gehweges postiert sind, sie haben alle dieselbe Kurzhaarfrisur und finstere, misstrauische Gesichter.

*

Die Rede des Genossen gelangt abgehackt per Stereoübertragung durch unsichtbare Lautsprecher zu den wenigen Passanten … *der Aufbau des Sozialismus ist das eigene Problem eines jeden Volkes! Schluss mit der Einmischung anderer Staaten! Anderer Parteien! …*

»Für Ihn bedeutet das Reden einen enormen Kraftaufwand! Aber dumm ist der nicht! Nur, wie konnte Maurer, der ihn bei der Machtübernahme unterstützt hat, übersehen, wie frustriert und autoritär er ist? Auch Lenin hat Stalin nicht als Nachfolger gewollt, und Dej wollte Ceaușescu nicht, aber nach ihrem Tod haben andere entschieden …«

Sorin liegt lang ausgestreckt auf ihr, er will sich auch nach seinem schweigsamen Zucken nicht von ihr lösen. Der Jungenkopf hat sich an ihre Schulter geschmiegt und sie, die überschwemmt ist von der komischen Wärme, die aus ihrer Gebärmutter aufsteigt, wiegt ihn sachte. Sie hätte gerne hundert Arme, um ihr großes, liebes Kind vor seinem politischen Eifer zu beschützen.

»Ich habe bei einer Schulung für die Hauptstadtkader einen deiner Kollegen gesehen, Olaru, glaube ich?!«, hatte Petru vor ungefähr zwei Jahren einmal zu ihr gesagt, »ein angenehmer Typ und sogar mit einer gewissen Feinheit, wie die halt so sind.«

»Die? Welche die?«

Letitia drehte ihm den Rücken zu, sie hörte das Klopfen ihres Herzens und ihre Knie waren watteweich geworden.

»Wieso, welche die? Was denn, weißt du nicht, dass er homosexuell ist?«

»Homosexuell?«, stammelte sie, »wo hast du das denn her?«

»Von Serghei Sârbu, der weiß doch alles! Seit Jahren hat niemand euren Olaru mit einer Frau gesehen ...«

Ein nervöses Lachen hatte sie geschüttelt, während sie durch das Zimmer huschte. Sie freute sich, dass er ihr Sorins Treue bestätigte, und ihr Herz krampfte sich zusammen bei der Blindheit ihres Mannes. Sie wollte das Gerücht nicht bestätigten, um Sorin nicht zu schaden, als Homosexueller kam man direkt ins Gefängnis, sie wagte es aber auch nicht, es abzustreiten, um sich nicht selber bloßzustellen.

Vielleicht wusste dieser intrigante Serghei etwas über sie beide und wollte Petru die Augen öffnen. Oder vielleicht kam das Gerücht von Alin Costescu, einem von Sorins Freunden, über den man sagte, er wäre homosexuell? Ein sehr dunkelhäutiger junger Mann, dessen männliches Erscheinungsbild einen Kontrast zu dessen verhuschten Gesten und sanften Augen bildete.

*

Letitia läuft mit gesenktem Blick, sie erinnert sich nicht mehr an Onkel Ion, von ihm sind nur die ungnädigen Augen geblieben, die ihre geworden sind und die angewidert die Lüge betrachten, in der sie lebt. Du hast keine Ahnung, Sorin, sagt sie in Gedanken zu ihm, wie ich mich fühle, wenn Petru spät nachts aus dem Haus geht und die Tür hinter sich zuknallt! Nicht nur, dass ich in den Stunden, die dann folgen, im Schlaf das viel zu große, zu kalte Bett spüre, sondern, dass ich ihn durch die dunkle Stadt hasten sehe wie einen Straßenhund, und ich wälze mich zu Hause von einer Seite auf die andere, warte darauf, irgendwann den Schlüssel im Schloss zu hören. Wenn Petru ins Schlafzimmer kommt, bewege ich mich nicht, damit er nicht die Hand nach mir ausstreckt, ich liege da, atme langsam und freue mich, dass mit ihm ein billiges Parfüm ins Zimmer gekommen ist, der Geruch einer fremden Frau. Nein, das kann ich nicht mal dir erzählen, Sorin, wie ich mich freue, dass Petru einen anderen Körper gefunden hat, an den er sich schmiegen kann! Ich freue mich, auch wenn mich ein schwer mit all der Trauer beladenes Mitleid würgt, wegen all der schlimmen Dinge, die ich von ihm gedacht habe, wegen all der bösen Worte, die Petru mir ins Gesicht schreit. Darum kann ich mich nicht von ihm lösen, und wenn ich nach Hause komme, dann vergesse ich dich, Sorin, und auch das kann ich dir nicht sagen. Um was bist du denn besser als der Mann, der im Schlaf die komplette Bettdecke über sich gezogen hat, und ich liege nackt da, ohne mich zu rühren? Mir ist kalt, aber ich lasse es zu, denn ich verdiene es, weil ich dir in Gedanken Dinge sage, Sorin, die ich vor dir niemals aussprechen werde. Ich könnte die Hand ausstrecken und einen Zipfel der Decke über mich ziehen, aber ich bin nicht dazu imstande, mit Petru um sie zu ringen. Ich versuche nur einzunicken und zu vergessen, wie glücklich meine arme Mutter war, als sie die Farbe der Bettwäsche aussuchte, siehst du, ich mache dir eine Aussteuer wie auf dem Land, eine Bettdecke und Hochzeitslaken.

*

Sorin ist bestimmt rechtzeitig da, obwohl es für ihn sicher schwerer gewesen ist als für sie, aus dem *Gebäude* zu kommen, sie geht entspannt von zu Hause los wie eine Prinzessin. So hat er sie genannt, als sie zum ersten Mal zu spät war, und er hat unterwürfig sein Gesicht an ihre Schulter gelegt, macht nichts, ich warte hier, egal wie lang, und du kommst, wenn du kannst, du kommst, wann du willst, wie eine Prinzessin! Sie geht eilig, es quält sie, zu sehen, wie Sorin zur Tür hastet, sobald er den Fahrstuhl hört, und wie er dann zurückkommt und unbeholfen Zigarette um Zigarette raucht. Und wenn er an sie denkt, dann leuchten seine fiebrigen Augen wie tränennass, und sein Geschlecht wächst unter dem blonden Büschel.

Eine seltsame Vibration, ein elektrischer Schlag dringt zwischen ihren Brüsten hervor und verliert sich dann im unteren Teil ihres eingefallenen Bauchs, wenn sie diese Erinnerungen willentlich wiederholt, wie kann etwas schlecht sein, das ihr so viel Genuss bereitet? Und jedes Mal, wenn sie von ihrem Treffen kommt und mondsüchtig, mit geröteten Wangen und geschwollenen Lippen durch eine leuchtende Stadt geht, dann fragen sie die, die sie auf der Straße oder in den Gängen des *Gebäudes* treffen, warum sie auf einmal so gut aussieht. An den übrigen Tagen bemerken sie ihr Gesicht nicht einmal, die Gewohnheit hat es verblassen lassen.

So ist ihre Beziehung gewesen, und wie ist sie jetzt? Wer

liebt und wer lässt sich lieben? Bei ihren kurzen Treffen haben sie keine Zeit, darüber zu sprechen, weil sie sofort ihre gierigen Körper ins Bett fallen lassen. Und wenn er sich aus ihr zurückzieht, dann schützen ihre Körper sie plötzlich vor dem Blick des anderen, weil sie sich immer tagsüber treffen, bei allzu viel Licht.

*

Und wenn sie sich später auf den Fluren des *Gebäudes* wiedersehen, dann halten sie ihre Regungen mit angespannten Muskeln zurück, um sich nicht zu verraten.

Aber sein Umriss am Ende des Gangs lässt ihr die Knie weich werden und das Blut in die Schläfen steigen. Der künstliche Abstand, den er automatisch einhält, sobald sie in der Öffentlichkeit voreinander stehen, lässt sie erstarren: Plötzlich sieht sie ihn mit den Augen der anderen, ein Mann, der jeden seiner Schritte berechnet. Sie beeilt sich, ihn blind nachzuahmen, hält ihre Tränen zurück, kämpft gegen ihre Demütigung und Unzufriedenheit an, Sorin hat für alles seine Strategien, sogar für ihre Beziehung, und sie muss Vertrauen haben. Sorin ist der einzige Verwandte, der ihr noch geblieben ist, ihre *problematische Akte* macht sie zu Verwandten … Das ist die Erklärung, die sie sich in ihrem Heft unter der Matratze selber gibt, denn ihre Großzügigkeit ihm gegenüber ist eine geschwisterliche, inzestuöse Zärtlichkeit.

Von einem Treffen zum nächsten bleibt ihr nichts als der flüsternde Klang seiner Stimme am Telefon, während der immer größeren Zeitspanne, in der Petru nicht zu Hause ist. Wenn Sorin es eilig hat, oder noch schlimmer, wenn er es nicht schafft, sie anzurufen, dann schläft sie nachts schlecht, wartet auf den Anruf am nächsten Tag, bei dem er sich entschuldigt.

Sie könnte auch bei ihm zu Hause anrufen, aber das tut sie nicht sehr oft. Die Stunden am Telefon haben sich ihr genauso tief eingebrannt wie die Stunden Sex, wegen beidem zerbricht sie sich den Kopf und stellt Berechnungen an, darf ich jetzt, kann ich?, fragt sie sich. Von Scham überwältigt sitzt sie minutenlang da und hält das weiße Plastiktelefon in der Hand. Sie sieht die Wohnung der Familie Olaru, in der sie nie gewesen ist, den Teppichboden, der die Schritte dämpft, die Stehlampe, in deren Licht Frau Olaru einen Roman aus der Reihe *Bücher der Liebe* liest, die in der Editura Eminescu erscheint. Und dann legt sie den Hörer wieder auf die Gabel.

Sie sind seit so langer Zeit zusammen und haben immer weniger Vertrauen in den anderen. Während sie Liebe machen, überrascht jeder den anderen dabei, wie er lauert, wie er zweifelnd durch die Wimpern schielt. Du kannst mich fragen, was du willst, ich antworte, hat sie zu Sorin von Anfang an gesagt, und ihre transparenten Blicke waren ihm ausgewichen.

Schade, dass sie ihre Fragen immer aufgeschoben hat, sein Leben verliert sich immer mehr im Nebel, und ihm muss es mit ihrem Leben genauso gehen, er befragt sie dauernd: Was hast du gestern um sechs Uhr getan? Wo warst du? Mit wem? Oder manchmal mit brutalem Lachen: Soll ich wirklich glauben, dass du es mit niemandem treibst außer mit mir?!

*

Auf der Bank in ihrem Versteck genießt sie das Leben der Stadt, die sie normalerweise hastig durchquert. Sie hat die Krankschreibung über Dorina einreichen lassen, die täglich anruft, um zu fragen, wie es ihr geht. Tja, heute kann keiner ihre gleichzeitigen Abwesenheiten kontrollieren, hast du gesehen? Wieder ist Letitia weg, nachdem Olaru verschwunden ist! Nicht, dass sie während der Arbeitszeit *Liebe machen?* Nein, ihre Kollegen reden anders, *sie ficken, sie vögeln.* Sorins Ausdrücke waren ihr am Anfang komisch vorgekommen, aber jetzt sind sie Teil ihres Lebens, wie der Weg bis zum anderen Ende der Stadt. Die breite, staubige, von himmelwärts gereckten Baggern bewachte Straße erstreckt sich zwischen den riesigen Wohnblocks, die sie mit ihren zahllosen, glänzenden Fensteraugen belauern. Diese ganze Ecke der Stadt starrt vom weißen Staub der Neubauten, die darauf warten, dass sie beide sich treffen.

*

Sie hat es geschafft, die Einstiegsplattform des Busses zu erklimmen, und hält sich an der schwankenden Stange fest, noch mehr Wohnblocks in magerem Weiß, die hinter langen roten Tüchern stehen, noch mehr riesenhafte Porträts des Genossen, der in alle Richtungen blickt, alles gleitet langsam vor ihren Augen vorbei. Trikoloren und rote Fahnen flattern und knattern mit ihrem Stoff, nach so vielen Feiertagen sehen sie ganz zerschlissen aus.

Je näher der Bus den Außenbezirken kommt, desto seltener werden die Portäts des Genossen, während man vor den Alimentara-Läden lange Menschenschlangen sieht, zu Ehren des Kongresses sind Orangen eingetroffen, Hermannstädter Salami, Bananen, Zigeunerschnitzel. Und später werden auch die Lebensmittelläden seltener, da ist der Busbahnhof, auf den eine Gruppe Frauen zurennt, mit Tüten voller Konserven und Brot. Männer in fleckigen Arbeitshosen oder mit groben Bauernhosen stehen hinter ihren Halblitergläsern Bier an den paar Metalltischen, von denen die grüne Farbe abplatzt. Auf einem Wagen fahren zwei dicke Köchinnen Essen in enormen Töpfen zu einer Baustelle.

Letitia klammert sich stur an die Stange des Busses, Sorins Unruhe besänftigt sie, er wartet dort, wo die Rapsfelder um Bukarest beginnen. Sie sieht ihre Hand vor sich, wie sie auf das blonde Knäul sinkt, und fühlt sein hartes Geschlecht, das sieht sie, das fühlt sie, während sie verzweifelt die schwankende Busstange festhält. Vielleicht ist es das letzte Mal, dass sie sich in der Wohnung treffen. Freund Florinel hat sie mit Gewinn verkauft und sich eine Wohnung in Militari gekauft, nicht weit von der Parteischule, das hatte Sorin ihr beim letzten Treffen zugeflüstert.

*

Sie hat Glück gehabt und ist nur zehn Minuten zu spät. Sorin ist aufgeregter als sonst, seine Mundwinkel zucken vor Anspannung. Sein Mund, der unverschämt fleischig ist, weil er sich rasiert hat, gleitet feucht ihren Hals aufwärts, bis er ihr Ohrläppchen erwischt. Letitia atmet den bekannten Geruch ein, um nicht das befremdliche Gesicht des Mannes zu sehen, der seine Hand über ihren Rücken gleiten lässt: Sobald er ihren Hintern berührt, wird er ihr den Rock hochheben und sie zum Bett ziehen. Dann wird sie das fremde Gesicht des Mannes nicht mehr meiden können, der sich linkisch, aber sorgfältig an den Knöpfen ihrer Bluse zu schaffen macht. Ein unbekannter Mann mit durchsichtigem Blick, mit zu großen Ohren, die der Militärschnitt frei lässt, und mit einem zweideutigen Lächeln spreizt ihr seit Jahren die Beine und hat sie bis auf die Seele durchdrungen, – über die Stelle hinaus, von der ihre Mutter gesagt hat, sosehr du dich dort auch wäschst, es stinkt doch.

Weil er sich rasiert hat, sieht man sein zweideutiges Lächeln sehr deutlich, es ist das eines verzogenen Kindes, das von seinem Spiel begeistert ist, es zeigt sich auf seinem Gesicht, wenn er sich bemüht, sie zu beschwichtigen. Sie oder irgendwen anderes. Sein feuchter Mund, der auf ihrem nackten Körper umhereilt, fühlt wahrscheinlich die Anspannung ihrer Muskeln, auch wenn Letitia wie immer, wenn sie beginnen Liebe zu machen, ihre Augen geschlossen hat.

Aber hat sie sich jemals in seinen Armen entspannt? Darüber hat sie noch nie nachgedacht, weil immer alles so eilig gewesen ist; sie hat sich noch nie gefragt, ob er sich in all den Jahren jemals mit ihr wohlgefühlt hatte.

*

»Ziehst du eine Schnute, weil ich mir den Bart rasiert habe? Wolltest du etwa, dass ich das schwarze Schaf vom *Gebäude* werde? Dass mich die Polizei auf der Straße anhält und ich aufs Revier gebracht werde? In einer Woche wird man keinen Unterschied mehr sehen, die Sonne wird mein Gesicht wieder braun brennen!«, flüstert Sorin und sieht ihren reservierten Blick.

Die Jagd auf Jugendliche hatte mitten während der schüchternen und verzögert einsetzenden Hippie-Mode begonnen. Die Polizisten schnitten mit der Schere in die Bärte der jungen Männer und führten sie mit Faustschlägen ab, sie zerrissen die Minis und die weiten, bunten Röcke, ist das ein Kleid? Eine Schande ist das! Komm, ich schneid auch gleich noch die Zotteln hier ab! Waaaaas? Du gibst auch noch Widerworte?! Komm schön mit auf die Wache, da zeig ich dir, was das ist, Gesetz!

Sie hatten keine Ahnung, dass sie die Gewalttaten der Legionäre wiederholten, die vor dreißig Jahren die Juden misshandelt und ihre Geschäfte und Häuser zerstört hatten, und alles unter dem Deckmantel der *Rumänisierungs*-Gesetze. Aber sie waren durch die Securisten von vor zwanzig Jahren ausgebildet worden, die die *Gecken*, die sich an den Westen verkauft hatten mit ihren *kosmopolitischen* Kleidern und ihren Jazz-Abenden, in den Fünfzigern ins Gefängnis gebracht hatten.

» 65 Prozent der rumänische Gesellschaft sind wie diese Polizisten, wir sind nur oberflächlich modern, Lety!«, theoretisiert Sorin.

Hat der Arme also auch endlich das Warmwasser für sich entdeckt, denkt die Philologin Letitia, die an der Universität die *Theorie der Formen ohne Inhalt* des in Wien ausgebildeten Professors Titu Mariorescu gelernt hatte. Seit er sie formuliert hat, sind hundert Jahre vergangen, und wir sind immer noch an derselben Stelle, denkt sie, aber sie lässt sich nicht auf das Gespräch mit Sorin ein, der ja nur darauf wartet. Nicht das ist ihre Sorge, sondern, wie lange sie noch zusammen sein können, um wie viel Uhr sie *leur nid d'amour* verlassen müssen? Aber sie verkneift sich auch diese Frage.

Kapitel 18

# Rollen

»… mein Infekt ist noch nicht vorbei«, warnt sie ihn.

Ihre Aufrichtigkeit. Sein ironisches Lachen.

»Der ist das kleinste Übel, das ich von dir kriegen kann!«

Das hat sie schon mal gehört, aber bis jetzt hat sie noch keine passende Antwort gefunden. Er schlürft provokativ ihren kranken Atem ein und sie legt ihre Wange an seine heiße Haut, atmet die Gerüche von Florinels Wohnung, über den sie zusammen lachen, sie vertun immerhin ihre Zeit nicht mit der Planung eines gemeinsamen Haushalts!

Und Letitia vergleicht den tapferen Petru, der jedem ins Gesicht sagt, was er über ihn denkt, aber Angst vor Bakterien und Kaderchefs hat, mit dem vorsichtigen Sorin Olaru, der so viel Risiko auf sich nimmt, nur, damit er ein paar Stunden pro Woche mit ihr verbringen kann.

»In dieser schwierigen Woche fehlt mir nur noch, dass du mich mit deiner miesen Infektion ansteckst!«, ruft Petru.

Alle Wochen von Petru sind schwierig, weil er auf die Bestätigung wartet, dass er seine Doktorarbeit verteidigt hat, bevor das neue Doktoratsgesetz in Kraft getreten ist. Es besagt, dass der zukünftige Doktorand die Approbation der Parteisektion haben muss. Ohne diese Bestätigung wird er bis zur Rente Lektor bleiben! Oder noch schlimmer, sie werden ihn von der Uni werfen, »verstehst du, was das bedeuten würde? Verstehst du das?«, brüllt Petru, »und ich krieg das alles nur ab wegen der Akte von Familie Branea.«

*

»Herr Arcan, der Arme, er hat recht! Wie gesagt, die Zeit der Parteiaktivisten ist zurück! Nur sie haben das Recht, ja sogar die Pflicht, voranzukommen! Ein Technokrat ist schwerer zu führen als ein unfähiger, aber gehorsamer Aktivist. Der Genosse hat das *Prinzip der Kaderrotation* eingeführt, damit sich keiner mehr seines Postens sicher sein kann.«

Sorin macht selten direkte Anspielungen auf ihren Mann, und wenn sie sich über Petru beschwert, dann sieht er sie aufmerksam an, aber er schweigt. Seine Aufrichtigkeit, die Letitia sonst nur noch von ihrem Onkel Ion kennt, hält ihn davon ab, über seine Rivalen oder Feinde schlecht zu sprechen. Und sie liebt gerade das an ihm. Sogar, wenn der Ärger seine Wangen rot färbt, wirkt er verletzt, und seine immer häufigere Verärgerung erkennt sie an seinem plötzlich spitzen Gesicht und seinem schleichenden Gang.

Er legt die Kassette mit Aznavour in Florinels neuen Kassettenrekorder ein, *il faut savoir quitter la table, lorsque l'amour est desservi*, und hält ihr das Glas mit Havana Club hin, »ein Getränk zu einem gepfefferten Preis, das gut zu Orangensaft passen würde, aber woher nehmen?«, entschuldigt er sich.

Und er sieht durchs Fenster auf die Eichen am Straßenrand, die Überlebenden des alten Waldes, der von der immer weiter wachsenden Stadt dezimiert wurde. In das Laub der Bäume sind schon die festlichen Farben des Todes eingezogen, das Gelb und das Rostrot schimmern vor dem allzu blauen Himmel. Die Wärme des Herbstes erlischt leuchtend und er sieht melancholisch auf diese Gegend des Viertels, in dem er seine Jahre vergeudet hat, und was hat er davon? Er wird noch einmal hierherkommen, um Freund Florinel beim Umzug zu helfen, aber dabei wird keine Zeit mehr sein, sich umzusehen.

*

»Was geht dich die *Rotation der Kader* an? Nur primitive Menschen sind für die Macht geschaffen!«, deklamiert Letitia.

Er schenkt sich noch einen Fingerbreit Havana Club ein und kippt ihn hinunter, was soll es für einen Sinn haben, mit einem über den Dingen schwebenden Wesen so ein Gespräch anzufangen? Er hat noch keine Zeit gehabt, etwas zu essen und ihm ist leicht schwindelig. Dorina hat recht, bei seinen Wegstrecken hätte er schon längst ein Auto haben müssen! Und weil er von Letitia eine andere Antwort erwartet hat als ihr verächtliches Flüstern, sagt er ohne offensichtlichen Bezug zu ihrer Aussage:

»Ich bin feige genug, um ab und zu Mut zu haben …«

Und Letitia, die überzeugt ist, dass er damit seinen Mut meint, sich insgeheim mit ihr zu treffen, lächelt geschmeichelt. Wenn sie nach Hause kommt, wird sie eilig in ihr Heft unter der Matratze schreiben:

*In unseren parallelen Mikrohistorien haben wir beide uns entdeckt, jeder auf eigene Rechnung, für uns gilt dasselbe minimalistisch moralische Gesetz in dieser unserer Welt, in der die Modelle aus der Jugend ihre Statue gekippt haben wie ein gefallenes Vorbild.*

Nach Jahren, wenn sie diese konfuse und großspurige Notiz wiederfindet, wird sie sie naserümpfend in den Papierkorb werfen. Und sie wird noch ein weiteres Mal bereuen, Sorin nicht gefragt zu haben, über welche Art von Mut und über welche Art von Feigheit er damals geredet hat.

*

»Du kannst dich bedanken, Lety, dass die Gefängnisjahre von Herrn Branea dir nicht erlauben, in eine Funktion berufen zu werden, von der man, guck dir mich an, so groß nichts hat! Wenigstens hat dich deine schlechte Akte vor diesen stupiden Sitzungen bewahrt!«

Sorin stützt seinen Kopf auf eine Hand, die Augen sind blicklos, bedeckt von den herabgesunkenen Lidern – vor Langeweile? Vorsicht? Beides? Die resignierte Gewohnheit von Tausenden von Sitzungen und die Nervosität im dauernden Gezappel der anderen Hand. Manchmal schluckt er seine Spucke, als würde er auch seine Antwort auf Letitias Vorwurf herunterschlucken:

»Und deine Akte? Wieso erlaubt dir deine schmutzige Akte, dass man dich am feierlich mit rotem Tuch bedeckten Tisch unter dem riesigen Porträt des Genossen zwischen Eleonoras vom Haarspray frisch glasierter Frisur und den zusammengezogenen Augenbrauen von Titus sitzen lässt?«

Nein, Letitia stellt ihm diese Frage nicht. Sie dreht schnell den Kopf weg und fühlt sich schuldig, dass sie ihr überhaupt in den Sinn gekommen ist.

*

»Alle betreffenden Personen, mit denen ich in den letzten Tagen geredet habe, haben mir zu verstehen gegeben, dass nach dem Kongress *die Schrauben angezogen werden*.«

Letitia ist sich sicher, würde sie ihn fragen, würde er ihr sagen, wer die *betreffenden Personen* sind. Aber sie hat sich immer gehütet, ihn in schwierige Situationen zu bringen. Sie würde sich wünschen, ihn an Studien arbeiten zu sehen, in der Forschung, aber er schiebt es immer auf, sich so einen Posten zu suchen, er hat nicht die nötigen Beziehungen, erklärt er ihr. Er wird sie haben, wenn er seine Doktorarbeit abgibt, sie macht ihm Mut, aber er zuckt nur die Schultern, willst du, dass es mir genauso geht wie Herrn Arcan? Darauf hat sie keine Antwort, ihre Augen hängen an dem Wandanstrich mit lila Glitzer, wird Florinel die Wände in seiner neuen Wohnung genauso streichen? Aber sie ist nicht wirklich neugierig: Ein fremdes Bett, ihre überall verstreuten Kleider und das Glas, aus dem sie beide trinken, sind ihr einziger Besitz. Er verschafft ihnen eine provisorische Ruhe, dort, wo seit Jahren Widerwille entsteht und die Körper sich vereinen und sich voneinander immer weiter entfernen.

*

»Hast du den letzten Witz zu Ehren des Kongresses gehört? Eine Ratte, die von den Securisten aufgescheucht worden ist, als sie im Keller der Sala Palatului das Tonband mit dem Beifall installiert haben, schießt zwischen ihren Beinen durch und rast auf die Bühne, wo der Genosse seine Rede vorliest. Unruhe, die Abgeordneten rufen: Totmachen! Totmachen! Und einer, der wie ein Murmeltier geschlafen hat, wacht in dem Gewühl auf und springt benommen hoch und schreit: ›Seine Frau auch! Die Frau auch!‹«

»Die Securisten im Keller der Sala Palatului? Wieso?«, wundert sich Letitia mit einem Gesicht, als würde sie aus allen Wolken fallen.

»Was, weißt du nicht, dass bei einem Kongress im Keller in der Sala Palatului alles voller Securisten ist?«

»Und ein Tonband mit Beifall?«, fragt sie, erhebt sich auf einen Ellenbogen und schiebt die Hand beiseite, die abwärts Richtung Bauch gerutscht ist.

»Das wird vorher aufgenommen und angeschaltet, wenn der Genosse zu einem Schlüsselwort kommt. Er sagt das Schlüsselwort *Rumänien* und das Tonband mit den entsprechenden Rufen wird angemacht, *Ceauşescu lebe hoch! Rumänien soll blühen!* Drei-, viermal Beifall, so oft, wie es festgelegt worden ist. Dann wieder Rufe, wieder Beifall! Das ist das Modell seit der Stalinzeit.«

Das Interesse in seiner Stimme ist gesunken.

»Also die Abgeordneten im Kongress, die wir im Fernsehen klatschen und rufen sehen, die tun nur so?«, fragt sie dümmlich.

»Die Abgeordneten kennen das Schlüsselwort und wenn sie es hören, stehen sie auf und rufen, genau wie sie es geprobt haben! Sie und das Tonband! Denn in jeder Reihe steht am Ende ein Securist und beobachtet sie! Was ist daran so schwer zu verstehen für ein helles Köpfchen wie dich?«, antwortet er gelangweilt.

»Sind die Securisten auch im Keller, wenn in der Sala Palatului Filme laufen?«, fragt sie beharrlich mit affektierter Mädchenstimme.

Er bemerkt ihre Koketterie und weist sie väterlich zurecht:

»Ach komm! Tu nicht so unschuldig! Natürlich nicht! Einer bleibt noch da, um abzusichern, dass keine Abhörlücke entsteht, wie bei jedem Parteisitz halt, mehr nicht! Sie werden für die Konferenzen und Kongresse mobilisiert! Sie haben ihre Abhörapparate, die in den Saal gehen, sie haben die letzten Modelle von Radiokassettophonen und ein Diagramm vor sich, um genau zu sehen, wo jeder sitzt. Sie gehen morgens in die Sala Palatului, werden überprüft, alle setzen sich auf ihre Plätze und bis zur Pause gehen sie nicht mehr raus, weil am Ende der Reihen die *Jungs* sitzen.«

»Und wenn der Abgeordnete mal zum Klo muss, was dann?«

»Euch Schriftstellern ist auch gar nichts heilig auf dieser Welt! Dann musst du wohl deine ehrenwerten Zunftkollegen fragen, die Mitglieder im Zentralkomitee sind!«

Es tut ihm leid, dass er sich mit ihr auf dieses Gespräch eingelassen hat. Das letzte Mal, als er betrunken war, hat Letitia ihm gestanden, dass sie in einem Heft notiert, was sie sieht und hört. Und leichtsinnig wie sie ist, wer weiß, was sie da so reinschreibt, und wo sie es überall liegen lässt.

*

Seine Hände glühen auf ihrem Hintern.

»Du hast abgenommen, aber das schadet dir nicht, du warst ziemlich dick.«

Sie ist wirklich dünner geworden und die irgendwann von Petru mitgebrachten Jeans schlackern um die Taille.

»Herr Arcan hätte dir ja auch Markenjeans mitbringen können! Weißt du, wie hoch die Spesen für Lehrkader bei Westreisen sind?«

Dorina weiß das alles, sie ist immer zu Scherzen aufgelegt. Sie hat lachend verkündet, sie wäre zur Leiterin der Protokollgruppe ernannt worden, und erklärte dann, sie würde ganz genau aufpassen, dass kein imperialistischer Spion die Korrekturen des *Traktats* klauen würde!

»Was ist, träumst du? Komm-komm, ins Bad mit dir!«

Er hat sie auf die Arme genommen und ins Bad gebracht, um mit ihr zusammen zu duschen, wieder etwas Neues, natürlich wird sie ihn nicht fragen, wo er das wieder herhat, sie kichert nur und strampelt, ich will nicht, ich will nicht!

*

»Letztendlich haben Sie doch eingewilligt, mit mir zu schlafen, auch wenn ich mir den Bart abrasiert habe! Ich musste Sie nicht vergewaltigen, Werteste!«, flüstert er.

Vom Bett aus sieht Letitia nur den hellen, rotgoldenen Himmel des Nachmittags.

Sie verkneift sich die Frage, wie lange sie noch zusammen sein können, denn Sorin teilt ihr die Sperrstunde immer erst kurz vorher mit. Warum? Um sie nicht unter Stress zu setzen. Oder vielleicht, weil er aus Gewohnheit geheimniskrämerisch sein will. Mit einer frechen Geste wirft sie das Laken ab und betrachtet ihre verklammerten Körper. Es amüsiert sie, dass Sorin, wenn sie seinen nackten Körper sieht, sich zusammenzieht wie eine Qualle, auf die man Zitronensaft gegossen hat. Sie wünscht sich, dass er sie als Schelmin sieht, und lacht provozierend. Um besser in ihre Rolle zu kommen, hat sie ihre nackten Füße an die Wand gestellt, wie wenn sie eine Kerze macht. Sie bewegt fröhlich ihre frisch pedikürten Zehen, bis sie ein Stück Wachs sieht, das an ihrem Knie hängen geblieben ist, das ist nur passiert, weil sie kein Wasser für eine richtige Dusche gehabt hat! Sie zieht es schnell ab und hofft, dass Sorin es nicht gesehen hat.

*

Sie spielen noch immer, dass sie Jugendliche sind. Ihre Körper haben angefangen, sich zu verformen, das Fleisch wird weicher, das Kalzium weicht aus den Knochen, aus den Zähnen, aber sie spielen noch immer, dass sie unbeteiligte Jugendliche sind – er mit immer weniger Lust, sie immer linkischer in ihrer alten Rolle. Bereits die Tatsache, dass sie seit so vielen Jahren im selben Institut sind, könnte der Anfang von Misserfolg sein. Unter der Lupe des täglichen Tratschs erscheint das Leben derer, die zehn, fünfzehn Jahre länger dort sind, wie ein *Memento mori.* Aber diese Angst bewegt eigentlich nur ihn, sie wird von ihren Träumen in ständigem Nebel gehalten.

»In zehn, zwanzig Jahren werde ich sein wie dieser Herr Hariton, Gott hab ihn selig, du erinnerst dich an ihn, hoffe ich?! Er hat heimlich für seine immer wieder aufgeschobene Doktorarbeit geforscht, und der Infarkt traf ihn direkt im Büro, wo alle geraucht haben wie die Schlote, und er ist über seinem Heft mit den Exzerpten zusammengebrochen. Er hatte vor sich lauter Dateikästen aufgestellt, so wie wir uns während der Stunden im Lyzeum zugebaut haben, um heimlich *Die Abenteuer des U-Bootes DOX* zu lesen. Und ihr? *Lucretia Borgia,* die Reihe *Berühmte Frauen*? Nein, du natürlich nicht! Du hättest Thomas Mann gelesen, bloß, dass der auf dem Index stand! Aber dich sehe ich in zehn Jahren auch als eine Art Frau Isabel«, grinst Sorin.

*

Frau Isabel, der treue Hund des Institus, und hoffnungslos verliebt in ihren Chef, wackelte mit ihrem großen Hintern vom Fahrstuhl zum Büro und wieder zurück.

Sorin hatte Letitia schwer getroffen. Er rächte sich für ihr Schweigen, für die Art, wie sie sich hat umdrehen lassen, auseinanderspreizen, durchdringen, während sie in Gedanken war – woran? Weiß sie überhaupt, wann sie lebt und wann sie Material für ihr nächstes Buch sammelt? Es könnte sein, dass sie das in ihrem Egoismus nicht mal weiß. Die Angst vor einer Schwangerschaft, die Angst vor Herrn Arcan, das könnte er verstehen, aber nicht die Art und Weise, wie sie ihn als armes Versuchskaninchen in ihrem literarischen Labor verwendet. Auch jetzt sieht sie ihn wieder an, als wäre sie plötzlich aufgewacht, aber wie üblich schweigt sie. Wahrscheinlich belauert sie das dampfende Fleisch seiner Gefühle, seines unvollkommenen Körpers, um damit ihr nächstes Buch zu füttern. Diese niederträchtigen Schriftsteller sind schlimmer als Spione, sie bekommen Geld und Ruhm für ihren Verrat! Und er mit seinem Masochismus hat nichts Besseres zu tun gehabt, als sie zum Schreiben zu ermutigen!

»Ich weiß, welches Risiko ich eingehe, wenn ich mit dir ins Bett steige! Aber würdige wenigstens mein freiwilliges Opfer und liefere dein Buch endlich beim Verlag ab! Jammere nicht länger über die Zensur, denn wie ich dich kenne, wirst du mit der schon klarkommen! Und ich, wie gesagt, ich stelle mich als Lehrmaterial zur Verfügung! *Je fais le don de ma personne à la République!* Weißt du, wer das auf dem Schafott gesagt hat?«

Er erhebt würdevoll das Glas Havana Club, er hat nur noch

ein paar Tropfen darin und streckt es ihr entgegen, indem er sie nachdrücklich ansieht, also, alle Augen sollen auf dich gerichtet sein! Letitia beeilt sich, ihn zu küssen, um ihm ihre Loyalität zu beweisen.

*

Er hat sich wieder auf dem Bett ausgestreckt, hat die Hände unter dem Kopf verschränkt, ist entspannt: Das bedeutet, dass sie noch etwas Zeit zusammen haben.

»... die Vorteile des Kongresses«, lacht er und spielt mit ihren Brustwarzen, »wir haben die Orangen, die Bananen, den mandschurischen Kaviar verpasst, aber wir gewinnen trotzdem was: Florinel kommt heute später nach Hause! Er hat es geschafft, in die Arbeitsgruppe mit der ausländischen Presse zu kommen, guck, ich wette, der ist einer, der es noch weit bringen wird!«

Ist da Ablehnung in Sorins Stimme, dem ehemaligen Bestnotenschüler auf Landesebene, dem keine universitäre Karriere angeboten worden war, oder nicht? Eine Sekunde lang scheint es Letitia, als hätte sie in seiner Stimme Petrus Verbitterung bemerkt, wie damals, als Dănuț Iliescu zum Dozenten ernannt wurde.

»Im ersten Semester musste man Florinel alles mit der Zange aus der Nase ziehen! Er war Sekretär der kommunistischen Studentenvereinigung ASC, und darum haben sie ihn als Assistenten an der Uni behalten. Aber ich muss zugeben, er hat sich gemausert, genau, was Adler behauptet, ein bei uns unbekannter Philosoph, der über den Überschuss an Energie an den Peripherien geschrieben hat. *Die Kompensations-Theorie.* Siehst du da nicht auch Dorina Gabor?«

»Deine neue Kollegin im Büro«, unterbricht ihn Letitia.

»Deine Freundin!«, antwortet Sorin.

Letitia hat sich an seiner Achselhöhle zusammengerollt und vermeidet es, sich über die Vorstellung einer Freundschaft zu

Dorina aufzuregen. Denn es stimmt ja, wen sieht sie öfter als Dorina? Sie ist immer da, wenn sie sich über Petru beklagt, und Letitia ist überzeugt, dass Dorina nichts über ihre Beziehung zu Sorin weiß.

*

Sorin hat sich zur Seite gebeugt, um die Kassette umzudrehen, *Avec le temps va, / Tout s'en va / On oublie les passions,* Dalida!, sie wundert sich, Florinel mag dieses alte Zeug. »Aber wir beide haben schon seit Monaten nicht mehr getanzt!«, maunzt sie.

Was hat sie jetzt? Seine Hand zeigt auf den Tisch voller Teller mit Wurstresten und halbvollen Gläsern.

»Wo willst du denn jetzt tanzen? Hier?!«

Sie will gerade sagen, dass es genauso eng war, als sie früher, weißt du das nicht mehr?, aber Sorin kommt ihr zuvor:

»Warte, bis Dozent Florinel Gheorghe in seine neue Wohnung im Militari-Viertel an der Partei-Kaderschule zieht! Er hat sich da sogar eine halbe Norm unter den Nagel gerissen!«

Jetzt hört Letitia unter der gewohnten Schicht Ironie in seiner Stimme ganz deutlich einen bitteren Ton.

»Was ist das schon groß, die Aktivisten zu unterrichten?!«, sie verzieht verächtlich das Gesicht.

»Das ist keine große Sache für dich, du schwebst über allem!«, schimpft Sorin und ist verärgert über ihren ungeschickten Versuch, ihn zu trösten. Aber vom Lohnniveau her, mit Zugang zu den Parteihäusern im geschlossenen Kreis, das ist schon was! »Übrigens, für die Aktivisten, die vom Land kommen, die Grobiane, die auf Bereicherung aus sind, ist Freund Florinel ein Star!«, schließt er mit seiner gewöhnlichen Stimme.

»Florinel würde zu Dorina passen! Zwei Ehrgeizlinge, die sich durchbeißen!«

*

Letitia hat die Gelegenheit ergriffen, den Satz einzustreuen, den sie sich schon lange zurechtgelegt hat. Und um nicht preiszugeben, dass sie auf seine Reaktion gespannt ist, geht sie ins Bad und beginnt, ihre Haare zu toupieren.

Wie wäre es, wenn sie immer zusammen wären, sie beide, wo sie doch schon nach ein paar Stunden das Gefühl totgeschlagener Zeit hat? Sie öffnet das Päckchen Amiral, was denkst du, wo du hinkommst, wenn du keine andere Familie hast als das *Gebäude* und keine andere Beschäftigung als Routinearbeit und politisches Gequatsche?, würde sie ihn gerne fragen. Die Antwort von früher kennt sie: Du bist meine Familie, denn ich habe niemandem sonst erzählt, was ich dir erzählt habe!

Aber sie hat jetzt nicht den Mumm, diese Frage zu riskieren, und die Zigarette hat auch keinen Geschmack. Sorin nimmt sie ihr aus der Hand und zieht auch ein paarmal, und Letitia rechnet im Kopf noch einmal nach, an welchem Tag sie ist, achtzehnter oder zwanzigster? Fruchtbar oder unfruchtbar?

Er sieht sie bedeutsam an und auf die Uhr, also, es ist so langsam Zeit, hier aufzubrechen.

*

Sie geht immer zuerst und er kommt ihr nach und eine Weile gehen sie parallel, er mit den Händen tief in den Taschen, als würde er sie nicht kennen. Er senkt seinen Blick vor ihrem, ist rot im Gesicht vor Scham oder von der Sonne des Spätsommers, die auch zu dieser Uhrzeit noch brennt. Sein Körper ist angespannt, bereit sich zu verstecken: ein Junge mit dichtem, stacheligem Haar, ergraut am Scheitel und an den Schläfen. Auch jetzt noch, da er auf die Vierzig zugeht, sind seine Bewegungen so hektisch, als würde er dauernd etwas suchen. Er geht schnell, und sie bleibt immer weiter zurück, ausradiert aus seinen Blicken, die die Liebesstunden abstreiten, die Gier der verzweifelten Körper, die Einsamkeit eines jeden und das, was sie glauben will: dass auch so das Wunder eines wortlosen Verstehens aussehen kann.

Er geht immer langsamer am Ufer des Sees entlang, der von oben aus dem Zimmer, wo sie nackt ihren zitternden Körper an seinen geschmiegt hat, wie ein See mit Anglern und Booten ausgesehen hat. Aber hier, direkt vor ihm, ist er nichts als ein riesiges Loch mit trübem Wasser, den Rand säumt der festgetrampelte Pfad, umgeben von Haushaltsmüll, eingetrockneten Exkrementen, alten Plastiktüten und wolligen Hunden. Die Oktobersonne öffnet weit den weißen weichen Himmel und dort hinein schlagen die Bagger ihre Klauen. Er hat den Eindruck, wenn er die Hand ausstrecken würde, könnte er die flache und warme Kontur des Gewölbes fühlen, das von unten erwärmt ist. Um nicht sehen zu müssen, wie er davonläuft, betrachtet sie die riesigen Löcher der ausgehobenen Fundamente, wie Bombenkrater aus Kriegsfilmen, sie sieht die Fahrzeuge auf Eisenketten, die mit Schlamm gefüllte Container auf rumpelnde Lastwagen kippen, die Wohnblocks im Rot zwischen den Gerüsten, *Kräne lachen in der Sonne,* der auf Radio Ro-mâ-niiiia am häufigsten gespielte Schlager!

*

Sie hat einen umgeleiteten Bus erwischt, der direkt ins Zentrum fährt. Durch welche unbewussten Wehen drängen ihr die paar Sätze ins Bewusstsein, die Sorin beim Weggehen zu ihr gesagt hat?

»Ich bin auch in dein Büro gegangen, bevor ich aus dem *Gebäude* los bin, ich habe deine werten Kollegen befragt, was es für Neuigkeiten über dich gibt, sei unbesorgt, sie haben dich nicht vergessen. Sie wussten ganz genau den Tag, an dem du aus dem Urlaub wiederkommst.«

War es ihr nur so vorgekommen, oder hatte Sorin wirklich ein heimliches Lachen in den Augen gehabt, als er das zu ihr gesagt hatte?

Die rüttelnde Fahrt des Busses führt an den runden Rand des Himmels, der in den Zwischenräumen der Wohnblocks auf- und abtaucht. Ein warmer Himmelsbogen, der zuerst von intensivem Rot durchflossen ist, dann verdünnt von Rosa, Orange und blassem Grün, so wie in ihrem Inneren der Schmerz zu Ablehnung wird, zu Gewissensbissen oder Wut. Der Bus wird voll und im Gedränge der Menschen um sie herum verlischt der Himmel resigniert in der Asche des Abends.

Letitia hält den Henkel ihrer Tasche mit schwitzenden Händen fest, sie hat sich an Petrus bohrende Augen erinnert, die aus den mit der Zeit aufgedunsenen Tränensäcken blicken und an den in hastig eingekauften Anzügen steckenden Körper. Die Augen, vor denen sie Angst hat, wenn Petru in die Wohnung kommt, und sie weiß, dass seine Blicke sie suchen, hart von Hass und Unverständnis. Er sucht sie, die Frau vom Anfang, die nicht mehr so sein will, wie er sie sich vorgestellt hat.

Es bleibt das Mitleid, dass an ihr nagt wie eine beginnende Herbstgastritis. Und die ungeheure Gewöhnung an seinen Körper, das Vertrautsein, stärker als alles.

*

Sie sieht durch die schlammige Scheibe des Busses, sieht Sorin, wie er in ihr Büro kommt, sieht auch die Gesichter der Kollegen, die von den Papieren aufblicken, der allwissende Olaru unterbricht ihre alltägliche Langeweile mit seinem Geplauder! Sorin fragt etwas über das Spiel zwischen Steaua und Dinamo am kommenden Sonntag und dann, die Hand auf der Türklinke, als hätte er sich plötzlich erinnert, wirft er ein: »Und wissen Sie noch was Neues von Frau Arcan? Hat sie ein Lebenszeichen gegeben, bis wann sie krank ist?«

Letitia geht die Szene immer wieder durch, sucht darin einen geheimen Sinn, aber welchen? Die Fragetechnik, die die Antwort schon vorher kennt, aber warum hat er sie angewendet? Das zufriedene Lächeln in seinem Blick wegen seiner mickrigen List.

Und hier auf der durchgesessenen Sitzbank steigt eine erdrückende Wut in ihrem kranken Körper auf, als wäre sie die Betrogene, nicht ihre Kollegen. Durchgeschüttelt bei jeder Ampel, auf der durchgesessenen Sitzbank, der Hals kratzt vor ärgerlichem Husten, so putzt sie sich die Nase mit einem großen Männertaschentuch, von Petru? Von Sorin? Sie will es nicht wissen, denn ein geliehenes Taschentuch ist ein Zeichen für Trennung, und obwohl sie schon bei einem Anwalt war, um sich über die Bedingungen für die Scheidung zu informieren, ist sie sich immer noch nicht im Klaren darüber, von welchem der beiden sie sich trennen soll.

*

Vielleicht ist keiner der beiden Männer das Wichtigste in ihrem Leben, sondern der tiefe gegenstandslose Hunger nach Nähe und Abenteuer, der sich in Ermangelung eines anderen an Sorin geheftet hat. Dieser Hunger explodiert in ihrem Inneren, wenn sie reglos mit offenen Augen im Dunkeln neben Petru liegt und daran denkt, wie sie mit dem anderen Liebe macht. Er explodiert: Sie fühlt es wirklich, eine große Hitze, die sie vor Petrus brutaler Hand beschützt, wenn er sich nach ihren zusammengepressten Beinen ausstreckt, wenn ich so daliege, wird er mich bestimmt in Ruhe lassen.

»Und wissen Sie noch was Neues von Frau Arcan?«

Sie wiederholt immer wieder Sorins Satz und plötzlich klart ihr Verstand auf, ja, sie hat es geschafft zu entziffern, was dahintersteckt: die Lust dieses Mannes, Rollen zu spielen, der ansonsten für schüchtern gehalten wird! Und das macht ihr Angst, als hätte sie an einem Hochspannungsmast einen Stromschlag erhalten. Gefahr, warnt sie das Schild mit dem Totenkopf, renn weg, solange noch Zeit ist! Gefahr wofür? Für die einzige Sache, in die sie investiert hat, die Geschichte der beiden im dunklen Wald verlorenen Waisenkinder, zwei verletzliche und solidarische Wesen: So sieht sie ihre Beziehung, während er sie wie eine Spinne mit seinen Armen und Beinen einspinnt.

Sie erinnert sich, wie Sorin sie bei ihrem ersten Treffen erwartet hat, wie er irgendwo zwischen den Bäumen auf dem gegenüberliegenden Gehweg auftauchte, obwohl ihr Treffpunkt eine Haltestelle war. Nicht nur Vorsicht, sondern auch die Technik der Vorsicht, um nicht gesehen zu werden. Muss vielleicht jede seiner Bewegungen umgekehrt gelesen werden, weil um ihn herum die Indizien einer anderen, versteckten Existenz verstreut liegen?

*

Als sie den Kopf hob, fiel ihr Blick auf den einzigen Baum am Gehweg. Wer weiß, wie er neben dem schiefen Pfosten der Bushaltestelle stehen geblieben war. Wie komisch ein einzelner Baum aussehen kann, wenn seine kupferne Krone, die der Wind geschliffen hat und in Unruhe versetzt, sich über dem von Häusern zerschnittenen Himmel öffnet …

Sie geht den Hügel der Strada Uranus hinauf, gegenüber die hohe lange Mauer, die Staatsarchive und die Mihai-Vodă-Kirche, in der sie noch nie gewesen ist, wer hat ihr gesagt, dass dort früher ein Gefängnis war? Ihr Kopf ist von einer Bleikugel umgeben, die auf ihre Schläfen drückt, Sorin hat sich angewöhnt, Rollen zu spielen, und sie hat sich angewöhnt, ihm alles zu erzählen, sie weiß eigentlich nicht mehr, ob sie ungeduldig darauf wartet, sich mit ihm zu treffen, um

Liebe zu machen oder um zu erzählen. In einer anderen Welt wäre sie in die Kirche zum Beichten gegangen oder zu einem Psychiater, aber hier ist Sorin der Ersatz für den Priester, den Therapeuten, die Familie.

Sie öffnet das schmiedeeiserne Tor, steigt die Treppe hastig hinauf, wie ist es so weit gekommen, dass sie Sorin *alles, alles, alles* erzählt, wie sie Petru mit den Arbeiten von Onkel Ion erobert hat, wie sie nach der Hochzeit so tat, als würde sie seine langen Telefongespräche mit weiblichen Stimmen nicht mitbekommen, und wie verärgert sie war, als sie in seinem Nachttischchen ein Foto von Manuela mit ihrer tollen Frisur gefunden hatte! Warum musste Sorin das alles wissen, wo sie doch zu nichts in seinem Leben Zutritt hat?!

Und was soll sie Petru sagen, wenn er sie fragt, warum sie krank aus dem Haus gegangen ist? Sie steckt den Schlüssel ins Schloss, bist du zu Hause? ruft sie, aber keiner antwortet. Wie gut!

Kapitel 19

# Lüge durch Auslassung

Wie alle anderen, die gezwungen waren, Marx und Engels, Lenin und Stalin zu verehren, verwechselt Letitia sie miteinander und verachtet sie zugleich, und ist überzeugt, dass nichts von deren *laizistischer Religion*, mit der sie groß werden musste, an ihr hängen geblieben ist. Aber als sie herausfindet, dass Sorin ihr etwas verbirgt, erinnert sie sich an *Das Sein bestimmt das Bewusstsein,* und sie versucht sich mit dem Gedanken zu trösten, dass ihr Geliebter, nicht anders als sie, von klein auf dazu erzogen worden ist, seine Biographie zu fälschen. Darum schwafelt er zum Thema *ehrliche Verstellung,* in der Welt, in der wir leben, hast du keine andere Waffe, mit der du dich verteidigen kannst, Lety.

»Glaubst du wirklich, dass es eine *ehrliche Verstellung* gibt?!«, sie lächelt schief. »Warum bin ich dann so angestrengt, wenn ich lügen muss?«

»Du und angestrengt, komm, lass den Quatsch! Das menschliche Gehirn ist darauf programmiert zu lügen!«

»Wo hast du das denn wieder her?«

»Ein Artikel kürzlich … vielleicht wird der auch bei uns mal übersetzt.«

Die Intonation, mit der Sorin seine *Lügen durch Auslassung* anbringt. Sogar seine Munterkeit kommt ihr verdächtig vor.

»… wir sind dazu gemacht, so zu tun, als würden wir lieben! Oder hassen! Also kannst du jetzt nicht über Stress jammern, wenn du so tust, als würdest du mich lieben«, er streichelt ihr väterlich über den Kopf.

»Und du?«, sie lacht kokett.

»Ich Armer! Du weißt doch, warum ich nicht so tun kann, als würde ich dich lieben!«

»Weil du, im Unterschied zu allen anderen Männern auf der Welt, nicht mit einer Frau schlafen kannst, für die du nichts fühlst«, rezitiert Letitia lachend.

Sie schlüpft mit ihrer Hand schüchtern unter seinen Gürtel: Der Beweis seiner Gefühle ist hier, eine heiße, sich regende Wölbung. Er stößt sie zum Bett, dann überlegt er es sich noch mal, öffnet die Flasche Stalitschnaja und gießt zwei Finger hoch ein. Sie haben es nicht mehr so eilig wie früher, als sie sich schon von der Tür aus zitternd ins Bett warfen. Beide erzählen sich, was sie gemacht haben, seit sie sich das letzte Mal gesehen haben, sie detailreich, er nur bruchstückweise, sprunghaft. Sie schützt Vertrauen vor, obwohl sie sicher ist, dass sie sehr schnell entdecken wird, was er jetzt überspringt, also die *Lügen durch Auslassung.* Sie fordert mit liebevoller Stimme Einzelheiten über die neue Theorie, aber er hat nur eine Zusammenfassung dieser *Psychologischen Abhandlung* gelesen, jemand hat sie angefertigt, der sie übersetzen will, eine namenlose Geschichte, wie so viele andere in seinem Leben.

Sie unterdrückt ihre Lust, ihm mit der verwöhnten Stimme von früher zu widersprechen. Sie versucht, ihm nur angenehme Dinge zu sagen, vielleicht gewinnt sie so etwas von dem Terrain wieder, das sie zu verlieren glaubt. Sie macht Dorina nach, die keine Gelegenheit auslässt, ihrem Chef zu schmeicheln.

Auch sie hat sich die Strategie der *ehrlichen Verstellung* angeeignet, aber die gute Laune, mit der sie zu dem Treffen gekommen ist, ist verflogen. Sie hilft ihm kichernd, sich auszuziehen und sie öffnet sich vollkommen, um ihn zu empfangen und festzuhalten, ihn, der tief in sie eingedrungen ist.

*

In das unter der Matratze verborgene Heft schreibt Letitia immer öfter über Sorins *Lügen durch Auslassung*, ohne dass sie daran gedacht hätte, dass diese Formulierung irgendeinen Bezug zu dem Vorwurf *Denunziationsauslassung* haben könnte. Mit so einem Urteil hat Victor Branea acht Jahre Gefängnis bekommen, und er hat sich noch glücklich geschätzt, dass er nur vier davon absitzen musste. Mein Vater wurde einige Jahre festgehalten und ohne Verurteilung entlassen, schrieb Letita in ihre erste Kaderkartei, und das wiederholt sie jedes Mal, wenn sie aufgefordert wird, sie mit neuen Daten zu vervollständigen. Im Übrigen weiß sie auch nur das, der Grund der Gefangenschaft ist in der Familie Branea immer ein Tabu gewesen.

»Ich habe meinen Vater nie sagen hören, warum er angeklagt war! Und auch über seine Brüder hat er mir nie etwas erzählt!«

»Ob du willst oder nicht, Herr Branea bleibt trotzdem dein Vater! Und bald kommt er eben auch in ein gewisses Alter! Es könnte dir eines Tages leidtun, dass du ihn nichts gefragt hast. Vielleicht würde er mit jemandem reden wollen, wie soll ich sagen? Von Mensch zu Mensch«, flüstert er.

Von Mensch zu Mensch! Ist Sorin ironisch? Oder gerade das Gegenteil? Aber warum dieser Tränendrüsenstil?

»›Mir wurde zugesichert, dass ich für diese Jahre Rente bekomme, willst du noch ein deutlicheres Zugeständnis, dass die mich ohne Schuld eingesperrt haben?‹ Das ist das Einzige, was ich von meinem Vater gehört habe, und ich habe auch keine Lust, noch mehr zu erfahren! Er hat sein Leben, ich habe meins!«, ruft sie durch die halbgeöffnete Tür, während sie vor dem fleckigen Badezimmerspiegel unsicher ihre Augen mit dem *Eyeliner* umrahmt.

Ihre Stimme hat geklungen wie ein Kampfschrei in einem Krieg mit nur einem Gegenspieler.

»… du bist doch wirklich!«

Von der Schwelle aus zeigt Sorin zur Decke, zu den Wänden, »in unseren Badezimmern hört man alles!«

*

Letitia senkt schuldbewusst den Blick, ein Knoten wächst in ihrem Hals, würgt sie. Wieso hat sie bis jetzt nicht bemerkt, dass Sorin nicht mehr als Bittsteller kommt wie am Anfang, als er so unsicher war, als er sich noch um sie bemühte? Und auch das kindliche Lächeln, das immer auf sein Gesicht kam, wenn er versuchte, sie zu besänftigen, ist verschwunden. Vor Letitia steht ein Mann im besten Alter, es gärt in ihm vor unterschwelliger Unzufriedenheit, der sie mit denselben Argumenten entgegentritt wie bei Petru, und noch bevor sie den Mund aufmacht, weiß sie schon, dass sie ihn nicht wird überzeugen können.

»Meine arme Mutter hat sich scheiden lassen, damit sie mich nicht von der Schule werfen, aber sie hat immer auf ihn gewartet! Und dann stand er plötzlich vor ihrer Tür, nachdem er aus dem Gefängnis gekommen war, Margareta, nimmst du mich noch?, hat er geflüstert, um sie zu bezirzen.«

Sorin hat ihre Familiengeschichte schon hundertmal gehört und die angegriffene Stimme, mit der sie erzählt, geht ihm auf die Nerven.

»Du weißt, dass ich mich nicht in deine Familiengefühle einmische, aber ich hab es dir schon mal gesagt, ihre Beziehung hat nichts mit deiner Beziehung zu ihm zu tun!«

Er nickt, ist unzufrieden mit sich, dass er sich nicht zurückhalten kann und ihr ins Wort gefallen ist.

*

Verteidigt er Victor Branea oder verteidigt er seine Art und Weise, mit der er in diesem andauernden Provisorium die

Dinge sich selbst erledigen lässt? Lass dich endlich scheiden, würde Letitia ihn gern rufen hören, wenn sie mit verweinten Augen kommt, ich denke Tag und Nacht an nichts anderes, als wie ich da rauskomme, verstehst du, Sorin?

»Du Arme, wie kommst du da im jetzigen Kontext raus?! *Der Kodex der sozialistischen Ethik und Rechtlichkeit!* Gegen Scheidung gibt es da eine klare Haltung, längstmögliche Abstände zwischen den Anhörungen, bis die Unsichersten dann aufgeben. Wenn sie sowieso keine andere Wohnung bekommen, warum sollten sie sich dann noch gegenseitig die Akte versauen? Und bei der Reorganisation sind die Geschiedenen die Ersten auf der Liste der Entlassungen, weil sie moralisch keine Sicherheit zu bieten haben!«

Sie ist sich bewusst, dass eine zweite Scheidung Petrus Karriere endgültig beenden würde. Und hat Sorin nicht vielleicht doch Angst, dass der Skandal seiner Stellung im Institut schaden würde?

»Denk gut nach, was du willst, damit es dir später nicht leidtut … Mach, wie du denkst, wie es besser für dich ist, verstehst du? Denk nicht an mich, nur an dich sollst du denken!«, sagt er immer wieder zu ihr.

Am Anfang hat sein Opfer sie gerührt, nach Petrus Wutanfällen war seine friedfertige Art so wohltuend! Wann hat sie angefangen zu glauben, dass er alle Verantwortung auf sie schob?

Sie schielt auf seine verknitterte Kleidung, seine nervösen Bewegungen, wie er achtlos die Dinge im Zimmer herumwirft, auf die herausgewachsenen Haare. Er verschwindet für eine Stunde aus dem Büro, aus der werden dann drei, er kommt, er geht, immer eiliger. Er dreht sich wie ein Kreisel, er kann nirgends anhalten. In den dämmrigen Fluren des *Gebäudes*, wo ihre Hand ihn nicht mehr berühren kann, findet er zurück zu seinem Geheimnis, er findet zurück zu seinem eiligen Gang, das lässt ihn entschlossen wirken.

Nach solchen Streits wie heute bricht sie frierend vor Kälte auf, vor Angst vor der Enge, die sie seit Jahren bei jedem Surren der Türklingel hochschrecken lässt, bei jeder etwas lauteren Stimme im Treppenaufgang des Wohnblocks.

*Ich habe begonnen, deinen Körper zu lieben, den ich nach all der Zeit noch immer nicht wage, so zu streicheln, wie ich gern würde. Wenigstens, dass er neben mir ist, nackt, die Schultern, der Bauch, der zu dem goldenen Knäuel führt, Teile, die ich in der Umarmung erblicke. Unsere Liebe, die durch fremde Betten spazieren geht, die von Schweigen und Lügen verdeckt ist, drangsaliert von gegenseitigen Verdächtigungen und immer wieder aufgeschobenen Wünschen, von Gewöhnung und Widerwillen, alles unter den Augen derer, die uns belauern. Wie lange werden wir so noch durchhalten und wo wird uns das alles hinführen?*

Sie erträgt es nicht, ihre Notizen aus dem Heft noch einmal zu lesen, denn sie gleichen sich alle!

*

Sorin war jedoch ehrlich gewesen, als er Letitia geraten hatte, sich Victor Braneas Bekenntnisse anzusehen.

Er selbst hat keine Chance mehr herauszufinden, warum Sorana Iovănescu so jung, mit dem Kranz aus blonden Zöpfen wie auf dem Foto, eine überschwängliche Leidenschaft für Vasi Stamatiu entwickelt hatte. Auch nicht, ob sie nach dem Aufstand noch Nachricht von ihm erhielt. Oder ob es in ihrem Leben noch einen anderen Mann gegeben hatte.

Das sind nicht seine Fragen, sondern die von Hauptmann Vistig. Von ihm hatte Iulică Iovănescu vor fast dreißig Jahren verlangt, die verwandten Legionäre aus seiner Akte zu löschen, ohne ihn in weitere Einzelheiten über seine Cousine Sorana einzuweihen. Auch Vistig hatte ihn nichts gefragt, was hätte er von diesem Wissen gehabt? Costică und Sorana waren tot, Cornelus war zuerst Mönch in dem Kloster gewesen, in dem er sich versteckt hatte, und nach kurzer Zeit war er Funktionär der Patriarchenkirche geworden. Gut, dass er nicht alle Papiere der Familie Iovănescu durch den Fleischwolf gedreht hatte, wie ihn dieser dämliche Iulică damals gebeten hatte! Nachdem Iovănescu seine Arbeit verloren hatte und aus der Partei entfernt worden war, hatte sich Vistig gehütet, ihm noch einmal zu begegnen.

*

Auch wenn der Fall Sorana Iovănescu für Hauptmann Vistig abgeschlossen war, und ihre Akte sich bei ihm zu Hause befand, was Vasile Stamatiu anging, waren die Dinge nach drei Jahrzehnten noch genauso verworren.

Um seine Karriere wieder in Angriff zu nehmen, brauchte er neue Informationen. Seine einzige brauchbare Quelle war Iulicăs Neffe, Sorin Olaru, den Eleonora für eine Dienstreise vorgeschlagen hatte. Und darum gab er ihm nach der Niederlage mit Harry Fischer einen Pass und instruierte ihn sorgfältig.

Als er seine Akte durchgegangen war, hatte er geschlussfolgert, dass Iulică etwas gedreht hatte, damit der Kleine innerhalb der Familie adoptiert wurde und man den Namenswechsel vornehmen konnte.

Aber wer war sein leiblicher Vater? Zuerst hatte Sorana Iovănescu Vasile Stamatiu angegeben, dann hatte sie das abgestritten, aber Vistig hielt sie nicht für überzeugend, sie war nicht mehr ganz bei Trost gewesen und hatte auch keinen anderen männlichen Namen genannt.

Und was war mit Stamatiu passiert, nachdem er im Malmaison gefangen und befragt worden war? Die Akten der königlichen Geheimpolizei, die von der kommunistischen Securitate übernommen worden waren, endeten an diesem Punkt.

*

In der Version des Offiziers, der Sorana Iovănescu festgenommen hatte, war Vasile Stamatiu vor dem Prozess der Teilnehmer am Legionärsaufstand freigelassen worden, das deutsche Konsulat hatte interveniert, er war außer Landes geholt und im Lager bei Hamburg untergebracht worden. Anschließend war er Teil der Legionärsregierung im Exil um Horia Sima gewesen, die Ribbentrop bereitgehalten hatte, falls General Antonescu sich nicht an die Verabredungen hinsichtlich der Beteiligung rumänischer Soldaten am Feldzug gegen die UdSSR halten sollte.

Im Mai '44 war Vasile Stamatiu angeblich gemeinsam mit den anderen Mitgliedern der nutzlos gewordenen Phantom-Regierung aus dem Lager bei Hamburg entlassen worden: Nach drei Jahren konnte Antonescus Treue gegenüber dem Führer nicht mehr in Zweifel gezogen werden, genauso wenig wie die Tatsache, dass Deutschland den Krieg verlor, und dass Rumänien das erste Land wäre, das die sowjetische Armee besetzen würde.

Stamatiu hatte sich dann wohl in die versprengten Einheiten der Wehrmacht eingereiht, die in einem Deutschland voller rauchender Ruinen und in den Bäumen erhängter Deserteure weiterkämpften. Er war dann in amerikanische Gefangenschaft geraten, hatte sich rekrutieren, instruieren und via Budapest mit dem Fallschirm in den Făgăraş-Bergen absetzen lassen, um gegen das neu errichtete kommunistische Regime in Rumänien zu kämpfen. Und schließlich war er mit falscher Identität als Professor Günther Hermann nach Deutschland zurückgekehrt.

*Diese Version über Stamatiu durch den Offizier, welcher Sorana Iovănescu vor dreißig Jahren festgenommen hat, wird von ihrem mutmaßlichen Sohn Sorin Olaru überprüft werden.*

Mit diesem Satz schloss der Maßnahmenplan des Securitate-Hauptmanns Ludovic Vistig.

*

»Noch ein bisschen Geduld, Mary, im Frühjahr sind die Amerikaner hier! Was glaubst du, warum Vasi mit der Waffe in der Hand in den Bergen ist?«

So hatte Sorana versucht, ihre beste Freundin, die sie jeden zweiten Sonntag auf dem Flohmarkt traf, moralisch zu untersützen: Ihr Vater, ein ehemaliger Verwaltungsbeamter Antonescus, war zu zwanzig Jahren Haft verurteilt worden.

»Bis die Amerikaner kommen, hab ich nichts mehr zu verkaufen und mich stellt auch keiner ein, ich werde verhungern! Du kannst warten, du hast ja Unterstützung von der Familie! Deine gewiefte Cousine Nelly Olaru hat gewusst, wie sie's macht, Hut ab! Sie hat sich an diesen Rohling Iulian gehalten, der zu den Russen hielt, ein anderer Cousin von euch hat ihren Mann bei Sovrompetrol eingeschleust, und du hältst dich an sie!«, zischte Mary zwischen den Zähnen hindurch und behielt ihre Kunden im Auge.

»Ich?! Mit diesem Hund von Iulian rede ich schon seit zehn Jahren nicht mehr! Und Nelly kommt zu mir nur wegen dem Butzelchen, was soll ich machen, wenn sie verrückt nach Kindern ist, aber keins kriegen kann? Soll ich sie rausschmeißen? Ich hab's mal getan, aber sie ist wiedergekommen! Ich lass mir von ihr helfen, aber mehr nicht, ich nehme kein Geld von ihr! Ich warte auf Vasi, ich bin sicher, er ist hier, er hatte doch noch einen zusätzlichen Grund, hierher zurückzukommen: dass er das Butzelchen anerkennt. Würde ich denn hier auf dem Flohmarkt mit dir herumstehen, wenn ich ihr schmutziges Geld annehmen würde?!« Sorana hatte verächtlich mit den Schultern gezuckt.

*

Eines Nachmittags Ende November vor dreißig Jahren hatte vor Soranas Tür plötzlich ein Securitate-Offizier gestanden. Ihr Herz begann zu klopfen, als er ihr verkündete, sie müsste mitkommen, um eine Erklärung über ihren ehemaligen Verlobten Vasile Stamatiu abzugeben. Wieso und warum? Hatte Mary sie verraten?

Sie war verwirrt, sie kehrte noch einmal um, holte ihre Handtasche und ihre Handschuhe, wenigstens gut, dass diese entsetzliche Nelly, die wie eine Klette an ihr hing, mit dem Butzelchen spazieren ging! Aber als sie dann im Auto saß und sah, dass der Offizier dem Chauffeur Anweisung gab, eiligst auf die Straße Richtung Bukarest abzubiegen, fing sie an zu schreien und zu weinen und an der Tür zu rütteln, um auszusteigen; aber sie war verschlossen. Und Ende November wird es früh dunkel und die Straße war menschenleer. Sie weinte und schrie in einem fort, wenn du dich nicht beruhigst, leg ich dir Handschellen an und du kriegst einen Knebel, wird der Offizier ihr angedroht haben.

Der kalt beleuchtete Hof des Königspalastes, der leer und befremdlich war wie ein Bild von Chirico, war das letzte Bild der Außenwelt, das auf Soranas Netzhaut haften blieb. Sie sah es, als die beiden Securisten sie in die labyrinthischen Keller des Innenministeriums zerrten, des zukünftigen Zentralkomitees, ein Mantel bedeckte sie, der alt roch und nach DDT.

Ob die beiden sie vergewaltigt hatten, um sicherzugehen, dass einer den anderen nicht verpfiff?, fragte sich Vistig, als er sie beim Verhör in Pantiuşas Büro mit blauen Flecken übersät sah, den schiefen Hut auf dem zerzausten Haar und die Handschuhe blutbefleckt.

»Sie hat sich der Verhaftung widersetzt und mich angegriffen, diese Hure! Ich habe einen Zeugen«, sagte der Offizier, als man ihr den Knebel herausnahm und sie losschrie, sie wäre geschlagen und vergewaltigt worden.

»Hat's dir nich gefallen?«, Pantiuşa lachte, kippte noch einen Wodka und fing an, seine Hose aufzuknöpfen ... »vielleicht gefällt's mir ja ...«

*

Vistig, damals noch Leutnant, hatte Sorana mit eigenen Ohren brüllen gehört, der Vater ihres Kindes wäre nicht Vasi Stamatiu, den sie seit Jahren nicht gesehen hätte, aber sie würde nicht sagen wollen, wer es wäre! Das Alter ihres Kindes gab ihr recht, es war Jahre her, dass Stamatiu im Inland gesehen worden war, aber keinem kam das damals in den Sinn, und Soranas Verstand war bereits irre geworden, und sie zitterte wie eine Wahnsinnige. Obwohl Pantiuşa sturzbetrunken war, merkte er, dass sie es mit einer Geschichtenerfinderin zu tun hatten, aber so zerstört, wie sie jetzt war, konnten sie sie auch nicht mehr freilassen und dann alles irgendwie erklären. Hatten sie ihr absichtlich den Gürtel dagelassen oder erhängten sie sie selbst, nachdem der Wachmann sie gewürgt hatte, um sie zum Schweigen zu zwingen, weil sie ununterbrochen schrie?

Normalerweise wurden minderjährige Kinder von politischen Häftlingen sofort in Waisenheimen untergebracht, unter falschem Namen. Aber der entsprechende Offizier hatte nicht mehr versucht, das Kind ausfindig zu machen, die Cousine des Genossen Iovănescu, Nelly Olaru, war mit ihm im Arm weggegangen, kurz darauf waren sie gekommen, um Sorana Iovănescu zu verhaften, sagte der vom ausführenden Kommando.

*

Hätte er rechtzeitig gewusst, dass Günther Hermann sein Vater sein konnte, mit Namen Vasi Stamatiu, dann hätte Sorin alles dafür getan, ihn nicht zu treffen. Aber er würde es erst dann erfahren, wenn Leutnant Bîclişeanu, der Nachfolger Hauptmann Vistigs, es für angebracht hielte, Sorin Olaru mit den Daten seiner Akte auf den neuesten Stand zu bringen.

Mit gesenktem Kopf sammelt Sorin die im Zimmer verstreuten Sachen auf, die Jeans und das ewige schwarze Helanca-Hemd mit hohem Kragen, von dem sich Letitia nicht mehr trennt, seit sie im überfüllten Bus begeistert ihre neueste Entdeckung, das zwanzig Jahre alte Buch von Edouard Mounier über Existenzialismus, liest. Er öffnet das Fenster des Schlafzimmers, damit der Geruch nach Sex und Alkohol verschwindet, und der leichte Windstoß trägt ihnen das volle Aroma der Blüten und des im Garten der Polytechnischen frisch gemähten Grases entgegen. Der gefährliche Überschwang dieses verrückten Mädchens ist noch in ihm, aber er wird bereits schwächer, was sonst zieht ihn seit Jahren zu diesen Treffen mit Letitia, bei denen er seine armselige Technokratenkarriere riskiert? Das Gewebe seines Daseins zersetzt sich immer weiter, und er bemüht sich ständig, es mit laienhafter Ungeschicklichkeit zu flicken.

*

Und Letitia untersucht im kalten, von außen hereindringenden Licht hastig das Laken. Nach ihrer Berechnung wären es noch zwei Tage, bis sie ihre Regel kriegt. Ein schmerzhaftes Gewicht drückt auf ihren Rücken und ihr Bauch ist gebläht, aber auf dem Laken sieht sie keinen roten Fleck, wie schade! Sie wäre ruhiger nach Hause gegangen und hätte nicht, wie sie es in den nächsten zwei Tagen tut, mit klopfendem Herzen ins Bad gehen müssen. Und Sorin wäre vom

Bucur-Kaufhaus mit einem neuen Set Bettwäsche gekommen.

Als sie im Bad auf dem rauen Toilettenpapier, das sie sich zwischen die nassen Labien gedrückt hat, den ersehnten rotbraunen Streifen sieht, lacht Letitia, sie ist wieder einen Monat davongekommen! Sogar der muffige Badezimmergeruch scheint süßer geworden zu sein, sie stopft sich einen kleinen Stapel Klopapier in die Unterhose, damit es bis zu Hause reicht, und kommt strahlend ins Zimmer. Sie spürt wieder mal, dass jemand da oben sie beschützt, damit ihr nach Onkel Ions Tod in diesem Leben nichts Böses mehr geschieht. Das kurze Bekenntnis der Partei, *es sind Fehler begangen worden, Genossen*, war rechtzeitig abgelegt worden, damit sie auf die Universität gehen konnte. Ihren Vater hatte man gerade freigelassen, als sie ins *Gebäude* berufen wurde. Dort hatte sie Sorin getroffen und sie war auch diesen Monat um eine Schwangerschaft herumgekommen!

In diesem Bild ihres glücklichen Schicksals ist Petru ausgelassen worden, denn die junge Schriftstellerin zieht es vor, ihn wenigstens ein paar Stunden pro Woche zu vergessen.

*

Am schlimmsten ist alles vor ein paar Wochen geworden, als sie in sein Arbeitszimmer kam, während er gerade schrieb, sie weiß, dass ihn das auf die Palme bringt. Petru hatte sie wieder daran erinnert, dass sie ihn vor der Hochzeit nicht gewarnt hatte, was sie für eine schlimme Akte hatte. Dann hätte er wenigstens rechtzeitig Maßnahmen ergreifen können! Die dünnen Lippen hatten sich empört aufeinandergepresst. Wo er das wieder herhätte?! Er hätte das von seinem Vertrauensmann, einem Kader mit literarischen Neigungen, einem ehemaligen Studenten seines Abendkurses, es ist sehr schwierig für mich, Genosse Professor, Ihnen einen Pass zu besorgen, hatte ihm *sein Mann* gesagt, die Akte ihrer Frau ist voller unschöner Stellen.

»Du trittst meine Arbeit von sieben Jahren mit Füßen!«, hatte Petru geschrien.

Und Letitia, die beruhigt war, dass er nicht wegen Sorin schlechte Laune hatte, schrie ebenfalls:

»Von was für Stellen redet dein Securist denn, wenn mein Vater doch rehabilitiert ist?«

»Der Kader gehört zur Partei, nicht zur Securitate! Und um rehabilitiert zu werden, brauchst du einen Gerichtsprozess!«, knurrte Petru.

»Mein Vater ist grundlos festgehalten worden, wie andere auch, nur zur Untersuchung!«

»Wenn du es unbedingt wissen willst, er wird bis heute noch immer überwacht! Und du nervst mich damit, dass ich ihn besuchen soll! Jetzt hör mit diesem hysterischen Geschreie auf! Ich trau mich schon nicht mehr, dem Nachbarn in die Augen zu sehen!«, brüllte Petru, als hätte nicht er zuerst angefangen zu schreien.

Die geweiteten Poren zerstichelten seine olivfarbene Gesichtshaut. Hatte sie damals, in ihrem anderen Leben, als sie nur eine Studentin vom Lande gewesen war, wegen dieses frühzeitig gealterten Mannes nächtelang nicht geschlafen? Letitia senkte die Stimme und in ihren Worten waren echte Tränen zu hören.

»Ich kann es nicht glauben, dass du ihm mehr vertraust als mir!«

»Er hat mir mehr Loyalitätsbeweise erbracht als meine Ehefrau!«

*

Aber Petru wusste, dass er übertrieb. *Sein Mann* hatte ihm immer nur Versprechungen gemacht, obwohl er ihn nach jeder Reise *geschmiert* hatte, er sagte, er nähme nichts für sich, aber er würde denen von den Pässen was geben: Ballantine's, Kent-Stangen, Parfüme, L'Air du Temps, Magie Noire und anderer Weiberkram. Aber seine Akte muss er in der Hand gehabt haben, woher hätte er ihm sonst sagen können, was er Letitia jetzt mit gebrochener Stimme entgegenschrie, so aufgebracht war er:

»Willst du wirklich wissen, warum die Bestätigung meines Kolloquiums nicht kommt? Wegen einem deiner Onkel, Staatssekretär im Antonescu-Regime, zum Tode verurteilt, später abgeändert in lebenslange Strafarbeit! Und einem anderen, Spion für die Engländer! Und dem, der dich aufgezogen hat, Sympathisant der Legionäre! Und deinem Vater, der mit zwanzig anderen Personen wegen Denunziation und Weitergabe feindlichen Materials gegen das Regime verurteilt wurde! Und du wagst es immer noch, zu behaupten, du hättest von all diesen Scheußlichkeiten nichts gewusst?«

Petru schlug mit der Faust auf den Schreibtisch, auf dem die leere Flasche und die Gläser klirrten. Den Nachbarn hatte er wieder vergessen.

»Wie blind bin ich denn? Dass ich mich von dir und deinem Gehampel für dumm verkaufen lasse und nicht merke, wie kalt und berechnend du bist!«

*

Seine gealterten Hände zitterten, und nachdem er aus China zurückgekommen war, hatte sich die Hälfte seines noch verbliebenen Haars schnell grau verfärbt. Seitdem war er auf dem Lektorposten kleben geblieben, seitdem sah er zu, wie seine ehemaligen Studenten, Taugenichtse, ihn überholten, und er konnte in ihren frechen Blicken sein eigenes Versagen ablesen. Seidem kam Dănuț Iliescu, der Schwiegersohn der Rektoratssekretärin, so richtig in Schwung: Er tauschte seinen Wagen, unternahm zwei Auslandsreisen pro Jahr, hatte sich ein Haus in den Bergen gekauft, gab wie am Fließband Nachhilfe für die Aufnahmeprüfung an der Uni, und keiner konnte ihm mehr was anhaben.

Letitia glaubte nichts von dem, was sie über die Brüder Branea gehört hatte, aber sie wusste, dass auch Petru nichts von dem glaubte, was sie ihm sagte. Vor Ärger fing sie an zu weinen.

»Hör auf zu jammern, dieses Theaterstück ist durchgenudelt!«, schrie er mit all der Wut, die er in sich aufgestaut hatte. »Du und deine Familie, ihr habt den Mund gehalten, was habt ihr denn gedacht, dieser blöde Arcan wird die Sünden unserer Familie mit seiner gesunden Abstammung reinwaschen!«

Er schlurfte in Socken durch die Wohnung, öffnete noch eine Flasche und nahm einen Schluck daraus. Seine gesunde Abstammung! Letitia erinnerte sich, wie es sie gestört hatte, wenn sie sah, wie er in Socken durch das ungefegte Zimmer lief. Am Anfang hatte sie gedacht, dass er sich aus Feingefühl an der Tür die Schuhe auszog, aber dann, als sie sah, dass er sie auch vor der Tür ihrer Eltern abstreifte, begriff sie, dass das ein Reflex war, den ihm nicht mal diese hochnäsige Manuela hatte abgewöhnen können. Oder sie hatte es ihm abgewöhnt, aber nach ihrer Abreise war er zu seiner alten Gewohnheit zurückgekehrt, wahrscheinlich tat er das schon von klein auf, seit seiner Kindheit in dem Vorstadthaus mit geziegelten Wegen, die im Schlamm des Vorgartens versanken.

»Nur Leute aus schlechtem Hause gehen in Socken durch die Wohnung, Letitia«, hatte ihre Mutter sie schon damals belehrt, als sie noch alle drei in einem Zimmer geschlafen hatten, sie beide und Onkel Ion.

In ihrer Liebe zu Petru hatte sie sein In-Socken-Gehen als Vorzeichen kommender Meinungsverschiedenheiten gedeutet.

*

Letitias Gespräch mit Petru ist so verschieden von dem mit Sorin, als wäre nicht von demselben Victor Branea und von derselben Tochter die Rede. Nicht nur, weil Sorin ihn verteidigt hat und Petru ihn hasst, sondern auch, weil Letitia Sorin ihre Anklagen gegen den Vater zugeraunt hat, während sie Petru anschreit und den Vater mit nur teilweise vorgetäuschtem Ärger verteidigt.

»Mir hat er es so erzählt! Willst du damit sagen, er lügt?«

Sie hat im Spiegel heimlich ihr verzerrtes Gesicht betrachtet, war es überzeugend oder nicht? Aber Petru war schon im Flur, setzte seine Baskenmütze auf und zog seine Jacke an. Er ging und schlug wie üblich die Türe hinter sich zu. Und der Nachbar über ihnen klopfte wie fast immer um diese Uhrzeit an die Heizung, entweder, weil mal wieder Streit, oder Petrus Schreibmaschine zu hören war.

Soll sie das alles Sorin erzählen oder würde auch er sich vor der Akte ihrer Familie fürchten?

Er merkt plötzlich, dass er grundlos schweigt und lenkt ab:

»Ich bin gestern früher von der Arbeit weg und auf dem Weg bin ich in alle besseren Lebensmittelgeschäfte und habe diese Flasche polnischen Wodka hier in einem Lädchen auf der Strada Plevnei gefunden. Vor ein paar Jahren wäre es in ganz Bukarest undenkbar gewesen, noch etwas anderes als rumänischen Wodka zu kriegen, jetzt haben wir uns schon dran gewöhnt! Aber warte ab, was die Abtrünnigkeit des großen Genossen uns kostet, wenn die Russen uns die Gasleitung zudrehen!«

Die triumphierende Stimme, mit der er die Apokalypse ankündigt. Und ihr Verstand, der rasch den Weg der Stalitschnaja-Flasche nachzeichnet: Was sucht Sorin so weit weg von den Geschäften, in die er normalerweise geht?

Letitia streift sich sorgsam die Strümpfe über die Beine, um ihn nicht ansehen zu müssen: noch eine verlorene Schlacht im Dauerkrieg mit den *Lügen durch Auslassung.*

Kapitel 20

# Der angekündigte Tod des Elefanten

»Nächstes Mal, wenn Paşenka uns einlädt, sagst du, du bist krank, Norica, dann sagst du, wir fahren in die Ferien, sag, was du willst, aber du sagst ab!«, zischte der Oberoffizier Oprea und stöhnte leicht bei jeder Treppenstufe.

Im ersten Jahr hier hatte es ihm gefallen, die schneckenförmige Holztreppe mit dem schmiedeeisernen Geländer aufwärtszulaufen, was stampfst du so mit deinen Rekrutenstiefeln, das ist ein Herrenhaus!, schimpfte Norica ihn aus. Um ihr den Kopf zurechtzurücken, nicht mehr so zu tun, als wäre sie eine feine Dame, machte er sich über sie lustig, sie wäre so leichtfertig und böse wie ein kleines Mädchen, hey, du Verrückter!, wehrte sie sich, aber sie mochte es, wenn er sie so zum Schlafzimmer trug, sie auf dem Weg auszog und an die Wand gelehnt vögelte, das hatte er im Film gesehen, ihre Fisimatenten immer! Jetzt war er ziemlich rundlich geworden und eines Tages würde auch sie Schmerzen in den Beinen bekommen wie er. Darum tut es ihm leid, dass sie die Gelegenheit verpasst haben, in die neuen Blocks mit Fahrstuhl am Herăstrău-See zu ziehen, aber sie war nicht zu überzeugen gewesen, sie immer mit ihrem Weiberarsch, so bösartig! Sie hätte die Schnauze voll vom *Gebäude*, vom Park, sie wollte es nicht mehr sehen! Sie hätte sich an dieses Haus gewöhnt, ein Historiker hat mir gesagt, Bärchen, das wäre das Haus von Armand Călinescu gewesen, der, den die Legionäre umgebracht haben! Ich weiß, Bärchen, er hat in Cotroceni gewohnt, aber wieso, er kann doch noch ein anderes Haus gehabt haben! Bei allen Gelegenheiten lauscht man Norica mit offenem Mund, beim Quatschen und Tratschen ist sie fast unübertroffen! Auch über die ein paar Meter weiter gelegene Strada Mântuleasa weiß sie was, und über Eliade, der den Namen der Straße als Romantitel benutzt hat, aber sprich in der Öffentlichkeit nicht über ihn, hörst du, Nelu? Paşenka hat es mir heimlich gegeben, du wolltest es nicht lesen, du verpasst was …

»Ich les doch nicht das Gefasel von einem Legionär! Und sag jetzt nicht, Eliade wäre keiner gewesen, ich weiß Bescheid! Und wenn man nicht drüber reden soll, warum hast du dieses beschissene Buch überhaupt angenommen? Ich sag es ja dauernd, wo viel Köpfchen ist, ist auch viel Dummheit! Und warum soll ich mir die Lunge aus dem Hals rennen in diesem schrecklichen Haus? Vielleicht spukts hier auch noch, wenn der keinen friedlichen Tod gehabt hat!«

»Und an das, was wir an diesem Haus alles gemacht haben, denkst du gar nicht, Nelu?«, schreit Norica. »Manche sind in solche Villen wie diese nur mit dem, was sie am Leibe hatten, eingezogen und haben einfach zwanzig Jahre drin gewohnt, ohne auch nur einmal zu streichen! Aber ich bin aus Siebenbürgen und ich ertrage keine Faulheit, das Silber ist ganz schwarz gewesen, von den Möbeln war der Lack ab, das Parkett war alt, das Calcio vecchio bröckelig, ich habe so viele Jahre nur im Büro verbracht, von morgens bis abends, weil zu Hause Baustelle war! Das ist unser Nest, Bärchen, soll ich es aufgeben, nur, weil du zu faul geworden bist?«

Aber der wichtigste Grund, nicht umzuziehen ist ein anderer, und da hat Norica wirklich recht! Die Blocks am Herăstrău liegen genau am Arsch von diesem Wahnsinnigen, Zone null, Verkehr unterbrochen, Kontrollen bis aufs Blut, jeder Furz von dir wird auf Band aufgenommen, naja, hier ist es natürlich fast genauso.

*

Wegen seiner Arthrose würde Leutnant Oprea lieber auf die Krim fahren wie früher, als ihm noch nicht die Gelenke wehtaten und er dreißig Kilo weniger gewogen hat. Aber jetzt bei den Russen einen Pass für Sotschi beantragen, wäre schlimmer, als einen für Miami, die Schießhunde von der Anti-KGB-Abteilung haben ihn im Auge seit diesen vermaledeiten zwei Jahren, die er in Moskau an der Militärakademie verbracht hat! Norica und dieser Elefant von Paşenka hatten ihn bedrängt, fahr, los, fahr, das wird dich voranbringen, einen Scheiß hat es gebracht, die Zeiten haben sich geändert und jetzt sitzt man zwischen allen Stühlen, von beiden Seiten zerren sie an einem! Aber er hat immer diszipliniert Bericht erstattet, wenn ihn mal die einen, mal die anderen Hornochsen ausgehorcht haben, darüber, wem es so richtig reichte und wer den Wahnsinnigen stürzen wollte.

Seine Nase sagt ihm, dass das, was mit Paşenka passiert, nach nichts Gutem riecht! Seit er ihn bei Radio Freies Europa hört, hat er zu der verdrehten Norica gesagt: Komm, Muschi, lassen wir es langsamer angehen mit unseren Besuchen beim Elefanten in Snagov! Aber sie hat sich gewunden wie eine kleine Nutte, ich versprech dir, Bärchen, es ist das letzte Mal, glaubst du denn, mir gefällt das? Ich ertrage weder seine sauertöpfische Frau noch die hochnäsige Tochter und der arme Paşenka hat mich schon mein ganzes Leben lang gelangweilt! Aber nur er kann mir das *Traktat* aus den Klauen dieser Fieslinge von der *Abteilung* reißen! Titus hat sie gegen mich angespitzt, ich weiß, ich weiß, du hast mir erst vor Kurzem gesagt, dass er ein mieser Typ ist, ich habe einen Fehler gemacht, Bärchen, ich gebe es zu, aber komm, sei nett zu deinem Honigtöpfchen, denn nur in Snagov kann Paşenka den Mund aufmachen!«

Nelu Oprea weiß sehr gut, dass aktuell sogar der Snagover See, ja sogar die Bäume Paşenka abhören! Und der Elefant weiß das auch, darum hat er auch über alles Mögliche gequatscht, nur über Noras *Traktat* nicht, sie sind also umsonst da gewesen! Sie haben dieses komische Zeug gegessen, das sein Koch vom Capşa ihm macht, er hat viel getrunken, was soll man sonst machen, wenn Paşenka anfängt loszulegen? Er ist fast eingeschlafen, erst als sie für den Kaffee in die Laube gingen, hatte ihm die Luft im Garten gutgetan, er würde gerne ein bisschen herumfahren …

»Komm, Muschi, wir fahren ein bisschen aufs Land raus«, murmelt Major Oprea, »komm zum Müllerhaus, mit dem hast du mir doch eine Zeit lang immer in den Ohren gelegen! Die Partei hat es aufgemöbelt, du wirst es nicht wiedererkennen! Oder wir fahren in das Haus in Cumpătu zu unserer Familie, nicht in das in Predeal, wo du immer die Nase rümpfst, dass da die Grobiane von der Armee wären! Da hast du die Berge, saubere Luft, ich weiß, was ich von jedem zu erwarten habe.«

*

Norica hatte ihre Absatzschuhe durch das Zimmer geworfen und war ins Bad gerannt.

»Was ist denn los, Nelu, bist du betrunken oder schläfst du?«, schrie sie von dort, »was hast du für Ideen? Ich kann doch jetzt nicht weg, ich sitze auf glühenden Kohlen wegen des *Traktats*!«

»Du sitzt auf glühenden Kohlen, das hast du schon dein ganzes Leben gemacht! Und meinen Arsch setzt du auch mit drauf! Ich muss mir deinen syphilitischen Pascha anhören, wie er Zeug faselt, das du lieber nicht hören solltest, und dann sagst du es den anderen weiter, damit sie auch abgehört und gefilmt werden, ja?! Was soll ich in Snagov? Mir den Blutdruck mit Queen Anne hochjagen, damit er sich nicht alleine besaufen muss? Er schüttet das Zeug in sich rein, als wär er ein Fass ohne Boden, und das, seit seine verhurte Frau und seine Tochter, noch so eine Krätze, ihn einfach links liegen lassen.«

Aus dem Bad hört man die Spülung und Eleonoras besänftigende Stimme.

»Er hat halt niemanden zum Reden, er braucht einfach mal jemanden.«

»Und wennschon, müssen wir dann die Suppe mit auslöffeln? Was hat er denn so Tolles gemacht? Dich auf Posten hochgejubelt, auf denen du gar nichts zu suchen hast? Du warst nie das Heimchen am Herd, aber was er aus dir gemacht hat, so nun auch wieder nicht! Dass ich dann morgen erklären muss, was wir für eine Beziehung zu ihm haben, oder ich sage ihnen halt, er ist alt geworden, ich schlag Alarm!«

»Auf keinen Fall!«

Eleonora wirft verärgert den Wattebausch mit Grundierung und Gesichtswasser von Revlon in den kleinen Abfalleimer unter dem Waschbecken und gießt den schäumenden Badezusatz von Chanel in die Wanne, der arme Paşenka hat sie bei seinen Auslandsdienstreisen nie vergessen. Bei der letzten hat er ihr Magie Noire mitgebracht, dieses Parfüm passt zu einer *femme accomplie* wie dir, hat er gesagt und durch die naturseidene Bluse an ihrer Brustwarze gezupft.

»Auf keinen Fall gehst du los und verpfeifst ihn! Hast du gehört, Nelu? Wenn du gefragt wirst, und das wirst du, dann hat er nichts von Interesse gesagt, er hat sich über seine Frau beklagt, über seine Einsamkeit, was, willst du mir wirklich den Ast unterm Hintern wegsägen?«

»Den Ast zwischen deinen Beinen! Den Ast zwischen deinen gespreizten Beinen! Soll ich mich nass machen wegen deinem Stall voller Liebhaber, du ekelhaftes Weibsstück! Wenigstens jetzt solltest du dich langsam mal beruhigen, wenn mir nämlich noch irgendwas zu Ohren kommt, dann weißt du, was dich erwartet! Der heilige Gürtel!«

*

Das hätte ihm gefallen, den Gürtel wieder herauszuholen, sie sich übers Knie zu legen, ihr den Rock hochzuheben, ihr die Unterhose runterzuziehen und ihn ihr wie früher, wenn er sie bei frischer Tat ertappt hatte, über die runden und festen Hinterbacken zu ziehen, während sie schrie und ihm in der Unterhose herumwühlte und ihn anbettelte: »Nicht mehr hauen, Nelu, nicht mehr hauen, ich mach das nie wieder, ich schwöre auf was du willst!«

Auf deine Möse sollst du schwören, auf deine Möse, die nicht satt wird, ich mach dir den Hintern rot wie bei den Affen, da will ich mal sehen, wie du morgen auf dem Stuhl sitzt, wenn mein Schwanz dir nicht reicht!

Aber er hatte sie nach ein paar Gürtelschlägen losgelassen, danach hatte sie eine heiße und saftige Muschi und nicht mal mit den größten Huren von Bukarest hätte er getan, was er mit ihr tat, nur um ihr zu verzeihen! Danach wäre sie wirklich schlimm dran gewesen, wenn sie losgezogen wäre, um sich beim Kader zu beschweren, dass er die proletarische Moral übertreten hätte! Aber machte nicht auch er sich lächerlich? Er schluckte, ließ locker und tat gut daran, denn so eine gute Hausfrau und dann noch gut im Bett, so eine wie Norica fand man nicht an jeder Straßenecke, und die Leute redeten eben, das würde immer so sein. Tja, jetzt wurden sie zusammen alt und es ging ihnen wirklich nicht schlecht! Und seit Langem ist der Gürtel nur noch eins dieser Worte, die ihm dabei helfen, einen hochzukriegen, wie jetzt, als er ruft, sie soll mal schnell aus dem Bad kommen, aber mit diesem syphilitischen Paşenka muss das aufhören, hast du gehört, Norica? Dieser arme Wichser! Was machst du denn, verdammt noch mal, kommst du endlich?!

»Der arme Paşenka!«, seufzt Eleonora träumerisch und zieht die transparente *peignoir* über ihre zelluliteweichen Rundungen.

*

Letitia hat sich auf einen Ellenbogen gestützt und versucht, seinen Blick zu erhaschen, sie will sehen, in welcher Laune er ist: »An was denkst du?«

Sorin tastet neben dem Bett nach dem Glas mit albanischem Wein.

»Ich habe an die Sitzung gedacht, bei der angekündigt wurde, dass das *Traktat* bald herauskommen wird. So eine Begeisterung! Als er geredet hat, hat Titus Eleonora angesehen, um zu gucken, ob sie ihm zustimmt, tja, die Zeiten ändern sich! Sie waren beide im siebten Himmel, vor allem, als sie verkündeten, dass sie wieder das Mandat als Interims-Direktorin bekommen hat, wegen Lucaci natürlich. Lety, kennst du Paul Lucaci? In den Fünfzigern, als er den Verlag und die Buchhandlung von Cartea Rusă leitete, schrieb er seinen Namen russisch, Pavel Lukatsch! Eleonora nennt ihn immer noch den Elefanten Paşenka! Er ist ein großer Strippenzieher gewesen!«

Letitias Augen wandern umher, durch die Fensterscheibe, über den seidigen Himmel, der grünlich-rosa gefärbt ist, der sich abendlich verschattet. Kurz vor der Dämmerung, im Moment ihres größten Triumphes blenden die Strahlen der Sonne, dann gleitet sie hinter die schwarzen, gekreuzten Linien der Tramleitungen wie eine riesige metallische Münze.

Letitia setzt sich im Schneidersitz auf, zündet sich eine Zigarette an und nimmt mit geschlossenen Augen den ersten Zug. An diese Sitzung hat sie andere Erinnerungen als Sorin.

Auch wenn wir die Luft desselben Zimmers atmen, sehen wir etwas anderes als die, die bei uns sind. Und eine Vergangenheit gibt es nicht, sondern nur das Pulsieren des Verstandes, der in hoher Geschwindigkeit immer farblosere, blasser werdende Bilder auf den inneren Bildschirm projiziert: Wenn man sie ganz aufmerksam betrachtet, verschwinden sie wie Rauch.

»Wenn unser *Traktat* ohne Bewilligung zurückkommt, dann landet Eleonora am Galgen! Und es könnte sein, dass auch Titus nicht weich fallen wird! Sie sind das *Traktat* gemeinsam durchgegangen, und sie hat ihn immer gefragt: ›Sollen wir das rauskürzen, lieber Titus? Was schlägst du vor, Genosse Marga?‹ Hut ab, was für eine Diplomatin sie gewesen ist, vor allem, weil sie ihre vertrackte Beziehung mitgedacht hat! Du hättest das Gesicht von Titus sehen sollen, als ihm Eleonora die heilige Schlussformel vorgelesen hat: *Wir übernehmen die ideologische Verantwortung für* und dann bat sie ihn, neben ihr zu unterschreiben! So haben sie das *Traktat* zu den Foren geschickt: redigiert und gezeichnet von ihnen beiden.

*

Sorin kehrte mit den Fingern die Brotkrümel auf dem Tisch zusammen.

»Aber ich bin pessimistisch, weil das Problem ein ganz anderes ist! Der Text über den Genossen ist in der aktuellen Version dreimal länger als in der vom letzten Jahr. Aber der Appetit des Genossen wächst, je mehr er gelobt wird, und ich fürchte, es wird nicht reichen! Vor sechs oder sieben Jahren reichte es, wenn Artikel ein Schlusszitat aus einer Rede von Ihm enthielten! Jetzt braucht man dafür noch drei dazu! Hast du noch nie aus den Reden des Genossen zitiert? Alle Ehre, aber dann jammer nicht, dass du nicht gut angesehen bist! Das ist die Welt, in der wir leben, seien wir ehrlich! Die Welt, in der sogar solche wie du leben, an eurer Stelle schreiben andere, was geschrieben werden muss! Du schreibst, was dir in den Kopf kommt, und beweist, dass es keine Zensur gibt, andere schreiben Lobeshymnen, damit der Verlag seinen Obolus zahlen kann! Aber wie lange glaubst du, wird das noch so gehen?«

Am Anfang hatte er sich einen Spaß daraus gemacht, Vorhersagen zu treffen. Dann hatte er angefangen, stolz darauf zu sein, wenn er sah, dass sie sich erfüllten. Aber sie nährten seine Panik; er hat keine Macht über zukünftige Ereignisse und niemand beachtet ihn, als hätte ein allmächtiger Gott ihm in den Mund gespuckt. Wenn Letitia ihm aufmerksam zuhören würde, würde sie sehen, dass von seiner Sicherheit, mit der er früher seine Prognosen abgegeben hat, nicht mehr viel übriggeblieben ist.

Aber Letitia hat ihre Zigarette angezündet und schweigt. Sorin streckt die Hand aus, nimmt sie ihr aus dem Mund und zieht ein paar Mal daran. Nachdem die Sonne hinter den Horizont gesunken ist, fällt draußen der nachmittägliche Schatten auf den noch roten Himmel.

»Ich sage dir, wir werden große Probleme mit Elena Ceaușescu haben, ja, ja, zieh jetzt keine Grimasse! Nach ihrem Besuch in Argentinien, wo sie die Popularität von Evita Perón gesehen hat, ist ihr das zu Kopf gestiegen! Evita Perón ist jetzt ihr Vorbild! Wenn eine ehemalige Ballerina es geschafft hat, eine Partei zu haben, warum kann dann die Genossin nicht die Kader der Partei leiten? Oder Akademikerin sein und Vize-Premierministerin, was soll's, dass sie kaum schreiben kann?! Lach nicht, du lachst nur über dich selber! Über uns! Im Moment ist das Verhältnis der Lobeshymnen 70 Prozent für Ihn und 30 Prozent für Sie. Aber ich prophezeie dir, dass sie bald auf Gleichstand kommen werden und dass sie die Zügel in der Hand haben wird!«

Letitia unterdrückt ein katzenhaftes Gähnen und sagt spitz:

»Soll das *Traktat* doch ohne Bewilligung zurückkommen! Wäre das das erste Mal?! Das ist doch schon mal passiert!«

Sorin wendet ihr seine gefurchte Stirn zu.

»Wenn es ohne Bewilligung zurückkommt?! Wie, es wäre nicht das erste Mal?! Es ist schon mal passiert, aber Eleonora hat jedes Mal eine ziemliche Abreibung von den Foren kassiert und jemand da oben hat ihr den schwarzen Peter zugeschoben! Es hätte sie noch schlimmer getroffen, wenn Lucaci sie nicht jedes Mal aus der Scheiße geholt hätte, entschuldige meine Vulgarität! Aber jetzt hat Eleonora eine ganze Sammlung schwarzer Peter und Lucaci wankt!«

*

Vor Sorins innerem Auge, das ins Leere sieht, wiegt sich der dicke Rücken von Paul Lucaci in seinem ewig knittrigen Hemd. Der Kragen mit dem Pierre-Cardin-Etikett bedeckt ein riesiges Lipom an seinem Hals, ein echter Buckel.

»Vergesst nicht, *liebe Ghenossen und Freunthe*, was man schlachtet, das pfeift man nicht ran!«, hatte er beim Gehen gerufen, als er das letzte Mal von Eleonora zum Direktionskomitee geladen worden war.

Und seine durch die geschwollenen Lider verengten Augen streiften die verwirrten Gesichter um den Beratungstisch, während seine Hand auf der Klinke verharrte, die mit schweren Bronzeornamenten verziert war und den kommunistischen Prunk Moskaus imitierte. Das ferne Vorbild des *Gebäudes*, einer der Kopien, die in den 1950er Jahren in jeder Hauptstadt der Satellitenstaaten errichtet worden waren.

Ein rotes Signal leuchtete in den Köpfen von Eleonoras Höflingen auf. Warum ahmte Lucaci den Genossen mit seinem allseits bekannten *Liebe Ghenossen und Feunthe* nach, wo doch automatisch alles von den Jungs aus der letzten Etage des *Gebäudes* aufgezeichnet wurde? Aber nach kurzem Zögern antworteten Titus' Grinsen, Dorinas gesundes Lachen, das olympische Lächeln Eleonoras und das wenig überzeugte Wiehern Sorins auf das brüllende Lachen des Elefanten, das sich zusammen mit seinem schwerfälligen Humpeln und schweren Schnaufen auf dem mit grünem Teppich ausgelegten Flur verlor.

»Der Elefant hat so richtig die Nase voll, und wenn das rauskommt …«, knurrte Titus, als nichts mehr zu hören war.

Kein Muskel zuckte auf Eleonoras erstarrtem Gesicht. Vielleicht fasste sie die an ihren Beschützer gerichtete Drohung als verspätetes Zeichen von Eifersucht auf, weil sie sich an den Titus-von-früher erinnerte, der anfing zu rasen und wütend herumschrie und mit irgendeiner Akte sinnlos in der Luft herumwedelte, wenn Paul Lucaci stundenlang in ihrem Büro gewesen war, das von den frechen Anfängern *Boudoir* genannt wurde.

*

»Er hat zu spät erfahren, dass seine Frau und seine Tochter nicht mehr aus New York zurückkommen, was schon genug über seine Familienverhältnisse verrät!«, sagt Sorin mitleidig, »und er hat verstanden, dass es diesmal auf Messers Schneide steht! Er hat auf einen Tritt in den Hintern gewartet und da hat er vielleicht gedacht, er wollte lieber ehrenhaft abtreten und fing an, es würden schwere Zeiten kommen oder Armut! Die von Freies Europa haben reihenweise Sendungen über ihn gemacht, haben Lobeshymnen gesungen, was für einen kultivierten und in der letzten Zeit richtig mutigen Typen die Kulturverwaltung da verlieren würde! Denn Paul Lucaci hat damals in den Fünfzigern, als er sich Pavel Lukatsch nannte, auch seine Sünden auf sich geladen, aber in der letzten Zeit ist er gläubig geworden, hat sich der Idee von der Kulturrevolution widersetzt und natürlich hat der Genosse ihn abserviert! Das war die letzte Kugel in seiner Waffe, er hat geglaubt, der Skandal auf Radio Freies Europa würde ihn retten, aber es hat ihn den Kopf gekostet! So verliert Rumänien einen Bewunderer Churchills, auch wenn Pavel Lukatsch auch ein Verfechter von Schdanow gewesen ist. An der Seite Moskaus und an der Seite Londons! Das eine ist das Reden, das andere das Rauchen, wie er immer gesagt hat!«

*

Die alten Bekannten des Elefanten rufen ihn mit der russischen Verniedlichungsform Paşenka, die neuen Freunde nennen ihn Paul Lucaci, mit diesem Namen unterzeichnet er die Artikel über marxistische Philosophie, die den Reden des Genossen angepasst sind. Viele sind sich sicher, es wäre ihm zu verdanken, dass in der letzten Zeit überall heimlich von der Aufteilung Nachkriegseuropas in Einflussgebiete geflüstert wird. Lucaci hätte den Genossen dazu gebracht, den Russen auf diese Weise zu schmeicheln, die ihn eigentlich austauschen wollen, und das Getuschel im Land zu diesem Thema lässt die Unzufriedenheit heraus wie einen Furz, der den Druck in den vollen Därmen absenkt. Also hat der Genosse eines Tages gut beraten in Anwesenheit des Politbüros ausgerufen und sich dabei heldenhaft bemüht, jedes Wort zu betonen:

»*Lassst uns nicht vergesssen, liiiiebe Ghenossen und Fffrreunnnthe, was in Jaaalta passsiert issst!*«*

»Das heißt, von jetzt an kann über dieses Thema gesprochen werden, aber nur von offiziellen Ideologen«, erklärt Sorin.

Wie soll Letitita diese Legenden vom politischen Olymp nachprüfen, die da von ihrem Geliebten weitergegeben werden, einem geborenen Diplomaten, der aber wegen seiner Akte nicht ins Außenministerium kommt?

Sie hört ihm zu, die Mundwinkel weisen ungläubig abwärts.

* Bei der Konferenz von Jalta im Februar 1945 wurde für Rumänien der Einfluss der Sowjetunion auf 90 Prozent festgelegt. Ceauşescu vertrat eigentlich eine Politik der Unabhängigkeit von der Sowjetunion, er verurteilte u. a. den Einmarsch der Sowjets in der Tschechoslowakei.

»Dieser Lucaci scheint mir ein doppeltes Spiel zu spielen ...«

»Auch wenn er ein doppeltes Spiel spielt, er hat verbotene Bücher und Theateraufführungen gerettet! Vielleicht wollte er seine Fehler wiedergutmachen oder er hat sich der neuen Linie angepasst! Aber wenn es mit ihm zu Ende ist, dann wird auch Eleonora fliegen! Und dann wirst du sehen, wie vielen das leidtun wird! Allen voran uns!«

»Uns? Mir auf keinen Fall!«

*

Wenn sie das Pech hat, der Direktorin auf dem Flur zu begegnen, duckt sich Letitia, obwohl der Blick der anderen abwesend über sie hinweggleitet. Eleonora ist nicht mehr dieselbe wie zu Zeiten ihrer Liebe mit Titus Marga, der füllige Körper hält nicht mehr Schritt mit der Mode, die Hose dehnt sich über dem runden Bauch und knittert schnell an den Schenkeln, die wie der Hintern anfangen zu hängen. Aber sie spielt für die Augen aller noch immer das Spiel von harter Arbeit, Zeilen, Spalten und Berichten, Jahresanfangs- und Jahresendsitzungen, Bilanzen und Treffen, eiligen Telefonaten, Anweisungen auf Parteilinie, alten Gesichtern und neuen Gesichtern, ein fortdauerndes Rauschen, das die Lebendigkeit ihrer auf dem Abstieg befindlichen Weiblichkeit nährt. In den abweisenden Augen unter den immer dünneren Augenbrauen, sie muss immer öfter die weißen Härchen zupfen, leuchtet noch immer gnadenlos der Scheinwerfer der Autorität.

Eine Dressurdame unter Männerbestien: Sobald ihre Kräfte endgültig nachlassen werden, wird ihr der mutigste von ihnen an die Kehle gehen und nach ihm dann die ganze Meute.

Eleonora, na schön, aber was wirst du ohne sie machen, du Getreuer unter Getreuen?, würde Letitia gerne ausrufen. Sorins Faible für Politik ist nicht nur ein Hobby, wie er ihr irgendwann mal zugeflüstert hat, während er fiebrig den Reißverschluss ihrer Jeans aufzog. Sorins Leben, das so unerreichbar und befremdlich im offiziellen Anzug stattfindet, mit dem er sich verkleidet, um die Färbung des Präsidiums anzunehmen, findet dort zwischen Eleonora, Titus und Dorina statt, nicht hier mit ihr in den für ein paar Stunden reservierten Wohnungen, denkt sie, aber verjagt den unangenehmen Gedanken gleich wieder.

*

»Es soll uns leidtun? Mir auf jeden Fall nicht!«, wiederholt sie und schreitet kriegerisch und nackt Richtung Bad.

Sorins Bewunderung für diese ekelhafte Omi ärgert sie. Das einzige Mal, dass sie sie von Nahem gesehen hat, stand sie in einer Gruppe ihrer Hofschranzen. Sie hörten der Chefin respektvoll zu, während sie die Hintern der Mitarbeiterinnen kommentierte, die an ihnen vorbeiliefen, aber was hatte sie dort gesucht? Wahrscheinlich war Letitia deshalb mit offenem Mund stehen geblieben, als sie sich der Männergruppe um Eleonora genähert hatte, weil sie auch Sorin unter ihnen entdeckt hatte.

»Dir nicht!«, brummelt er aufgebracht, »dir, der Reinheit in Person, dir wird es nicht leidtun, wenn ein stalinistisches Chamäleon, das im Leben sowohl Gutes als auch Schlechtes getan hat, dahin geschickt wird, wo der Pfeffer wächst! Aber kriegst du es nicht in deinen schlauen Kopf, dass wir zusammen mit Eleonora im Schlamassel landen werden? Dir ist nicht einmal bewusst, wie schlimm es ist, dass unser *Traktat* seit Monaten zwischen den beiden Foren hin- und herwandert! Das bedeutet, dass niemand, wirklich niemand den Mut hat, uns die Einwilligung zur Veröffentlichung zu geben! Und das *Traktat* ist nur ein Beispiel: Auf anderen Gebieten, die wirklich wichtig sind, die Industrie, das Gesundheitssystem, da trifft keiner mehr eine Entscheidung, um dann später nicht mit seinem Kopf herhalten zu müssen, denn der Genosse will alles kontrollieren! Wir leben in einem gelähmten Land!«

Er hat gesagt, was er auf dem Herzen hat, jetzt kann er das Fenster öffnen. Eilig stellt er die Gläser und Teller auf dem Tisch zusammen.

»Aber du schwebst über all diesen Dingen, du erlaubst es dir, über allem zu schweben! Du hast nicht mal gesehen, dass du die brennende Zigarette im Aschenbecher vergessen hast und den Aschenbecher im Bett!«

*

Das ist die Art spöttischer Bemerkung, die auch Petru ihr gegenüber macht, aber für Sorin hat ihre Achtlosigkeit bis vor Kurzem einen Teil ihres Zaubers ausgemacht. Hat sich ihre Beziehung derartig verändert? Ohne zu blinzeln richtet Letitia ihren Blick in den Spiegel. Ihre Hand zittert nicht, während sie sich mit dem blauen *Eyeliner* die Augenumrisse an den Wimpernwurzeln nachzeichnet, nach den unteren kommen jetzt die oberen.

»Dich hat das Gespräch gelangweilt, was?«, fährt Sorin genauso scharf fort, »tja, das sollte es besser nicht, dein Schicksal steht genauso auf dem Spiel. Wenn das *Traktat* ohne Bewilligung zurückkommt, wird es eingestampft! Und dann kommen die Sanktionen, was denkst du denn? Was habt ihr gemacht, Genossen, ihr habt jahrelang Staatsgelder verprasst, und wofür?! Die Hälfte von euch bleibt und die wird dann das Kapitel über den Genossen und die Genossin zehn Mal länger konzipieren!«

*

Sorin öffnet die Hand, in der er die grün-blauen schmetterlingsförmigen Ohrringe hält, die Petru Letitia vor Jahren aus China mitgebracht hat, und er reicht sie ihr versöhnlich lächelnd. Er besteht immer darauf, sie herauszunehmen, bevor sie ins Bett kommt, und er legt sie selbst auf die Kommode. Und jedes Mal, wenn er sie auf den Hals küsst, ihr ins Ohrläppchen beißt, an ihrem Verschluss fingert, dann überkommt Letitia eine Welle von Vertrauen und Entzücken: Welcher Geliebte würde so auf das Geschenk von einem anderen Mann achten?

Wir geben die Energie einer verflossenen Zeitspanne, mit der wir uns aufladen, blitzartig an die Gegenstände ab, die wir berühren. Während Sorin sich anstrengt, die Silbernadel des Ohrringverschlusses in das Ohrläppchen zu stecken, durchlebt Letitia noch einmal die Nachmittage im Büro, als sie dort alleine war und er um sie herumschlich.

Sie ahnt nicht, dass eine Zeit kommen wird, in der sie in Sorins Sorge um ihre chinesischen Schmuckstücke vor allem Vorsicht erkennen wird: Nicht dass die blauen Ohrringe, die auf der Glasablage im Bad vergessen wurden oder zwischen den Laken liegen geblieben sind, seinem Freund Florinel die Identität seiner Zimmergenossin verraten. Oder es ist nur aus Eile, er will sie möglichst bald gehen sehen, damit der Eigentümer der Wohnung sie nicht trifft, falls er früher zurückkommt.

Die fremde Frau, die nach so vielen Jahren nichts als den Namen von der heutigen Letitia behalten wird, wird zögern, wenn sie sich die frühere Aufmerksamkeit Sorins für ihren Armreifen und die grün-blauen Ohrringe erklären will, die inzwischen nur noch armseliges Blechzeug sind. Und ihr Zögern wird auf sein Gesicht mal Schatten, mal Licht werfen, so wie wechselhaftes Wetter nacheinander eine weiße Wand mal beleuchtet, mal verschattet.

FÜNFTER TEIL

# Der längste Tag

*Ich war zu einer schrecklichen Terra Incognita gelangt, zu neuen und ungeahnten Qualen. Und doch hatte ich die Sintflut der Wirklichkeit, die mich jetzt verschlang, riesig im Vergleich zu meinen nichtigen und schüchternen Zweifeln, dank ihrer vorausgeahnt. Nur die fehlende Vorstellungskraft schützt uns vor der vollkommenen Qual. Und die schreckliche Wirklichkeit bringt uns zugleich mit dem Leid auch wahre Freude, wenn wir auf klare und neue Weise all das entdecken, was wir so lange Zeit im Geiste wälzten.*

Marcel Proust, *Auf der Suche nach der verlorenen Zeit*, »Sodom und Ghomorra«, Kapitel IV

Kapitel 21

# Depressionen

»Warum bringen Sie sie erst jetzt zu mir, wo ich nichts mehr tun kann?«, empörte sich der Arzt und schob verächtlich den Umschlag mit Geld von sich.

Letitia hatte weiche Knie bekommen und lehnte sich an die Wand. Sowohl sie als auch ihr Vater hatten den Blick gesenkt wie Angeklagte im Gerichtssaal. Der Gott der sterblichen Körper hatte sein Urteil gefällt: Auf sie wartete die Hölle des schlechten Gewissens wegen unterlassener Hilfeleistung für eine in Todesgefahr befindliche Person.

»Hätte man noch etwas tun können, wenn sie früher gekommen wäre?«, stotterte sie.

Sie versuchte, die Schuld auf den zu schieben, der ihre Mutter in der Jugend verlassen hatte, der zu ihr kam, als er kein Obdach mehr hatte, mit ihr unter einem Dach lebte und nicht merkte, dass sie dem Tod nahe war, obwohl er irgendwann in Paris das Medizindiplom gemacht hatte. Zuletzt war er im Gefängnis Arzt gewesen. Dein Vater hat diesen armen Menschen geholfen, die geschlagen worden sind und die man sterben ließ, hatte ihre Mutter vor Kurzem bei einem ihrer ungelenken Versuche, der Tochter den Vater näherzubringen, geflüstert. Aber als er dann frei war, hat er es nach so einer langen Pause nicht mehr gewagt, als Mediziner zu praktizieren.

Der Arzt hatte keine Zeit mit ausgedachten Szenarien zu verlieren:

»Früher wäre früher gewesen! Aber die Medizin ist eine

Wissenschaft und tut keine Wunder!«, donnerte er und seine Mundwinkel hingen in dem fleischigen großen Gesicht herab.

Er erhob sich und sein Körper erschien noch größer und massiger in dem unbefleckten weißen Kittel, und er gab ihnen zu verstehen, dass er seine Pflicht getan hatte: Sie sollten jetzt mit ihrem Geld und ihrer Schuld wieder gehen, er hatte keine Lust mehr, sie zu sehen.

»Sein Ruf als Chirurg wird nur noch von dem als Weiberheld übertroffen und er operiert nur gegen hohe Summen. Wir hätten es nicht geschafft, zu ihm reinzukommen, wenn uns die Rettungssanitäterin nicht geholfen hätte. Die war eine große Hilfe in der Nacht, als deine Mutter den Anfall hatte.«

Mit der Entschuldigung, er müsste schnell zur Arbeit, lief ihr Vater zum Ausgang des Krankenhauses, sein Gesicht war wie immer reglos und der Gang rhythmisch. Ein Jahr später würde sich Letitia an diesen Kommentar erinnern, der ihr im ersten Moment etwas deplatziert vorgekommen war: Er schien weniger mit Mutters Krankheit beschäftigt als damit, die Rettungssanitäterin zu loben.

*

Sie blieb bis spätabends im Krankenhaus. Als sie mit dem Mantel über den Schultern, zitternd vor Kälte nicht mehr länger im Krankenzimmer bleiben konnte, ging sie hinaus und wanderte durch die Flure. Der wachhabende Arzt ging von einem Zimmer zum anderen, die Studenten im Praktischen Jahr hinter ihm her, und diktierte ihnen die Einträge für die Krankenkartei. Die Schwestern eilten zu ihren Einläufen und abendlichen Spritzen. In blauen oder rostroten Morgenmänteln mit Punkten, die ihnen bis zu den Knöcheln reichten, schlurften die Patientinnen mit ihren Plastiklatschen herum, stützten sich mit den Händen an den Wänden ab, gingen zum Bad. Es roch nach Chloramin und nassem Papier, nach zerfressenem, schwarz angelaufenem Waschbecken. Auf dem Gang der Männer dann die gestreiften Schlafanzüge und dieselben schlurfenden Schritte. Je zwei saßen auf einem Stuhl mit brennenden Zigaretten. Ein alter Mann mit wächsernem Gesicht hüpfte auf zwei Krücken gestützt und zog seinen bis zu den Zehen mit Mull verbundenen Fuß nach, der in einer Plastiktüte steckte.

Letitia ging zu einem offenen Fenster und sog gierig die feuchte, neblige Luft ein. Was hätte sie darum gegeben, in die fremden Leben im Hof hineinzuschlüpfen, in den sie vom Fenster aus hinuntersah, dort jagten sich ein Junge und zwei Mädchen in Mänteln und bis über die offenen Münder gezogenen Schals! Oder dass sie wenigstens am geöffneten Fenster bleiben könnte, an der Luft mit dem Geruch nach Staub und Rauch draußen, dass sie nicht mehr in das Krankenzimmer gehen müsste, wo die erschrockenen Kinderaugen ihrer Mutter an die Decke starrten. Nein, dass sie nicht mehr in das Zimmer müsste, in dem ihre Mutter lag, und aus den Nachbarbetten sahen die Frauen herüber, die sich genau wie sie immer noch wunderten, dass sie hier drin aufgewacht waren. Fast alle waren wie sie alt geworden, ohne dass sie jemals in einem Krankenhaus gewesen waren. Benommen von den Schmerzen, im Gesicht die Angst vor ihrem Leiden, hatten sie sich schon am ersten Tag ihr Leben erzählt und hatten alle bei der unerwarteten Krankheit angefangen.

*

Wochenlang bewegte sich Letitia wie ein Automat und zitterte. Sie erlebte noch einmal wie bei Onkel Ions Tod das entsetzte Erstaunen darüber, dass all das ihr passierte. Sie saß auf dem Bett am Kopfende ihrer Mutter, die plötzlich ihre

Tochter wiedererkannte, wenn die Schmerzen nachließen, und wenn er da war, auch Victor, den Mann ihres Lebens. Sie versuchte sogar manchmal, etwas zu sagen, einen Ratschlag, eine Entschuldigung, dass sie hier ihre Zeit mit ihr vergeudeten. Wenn sie nicht da waren, sah sie in die unwirsche Februarluft hinaus, die von der gelben Gardine gerahmt wurde, sah auf die weißen Metallbetten, in denen ihre Zimmergenossinnen nicht müde wurden, mit ihren Blicken Mitleid und Neugier zu signalisieren. Wenn die Schmerzen stärker wurden, stöhnte sie leise, ihre Augen weiteten sich, sie krümmte sich und suchte erfolglos nach einer anderen Liegeposition, sie biss die Zähne zusammen, feuchte kleine Tropfen erschienen auf ihrer Oberlippe, auf der Stirn, sie warf den Kopf mit den vom Kissen verfilzten Haaren hin und her. Erst jetzt, seit sie sie nicht mehr färben konnte, sah Letitia, wie grau sie geworden war. Sie war eine alte Frau und alterte immer schneller.

Wenn sie es nicht mehr aushielt, sie leiden zu sehen, floh Letitia, war verzweifelt, suchte nach der Oberschwester, nach dem Arzt, nach Schmerzmitteln, ging durch das Krankenhaus, das ihr ein lächerlich häusliches Erscheinungsbild entgegenhielt; die Geräusche des pflichtbewussten Spülens von Tassen, zwei Jungen auf einem Stuhl, die auf den Einlauf für die Operation morgen warteten. Eine alte Frau, die gebeugt herumspazierte, aus dem am Hals geöffneten Nachthemd lugte ein dünner Schlauch, der zu einem Glas mit schwarzer Flüssigkeit führte, das sie in der Hand hielt, das ist das Gift, das nach der Operation rausfließen muss, erklärte sie Letitia, die sie mit leeren Augen ansah.

»Die Oberschwester«, nuschelte Letitia bei jedem, »haben Sie die Oberschwester gesehen? Den Arzt!«

Sie öffnete und schloss Türen, hörte ihre lauten Herzschläge bis zu den Schläfen, manchmal unterbrach ein Sirren die Stille. Dann klingelte ein Kranker nach der Operation und wand sich vor Schmerzen in seinem Bett, so wie ihre Mutter. Schließlich fand sie den jungen diensthabenden Arzt, der entspannt ins Telefon redete. Seine fröhliche Stimme, mit der er etwas Langwieriges über ein Wochenende mit dem Auto in den Bergen erzählte, und sie auf dem Flur, wie sie an die Wand schlug, an die Tür, bis sie endlich seinen aufgestörten Blick erhaschte, ich komme schon, sagte er und erhob sich träge.

*

Nein, sie brauchte Petrus Mitleid nicht, der sich all die Jahre nie die Zeit genommen hatte, seine Schwiegereltern zu besuchen. Jetzt fürchtete sich Letitia vor der Nacht, vor der kühlen Dunkelheit des Zimmers, nahm Diazepam, Distonocalm, Extraveral, sie ließ ihren schwerfälligen Körper in seine Arme sinken, der wie immer auf seinen Körper reagierte wie ein mechanisches Spielzeug und unfehlbar zum Orgasmus gelangte. Aber wenn er ihr den Rücken zuwandte und die Nachttischlampe ausknipste, rollte sie sich auf die Seite und zog die Knie an, so wie damals im Bauch ihrer Mutter. Und dann sah sie den Körper ihrer Mutter wieder auf dem Tisch liegen, das ungesunde Gelb des reglosen Gesichts und am Handgelenk die Apparate, deren Zeiger sich bewegten, die unter der Haut eingesteckten Nadeln, die Behälter wie für Joghurt, in denen farblos das Betäubungsmittel gluckerte. Die Mutter, die noch atmete, oh Gott. Und dann, unerträglich zu sehen, zu denken, Mutters Gesicht verkleinert und kühl, wie es nach Formol riecht und mit Blumen bedeckt ist.

Monatelang wird Letitia noch vor Mitleid aufwachen und von Entsetzen geschüttelt, dass ihre Mutter nirgends mehr ist. Dass sie sie nicht mehr hat, wenn sie sie braucht, dass sie ihr nicht mehr widerspricht, dass sie nicht mehr weiß, sie ist irgendwo lebendig, was bedeutet da ihr eigenes Leben noch? Die Welt war zu einem riesigen und kalten Loch geworden, in dem sie losgelöst schwebte. Das Loch nahm das Aussehen der Wohnung an, durch die sie sich ohne Sinn und Zweck bewegte, sie blätterte in ihrem Adressbuch, suchte nach etwas, was sie an ihr früheres Leben binden würde. Tagsüber lief sie durch die Stadt, gierig nach Luft, aber sie wurde schnell müde und bald konnte sie kaum noch einen Fuß vor den anderen setzen.

Im *Gebäude* wich sie Sorin aus, sie ging aus dem Büro, wenn er kam und mit einem mitleidigen Blick nach ihr sah, der sie aus der Haut fahren ließ. Sie konnte ihm nicht verzeihen, dass er sie in diesen schweren Wochen im Stich gelassen hatte, und auch die achtlose Eile der letzten Zeit nicht. Er war nichts anderes mehr als noch ein weiterer Schmerz, der auf sie wartete.

*

Sie schwieg verwirrt, als sie seine Stimme am Hörer erkannte. Sie stellte sich seine große Gestalt vor, die vor Nervosität zerkauten Fingernägel, die durchsichtig blauen Augen, den starren, reservierten Blick.

Aber sein Blick war nicht reserviert, als er sie festhielt und heiser mit ihr sprach; sie strahlte, tränennass, ich habe die ganze Zeit an dich gedacht, aber ich wusste nicht, was ich tun sollte, die ganze Zeit mache ich alles falsch, ich will es gut machen und mache es falsch, seufzte er.

Sie löste sich aus seinen Armen und setzte sich auf den bequemen Sessel. Ziegelrote Fliesen im Flur, Farbfernseher, Anlage mit Boxen, handgeknüpfter Perserteppich, kleiner Tisch zwischen Sofa und Sesseln, blaue Fliesen bis oben an den Wänden im Bad, so sah die neue Wohnung von Florinel aus, über den sie, unfähig zusammenzuleben oder sich zu trennen, die ganzen Jahre über lachten! Und jetzt fingen sie, wieder bei ihm, noch einmal mit ihren Treffen von vorne an!

Bei der letzten Totenmesse für ihre Mutter hatte ihr Vater, nachdem alle Gäste gegangen waren, es vermieden, ihr in die Augen zu sehen, und angekündigt, er hätte beschlossen, ziemlich bald Floricica Moţ zu heiraten, die Rettungssanitäterin.

»Ich glaube, er hat mit ihr zusammengelebt, nachdem sie Mama ins Krankenhaus gebracht haben!«, beklagte sie sich bei Sorin.

*

Er machte das Päckchen Dobrogea-Käse auf, bereitete schnell ein Brot zu und führte es an ihren Mund. Letitia stieß ärgerlich seine Hand weg, komm, nimm wenigstens einen Bissen!, beharrte er sanft, wie man mit einem Kind redet, das geht nicht, dass du auf nüchternen Magen trinkst! Er hatte kurz vorher eine Flasche bulgarischen Wein aufgemacht, sein Glas war schon leer, ihres unangetastet.

»Aber was soll diese Eile mit dem Heiraten? Was sagt er dazu?«, fragte er. »Dein Vater! Er muss dir doch seine Entscheidung irgendwie erklärt haben!«

Sorin hatte sich auf die Sessellehne gesetzt, hatte eine Hand auf ihre Schulter gelegt und mit der anderen hielt er ihr das Weinglas hin. Die uneindeutige Farbe ihrer grünblauen Augen verdunkelte sich und breitete sich auf ihrem kleiner gewordenen Gesicht aus.

»Das kann man überhaupt nicht erklären!«, stammelte Letitia mit vollem Mund, »oder vielleicht ja, die ganze Zeit hat er sie gelobt, weil sie ihm geholfen hätte! Sie wäre eine arme gute Seele und die Einzige, die sich für unsere Familie eingesetzt hätte, bla bla, irgendwie so was! Sie hat für Mama auch die Totenmessen ausgerichtet!«, grinst Letitia und ihre Augen füllen sich mit Tränen. »Dass er depressiv war und sie vorbeikam, um nach dem Haushalt zu sehen, dass sie auch bei Mama im Krankenhaus vorbeiging, wenn ich zurück zur Arbeit musste. Ich hätte mir meinen ganzen Urlaub nehmen und bei Mama bleiben sollen! Auch ich bin schuld, aber nicht so sehr wie er! Stell dir vor, Sorin, sie ist kaum begraben und schon geht Victor Branea, denn so werde ich ihn ab jetzt nennen, mit Gladiolen und seiner Braut zum Rathaus! Ein Bräutigam mit neuen Zähnen, er lässt sich fleißig seine Zähne machen ...«

»Jetzt bist du bösartig, Lety! Aber vielleicht kannst du in deiner Situation nicht anders«, Sorin wollte sie schnell entschuldigen. »Dein Vater wird im Gefängnis seine Zähne verloren haben, sie haben ihm den Kopf an die Wand geschlagen, sie haben ihm mit den Schlagstöcken ins Gesicht geschlagen, die kamen mit gebrochener Nase aus den Verhören, mit gebrochenen Zähnen, mit ausgelaufenen Augen! Er erzählt nichts, aber so etwas wird er erlebt haben! Und entschuldige, wenn ich brutal bin, deine Mutter wird auch nicht mehr lebendig, wenn er zahnlos rumläuft!«

»Aber Mama hat ja darauf bestanden, dass er seine Zähne machen lässt! Er hatte angefangen, dann hat er es sein lassen, aber jetzt, wenn man ihn anruft, dann hat er grade einen Zahnarzttermin! Bräutigam mit 58! Kommt dir das nicht peinlich vor, Sorin?!«

»Im Westen heiraten viele Männer in diesem Alter zum zweiten Mal und machen noch eine Riege Kinder, ohne dass sie wie dein Vater ihre Jugend im Gefängnis und im Hausarrest verbracht hätten! Vielleicht will er sein verlorenes Leben nachholen! Sicher, es ist schmerzhaft für dich, aber eigentlich, wem schadet's?«

Ohne dass Sorin ihn jemals getroffen hat, versteht er Victor Branea, diesen heruntergekommenen Bourgois mit seiner Gefängnisvergangenheit und der unausgelebten Sexualität, jetzt fühlt er sich angezogen von der Jugend einer einfachen Frau. Das andere soziale Umfeld, aus dem deine Partnerin kommt, kann sogar erregend sein, so wie es für Sorin die bäuerliche Welt zu sein beginnt, aus der Dorina kommt, sie ist so aufgeregt dankbar für jede seiner Gesten und versucht, darin eine Spur Zärtlichkeit zu entdecken.

Der einzige Trost, wenn du jemanden verloren hast und dich zusätzlich zum Abschiedsschmerz noch die Angst vor dem Tod plagt, ist es, *Liebe zu machen*, würde er Letitia gerne sagen. Aber sie hat einen starren Blick in ihren blutunterlaufenen Augen und ringt ununterbrochen ihre Hände. Sie leidet, denkt Sorin zänkisch, aber sie mag es auch, sich leiden zu sehen! Er streichelt sachte ihre Knie, was soll das ganze Gerede? Er will mit ihr ins Bett, will sie von ihren Gewissensbissen befreien, von der Wut und den dunklen Gedanken!

*

»Weißt du«, rät er ihr, »Victor Branea ist doch nicht nur dein Vater! Er ist ein Mann, auf den Einsamkeit und Alter warten. Willst du, dass er eisern bleibt, wenn er eine junge, attraktive Frau sieht, die ihm Beachtung schenkt?«

Letitia nimmt noch einen Schluck und stellt das Glas zurück auf den Tisch.

»Attraktiv? Du weißt ja nicht, wovon du redest! Floricia Moţ, die Rettungssanitäterin, ist so langweilig, wie man nur sein kann! Vom Äußeren her und überhaupt! Ich frage mich wirklich, was er mit ihr bereden könnte.«

Sorin wiegt den Kopf, Frauen haben keine Ahnung, was bei ihresgleichen attraktiv sein kann. Dorina hat ihn erst überhaupt nicht interessiert, jetzt nimmt er sie nur noch selten so wahr wie damals, natürlich ist sie keine Schönheitskönigin, aber die angeblich Hässlichen haben ihren ganz eigenen Charme, man muss ihn nur entdecken. Die Hässlichen sind dankbar!, lacht Herr Hariton immer, und bleckt sein blass gewordenes Zahnfleisch, die Idee, dass er selber hässlich ist, kommt ihm nicht in den Sinn, er erlaubt es sich einfach, Zuschreibungen zu machen und Klassifikationen aufzustellen, nur, weil er ein Mann ist, denkt der Feminist Sorin empört.

»Mama ist mit Päckchen zu Papa ins Gefängnis gegangen, sie hat das nicht verdient!«, Letitia besteht darauf. »Sie hat sich scheiden lassen, als er im Gefängnis war, na und? Biță hat ihr zur Scheidung geraten, aber sie hat sich erst dazu entschieden, nachdem sie uns aus dem Haus gejagt haben.«

Weil diejenigen, die die Hausdurchsuchung durchführten, ihre arme Mutter vergewaltigt haben, wie Biță einmal gemurmelt hatte? Letitia hat sich oft bemüht, sich daran zu erinnern, wie sie auf allen vieren unter den Tisch gekrochen war, als die Männer die Gegenstände im Haus durcheinanderwarfen. Ihre Mutter hatte geweint, war rot im Gesicht und hielt ihre zerrissene Bluse und ein weiches, senffarbenes Bettjäckchen über der Brust zusammen, aber die Erinnerung war wie vernebelt, war das wirklich ihre Erinnerung oder nur das, was sie Sorin einmal erzählt hatte? Und er hatte ihr zugehört und die ganze Zeit zur Seite gesehen und sie war nie wieder darauf zurückgekommen.

Letitias weinerliche Stimme wird plötzlich schrill.

»›Bis du gesund bist, kommt unser Auto und dann fahren wir damit nach Prag! Unsere zweiten Flitterwochen‹«, hat mein Vater im Krankenhaus zu ihr gesagt. Das ist doch eine Gemeinheit, einem Menschen, der nur noch ein paar qualvolle Wochen zu leben hat, solche Hoffnungen zu machen, oder?«

»Aber hättest du gewusst, was er sagen soll? In solchen Situationen kann man doch alles, was jemand sagt, anzweifeln!«

Sorins Blick wandert wieder heimlich zur Uhr, aber Letitia nimmt einen Schluck Wein und sagt aufgebracht:

»Ich habe dem neuen Chef vom Personaldienst sowieso versprochen, dass ich ihn nicht mehr treffe!«

»Wie, du hast ihm das versprochen? Er hat von dir verlangt, du sollst deinen Vater nicht mehr treffen?«, wundert sich Sorin.

*

Gallotschik war in Rente gegangen und alle aus ihrem Büro waren zu den *Kadern* bestellt worden, die jetzt *Personaldienst* hießen.

»Was sage ich, wenn sie mich nach Biţă fragen? Sag du mir, was ich dann sage!«, hatte sie Petru einen Abend vorher gebeten.

»Was soll ich sagen? Was soll ich sagen?«, äffte Petru sie nach, »ich habe eine Scheißfamilie, das sagst du! Du kannst nichts anderes tun, als *Nein* sagen! Und es ist ja wirklich so, was denn, hast du etwa gewusst, dass er bleiben wollte? Hat er dir ein Geschenk versprochen, tja, und da hast du es jetzt! Die Geschenke der Familie Branea! Noch ein schwarzes Loch in der Akte!«

An Gallotschiks Tisch saß jetzt Costică Rizea, sein ehemaliger Untergebener, ein altersloser Mann mit einem weinblattförmigen roten Fleck auf dem kahlen Schädel, der mit leicht angerauter Stimme dieselbe Art Fragen stellte, nur in einem korrekteren Rumänisch als sein Vorgänger.

»Glaubst du nicht, es wäre angebracht gewesen, uns auf dem Laufenden zu halten, was in deiner Familie vor sich geht? Außer dem Tod deiner Mutter war sonst nichts Wichtiges, sagst du, Genossin Arcan? Aber dein Onkel mütterlicherseits, Barbu Silişteanu, wann hast du den zuletzt gesehen? Und warum hast du dann nicht mitgeteilt, was er für Pläne hatte? Hat er dir nicht erzählt, wer ihm die Einladung geschickt hat? Der Familie auch nicht, deinem Vater, der Mutter, du hast nichts über diese Leute gehört? Hat es dich nicht gewundert, dass Barbu Silişteanu nicht bei der Beerdigung seiner Schwester anwesend war? Was seid ihr für eine Familie, wenn ihr euch nicht mal bei solchen Anlässen seht? Wieso ich frage?! Na, jetzt wird's ja doll! Erzähl mir nicht, du bist nicht in die Pläne deines Onkels eingeweiht gewesen! Mit dem Antrag auf politisches Asyl! Es wäre gut, wenn du uns alles sagst, was du weißt, Genossin Arcan, nicht, dass ich dir die Würmer mit der Zange aus der Nase ziehen muss!«

*

»Der Chef vom Personal war genauso verblüfft wie du, als ich gesagt habe, ich würde meinen Vater nicht mehr besuchen! Also Victor Branea! Ich habe in dieser Stadt nur noch zwei Gräber, ich fahre hin, um Blumen hinzubringen, das war's! Und mit meinem Onkel Biţă Silişteanu werde ich auch keinen Kontakt mehr haben, ich bin jetzt ein Waisenkind ohne Familie!«

Sorin wiegt wieder zweifelnd den Kopf. Und Letitia verscheucht den Gedanken, dass sie dadurch vielleicht bloß versucht, ihre Schuld zu verbergen, weil sie der plötzlich gealterten Frau mit dem durchgelegenen Rücken, die auf der stinkenden Decke eines Krankenhausbettes lag, gesagt hatte, sie wäre dort nur wegen ihrer Obsession für Victor Branea gelandet.

Gibt es vielleicht ein Gen für sentimentale Obsession, das auch sie in eine falsche Richtung laufen lässt? Letitia greift nach dem Glas, schließt die Augen und trinkt, während Sorin ihr die Blusenknöpfe öffnet, ihr die Schuhe auszieht und sie auf den Armen zum Bett trägt.

Kapitel 22

# Letitias Tagebuch

*10. Juli.* Der Zug fährt durch BUŞTENI, auf der einen Seite der Wald, der Fluss auf der anderen; alte Villen mit Holzbalkonen, längliche Häuser mit einer Reihe Türen außen, eine neben der anderen. DER FÜNFJAHRESPLAN IN VIEREINHALB JAHREN, die vom Regen verwaschene Losung, die an einer Papierfabrik hängt. Auf der Landstraße Autos, die in die Ferien fahren, eingeschnürte Zelte aufgepackt. So wird auch Vater mit seiner neuen Frau losfahren, und auf meinen kleinen Bruder Caius, der sowieso nicht gestillt wird, werden ihre Eltern aufpassen, die das Linoleum in der Küche mit Flickenteppichen ausgelegt haben. Überraschenderweise, wie immer, hat Petru darauf bestanden, dass ich zur Taufe von Caius Junior fahre, er war sogar imstande, meinem Vater zu versprechen, er würde auch kommen, natürlich war er dann doch nicht dabei. Vielleicht kommt es ihm gelegen, dass mein Vater mit seiner neuen Frau und ihrer *gesunden Abstammung* seine Akte verbessert hat, oder vielleicht hat er resigniert, weil die Erlaubnis von der Partei zur Verteidigung seiner Doktorarbeit niemals kommen wird, wie er eines Abends, als er unerklärlich redselig war, zu mir sagte. Mein Vater hat uns mit Anrufen verrückt gemacht, am Ende habe ich zugesagt, um ihn nicht mehr so vor mir kriechen zu sehen, oder vielleicht, weil Sorin mich gefragt hat: Was ich für ein Recht hätte, ihn zu verurteilen? Ob wir etwa besser wären?

*12. Juli.* Der Berg dampft nach dem Regen. In der Dämmerstunde am Abend, wenn der Nebel sinkt, ist grünschwarz eine gerade, zinnenbewehrte Wand zu sehen, die sich vor dem leuchtenden Himmel abzeichnet. In der Ferne grüne Almen, wie geleckt. Immerzu verwundert darüber, dass Sorin mir nicht fehlt, dass ich ohne ihn leben kann, dass er es auch kann, sogar ruhiger ohne mich. Der Fluss in seinem felsigen Bett, der zwischen hohen Disteln dahinfließt. Der Körper eines Huhns, das von der Köchin der Kantine geschlachtet wird, der Halsstumpf, aus dem Blut spritzt, und die weißen besudelten Federn, es hüpft grotesk hoch, flattert mit den Flügeln. Die Gänseherde hat Reißaus genommen, schnattert, breitet die Flügel aus. Der Postbote lacht mit seinen langen, gelben Zähnen, vorne mit Lücken, er winkt mir von der Brücke aus, ich soll kommen, ein Brief für mich.

*13. Juli.* Sei ganz ruhig, geh spazieren, erhole dich, bei dir ist es gut im Vergleich zu hier, es ist furchtbar, wenn du wüsstest, wie furchtbar es ist, hat Sorin geschrieben. Ich habe sie satt, diese Großzügigkeit, die sowohl ehrlich als auch vorgetäuscht ist. Die Ruhe, die er mir am Anfang, in den ersten Jahren vermittelt hat, war trügerisch. Ich habe vor allem seine kranke Eifersucht satt, das Leben voller Misstrauen, das mir seine unreife Liebe eingebracht hat. In der letzten Zeit habe ich viel mit Harry gesprochen, er ist öfter in meinem Büro gewesen und wir haben geredet.

*14. Juli.* Ich habe wieder von Mama geträumt. Eigentlich nicht von ihr, ich dachte, ich hätte sie seit Monaten nicht gesehen, sie wohnte in einer Wohnung irgendwo am Rand von Bukarest und ich, warum war ich nicht mehr bei ihr gewesen?, fragte ich mich. Schmerz, Schuld.

Im Alimentara eine Schlange beim Brot, bei den Zigaretten, vergossenes Öl.

*17. Juli.* Von hier aus sehen meine hilflosen Nervenzusammenbrüche sinnlos aus, die Unzufriedenheit wegen des Zuwenigs, das er mir geben kann. Und die Süße der letzten Nächte zusammen, die Art, wie er mich im Schlaf festgehalten hat. Die Ahnung seiner Schwäche, aus Ohnmacht wird er bösartig, es ist so, wie ich es beim ersten Mal gedacht habe. Petru kommt Samstagmorgen übers Wochenende, wir fahren zurück und packen für unsere traditionellen Ferien in dem Dorf Doi Mai.

*23. Juli. DOI MAI.* Das Meer leckt an den Sandburgen auf dem Strand, während bei den Zelten Feuer angezündet werden. Gestern Abend eine Feier beim Gastgeber von Dănuţ Iliescu, im Hof wurde getanzt, sie hatten einen neuen Kassettenrekorder, tragbar, mit Batterien.

Wir wäre es, wenn ich hier plötzlich mit Sorin auftauchen würde?, habe ich mir gedacht. Wie wäre es, wenn wir hier mal Ferien machen würden, wenn ich dann im einzigen Restaurant im Dorf, dem Dobrogeanul, Petrus Clique treffen würde? Unvorstellbar. Das geheime Leben ist mir ins Blut übergegangen und ich kann mir kein offenes Leben mehr mit ihm vorstellen.

Das weiße geduckte Dorf läuft in Dutzenden von Höfen aus. Häuser mit Veranden, an den Türen Baumwollvorhänge, an den Fenstern Gaze gegen die Mücken. Grüne Lauben hinten im Hof, in denen an langen Brettertischen Familien Mittag essen oder sich beim Kaffee vom Kartenspiel fesseln lassen. Horden von Fliegen aus der Küche, Geruch nach Insektizid und Kochbenzin über den Pfannen, in denen Grundeln und Bratkartoffeln brutzeln, der abstoßende Gestank der Schweineställe, der Holzklosetts, die in der Sonne brüten. Angeschaltete Magnetophone, Fernseher, junge Mädchen in Badeanzügen oder blauen Hosen mit gestickten Blumen am Saum. Die niedrigen Bäume mit verblasstem Laub, die Blätter des Nussbaums mit rostroten Rändern. Dürre Maultiere ziehen kleine Wagen hinter sich her, Drachen haben sich in den Telefonleitungen verheddert und baumeln am Himmel. Die Kinder der Einwohner, die kaum laufen können, zu dick angezogen sind, schreien in den Höfen mit den Schweinen um die Wette. Niedrige Reben mit schwarzen Trauben.

*27. Juli.* »… Ich hab zu ihm gesagt: Du gehst mir auf die Eier«, hab ich gesagt, »du gehst mir auf die Eier, was willst du noch von mir?«

»Halt die Schnauze, altes Schwein! Schämst du dich nicht«, schreit die junge stupsnäsige Frau mit aufgedrehten Haaren, sie zeigt die Zähne und einen in Metall gefassten Eckzahn.

Sie hat das Ferkel beim Kastrieren gehalten. Die Sau grunzte mit schäumendem Maul, das Grunzen erfüllte die Luft des feuchten Nachmittags mit Entsetzen und dann immer lauter das Grunzen des Ferkels, auf einmal ganz unnatürlich, verändert, wie ein Quieken, noch mal und noch mal und noch mal.

Ich hatte auszunutzen versucht, dass Petru beim Dobrogeanul war, und wollte am Tisch in unserem Zimmer schreiben, in dem es nach Lehmputz und Farmec-Deo roch. Ich steckte mir die Finger in die Ohren, aber ich hörte trotzdem noch das Grunzen des verzweifelten Ebers. Ich gehe zitternd auf die Veranda und von da sehe ich sie hinter dem Zaun, wie sie weiß und groß mit der Schnauze voller weißem, klebrigem Schaum an das Drahtgitter schlägt. Vor ihr die vielen Menschen, die ihr Ferkel halten und das Messer in der Hand halten. Ein in Spiritus getunkter Wattebausch auf dem kleinen blutigen Bauch.

»Sie haben dem Ferkel die Eierchen abgeschnitten«, erklärt die junge Frau.

Das Kind bückt sich, um sie von den Wurzeln unter dem Obstbaum aufzuheben.

»Nimm die Hände weg, du kleiner Drecksack, du!«, schreit die Frau.

*2. August.* Seit vorgestern regnet es. Von unserem Haus am Friedhof mit dem Steinwall aus kann man nur noch mit Gummistiefeln auf die Straße gehen. Hinten im Hof haben sich die mit Jerseyjäckchen und Mützen angezottelten Kinder mit ihren schlamm- und rotzverschmierten Gesichtern in einem Anhänger versammelt und wundern sich, dass sie die Peitsche noch so sehr in der Luft kreisen lassen können, um die imaginären Pferde zu bedrohen, und die Deichsel liegt doch weiter reglos am Boden. Die Säufer des Dorfes stehen an die Zäune gelehnt, die Nacht wankt mit ihnen ins Haus.

*3. August.* Wieder der Traum mit Mama, ich bin am Rand vom Militari-Viertel und halte verzweifelt nach dem Bus Ausschau, ich muss unbedingt nach Hause, um sie anzurufen. Sie ist gerade irgendwo hingezogen, weit weg, ich sehe die Blocks aus Beton, manche sind grau, andere rot mit schrägen Brettern am Eingang, darüber die weichen Zementstufen, die gerade erst gegossen worden sind, hier, in eine dieser Einzimmerwohnungen ist Mama gezogen, sie ist böse auf Papa, vielleicht auch auf mich? Ich muss unbedingt, um jeden Preis zum Telefon, es ist Nacht, nur rote Ampeln, kein Bus kommt, endlich, so ein Glück, hält ein Maxi-Taxi, die Insassen eine fröhliche Gruppe, viele Mädchen, die irgendetwas zu tun haben und ein einziger Junge, ihretwegen steht das Maxi-Taxi auf der Stelle, ich brenne vor Ungeduld und sehe dauernd auf die Uhr, sie lachen, große Party, wie genervt ich bin! Wie verzweifelt ich um diese Uhrzeit bin, es ist schon eins, nein, es ist zwei Uhr nachts, wie soll ich jetzt noch Mama anrufen, ich wecke sie doch!

Ich wache mit dem alten Gefühl der Verzweiflung und der Schuld und der Sehnsucht auf, das sich wie der ganze Traum im Licht auflöst. Dann ein Abend, ich kann es gar nicht erzählen. Die Vermieterin hat mir ihre Gummistiefel geborgt, damit ich ins Dobrogeanul zum Essen gehen kann, wo Petru stundenlang mit seinen Freunden verbracht hat, sie kamen und gingen, er war die ganze Zeit da, abends brach er torkelnd auf, ich habe ihn gestützt, damit er zu unserem Haus kommt, er hat in das Gestrüpp am Zaun gekotzt. Er ist die ganze Zeit über düster und auch ich rede kein Wort mehr mit ihm.

*28. August.* Dorina gestern über Aurelian Morar: Das Chefsein zeigt langsam Wirkung. Nachdem sie mich darauf aufmerksam gemacht hat, ist mir auch aufgefallen, dass er immer ein finsteres Gesicht macht, dass sein Gang und sein Gesicht verbissen wirken, dass er gezwungen lächelt, ohne Wohlwollen. Vielleicht ist aber nicht das Chefsein daran schuld, sondern die Reorganisation, über die wie besessen geredet wird, sagte ich zu Dorina. Ich glaube, sie hat etwas in meinem Gesicht gesehen, denn sie hat zu mir gesagt: Ganz ruhig, Parteimitglieder werden nicht ins Visier genommen! Die arme Dorina jammert, ihre Mutter würde sie drängen zu heiraten, sie hätte ihr eine Wohnung gekauft, hat sie möbliert, hat ihr Geld für ein Auto aufs Konto gelegt, ob sie nicht sähe, wie die Zeit vergeht? Und was soll sie machen, wenn der Mann, den sie will, sie nicht nimmt? Also Sorin. Ich habe sie mit Herablassung und Mitgefühl angesehen, eigentlich weiß ich nicht, was sie in meinem Gesicht gesehen hat.

*3. September.* Diese Höllenmaschine, das Doppelleben, zerrt immer mehr an meinen Nerven. Aber auch wenn ich Sorin noch so viel vorzuwerfen habe, ich will ihn nicht verlieren, weil ich mich daran gewöhnt habe zu denken, dass er zu mir gehört. Ich interpretiere seine Gesten, beurteile, was er mir gibt, ob es aufwiegt, was ich verloren habe, indem ich mich von Petru entfernt habe.

*5. September.* Unsicherheit im ganzen *Gebäude.* Die Gerüchte über die Restrukturierung kommen auch aus anderen Ecken der Stadt. In den Forschungsinstituten sind aufgrund der Akten Bibliothekare oder die verantwortlichen Bucheinkäufer rausgeworfen worden. Doktoratskolloquien wurden reihenweise abgelehnt, weil die Akten von der zuständigen Parteistelle abgelehnt wurden. Immer mehr aufgeschobene Prüfungen, in der Hoffnung, dass ein neues Gesetz verabschiedet wird. Ein Dekret, dass die Lokale um 23 Uhr geschlossen werden müssen. Aus den Lebensmittelläden sind die ausländischen alkoholischen Getränke verschwunden. Unterredungen mit der Partei wegen unmoralischen Verhaltens, Scheidungen. Die Schlinge zieht sich zu, aber alles wird mit Witzen, Gelächter und endlosem Gerede vorgebracht, viel mehr als früher.

Die Bestätigung von Petrus Doktorat ist immer noch nicht gekommen, darum ist er so wütend und trinkt an den Abenden, an denen er früher nach Hause kommt.

*11. September.* Das *Traktat* ist gestern zurückgekommen, es wurde nicht durchgewunken und jetzt kommt die Restrukturierung des Instituts. Also Rausschmisse. Ich kann es immer noch nicht glauben, dass das wahr sein soll, obwohl dauernd darüber gesprochen wurde, immer in dieser spaßhaften Art, die aus Trägheit eben noch anhält.

»Eleonora ist nicht zur ordentlichen Direktorin ernannt worden, das war zu erwarten nach der Verrentung von Lucaci, und sie hat Anweisung bekommen, Listen mit denen zu erstellen, die entlassen werden sollen«, hat Sorin mitleidig gesagt. »Also wird Titus Direktor?«, habe ich ihn gefragt. »Er hat gute Chancen, Eleonora hat ihn in die Restrukturierungs-Komission gesetzt«, hat er gesagt.

Er weiß es, weil er auch dabei ist, zusammen mit Dorina, mit Gheorghe Gheorghe, dem Parteisekretär.

Ich bin eine einfache Zuschauerin, hat Dorina gesagt, Eleonora und Titus treffen die Entscheidungen, sie gehen sich an die Gurgel, jeder verteidigt seine Leute und versucht, die der Gegenseite auf die Liste zu setzen. Jeder fühlt sich bedroht und versucht, zu parieren.

Im Büro nebenan, wo die Angst alle eine Weile in Bann gehalten hatte, hört man Lieder und Gelächter und dann kommen alle heraus, tragen sich aus der Präsenzliste aus und fassen sich um die Schultern.

*13. September.* Rodica Marin hat seit ein paar Tagen verrücktes Zeug geredet. Sie ist aus dem Institut gelaufen und hat dreißig Lei an die Kollegen verteilt, damit sie ihr verzeihen, dass sie sie verraten hat. Sie hat auf den Gängen im *Gebäude* und im Fahrstuhl laut gerufen, sie würde gehen und Ceauşescu über das feindliche Bündnis von drei Staaten informieren, Belgien, England und Luxemburg. Sie hatte wie immer sorgsam geschminkte Augen, das kurze Haar war am Scheitel stark toupiert und an den Schläfen wellig, rot gefärbt und mit Haarspray gefestigt, die Lippen waren wie immer stark mit hellrotem Lippenstift nachgezogen. Ihr unnatürlicher Ausdruck war auch im Profil zu erkennen. Der Parteisekretär behauptet, er hätte Titus Marga gewarnt, er solle auf sie aufpassen, sie wäre gefährlich. Ich habe vom Toilettenfenster aus gesehen, wie sie sie in einen Rettungswagen drängten, der am Hintereingang des *Gebäudes* parkte, um sie ins Spital Nr. 9 zu bringen. Marga hatte ihr gesagt, sie hätte eine Audienz beim Zentralkommittee. Als sie beim Rettungswagen ankam, hatte sie wahrscheinlich einen hellen Moment, sie riss aus, aber die Sanitäter steckten sie in eine Zwangsjacke, sie wand sich und schrie, sie wären imperialistische Agenten, die sie daran hindern wollten, das Komplott aufzudecken. Sie verwechselte Marga mit ihrem Mann, du bist der Anführer alles Bösen, du willst mich umbringen!, rief sie ihm zu.

Alle im *Gebäude* standen an den Fenstern, Schulterzucken, Witze. Sie wunderten sich, dass gerade sie verrückt geworden war, die immer als Prototyp der Normalität gegolten hatte; frech und aufdringlich, es gab keine Sitzung, in der sie nicht aufgestanden war um zu reden. Jetzt plötzlich schien das ein Anzeichen der Krankheit gewesen zu sein. Die Mitfühlenden sagten, die Probleme zu Hause und die Angst vor der Entlassung hätten ihren Wahnsinn ausgelöst.

*18. September.* Mişu Stamatius Geburtstag, er hat Rosinenkekse aus der Konditorei Nestor mitgebracht und eine Kiste Weinflaschen, Murfatlar. Wir drängten uns alle in seinem Büro, manche auf dem Fensterbrett, andere standen, die Stühle waren für die Chefs, alle waren gekommen. Was juckt es Mişu, er braucht sich keine Sorgen machen!, raunte Graziella mir empört zu. Sie war die zuletzt eingestellte Anfängerin und machte sich Sorgen, sie stünde auf der Liste der Entlassungen. Tatsächlich, als guter Redner bei den Sitzungen ist Mişu gern gesehen, obwohl er sich nur beim Tanzen und beim Fußball wirklich hervortut. Hoch gewachsen, Brillenträger mit onduliertem, schon ergrautem Haar, obwohl er noch keine vierzig ist, hat er auch eine Weile im Parteibüro gesessen. Im Zimmer herrschte furchtbarer Rauch, die Wärme rötete die Wangen der Mädchen, aber das Lachen klang schrill. Über allem schwebte eine peinliche Vertrautheit, man gab einander Zeichen, man neckte sich, und nach und nach wurden alle Flaschen geöffnet. Ich hatte wie auch die anderen dort ein Gefühl provisorischer Solidarität. Ich dachte, wir könnten ein Clan sein, ein kompakter Körper, der aber in den nächsten Tagen schon auseinanderbrechen würde. Sorin setzte sich an einen der Schreibtische vor mir, seine breiten Wangen und seine Ohren brannten, und dauernd sah er mich heimlich an.

*19. September.* Die Aufregung ist in einer unruhigen Müdigkeit verloschen. Die Gesichter der Menschen sind lang, man redet von mehreren Listen, lässt Namen fallen, man äußert Prognosen. Die Unruhigsten kommen nach einer halben Stunde zurück: Habt ihr etwas Neues gehört? Es ist erschreckend, wie angreifbar wir in unserem Alter noch sind, wie Kinder. Sorin hat mir versichert, ich wäre auf keiner Liste. Wenn ich ihn von hinten auf der Straße sehe, wenn ich seine zappelnde Gestalt sehe, wie aufgeregt er ausschreitet, dann wird in mir etwas Warmes, Verzeihendes wach, wie ein Wiedererkennen.

*21. September.* Die Witze sind weniger geworden. Auf den dunklen Fluren tauchen Gruppen auf, die sich flüsternd die Zahlen derer mitteilen, die gekündigt sind, und stellen Vermutungen an, manche haben Panikattacken. Dorina hat zu mir gesagt, die Situation jedes Angestellten würde nach allen Seiten hin überprüft, die unter Dreißigjährigen würden Briefe erhalten, sie könnten leichter eine Umschulung machen, oder auch die im mittleren Alter, die keinen Rang haben, sei es aufgrund ihrer Akte oder weil sie erst vor Kurzem ins Institut gekommen sind. Heimlich geben manche direkt Eleonora und Titus die Schuld, uns hätte nur wegen des Konfliktes zwischen ihnen die Restrukturierung getroffen, und Unschuldige müssten dafür bezahlen.

*23. September.* Die Sitzung, in der die sieben entscheiden, hat den ganzen Tag gedauert. Gestern war es genauso, sie hatten sich immer noch in Eleonoras Büro eingeschlossen, als Feierabend war. Sorin kommt ab und zu im weißen Hemd heraus, zerzauster denn je und mit dem Gesicht voller roter Flecken.

Auf dem Flur stehen überall Gruppen, zwischen denen mit aufgelöstem Gesicht und Kette rauchend Aurelian Morar herumläuft. Er wurde dazu ernannt, sie zu benachrichtigen. Alle folgen voller Angst seinen Bewegungen. Die Männer kommen entschlossenen Schrittes, jedenfalls fast alle. Die Frauen weinen fast alle. Sie sind jetzt jemand anderes als gestern, als sonst, sie sind die, die auserwählt wurden, Opfer zu sein, und wir anderen spüren Erleichterung. Und der Voyeurismus, mit dem sie auf der Bühne angestarrt werden. Die Erste hat zwanzig Dienstjahre hinter sich und man sagt, sie wäre die Beste in der Abteilung. Mit ihrem rot angelaufenen Pferdekopf und wie immer mit strengem Dutt kommt sie mit dem Papier in der Hand heraus. Liliana ist ganz rot im Gesicht, natürlich vor Scham, aber sie hält sich tapfer, ihr Lieben, Sense, sie haben's mir gegeben! Bürgerliche Politikerfamilie, wie meine, aber sie ist nicht Parteimitglied. Titus, mit der sie angeblich eine Beziehung hatte, hat sie nicht retten können, oder kam es ihm gelegen, dass er sie loswerden konnte? Innerlich weint auch Eleonora seit Tagen. Mit ihrem viereckigen Körper hat sie aufgehört, wie eine Frau auszusehen, aber sie ist noch immer eine Frau. Als sie herauskommt, hat sie eine rote Nase und kurz geschorenes Haar, stachelig, es klebt am Kopf.

»Der General der toten Armee«, grient Harry, aber niemand außer mir erkennt den Romantitel von Kadare.

Der Knaller der Liste ist Mişu Stamatius' Kopf, den ein Securitate-Offizier gefordert hat, ein gewisser Vistig, der sich angeblich um unser Institut kümmert, das hat Dorina mir gesteckt. Warum?, habe ich gefragt. Weil ein Cousin siebten Grades väterlicherseits von ihm ein großer Legionär war. Es ist kürzlich eine Denunziation in seiner Akte aufgetaucht.

Also hatte die Komission gewusst, dass man ihm den Brief geben würde, darum waren vielleicht alle zu seinem Geburtstag vor ein paar Tagen gekommen wie zu einer Totenfeier? Und ich, die über Solidarität schrieb, bin auch da gewesen, peinlich, peinlich. Er hatte das sicher nicht erwartet, sein Gesicht, als er den Brief in der Hand hielt, war unbeschreiblich. Sorin hatte nicht recht, als er sagte, wir wären eine glückliche Generation, bei uns würden die Akten keine Rolle mehr spielen, wie wichtig sie sind, das weiß ich, seit Petru mir zu Hause meine Akte so lange vorgehalten hat, bis alles zwischen uns zerstört war.

Aurelian Morar, noch ein Knaller! Nachdem er den anderen die schlechte Nachricht überbracht und sie an der Hand zum Galgen geführt hatte, wo sie ihren Brief in Empfang nehmen mussten, wurde er als Letzter ins Büro zitiert! Dorina hat mir gesagt, sein Kopf wäre von demselben Vistig gefordert worden, weil sein Bruder Beziehungen zu Radio Freies Europa hätte, ich habe nicht einmal gewusst, dass er einen Bruder hat! Eleonora kommt jetzt durch alle Büros, wahrscheinlich will sie zeigen, dass sie noch aufrecht steht, aber sie ist nur noch ein Schatten ihrer selbst, sie hat ihren gewichtigen Gang verloren.

*26. September.* Ich bin mit Aurelian Morar in die Kantine gegangen. Aurelian hat mir zugeflüstert, es wäre keine Überraschung für ihn gewesen, den Brief in der Hand zu halten. Einen Tag zuvor hätte Titus Marga ihn zu Hause angerufen und gesagt: »Wir haben uns in der letzten Zeit oft gestritten, aber glaub nicht, dass das irgendeine Rolle bei dem spielt, was ab jetzt passieren wird! Und sowieso, unsere Zusammenarbeit hört damit nicht auf!« Sorin hat mir gesagt, sein Bruder Relu Morar, Direktor eines inzwischen geschlossenen Instituts, hätte einen Brief an Radio Freies Europa geschickt, der wäre dort ungefähr vor einem Jahr verlesen worden.

*27. September.* Ich habe in mir so etwas wie ein Requiem für sie, für all diese harmlosen, ausgesonderten Leute. Mir bleibt nur, mich wegen meines Erfolgs zu fürchten, mich zu fragen, wo, an welcher Stelle ich dafür bezahlen muss. Ob nicht Leben bedeutet, den anderen möglicherweise zu verletzen. Oder ihn wenigstens auszustechen. Darum sind wohl die übriggeblieben, die zu Kompromissen imstande waren, wenn auch nur zu so einem kleinen wie ich. Es ist das zweite

Mal, dass ich mich durch etwas rette, was ich vielleicht nicht hätte tun sollen. Die Stelle habe ich dank Petru bekommen, und jetzt erhalte ich sie mir dank Sorin, nur, dass er mir das nie sagen wird. Es ist ein Spiel mit einfachen Regeln und doch ist es nicht ganz so einfach. Jeder Angestellte hat ein Gefühl der Abhängigkeit vom Institut, vom Chef, von der Direktorin und vom Parteisekretär. Weder das Parteibuch noch gute Beziehungen schützen dich vor den Überraschungen einer Restrukturierung, so wie es bei Mişu und bei Aurelian gelaufen ist. Und als ich sie auf dem Flur gesehen habe, so verwundert und weiß oder rot im Gesicht, den Brief in der Hand, das war ein großer Schock. Da war nicht nur Mitleid, sondern auch greifbares Entsetzen, das ist es also, was wir auf der kleinlichen Ebene unseres Daseins Schicksal nennen, und sieh an, wer es bestimmt! Neben unserem sichtbaren Leben gibt es noch eines, von dem nicht mal wir etwas wissen.

*28. September.* Liliana ordnet ihre Papiere und weint, sie hasst alle. Ihr Mann, das habe ich jetzt erfahren, ist in Holland geblieben, sie hatte sich nicht scheiden lassen, aber sie hatte auch keine Ausreise beantragt, weil sie nicht wusste, was sie zu erwarten hatte, sowohl von seiner Seite, als auch von der Restrukturierung. Mit ihrer dünnen, heiseren Stimme, den tiefen Augenringen, dem abgeblätterten Nagellack und der verknitterten Bluse, wie weit ist sie da von der fröhlichen und redseligen Lili entfernt, mit der Titus sich immer tummelte! Ich hätte an ihrer Stelle sein können und deshalb meide ich tatsächlich ihren Blick, während ich rede und rede.

*5. Oktober.* Weder Eleonora noch Titus werden Direktor. Es kommt ein ehemaliger Arbeiter mit Abendstudium in Marxismus. Sorins Prophezeiung ist wahr geworden, das *Traktat* ist eingestampft worden.

Kapitel 23

# Jeder nach seiner Moral

»Du glaubst also nicht mehr, dass wir eine glückliche Generation sind?! So ist es, aber wenigstens haben wir es geschafft im *Gebäude* zu arbeiten.«

»Tolle Sache, dass wir immer hierherrennen!«, antwortet sie spitz.

Sie sitzt in einer Polsterritze, ist bis zu den Ohren in Florinels neue Kamelhaardecke gewickelt und fegt mit ihren langen, verstrubbelten Haaren den Kasten des Klappbetts. Seit letzter Woche fühlt sie sich alles andere als glücklich!

»Dann frag mal deine befreundeten Lehrerinnen, wie es ist, täglich in die Dörfer vor Bukarest rauszupendeln. Um sechs Uhr morgens am Bahnhof zu sein, und wenn du Glück hast, hält der Zug in deinem Dorf! Wenn nicht, klapprige Busse und Autostopp, abends als Frau alleine! Geh und guck dir an, was unsere Kollegen machen, die ins Buchlager versetzt worden sind! Ich weiß es nämlich, ich habe zufällig Aurelian Morar getroffen, und er hat mir ein bisschen erzählt. Er hat mir seine schwieligen Hände gezeigt, der Arme! Er zählt Bücher, registriert sie, schnürt da in den Kellern Pakete und dann mit dem Laster zu den Buchhandlungen! Dazu noch die Securisten, die ihnen im Nacken sitzen, der Stress mit verbotenen Büchern, die aus dem Verkauf genommen und zum Einstampfen geschickt werden! Das bedeutet es, zu *niederer Arbeit* gezwungen zu sein!«

Sie schluckt, das Gespräch interessiert sie nicht.

*

»Denkt die berühmte Lelia Arcaşu, ihr Foto wäre breit auf der Mittelseite der *Neuen Literatur* in der Serie *Junge Hoffnungsträger* gelandet, wenn sie, statt im *Gebäude* zu arbeiten, Lehrerin in einem Dorf im Donau-Delta oder im Bărăgan wäre? Hättest du dann davon profitieren können, dass der Genosse die Kultur und die Presse in diesem Monster von *Gebäude* zusammengepfercht hat, um sie noch besser zu kontrollieren?«, fährt Sorin giftig fort, »hättest du durch die Etagen und Flure gehen können, dich mit dem ein oder anderen anfreunden? Hättest du dann das getan, du weißt, was du getan hast, um veröffentlicht zu werden?! Wie viele träumen davon, Schriftsteller zu werden und wie vielen gelingt es?«

Während er redet, wundert er sich selbst, dass er wütend geworden ist. Als hätte er nur darauf gewartet, die verborgene Unzufriedenheit an dieser selbstgerechten Frau rauszulassen, die ihm so viele Jahre seines Lebens durcheinandergebracht hat. Sie tut wie schlafwandlerisch, aber wie auch immer, sie tut, was sie tut, und kommt damit durch.

*

Ihr bleibt nur noch, eine sowohl bescheidene als auch grantige Haltung anzunehmen. Wegen dieses idiotischen Fotos in einer armseligen Literaturzeitschrift hat sie so viel Spott und scheele Blicke kassiert!

Sogar Petru hat geknurrt, als er die Fahnen sah: »Bald sehe ich dich noch auf der Titelseite neben dem Genossen! Und ich bin dann der Mann meiner Frau!«

Obwohl auf dem Regal in der Bibliothek der Stapel mit seinen Abhandlungen in akademischen Zeitschriften ständig wächst, wissen nur wenige, wie Petru Arcan aussieht: Es hat nie ein Foto von ihm in der Presse gegeben, im Fernsehen ist er auch noch nicht aufgetreten. Aber man kennt seine Baritonstimme noch aus der Sendung *Die Geschichte der Wörter*, obwohl schon eine Menge Zeit vergangen ist, seit sie eingestellt wurde. Sie kam nach den Morgennachrichten, sie war unterhaltsam und hatte eine treue Hörerschaft.

Letitia schlägt die Decke zur Seite und wirft einen heimlichen Blick auf das Laken, in der Hoffnung, darauf einen bräunlichen Fleck zu sehen, und Sorin dann mit plötzlich aufkommender Fröhlichkeit zum Kaufhaus Bucur zu schicken, um ein neues Laken für Florinels Bett zu besorgen. Aber auf dem Laken ist nur ein kleiner feuchter Fleck, den sie gleich auswaschen wird. Sie steht auf und verschwindet mit düsterem Gesicht im Bad.

*

Sorin macht weiter mit seinen Geschichten, die er ihr schon so unendlich oft erzählt hat.

»… du hast ja keine Ahnung, Lety, welche Bedeutung dein Geburtsjahr in einem Land wie diesem hat, wo *nur das Provisorium von Dauer ist*, wie die Franzosen sagen! Vielleicht noch das Sternzeichen, aber vor allem das Jahr! Wenn du nur fünf Jahre älter gewesen wärst, dann hätten sie dich an den Ohren aus der Schule geholt! Fabrikarbeiterin wärst du dann geworden!«

Nicht die Vergangenheit nagt an ihr. Sie fragt sich die ganze Zeit, wann sie ihm sagen soll, dass ihre Regel ausgeblieben ist und sich immer noch nicht einstellt. Sie hört seinem Gerede über die, die etwas älter sind als sie, nicht weiter zu, über die, die den Krieg, die Verhaftungen mitbekommen haben, die im Gefängnis waren, man weiß nicht, wie viele da gestorben sind. Aber sie kann sicher sein, irgendwo gäbe es Statistiken, und mit denen würde dann der Nachfolger des Genossen ankommen! Auch über Stalins Verbrechen hat man dann – am Ende auch offiziell – aus dem Geheimbericht Chruschtschows erfahren*, sie spitzt auf einmal die Ohren: Ja, ja, Verehrteste, Nikita Sergejewitsch Chruschtschow! Nur dass Sie dieser Bericht nicht interessiert hat!

»Er hätte mich interessiert, wenn du ihn mir länger dagelassen hättest«, antwortet sie trocken.

*

Er hatte ihr eine dicke Akte auf den Tisch geknallt und autoritär gezischt: Eilkorrektur! So, wie er normalerweise in ihr Büro kam, nämlich mit gleichgültigem Gesichtsausdruck, wie er hoffte, zugeknöpft, wie es ihr schien, verschwörerisch, behaupteten die anderen, und er ihr ein Zettelchen mit den Angaben für ihr nächstes Treffen zusteckte. Zu Hause hatte sie enttäuscht den vergilbten Haufen daktylografierter Seiten voller verblasster Buchstaben durchgeblättert, ein Blabla wie bei der politischen Fortbildung, zwanzig Jahre alt, und wenn Petru sie damit sehen würde, wie sollte sie ihm erklären, wo sie das herhatte? Sie hatte sie zurückgegeben, mit enttäuschter Grimasse.

»Das ist doch die Höhe!«, Sorin antwortet ihr mit einer Stimme, in der falsche Verstimmtheit mitschwingt, »als Sie sie mir zurückgebracht haben, haben Sie erklärt, Sie wären schon auf den ersten Seiten gelangweilt gewesen! Wahrscheinlich erinnern Sie sich nicht mehr daran!«

»Doch, ich erinnere mich sehr gut! Du hattest es ziemlich eilig, sie zurückzukriegen, du wolltest sie jemand anderem geben!«

*

Ein paar Tage später bekam sie einen Anruf von Dorina, ich bin zufällig hier in der Nähe, kann ich vorbeikommen? Sie brachte einen Teller mit Savarins, eine Dose Nescafé und ein

* Am 14. Februar 1956, beim XX. Kongress der Kommunistischen Partei der Sowjetunion, verurteilt Generalsekretär Nikita Chruschtschow in einer mehrstündigen Geheimrede die Verbrechen des 1953 verstorbenen Diktators Josef Stalin.

Päckchen Kent mit, du bist nicht bei meiner Geburtstagsfeier gewesen und ich wollte dich überraschen! Das weiße Perlmutt auf den gebogenen Fingernägeln war wie immer frisch und sie hatte sich eine größere Dauerwelle machen lassen. Seit sie sich mit Narcisa Bujor angefreundet hatte, ging sie zu deren Kosmetikerin und Friseur und kaufte sich Sachen aus dem Diplomatenkaufhaus.

Dorina rührte die Nescafés, bis sie einen Fingerbreit Schaum hatten, und mit den Tassen in der Hand setzte sie sich auf das Sofa in Petrus Arbeitszimmer. Sie hielt Letitia die Kents hin, holte das Feuerzeug aus ihrer Handtasche und zündete sich eine an.

»Nicht anschalten! Mach aus! Was machst du denn?«, rief Letitia, als sie sah, dass ihr Gast zum Fernseher ging.

Aber Dorina lachte spöttisch, was meinst du dazu? Mit der Zigarette, deren Spitze rot im Dämmer des Zimmers glomm, in dem kaum Tageslicht herrschte, zeigte sie auf den Bildschirm, vor ein paar Wohnblocks tanzte Ceaușescu steif in einer Hora*, an den Wänden hing eine riesige Losung *Ceaușescu, Abgeordneter im großen Nationalrat.* Kräftige Männer mit reglosen Gesichtern, die in Nationaltracht zwischen ihm und Elena postiert waren, bewegten sich ebenso linkisch. Die Gehwege waren schwarz von der Menge, die hergekarrt worden war, um Beifall zu spenden. Obwohl Dorina Vorsitzende des Protokolls war und die Glückwunschtelegramme des Instituts am 26. Januar zu Seinem Geburtstag und am 9. Januar, an Ihrem Geburtstag, redigierte, ließ sie keine Gelegenheit aus, ihn zu verhöhnen, wenn sie unter vier Augen waren.

Letitia beeilte sich, den Fernseher auszumachen, sie ertrug es nicht, daran erinnert zu werden, in was für einem Land sie lebte. Dann merkte sie, dass sie unhöflich gewesen war.

* Rumänischer Volkstanz, Reigen oder Kreistanz

»Erzähl mir lieber, was bei eurer Sitzung rausgekommen ist«, sagte sie mit weicher Stimme.

»Eleonora und Titus haben sich gegen den neuen Direktor zusammengetan!«, kicherte Dorina, »es ist ja richtig, dass der ziemlich übergeschnappt ist, er redet nur Quatsch und Ungereimtheiten. Aber wenn man darauf hört, was Chruschtschow in seinem Bericht gesagt hat, dann ist es überall von oben bis unten der gleiche Zirkus.«

Letitia, die ihre Nasenlöcher weitete, um heimlich zu gähnen, merkte, wie sich plötzlich ihre Kiefer verkrampften.

»Der Bericht von Chruschtschow? Hast du den gelesen? Woher?«

»Sorin hat ihn mir gegeben, aber total geheim! Willst du ihn auch? Ich kann ihn bitten, ihn dir auszuleihen, aber du kannst ihn nicht so lang behalten und darfst ihn niemandem zeigen …«

Dorina mit ihren weißen Fleischfresserzähnen, die bei ihrem merkwürdigen Lächeln im erdbraunen Gesicht aufleuchteten.

»Ich habe jetzt keine Zeit dafür«, sie zuckte gleichgültig die Schultern.

Soll sie sich aufregen, weil Sorin ihr und Dorina diesen sinnlosen Bericht ausgeliehen hat? Unsinn! Ihr schneller Herzschlag beruhigt sich. Es interessiert sie nicht, wie Sorin seine Verpflichtungen gegenüber Dorina begleicht, deren wohlbekannte Unterwürfigkeit sich verzehnfacht, wenn es um ihn geht!

An Dorinas Wohnungstür stehen zwei Paar Pantoffeln, eins für Dorinas kleine Füße, das andere für ihren Vater, wenn er nach Bukarest kommt, es ist idiotisch zu glauben, es könnten Sorins Pantoffeln sein, Letitia ärgert sich über sich selbst.

»Lass die Tassen stehen, ich spüle sie später«, hat sie Dorina zugerufen, aber aus der Küche antwortete ihr schon das Plätschern des Wassers am Spülbecken und das Klirren des Geschirrs auf dem Abtropfgestell.

Wie auch in den Wohnungen ihrer anderen Freundinnen, ließ Dorina das uralte Paar wieder aufleben: Herrin und Dienerin. Dorina übernimmt die Rolle der Dienerin, klug und geschickt, immer beschäftigt, und sie bietet der anderen die Rolle der Herrin an. Aus den Augenwinkeln kopiert sie eifrig Torten- und Salatrezepte und lernt schnell, wie man einen Tisch deckt und Blumen in einer Vase arrangiert.

Manchmal erzählt Letitia Dorina Dinge, die sie nicht geschafft hat, Sorin zu erzählen. Über ihn spricht sie nie, aber Dorina macht ihn immer öfter zum Thema. Es scheint, dass Sorin angefangen hat, ihnen ungefähr dieselben Sachen zu sagen, der Herrin und der Dienerin. Und die Dienerin lässt durchblicken, dass sie mehr weiß.

»Und wie geht es Petru?«, fragt Dorina, und Letitia beeilt sich, ihr Bericht zu erstatten, obwohl sie, noch während sie spricht, das unangenehme Gefühl hat, es wäre besser, den Mund zu halten.

*

Petru arbeitet nervös an der Denkschrift für den ersten Sekretär des Parteisektors 7, bei dem Serghei Sârbu ihm eine Audienz versprochen hat.

»Wir haben dasselbe Ziel, Alter, ich habe mit mehreren Leuten geredet, die in derselben Scheiße sitzen! Wir werden sie unter Papier begraben, bis sie unsere Doktortitel anerkennen, die noch vor dem neuen Gesetz verteidigt worden sind!«

Petru schreibt angeekelt an der Denkschrift, das neue Gesetz gilt nicht rückwirkend, aber wen jucken Gesetze in diesem Land, das er am liebsten schon morgen verlassen würde!

»Wenn wir's damit auch nicht hinkriegen«, hat Serghei gesagt, »dann ist die letzte Möglichkeit, eine Eingabe an den Genossen!«

»Das geht mir zu weit!«, hat Petru gesagt, aber jetzt tut es ihm leid, dass er vor diesem Plappermaul Serghei nicht seinen Mund gehalten hat, besser, er hätte geschwiegen!

Er hat vom Trinken einen bitteren Geschmack im Mund, und Letitia mit ihrer gekünstelten Stimme stellt alberne Fragen, schon wenn er die erste Silbe hört, weiß er, dass sie wieder irgendeinen Unsinn reden wird! Sie hat getan, was sie konnte, um ihm auch noch das Vögeln kaputtzumachen, das Einzige, was zwischen ihnen noch ging.

Und Letitia hält sich mit Mühe zurück, ihm nicht ins Gesicht zu sagen, dass der Gestank nach Alkohol vermischt mit dem Geruch von Tarr-Aftershave ihm schon in die Poren gedrungen ist. In letzter Zeit fühlt sie Ekel, wenn sie ihn riecht.

*

Er legt die Kassette von Dalida ein und drückt auf Play: *Ne me laisse pas seule, tu n'as pas le droit, sans toi je ne suis rien qu'une enfant solitaire, rien qu'une enfant perdue, oubliée sur la terre,* eine französische Gefühlsduselei von Florinel! Sie drückt ärgerlich auf Stop, legt Glenn Miller ein, aber nach den ersten Takten macht sie aus, besser so, sagt Sorin, und macht ein Zeichen Richtung Nachbarn.

»Mit diesen Kassetten ist Florinel nach dem Monat Spezialisierung in Frankreich zurückgekommen.«

Sorin zögert ein bisschen, und dann beschließt er, Letitia nicht zu sagen, dass Florinel das Mädchen von einem mittelhohen Tier vom Stab heiratet, der hat ins Schwarze getroffen! Warum soll er Letitia neidisch machen, wenn sie dann noch an ihre Situation denkt, in der sie sich immer im Kreis drehen?! Er hat tatsächlich keine Ahnung, wo sie sich noch treffen sollen, wenn Florinel seine Wohnung verkauft. Als er ihm heute den Schlüssel gegeben hat, hat er ihm tatsächlich gesagt:

»Tut mir leid, Mann, aber du wirst ein neues Nestchen brauchen!«

Renoviert und möbliert wird die Wohnung sich gut verkaufen lassen, und Florinel wird sich anstelle des Trabants ein ordentliches Auto zulegen können. Die Wohnung seiner Frau auf der Strada Clucerului, zwei Schritte von der großen Chaussee entfernt, hat vier Zimmer, gehobenen Komfort, ist voll möbliert. Als Direktor im Rathaus der Hauptstadt ist es dem Schwiegervater nicht schwergefallen, sich dafür eine andere zu besorgen, natürlich auch zur Miete.

*

Sie erinnerte sich, warum auch immer, an einen sowjetischen Roman, der vor ein paar Jahren, als im Kino *Die Kraniche fliegen* mit Tatiana Samoilova lief, in aller Munde war. Durch die Mysterien der Lektüre hatte die Figur des allzu menschlich gezeichneten Aktivisten, der zwischen zwei Frauen, zwischen der Strafe der Partei und der Faszination seiner Seelenverwandten schwankte, in Letitias Vorstellung Victor Braneas schmale Lippen und sein stockendes Sprechen angenommen. Die erste Frau im Buch, die etwas weniger qualvoll starb als Margareta Branea, aber doch so pünktlich, dass ihr Mann mit der neuen Frau zum Standesamt gehen konnte, nahm das von Augenringen verschattete, braunfleckige Gesicht ihrer Mutter an: jedermanns Opfer, inklusive Letitias.

»Glaub nicht, dass ich neidisch bin, Sorin, aber ich verstehe wirklich nicht, warum die Leser sich um dieses Buch gerissen haben!«, die Anwärterin auf den Status als Schriftstellerin zieht einen Flunsch.

»Vielleicht weil es der erste neue Roman ist, in dem die positiven Figuren eine heimliche Beziehung haben und am Leben bleiben, wenn auch auf einer Baustelle in Sibirien, wo die Partei sie bestraft hat! Und was den Neid angeht, ich wäre da nicht so sicher. Schriftsteller leiden, wenn ein anderer gelobt wird, als wäre ihnen die Krone gestohlen worden! Aber manchmal haben sie ja auch Mut, jetzt ist der Moment, ihn zu beweisen. Geh zuerst ins Bad!«

*

Letitia hat sich unter die Dusche gestellt, und während sie die Zähne zusammenbeißt, richtet sie den heißen Strahl auf ihren Bauch. Es hat keinen Sinn, ihm von der Verspätung zu erzählen, du hast dich früher auch schon gefürchtet und dann hat es sich geklärt, warte noch etwas, wird er ihr sagen. Sie weiß es schon, alle seine Sätze sind vorhersagbar.

Vielleicht ist Sorin weder geheimnisvoll noch anders als andere, wie sie gedacht hatte. Vielleicht hat sie ihr Leben für einen Mann über den Haufen geworfen, der seine banale Art unter Gerede über Politik versteckt, wie das, was durch die offen gelassene Badezimmertür zu ihr dringt.

*Wie mich die Eile zur Verzweiflung bringt, mit der er mir seinen politischen Tratsch aufzwingt, sobald ich über unsere Sachen reden will!* wird sie heute Abend ins Heft schreiben. *Hätte ich mich nur nicht so hoffnungslos an das Bild von der einzigen vertrauenswürdigen Person geklammert in dieser Welt, vor der ich mich fürchte. Aber ist das Vertrauen in jemand Nahestehenden nicht nur eine jugendliche Illusion und ein leeres Wort für jeden, der mit beiden Beinen auf dem Boden steht?*

*

In einer von Lelia Arcaşu gezeichneten Novelle in der *Neuen Literatur* hatte die arme Dorina alles wiedererkannt, was sie ihr erzählt hatte, und sie hatte sich auch als Figur wiedererkannt! Es hatte ihr überhaupt nicht gefallen, wie sie beschrieben war, doch sie machte Letitia keine Vorwürfe. Aber besser wurde es deshalb auch nicht.

»Wie soll man der noch vertrauen«, flüsterte sie Sorin zu, als sie am Nachmittag alleine im Büro waren.

Sie hat recht, dachte er, und wunderte sich selbst über sein selbstmörderisches Vorhaben. Er war sich von Anfang an darüber im Klaren gewesen, mit wem er es zu tun hatte, nur dass Letitia ihn so stark anzog, dass er all seine Strategien über Bord geworfen hatte! Er hatte ihr nicht nur einmal gesagt, sie wäre die einzige Frau, die er je geliebt hätte, und so wie die Dinge liefen, würde sie auch die einzige bleiben. Ziemlich wenig für das Leben eines Mannes! Darum hatte er sich von dieser gefährlichen Beziehung derart verschlingen lassen, darum hatte er sie in ihren schriftstellerischen Absichten ermutigt, obwohl er diese narzisstischen, autistischen, egoistischen Individuen über alles und ohne Ausnahme hasste, die derart unverfroren waren und deren einzige Sorge es war, gedrechselte Sachen hinzuschmieren.

Er hat keinerlei Zweifel, dass er, die Diskretion in Person, eines Tages wegen Letitia zum Gesprächsgegenstand des ganzen *Gebäudes* werden wird, und er hat sie völlig verantwortungslos im Schreiben bestärkt! Er sieht die neugierigen Gesichter, die hinter den Türen auf ihn lauern, die in ihren Schubladen kramen, in denen Lelia Arcaşus Buch liegt, mit Eselsohren, in dem sie mit grünen und roten Buntstiftstummeln ganze Abschnitte unterstrichen haben. Er sieht die verärgerten Gesichter, die am Tisch mit der abgegriffenen roten Plüschdecke sitzen, bei denen er dann nichts mehr zu melden haben wird wegen ihrer Hirngespinste!

Das ist kein Spaß, siehst du, die Frau an deiner Seite beobachtet dich immer, und immer, wenn sie sich von dir verabschiedet, schreibt sie dann schnell auf, was ihr im Kopf herumspukt. Oder, wenn sie diese Rolle satthat, fängt sie unter Tränen mit Vorwürfen an. Wenn es um eine andere Frau ginge, würde er ihre Vorwürfe gerechtfertigt finden, aber ist Letitia wohl jemals wirklich ehrlich? Die Geständnisse, die er ihr macht, treiben auch ihm die Tränen in die Augen, aber die trocknen schnell wieder und die Zeit, als er um sie gekämpft hat, ist schon lang vorbei.

*

»Siehst du Sorin, wie Schriftsteller sind? Schriftstellerinnen?! Sie kennen keine Mutter, keinen Vater, sie haben überhaupt keine Skrupel! Und wie düster Letitias Novellen sind, sie schreibt nur über schlimme Sachen!«, hat Dorina geschnaubt.

Als sie ihren tränenverschleierten Blick auf ihn richtete, sie, die immer einen Scherz auf Lager hatte, war sie ein zerbrechliches junges Mädchen mit spitzen, jugendlichen Brüsten, die ihr weißes T-Shirt hochzog. Er strich ihr über den Kopf und sie presste sich an ihn und überprüfte seine Erektion, sie waren allein im Büro, gleich neben der Tür, und das Risiko, dass jemand von einem Moment auf den anderen hereinkommen konnte, erregte ihn. Er berührte ihren kleinen Hintern, er hob ihren Minirock hoch, steckte seine Finger unter dem Saum der Unterhose durch und suchte nach ihrer Klitoris, sie sank weich in seine Arme, sie war ganz nass und heiß. Er drehte sich mit einem Sirren in den Ohren und einem roten Schleier vor den Augen zur Tür, schloss sie eilig von innen ab, nahm Dorina in die Arme und wunderte sich, wie leicht sie war, er hob sie auf den Tisch, zog ihr die warme Wäsche aus, sie bedeckte ihre Brüste mit den Händen, ihr Komplex, dass sie zu klein wären, sie war ganz rot, als er ihr die Beine spreizte, aber sie ließ ihn schauen und mit ihr tun, was er wollte.

*

Letitia steht mit dem Rücken zu Sorin, eine Einladung, ihr den BH zuzumachen, eine häusliche Geste. Sie hat beschlossen, ihm noch nichts von der verspäteten Regel zu sagen, besser, sie nimmt zu Hause noch mal eine heiße Dusche, nimmt Chinin und vielleicht hat sie Glück! Es tut ihr leid, dass sie wegen des politischen Geredes geschimpft hat, während er seit Jahren für ihre Geschichte seine Karriere aufs Spiel setzt. Auch wenn es eine Karriere auf dem Abstieg ist, denn in der Verwaltung genauso wie in der Literatur verliert der, der von einem bestimmten Punkt an nicht weiterkommt, an Terrain, so sagt er oft.

Und Sorin, friedlich wie immer, verheddert sich mit dem Verschluss, lächelt zärtlich und verlegen, weil er es eilig hat, aufzubrechen. Als er ihr übers Haar streicht, sieht er ihre grauen Haarfäden, die an der linken Schläfe aufgetaucht sind, er hat schon mehr, aber ihre sieht man besser im rötlich schimmernden, kastanienbraunen Haar, die Arme, bald muss sie sie färben, denkt er flüchtig.

Beide befinden sich auf einem Floß, das von unsichtbaren Strömungen angeschoben wird, aber wo werden sie stranden?

Kapitel 24

# Abschiedsfest

Ein Messer zerschneidet morgens den Schlaf, zu einer Uhrzeit, zu der das Fenster noch schwarz ist: Im leeren Raum zwischen zwei Träumen ist ihr Geist hell geworden und sie erinnert sich, dass ihre Regel nicht gekommen ist. Ihre Unruhe drückt ihr auf die Arterien, zuckt in den Schläfen, summt in den Ohren. Sie hält es nicht mehr aus, mit dröhnend schlagendem Herzen zur Toilette zu rennen, das Papier zwischen die Labien zu stecken oder sogar den Stoff der Tetra-Unterhose, und dann erscheint kein bräunlicher Fleck, aber das tut sie auch jetzt wieder, sie rennt ins Bad, nichts!

Sorin hasst es, wenn sie in der Öffentlichkeit tuscheln, deshalb wird sie es ihm heute sagen, wenn sie sich bei Freund Florinel sehen! Die ganze Zeit hat es ihr leidgetan, dass sie es nicht bei ihrem letzten Treffen getan hat, sie wollte die schönen Momente nicht zerstören, die in letzter Zeit immer seltener sind, weil ihre Gereiztheit aus irgendeiner Nichtigkeit heraus die Atmosphäre vergiftet.

Sie wird es ihm sagen, aber was erwartet sie denn von ihm?

In ihr steckt eine Bombe mit Zeitzünder, die in ein paar Monaten explodieren wird, sie kann die Schwangerschaft nicht laufen lassen, das wäre ein riesiger Skandal, nicht nur die Scheidung. Aber er wird Angst haben, den Mund aufzumachen, falls die Abtreibung schiefgeht, er wird wegen Mittäterschaft verhört werden, Anklage und

Gefängnis. Also wird sie sich doch alleine zurechtfinden müssen.

*

Pech, Rechenfehler, Verrat meines Körpers, göttliche Strafe durch den *Kodex der Sozialistischen Ethik und Rechtlichkeit*, ein Blutgerinnsel, egal was, aber kein Kind, nein!, wiederholt sie immer wieder. Wenn der Fehler das Aussehen eines Kindes annähme, dann sicher das eines behinderten Kindes, Letitia hat bis jetzt alle möglichen Gifte geschluckt, damit sie ja nicht Mutter wird! Ein Kind mit Problemen, das von einem fremden Samen in ihren Uterus gesät wurde, der verpflichtend und rechtmäßig Petru gehört!

Nein, Letitia kann das ihrem Mann nicht antun, der sie seit Monaten nicht mehr angefasst hat! Haben ihre Launen ihn dazu gebracht, sie aufzugeben? Das Trinken und die Enttäuschungen, die an ihm nagen? Ist er in der Andropause? Oder hat er seinen Körper in einem anderen Nest schlafen gelegt, so wie sie?

Ein runder braungebrannter Männerrücken, das ist Petru für Letitia. Neben ihr schläft ein fremder Mann oder besser gesagt, sie muss neben ihm schlafen. Sie kennt sein Gesicht, auch die Stimme, sie weiß schon vorher, was er zu ihr sagen wird, alles ist ihr nah und fern. Das Schweigen, die Angst, der im Bett liegende Mann, gerade ausgestreckt, das Gesicht zerschnitten von seinen kalten Zügen, das Auseinanderfallen des Haushalts, der Hass, der sich zwischen ihnen entwickelt hat, die Ohnmacht, in der sie sich aneinander abkämpfen. Er repariert das Telefon, er macht sich Musik an, er geht volle Flaschen holen, die er wie früher in seiner Bar einschließt, damit niemand sonst sie anrührt. Das Unnatürliche dieses Lebens ödet sie an, die Unruhe kribbelt in ihrem Körper, ihr Verstand ist leer. Sie trägt insgeheim dieselben Dornen der Schuld wie der andere, zweite Mann, auf den sie noch weniger bauen kann als auf sich selbst und der mit aufgeregtem Gesicht und gleichmütigen Augen durch die Flure des *Gebäudes* zieht.

*

Sie geht nach dem Abschied abwärts durch Florinels Treppenhaus und setzt vorsichtig den Fuß auf die Stufen, Sorin kommt mit dem Fahrstuhl und im Flur geht er schnell an ihr vorbei. So wie jedes Mal hat sich alles auf ein Schäferstündchen reduziert: die langsame Zähmung des anderen Körpers und wie sie dann ins Bett sinken, den Kopf immer benebelter vom Sex und den Getränken, auf der Tischkante vergessenes Essen, der Reihe nach ausgesprochene Vorwürfe, während sie beide aus der Flasche trinken, die sie sich hin- und herreichen.

Sie haben die Hälfte der Zeit vertan, indem sie über den Skandal wegen Titus Marga geredet haben, der heute zum Parteisektor des 7. Bezirks gerufen wurde, um sich zu erklären, »in dieses Haus am Dâmbovița-Ufer, wo ich dir zuerst vorgeschlagen hatte, dass wir uns dort treffen, ich hoffe, du hast das noch nicht vergessen, Lety!«

»Titus denunziert immer wieder den neuen Direktor bei den Foren, er hat dort auch Eleonora öfters denunziert, aber der Neue hat ein dickes Fell! Glaubt man gar nicht, wenn man ihn so gereizt sieht, mit seinen ganzen Tics! Also wie jetzt, Lety, das hast du nicht bemerkt? Aber der weiß jedenfalls, wie man zurückschlägt, er hat sich Titus' Akte zur Durchsicht vorgenommen und hat gefunden, was er wollte, Titus ist Teil der Kreuzbruderschaft gewesen! Natürlich, als er ein Junge war! Die Kreuzbruderschaften haben nach dem Krieg noch heimlich weiterexistiert, Lety, bis das neue Regime die Gefängnisse mit Gymnasiasten und Studenten vollgestopft hat. Darum ist Titus '57, nach der Sache mit Ungarn, als alle überprüft wurden, aus dem Forschungsinstitut geflogen, dem er zugeteilt gewesen ist. Sie haben ihn aus der Partei ausgeschlossen, er war nur noch unqualifizierter Arbeiter, aber er ist über die Frauen wieder hochgekommen! Seine Frau hat einen Bruder, der Kader ist, der hat ihn in die Druckerei gebracht, am Anfang war er Setzer an der Linotype, dann Korrektor, dann Technischer Redakteur, dann kam Eleonora, wieder gerettet! Ich glaube dir nicht, Lety, wenn du sagst, Titus gefällt dir nicht, er ist ein gutaussehender Mann. Eleonora hat ihn zuerst als Neger benutzt, bei ihren Abhandlungen über Wirtschaft, und sie hielt ihn sich als Mitarbeiter, ohne Arbeitsbuch, bis sie ihm das Parteibuch zurückgeben konnte. Dann hat sie ihn zum Stellvertreter gemacht, er hat sich gegen sie gewendet, er hat ihre Stelle haben wollen, sie haben sie beide verloren! Könnte sein, dass man ihr einen Tadel aussprechen wird, wegen fehlender Wachsamkeit, und wahrscheinlich wird sie in Rente geschickt, sie bezahlt für ihre Liebe oder besser gesagt für ihre Blindheit! Titus ist leistungsfähig und er ist wahnsinnig belesen, aber mit seinem Charakter ist es nicht weit her …«

*

Und wie steht es mit deinem Charakter?, hätte Letitia ihn am liebsten gefragt, aber sie ließ es sein, sie hatte Angst, ihn plötzlich aus dem Bett springen zu sehen, und er würde flüstern, »tut mir leid, unsere Zeit ist um, komm, zieh dich schnell an!«, bevor sie es geschafft hätte, ihm ihre Sorgen zu beichten. Es war Wahnsinn in ihrer verzweifelten Lage die Zeit mit Geschichten über Titus zu vertun!

Erst in der letzten halben Stunde ließ Sorin die Institutspolitik sein und versuchte, sie zu beschwichtigen, er zitterte vor Eile, ein Fuß steckte im kurzen Halbstiefel, der Blick glitt von der Uhr zur Tür. Und sie mit leeren Augen, die auf die Fenster des Blocks gegenüber geheftet waren, es hatte aufgehört zu schneien, und das Licht war grau geworden.

»Wir machen es so, wie du denkst! Wie du denkst, dass es besser wäre!«

Sorins Stimme, der genauso viel Angst vor dem Leben hat wie sie, wird ihr noch wochenlang im Ohr klingen. Der tapfere Mann mit den breiten Schultern, der noch bis vor einer Stunde Fleischstücke verschlungen hatte, die doppelt so groß waren wie ihre, und der mit gesunden und weißen Zähnen lachte, existierte in Wirklichkeit nicht. Es war nur ihr Wunsch, ihn so zu sehen. Er ist derselbe ängstliche Junge geblieben wie damals, als er Pullover mit zu kurzen Ärmeln trug.

Die eiligen Bewegungen, mit denen sie die Dinge zurückstellen und in dieselbe Ordnung bringen, wie sie sie vorgefunden haben, das Lauern an der Tür, das Ohr ans Holz gedrückt, ist die Nachbarin nun auf den Flur gekommen, um den Müll in den Müllschlucker zu werfen, oder nicht? Der letzte Kuss, das letzte Zeichen des Abschieds an der Tür.

*

Ein Hund bellt irgendwo auf der Straße, erleichtert hört sie sein Bellen sich immer weiter entfernen. Vielleicht schleppt er sich blutend davon, nachdem er vom Auto angefahren wurde. Oder vielleicht rennt er auf nur drei Pfoten, nachdem er geschlagen worden ist und schaut ständig nach hinten, um zu sehen, ob die Gefahr ihm nachkommt.

Auf sie wartet die Stadt, in der sie angewidert, traurig in ihren Alltag zurückkehren wird. Oh, wenn sie doch nur wüsste, dass sie die Sorge mit der Regel bei ihrem nächsten Wiedersehen los wäre! Es ist ein kühler Februaranfang, es schneit wieder. Obwohl es gerade erst sechs Uhr nachmittags ist, dämmert es, nur die roten Lichter der Straßenbahnen blinken in der Dunkelheit. An der Haltestelle am Bordstein die gewöhnlichen Menschen, deren normale Leben nichts zu verbergen haben. Sie beide im Dunkeln, als würden sie sich nicht kennen, die Luft, die sie umgibt, eint sie noch. Sie warten auf zwei Straßenbahnen, die jede zu einem anderen Ende der Stadt fahren werden, sie betrachten aus der Ferne die Umrisse des anderen, warten jeder auf die Blicke des anderen, ohne sich derer sicher zu sein.

Denn man kann nicht ungestraft außerhalb der Regeln der anderen leben, anders als alle. Und es ist ihre Schuld, dass sie so wenig von Sorin verlangt hat, dass sie nur ihn haben wollte, kein Familienleben. Und seit einiger Zeit hat sie nicht einmal mehr gewusst, ob sie ihn haben will und ob nicht irgendwie das träge Bedürfnis nach Vertrauen sie an ihn gebunden hat. Aber jetzt ist die Rechnung für ihre Treffen gekommen, diese Zeitbombe, die ununterbrochen in ihrem Bauch tickt, und sie wird allein dafür bezahlen müssen! Die Studentenmittelchen werden sie nicht retten, das Chininessen, das Hantieren mit heißem Wasser, Alkohol, brutaler Sex, Springen vom Tisch, das Rütteln des Busses, wenn man sich auf einen Platz hinten über dem Rad setzt.

*

Sie steigt an der Piața Romană aus und wie von einem unwiderstehlichen Magneten angezogen, reiht sie sich vor dem Kaufhaus Leonida in die Schlange bei den Bananen ein. Aber schnell merkt sie, dass sie keine Geduld hat, zu warten.

»Bitte halten sie meinen Platz frei, ich komme gleich wieder!«

Der dürre Herr mit verblasster Baskenmütze und Brille mit hohen Dioptrien schaut verwundert, aber bevor er den Mund aufmachen kann, ist sie schon dort, wo die wütenden Schreie herkommen. Sie kann gerade noch eine silbrige Regenjacke und rotes Haar von hinten sehen, jetzt guck dir an, was für eine Unverschämtheit! Haben Sie gesehen, wie die sich nach vorne gedrängelt hat? Eine Unverschämtheit! Die Unverschämte stopft hastig die fünf grünen Bananen in den bunten Beutel mit den dehnbaren Henkeln, mit so einer Hand Bananen hat auch Letitia gehofft, nach Hause zu kommen, sie hätte sie in Zeitungspapier gewickelt und in die Speisekammer gelegt und darauf gewartet, dass sie nachreifen, aber es stehen so viele Leute in der Schlange, ziemlich schwache Hoffnung! Sie steht unentschlossen vor dem Haufen großer leerer Kartons, auf einem davon, der mit dem Boden nach oben aufgestellt ist, steht die Waage, der zweifelhaft weiße Kittel der Verkäuferin bewacht sie, bewegt euch! Hört auf zu streiten! Wer kommt jetzt?!, ruft sie herrisch.

»Komm, seien Sie so nett, geben Sie mir noch die gelbere da in der Ecke!«

»Hier ist nichts mit Aussuchen! Was glaubst du, wo wir hier sind?«

»Bitte, nicht nur grüne!«

»Wo der schon welche abkriegt, kommt er noch mit Ansprüchen!«

»Geben Sie ihm nur drei, Genossin Verkäuferin!«

»Nur zwei, damit unsere Kinder auch noch was kriegen!«

»Du da! So was Dreistes! Hau ab da, he! Du! Duuu!«

Letitia zählt in Gedanken zum dritten Mal die Bananen in der Kiste und dann die Leute, es ist nur noch eine halbvolle Kiste da, soll sie noch bleiben? Soll sie gehen?

»Mach voran, du!«

Letitia kann kaum ihr Gleichgewicht halten, der Stoß des Mannes hat sie fast auf die leeren Kisten fallen lassen, die ineinandergestapelt sind.

»Fass mich nicht an! Fass mich nicht an!«

Sie erkennt ihre Stimme nicht wieder, sie hat noch nie so geschrien. Sie würde den gedrungenen, dunkelhäutigen

Mann am liebsten schlagen, der sie auch anschreit, sie hasst ihn, sie hasst sie alle, sie verschluckt sich vor Hass. Aber sie dreht sich um und geht zur gusseisernen Tür, das Überbleibsel einer verlorenen Eleganz, die dieses schlecht ausgeleuchtete Geschäft einst hatte.

»Habt ihr die gesehen? Miststück! Die wollte wie die andere vorne durch! Die feinen, schicken, die haben keine Zeit, wie wir Schlange zu stehen! Ein Glück, der große Genosse, der räumt jetzt auf, der passt auf wie 'n Schießhund!«

*

Es schneit mit weichen, großen, wässrigen Flocken. Die schwarzen Äste der Bäume bedecken sich mit nassem Schnee und vereinzelte Gruppen von Krähen zerschneiden in schräger Linie krächzend den Himmel. Das Wasser ist in ihre Stiefel gedrungen, ihre Füße sind eiskalt, sie spürt sie nicht mehr, die Kälte schneidet ihr in die Wangen, sie geht wie ein Automat weiter und der Ärger verpufft mit jedem Schritt, sie will sich erkälten, sie will so krank sein, dass sie nichts mehr weiß, sie will in der Wärme im Bett liegen, Petru soll mit heißem Tee, Aspirin und Algocalmin bei ihr sein: »He, Letitia, wie lange hast du noch vor, rumzuliegen? Komm, steh auf, du hast gar nichts, oder hast du den Teufel gesehen?« Und dann wird sie ihre Tage bekommen.

Wenn nicht, wird sie noch warten, bis sie jemanden findet, der ihr hilft, diese Bombe im Bauch loszuwerden, ihr wird schlecht werden, und was soll sie Petru dann sagen, wenn er sieht, dass sie sich dauernd übergibt?

Und dann wird auch ihr Buch erscheinen, aber wie kann es sein, dass etwas, woran du so lang gearbeitet hast, deine einzige stille Freude, dir so egal sein kann?

*

Die Einladung zu Dănuţ Iliescus Fest konnte nicht ungelegener kommen. Wie gewöhnlich hatte Letitia kein Taktgefühl, als sie Petru fragte, was für ein Geschenk sie kaufen sollte, hat Dănuţ Geburtstag oder ist es der von Dana oder vielleicht der des Kleinen? Eine Flasche Wein reicht aus, murmelte Petru schlecht gelaunt.

Während Letitia einen Platz für ihren Mantel an der übervollen Garderobe suchte, hielt Petru Dănuţ die Flasche bulgarischen Wein hin, Glückwunsch, macht es gut da, alle zusammen! Erst da merkte sie, dass dies ein Abschiedsfest war, Dănuţ Iliescu hatte die Pässe erhalten und würde die Stelle in Bochum annehmen. Der arme Petru, was hat er von dieser Reise geträumt, Letitia hatte den ganzen Abend über nicht mehr den Mut, ihn anzusehen.

Nach ein paar Stunden wird Dănuţ Iliescu ihnen lauthals und etwas angetrunken verkünden, dass auch der Posten in Montpellier schon vergeben sei, aber sosehr sie ihn auch drängen würden, sie würden den Namen des Glücklichen von ihm nicht erfahren. Dana hatte Endiviensalat gemacht, griechischen Salat, Fleischsalat, Sandwichs mit geriebenem Käse, Sardinen in Zitrone und Butter, Prager Schinken und sie hatte vom Capşa eine Schokoladentorte mit frischer Sahne kommen lassen. Dănuţ spielte auf seinem Grundig Magnetophon abwechselnd ältere Musik, Cha-Cha, Twist, Rock, Tango und dann Deep Purple, Pink Floyd, Rolling Stones, Jimmy Hendrix auf dem an die Stereoanlage angeschlossenen Kassettenrecorder. Serghei hatte eine Kassette mit seiner Lieblingsband mitgebracht, Abba.

*

Ein größeres Glück als das von Dănuţ Iliescu gibt es gar nicht, so mit Kind und Kegel nach Deutschland zu gehen! Die müssten ja verrückt sein, wenn sie zurückkämen! Petru tat sich Eiswürfel ins Glas und zog die Flasche Johnny Walker zu sich heran. Er wird dasselbe tun, wenn er den Pass in die Hand bekommt, aber er müsste ihn eben erst mal kriegen! Sein ehemaliger Student, sicher mit akademischem Grad, der auf einem Schlüsselposten gelandet ist, schwört zu jedem Jahresbeginn, dass er ihn auf die Liste der Stellen im Ausland gesetzt hat, aber jemand muss ihm Knüppel zwischen die Beine werfen, wer? Und wieso? Manuelas politisches Asyl, oder Letitias Akte? Seit er aus China zurück ist, denkt er nur daran, wie er möglichst schnell abhauen kann, es wird von Tag zu Tag schlimmer in diesem Land und er hat dort genug gesehen, um zu ahnen, was für ein Weg hier beschritten werden soll! Darum hat er sich so beeilt, sein Doktorat zu machen, nicht, wie der perfide Dănuţ ihm geraten hat: »Bleib doch noch, Petru, was beeilst du dich mit der Doktorarbeit so? Das ist doch die Arbeit deines Lebens! Wenn du ein bisschen später dran bist, dann geben wir sie beide gleichzeitig ab!«

Nein, er hat sich beeilt, er ist auf dem Zahnfleisch gekrochen, bei der Verteidigung haben ihn alle beglückwünscht und was hat es ihm genutzt? In den Papieren ist er immer noch ohne Doktor, weil er von der Partei keine Bestätigung bekommt! Abartig, könnte man sagen, wenn man nicht hier leben würde! Da beweist sich, dass Dănuţ schlauer gewesen ist, weil er schon gewusst hat, wen er heiratet, er hat sich nicht die Braut angeguckt, sondern die Schwiegermutter, die Sekretärin des Rektors, ein Hauptmann der Securitate, sagt man. Die Schwiegermutter kannte die Knöpfe, auf die sie drücken musste, und ohne dass er Deutsch könnte, was Petru ganz alleine gepaukt hatte, geht Dănuţ Iliescu für drei Jahre nach Bochum! Und wenn du dann die Pässe in deinen Händen siehst, da denkst du an nichts mehr, du sagst nur noch, Küss die Hand, Schwiegermama! Gott gebe ihr wenigstens noch drei Jahre, solange der legale Aufenthalt in Bochum dauert! Wer Beziehungen hat, verlängert den Aufenthalt, wer einen Fehler macht, wird vorzeitig zurückberufen, du, Schwiegermutter, sitz schön als Wachhund an der Tür von Genosse Rektor, dem Akademiker, dem Mitglied im Zentralkomitee! Und wenn du dann in Rente gehst, weil dein Schwiegersohn und deine Tochter politisches Asyl beantragt haben, dann werden deine Freunde von den Pässen dich rüberlassen, damit du deine Familie überzeugst, zurückzukommen. Du findest schon einen Weg, als Schwiegermutter, Mutter und Oma zu Besuch zu kommen, wenigstens alle zwei Jahre, wie das Gesetz es vorschreibt! Dass du öfter kommst, ist gar nicht nötig!

Dănuţ Iliescu wird sein Doktorat in Deutschland machen, mit Unterkunft und Verpflegung durch den rumänischen Staat! Während er, Petru Arcan, der in diesem Scheißland einen Namen hat, wie ein herrenloser Hund von einem zum anderen laufen muss, selbst wenn das Wunder eines einmonatigen Passes für die Konferenz in Genf geschehen sollte! Wenn sein Mann wenigstens jetzt Wort halten und man ihn zur Passstelle rufen würde, hier entlang, bitte! Er würde nicht mal zu der Konferenz gehen, sondern gleich loslaufen und politisches Asyl beantragen, die ganze Quälerei mit der Anerkennung des Doktortitels ist schon ausreichend, um politische Verfolgung nachzuweisen. Manuela hat politisches Asyl bekommen, obwohl sie von einer Visumsverlängerung zur nächsten dortgeblieben ist, und er?

*

Letitia scheint nicht daran interessiert zu sein auszureisen, und drüben könnte sie ein noch schlimmerer Mühlstein um seinen Hals sein als hier. Vielleicht wäre jetzt der ideale Moment, sich voneinander zu trennen. In den letzten Jahren ist es ihnen überhaupt nicht gut miteinander gegangen, sogar das Letzte, was zwischen ihnen noch funktionierte, das Vögeln, läuft nicht mehr, klar ihre Schuld, obwohl er auch kein Engel ist. Es ist keine gute Idee gewesen mit dieser zweiten Heirat, trotzdem sind die ersten Jahre besser gewesen als die Jahre mit Manuela.

Aber Petru Arcan hasst Bilanzen, also streckt er nur die Hand nach der Flasche Johnny Walker aus. Er wird ausreichend Zeit haben, darüber nachzudenken, was er in Deutschland oder in der Schweiz mit Letitia macht, wo auch immer er hinkommt. Sicher ist nur eins, wenn er den Pass in der Tasche hat, mit Visum und Flugzeugticket, dann wird er ihr nichts sagen. Ein paar Zeilen auf einem Zettel in einem verschlossenen Umschlag, der gut sichtbar daliegt, das muss reichen.

Und die andere bekommt dann noch weniger als das. Übrigens ist sie ja verheiratet und er hat ihr nichts versprochen, er hat ihr von Anfang an gesagt, dass auch er verheiratet ist, dass er Probleme mit seiner Frau hat und dass er schon immer ein einsamer Wolf gewesen ist.

*

Und mit dem Asyl in der Tasche werden die Schwierigkeiten erst anfangen: Dann muss er schauen, wo er sich niederlassen kann. Wäre er nicht hier verschimmelt und hätte sich schon vor drei Jahren aufgemacht, hätte Professor Hermann ihm in Deutschland eine Stelle an seinem Lehrstuhl für Balkanistik angeboten. Petru hätte das Angebot angenommen, wenn er dann dort angekommen wäre, obwohl er überhaupt nicht einverstanden ist mit der Idee, Rumänien wäre ein Land des Balkans. Aber wenn die Westeuropäer daran festhalten, soll es so sein, wie sie wollen! Leider hatte Professor Hermann nach einem Schlaganfall vorzeitig in Rente gehen müssen. Pech für ihn, aber vor allem Petrus Pech. Eine verlorene Chance, wie so viele andere. Was er allerdings von vornherein ausschließt, dass er in etwas Politisches einsteigt wie Radio Freies Europa! Er wird seine Universitätslaufbahn, an der er ein Leben lang gearbeitet hat, nicht aufgeben, auch wenn im Westen der '68er-Aufruhr etwas am hohen Ansehen der Zunft gekratzt hat!

Aber seine Chancen verringern sich tagtäglich, *si tu arrives là-bas à cinquante ans, tu es foutu*, grinst Serghei. Er redet gern, ist nur zwei Jahre älter als Letitia! Sie haben ihn als Assistenten in der Uni behalten, mithilfe der Beziehungen seiner Mutter, die vor '44 bei Radio Moskau gearbeitet hat und wie alle ihre Freunde auf sowjetischen Panzern zurückkehrte.

»Die schreien alle im Chor, der Genosse hätte sie an den Rand gedrängt, aber die haben noch genug Möglichkeiten!«, spottet Dănuț Iliescu.

Hier kann man den Klassenhass eines Abkömmlings politischer Gefangener erkennen, aber auch den Neid, falls das nicht dasselbe ist! Dănuț kann nicht leugnen, dass Serghei gut erzogen und belesen ist, seine Eltern hatten andere Möglichkeiten, ihren Jungen großzuziehen, als Frau Iliescu, die ehemalige Frau eines PNȚ*-Abgeordneten, die Straßenbahnführerin wurde, als der alte Iliescu in Aiud im Gefängnis saß.

Aber Dănuț fürchtete ganz unbegründet, Serghei hätte dieselben Posten in Bochum und Montpellier gewittert wie er, wie Petru. Ceaușescu mit seiner Geldgier und seinem bäurischen Antisemitismus hatte die Juden nie gefördert und sie nie auf Stellen im Ausland entsandt, er zog es vor, sie zur Antragstellung auf Ausreise nach Israel zu zwingen, um für sie

* Partidul Național Țărănesc – Nationale Bauernpartei

schöne Dollars zu kassieren. Aber der alte Sârbu, Sergheis Vater, ein Rumäne vom Lande, der wollte nichts von Israel hören! Was sollte er da, auch wenn der Verrückte ihn in Rente geschickt hatte? Er konnte keine Fremdsprache, auch Rumänisch sprach er nur mit Ach und Krach! Schwer verständlich, wieso Sergheis Mutter so einen Grobian geheiratet und ihn ein Leben lang ausgehalten hatte! Vielleicht hat die Partei sie veheiratet, außer leninistischem Fanatismus oder dem Wunsch, ihre reiche jüdische Familie zu brüskieren, gab es kaum eine Erklärung für eine derartige Heiratswahl, die ein Fräulein getroffen hatte, das mit Klavier und Fremdsprachen aufgewachsen war. Letitia mochte Frau Sârbu, auch Petru sprach meistens nur mit ihr, als sie damals noch zu Besuch zu Serghei gingen, er wohnte damals noch bei seinen Eltern auf dem Primăverii-Boulevard. Das war ein Haus! Mit Schwimmbecken im Garten und was für Gemälde, von Pătraşcu, Iser, Baba! Aber die Welt dreht sich weiter! Heute bekommt Serghei Sârbu die Stelle in Deutschland ums Verrecken nicht, weil er Jude ist, dafür leckt sich Dănuţ Iliescu die Finger, er hat die Tochter der Rektoratssekretärin gevögelt, um sicherzugehen, dass ihre Mutter sie ihm zur Frau gibt, und jetzt geht er mit ihr und dem Kind nach Bochum!

»Ich hoffe, Petru, du erlaubst mir, mit Lety zu tanzen, sie war immer schon mein Schatz!«, kichert Serghei.

Petru willigt mit großzügiger Geste ein, nimm sie und mach mit ihr, was du willst!, und füllt sich das Glas mit Johnny Walker.

*

Sein Schatz? Keine Rede! Niemand sieht im Dunkeln Letitias erstarrte Grimasse, als sie sich beim Rock 'n' Roll drehen und herumwerfen lässt, weil Serghei den anderen die Jugendlichkeit seiner vierzig Jahre beweisen will, auf die er zusammen mit seiner Tanzpartnerin zugeht. Er zieht sie fester an sich, als das alte Tonband mit Dalida anfängt, *mon amour, aime-moi, serre-moi, serre-moi dans tes bras, je ne veux pas savoir où tu me conduiras*, und Letitia spannt ihre Muskeln an, um sich vom weichen Körper des anderen loszumachen, der sie im Alkoholdunst seines Atems an sein hartes Geschlecht drückt, das er an ihrer Hüfte reibt, *et si tu n'es qu'un rêve, ne me réveille pas*, sie irrt durch die endlose Nacht des Festes, die Gastgeberin hat Obstsalat gebracht, die Torte, Kaffee, Rémy Martin, wann wird sie sich in das Bett voller fremder Mäntel kuscheln können, nach einem letzten Kontrollgang zur Toilette? Die Erinnerung an Sorin explodiert ihr von den Brüsten bis zum schweren Uterus, *et maintenant que vais-je faire de tout ce temps que sera ma vie, de tout ces gens qui m'indifférent et maintenant que tu es partie?* Ein Feuerball in ihrem Bauch, heftig, heftig, wie die rote Scheibe der Sonne, die mit schwarzer Feder am weichen, weiß-elfenbeinfarbenen Himmel die runden Kronen der Bäume nachzeichnet, während sie benommen von Alkohol und Sex von den Treffen mit Sorin zurückkehrt.

*

Petru will aufstehen und sein Glas wieder füllen, er schwankt und fällt, macht nichts, macht nichts, brabbelt er, seine Hände rutschen auf dem Buhara-Teppich herum, dem Überbleibsel aus dem herrschaftlichen Haus von Iliescus Eltern. Die Damen auf dem Sofa versuchen, ihn aufzuheben, aber er ist zu schwer, er ist in letzter Zeit aufgequollen, die Zirrhose wird ihn fertigmachen, wenn er so weitersäuft, raunt Serghei ihnen zu und zieht ihn ungeschickt oder unentschlossen am schlaffen Arm. Macht nichts, wirklich nicht, murmelt Petru, ein Glück, dass die Gastgeber gekommen sind und ihn mit schnellen, wirkungsvollen Griffen hochziehen, Dana deckt ihn mit der Husse des Sessels zu, Gott sei Dank sind seine

Hosen dunkel und man sieht den Urinfleck nicht, aber Letitia? Wo ist Letitia? Warum kommt sie nicht aus der Toilette?

Letitia steht mit den Unterhosen in den Kniekehlen da und sieht erstarrt auf das nasse Toilettenpapier, das sie zwischen den Lippen ihrer Vulva durgezogen hat, kein braunes Fitzelchen, kein Blutfleck. Sie hört durch ihren ganzen Körper bis zum Scheitel die tauben Schläge ihres ängstlichen Herzens, und sie betet noch einmal, Herr, mach, dass sie kommt, hilf, Herr …

*

»Wie fühlst du dich? Ist dir schlecht, du Arme?«, fragt Sorin, während seine Augen in alle Richtungen wandern, vom schwarzen Wasser des Sees mit den Eisschollen zu den schmutzigen Schneehaufen an der Wurzel der noch schwarzen Bäume.

Ausgerechnet jetzt ist Florinels Wohnung mit dessen Eltern besetzt, die wegen einer ärztlichen Untersuchung vom Land hergekommen sind! Sorin und Letitia treffen sich im Park, angeblich zufällig, aber was kann man in einer halben Stunde reden, während man mit den Blicken alle Büsche und Wege absucht? Er hat ein schuldbewusstes Schimmern in seinen Augen, ist nervös und unausgeschlafen, neben diesem ganzen Unglück mit dir, sagt er, ist es höllisch schwer mit dem neuen Direktor zu arbeiten, der nicht nachvollziehbare Anweisungen erteilt, und wie diplomatisch du auch immer zu sein versuchst, während du ihm etwas erklärst, du schaffst es nicht, dich ihm verständlich zu machen!

Letitia hört bloß mit halbem Ohr zu. Noch immer hofft sie, dass sie eines Morgens mit einem Blutfleck im Schlafanzug aufwacht. Aber weil die Hoffnung täglich sinkt, hat sie jetzt Dorina erzählt, wie sehr sie Angst hat, weil ihre Regel ausbleibt. »Ganz ruhig, wenn du's verbockt hast, ich hol dich da raus! Eine aus meinem Dorf, die ist Krankenschwester, sie hat schon vielen geholfen. Und sogar, Gott bewahre, wenn es eine Komplikation gäbe, schlimme Blutungen, Fieber, dann wird sie dir den Namen einer netten Ärztin nennen, an die du dich wenden kannst, aber gehen wir nicht vom Schlimmsten aus«, sagt Dorina entschlossen.

*

Ist alles besser oder noch schlechter geworden nach dem letzten großen Streit mit Petru? Es hing, höchst absurd, mit ein paar Zeilen zusammen, die Letitia Petru aus Versehen zusammen mit einer unbezahlten Telefonrechnung gereicht hatte:

*Er verbirgt immer irgendetwas und die Lüge, in der er nicht aufhört zu zappeln, ist deutlich sichtbar. Als hätte er sich auf links gezogen, hätte sich ausgewechselt, er ist immer derselbe, aber in zwei Zuständen, und ich glaube, dass auch er nicht mehr weiß, welcher der richtige ist etc. etc.*

Natürlich war Sorin gemeint, eine Seite aus dem Tagebuch, auf der Letitia ihren ganzen Unmut niedergeschrieben hatte, nur dass Petru sicher war, er wäre gemeint.

Als sie sein finsteres Gesicht sah, setzte sie die Brille auf und las die Zeilen sorgfältig durch, dann erstarrte sie: Sie hatte keine Ahnung, was sie da gekritzelt hatte, sie hatte es hastig aufgeschrieben und das Papier in ihre Handtasche gesteckt.

»Halte dich nicht damit auf, das ist für den Roman, den ich angefangen habe, ich wollte dich eigentlich bitten, wenn du Zeit hast, mal drüberzulesen, nein, nicht jetzt, wenn du Zeit hast, Petru …«

»Glaubst du, ich bin nicht imstande eine Romanseite von einer Verleumdung zu unterscheiden?«, schrie er und zerknüllte wütend das Papier. »Denn das ist es, was du hier hingeschmiert hast! Wenn du glaubst, dass das Literatur ist, dann bist du wirklich verrückt geworden! Hast du jemals daran gedacht, dass du deine jetzige Situation nur mir zu verdanken hast? Dein armseliger Onkel, ein beschränkter Dilettant vom Land, hätte nicht mal davon geträumt, mit dem, was er zusammengeschmiert hat, in meiner angesehenen Zeitschrift zu landen! Meine, ja, weil ich hart gearbeitet habe, während der Professor kam und ging wie er wollte! Du wohnst in einer Wohnung im Zentrum, die du aufgrund meiner Beziehungen bekommen hast, sogar die Arbeit, über die du herziehst, aber um die du von deinen armen gekündigten Kollegen beneidet wirst, sogar die hast du als meine Frau bekommen! Und was habe ich von dir bekommen? Die Akte der Familie Branea und Launen über Launen! Glaubst du, ich hätte nicht gemerkt, wie oft du nach Hause kommst und nach Alkohol riechst und dann spielst du in der Küche den Unschuldsengel? Und du wagst es, mir vorzuhalten, ich würde saufen?«

*

Es hatte eine Zeit gegeben, in der sie sich an seine Kleider gehängt hatte und ihn nicht gehen ließ, nachdem sie sich gestritten hatten. Manchmal kam sie die Treppe runter, ihm nach, im schief zugeknöpften Bademantel und mit vom Weinen verzerrtem Gesicht. Jetzt rannte sie nur zum Badezimmerschränkchen und schluckte zwei Extraveral.

Sie schwitzte, sie fror, sie hatte nur ein Päckchen Litoral, das sie bis zum Morgen aufrauchte, sie steckte eine an der anderen an, dann öffnete sie Fenster und Türen, damit Petru den Rauch nicht roch, wenn er nach Hause kam. Sie hätte Sorin gern zu Hause angerufen, nur um seine Stimme zu hören, er hätte sie beruhigt, aber es war spät geworden und was hätte sie ihm schon sagen können? Dass die an ihn gerichteten Vorwürfe in Petrus Hände geraten waren? Sie konnte ihm das nicht erklären.

Sie kroch auf allen vieren im Zimmer herum, bis sie die Papierkugel fand. Nach einem kurzen Zögern strich sie sie glatt und klebte den Zettel in ihr Heft, dessen Platz sie geändert hatte, sie hatte es unter der Matratze hervorgeholt und in ihre Wäscheschublade gelegt. Vielleicht würde es ihr doch noch mal nützlich sein, für den Roman, den sie im Kopf hatte.

*

Erst nach Mitternacht kroch sie ins Bett. Die kalte Luft draußen zog durch die überalterten Rahmen der gefrorenen Fenster. Der Kitt, der sie abdichten sollte, war spröde geworden und an manchen Stellen abgefallen: die Gleichgültigkeit der Paare, die ihr Nest nicht mehr pflegen, weil sie nicht wissen, wie lange sie noch zusammen sein werden. Ihr war kalt am Rücken und sie erinnerte sich, wie sie sich früher an Petrus Körper aufgewärmt hatte. Verwirrt, kurz davor einzuschlafen, wünschte sie sich, Petru wäre unerwartet zurückgekommen, würde ins Schlafzimmer kommen, ohne das Licht anzumachen, würde sich hastig im Licht der Straßenlaterne ausziehen: das Klirren des Gürtels und seine kalte Hand, die unter das Gummi ihres Schlafanzugs rutschen würde.

Morgens hatte sie Sand in den Augen, sie hatte schlecht geschlafen, war aufgewacht und wieder eingeschlafen. In der letzten Zeit war sie nicht mehr zu spät bei der Arbeit erschienen, weil die Unruhe sie geweckt hatte. Sie rannte ins Bad, um nachzusehen, glaubte aber schon vorher nicht mehr an den ersehnten Blutstropfen. In der ganzen Wohnung kein Zeichen, dass Petru inzwischen nach Hause gekommen und wieder gegangen wäre, bevor sie aufwachte. Sie öffnete die Fenster, setzte sich mit Kaffee und Zigarette an seinen Arbeitstisch, die Korrekturfahnen des Buchs waren gekommen und sie musste sie in einer Woche abgeben. Auf den ersten

Seiten war es ihr schwergefallen, sich zu konzentrieren, dann packte sie der Text, und als sie aufstand, um bald loszugehen, hatte sie eine seltsame Ruhe erfasst.

Draußen war die Luft frisch und belebend, man hörte die Straßenbahnen, den beruhigenden Lärm der leeren Milchflaschenpaletten, morgen, rief der Verkäufer denen in der Schlange zu, die keine bekommen hatten. Morgen! Morgen, dachte Letitia munter. Im scheinbar noch nie geputzten Fenster des Alimentara huschte mit Augenringen und verkrampftem Kiefer ihr Gesicht vorbei.

Kapitel 25

# Der Unfall

Petru war nach Hause gekommen, als sie im Büro war, er hatte ihre schmutzigen Teller im Spülbecken vorgefunden. Am nächsten Tag kam er morgens zurück. Sie wechselten kaum ein paar Worte und zu ihrer Erleichterung blieb er immer häufiger weg, vor allem nachts.

Aber weil ihr vor leeren Wohnungen graute, schleppte sie Dorina mit nach Hause, die Diät machte und sich Tangas und BHs von Triumph auf dem Schwarzmarkt gekauft hatte. Warum sie wohl ihr Geld rausschmeißt, wo sie doch keinen hat, dem sie das zeigen kann?, wunderte sich Letitia. Jedes Mal, wenn sie das reizlose Gesicht ihrer Freundin sah, konnte sie nicht anders, als sie zu bemitleiden, arme Dorina, was auch immer sie anzog, sie sah trotzdem nicht gut aus! Zu Hause tranken sie Sauerkirschlikör, rauchten, lachten. Dorina leerte ihren Köcher mit Geschichten über Eleonora, Titus und die näherstehenden Kollegen, nur Sorin kam in ihnen nicht vor, und Letitia erzählte ihr von den Streitereien mit Petru.

Auch sie erwähnte Sorin nicht, der seit zehn Tagen nichts mehr hatte von sich hören lassen. Vielleicht ist Freund Florinel umgezogen und wir können uns nirgends treffen, so machte sie sich selbst Mut und bewachte in der Küche den Stieltopf mit dem echten Mokka von Wiener Kaffee, den die schlaue Dorina wer weiß woher mitgebacht hatte.

*

Gibt es wohl wirklich ein Erwachsenenalter, oder ist das nur ein Märchen?, fragt sich Letitia.

Und sie richtet ihren Blick auf die kleine blaue Flamme des Gasherds und sieht Petru an, der vor zwei Abenden ohne das Licht anzuschalten zu ihrem Sofa im Flur gekommen ist, auf dem sie in letzter Zeit schläft. Der vertraute, nach Alkohol riechende Atem und der Körper, den sie nicht wiedererkennt, ein fremder Mann, der nicht weiß, wie man um etwas bittet, sondern nur, wie man nimmt, dessen scharfe Fingernägel ihre Schenkel zerkratzen, um sie auseinanderzuspreizen, sein Geschlecht ist eine klebrige, kalte Schnecke, das er ihr in die Hand legt, während sie noch zappelt, um ihm zu entkommen, was ist, keucht Petru, was ist, warum willst du mich nicht? Und dann, während er weiter versucht, in sie einzudringen, bin ich so abstoßend? Stoße ich dich ab? Sag es mir! Aber sie hat geschwiegen.

Sie hatte den ganzen Tag darüber nachgedacht, wie sie sich in der nächsten Nacht vor Petru schützen konnte. Das Einzige, woran sie auf keinen Fall gedacht hatte, war, seinen Schrank leer vorzufinden, ohne seine Anzüge und guten Hemden. Zum ersten Mal tat es ihr leid, dass sie nicht wusste, wie die Frau aussah, zu der er nachts verschwand, sie war sicher, dass er zu ihr gezogen war. Vielleicht war Petru in der Nacht zu ihr gekommen, um irgendwie Abschied zu nehmen, und er hatte es auf seine Art gemacht, brutal und unangemessen, der arme Petru!

Warum hatte sie den Umschlag nicht gesehen, der an der Nachttischlampe lehnte? Warum hatte ihn ausgerechnet Dorina finden müssen? Weil Dorina eine hervorragende Beobachtungsgabe hatte und Letitia immer mehr abstumpfte. Sie war abhängig von Sorin und Dorina geworden, von beiden jeweils anders.

Noch immer bewachte sie den Kaffeetopf, in den sie sorgfältig zwei Löffel Kaffee gerührt hatte, als Dorina mit dem bereits geöffneten Umschlag hereinkam:

»Keine Sorge, ich habe nicht gelesen, was drinsteht«, sagt sie.

Dorina sieht ihr aufrichtig, freundschaftlich in die Augen und Letitia fragt sich gar nicht erst, ob ihre Freundin nun den Zettel gelesen hat oder nicht, den Petru ihr vor seinem Aufbruch zum Flughafen geschrieben hat. Das Wasser auf dem Herd brodelt mit zischendem Blubbern, und bevor Letitia sich zu ihr umgedreht hat, ist die Küche vom Geruch verbrannten Kaffees erfüllt.

*

Sie wird nie erfahren, was für Gründe, welche Herausforderungen Sorin in dieser Woche gehabt hat, als er sich nicht bei ihr melden konnte.

»Für Fische entwickeln sich die Dinge unvorteilhaft! Ich hoffe, wir kommen trotzdem zurecht, vor allem du, du wechselst ja in eine neue Dekade!«, hatte Alin Costescu im November zu ihm gesagt.

Und er hob seinen schüchternen Mädchenblick unter den dicken, verklebten Wimpern, während die kräftige, haarige Hand auf der verworrenen Zeichnung von Sorins Horoskop herumwanderte.

»Während des Studiums war Astrologie mein heimliches Hobby, aber jetzt bin ich ein Profi! Mich haben schon wichtige Persönlichkeiten aufgesucht, Securitate-Offiziere, Parteisekretäre, damit ich ihnen das Horoskop erstelle!«, säuselte er stolz.

Alins Offiziere von *gesunder Abstammung* sind voller bäuerlichem Aberglauben, dachte Sorin. Sie haben Sätze aus den Reden des Genossen auswendig gelernt, aber in Wirklichkeit sind sie gierig auf Übersinnliches und Esoterik! Ich Depp, was hab ich mir hier eingebrockt?!, schimpfte er mit sich selbst und versuchte, sich den Aufdringlichkeiten Alins zu entziehen.

Sorin war stolz auf seinen Positivismus. Er hatte vor längerer Zeit ein Buch von Auguste Comte gelesen, das er in Virgil Olarus Bibliothek gefunden hatte, mit der sehr herzlichen Widmung eines sogenannten Traian Branea, war dieser Traian wohl auch so ein in seinen Vater verliebter Homosexueller gewesen, wie es ihm jetzt mit Alin passierte?

Er hatte sich tatsächlich schwergetan, ihm seine Daten für das Horoskop zu verraten und er warf es sich immer noch vor, dass er damals, als er seinen ehemaligen Kommilitonen zufällig auf der Straße getroffen hatte, bereit gewesen war, mit ihm einen Saft in der Konditorei Katanga trinken zu gehen.

*

Er war wie erstarrt, als Alin, der mit ihm aus der Wohnung gekommen war, um ihn ins Treppenhaus zu begleiten, ihm im Fahrstuhl zuflüsterte, er wäre in den letzten Wochen so glücklich, weil das Horoskop ihnen Gelegenheit gegeben hätte, sich öfter zu sehen! Er hoffe, sie würden sich von jetzt an näherkommen, er liebe ihn seit zehn Jahren, aber er hätte ihn nie in Schwierigkeiten bringen wollen.

Panisch hatte Sorin sich an den Spiegel gedrückt, in dessen rostzerfressenen Tiefen er am liebsten verschwunden wäre, obwohl er mit dem armen Alin ja nichts riskierte. Lange Zeit würden ihn seine unterwürfigen Blicke, die eines Verliebten, noch verfolgen, die schwarzen verklebten Wimpern, während er, wie peinlich … Allgemeinplätze von sich gab, ich habe nichts gegen so was, ich kann das verstehen, aber ich, du siehst es ja, ich ziehe Mädchen vor … Er würde es sich vorwerfen, dass er den armen Alin wegen dieses idiotischen Horoskops angesprochen hatte, Gerüchte über dessen Homosexualität hatte es schon an der Uni gegeben! Er hätte vorsichtiger sein sollen, ohne Besuche bei ihm zu Hause, mit diesen ganzen Mahlzeiten, die Frau Costescu ihnen servierte, und immer dieselbe Frage auf den Lippen:

»Warum heiratest du nicht endlich, Sorin, und gehst meinem Sohn mit gutem Beispiel voran?«

Dann Alins wieherndes Gelächter:

»Komm, Mama, lass ihn in Ruhe! Ich hab so lange geredet, bis er endlich zu uns gekommen ist, und du verjagst ihn! Wozu sollen wir heiraten? Keine Ehefrau der Welt kocht so wie du!«

*

Dieses dumme Horoskop mit Gegenüberstellung von Uranus und Saturn, Weisheit und Abenteuer, Konservatismus und Wechsel, Saturn im zwölften Haus, Dinge, die aus der Vergangenheit kommen, Lebensgefahr und so ein Unsinn, es hat einen zu hohen Preis!, wird Sorin sagen. Er hatte von Alin erfahren wollen, ob er ein adoptiertes Kind war oder nicht, wer seine leiblichen Eltern waren, aber er hatte ihm nichts darüber gesagt. Vielleicht war das Geburtsdatum nicht richtig? Nelly behauptete, doch, aber sie weinte immer, wenn er sie fragte. Er hat sich die mehrdeutigen Antworten Alins selbst zuzuschreiben:

»Die Situation, die dich so in Beschlag nimmt, ist besser, als du denkst, du wirst zwischen zwei Frauen wählen und ja, ich sehe noch etwas, ich weiß nicht, ob das eine Hochzeit ist oder, um Gottes willen, der Tod, nein, nein, das ist sicher nicht der Tod, aber ich hab dir gesagt, es besteht die Gefahr eines Unfalls!«

Wer wählt in einem gewissen Alter nicht zwischen zwei Frauen? Wer schwebt nicht in Gefahr, einen Unfall zu haben, wenn er es zu was gebracht und sich ein Auto gekauft hat? Alin kommt ihm vor wie eine Kaffeesatzleserin. Nein, er hat ihm nicht gesagt, was ihn quält, die stagnierende Karriere, das Grinsen des Leiters vom Personaldienst, der neue Direktor, der nichts über das Institut weiß, während er aber wohl besser über die Geschichte von Sorins Geburt informiert ist als er selbst.

*

Frau Costescus verzweifelter Anruf um Mitternacht, nachdem Alin verhaftet worden war, ließ ihn die ganze Nacht wach liegen. Er kam weiß wie eine Wand ins Büro, zitterte am ganzen Leib und wusste, er musste etwas tun, bevor er wegen seiner unüberlegten Treffen mit Alin zum Netzwerk der Homosexuellen gerechnet wurde. Was hätte er ohne Dorinas energisches Vorsprechen bei Securitate-Leutnant Bîclişeanu getan, der ziemlich zu ackern hatte, bis er ihn aus der Sache rausgeholt hatte?! Er wäre dem Untersuchungsbeamten von Jilava in die Hände gefallen, er wollte sich gar nicht vorstellen, wie sadistisch die gewesen wären! Bei den Erklärungen, die von ihm verlangt wurden, wiederholte er immer wieder seine Absicht, Dorina zu heiraten, obwohl er eigentlich immer noch dachte, seine Beziehung mit ihr wäre genauso provisorisch wie die mit Letitia.

*

Zwanzig Jahre später würden die wenigen Überlebenden des geheim gehaltenen Homosexuellen-Prozesses der kommunistischen Zeit, bei dem viele Jahre Gefängnis verhängt worden waren, in Talkshows als Mitglieder einer Verschwörung gegen Ceauşescu vorgestellt werden. Das wird auch die Version von Alins Mutter sein, die noch immer Trauer trägt, seit sie einen Monat nach der Verurteilung ihres Sohnes erfahren hat, dass er im Gefängnis an einem Infarkt gestorben ist.

Die Moderatorin der Talkshow würde am Ende der Sendung eine medienwirksame Neuigkeit verkünden:

»Wir werden bald das Tagebuch Alin Costescus zu lesen bekommen, ein echtes geheimes Buch aus der Schublade!«

Doch dann hörte man nichts mehr – weder von dem Tagebuch noch von der anticeauşistischen Verschwörung.

Der in den Neunzigern gegründeten Stiftung zum Schutz sexueller Minderheiten gelang es mit viel Druck auf das Parlament, die Homosexualität, die den armen Sorin fast zur Strecke gebracht hätte, zu entkriminalisieren. Aber ihm reichte bereits der Druck, den er wegen seiner leiblichen Eltern hatte.

*

Deren Vergangenheit trat gleichzeitig mit Securitate-Offizier Vistig auf bedrohliche Weise in sein Leben. Und als er ihn nicht mehr zu sehen bekam und schon dachte, er wäre das alles los, stolperte er wieder darüber, als der Nachfolger, Hauptmann Adriean Bîclişeanu, ihn fragte, ob seine Eltern ihn damals auf der deutschen Schule angemeldet hätten, um ihm eine Begegnung mit Vasi Stamatiu zu erleichtern:

»Sagt dir dieser Name nichts? Komm, ohne Witz! Hat Hauptmann Vistig dir nicht gesagt, dass Vasi Stamatiu dein leiblicher Vater sein könnte? Warum kommt dir das unmöglich vor? Stamatiu war in den dreißiger Jahren lange mit einem Stipendium in Berlin, wegen eines Doktorats, das er nie beendet hat, und er hat dann eine Zeit im Exil in Rostock und Freiburg verbracht, aber er war auch hier in Rumänien. Vistig hat behauptet, dass der, den du bei deiner ersten Auslandsreise getroffen hast, ja, Professor Hermann, dieser Stamatiu sein könnte! Er hätte seinen Namen mittlerweile ändern können, wo ist das Problem? Und über Sorana Iovănescu, was weißt du da? Was denn, wirklich nichts, nichts? Hat Hauptmann Vistig dir nicht gesagt, dass sie deine leibliche Mutter ist? Wenigstens darüber gibt es keinerlei Zweifel! Auch sie ist eine Frontfrau der Legionäre gewesen, sie ist im Gefängnis gestorben! Nelly und Virgil Olaru haben dich adoptiert, als du sehr klein warst, darum erinnerst du dich nicht!«

Der redselige Bîclişeanu hatte Sorin endlich verständlich gemacht, warum seine Karriere stockte. Er zerrte hinter sich nicht das gewöhnliche Klimbim einer gewöhnlichen Familie her, sondern zwei gefährliche symbolträchtige Kadaver. Deretwegen hätte er bei einer weiteren Restrukturierung jederzeit aus dem Institut fliegen können, das für ihn zur zweiten Familie geworden war.

Aber er konnte sich nicht an den Gedanken gewöhnen, dass nicht die sorgende Nelly, sondern eine rachsüchtige Walküre seine Mutter war! Und der Gedanke, dass er die Gene von Vasi Stamatiu geerbt hatte, der vom Rednerpult aus Exekutionen und körperliche Strafen gefordert hatte, bereitete ihm Alpträume. Er glaubte auch nicht, dass sich Leute im Laufe eines Lebens so weit ändern konnten, dass aus einem brutalen und mystischen Abenteurer ein netter und zivilisierter Mann wie Professor Hermann werden konnte.

Damals, bei seiner ersten Reise, als er merkte, worauf Vistig hinauswollte, schloss Sorin seinen Bericht mit der Schlussfolgerung, Günther Hermann könnte ein Rumäne sein, der um keinen Preis seine ehemalige Nationalität zu lüften bereit sei. Die Tatsache, dass er ihn zu sich nach Hause eingeladen hätte, was ein Westler äußerst selten mit einem Grünschnabel aus dem wilden Osten täte, war eins der Argumente gewesen, auf das er seine Schlussfolgerung gestützt hatte, das war tatsächlich etwas dünn gewesen.

*

Auf die Glückwunschkarten zu den Feiertagen, die Sorin mit gewohnter Pünktlichkeit versandt hatte, war nie eine Antwort von Professor Hermann gekommen, warum wohl?, fragte er sich immer. War Professor Hermann plötzlich klar geworden, dass er sein Haus einem Bösewicht aufgetan hatte, oder hatte Vistigs allmächtige Institution die Korrespondenz unterbrochen? Durch Leutnant Adriean Bîclişeanu erfuhr Sorin später, dass Professor Hermann einen Schlaganfall erlitten hatte, und dass Vistigs frühzeitige Pensionierung mit diesem unglücklichen Fall verknüpft gewesen war.

»Es hieß, er hätte auf eigene Faust gehandelt und seine Zuständigkeiten überschritten! Er hat den deutschen Professor verschreckt, und so war es nicht mehr möglich, seine wahre Identität zu ermitteln«, der junge Securist lächelte abschätzig.

War der Schlaganfall von Günther Hermann etwa die Folge seines lügenhaften Berichts gewesen, fragte sich Sorin seither. Hatte er in dem gnadenlosen Vorgehen diverser Offiziere einen Unschuldigen zum Fraß vorgeworfen, der nett zu ihm gewesen war? Oder hatte er seinen leiblichen Vater ausspioniert? Egal, ob er den deutschen Professor Günther Hermann oder den Legionärsführer Vasi Stamatiu getroffen hatte, er, der nichts als Gutes tun wollte, hatte allen, die ihm nahestanden nur Schlechtes zugefügt. Noch nie war Sorin so unzufrieden mit sich gewesen wie in diesen Monaten.

Aber seine wahrscheinlichen leiblichen Eltern, die in seinen Alpträumen auftauchten, änderten seine Gefühle für Virgil und Nelly Olaru um keinen Deut: Es gab auch Dinge, die er niemals verraten würde.

*

Vielleicht hätte er mit Professor Hermann anders gesprochen, wenn der Securist Vistig, der ihm damals den Auftrag gegeben hatte, sich an Hermann heranzumachen, ihm verraten hätte, dass er geschickt würde, um seinen mutmaßlichen leiblichen Vater zu jagen. Er hatte ihm bloß ein unscharfes Foto aus einer vergilbten Zeitung gezeigt: ein großer dunkelhaariger Mann mit langen Haaren, Stiefeln und Legionärsgürtel neben einem Unbekannten, der Codreanu oder Sima sein konnte, Vistig hatte es ihm nicht sagen können.

Günther Hermann, vielleicht sein leiblicher Vater, dazu

das gemütliche Land und dessen komfortables Leben, in dem es Sorin sehr gefallen hätte, sich niederzulassen! Er hätte zu Hermann sagen können: »Ich will nicht wissen, was du in Rumänien gemacht hast! Ich will nicht, dass der von damals mein Vater ist, mit seinen unmöglich nachvollziehbaren, unverzeihlichen Verbrechen! Ich will dich, den von jetzt, mit dem durch Kolloquien und Forschungsbände geregelten Leben, mit Golfpartien und im Sommer Tennis und im Winter zwei Wochen Skifahren in der Schweiz, mit Evelyne, die deine lebenslange Diät überwacht, die Wasser spart, Putzmittel vermeidet und die Amerikaner hasst!« Vater Günther hätte ihn an einen guten Arbeitsplatz empfohlen und ihm die Tochter seines Freundes vorstellen können, mit dem er Golf spielte, seine zukünftige Frau. Er hätte Nelly nach kurzer Zeit auch außer Landes geholt, und Letitia? Letitia hätte ein bisschen gelitten, aber das war ja gut, dann hatte sie ein Thema für ihren Roman und währenddessen würde sie sich einen anderen erobern! Und Dorina kam als zukünftige Frau ja sowieso überhaupt nicht infrage!

Aber die Dinge hätten auch so laufen können, wie Bîclişeanu es beschrieb: »Wenn du in Deutschland geblieben wärst, hättest du uns die Bestätigung dafür geliefert, dass Günther Hermann Vasi Stamatiu ist! Und wenn er gewusst hätte, dass sein früheres rumänisches Leben jeden Augenblick auf der Titelseite der *Frankfurter Allgemeinen Zeitung* hätte auftauchen können, dann Adieu Universität, Adieu Freunde, Adieu reiche Ehefrau. Herr Hermann-Stamatiu wäre, wie du, unser Mann geworden. Und ihr hättet nie vergessen, was Trotzki uns gelehrt hat: Der Arm der Revolution ist lang!«

*

Ein Schlaganfall würde den ehrwürdigen Sofronie ans Bett fesseln, er würde nicht mehr imstande sein zu sprechen und seine rechte Hand zu benutzen, er würde vor sich hin brabbeln und aus Leibeskräften versuchen, seinem Neffen Sorin etwas mitzuteilen.

Hatte der hohe Prälat, dem Gott es vergönnt hatte, hundert Jahre alt zu werden, gut daran getan oder nicht, das Geheimnis der letzten Beichte Virgil Olarus über seine Sünde mit Sorana – der gemarterten Schwester des ehemaligen Corneluş aus seinem lang vergangenen Laienleben – so lang für sich zu behalten? Kinder leiden unter den geheim gehaltenen Sünden der Eltern, denn so will es Gott, würde es vielleicht durch den verwirrten Geist des guten Sofronie gehen, während ihm das Atmen immer schwerer fiele und die Tränen weiter in die entzündeten, blassblauen Augen stiegen – die alte allergische Bindehautentzündung oder Schuldgefühle? Mit letzter Kraft würde er versuchen, etwas auf das Papier zu kritzeln, das ihm der Neffe, erfinderisch wie immer, unter die linke Hand legen würde. Er würde bald aufgeben, aber Sorin, mit ergrautem Haar und weit über die Mitte seines Lebens hinaus, würde die paar gestammelten Worte mit dem Geschriebenen verbinden und begreifen, dass er nun endlich seinen Vater Virgil zurückbekommen hatte, den, der für ihn neben der ergebenen Nelly, der Cousine der unbekannten Sorana, immer sein wahrer Vater gewesen war. Wie er immer gehofft hatte, waren weder die Gene noch das Blut des düsteren Vasi Stamatiu in ihm, und auf einmal zählte es für ihn nicht mehr, ob Stamatiu zu Professor Hermann geworden war oder nicht.

Und was brachte es ihm noch, zu erfahren, dass er vergeblich verraten und gequält worden war, da alle Spiele der Welt sich gewendet hatten?! Die wichtigen Akten waren jetzt andere, die alten schienen so absurd, dass es nur noch wenige geben würde, die sie noch verstehen wollten!

*

Bis zu diesem Moment sollten jedoch noch zwei Jahrzehnte vergehen. Gerade steht Letitia in der Raucherecke mit einer nicht angezündeten Zigarette zwischen den Fingern, sie hat Angst sich zu übergeben, sobald sie den Rauch in die Lunge zieht, in den letzten Tagen ist die Übelkeit häufiger aufgetreten, noch ein schlechtes Omen der Schwangerschaft, über die sie unbedingt, unbedingt mit Sorin sprechen muss! Sie steht am Ende des Ganges, weniger um zu rauchen, eher, um ihn zu erwischen, wenn er mit seiner ewigen Akte in der Hand aus dem Büro kommt.

Nur, dass er sie überrascht, indem er in ihrem Rücken auftaucht, wie seltsam! Er hat sonst nicht die Angewohnheit, so spät zur Arbeit zu kommen. Im Gehen fährt er sich mit der Hand durch das zerzauste Haar, er holt aus seinem ewigen Diplomatenkoffer hastig *Tante Julia und der Kunstschreiber*, ein Buch, das nur schwer zu erhalten ist, wenn man der Buchhändlerin keine *Aufmerksamkeit* dafür zukommen lässt, er hält es ihr hin, lächelt schief und entfernt sich, bevor Letitia noch den Mund aufmachen kann.

Sie strengt sich an, wie in Eile zu scheinen und geht in eine der Toilettenkabinen, wo zum Glück niemand ist, beim starken Geruch der Putzmittel blättert sie mit vor Ungeduld feuchten Fingern in dem Buch, bis sie endlich die aus einem Notizbuch gerissene Seite mit dem Datum von morgen findet, *Freitag, 4. März,* und Sorins Schrift *Strada Lujerului, 18:30 Uhr.* Morgen also. Sie atmet erleichtert auf. Einen Tag, so lange muss sie noch warten! Endlich werden sie sich in der Wohnung von Freund Florinel sehen, sie werden Liebe machen und reden! Freitag ist ein kurzer Arbeitstag, so zäh der Verkehr auch sein wird, sie hat genug Zeit, um pünktlich zu sein.

*

Sie kommt lächelnd und entspannt in ihr Büro, wo mit aufgeregten Stimmen über ein Gerücht gesprochen wird, sie versteht kaum, worum es geht, jemand scheint mit einem neuen Wagen einen Unfall gebaut zu haben, man weiß nicht wer, aber man weiß, dass Dorina Gabor drinsaß und sie jetzt anscheinend im Krankenhaus ist, wohl verletzt, so ein Pech für die arme Dorina! Manche behaupten, auch Sorin Olaru wäre verletzt, das Lächeln auf Letitias Gesicht wird immer starrer, bis es zum schiefen Grinsen geworden ist.

»Vor keiner halben Stunde war Olaru auf der Allee an der Lenin-Statue! Ich hab ihn aus dem Fenster gesehen! Er kam gerade zum *Gebäude*!«, widerspricht ihnen Harry Fischer.

»Der Mossad irrt sich nie! So wird es sein!«, witzelt der Parteisekretär und alle lachen, außer Letitia, die verwirrt von einem zum anderen schaut.

Wie soll Sorin verletzt sein, er hat ihr doch vor ein paar Minuten das Buch von Vargas Llosa mit dem Zettel in die Hand gedrückt? Und was hätte er mit Dorina in einem neuen Auto zu suchen?

»Olaru ist gefahren, darum ist ihm nichts passiert! Dorina war auf dem Todessitz, darum ist sie verletzt!«, erklärt eine, die alles weiß.

»Aber hat das Opfer wohl eine Anzeige bei der Polizei erstattet? Sie, meine ich, nicht er!«

Letitia fängt an, ihre Sachen zusammenzuräumen, manchmal erträgt sie das Pingpong der Bemerkungen und das höhnische Lachen nicht.

»Eine ganz andere Frage, wem hat das Auto gehört?«

»Aber was haben die beiden da drin gemacht?«

»Jetzt streng mal dein Hirn an und versuch's dir vorzustellen!«

Allgemeine Belustigung. Sie hat ihre Tasche geschnappt, murmelt an der Tür etwas über einen Zahnarzt und einen

Backenzahn, manche nicken bestätigend, der Rest bemüht sich, herauszufinden, wer der Besitzer des Autos war, das Auto gehört Dorina, sie hat einen Führerschein, Sorin ist bei der Stadtfahrt rauschend durchgefallen und beim Einparken auch.

Letitia geht hastig die Treppen des *Gebäudes* abwärts und rennt am Pförtner vorbei, wenn Petru nicht mehr von der Konferenz in Genf zurückkommt, werden sie sie rauswerfen wie Lili, also ist es auch egal, dass sie jetzt eine Stunde vor Feierabend rausgeht! Ihr zukünftiges Leben hängt von Petrus Rückkehr ab, aber im Kopf hängt sie an Sorin, sie hat seinen Körper auswendig gelernt, aber wozu, wenn sie nicht einmal seine täglichen Wege kennt? Sie will nicht mehr daran denken, sie will zum Epilieren und zum Friseur gehen, es sind keine 24 Stunden mehr und er wird ihr den Unfall erklären, und was er in Dorinas Auto zu suchen hatte.

*

Sie steht fast schon eine Stunde an der Haltestelle beim Löwen und liest mechanisch immer wieder die Inschrift auf dem Sockel der Statue, die zu Ehren längst vergessener Toter aufgestellt worden ist: *Sagt kommenden Generationen, wir haben 1916 ein großes Opfer gebracht.* Als dann endlich ein Bus mit Trauben von Menschen hält, die an den Einstiegen hängen, hat sie keine Chance, sich zwischen den Frauen hindurchzudrängeln, die Einkaufstaschen hinter sich herzerren und vom Kindergarten abgeholte Kinder, und zwischen den Pendlern, den Bauern mit Säcken voller Brot auf dem Rücken. Sie sieht auf die Uhr, wenn sie zu Fuß geht, kann sie noch pünktlich zur Piața Lujerului kommen und gegenüber liegt Freund Florinels Wohnung.

Sie geht schnell, ihr Kopf ist heiß, wäre es denn gut, sich für Sorins Abenteuer mit Dorina zu rächen und ihm ihre zarten Momente mit Harry Fischer aus der letzten Zeit zu erzählen? Nur, dass sie seine Antwort schon kennt, das wird nicht das erste Mal sein, dass du das machst, es ist nur das erste Mal, dass du es mir erzählst, was soll da die Neuigkeit sein? Und vielleicht wird er dann aufstehen und gehen, ein erwachsener Mann mit vor Eile unordentlichen Kleidern, er wird für immer die Treppe aus Florinels Wohnung nach draußen nehmen, will sie das etwa? Will sie ihren Sorin verlieren? Besser, sie gibt sich damit zufrieden, dass er ihr etwas verheimlicht, so wie sie ihm eben auch etwas verheimlicht, und sie finden zur Annehmlichkeit ihres heimlichen Zusammenseins zurück, das Einzige, was sie erreicht haben, seit sie zusammen sind. Wieder die drei Stunden im Bett, wieder die Benommenheit vom Trinken, ihre Münder, die nach Zeit und Zigaretten riechen, ihre vereinten Körper, die schwer gewordenen, etwas in mir zappelt, es will dich loswerden, etwas will weitermachen, verstehst du, Sorin?

Als sie hochsieht, ist sie schon bei der Milchfabrik angekommen. Die Bäumchen am Straßenrand haben rote Äste voller Knospen, die unbemerkt in der Kälte und dem Nebel Anfang März gewachsen sind. Sie geht zu Fuß die Treppe hoch und fragt sich, ob sie sich nicht seit Jahren schon nur mit ihrem Hirngespinst trifft. Hat Sorin sich verändert? Ja, er hat sich verändert, aber wann? Wieso sind sie beide plötzlich in dieser merkwürdigen Situation?

*

Hier ist überhaupt nichts merkwürdig, behauptet Sorin, er weicht ihren Blicken aus und wedelt mit den Händen. Er und Dorina sind Arbeitskollegen, sie wohnen im selben Viertel, Dorina hat schon einen Führerschein, er ist durchgefallen, kann denn Letitia nicht verstehen, dass er ihr nichts von dem Auto gesagt hat, weil er vor ihr nicht so blöd dastehen wollte? Ich habe es dir nicht gesagt, Lety, selbst nach meiner bestandenen Prüfung nicht, weil ich dir eine schöne Überraschung machen wollte, ich wollte dich zu einem Ausflug einladen, aber jetzt ist das Auto in der Reparatur, zum Glück war es versichert! Ja, richtig, er hätte ihr sagen müssen, dass er und Dorina geplant haben, zusammen ein Auto von dem Geld zu kaufen, für das sie beide gearbeitet haben, so viele Nachmittage Überstunden, ein Auto, das sie abwechselnd fahren, was soll das beweisen? Nichts! Im Moment des Unfalls sind sie beide im Auto gewesen, weil sie beide dienstlich etwas im selben Viertel zu tun hatten. Sorin wirkt aufgeregter als je, den Unfall hat er verursacht, Dorina hat nur ein paar Kratzer, nichts Schlimmes, aber er fühlt sich schuldig, so wie er sich auch vor Letitia schuldig fühlt, die sich bei dieser Auslassungslüge ein falsches Bild machen könnte, aber du wirst doch nicht eifersüchtig auf eine wie Dorina sein, schmeichelt er.

*

Dafür ist Dorina umso eifersüchtiger auf Letitia, je mehr sie mit ihr zusammen ist und sie überwacht, so wie sie auch Sorin überwacht. Letitias Blindheit, die Art, wie sie einfach der Nase nach durchs Leben geht und vor allem ihre Schwangerschaft entsetzen Dorina, aber sie wird Letitia helfen, es loszuwerden, und dann wird sie Sorin befreit haben und noch dankbarer und ganz für sich.

Er hat immer versucht, Entscheidungen hinauszuzögern, weil er gehofft hat, das Leben würde alles an seiner Stelle regeln, würden denn sonst seit Tausenden von Jahren die Männer dem Druck der Frauen widerstehen können?, dachte er bis vor Kurzem und war zufrieden, dass er zum männlichen Erwachsensein gefunden hatte, zum Zynismus genauer gesagt. Aber jetzt weiß er, dass er es nicht mehr lange hinauszögern kann.

»Wie kannst du mir das antun, nachdem ich so viel für dich gemacht habe?!«, zischt Dorina ihn immer häufiger an, und ihre Wangen brennen vor zurückgehaltener Wut. »Warum zögerst du, *eine Entscheidung zu fällen*?«

Verschiebt Sorin die Entscheidung, weil er noch an Letitia hängt und weil er leidet, wenn er jemanden verletzt, oder weil diese Beziehung ein Alibi ist, das ihn vor dem Druck Dorinas schützt?

*

Letitia schweigt und raucht eine nach der anderen die albanischen Arberia-Zigaretten.

»Die haben einen ganz ähnlichen Geschmack wie die chinesischen Zigaretten, auch wenn sie nicht genauso parfümiert sind«, hat Sorin versucht zu witzeln, als er ihr das Päckchen zusammen mit dem Umschlag mit 3000 Lei hingehalten hat, den sie auf dem Tisch liegen lässt. Nur, dass er bloß Gelegenheitsraucher ist und die ironische, chinesisch-albanische Anspielung wohl eher von Dorina kommt, einer großen Raucherin, an vorderster Front, nicht nur im Institut, sondern auch bei ihnen dreien.

Dorinas Schatten ist nicht mehr aus ihrem Leben als Paar wegzudenken und Letitias Gesicht verfinstert sich, als sie Sorins Gestammel entnimmt, dass der Unfallwagen ein gemeinsamer Besitz ist, seiner und Dorinas. »Wer kann Bewunderung schon widerstehen?«, hat er einmal vor langer Zeit gehaucht, und sie hat geschmeichelt gelächelt in der Überzeugung, dass sie die Bewunderte wäre. Jetzt merkt sie viel zu spät, dass das die Einleitung zu einem Geständnis gewesen ist, Sorin hatte ihr von seiner Beziehung zu Dorina erzählen wollen, aber ihr geschmeicheltes Lächeln hatte ihn daran gehindert.

Und ihr Widerwille gegen Dorina nimmt dadurch nicht ab. Sie bemerkt in diesem Moment nichts anderes, als was sie immer schon gefühlt hat: dass zwischen ihr und Dorina keine

Freundschaft gewesen ist, dass das, was da war, nicht mehr lohnt, darüber nachzudenken. Hat sie sie ausspioniert und Sorin alles berichtet? Ja, aber sie ist so eindeutig verliebt in Sorin! Dorina hat den Charme ihres gemeinsamen Geliebten anders wahrgenommen als sie: Als sie Sorin im *Gebäude* kennenlernte, war sie voller Komplexe gewesen, aber auch voller Energie. Ein hässliches, altmodisches Aschenputtel, das fasziniert war von der institutionellen Aura und Freundlichkeit des Prinzen, und so begann sie ihre anhaltende Belagerung, ertrug alles, stellte sich alles Mögliche vor, um mit ihm eine Arbeitsgruppe und schließlich eine Familie zu bilden.

Auch ich habe diese Energie gehabt, als ich Petru mit den Manuskripten meines Onkels herumgekriegt habe, aber die Energie nimmt ab, wenn man sein Ziel erreicht; wenigstens bei mir war es so, denkt Letitia. Und mit Sorin habe ich es nicht einmal versucht! Oder wenn ich es versucht habe, dann habe ich es ohne Kraft getan.

*

Sie schweigt weiter und zündet sich noch eine Zigarette an. Aber bevor sie ihm irgendeinen Vorwurf machen kann, wirft sie sich eher selber vor, dass sie ihm so viel Vertrauen geschenkt hat, wie ein Mensch nur einem anderen entgegenbringen kann, obwohl es ausreichend Anzeichen gab, dass sie ihre Investition besser hätte zurückhalten sollen. Und auch jetzt, angesichts des Scherbenhaufens, strengt sie sich noch immer an, oh wie das wehtut!, und will ihm noch einmal Glauben schenken.

Aber wie ist es so weit mit ihr gekommen? Wie kann der, der durch Gleichgültigkeit in einer Beziehung die stärkere Position hat, immer schwächer werden, jämmerlich schwach?

Ermutigt durch ihr Schweigen, hat Sorin das Thema gewechselt:

»Es gibt im *Gebäude* noch andere Ereignisse außer meinem Unfall, Lety! Zum Beispiel Titus Margas Infarkt. Du bist gestern früher gegangen und weißt nicht, was das gestern für ein Aufruhr war!«

Eine Woche, nachdem er rückwirkend aus der Partei ausgeschlossen worden war, hatte Titus auf dem Teppich im Büro gelegen, das er mit Eleonora teilte: Sie würde am 1. Juni in Rente gehen und er wartete auf den Rettungswagen.

»Bitte bewegt ihn nicht, nicht anfassen! Wartet, bis er auf der Trage liegt!«

Eleonoras Stimme bebte pathetisch und unter den Rüschen ihrer wässrigen Bluse aus Naturseide zitterten die von der Menopause vergrößerten Brüste im Rhythmus ihres hastigen Atems. Sie rauchte eine geschnorrte Snagov, ohne dass sie etwas auf die Blicke gab, die mit dem Schwund ihrer Macht täglich bösartiger wurden, sie bemühte sich, um auf ihren Beinen, den geschwollenen Gelenken, die aber in Schuhen von Guban mit sieben Zentimeter hohen Absätzen steckten, mit den Sanitätern Schritt zu halten, die an Titus' Trage schwer schleppten.

»Du wirst wieder gesund und dann arbeiten wir beide am *Traktat,* Titus, Lieber!«

Und Titus sah sie an, und wer weiß, was er dachte, ja, Nora, ja, Pferde sterben nicht, wenn die Hunde es wünschen!

Wie immer sah Titus unrasiert aus, obwohl er sich am morgen frisch rasiert hatte; sein Bart wuchs sehr schnell, er war noch voller Testosteron. Dieser Makel hätte ihm in ein paar Jahrzehnten zum Vorteil werden können, als die Männermode einen Zweitagebart vorschrieb plus einer gegelten Föhnfrisur.

Aber leider würde der virile Titus Marga dafür zu spät geboren sein.

*

Letitia hört ihm bloß mit halbem Ohr zu, er spült die Gläser und jammert über die Kollegen, die über ihn tratschten, er wäre ein Emporkömmling, ein Opportunist:

»Sie haben alles gesagt, was man Schlechtes über mich sagen kann …«

Auf dem Tisch liegt der Umschlag mit den 3000 Lei, den Sorin für die Krankenschwester mitgebracht hat, die den Abort auslösen soll.

Sorin wartet darauf, dass Letitia die böswilligen Sätze zurücknimmt, und sie will, dass er ihren Schmerz mitbedenkt.

Und weil sie ihn nur über sich selbst reden hört, wirft sie ihm seinen praktischen Sinn vor, was ihr schon lange auf der Zunge gelegen hat.

»Und was hat mir der praktische Sinn genützt?«, fragt er und stellt das Glas auf den Beckenrand.

»Du hast dich verloren«, antwortet sie mit all der Bosheit, die sich schon lang in ihr angesammelt hat.

*

Was sie für ihn empfindet, kann man nicht anders nennen als Hass. Was könnte der Traum von heute Nacht sonst bedeuten? Ein roter, großer Dacia 1300, der zur Ziehharmonika zerknautscht ist, ein Haufen schimmerndes Metall. Nein, er war rot wegen des Blutes, das den Haufen geschwärzten Blechs bespritzt hat. Das Blut floss auch über das Laken, das die Trage bedeckte, eine Trage oder zwei? Sind beide tot oder ist nur er gestorben? Sie fühlte sich erleichtert, aber sie wusste, dass man ihr hätte ansehen sollen, dass es ihr leidtat, sie hätte sogar weinen müssen, aber sie konnte nicht. Sie stand da und spürte, wie die Blicke der Leute um sie herum über ihr Gesicht krochen wie weiche, feuchte Würmer. »Siehst du sie?«, hörte sie, »siehst du Letitia, die keine Träne beim Tod ihrer Mutter vergießt?!« Erst da begriff sie, dass auf der mit dem blutigen Leintuch bedeckten Trage weder Dorina noch Sorin lagen, sondern ihre Mutter!

Mama, sie rief sie, sie wollte hinter dem Rettungswagen her, um sich davon zu überzeugen, aber der weiße Wagen bog um die Kurve der Strada Uranus und sie versuchte vergeblich zu schreien, sie spürte, wie ihre Stimmbänder sich dehnten, aber kein Ton kam aus ihrem Mund und auch ihre Füße kamen nicht von der Stelle.

*

Ja, er hat nicht mehr versucht, es in die Forschung oder an die Uni zu schaffen, er ist auf diesem Bürokratenjob sitzen geblieben, der zu seiner Anpassungsfähigkeit, zu seinem Taktgefühl passt, antwortet er unterwürfig.

»Die Arbeit als Wissenschaftler wird nicht anerkannt, wenn sie nicht von der Macht unterstützt wird, Lety, das kennst du von Herrn Arcan!«, fügt er hinzu und versucht, sie auf seine Seite zu ziehen.

Er hat den Wasserhahn aufgedreht und das saubere Glas in den Schrank gestellt, wobei er sich bemüht, aufmüpfig ihrem Blick standzuhalten. Und danach zieht er sie zum Bett.

Sie erinnert sich an die schlaflose Nacht und ihre endlosen logischen Überlegungen, nachdem sie von dem Unfall gehört hatte und jede seiner Gesten rechtfertigen wollte. Sie hat sich schon lange nach einem Moment der Wahrheit für sich gesehnt und zitternd vor Wut und Angst, ihn zu verlieren, mit dem Wunsch, ihn zu treffen, und mit der Angst, dass er geht, unzufrieden darüber, dass sie ihn so hat, wie er ist, und selbst jetzt noch ohne die Absicht, zu sehen, was sie schon seit Langem weiß, wehrt sie seine Zärtlichkeiten ab. Feuchte Berührungen, seine nur allzu bekannten Lippen oder seine Haut, nur das, mehr nicht. Sie kann den Körper nicht mehr in die Arme nehmen, aus dem all das verschwunden ist, was sie so lange an ihn gebunden hat – unbedingtes

Vertrauen. Ihre Stimme ist schrill geworden und mit brennenden Wangen wirft sie ihm böse Sätze hin, die sie nur halb glaubt.

*

Wer braucht eine andere Wahrheit als die eigene? Der durch ihren Körper angestoßene Wunsch kommt und geht, verspätet sich wegen der Wut, die in ihr emporschießt. Alles, was sie jetzt zu ihm sagt, hat sie ihm bei den in letzter Zeit immer häufigeren Streitereien schon öfter gesagt, aus denen er mit immer größerer Ermüdung ihre tiefe Unzufriedenheit herausgehört hat.

Genauso hat er auch Dorinas Vorwürfe ertragen. Eine Weile hatte er sich gefreut, weil beide ihn wollten, aber er selbst hatte keinerlei Gefühl mehr, nur noch Wünsche. Mit der einen durfte er nicht sein, die andere hatte nicht er sich ausgesucht. Und es fiel ihm schwer, sich damit zu begnügen, dass das Leben nichts mehr für ihn bereithielt als das, was er bisher erlebt hatte. Nur das.

Darum schweigt er, sein Gesicht scheint immer weißer zu werden im grauen Licht des Zimmers, und draußen wird es sehr schnell dunkel. Er versucht noch einmal, sie zu zügeln, so wie ein Mann den hysterischen Anfall einer Frau eben zügeln kann, indem er ihren Körper nimmt und an sich zieht, aber bei seinem Streicheln, bei dem sie sonst weich wird, spannt sie sich an wie ein Flitzebogen. Also gibt er auf, um ihre Wut nicht noch anzuheizen.

Er sieht sie im Zwielicht des Zimmers schief an, merkt, dass der Punkt bald erreicht ist, an dem es ihr egal sein wird, ob jemand sie hört, weil er ihr egal sein wird. Ihr Unvermögen, ihm etwas mitzuteilen, treibt sie dorthin, und er kann sein Schweigen nicht mehr verlassen, in dem er sich verkrochen hat. Er beugt sich nur ab und zu zum Kopfende des fremden Bettes, in dem sie beide halb ausgezogen sitzen, und versucht, das Ziffernblatt der Armbanduhr zu erkennen, denn bald werden sie aufstehen und sich anziehen müssen. Er will nur noch, dass diese Frau endlich still ist, die ihm so viel bedeutet hat, und dass er so schnell wie möglich gehen kann.

*

Bis sie aufhörte, endlich.

Dieser Mann trug in sich die Zeichen der Sterilität und warum hatte sie das bis zu diesem Abend nicht gesehen, als alles so klar war in diesem leergeräumten Schlafzimmer, aus dem Florinels Eltern alle Möbel mit aufs Land genommen hatten? Was suchte sie noch in diesem öden Zimmer, in dem es nur noch das Bett und den Küchenschrank gab?

Sorins Leben schien ihr schon zu Ende, egal, wie lange er noch leben würde, er würde wiederholen, was er bis jetzt auch getan hatte. Und es interessierte sie schon nicht mehr, dass er sich sinnlos verausgabte: Mit heller Angst bemerkte sie, dass er auch sie gleich mit verausgabt hatte, dass er sie auf seinem wahnsinnigen Weg mitgeschleift hatte. Er schob sie jetzt so unentschlossen, wie auch seine Zärtlichkeiten gewesen waren, von sich, mit von roten Äderchen geschwollenen Augen, aus denen ihm die Tränen liefen.

Und selbst wenn sie sich jahrelang, jahrzehntelang nicht sehen würden, er würde weiter an sie denken, würde versuchen zu erfahren, was sie tat, wo sie war. Im Geiste würde er sich nicht von ihr trennen, während sie ihn vergessen würde, denn das wollte sie.

Fast rollte sie aus dem Bett und fing dann an sich anzuziehen, tastete im Dämmerlicht nach den Kleidern, behalf sich mit dem Licht, das aus dem Bad kam, dort ging sie nicht mehr hinein. Sie bändigte die Haare ohne Spiegel mit dem Haargummi mit der Kugel und schnappte sich Mantel und Schal. Sie schlug ihm auf die Hand, als er mit den beiden Umschlägen hinter ihr herkam, dem mit den 3000 Lei für die Krankenschwester und dem mit der Märzchen-Brosche. Ein paar Hunderter mit der Abbildung des Athenäums schwebten sachte auf das Linoleum im Flur. Er hielt den Umschlag mit der Brosche noch ein paar Augenblicke in der Hand, sie war aus Gold mit einem Steinchen. Die Märzfeier war schon vorbei, er hatte erst für heute den Schlüssel bekommen, doch die Brosche hätte sie jederzeit tragen können.

Aber sie schlug die Tür hinter sich zu und ihre Schritte waren immer leiser im Treppenhaus zu hören.

*

Sie ging humpelnd über die bucklige Erde, ein Stiefel rieb, sie spürte, wie das raue Leder ihr ins Fleisch schnitt und wehtat. Sie wollte, dass der Stiefel wehtat, um den anderen Schmerz nicht mehr zu fühlen, und die Tränen, die sie mit der Hand abwischte, liefen ihr wie ein warmer Dampf übers Gesicht.

Von der dunklen Allee her kam ein schwarzer Schatten eilig auf sie zu, stieß sie an, sie schrie vor Schreck, der Schatten entfernte sich wankend, auch sie lief fort zur Haltestelle. Dort merkte sie, dass der Schmerz nachgelassen hatte, als wäre sie plötzlich gesund geworden. Sie merkte nur noch das Reiben des Stiefels. Sie wusste, auf welchen Bus sie wartete, wen sie anrufen würde, wenn sie zu Hause wäre, sie wusste, dass die Schmerzanfälle wiederkommen würden und dann wieder Stille und Erleichterung, dass sie nichts mehr zu verbergen hatte, als hätte sie einen schweren Rucksack abgesetzt.

Sie sprang in den Bus, der eilig zum Zentrum fuhr, und im trüben Licht der Scheinwerfer sah sie die Straßen schwarz von wimmelnden Menschen. Sie setzte sich auf einen Sitz über den Rädern, vielleicht würde das Gerüttel, das sie hochschleuderte, zur Seite, das den Bus springen ließ wie einen Ball, eine Blutung auslösen und sie vor dem Eingriff der Krankenschwester retten.

# Personenliste

Letitia Arcan, geb. Branea
Manuela Arcan, die erste Frau Petru Arcans
Petru Arcan, Universitätslektor
Ortansa Barnaby, die ehemalige Frau von Traian Branea
Adriean Bîclişeanu, Securitate-Leutnant, Nachfolger von Hauptmann Vistig
Caius Branea, Letitias Onkel, der älteste der Branea-Brüder
Margareta Branea, geb. Silişteanu, Letitias Mutter
Rafael Branea, Sohn von Traian Branea und Ortansa
Traian Branea, Letitias Onkel, der mittlere der Söhne
Victor Branea, Letitias Vater, der mittlere der Branea-Brüder
Daniel Harry Fischer, Letitias und Sorins Kollege
Lizica/Eliza Focşa, Caius Braneas Frau
Dorina Gabor, Letitias und Sorins Kollegin
Witja Gallotschik, Vorsitzender der Personal-Kader
Florinel Gheorghe, Sorin Olarus Freund
Dănuţ Iliescu, Petru Arcans Kollege
Corneluş Iovănescu, Sorin Olarus Onkel, Soranas Bruder
Costică Iovănescu (Onkel Costică), Soranas und Corneluş' Vater und Nelly Olarus Onkel
Iulian/Julică Iovănescu, Nelly Olarus Neffe
Nelly Iovănescu Olaru, Adoptivmutter von Sorin Olaru
Sorana Iovănescu, leibliche Mutter von Sorin Olaru
Paşenka/Paul Lukaci/Lucaci, Direktor des Verlags Cartea Rusă, später Botschafter in Paris, dann Berater von Maurer

Titus Marga, Eleonora Opreas Mitarbeiter

Anton Olaru, Zwillingsbruder von Virgil, in Sibirien verschollen

Sorin Olaru, Letitias Kollege, sein ursprünglicher Name ist Corneliu Vasile Iovănescu

Virgil Olaru, Adoptivvater von Sorin

Eleonora Oprea, Direktorin des Instituts

Serghei/Serioja Sârbu, Petru Arcans Kollege

Barbu Silişteanu (Biţă), der Bruder Margareta Braneas, Letitias Onkel

Ion Silişteanu (Onkel Ion), Margaretas und Biţăs Bruder

Vasi Stamatiu, scheinbar Sorins leiblicher Vater

Ludovic Vistig, Securitate-Hauptmann